O
FOGO
ETERNO

REBECCA ROSS

O FOGO ETERNO

Tradução
Sofia Soter

Copyright © 2022 by Rebecca Ross LLC
Copyright da tradução © 2025 by Editora Globo S.A.

Os direitos morais do autor foram assegurados. Todos os direitos reservados. Nenhuma parte desta edição pode ser utilizada ou reproduzida — em qualquer meio ou forma, seja mecânico ou eletrônico, fotocópia, gravação etc. — nem apropriada ou estocada em sistema de banco de dados sem a expressa autorização da editora.

Título original: *A Fire Endless*

Editora responsável **Paula Drummond**
Editora de produção **Agatha Machado**
Assistentes editoriais **Giselle Brito e Mariana Gonçalves**
Preparação de texto **Fernanda Lizardo**
Revisão de texto **Ana Sara Holandino**
Diagramação e adaptação de capa **Carolinne de Oliveira**
Projeto gráfico original **Laboratório Secreto**
Design e ilustração de capa original **Ali Al Amine © HarperCollinsPublishers Ltd 2022**
Ilustração de mapa **Nick Springer / Springer Cartographics LLC**

Texto fixado conforme as regras do Acordo Ortográfico da Língua Portuguesa (Decreto Legislativo nº 54, de 1995)

CIP-BRASIL. CATALOGAÇÃO NA PUBLICAÇÃO
SINDICATO NACIONAL DOS EDITORES DE LIVROS, RJ

R746f
    Ross, Rebecca
        O fogo eterno / Rebecca Ross ; tradução Sofia Soter. - 1. ed. - Rio de Janeiro : Globo Alt, 2025.

        Tradução de: A fire endless
        Sequência de: a melodia da água
        ISBN 978-65-5226-045-1

    1. Ficção americana. I. Soter, Sofia. II. Título.

25-96540
                CDD: 813
                CDU: 82-3(73)

Gabriela Faray Ferreira Lopes - Bibliotecária - CRB-7/6643

1ª edição, 2025

Direitos de edição em língua portuguesa para o Brasil
adquiridos por Editora Globo S.A.
R. Marquês de Pombal, 25
20.230-240 – Rio de Janeiro – RJ – Brasil
www.globolivros.com.br

Para Suzie Townsend, minha notável agente.
Obrigada por toda a magia concedida a este livro
(e aos outros cinco).

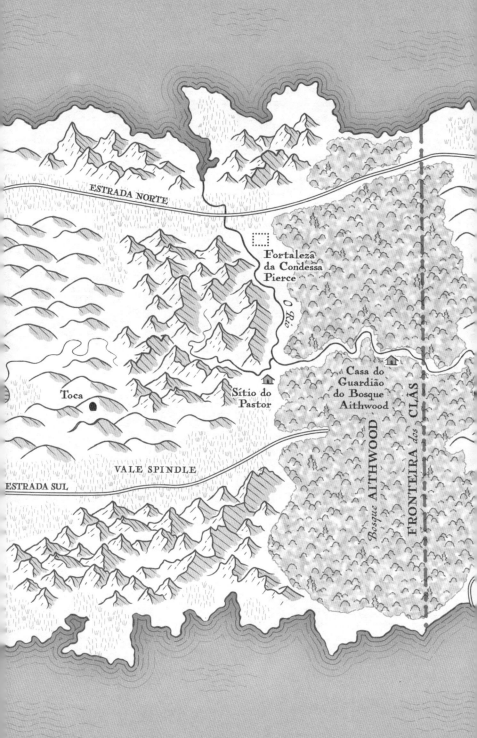

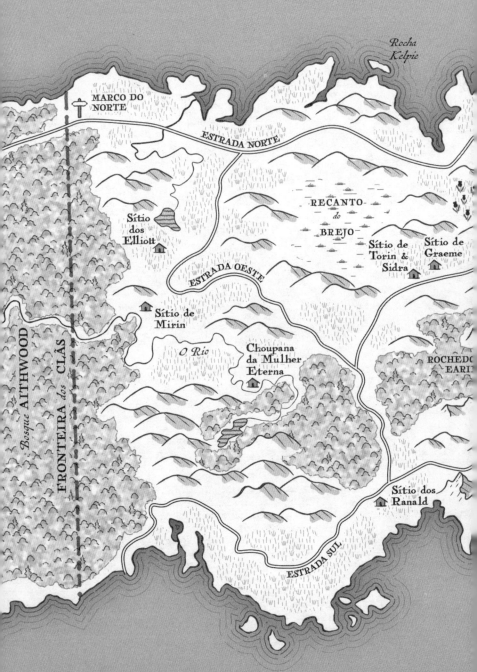

Prólogo

Antigamente, Kae carregava nas mãos milhares de palavras. Como espírito do vento, ela se deleitava naquele poder — de segurar coisas ao mesmo tempo frágeis e contundentes —, e era sempre um prazer escolher soltá-las. Sentir os timbres e texturas de tantas vozes, das graves às airosas, das melódicas às ásperas. Antigamente, ela deixava os boatos e notícias derreterem entre os dedos e desenrolarem pelas colinas de Cadence, vendo como a humanidade reagia ao receber as palavras, como granizo ou lanugem.

Era sempre um divertimento.

Porém, isso quando ela era mais jovem, mais ávida, mais insegura. Quando os espíritos mais velhos gostavam de mordiscar a ponta das asas dela até deixá-las fracas e esfarrapadas, quando ansiavam interromper os itinerários dela. O rei Bane ainda não a tinha escolhido como mensageira predileta, mesmo de asas puídas e tendo vozes mortais como companhias mais íntimas. Enquanto pairava pelo leste de Cadence, Kae relembrava com carinho aqueles tempos mais simples.

Em algum momento, as coisas começaram a mudar. Um momento que Kae identificava retrospectivamente, e percebia ser uma costura em sua existência.

Lorna Tamerlaine e sua música.

Ela nunca cantara para os espíritos do ar, muito embora Kae frequentemente espreitasse das sombras quando a barda

O FOGO ETERNO **11**

clamava para os mares, para a terra. De início, Kae ficara aliviada por Lorna não convocar os ventos, mas, mesmo assim, o espírito ansiava por aquilo. Desejava saber que as palavras de Lorna eram escritas apenas para ela, desejava senti-las vibrando nos ossos.

Foi esse o momento em que Kae parou de carregar palavras e levá-las de um lado a outro. Porque sabia o que Bane faria com Lorna se soubesse o que ela vinha fazendo, tocando para a terra e a água e instigando aprovação e admiração daqueles espíritos.

E Kae, que nascera pelo sopro de um tempestuoso vento do norte, que antes ria das fofocas e deixava suas asas uivarem pelos sítios de Cadence, sentira seu coração se despedaçar ante a morte de uma Lorna jovem demais.

Ela voava pelo lado leste da ilha, admirando os picos e vales, as faces reluzentes dos lagos e os fluxos correntes dos rios. Fumaça subia das chaminés das casas, hortas transbordavam de frutos estivais, e rebanhos de ovelhas pastavam nas colinas. Kae estava se aproximando da fronteira dos clãs quando a pressão do ar mudou drasticamente.

Suas asas reagiram com um tremelique, e o cabelo anil ficou embaraçado no rosto. Era um movimento para forçá-la a se encolher e se esquivar, e ela sabia que o rei a estava convocando. Ela estava atrasada para dar o relatório, e ele perdia a paciência.

Com um suspiro, Kae subiu voando.

Ela deixou para trás a tapeçaria de Cadence e atravessou as camadas de nuvens, vendo a luz se esvair na escuridão sem fim. Dava para sentir o tempo congelando ao seu redor; não havia dia nem hora ali, no salão do vento. O lugar ficava preservado entre as constelações. Antes, aquela sensação perturbava Kae: observar o tempo fluir tão livremente entre os humanos da ilha, e logo deixá-lo para trás, tal qual uma capa carcomida por traças.

Lembre-se de seu propósito, pensou Kae, brusca, quando o último segundo do tempo mortal se partiu e caiu como gelo de suas asas.

Ela precisava se preparar para a reunião, porque Bane perguntaria por Jack Tamerlaine.

Ela chegou ao jardim, contendo um tremor de medo, uma pontada de resistência. O rei perceberia a hesitação, e ela não aguentaria encarar sua ira. Ela se demorou respirando fundo enquanto caminhava pelas fileiras de flores fiadas em gelo e neve, com as asas encolhidas nas costas. Lembravam as asas de uma libélula, e tinha uma tonalidade única — o tom do entardecer que se entregava à noite. Malva escurecido, com veias de mercúrio. Elas refletiam o brilho das estrelas ardentes nas caldeiras enquanto Kae seguia a caminho do salão.

Relâmpagos piscaram nas nuvens onde caminhava. Kae sentiu a ferroada nos pés, e precisou segurar a vontade de se encolher de novo. Ela odiava aquele reflexo, depois de anos sentindo a luz e o açoite da decepção dele.

Ele estava com raiva por precisar esperá-la.

Kae estremeceu, criando coragem enquanto seguia entre os pilares do salão. A corte loira inteira havia se reunido, as asas contidas e submissas. Observavam sua chegada — espíritos mais velhos, que a tinham ensinado a voar, e que também foram responsáveis por rasgar suas asas. Espíritos mais jovens, que a fitavam com admiração e medo, aspirando a sua posição de mensageira. O peso dos olhares e do silêncio de todos os presentes impediam Kae de respirar ao se aproximar do rei.

Bane acompanhava sua chegada, com os olhos em brasa e a expressão tão imóvel que podia muito bem ter sido esculpida em calcário. As asas vermelho-sangue do rei estavam abertas, em sinal de autoridade, e a lança em sua mão era iluminada pelos relâmpagos.

Kae se ajoelhou diante do vento do norte, pois não tinha alternativa. Porém, pensou: *Qual será a última vez que me ajoelharei para você?*

— Kae — disse Bane, alongando seu nome com paciência fingida. — Por que me fez esperar?

O FOGO ETERNO **13**

Ela pensou em diversas respostas, todas com um fundo de verdade. *Porque eu desprezo você. Porque não sou mais sua criada. Porque me cansei de suas ordens.*

Mas em vez disso, respondeu:

— Perdão, meu rei. Eu deveria ter chegado antes.

— E as notícias do bardo? — perguntou ele.

Embora ele tentasse soar relaxado, Kae captava a tensão na voz. Jack Tamerlaine deixava o rei incrivelmente paranoico.

Kae se empertigou. A teia de prata de sua armadura tilintou com o movimento.

— Ele está definhando — respondeu, pensando no Jack que deixara ajoelhado na horta da tecelã, encarando o tear entre as mãos.

— E ele toca? Canta?

Kae sabia que seu povo não podia mentir. Era um desafio mentir para Bane, mas, desde Lorna... Kae aprendera a se esquivar dele.

— A tristeza parece pesar sobre ele — disse, pois era verdade; desde a partida de Adaira, Jack era uma mera sombra de si. — Ele não quer tocar.

Bane ficou quieto.

Kae prendeu a respiração quando murmúrios começaram a atravessar o salão. Ela resistiu à tentação de olhar para trás, para seus semelhantes.

— O bardo parece fraco, como nos mostrou o pomar — começou ela, mas se calou quando Bane se levantou.

A sombra comprida se espalhou pela escada do palanque, atingindo Kae com um choque gelado.

— Parece *fraco*, é? — ecoou o rei. — Ainda assim, ele nos convocou todos. Ele ousa tocar abertamente. Fui misericordioso, não? Inúmeras vezes, dei a ele a oportunidade de se redimir e deixar a música de lado. Mas ele se recusa, o que não me deixa opção. Preciso castigá-lo mais.

Kae fechou a boca, batendo os dentes pontudos. Lorna era uma musicista astuta; aprendera com o Bardo do Leste anterior a ela, que também era cauteloso com Bane e o reino dos espíritos, e tocara por décadas, sem consequências. Jack, contudo, não tivera a mesma oportunidade, pois Lorna morrera antes de seu retorno a Cadence. Às vezes, Kae o observava, tal como vinha sendo instruída a fazer, e queria especialmente tomar forma e dizer a ele...

— Quero que você leve uma mensagem para Whin das Flores — disse Bane, pegando Kae desprevenida.

— Que mensagem, meu rei?

— Que ela deve jogar uma praga na horta da tecelã.

Kae suspirou, mas um calafrio a percorreu.

—A horta de Mirin Tamerlaine?

— Sim. O que *alimenta* esse bardo. Whin deve garantir que toda plantação, toda fruta, todo alimento murche de uma vez, e permaneça dormente até eu ordenar que floresça novamente. E isso vale para qualquer outro jardim que tentar alimentá-lo. Se forem todas as hortas do leste, não me importa. Que venha a fome. Não faria mal os mortais sofrerem em nome do bardo.

Mais cochichos atravessaram a corte. Comentários e exclamações, interjeições de prazer. Kae já supunha que metade dos espíritos do vento — os que compunham a corte do rei — fossem a favor da crueldade de Bane. Seria divertido para eles ver esse tipo de situação se desenrolar em suas rotas. Mas os que ficaram quietos... Kae se perguntava se desconfiavam daquilo tanto quanto ela. De ver Bane dar à terra, à água e ao fogo comandos absurdos. De fazer a humanidade sofrer por mera diversão.

— Está hesitando, Kae? — perguntou Bane, notando seu silêncio.

— Meu rei, temo apenas que Whin das Flores e seus espíritos da terra considerem esta ordem insensata, e talvez exagerada.

O rei sorriu. Kae sabia que tinha passado dos limites, mas se manteve firme quando Bane desceu do palanque. Ele se aproximava dela, que começou a tremer.

— Você me teme, Kae?

Ela não podia mentir, então disse:

— Sim, meu rei.

Bane parou diante dela. Ela sentiu o cheiro ardido de relâmpago em suas asas, e se perguntou se ele estaria prestes a fustigá-la.

— Whin *achará* minha ordem insensata — concordou ele.

— Mas diga que, se ela se recusar a forçar o bardo a passar fome até o ponto de ir embora, considerarei a reação um desafio ao meu reino, e estenderei ainda mais minha praga. Ela verá suas donzelas caírem, uma a uma, e seus irmãos adoecerão, da raiz à pedra ao galho e à flor. Não haverá fim para minhas ações para devastar a terra, e eles precisam lembrar que *servem* a mim.

Não havia solução simples, percebeu Kae. Mesmo que Whin escolhesse obedecer à ordem de Bane, os humanos e espíritos da terra sofreriam. Era evidente para a maioria dos feéricos que o vento do norte se sentia ameaçado pelos espíritos da terra, que eram os espíritos mais poderosos depois dele. Whin frequentemente se recusava a seguir os disparates do rei. Ela não tinha medo dele, não se encolhia à chegada de seus relâmpagos e de suas pragas, e Kae ficava maravilhada com ela.

E assim, Kae fez algo tolo e corajoso.

— O senhor teme a dama Whin das Flores, meu rei?

Bane estapeou a cara dela tão rápido que Kae nem viu o movimento da mão. O ataque a sacudiu, mas ela conseguiu manter-se ereta, os olhos ardendo. Um rumor invadiu seus ouvidos; ela não sabia se eram seus pensamentos, ou membros da corte fugindo em um farfalhar de asas.

— Está se recusando a levar meu recado, Kae? — perguntou ele.

Kae se permitiu um momento para imaginar: a transmissão do recado a Whin. O nojo absoluto no rosto da dama, os olhos ardentes. Era um recado inútil, porque Kae *sabia* que Whin não faria Jack passar fome. Ela recusaria, não apenas para desafiar

Bane, mas porque a música de Jack lhes dava um fio de esperança e, se ele fosse embora de Cadence, seus sonhos proibidos virariam pó.

— Estou — murmurou Kae, encontrando seus olhos cintilantes. — Encontre outro mensageiro.

Ela deu as costas a ele, a própria ousadia a fazendo se sentir tonta, forte.

Mas ela deveria ter pensado melhor.

Em um instante, estava de pé. No seguinte, Bane abrira um buraco no chão, um buraco escuro como a noite e uivando de tão vazio. Ele pendurou Kae ali, suspensa — ela não conseguia se mexer, sequer respirar. Apenas pensar e olhar o círculo de tinta pelo qual estava prestes a desabar.

Mesmo assim, ela não acreditava que ele o faria.

— Declaro que está banida, Kae do Vento do Norte — disse Bane. — Não mais é minha mensageira favorita. É minha vergonha, minha desgraça. Eu a condeno à terra e aos mortais que tanto ama, e, caso deseje ascender outra vez e voltar à minha corte... terá de ser judiciosa, pequenina. Não será fácil, depois de tanto cair.

Uma dor queimou suas costas. Kae urrou. Ela nunca sentira tamanha agonia — estava ardendo, como se houvesse uma estrela presa entre suas escápulas —, e só foi entender o que estava causando aquilo quando Bane se assomou diante dela com suas duas asas direitas nas mãos, rasgadas e murchas.

Duas de suas asas. As asas da cor do crepúsculo. O tom que era dela, e só dela. Quebradas, roubadas. Penduradas nas mãos do rei do norte.

Ele riu da expressão dela.

Kae sentiu o sangue escorrendo pelas suas costas, morno e denso. Emanava uma fragrância adocicada enquanto descia pela armadura e pela curva da perna, pingando do pé descalço no buraco vazio. Gotas douradas.

— Vás-te embora, amante da terra! — vociferou Bane, e a corte que ali restara, os espíritos de presas afiadas e famintos por sua ruína, riu e comemorou seu exílio.

Ela não teve forças para lutar contra o poder dele, para reagir às provocações. A dor brotou em sua garganta, um nó de lágrimas e humilhação, e, de repente, ela caiu pelo buraco nas nuvens, desabando pelo ar frígido da noite. Mesmo sabendo que as asas direitas tinham sido arrancadas, ela tentou comandar o ar e planar com as esquerdas restantes.

Ela cambaleava e tropeçava, despencando às cambalhotas de uma nuvem para a outra, feito uma mortal desastrada.

Finalmente, Kae conseguiu pegar o ar com os dedos. Precisou fechar bem o outro par de asas, para não as rasgar. Viu o tempo começar a se mexer, avançar de novo. Viu a noite começar a empalidecer, dando lugar ao dia com seus prismas ensolarados e um céu azul-escuro. Viu a ilha de Cadence bem abaixo, um trecho comprido de terra verdejante cercado pela espuma do mar cinzento.

Kae tentou se transformar, fazer do corpo ar. Porém, descobriu que estava presa na forma manifestada. Os braços, as pernas, o cabelo, as asas esquerdas restantes, a pele e os ossos estavam todos aprisionados no mundo físico. Outro castigo de Bane, já sabia. Quando atingisse o chão, o impacto a mataria, a destroçaria.

Ela se perguntou se Whin a encontraria, quebrada entre as samambaias.

Sentiu as nuvens derreterem em seu rosto e escutou o chiado do vento passando entre os dedos. Fechou os olhos e se entregou à queda por completo.

PARTE UM

Uma canção para as cinzas

Capítulo 1

Um menino se afogou no mar. Sidra Tamerlaine se ajoelhou ao lado do corpo na areia molhada, procurando os batimentos cardíacos. A pele dele estava fria e azulada, os olhos abertos e vidrados como se fitassem outro mundo. Alga dourada grudada no cabelo castanho lembrava uma coroa deformada, e água escorria dos cantos da boca, reluzindo de conchas quebradas e filetes de sangue.

Ela tentara trazê-lo, pulando na água e resgatando-o da maré. Ela o arrastara de volta à praia, fizera compressão em seu peito e soprara em sua boca. De novo e de novo, como se pudesse trazer de volta sua alma, seus pulmões e seu coração. Porém, logo Sidra sentira nele o gosto do mar infindo — salmoura e profundezas frias e espuma iridescente — e reconhecera a verdade.

Não fazia diferença o talento dela para a cura, as feridas que suturara e os ossos quebrados que reencaixara, as febres e as doenças que espantara. Não fazia diferença quantos anos tinha dedicado àquela função, andando sempre na fronteira entre a vida e a morte. Ela chegara tarde demais para salvar aquela vida e, ao fechar os olhos leitosos do menino, Sidra se lembrou dos perigos do mar.

— A gente estava pescando na praia — disse um dos companheiros do menino.

Ao lado de Sidra, ele falava com uma cadência de esperança. Esperança de que ela recuperaria a vida do amigo.

— Hamish estava ali de pé, bem naquela pedra — continuou. — E, de repente, ele escorregou e afundou. Eu *mandei* ele não nadar de bota, mas ele se recusou a tirar!

Sidra ficou quieta, escutando o ir e vir da maré. O rugido espumante do mar, ao mesmo tempo raivoso e, talvez, arrependido, parecia dizer que o afogamento do menino não era culpa dos espíritos da água.

Ela olhou para os pés de Hamish. As botas de couro curtido estavam amarradas nos joelhos, enquanto os amigos dele estavam descalços, assim como deveriam estar todas as crianças que nadavam no mar. A avó dela um dia dissera que a maioria das curandeiras tinham o dom da premonição, e que ela sempre deveria dar ouvidos a tal sensação, por mais estranha que fosse. No momento, ela não sabia explicar o calafrio que de repente arrepiou seus braços. Ela quase desamarrou as botas, mas interrompeu o movimento e se virou para os três garotos que a cercavam.

— Sra. Sidra?

Se eu tivesse chegado um pouco antes, pensou.

O vento soprava forte naquela tarde, vindo com tudo do leste. Sidra tinha andado pela estrada norte, que seguia ao longo da praia, com uma cesta de biscoitos e várias garrafas de tônicos de ervas, semicerrando os olhos sob o vento ardido. Os gritos frenéticos dos meninos chamaram sua atenção, e ela correu em seu auxílio, embora, no fim, tivesse chegado tarde.

— Ele não pode ter morrido — disse um dos garotos, e repetia sem parar, até Sidra segurar seu braço. — Não pode ser! A senhora é *curandeira*. Tem como salvar ele!

Sidra sentiu a garganta apertar, tão engasgada que era difícil falar, mas sua expressão deve ter sido suficiente para os garotos que a cercavam, estremecendo ao vento. O clima ficou sombrio.

— Vão buscar o pai de Hamish, a mãe dele — disse ela, por fim. Areia tinha se acumulado sob as unhas dela, entre os dedos. Ela sentia os grãos até nos dentes. — Eu espero aqui com ele — acrescentou.

Ela ficou vendo os três garotos correrem pela orla até chegar à trilha que serpenteava pela colina gramada, com tanta pressa que abandonaram as botas, o almoço e as redes de pesca. Era meio-dia e o sol estava no apogeu, encurtando as sombras da praia. O céu estava limpo, de um brilho escaldante, e Sidra fechou os olhos para escutar o ambiente por um momento. Era auge do verão na ilha. As noites eram cálidas e estreladas, as tardes, varridas pela tempestade, e os jardins estavam cheios de terra fofa e escura, a colheita iminente. Frutinhas doces cresciam nas trepadeiras silvestres, borrelhos se acumulavam nas piscinas nos rochedos quando a maré baixava, e era frequente ver gamos nas colinas, acompanhando as mães em meio às samambaias e às flores altas. Era a estação do leste de Cadence conhecida pela generosidade e pela paz. Uma estação de labuta e de repouso. Porém, Sidra nunca se sentira tão vazia, tão incerta e cansada.

Era um verão diferente, como se um novo interlúdio se interpusesse no meio do solstício e do equinócio de outono. Talvez fosse apenas impressão, porque as coisas tinham se deslocado muito sutilmente para o lado sinistro, e Sidra ainda tentava se adaptar aos dias vindouros.

Ela mal acreditava que já tinham se passado quatro semanas desde a partida de Adaira para o oeste. Em determinados dias Sidra tinha a sensação de ter abraçado a amiga ontem mesmo; em outros, era como se anos tivessem se passado.

A maré subiu e agarrou os pés de Sidra como um par de mãos geladas com unhas compridas. Aquilo a trouxe de volta ao presente. Sobressaltada, ela abriu os olhos e forçou a vista contra o sol. O cabelo preto tinha se soltado da trança, e pingava água salgada pelos braços enquanto ela escutava sua intuição.

Começou então a desatar as botas ensopadas de Hamish.

A da esquerda, ao ser tirada, revelou a perna pálida e um pé imenso, cujo tamanho o menino ainda estava tentando alcançar. Nada incomum. Talvez Sidra estivesse enganada. Ela quase interrompeu a investigação, mas a maré voltou, como se a instigasse. Espuma, conchas quebradas e o gancho de um dente de tubarão giraram a seu redor.

Ela tirou a bota direita, o couro curtido fazendo um estampido úmido sobre as águas rasas.

Sidra ficou paralisada.

A parte inferior da perna esquerda de Hamish estava toda manchada de roxo e azul, lembrando um hematoma recente. As veias estavam saltadas, reluzindo de ouro. A descoloração parecia estar subindo aos poucos, prestes a se espalhar pelo joelho. Ele obviamente tinha escondido o distúrbio dos amigos com a bota, e fazia tempo que disfarçava, já que aquilo se espalhara tanto.

Sidra nunca vira lesão tão surreal, e pensou nas doenças mágicas que já curara. Eram de dois tipos: cortes de lâminas encantadas e doenças que vinham como consequência do uso de magia. Tecelões que teciam segredos nas flanelas e ferreiros que martelavam encantos no aço. Pescadores que amarravam sortilégios nas redes e sapateiros que fabricavam com base em couro e sonhos. No leste, usar magia por meio do serviço exigia um custo físico, doloroso, e Sidra tinha uma variedade de tônicos pra aliviar os sintomas.

Mas a perna de Hamish? Ela não fazia ideia do que causara aquilo. Não havia corte, então a descoloração não teria vindo de uma lâmina. E ela nunca vira aquele sintoma em usuários de magia. Nem em Jack, que cantara para os espíritos.

Por que você não me procurou?, queria chorar para o menino. *Por que escondeu isso?*

Sidra escutava gritos ao longe. O pai de Hamish vinha chegando. Ela não sabia se Hamish revelara sua condição misteriosa aos pais, mas era provável que não. Se soubessem, eles teriam levado o menino para ser tratado.

Ela rapidamente amarrou as botas dele de novo, escondendo a pele manchada. Era uma conversa para depois, pois a dor estava prestes a esmagar o peito dos pais de Hamish, destruindo aquele dia quente de verão.

A maré baixou com um murmúrio. Nuvens começaram a se acumular no céu ao norte. O vento mudou, e o ar esfriou de repente, enquanto um corvo grasnava por ali.

Sidra permaneceu ao lado de Hamish. Não sabia o que afligira o menino. O que se infiltrara sob sua pele e maculara seu sangue, pesara o corpo dele na água e o levara ao afogamento. Sabia apenas que nunca vira nada parecido.

A quilômetros dali, no interior, Torin se encontrava sob o mesmo sol alto e céu azul-vivo, diante de um pomar no sul. O ar estava denso, carregado de podridão. Ele era obrigado a inspirá-lo — a terra molhada, a madeira vazando, a fruta estragada. Ele não queria aceitar o que via, mesmo depois de sentir o gosto.

— Quando você reparou nisto? — perguntou, ainda de olho nas macieiras e no fluido que escorria do tronco rachado. A seiva era grossa e violeta, e cintilava na luz, como se a viscosidade suspendesse minúsculos cacos de ouro.

A dona do sítio, Rodina, estava chegando nos oitenta anos. Ao lado de Torin, mal batendo na altura do ombro dele, ela franziu a testa sob a luz do sol. Ao que parecia, ela não estava nada preocupada com o pomar adoentado. Porém, Torin notou que a mulher apertava mais o xale de flanela nos ombros, como se quisesse se esconder sob os fios encantados.

— Faz duas semanas, barão — respondeu Rodina. — De início, não dei atenção. Era uma árvore só. Mas aí começou a se espalhar para as outras da fileira. Temo que ataque o pomar inteiro, e que eu perca a colheita toda.

Torin olhou para o solo. Pequenas maçãs ainda verdes jaziam na grama. No caso das árvores doentes, a fruta caía cedo demais, e dava para notar sua consistência murcha. Algumas maçãs tinham começado a se decompor, revelando vermes que se contorciam lá dentro.

Ele quase chutou uma das maçãs, mas se conteve.

— Você mexeu nas frutas, Rodina? Ou nas árvores?

— Claro que não, barão.

— Alguém mais tem visitado seu pomar?

— Meu assistente — disse Rodina. — Foi ele o primeiro a ver a praga.

— E quem é?

— Hamish Brindle.

Torin ficou em silêncio, revirando a memória. Ele nunca fora bom de lembrar nomes, embora reconhecesse as pessoas pelo rosto. Era uma tragédia para o capitão que virara barão. Ele ficava impressionado com Sidra, que conjurava nomes como feitiços. Recentemente, ela o salvara de passar vergonha uma boa quantidade de vezes. Ele culpava o estresse do último mês.

— Um moleque magrela, de cabelos escuros, com sobrancelhas de taturana — descreveu Rodina, percebendo o dilema de Torin. — Tem catorze anos e não fala muito, mas é esperto à beça. Também é trabalhador. Nunca reclama das tarefas que dou.

Torin assentiu, lembrando-se por que o nome lhe era familiar. Hamish Brindle era o filho caçula de James e Trista, um fazendeiro e uma professora. O menino recentemente demonstrara interesse em entrar para a Guarda do Leste. Era difícil para Torin não se meter nos assuntos da Guarda, mesmo tendo sido forçado a renunciar ao posto de capitão algumas semanas antes, entregando o cargo para Yvaine, seu braço direito. Felizmente, um Yvaine exausto ainda permitia que Torin circulasse à vontade, tomando café no quartel, observando o pátio de treinamento, e avaliando novos recrutas, como se ainda fosse parte dos combatentes, e não o novo barão que se esforçava para aprender o cargo que Adaira tratava com tamanha naturalidade.

A verdade era que ele sempre achara difícil abrir mão das coisas. De papéis que lhe cabiam. De lugares dos quais gostava. Das *pessoas* que amava.

— Hamish esteve aqui hoje? — perguntou Torin.

Ele não conseguiu ignorar o calafrio que o perpassou, leve como uma mortalha retirada de seus ombros. Ele conteve o arrepio ao olhar para o pomar.

— Tirou a manhã de folga para pescar com os amigos — disse Rodina. — Por quê, barão? Precisa falar com ele?

— Acho melhor, sim. — Com cautela, Torin afastou Rodina das árvores. O cheiro podre os seguiu até a horta da mulher. — Vou pedir para ele fechar seu pomar. Enquanto isso, não mexa nas frutas, nem nas árvores. Pelo menos até eu saber mais dessa praga.

— Mas e minha colheita, barão? — perguntou Rodina, parada ao portão enferrujado da horta.

Um dos gatos dela — Torin não queria nem saber quantos eram — pulou na mureta de pedra ao seu lado, miando enquanto se esfregava no braço de Rodina.

Torin hesitou, mas sustentou o olhar determinado da mulher. Ela acreditava que a colheita tinha salvação, mas Torin pressentia que o problema do pomar era muito maior. Desde que Jack e Adaira tinham tocado para os feéricos da água, da terra e do vento e conversado com eles, Torin aprendera mais sobre os espíritos da ilha. Sua hierarquia, por exemplo. Suas limitações e poderes. O medo que tinham do rei, Bane do Vento Norte. Aparentemente a coisa não estava nada bem no reino dos espíritos. Não o surpreenderia se todas as árvores sucumbissem à praga — uma praga que ele nunca tinha visto, percebeu ao passar a mão pelos cabelos. E olha que fazia quase vinte e sete anos que ele vagava pelo lado leste da ilha.

— Tente não se preocupar com a colheita — disse, com um sorriso que não chegava aos olhos. — Logo volto para garantir que a firmeza da barreira no pomar.

Rodina assentiu, mas franziu a testa ao ver Torin montar no cavalo. Talvez, assim como Torin, ela pressentisse o destino trágico das árvores, que eram muito mais velhas do que eles dois. As raízes delas estavam tortas e fundas sob a superfície de

Cadence, descendo para um canto encantado que Torin só poderia imaginar.

Os feéricos eram sigilosos e caprichosos, respondendo apenas à música de um bardo, e até onde Torin sabia, Jack e Adaira eram os únicos Tamerlaine vivos a vê-los se manifestar. Ainda assim, muitos dos Tamerlaine idolatravam a terra e a água, o vento e o fogo. Torin o fazia raramente, em contraste à devoção de Sidra. Porém, apesar de sua adoração parca, ele crescera ouvindo suas histórias. Seu pai, Graeme, o alimentara com muitos contos cotidianos dos espíritos, como se fosse pão, e Torin conhecia bem o equilíbrio entre humanos e espíritos em Cadence, um lado influenciando o outro.

Ele ponderou as opções enquanto seguia pela estrada que levava ao sítio dos Brindle. A tempestade vespertina de sempre estava prestes a irromper, e as sombras já tinham esfriado quando Torin viu uma mulher e uma criança andando logo adiante. Em um átimo, notou que eram a mãe de Jack, Mirin, com a filha caçula, Frae. Torin parou o cavalo.

— Capi... *Barão* — cumprimentou Mirin, meneando a cabeça.

Torin se acostumara àquela confusão. O título antigo partido ao meio para virar o novo. Ele se perguntava se "barão" um dia chegaria a combinar com ele, ou se o clã o veria eternamente como "capitão".

— Mirin, Fraedah — cumprimentou ele, notando que Mirin estava carregando uma torta. — Parece que vocês estão a caminho de uma comemoração?

— Não é comemoração alguma, não — disse a tecelã, a voz pesada. — Imagino que não tenha escutado a notícia no vento?

Torin sentiu um aperto no peito. Normalmente, ele vivia ligado no vento, para o caso de ser convocado por Sidra ou pelo pai. Porém, naquele dia estava distraído.

— O que houve?

Mirin olhou para Frae. A menina estava de olhos arregalados e tristes, voltados para o chão. Como se ela não quisesse ver o impacto que a notícia causaria nele.

— O que houve, Mirin? — insistiu Torin.

O cavalo percebeu seu nervosismo, e saiu da estrada para esmagar margaridas com as patas grandes.

— Um menino se afogou no mar.

— Quem foi?

— O filho mais novo de Trista — disse Mirin. — Hamish.

Torin demorou um instante para processar a verdade. Porém, quando a absorveu, foi como uma faca em suas entranhas. Ele perdeu a fala, e instou o cavalo a acelerar, galopando pelo caminho restante até o sítio dos Brindle.

Quando lá chegou, o cabelo loiro dele estava desgrenhado, e as botas altas e a flanela, imundas de lama. Uma multidão já se aglomerara ali. Carroças, cavalos e bengalas apinhavam a trilha de entrada da horta. A porta da casa estava escancarada, e deixava escapar murmúrios enlutados.

Torin apeou e deixou o cavalo amarrado em um olmo. Porém, hesitou sob a copa da árvore, tomado de incerteza. Olhou para as mãos, as palmas calejadas, cheias de cicatrizes. O anel dos Tamerlaine no indicador, com o brasão do clã esculpido detalhadamente no ouro. Um cervo com galhada de doze pontas saltando por um arco de zimbro. Às vezes, ele precisava olhar, sentir o anel cortar a pele ao flexionar os dedos, lembrar que não era um pesadelo.

Em um período de cinco semanas, três barões diferentes tinham usado aquele anel.

Alastair. Adaira. E, finalmente, Torin.

Alastair, em repouso no túmulo. Adaira, que agora vivia entre os Breccan. E Torin, que nunca desejara o fardo do baronato, nem seu poder assustador. Ainda assim, o anel viera parar em seu dedo como uma promessa.

Torin cerrou o punho, vendo a joia cintilar à luz da tempestade.

Não, ele não ia despertar.

As primeiras gotas da chuva começaram a cair, e ele fechou os olhos, controlando o coração. Tentou desemaranhar os pensamentos: o mistério da praga do pomar, o garoto que trabalhara no pomar e se afogara, e pais arrasados. O que Torin teria a dizer para a família quando entrasse naquela casa? O que teria a fazer para atenuar a angústia?

Se o povo achava que a função de capitão servira para prepará-lo para ser barão, estavam muito enganados. Pois Torin estava aprendendo que dar ordens, seguir estruturas e encontrar soluções não o preparara para representar um povo vasto por inteiro, um papel que envolvia carregar os sonhos, esperanças, medos, temores e dores de todos eles.

Adi, pensou, sentindo uma pontada no peito.

Ultimamente, era raro ele se permitir pensar muito nela, porque *sempre* cogitava o pior. Imaginava Adaira acorrentada na fortaleza do oeste. Doente e maltratada. Ou morta e enterrada nas terras de lá. Ou talvez ela estivesse feliz com os pais biológicos e o clã, e tivesse se esquecido completamente de sua outra família, de seus amigos do leste.

Jura, Torin?

Ele conseguia visualizá-la perfeitamente ali ao seu lado, de cabelo trançado, vestido enlameado, braços cruzados e uma melodia irônica na voz, prestes a cutucar seu pessimismo. Ela era sua prima, mas sempre estivera mais para a irmã caçula que ele sempre desejara e jamais tivera. Ele quase sentia a presença dela, pois ela o acompanhara em todos os momentos, bons e ruins. Desde a época em que eram crianças de coração bravio, apostando corrida pela urze, nadando no mar e explorando as cavernas. E, depois, mais velhos, em meio a corações partidos, noivados, nascimentos e mortes.

Adaira sempre estivera ao seu lado. Torin bufou, se repreendendo. Ele já devia saber. Todas as mulheres de sua vida viravam memória, como se fosse sua sina perdê-las. A mãe. A primeira esposa, Donella. Maisie, durante alguns dias no verão, antes de conseguirem resgatá-la do oeste. E Adaira.

Acho que você saberia se eu tivesse morrido, disse ela.

— Será? — retrucou Torin, amargo, a palavra desfazendo a miragem dela. — Então por que você não me escreve?

O vento soprou, levantando o cabelo que caía em seu rosto. Ele estava sozinho, apenas a chuva murmurando pelos galhos da árvore. Torin abriu os olhos, lembrando-se de onde estava. Do que precisava fazer.

Ele atravessou o quintal e entrou na casa.

Levou um momento para seus olhos se adaptassem à iluminação lá dentro, mas ele logo viu gente reunida na sala. Viu que tinham levado comida para a família: cestas de pães, tigelas de queijo e manteiga, travessas de carne assada com batata, ervas, mel e frutas, e um bule de chá fumegante. Logo atrás de uma porta aberta, viu o menino, Hamish, deitado na cama, como se estivesse apenas cochilando.

— Barão — cumprimentou James Brindle, se destacando do grupo em luto.

Torin estendeu a mão, mas então pensou melhor e abraçou James.

— Obrigado por vir — disse James após um momento, ao recuar para olhar para Torin.

Os olhos do fazendeiro estavam vermelhos de chorar, e a pele, macilenta. Os ombros iam se curvando, como se suportassem um peso imenso.

— Meus pêsames — murmurou Torin. — Se você e Trista precisarem de qualquer coisa nos próximos dias… é só pedir.

Ele mal acreditava que o clã tinha perdido *outra* criança. Parecia que Torin tinha acabado de solucionar o mistério terrível das meninas desaparecidas: Moray Breccan, herdeiro do oeste de Cadence, confessara os sequestros e, no momento, cumpria sua pena nas masmorras dos Tamerlaine. As meninas foram todas devolvidas às famílias em segurança, mas Torin não tinha como trazer Hamish de volta.

James assentiu e apertou o braço de Torin com força surpreendente.

— Preciso que veja uma coisa, barão. Venha comigo. Sidra... Sidra também está aqui.

A tensão no corpo de Torin se aliviou ao ouvir o nome dela, e ele acompanhou James até o quartinho.

Ele rapidamente analisou o ambiente: paredes de pedra com cheiro úmido, uma janela estreita fechada a trinco que sacolejava sob a força da tempestade, e velas acesas que pingavam cera na mesa de madeira. Hamish deitado na cama, em suas melhores roupas, de mãozinhas cruzadas no peito. Trista sentada ao lado dele, secando os olhos com um xale de flanela. Sidra, de pé, com ar solene e a barra do vestido suja de areia.

James fechou a porta, deixando no quarto apenas os quatro e o corpo do menino. Torin olhou para Sidra, e seu coração acelerou quando ela disse:

— Precisamos mostrar uma coisa, Torin.

— Então mostrem.

Sidra andou até a cabeceira. Ela murmurou algo para Trista, que abafou o choro na flanela ao se levantar. James abraçou a esposa e eles recuaram para Torin ver Sidra tirar a bota direita de Hamish.

Ele não sabia o que deveria esperar, mas certamente não era uma perna que o faria se lembrar da praga do pomar. A mesma cor, o mesmo brilho dourado hipnotizante.

— Não sei exatamente que doença é esta — disse Sidra, a voz leve, mas ela mordeu o lábio, e Torin identificou de pronto o sinal de ansiedade. — James e Trista não sabiam, então não temos como supor por quanto tempo Hamish ficou sofrendo, nem o que causou o sofrimento. Não há ferida, nenhuma lesão na pele. Não tenho nome para o que seria isso.

Torin desconfiava. Pânico começou a fervilhar em seu peito, subir pela garganta, tiritar os dentes. Mas ele se conteve. Respirou fundo três vezes. Expirou pela boca entreaberta. *Calma.* Ele precisava de calma. E precisava confirmar sua suspeita antes de a notícia escapar e percorrer o vento, espalhando medo e preocupação pelo clã.

— Sinto muito pelo que vejo — disse Torin, olhando para James e Trista. — E sinto muito por isso ter acontecido com vocês e com seu filho. Ainda não tenho respostas, mas espero tê-las em breve.

James abaixou a cabeça, enquanto Trista chorava, encostada no ombro do companheiro.

Torin voltou a olhar para Sidra, que pareceu ler seus pensamentos. Ela assentiu brevemente antes de voltar a amarrar a bota de Hamish, escondendo a pele machucada.

Desde que Torin assumira o baronato, Sidra aprendera que, se quisesse um momento a sós com o marido, teria de ser à noite, no quarto, frequentemente aos cochichos e manobrando ao redor da filha, que vivia determinada a dormir entre os dois.

Sidra sentou-se à escrivaninha, onde escrevia nos registros de cura tudo o que observara ao longo do dia. A pena ia arranhando o pergaminho, preenchendo as páginas com todos os pormenores sobre a perna de Hamish. Cor, cheiro, textura, peso, temperatura. Ela não sabia que utilidade aqueles detalhes teriam no fim, visto que seria tudo parte de uma autópsia, e parou por um momento ao perceber que a mão estava tremendo.

O dia longo a extenuara. Ela escutou Torin lendo uma história para Maisie na cama.

Os três deveriam estar morando no castelo. Deveriam ocupar os aposentos do barão, com quartos espaçosos, tapeçarias nas paredes e janelas de vitral que refratavam a luz em prismas, com criados para cuidar das lareiras, dos lençóis e da limpeza.

Porém, a verdade era que o lar deles era bem ali naquele pequeno sítio da colina, e nenhum dos três queria partir. Mesmo que o baronato grudasse neles, tal qual teia de aranha.

Sidra ergueu o olhar do texto, vendo o reflexo de Torin e Maisie no espelho manchado pendurado na parede à sua frente. Os olhos de sua filha iam ficando cada vez mais pesados, a menina pegando no sono devagarzinho ante o som da voz grave do pai.

Maisie tinha acabado de fazer seis anos. Era difícil acreditar quanto tempo se passara desde que Sidra a pegara no colo pela primeira vez, e ela às vezes pensava na vida que tivera antes de conhecer Torin e Maisie. Sidra era jovem, secretamente dominada pela inquietude. Uma curandeira aprendendo o ofício da avó, cuidando das ovelhas e da horta do pai, e acreditando que a vida era previsível, já descrita à sua frente, embora sentisse fome de *outra* coisa. Algo que a levara até ali, àquele exato momento.

Maisie começou a roncar, e Torin fechou o livro.

— Levo ela para a outra cama? — perguntou ele, com o braço esquerdo esmagado pela filha adormecida.

Ele apontou para a caminha que tinham instalado no canto do quarto. Fazia dias que vinham tentando convencer Maisie a dormir na própria cama, sem sucesso. Ela queria se aninhar entre os dois. No começo, fora um conforto para Sidra passar a noite ao lado de Maisie e Torin. Porém, ela frequentemente via que Torin a olhava ao luar, por cima de Maisie adormecida.

Ultimamente, o casal tinha que ser criativo, e aproveitar momentos breves nos cantinhos, em armazéns poeirentos, e até na mesa da cozinha, durante o cochilo de Maisie.

— Não, deixe ela dormir com a gente hoje — disse Sidra.

Ela inevitavelmente pensou em James e Trista, na dor causada pelo abraço vazio. Há não muito tempo Sidra sentira um eco de sofrimento semelhante, e então ela olhou demoradamente para Maisie antes de tampar o frasco de tinta e soltar a pena.

Sidra se demorou alguns minutos lendo o relatório. De repente, notou o silêncio no cômodo; nem mesmo o vento soprava.

Era estranho, como o silêncio que antecede uma tempestade fatal, e Sidra se virou na cadeira, achando que Torin também tinha adormecido. Ele estava acordado, encarando as sombras do quarto, de testa franzida. Parecia distante, perdido em pensamentos perturbados.

— Você queria falar comigo — disse Sidra, baixando a voz para não acordar Maisie. — Sobre Hamish.

Torin retomou o foco.

— É. Eu não queria que os pais dele ouvissem o que vou contar.

Sidra se levantou, sentindo um calafrio.

— O que foi?

— Venha se deitar primeiro. Você está muito longe.

Apesar do medo que pesava nela, Sidra sorriu. Ela foi apagando as velas, uma a uma, até restar somente uma penumbra para iluminar o caminho até a cama.

Ela se enfiou sob a colcha e se virou para Torin, deixando a filha sonhar entre os dois.

Torin ficou em silêncio por um momento. Fez cafuné em Maisie, como se precisasse tocar algo macio, tangível. Enfim, começou a falar da praga no pomar. Da seiva cintilante e fluida. Das frutas podres e ainda verdes que caíam das árvores das quais Hamish vinha cuidando.

O coração de Sidra estava na boca. As palavras saíram grossas quando disse:

— Ele pegou a praga das árvores. Dos espíritos.

Torin se virou para ela. Os olhos dele estavam vermelhos. Tinha partes grisalhas na barba, em algumas mechas de cabelo. Naquele momento, a alma dele lhe pareceu triste e antiga, e Sidra acariciou sua mão.

— É — murmurou Torin. — Também acho que pegou.

— Será que tem alguma coisa a ver com a música de Jack?

Torin ficou pensativo. Sidra conseguia ler seus pensamentos.

Quando Torin fora nomeado barão, Jack confessara aos dois que Lorna Tamerlaine tocava anualmente para os espíritos do mar e da terra. A adoração que ela oferecia garantia o sucesso do leste, e, como bardo atual do clã, Jack faria o mesmo. Era um segredo mantido apenas pelo barão e pelo bardo, em respeito aos feéricos, mas seria impossível esconder tal coisa de Sidra, pois ela já desconfiava que Jack vinha cantando para os espíritos, já que toda vez ele adoecia.

— Ele cantava para a terra e o mar — disse Torin. — Mês passado, quando estava procurando as meninas com Adaira.

— Mas também cantava para o vento, e causou uma tempestade que durou dias.

Torin fez uma careta.

— Então talvez o vento do norte esteja incomodado com algo que fizemos?

— Talvez — concordou Sidra. — Mas eu gostaria de ver esse pomar.

— Acha que encontrará as respostas lá, Sid?

Sidra fez menção de falar, mas hesitou. Ainda não queria dar nenhuma garantia. Ainda sentia que estava perdida em águas profundas.

— Não sei, Torin. Mas estou começando a achar que essa praga é sintoma de algo muito mais preocupante, e que apenas os espíritos das árvores infectadas sabem a resposta. Portanto…

Torin suspirou, recostando a cabeça para fitar o teto.

— Precisamos pedir para Jack cantar para a terra outra vez.

Capítulo 2

— **Merda.**

Jack escorregou em uma pilha de esterco. Ele se desequilibrou e precisou sacudir os braços para não cair, e logo notou o olhar arregalado da irmã mais nova. Frae parara de andar de repente, como se o palavrão a tivesse paralisado no meio da terra pisoteada da horta.

— Foi sem querer — disse Jack, rápido.

Porém, ele nunca fora bom mentiroso. O dia inteiro vinha sendo uma merda — o *mês* todo vinha sendo uma merda —, e ele e Frae estavam tentando expulsar da horta a vaca do vizinho, e preservar o máximo possível da plantação.

A vaca mugiu alto, chamando a atenção de Frae.

— Ah, não! — exclamou ela, quando a bezerra começou a pisotear os feijões.

Jack se deslocou para instigar a vaca a avançar no sentido do portão aberto. O bicho entrou em pânico e deu uma volta, arrancando os pés de feijão, e Jack foi obrigado a pisar de novo no esterco, na tentativa de interrompê-la.

— *Jack!*

Ele olhou para a direita, e viu Mirin no caminho de pedra, com uma faixa de flanela nas mãos. Ele nem precisou perguntar; pegou o pano e correu atrás da vaca pelo quintal.

Depois de cortar caminho e se esquivar mais um pouco, Jack finalmente passou a flanela pelo pescoço da vaca, formando uma coleira frouxa. Com um suspiro, ele analisou o estrago. Frae estava chateadíssima.

— Vai ficar tudo bem, irmãzinha — disse, com um tapinha no queixo dela.

Frae faria nove anos no próximo inverno, e já tinha crescido desde que Jack a conhecera, apenas um mês antes. Ela esticara meio palmo, e ele se perguntava se, um dia, ela alcançaria sua estatura.

Enquanto a mãe e a irmã começavam a arrumar a horta, Jack foi puxando a vaca. Ele certificou-se de trancar o portão antes de levar o bicho por alguns quilômetros ao norte, na direção do sítio dos Elliott, quase escondido entre a urze das colinas.

Os Elliott tinham perdido tudo na última incursão dos Breccan. O gado fora recolhido e transportado para o outro lado da fronteira. A casa e os armazéns foram queimados. Porém, pouco a pouco, iam recuperando a fazenda. Uma casa, um depósito e um estábulo novo tinham sido construídos, mas as cercas não era prioridade, então seguiam quebradas. Mas por causa disso o novo rebanho de gado frequentemente acabava se perdendo na propriedade de Mirin, e Jack, já tentado a comprar um cachorro àquela altura, levava os animais de volta com cuidado. Porém, ele estava cansando daquilo tudo. Sentia que vivia o mesmo dia inúmeras vezes, em sequência.

Sentiu uma pontada no peito ao olhar para esquerda, onde o bosque Aithwood, salpicado de luz, se estendia, denso e emaranhado. Atrás das árvores ficava a fronteira, e, atrás da fronteira, o oeste. Antigamente, Jack ficava preocupado por Mirin morar tão perto do território dos Breccan. Anos antes, quando ele ainda era menino, o clã do oeste tinha invadido a casa deles e roubado seus mantimentos. Era uma noite ainda vibrante na memória, marcada por medo e ódio.

Porém, a preocupação com o inverno era simplesmente parte da vida dos Tamerlaine, mesmo com a magia da fronteira — um limite que não podia ser cruzado sem alertar o outro lado. Ainda assim, os Breccan invadiam o território oposto para roubar comida e gado, normalmente nos meses de escassez e frio. Eles tinham que atacar depressa, antes de atrair a Guarda do Leste.

Era o preço que os Breccan pagavam pelo encanto da fronteira. Embora pudessem trabalhar com magia sem dificuldade, a terra dos Breccan sofria para prover o necessário, e eles recorriam ao furto para sobreviver. No caso dos Tamerlaine, era o contrário: o uso da magia os adoecia, mas eles tinham recursos abundantes para suportar o inverno com conforto. Por isso a violência das incursões, e os ocasionais confrontos sangrentos entre os clãs. Jack se perguntava se aquele hábito mudaria, visto que Adaira agora estava no oeste.

Ela se entregara em troca de Moray. Seu irmão gêmeo ficaria acorrentado no leste enquanto Adaira estivesse no oeste. Era uma troca de prisioneiros, embora Jack tinha notado a maneira como Innes Breccan, baronesa do oeste, olhava para Adaira. Innes não enxergava Adaira como moeda de troca, nem como uma inimiga a acorrentar, e sim como uma filha perdida, alguém que ela queria conhecer melhor, agora que a verdade viera à tona.

Eu gostaria de ver a paz na ilha, dissera Adaira a Innes ao combinar a troca de prisioneiros. *Ao me juntar ao oeste, eu gostaria que as incursões nas terras dos Tamerlaine acabassem.*

Innes não prometera nada, mas — pelo que conhecia da esposa — Jack desconfiava que Adaira faria de tudo para impedir que as incursões ocorressem, para manter ao menos uma tentativa de paz na ilha. Seu compromisso com Cadence era tanto que ela escolhera o dever em detrimento do coração, e deixara Jack para trás ao partir.

A música é proibida no oeste.

Adaira o bombardeara com a notícia a meros momentos de partir. Ela era incapaz de imaginar a vida dele sem seu primeiro amor, a música. Porém, quanto mais Jack relembrava aquela conversa insuportável, mais percebia que Adaira também deveria estar se esforçando para mostrar-se o menos ameaçadora possível no oeste. E Jack era uma ameaça dupla: como bardo, e como filho ilegítimo do Breccan que entregara Adaira para os Tamerlaine décadas antes.

Jack estava ofegante. A vaca ia arrastando as patas atrás dele.

— Ela só me escreveu duas vezes, sabia? — disse ele para a vaca bem no topo da colina, de onde via-se o sítio dos Elliott ao longe. — *Duas* vezes, em quase cinco semanas, como se estivesse ocupada demais para falar comigo, atarefada com o que quer que os Breccan façam por lá.

Era bom finalmente expressar o incômodo em voz alta. Eram palavras que ele tinha engolido feito pedra. Porém, Jack logo sentiu o vento sul às costas, bagunçando seus cabelos. Se não tomasse cuidado, a brisa carregaria aquelas palavras para ouvidos alheios, e Jack já havia sofrido humilhação suficiente.

Ainda assim, ele seguiu falando com a vaca:

— Claro que, na primeira carta, ela disse que estava com saudade. E eu não respondi imediatamente.

A bezerra cutucou o cotovelo dele com o focinho.

Jack fechou a cara.

— Tá, eu escrevi a resposta assim que a carta chegou, *sim*. Mas esperei para mandar. Esperei cinco dias, na verdade.

Foram cinco dias terríveis e demorados. Jack estava magoado, de orgulho ferido, e Adaira deixara evidente que não precisava dele. No fim, ele percebera seu erro ao demorar tanto para mandar a carta. Porque então Adaira deixara passar muitos dias antes de responder, como se sentisse o abismo entre eles. Talvez, porém, estivessem os dois tentando se proteger do acontecimento mais provável — o rompimento do noivado tão logo findasse o ano determinado para o acordo —, pois Jack não entendia como eles permaneceriam casados vivendo daquele jeito.

Ele levou a mão ao peito, onde sentiu sua metade da moeda escondida sob a túnica. Ele se perguntou se Adaira ainda usava a joia. A moeda de ouro fora dividida entre os dois, cada um ficando com metade na cerimônia de noivado. Era o símbolo dos votos, e Jack não a tirara do pescoço desde então.

A bezerra mugiu.

Jack suspirou.

— O último a escrever fui eu, na verdade. Mandei uma carta faz nove dias. Você ficará chocada se eu disser que ela ainda nem respondeu.

O vento soprou.

Jack fechou os olhos por um momento, e perguntou-se o que aconteceria caso o vento carregasse aquelas palavras para além da fronteira, planando pelas sombras do oeste até o lugar onde Adaira se encontrava. O que ela faria se ouvisse a voz dele na brisa? Escreveria para ele, diria para ele ir atrás dela?

Era *isso* que ele queria.

Ele queria que Adaira o convidasse para acompanhá-la no oeste. Que o convidasse para ficar com ela outra vez. Porque não suportava a ideia de ter de implorar para ela aceitá-lo, e temia estar em um lugar onde era indesejado. Ele se recusava a se colocar naquela posição, então não tinha escolha senão demonstrar absoluta resiliência e aguardar que ela decidisse o que aconteceria com eles.

— Não é justo, sabia — soou uma voz, e Jack se sobressaltou, sentindo que alguém lera seus pensamentos.

Não é justo deixar esse peso todo apenas nas costas dela, quando você sabe que a vida dela foi partida e recomposta em um formato desconhecido.

Jack protegeu os olhos e engoliu o nó na garganta. Agora via Hendry Elliott subir a colina relvada ao seu encontro, o rosto do homem mais velho marcado por um sorriso e um rastro de terra.

— Depois de tanto esforço meu para reconstruir as cercas, as vacas ainda dão um jeito de fugir — continuou Hendry. — Peço perdão, mais uma vez, se ela atrapalhou você ou sua mãe.

— Não precisa se desculpar — disse Jack, finalmente entregando a vaca bagunceira. — Espero que esteja tudo bem com você e com sua família.

— Está tudo certo, obrigado — disse Hendry, estudando Jack de perto. — E você, bardo, como anda?

Jack sentiu os dentes rangerem.

— Ando ótimo.

O homem mais velho abriu um sorriso triste, e Jack se distraiu fazendo carinho no flanco da vaca, como se tivesse feito uma nova amizade.

Então despediu-se animadamente de Hendry e da bezerra, e deu meia-volta para retornar pelo longo trajeto que levaria ao sítio da mãe. A terra devia estar sentindo o arrastar de seus pés pela grama e pelas samambaias, e assim os quilômetros iam se esvaindo, as colinas se dobrando. Às vezes, os espíritos da terra eram bondosos, e a viagem pelas encostas se tornava muito mais rápida do que pela estrada. Outras vezes, sua travessura florescia como a mata, e eles alteravam as árvores, as pedras, a grama, as subidas e descidas da paisagem. Jack já havia se perdido algumas vezes na ilha por causa dessa mania que os espíritos tinham de mudar o cenário, inclusive ocorrera recentemente, e ele ficara grato quando Mirin viera em seu resgate.

Fumaça escapava da chaminé, manchando a luz do meio-dia. A casa era feita de pedra, com telhado de palha. Ficava no topo de uma colina com vista para o fluxo sinuoso do rio traiçoeiro que corria do oeste para o leste. Um rio que mudara tudo.

Jack ignorou o brilho distante da correnteza, optando por fitar a horta ao se aproximar. Mirin e Frae ajeitaram a plantação do jeito que foi possível, e quando entrou em casa Jack estava pensando em tudo o que ainda precisava fazer — reforçar o telhado antes da próxima chuva, ajudar Frae a assar outra torta para os Brindle, recolher mais pedrinhas no rio para treinar com o estilingue.

— As frutas estão prontas para a torta, Frae? — perguntou Jack, envolto pelas sombras do cômodo.

A casa estava tomada por cheiros familiares — a poeira da lã, a crosta dourada do pão quentinho, o odor salgado da sopa de borrelho. Ele esperava ver Mirin tecendo no tear e Frae a ajudando, ou fazendo as lições da escola à mesa. O que não esperava encontrar, parado como uma árvore enraizada na sala de sua mãe, era Torin Tamerlaine.

Jack parou abruptamente, encontrando o olhar de Torin. O barão estava perto da lareira, cujo fogo reluzia na prata incrustada em seu gibão de couro, no punho da espada embainhada, no cabelo dourado, e nos toques grisalhos da barba que lembravam geada, embora ele ainda nem tivesse chegado aos trinta anos. Um broche de rubi brilhava em seu ombro, prendendo a flanela carmim.

— Barão — disse Jack, a preocupação se multiplicando.

A presença de Torin ali não podia ser bom sinal. Ele nunca fora dado a visitas sociais.

— Jack — cumprimentou Torin, com a voz cautelosa, e Jack soube imediatamente que o outro carecia de algum favor, de algo que Jack provavelmente não iria gostar de lhe prover.

Jack olhou de relance para a mãe, que se afastava do tear. E para Frae, que abria a massa da torta.

— Está tudo bem? — perguntou, finalmente voltando a olhar para Torin.

— Está — respondeu Torin. — Gostaria de dar uma palavrinha com você, Jack.

— Vamos esperar no quintal — disse Mirin, e pegou a mão de Frae para conduzi-la para a porta dos fundos.

Jack viu a irmã abandonar a massa e dirigir a ele um olhar de preocupação. Ele sorriu e meneou a cabeça, na esperança de apaziguá-la, muito embora ele mesmo estivesse precisando ser tranquilizado.

Rápido até demais, com as portas e janelas trancadas para protegê-los da curiosidade do vento, fez-se silêncio na casa. Jack passou a mão pelo cabelo embaraçado, o tom bronze-escuro roçando nos dedos; tinha crescido ainda mais nos últimos tempos. Os fios prateados que reluziam na têmpora esquerda eram uma lembrança de sua sobrevivência à ira de Bane. Depois de chegar tão perto da morte, ele preferia não tocar para os espíritos tão cedo.

— Quer alguma coisa para beber, barão? — perguntou.

Torin não tinha saído do lugar, permanecia na frente da lareira. Firmou a boca em uma linha fina, e seus dedos tremeram junto ao corpo.

— Pode me chamar só de Torin. E não. Sua mãe me ofereceu uma xícara de chá enquanto eu esperava.

Era estranho pensar que Jack, quando menino, queria tanto ser idêntico a Torin, porque Torin era corajoso, forte, e um membro valorizado da guarda. Agora, ele era alguém que Jack admirava — e cuja teimosia o irritava ocasionalmente — e, acima de tudo, um amigo em quem confiava.

— Por que você veio, afinal? — perguntou Jack.

— Preciso que você toque para os espíritos.

Jack hesitou. Quase sentiu o resquício de dor nas mãos, nas têmporas, só de *pensar* em cantar para os feéricos. Porém, era parte de seu dever como Bardo do Leste.

— Eu já toquei para a água e para a terra.

— Eu sei — disse Torin —, mas estamos enfrentando problemas, e preciso conversar com os espíritos.

Ele explicou sobre praga do pomar, que transmitira sua doença para Hamish Brindle.

— O menino que se afogou ontem? — perguntou Jack, arqueando as sobrancelhas.

— Isso mesmo — disse Torin. — O que me leva a crer que a instabilidade no reino dos espíritos é tanta que chegou ao nosso, e só vai piorar, devido à nossa ignorância. Se você puder chamar um dos espíritos do pomar adoentado, talvez ele possa nos dizer o que aconteceu, e o que podemos fazer para curá-lo.

Assim, saberemos o que fazer para nos proteger e impedir que a praga se espalhe.

Jack ficou calado, cogitando se poderia tocar novamente a balada de Lorna para chamar as fadas da terra, ou se precisaria ele mesmo compor uma canção. Sentia uma pedra atravessada na garganta só de se imaginar escrevendo as próprias notas. Sentia-se tão *vazio*.

Enquanto encarava o fogo azulado da lareira, Jack sentiu um calor repentino nas costas, como se alguém estivesse ali atrás. Ouviu uma voz, tão conhecida que ele a identificaria em qualquer lugar, cochichando junto aos seus cabelos.

É seu momento, velha ameaça. Toque para o pomar.

Jack não resistiu: olhou para trás, como se fosse encontrar Adaira ali. Porém, tudo o que viu foi um raio de sol que penetrava uma fenda na janela.

Se Jack não fosse um sujeito sagaz, teria ficado surpreso por ela estar assombrando-o em um momento como aquele. Porque afinal de contas fora exatamente por *aquele motivo* que Adaira o convocara para Cadence, para início de conversa. Ela pedira para ele cantar para os espíritos do mar, para tocar para os espíritos da terra, para atrair os espíritos do vento. E Jack obedecera, como se fizesse parte das marés, das pedras e dos sopros da ilha. Ele o fizera mesmo duvidando de si, porque Adaira confiava em suas mãos, em sua voz, em sua música.

— Eu *poderia* fazer isso — respondeu Jack, voltando a olhar para Torin. — Mas não tenho harpa. A minha foi estragada pelo vento do norte quando toquei para o ar.

— Tem a de Lorna.

— Mas é uma harpa sinfônica, para o salão. Preciso de um instrumento menor. Para tocar para os espíritos, tenho que ir até eles, me instalar em seu território.

— Você não acha que Lorna teria uma harpa menor também? — retrucou Torin. — Ela passou anos tocando em segredo para os espíritos. Assim como você fez. Certamente há outra harpa no castelo.

Jack prendeu a respiração, pronto para responder. Porém, as palavras se desfizeram no sopro; ele sabia que Torin estava certo. Lorna devia ter outra harpa escondida por lá.

— Está com medo da dor, Jack? — perguntou Torin, delicado. — Sidra me disse que você sofre fisicamente depois de tocar para os espíritos. Ela disse que devo ficar atento a isso. É para eu acompanhá-lo quando você os convocar. Como Adaira fez.

Jack olhou para ele, irritado.

— Não é isso.

— Então há outro motivo?

A pergunta de Torin deixou Jack tenso. Ele deixou a atenção vagar pela sala; pelas tiras de massa de torta na mesa da cozinha e pelo pote de frutas vermelhas preservadas do verão. Pelo tear no canto, com uma flanela pendurada, uma estampa emergindo dos inúmeros fios. Pela pilha de livros didáticos de Frae no escabelo, o estilingue apoiado na página aberta.

Jack não sabia explicar. Não sabia dar forma ou nome ao luto, porque tinha passado *bem* o mês, deixando a raiva fervilhar sob a superfície. Ele dormia, comia, trabalhava no sítio. Porém, não havia prazer nessas tarefas. Ele estava simplesmente ocupando espaço, e estava ciente disso e odiava tal sensação.

A verdade era que... ele não *queria* tocar. Deixara sua paixão minguar depois da partida de Adaira. Não tinha vontade. Porém, se Torin e a ilha precisavam que ele tocasse, Jack recuperaria os resquícios de sua música. Mesmo que fosse perigoso, pois o vento do norte advertira que ele deveria parar de tocar.

— Está bem — disse. — Se encontrarmos uma harpa, eu toco para o pomar.

— Que bom — respondeu Torin, sem conseguir esconder o alívio. — Vamos logo para o castelo. Tenho a chave mestra. Vamos procurar em todos os cômodos.

Antes que Jack sequer pudesse pestanejar, Torin passou por ele, a caminho da porta.

Bem, este dia não estava nos meus planos, pensou Jack, resmungando só para si, como se tivesse programado as horas com tarefas importantes. Obviamente, não era o caso. Porém, era muito possível que, com a determinação de Torin de procurar atrás de toda tapeçaria e revirar todas as rochas em busca da harpa que poderia ou não existir, Jack passasse horas no castelo.

Jack pegou a flanela e seguiu Torin até a porta, mas logo percebeu que suas botas tinham sujado a casa de esterco.

Ele parou de repente, imaginando a reação de Mirin ao ver aquilo.

Então suspirou.

— *Merda*.

Capítulo 3

Seria de se imaginar que Torin, que não apenas servira como capitão da Guarda do Leste por três anos como também era sobrinho de Alastair Tamerlaine, conheceria cada cantinho do castelo. No entanto, ele ficou surpreso ao descobrir inúmeras portas escondidas e cômodos. Foi inevitável se questionar se Adaira também sabia daquilo tudo.

— Aqui, nem sinal — disse Jack com um suspiro, espanando o pó da roupa.

Torin analisou a sala. Todos os cantos continham pilhas de engradados, que ele e Jack tinham revirado minuciosamente. Eles encontraram candelabros enferrujados, tecidos carcomidos por traças, pequenas tapeçarias com cervos e fases da lua, panelas de bronze, frigideiras de ferro, mantas de flanela e bacias de prata. Porém, após horas de procura, não acharam nem sombra da segunda harpa de Lorna.

Eles tinham começado no torreão da música, muito embora Jack tivesse insistido que não teria como o instrumento estar ali. Saindo da torre sul, eles deram a volta pelos corredores todos, sem ignorar porta alguma. Passaram por portas entalhadas com flora e fauna, portas com treliça de prata e ferro, portas tão pequenas que precisaram se encolher para entrar. Portas tímidas, disfarçadas na sombra da parede, e portas imponentes, cujo ouro cintilava à luz da tocha. Torin quase voltou a sentir-se menino, envolto no deslumbramento daquelas portas, como se fossem abrir-se para outro lugar, outro reino. Como os portais das fadas dos quais seu pai tanto falava quando ele era menor.

Para sua decepção, as portas levavam apenas a depósitos, salas de reunião e a uma quantidade extraordinária de quartos, alguns ocupados pela criadagem.

Horas depois, Torin percebia que Jack estava cansado, ansioso para voltar para casa. Porém, para Torin, não era fácil abandonar uma luta ou uma busca. Recostado em um engradado, ele falou:

— Tem todo um conjunto de cômodos que ainda não vasculhamos. A ala de Alastair.

Os olhos escuros de Jack eram indecifráveis. Porém, com um gesto amplo, e um toque de frustração, ele fez sinal para Torin ir na frente.

Eles deveriam ter procurado primeiro na ala do barão, talvez antes mesmo de ir ao torreão da música, mas Torin sempre hesitava em entrar naqueles cômodos. Estavam repletos de lembranças antigas, as quais ele queria esquecer e, ao mesmo tempo, desejava reviver. Também eram os aposentos onde ele, Sidra e Maisie deveriam morar, agora que ele fora nomeado barão, e ele não sabia bem o que encontraria lá dentro.

Torin subiu a escadaria acarpetada e seguiu pelo corredor largo, revestido por tapeçarias. Era uma parte quieta do castelo, iluminada pelo sol da tarde. Ao se aproximar da porta do quarto do barão, Torin parou para escutar. Dava para ouvir vozes distantes. Os criados, nas tarefas cotidianas. A camareira, Edna, ralhando com alguém. Uma gargalhada e o tilintar de panelas, indicando a aproximação do jantar.

— Não tenha pressa — zombou Jack.

Torin levou um susto. Quanto tempo ele tinha passado ali, parado? Ele expirou entredentes, corado, e encaixou a chave de ferro na fechadura.

Nem Adaira tinha morado naqueles aposentos. Da última vez em que Torin estivera ali, Alastair estava no leito de morte, agonizando. Clamando pela filha, que estava distante, nas encostas do Thom Torto com Jack, que cantava para as fadas.

Torin deixou a porta abrir.

Ele olhou para as sombras profundas, sentindo um cheiro fraco de cera, como se Edna tivesse mandado limpar bem o piso. Devagar, ele passou pela porta e deixou a memória conduzi-lo até a outra parede. Uma a uma, foi escancarando as cortinas, expondo as janelas arqueadas. Rios de luz inundaram o cômodo, iluminando a cama espaçosa e o dossel vermelho, as pinturas e as tapeçarias que abafavam o eco e forneciam um pouco de cor para o ambiente lúgubre, e os móveis cobertos de lençóis brancos.

Jack o seguiu. Sem dar atenção para o quarto principal, ele caminhou para a porta na parede norte, que levava a um alvéolo de cômodos internos. Estava destrancada, e ele passou, seguido de perto por Torin. Eles encontraram vários guarda-roupas, um banheiro com piso de azulejo e janelas de vitral, mais dois quartos, uma sala de descanso com lareira, e uma pequena biblioteca.

Torin se flagrou pensando: *Maisie adoraria este lugar.* Contudo, quando tentava imaginar Sidra instalada naqueles aposentos, só pensava na distância que ela teria de percorrer até a horta do castelo. Por corredores frios e escadarias, sob inúmeros batentes. Naquela ala, ficavam mais perto das nuvens do que do solo. Tendo crescido no vale, caminhando com o rebanho do pai e cuidando do jardim com a avó, Sidra sentiria a distância.

— Essa está trancada — declarou Jack, a voz seguida pelo chacoalhar impaciente de uma maçaneta de ferro.

Torin franziu a testa e avançou pelo corredor. Flagrou Jack sob uma tapeçaria na parede, puxando uma porta que Torin jamais teria notado.

— Como você sabia que tinha uma porta aqui? — perguntou, brusco.

Jack saiu de debaixo do peso da tapeçaria, com teias de aranha nos cabelos.

— Tinha uma porta secreta que conectava meu quarto ao de Adaira. Supus que haveria algo semelhante aqui.

Torin grunhiu, odiando a dúvida que o percorria. A dúvida que o fazia sentir-se um impostor. Porém, com Jack segurando a tapeçaria para revelar a porta, ele avançou com a chave.

A porta se destrancou com um suspiro.

Torin não conseguiu conter o calafrio, o arrepio, ao entrar no quarto escondido. Era de formato hexagonal, repleto de estantes e janelas em losango. Fitas compridas e coloridas pendiam das vigas do teto, algumas ancoradas por flores e cardo, e outras amarradas a estrelas artesanais. Um tapete puído com estampa de unicórnio cobria o chão, e, em seu centro, estava uma mesinha, uma cadeira de espaldar alto e pequena uma harpa apoiada em almofadas.

— Pronto — disse Torin, a boca seca de repente. — Dá para tocar esta?

Jack passou por ele e se aproximou da harpa. Ele se demorou, como se temesse mexer no instrumento de outra pessoa. Porém, era quase como se a harpa o estivesse aguardando. Por fim, Jack pegou o instrumento e sentou-se na cadeira para examiná-la melhor.

— Dá — disse. — Foi bem cuidada depois da morte de Lorna.

— Por quem? Alastair? — ponderou Torin ao notar na mesinha o bule de prata e a xícara com sobras de chá ainda turvo.

Imaginou o tio sentado naquela cadeira, bebendo chá e segurando o instrumento de Lorna, como se fosse ontem. Torin sentiu outro calafrio.

— Não — respondeu Jack, e, ao puxar uma das cordas, a nota ressoou no ambiente, um toque doce e solitário. — Acho que foi Adaira. Ela disse que Lorna tentou ensiná-la a tocar, mas suas mãos nunca se adaptaram à música. Mas ela aprendeu a cuidar dos instrumentos. Deve ter mantido as harpas até que eu pudesse retornar para cá.

Era sabido por todos que a música na ilha era volúvel. Poucas pessoas eram capazes de sequer tocar os instrumentos, e, mesmo assim, apenas um bardo com sua harpa poderia atrair os espíritos. Desde que Torin se lembrava, o leste sempre tivera um bardo para entoar as lendas e as baladas históricas, exceto pelos poucos anos entre a morte de Lorna e o retorno de Jack. Entretanto, a música era parte da vida na ilha muito antes da formação da fronteira dos clãs.

Torin retribuiu o olhar de Jack.

Os olhos do bardo cintilavam, e seu maxilar estava cerrado. Ele foi o primeiro a desviar o rosto, voltando a atenção para a harpa. Torin aproveitou o momento para olhar as estantes, e aí pegou alguns livros para dar a Jack a privacidade necessária.

Que outros segredos você escondia, Adi?, perguntava-se Torin, atento à estante. Por fim, um livro com um pergaminho aninhando entre as páginas chamou sua atenção. Ele pegou o exemplar da prateleira e se surpreendeu ao descobrir que aquele papel dobrado era um desenho infantil. Imediatamente ele soube se tratar de um desenho feito por Adaira.

Ela retratara três bonecos de palitinho, mas Torin os reconhecera. Era a própria Adaira, entre Alastair e Lorna, de mãos dadas com os pais. Um cavalo flutuava acima deles, no céu, tal qual somente uma criança imaginaria. Cardos ocupavam um canto do papel, e estrelas, o outro. Abaixo da ilustração vinha o nome dela, escrito com o R ao contrário, e Torin sorriu a ponto de sentir o peito apertado.

Aconteceu tudo tão rápido, pensou. Quando a verdade sobre a origem de Adaira viera à tona, Torin mal tivera tempo de pensar no efeito que a notícia teria nela, de tão absorto que estava na tentativa de entender as próprias emoções. E era mais fácil se entregar à negação, simplesmente. Mais fácil sufocar as lembranças dos últimos dias dela no leste.

Mas, por fim, ele se rendeu e os imaginou.

Ele se perguntara o que Adaira sentira ao saber que tinha crescido sob o peso de uma mentira: que não era filha de sangue dos pais que amava, como Alastair e Lorna deram a entender a todos, e, sim, nascida da baronesa do oeste, sua maior inimiga. Que fora levada na calada da noite pela fronteira e posta no colo de Lorna Tamerlaine quando bebê. O que sentira quando o clã que antes a adorava se voltara contra a ela, aliviado por ela ter se oferecido como moeda de troca no lugar de Moray?

Torin fechou o livro, sem aguentar mais um segundo com aquele desenho. No entanto, não conseguiu se conter e perguntou a Jack:

— Você acha que ela vai voltar para o leste, Jack?

— Não vejo como aconteceria — disse Jack, tocando outra nota triste na harpa. — A não ser que ela acredite que Moray cumpriu a devida pena em nossas masmorras.

Levaria uma década. O irmão gêmeo de Adaira cometera um crime horrível contra os Tamerlaine, sequestrando suas filhas em um ato de vingança cruel. Para Moray, o fato de o leste ter tirado Adaira da família de sangue justificava o sequestro das meninas Tamerlaine, uma atrás da outra. Tudo na esperança de que os sequestros fossem incentivar Alastair a revelar a verdade sobre a própria filha — uma revelação que renderia a Adaira a oportunidade de voltar ao oeste como sua parente legítima.

— Em alguma das cartas que te mandou, Adaira disse alguma coisa digna de preocupação? — perguntou Torin a seguir.

— Não — respondeu Jack, mas franziu as sobrancelhas. — Por quê? Nas cartas para vocês ela deu a entender que havia algum problema?

Torin passou o dedo pela lombada dourada dos livros da estante.

— Ela mal me escreveu. Foi uma carta só, logo depois de partir, para me dizer que estava bem e instalada. Mesma coisa para Sidra — disse, e hesitou, limpando o pó dos dedos. — Mas ela não respondeu nenhuma das cartas que mandei desde então. Sidra acha que Adi está tentando conhecer melhor os pais, e que precisa de distanciamento para tal. Mas temo que estejam interceptando as cartas, e que minhas palavras sequer tenham chegado a ela.

— Estou esperando a próxima resposta — disse Jack, e se levantou, com a harpa debaixo do braço. — Mas ela não me deu motivo algum para acreditar que esteja correndo perigo. Acho que Sidra está certa, e Adaira escolheu se distanciar um pouco da gente. Acho difícil imaginar que Innes Breccan queira fazer mal a ela, enquanto o herdeiro segue acorrentado aqui conosco. Mas também não me surpreenderia se Innes ainda nos visse como ameaça, tanto a Moray quanto a Adaira, então talvez a baronesa do oeste fique incomodada com suas cartas. Talvez ela se sinta forçada a interferir, como você disse. Mas o que podemos fazer?

Nada.

Eles não podiam fazer era nada senão declarar guerra contra os Breccan, coisa que Torin não queria fazer.

— Você pode escrever para ela de novo, Jack? — pediu Torin. — E me contar quando ela responder?

Jack ficou calado por um instante, mas empalidecera visivelmente, as bochechas murchas, como se estivesse prendendo a respiração. Então Jack também estava preocupado com Adaira. Ele tentava demonstrar calma apenas para apaziguar Torin.

— Conto, sim — disse o bardo. — É melhor eu ir embora, para preparar a canção do pomar.

Torin agradeceu, mas se demorou mais alguns minutos ali depois que Jack se foi. Em determinado momento, Torin voltou ao quarto principal. Ele olhou para os móveis cobertos, para a cama onde o tio morrera.

Havia uma diferença imensa entre morrer e alguém ir embora. Alastair estava morto, mas Adaira escolhera partir. Embora Torin soubesse que ela o fizera para manter a paz na ilha, impedir incursões no inverno e permitir que os Tamerlaine prendessem Moray sem maiores conflitos, a decisão ainda causava nele uma confusão de sentimentos. Ele não conseguia evitar ressentimento frio e familiar que nutria pela mãe. Pelo sangue do próprio sangue, que o abandonara sem hesitar quando ele era apenas um menino.

Mas a verdade era... ele estava com raiva de *si mesmo*, por ter deixado Adaira firmar acordo tão terrível com Innes Breccan e se oferecer em troca de Moray. Por ter deixado Adaira abrir mão de seu direito à regência e se tornar prisioneira do oeste. Ele estava com raiva do clã Tamerlaine por se voltar tão rápido contra ela, sendo que tudo o que ela fez foi sacrificar-se por eles. Estava com raiva de não ter ideia do que acontecia com ela do outro lado da ilha.

Que tipo de barão era ele?

Ele arrancou a colcha da cama, e depois os lençóis e travesseiros. Puxou as mantas que cobriam os móveis até expor uma escrivaninha com pergaminhos empilhados, penas e uma garrafa grande de uísque que ameaçou derramar. Torin pegou a garrafa de vidro, sabendo que era a predileta de Alastair. Olhou para ela, tentado a arremessá-la na parede e vê-la se despedaçar em centenas de cacos iridescentes. Em vez disso, suspirou, e o gelo dentro dele se derreteu em melancolia.

Torin se entregou ao chão. A poeira girava ao redor. Ele escutava a própria respiração ofegante que preenchia o ambiente solitário com seu som irregular.

Ele sabia o que um barão *deveria* ser.

A voz do clã. Alguém que escutava as necessidades e os problemas individuais, de modo a tentar atendê-las e resolvê-los. Um líder que buscava melhorar todos os aspectos da vida, desde a educação às medidas de saúde, passando pelo cultivo dos sítios, pelos consertos das construções, pelas leis, pelo provimento de recursos, pela justiça. Alguém que conhecia seu povo pelo *nome*, saudando-os pessoalmente em cada estrada. Que garantia o equilíbrio do leste para com os espíritos e, ao mesmo tempo, servia de escudo contra os Breccan e suas incursões.

Adaira cumprira todas essas responsabilidades, sem dificuldades, e agora Torin desejava ter prestado mais atenção na maneira como ela e o pai conduziam a função. Mesmo a quilômetros dali, Adaira era o escudo do leste, enquanto ele estava largado no chão, tentando entender tudo o que dera errado.

Houve uma batida firme na treliça de ferro da porta.

Torin fez uma careta. Porém, estava cansado demais para falar, para se levantar. Viu a madeira se abrir com um rangido, e então Edna apareceu.

— Barão? Escutei um barulho — disse ela.

Em seus muitos anos cuidando da fortaleza, aquela senhora vira de um tudo, mas mesmo assim arregalou os olhos tais quais duas luas novas ao flagrar Torin sentado no chão.

— Está tudo bem? — perguntou.

— Perfeitamente — respondeu ele, e levantou a mão para impedi-la de se aproximar. — Eu só estava preparando o quarto para Sidra. Vamos nos mudar em breve.

— *Ah* — disse Edna, que, felizmente, soou mais alegre do que chocada. — Que notícia maravilhosa, sua senhoria. Esperávamos mesmo que viesse se juntar a nós aqui com sua esposa e sua menininha querida. Há uma data na qual devo deixar tudo pronto?

Torin imaginou Sidra naqueles aposentos. Era o quarto onde ele estava destinado a dormir ao lado dela, onde arrancaria seus suspiros e a abraçaria junto à pele, noite após noite. Eram as paredes que os observariam e abrigariam pelos dias restantes na ilha.

— Semana que vem — disse Torin, pigarreando. — E não se preocupe com essa... bagunça. Eu arrumo.

— Como desejar, sua senhoria.

Edna fez uma reverência e foi embora, fechando a porta ao passar.

Torin gemeu e jogou a cabeça para trás. Encarou as vigas do teto. Era ao mesmo tempo um bálsamo e uma tristeza estar sozinho ali, mas então ele lembrou-se da garrafa de uísque ao seu lado.

O vidro refletiu a luz fraca do sol, jogando um brilho âmbar na mão de Torin.

Ele abriu a garrafa e inspirou o cheiro de madeira queimada e mel defumado. Bebeu um gole. E outro.

Bebeu até o fogo atenuar a dor das feridas.

Sidra bateu na porta de Rodina Grime, com uma cesta pendurada no braço. Ela sabia que o pomar adoecido ficava atrás da casa, disfarçado, embora já sentisse o cheiro pútrido na brisa. Uma doçura fermentada, misturada a um cheiro penetrante e ácido.

Conteve um calafrio quando Rodina abriu a porta.

— Entre, Sidra — disse Rodina, cumprimentando-a com a mão encarquilhada. — Tenho uma xícara de chá à sua espera.

Sidra sorriu e entrou na cozinha impecável da fazendeira. Ela levava uma torta na cesta, pois sabia que, embora Rodina frequentemente se mostrasse fria e distante, decerto ficara abalada pela morte de Hamish. Ela morava ali sozinha com os gatos, as ovelhas e o pomar desde a morte de seu companheiro, anos antes. Ela provavelmente precisava conversar com alguém a respeito do acontecido.

Enquanto Sidra cortava uma fatia de torta de frutas e enxotava um dos gatos da mesa, Rodina se instalava na cadeira de vime. Ela era uma mulher rabugenta e reservada, que não falava muito. Porém, mortes repentinas sacudiam as raízes do coração. Especialmente quando a morte ceifava uma pessoa tão jovem.

— Era um guri bom e honesto — disse Rodina, puxando o xale de flanela para cobrir o peito, como se sentisse frio. Ela aceitou a torta de Sidra, mas não fez o menor sinal de que serviria o chá, então quem serviu foi Sidra. — Ele não reclamava nunca. Chegava sempre na hora, bem no amanhecer, todo dia. Estava pensando em deixar meu sítio para ele, já que nunca tive filhos. Ele teria cuidado muito bem da terra, sei que sim.

Sidra pousou a chaleira. Serviu uma colher de mel e de creme no próprio chá, e fez o mesmo na xícara de Rodina quando esta lhe sinalizou que poderia fazê-lo. Um segundo gato pulou na mesa, e então Sidra acolheu o bichano malhado no colo ao sentar-se na cadeira de frente para a senhora.

Ficou escutando enquanto Rodina elogiava Hamish mais um pouco, comendo torta e bebendo chá, com o gato ronronando no colo. Enquanto isso, a cabeça de Sidra estava a mil. Ela não sabia como explicar para Rodina que Hamish se afogara por causa da praga contraída naquele pomar. Não sabia se *deveria* dar aquela notícia, mas também precisava de todas as respostas possíveis.

— Não posso mais esconder de você — murmurou Rodina, de repente, com uma careta, que revelou os dentes tortos. — Menti ontem para seu marido quando ele veio ver meu pomar.

— Qual foi a mentira? — pergunto Sidra, em voz baixa.

O gato no colo dela parou de ronronar e entreabriu um olho, sentindo a tensão no ar.

— Torin me perguntou se eu tinha mexido nas árvores doentes ou nas frutas — começou Rodina.

Ela hesitou e puxou a flanela de novo. Desta vez, Sidra notou o motivo. A fazendeira estava escondendo a mão direita. Era por isso que não tinha servido o chá, e por que comia tão devagar.

Sidra se levantou. O gato se atrapalhou, mas caiu de pé, e ela mal deu ouvidos ao miado irritado.

— Posso examinar sua mão, Rodina?

— Acho que não tenho escolha — respondeu, triste. — Mas, por favor, Sidra, tome cuidado. Se pegar isto de mim, seu marido vai acabar comigo.

— Ele não vai fazer nada disso — respondeu Sidra, dando a volta na mesa. — Além do mais, tenho motivos para acreditar que a praga não contamina de pessoa para pessoa. Apenas das árvores e das frutas infectadas.

Rodina franziu a testa.

— Como você sabe?

Sidra tocou de leve o ombro da fazendeira.

— Porque Hamish também pegou a praga, na perna. E às vezes ele e um de seus irmãos dividiam o mesmo par de botas, e ambos dormiam na mesma cama. E o irmão não pegou a praga, muito embora eu tenha motivo para acreditar que Hamish já estivesse doente fazia certo tempo.

Os olhos de Rodina ficaram marejados. Ela desviou o rosto antes que Sidra visse a primeira lágrima cair.

— Fiquei com medo de ele pegar. Eu devia ter *dito* alguma coisa.

— Não temos tempo para arrependimento, Rodina. Você não sabia, nem Hamish. Mas agora que sabemos desse perigo, preciso das respostas o mais rápido que puder. E você tem como me ajudar.

Sidra esperou. Por fim, Rodina aquiesceu e estendeu a mão.

Ela havia colhido uma das maçãs contaminadas quatro dias antes. Sidra viu onde começava a praga, na base da palma, um hematoma pequeno, de aparência inofensiva. Rodina tinha visto a mancha crescer dia após dia. A palma estava inteira azul e roxa. Em contraste, as linhas na pele reluziam, brilhando como filigrana dourada. Estava a um dia, talvez, de a praga se espalhar até as juntas dos dedos.

Sidra não mexeu na mão de Rodina, por cautela, mas a examinou atentamente e anotou todos os sintomas que a mulher soube descrever. A mão doía, e os dedos estavam rígidos. A mobilidade estava limitada, mas era possível também que o sintoma fosse reflexo das articulações inchadas de Rodina. Ela andava sentindo mais dor de cabeça, e a barriga estava ruim nos últimos dias.

— Você acha que tem como me curar, Sidra? — perguntou a mulher.

O tom dela foi brusco, mas não enganou Sidra. Ela estava cautelosa quanto a falsas esperanças.

Sidra abaixou a pena.

O FOGO ETERNO **59**

— Sinceramente? Não sei, Rodina. Mas farei tudo que puder para ajudá-la, para interromper a deflagração e aliviar seu desconforto.

Ela tirou da cesta alguns frascos dos tônicos e bálsamos caseiros. Tinham sido feitos para outro paciente, mas Sidra queria que Rodina começasse a se medicar imediatamente.

Ela escreveu as instruções e arrancou a página do caderno.

Rodina suspirou e voltou a esconder a mão infectada sob o xale.

— Obrigada.

— Volto para visitá-la amanhã de manhã — disse Sidra. — Mas se precisar de mim antes, pode me chamar pelo vento.

A fazendeira concordou e arqueou uma sobrancelha.

— Imagino que queira ver o pomar também?

— Quero.

— Foi o que pensei — disse Rodina, e apontou a porta dos fundos. — Fica logo depois da horta. Mas, por favor... tome cuidado, Sidra.

Sidra parou diante do pomar infectado, acompanhada apenas de um gato que miava e do vento do norte. Ela estudou as árvores, sentindo que era observada de volta por elas enquanto analisava os nós das macieiras, o tremor dos galhos na brisa, as frutas espalhadas, o gotejar lento da seiva contaminada.

Uma de suas primeiras suposições era que a praga poderia estar conectada à partida de Adaira. Assim que o leste a entregara, começara a sofrer. Sidra se perguntava se a presença de Adaira entre os Tamerlaine era responsável por manter o tênue equilíbrio da ilha. Estaria instável desde que ela atravessara a fronteira? Ou talvez os Tamerlaine finalmente estivessem sendo castigados pela abdução do outro lado da ilha. Eles tinham sequestrado Adaira e a criado sem a menor culpa, com a mesma facilidade com que os Breccan costumavam assaltar o leste no inverno.

Porém, ao ver a cena, Sidra percebeu que já tinha visto aquela praga em outra mata. Havia lá uma árvore sofrendo — Sidra sentira a agonia do espírito, sangrando em violeta e dourado —, e estivera prestes a tocá-la para lhe dar conforto quando o próprio solo a ordenara a não fazê-lo.

Então a praga não era novidade. Estava na ilha desde o meio do verão, antes da partida de Adaira, mas algo recente causara a piora. Podia haver outros pontos de sofrimento, outras árvores do leste que passariam a doença para o clã.

Torin precisava fazer um anúncio oficial.

Sidra recuou, preparando-se para ir embora. O vento soprou, uma rajada de frio chocante que lhe jogou os cabelos sobre os olhos, e ela puxou seu xale. O salto da bota escorregou em alguma coisa macia, mas ela conseguiu se equilibrar. Franzindo a testa para a grama alta, levantou o pé e puxou a barra da saia para ver o que era.

Uma das maçãs podres reluzia ao sol da manhã. Tinha sido esmagada pelo salto esquerdo da bota, deixando uma mancha violeta e dourada e um verme agitado. Olhou para o próprio pé, atordoada, como se paralisada por um feitiço. Mal entendia como a maçã podre chegara ali; ela havia tomado muito cuidado ao se aproximar. Em seus arredores havia apenas grama e o gato, que já tinha voltado correndo para a horta.

Ela limpou com cuidado o salto da bota e usou o ancinho que Rodina separara para empurrar a fruta podre para debaixo árvores, tomando cuidado para não ficar sob as copas.

Restou apenas um resquício fraco dourado na bota. Ela percebeu que precisaria voltar descalça para casa, e queimar os sapatos na fogueira do quintal imediatamente. De início, pareceu uma decisão um pouco extrema, e ela tentou se recompor.

Bem, ela não tinha tocado a fruta com a pele, como Rodina. Apenas o salto da bota entrara em contato com a praga, mas ela se perguntava se a mesma coisa acontecera a Hamish. Se a doença fora capaz de atravessar o couro da bota.

— Não se preocupe — murmurou Sidra, tirando as botas, com o cuidado de não encostar na sola.

Ela seguiu estrada afora, os pés descalços aquecidos pela terra ao sol. A cesta danou a balançar em seu braço conforme ela apertou o passo, as botas ainda penduradas na ponta dos dedos.

Vai ficar tudo bem.

Capítulo 4

Na casa fustigada pelo vento, Adaira encarou o cadáver largado no chão.

Uma cadeira fora derrubada, assim como uma pequena tigela de mingau. A aveia no chão, suja de sangue, atraía moscas pelas frestas do pau a pique. Ervas pendiam das vigas baixas do teto, emaranhando fiapos poeirentos no cabelo trançado de Adaira, e, por um momento demorado, o único som no ambiente era do fogo que crepitava ao queimar a turfa na lareira. A janela estava fechada para proteger da brisa, e a casa tomada de sombras, muito embora ainda fosse meio-dia. De qualquer modo, o sol raramente atravessava as nuvens do oeste.

Um calafrio se assentou na medula de Adaira, fazendo-a estremecer.

Apesar da escuridão ali dentro, ela via que o morto era um homem magro, de cabelo grisalho e roupas puídas. Os braços dele formavam ângulos tortos, e a flanela azul encantada amarrada ao redor de seus ombros fora capaz de proteger seu peito, mas não o pescoço. O sangue que escorrera da garganta cortada já estava seco ao redor, com o tom do vinho à luz invernal.

Adaira queria desviar o olhar. *Desvie*, murmurou seu coração, mas seu olhar seguia fixado no homem. Ela já vira muitas feridas graves, e também a morte, mas nunca estivera em pleno palco de um assassinato.

Innes Breccan dizia alguma coisa ao lado de Adaira, a voz grossa e rouca, como uma lâmina tentando cortar madeira molhada. A baronesa do oeste nunca deixava as emoções atravessarem a armadura — ela era um enigma frio e calculista —, mas após quatro semanas em sua companhia, Adaira já conseguia identificar duas coisas na voz da mãe: Innes estava exausta, como se não dormisse fazia tempo, e não estava nada surpresa por ter encontrado um homem assassinado em suas terras.

— Foi uma arma encantada, Rab? — perguntou Innes. — E, se foi, pode me dizer de que tipo?

Aquela *não* era a primeira pergunta que Adaira esperava que a mãe fizesse. Mas ora, Adaira tinha crescido em um lugar onde armas encantadas eram raras. Poucos ferreiros Tamerlaine estavam dispostos a assumir o custo de forjá-las. Já no oeste, quase todos os Breccan adultos portavam armas do tipo.

Rab Pierce se agachou para examinar melhor o corpo. A armadura de couro rangeu com o movimento, e a flanela azul ficou amarrotada no peito quando ele estendeu a mão. Ele tinha acabado de completar vinte e cinco primaveras, e, embora tivesse um porte musculoso, o rosto ainda trazia aquele ar roliço típico da juventude. O cabelo cor de palha era curto, e ele estava sempre queimado de sol. Adaira supunha ser fruto de todas as horas que Rab passava cavalgando no vento e na chuva, visto que as nuvens no oeste eram baixas e densas.

Ela observou Rab examinar o pescoço do homem. Por fim, ele balançou a cabeça.

— Parece ter sido feito com uma faca comum — disse Rab, olhando para Innes. — Provavelmente uma adaga, sua senhoria. Também percebi que a casa e o armazém estão vazios, assim como o curral. Este homem era um dos pastores mais confiáveis de minha mãe.

— Quer dizer que alguém o matou para roubar sua comida e seu rebanho? — perguntou Adaira.

Ela não queria soar chocada, mas não conseguia ignorar o arrepio de desconfiança que lhe subia pela nuca.

O sítio do homem não ficava distante da fronteira, e ela se perguntava se as ovelhas dele teriam sido originalmente roubadas dos Tamerlaine. Será que ele lucrava com as incursões dos Breccan, com o roubo de bens e animais dos Tamerlaine?

A compaixão de Adaira pelo homem morto começou a diminuir. Ela se lembrou das noites de inverno em sua infância, repletas de preocupação e pavor. Lembrou-se dos despertares ao som de passos rápidos pelo corredor, de vozes escapando pelas portas entreabertas. Lembrou-se de Alastair e de Lorna dando ordens e reunindo a guarda para defender e auxiliar os Tamerlaine que sofriam com os assaltos dos Breccan.

Naquela época, Adaira não entendia plenamente *por que* as incursões aconteciam. Todas as informações que chegavam a ela eram de segunda mão: os Breccan eram seus inimigos. O clã deles era sanguinário e cruel, avarento e frio. Eles abusavam do povo inocente do leste.

Conforme foi amadurecendo, porém, Adaira foi aprendendo sobre o poder do viés, e assim passou a ansiar pela verdade. Por fatos que não fossem transmitidos de forma tendenciosa, fazendo assim com que um clã parecesse melhor do que o outro. Ela então mergulhara na história da ilha e descobrira que os Breccan roubavam mesmo antes de Cadence ser dividida pela magia. Descendentes de um povo orgulhoso e arrogante, os Breccan já nasciam com espadas nas mãos, temperamentos acalorados e vínculos possessivos.

Porém, após a criação da fronteira decorrente do casamento fracassado e das mortes de Joan Tamerlaine e Fingal Breccan, o lado oeste de Cadence de fato começou a sofrer. De que adiantava ter magia nas mãos se a horta não fornecia alimento suficiente para o inverno? De que adiantava ter um estoque infinito de espadas e flanelas encantadas se as ovelhas não tinham grama para pastar? Se a água era turva e o vento do norte soprava com tanta força que era preciso reconstruir as casas e os armazéns com portas voltadas sempre para o sul?

Adaira só passara a compreender plenamente a vida dos Breccan ao migrar para o oeste e constatar pessoalmente a penúria das terras, a ausência de sol, a ameaça constante do vento do norte. Lá, ela viu que eles racionavam a comida no verão, na esperança de sobrar para o inverno, mas inevitavelmente faltava. E lá viu como era mais fácil roubar dos Tamerlaine do que do próprio clã.

Ela passara por tantos túmulos no vale. Túmulos de crianças, de jovens.

E ao se perguntar se eles teriam perecido de fome à chegada da neve, a dor no peito foi palpável.

Rab voltou o olhar semicerrado para Adaira, como se escutasse seus pensamentos. Ela o encarou, sem pestanejar.

De Rab Pierce, ela sabia três coisas.

Primeiro: ele era o filho favorito de um dos treze condes do oeste. Portanto, herdaria uma vastidão de terras, e era considerado um nobre poderoso.

Segundo: ele parecia surgir sempre nos momentos mais convenientes, e também nos mais *inconvenientes*, como se planejasse cruzar com Adaira com frequência.

Terceiro: ele frequentemente olhava para a metade de moeda que ela usava como pingente.

— Alguém roubou dele, sim — disse Rab, por fim, ao se levantar. — Mas apenas porque este verão se mostrou escasso, e as reservas estão baixas. — Ele voltou a atenção para Innes, com o olhar mais suave, de súplica, e acrescentou: — Baronesa, peço por sua sabedoria.

Adaira não sabia exatamente o que aquela declaração queria dizer — parecia ter algo subentendido —, mas a mãe dela compreendeu e então adiantou-se:

— Avaliarei seu pedido. Se o rebanho deste homem foi roubado, você deve conseguir seguir o rastro do pastoreio e encontrar o culpado. Enquanto isso, por favor, trate do enterro.

Rab fez uma reverência.

Adaira seguiu Innes, saindo da casa pela horta desolada, onde a plantação era mirrada e parca, e as frutas, pequenas devido ao vento forte e à pouca luminosidade. Ela montou no cavalo que deixara esperando ao lado do animal da mãe, perto do portão.

Conforme as mulheres cavalgavam pela estrada lamacenta, as nuvens baixas engoliam as colinas e qualquer noção do tempo. Quando veio a névoa, Adaira inspirou o ar molhado, sentindo a umidade cobrir seu rosto, seus braços, mesmo que a flanela azul encantada a mantivesse aquecida e quase toda seca. No leste, ela tinha *um* xale encantado, que usava praticamente o tempo todo, pois sabia o custo que Mirin Tamerlaine pagara para tecê-lo. No oeste, contudo, Adaira ganhara *cinco* xales, além de uma coberta encantada para dormir. A abundância de trajes mágicos entre os Breccan ainda lhe era chocante.

A atenção de Adaira foi atraída repentinamente para a esquerda, onde ela sabia que o bosque Aithwood crescia, cerrado e emaranhado. Se o dia estivesse claro, ela veria a floresta, e talvez conseguisse até imaginar a casa bem ali do outro lado.

O lugar onde Jack crescera. O último lugar onde ela o vira.

— Vamos parar aqui — disse Innes abruptamente, incitando o cavalo a sair da estrada.

Adaira não sabia *onde* estavam parando — não enxergava estruturas nem casas naquela névoa —, mas seguiu a mãe mesmo assim. Aparentemente Innes seguia por uma trilha gasta na lama, e Adaira ficou ainda mais surpresa quando a outra apeou.

Innes deixou o cavalo debaixo de uma sorveira torta e pulou um riacho, desaparecendo na bruma sem dizer nada, sem nem sequer olhar para trás. Ao perceber que a baronesa não a aguardaria, Adaira desceu com pressa da sela de pele de carneiro. Deixou o cavalo ao lado do de Innes e correu atrás dela, pulando o riacho e seguindo a trilha gasta em meio às samambaias acobreadas.

Ela tentou se localizar, mas era apenas a quarta vez que cavalgava com Innes para além das muralhas do castelo. Adaira

O FOGO ETERNO **67**

forçou a vista no ar cinzento, mas não via nem sinal da mãe. Apertou o passo, as samambaias roçando nos joelhos, mas ela sequer sabia se andava no sentido certo. Não sabia se era um teste da baronesa, para ver se ela obedeceria e a seguiria sem hesitar, ou quem sabe para avaliar como a terra reagiria a ela. Se as colinas se deslocariam, deixando-a desorientada ao longo de dias, tal como uma visita continental. Tal como um forasteiro.

Adaira ainda não tinha se aventurado sozinha no oeste a ponto de saber se os espíritos tentariam ludibriá-la. Nas poucas vezes em que saíra do castelo, fora na companhia de Innes, e os feéricos pareciam saber que não valia a pena enganar a baronesa. Porém, Adaira também não se surpreenderia se os espíritos do oeste estivessem fracos e cansados demais para travessuras.

Fez menção de berrar, mas conteve o impulso de chamar pela mãe.

Então aguçou a vista, prestando atenção na trilha que seguia. A cada nove passos, aparecia uma pedra, como uma referência de distância. Suas mãos estavam frias, desafiando o verão, e ao inspirar fundo ela sentia gosto de nuvem, mas continuou a abrir caminho entre as samambaias com firmeza crescente.

Até que *sentiu*.

Estava se aproximando de algo imenso. Uma estrutura, ou uma colina, o que era mais provável, porque o ar de repente ficou com gosto de terra. Adaira notou que o vento em seu rosto diminuiu, e o som mudou. Ela foi desacelerando conforme a colina tomava forma, uma sombra na bruma. Innes a aguardava ao sopé da encosta.

— Queria mostrar este lugar — disse a baronesa. — Para o caso de você precisar de abrigo.

— O que é? — perguntou Adaira, forçando a vista para analisar a colina.

— Venha cá para ver como encontro a porta.

Adaira avançou, e Innes tocou uma rocha grande que emergia da encosta. Uma luz azul brilhou ali, piscando como um olho, e as rochas do chão começaram a vibrar em resposta. Adaira recuou, assustada quando as pedras se levantaram e se reuniram na colina como um batente. Em seguida apareceu uma porta, feita de madeira clara e lisa, e Adaira quase riu de incredulidade.

— É um portal dos espíritos?

— É uma toca — respondeu Innes. — Um abrigo do vento feito com ferramentas forjadas no fogo mágico. Temos dez espalhadas pelo oeste. A maioria é fácil de identificar, com portas voltadas para o sul, mas algumas são mais difíceis, de propósito. Esta toca é das complicadas. Minha avó a construiu quando era baronesa, e, caso um dia você se flagre ilhada por uma tempestade do norte, ou precise se esconder em algum lugar, deve vir para cá.

Adaira ficou quieta. No leste, abrigos para se proteger do vento não eram necessários, por isso aquela ideia era estranha, ainda que intrigante. Ela assentiu, supondo que Innes quisesse uma reação física.

A baronesa se virou e abriu a porta. Entrou na toca, mas Adaira hesitou, tensa de desconfiança. Como saber se Innes não a estava enganando? Como saber se Innes não a tinha levado a uma cova subterrânea para aprisioná-la?

Adaira não podia negar que esperava ser presa desde que chegara no oeste. Seu irmão gêmeo estava acorrentado na fortaleza Tamerlaine, então era natural supor que Innes faria algo semelhante com ela. Afinal, Adaira aceitara ser prisioneira dos Breccan, e eles poderiam muito fazer o que bem entendessem para com ela, contanto que mantivessem a paz.

No entanto, aquele período no oeste não estava sendo como ela esperava.

Innes a instalara em um quarto confortável no castelo, com vista para o "ermo", expressão que usavam para as terras protegidas, que ninguém era autorizado a ocupar. Era proibido caçar, construir e colher o que crescia ali. Os Breccan que quisessem viajar pelo ermo tinham de se ater às trilhas aprovadas. Adaira achava as exigências estranhas, mas fazia sentido que a baronesa precisasse de leis para proteger uma terra que já enfrentava tantas dificuldades.

Na primeira semana, Adaira mal saía do quarto. Limitara-se a ficar postada diante da janela, vendo a bruma cair sobre o ermo e escutando o sino que badalava de hora em hora no torreão do castelo, marcando o tempo. Ela achava o oeste bonito, de um jeito estranho e triste. Tinha contornos mais severos, cores mais desbotadas, e a sensação geral era de desespero. A paisagem lembrava um sonho, ou uma lamentação. Era ao mesmo tempo familiar e nova, e curiosamente, um tanto atraente ao olhar. Ela se perguntava se aquilo seria parte dos poucos charmes intrigantes da terra — sua honestidade brutal, bem como sua aura indomada.

Quando enfim percebeu que Innes não pretendia trancafiá-la no quarto, Adaira começou a testar os novos limites.

E aí aprendeu que podia circular pelo castelo dos Breccan sem guarda. Alguns lugares, porém, lhe eram proibidos. Ela podia tomar banho na cisterna subterrânea desde que revelasse a Innes seu paradeiro, e logo aprendera a amar a água escura e quente da caverna espaçosa. A cisterna, embora fosse uma área comum, estava sempre deserta quando ela ia, deixando óbvio que Innes não queria que ela encontrasse o restante do clã. Adaira nadava sozinha, exceto por uma única mulher da guarda que a vigiava. Como se Adaira corresse o risco de tentar se afogar.

Ela também estava autorizada a ler na biblioteca. Podia visitar o jardim e o estábulo, mas não podia sair do recinto do castelo sem Innes ou David, o pai de Adaira e consorte da baronesa. Não podia circular pelas alas sul e leste da fortaleza, nem descer às masmorras onde ficavam os prisioneiros. Tinha permissão para comer em privacidade, nos próprios aposentos, ou nos aposentos dos pais, com eles. Podia escrever cartas, mas sempre tinha de entregá-las primeiro a David, e ele também trazia as cartas que chegavam para ela.

Adaira não demorara a notar que os selos de cera nas cartas de Torin, Jack e Sidra tinham sido manipulados. O pai lia a correspondência antes de entregá-la, o que provavelmente indicava que ele lia as palavras que ela mandava para o leste. Ela queria sentir raiva ante tal revelação, e sabia que sua fúria era justificada.

Mas ela não era boba.

Era evidente que eles leriam as cartas para garantir que ela não estaria armando um golpe com sua família do leste. Era evidente que ainda não confiavam nela. No entanto, era melhor fingir desconhecer a interferência na correspondência, e também manter as cartas o mais inofensivas possível.

Toda semana era repleta de pequenos testes, avaliações discretas que desafiavam seu vínculo com o leste e seu futuro com o oeste. Innes e David estavam calculando sua maleabilidade, ao mesmo tempo tentando determinar se ela se adaptaria plenamente ao estilo de vida deles.

Até então, Adaira se mostrara extremamente flexível. Ao mesmo tempo, ela não conseguia negar a dor constante em seu corpo, como se tivesse envelhecido um século em uma noite. Toda manhã, ao acordar sozinha sob a luz cinzenta do oeste, ela sentia-se vazia e gelada.

— Venha comigo — disse Innes, que esperava escondida nas sombras da toca. — E feche a porta ao passar.

Adaira suspirou, os pensamentos se desfazendo em estilhaços. Tentou acalmar seu coração, dizendo-se que aquela toca era só mais um teste. Ela não precisava temer, embora não pudesse negar a tensão que se acumulava em seu corpo. Destacando a escolha entre fugir e lutar.

Para onde você irá, caso resolva fugir?, perguntou seu coração. *O leste não pode acolhê-la. E com o que lutará? Com as mãos? Com os dentes? Com as palavras?*

— Cora — chamou Innes, percebendo a hesitação.

Era o nome que Adaira recebera ao nascer. O nome dado a uma criança pequena e adoentada que Innes acreditara pertencer mais aos espíritos do que ao leste. Anos depois, o nome ainda se recusava a caber nela. Escorria dela como chuva.

Adaira parou à luz fraca da porta da toca, encarando a escuridão. Ela não enxergava Innes, mas, pelo som, a condessa devia estar à direita. Era impossível discernir se o espaço era grande, ou o que escondia.

Ela deu um passo. Com a mão tremendo, fechou a porta, trancando-se nas sombras com Innes.

— Por que você acha que eu a trouxe aqui? — perguntou Innes, em voz baixa.

Adaira ficou quieta. O suor umedecia suas mãos enquanto ela formulava a resposta.

— Porque quer que eu confie na senhora — disse, por fim.

— E você confia em mim, Cora? Ou ainda me teme?

Era estranha a facilidade de dizer a verdade sob o escudo da escuridão. Adaira certamente não teria apresentado a mesma coragem de pronunciar aquelas palavras caso precisasse sustentar o olhar de Innes.

— Quero confiar em sua senhoria, baronesa. Mas ainda não a conheço.

Innes ficou quieta, mas Adaira escutava a respiração dela. Inspirações profundas, demoradas. E então um arrastar brusco de botas, revelando o movimento de Innes ao dizer:

— Estique a mão esquerda. Quando encontrar a parede, siga andando. Você saberá a hora de parar.

Adaira estendeu a mão, perdida naquele breu, até que seus dedos roçaram na parede fria de terra. Ela seguiu a instrução de Innes, caminhando sob veios de raízes até o pé bater em algo sólido.

— Ótimo — disse Innes. — Agora, se abaixe. Tem uma pederneira e uma adaga encantada à sua frente. Use para acender uma chama.

Adaira tateou na borda de um engradado. Era exatamente o que Innes descrevera: repousando na madeira, uma pederneira grande e angular e uma adaga com punho de galhada. Com um movimento, a ponta do aço se acendeu como uma vela.

A chama oscilante lançou um círculo de luz. Adaira começou a discernir tudo o que lhe foi possível. Não era tão grande quanto ela achava de início; dava para ver o fundo da estrutura, onde havia duas camas montadas, lado a lado, com colchões de palha cobertos por pilhas de flanela azul dobrada. Havia mais engradados empilhados junto à parede, repletos de jarros de argila e cantis. Velas repousavam em todas as superfícies horizontais, repletas de teias de aranha. No centro do ambiente estavam duas cadeiras. Innes estava sentada em uma, de pernas cruzadas e dedos entrelaçados no colo, observando o escrutínio de Adaira.

— Venha sentar-se comigo — convidou Innes quando encontrou o olhar da outra. — Precisamos conversar.

Adaira andou até o centro da toca e acendeu as velas no engradado entre as cadeiras. Acomodou-se de frente para a Innes, embora sua atenção estivesse sendo roubada pela adaga encantada ainda em sua mão. No leste, eles não tinham adagas com poderes mágicos capazes até mesmo de criar fogo, embora tal feito fosse compatível com a capacidade dos ferreiros Tamerlaine. Porém, o custo à saúde deles para fabricar aquilo era alto demais, por isso eram poucos os Tamerlaine dispostos a pagá-lo.

Adaira apagou a chama da adaga e a deixou ao lado das velas. Olhando para Innes, viu a luz do fogo dançar no rosto esguio da mãe. As tatuagens de anil no pescoço dela se destacavam na pele pálida.

— Você diz que ainda não confia plenamente em mim por não me conhecer — disse Innes. — Mas você é minha filha, e não tem nada a temer vindo de mim. — Ela parou e olhou para as mãos. Para a tinta azul pintada nos dedos. — Concedo-lhe este momento para perguntar o que quiser — declarou. — Responderei o que puder.

Adaira ficou espantada com a oferta. Algumas perguntas ardiam em seus pensamentos desde sua chegada, mas agora ela precisava de um momento para pensar.

Ela queria saber por que a música era proibida no oeste; se entendesse, talvez pudesse convidar Jack para uma visita segura. Porém, antes de convidar Jack, precisava saber onde estava o pai dele — o homem que a entregara aos Tamerlaine em segredo após Innes ordenar seu abandono no bosque Aithwood.

Será que ele tinha sido executado? Ou estava vivo? Adaira não fazia ideia, e não conseguiria encarar Jack sem essa resposta. Era outro motivo para ter desacelerado a correspondência com ele; vivia sob um pavor constante de ele perguntar pelo pai em uma carta, e de David, ao lê-la, perceber de quem Jack era filho.

Só restava a Adaira esperar que Jack tivesse astúcia suficiente para ler nas entrelinhas do que ela escrevia, e entender que as cartas não eram íntimas. Que ele não se ofendesse pelo distanciamento que ela vinha tentando manter.

Porém, pensar demais naquilo sempre a deixava enjoada, como se tivesse engolido muita água do mar.

Ela ajeitou uma mecha de cabelo úmido atrás da orelha e tentou não pensar em Jack e na correspondência interceptada. Então enrolou mais um momento, tirando um carrapicho da flanela. A pergunta queimava sua língua — *Onde está o homem que me levou para o leste?* —, mas, quando Adaira ergueu o rosto e flagrou Innes olhando para ela com um carinho que até então não tinha visto na expressão da baronesa, as palavras se esvaíram.

Ela ainda não podia perguntar aquilo. Seria um empecilho entre elas, e sabe-se lá quando Innes ofereceria outra oportunidade daquelas. Adaira precisava esperar mais um pouco.

— A senhora pensou em mim? — murmurou. — Nesses anos todos... cheguei a passar por sua cabeça, mesmo achando que eu estivesse morta?

Você se arrependeu da decisão de abrir mão de mim?

— Sim — disse Innes. — Mas nunca achei que você estivesse morta. Eu acreditava que você tinha sido levada pelos espíritos do ar. Em algumas épocas da vida, não passei um dia sequer sem pensar em você. Eu caminhava pelo bosque Aithwood e escutava o vento, e imaginava você como espírito, soprando pelo ermo. Era um pequeno consolo, porém, e eu não o merecia.

Adaira abaixou os olhos para o chão de terra. Ficou sem saber o que responder, aliás, ela não sabia nem o que sentir, mas a resposta da mãe foi contundente como uma lança.

— Tive outra filha, depois de você — continuou Innes. — Três anos depois de você e Moray nascerem. Ela veio ao mundo fraca e pequena. Assim como você, mas, desta vez, eu soube que não deveria entregá-la aos feéricos.

— Como ela se chama?

O coração de Adaira começou a bater mais forte. Ela não conseguia decifrar a própria expressão facial, mas imaginava ser algo semelhante a avidez, pois a baronesa logo desviou o olhar, voltando-se para as sombras.

— Ela se chamava Skye.

Chamava.

— O que aconteceu com ela? — perguntou Adaira.

— Foi envenenada por um de meus condes — respondeu Innes.

— Eu... Meus pêsames.

— Quem merece pêsames é ele, depois de eu tê-lo punido.

— O conde?

Innes confirmou e passou a mão pelo bolso interno do gibão. Dali, tirou um frasquinho de vidro, que aproximou da vela, analisando o líquido transparente dentro dele.

— Por que você acha que eu a trouxe comigo para ver o corpo do pastor? — perguntou a baronesa.

Adaira estremeceu. As roupas úmidas de névoa estavam começando a pesar e a incomodar a pele. A virada da conversa a deixou ansiosa, e ela resistiu à vontade de estalar os dedos.

— Queria que eu visse que seu povo sofre de desespero e fome suficiente para matar por recursos.

—Algo que você nunca presenciou no leste, imagino? Já que os Tamerlaine nunca conheceram a verdadeira fome ou a carência — disse Innes. — Você nunca viu como estas duas coisas podem levar alguém a fazer coisas inimagináveis.

Era verdade; mesmo que a plantação de um vizinho não desse muito certo, ou que os Breccan roubassem deles, outros membros do clã Tamerlaine sempre se juntariam para ajudar a suprir o que se perdera. O barão chegava até mesmo a distribuir provisões da reserva do castelo. Nunca era necessário acumular ou roubar, embora ainda acontecesse, em raríssimas ocasiões.

— De certo modo, fico feliz — continuou Innes. — Fico aliviada por você nunca ter passado dias sem comer, ou por nunca ter bebido água que a adoeceu, nem ter precisado lutar com alguém que amava para lhe roubar a subsistência. Mas isso a deixou mole, Cora. E, para florescer aqui, você precisa gastar essas partes de si até os ossos.

— Entendo — respondeu Adaira, talvez rápido até demais.

Ela queria ser aceita pelo seu clã de sangue, chegar a um ponto em que não fosse mais vista com desconfiança, nem observada onde quer que passasse, nem encarada com desconfiança ao se expressar.

E, em algum recôndito de seu coração, que quase tinha medo de admitir, Adaira queria merecer o respeito da mãe.

Innes estreitou os olhos azuis, fechando os dedos e escondendo o frasco no punho. Então ela levou a mão à boca por um momento, e Adaira sentiu o suor fazer cócegas ao longo de suas costas. Perguntou-se se estaria prestes a encarar o primeiro desafio para gastar sua moleza.

— Quando Rab Pierce pediu minha "sabedoria", na verdade foi um pedido para que eu autorizasse uma incursão no leste — explicou Innes. — Isso evita o crime e o desespero entre meu povo, e minhas masmorras já estão repletas de criminosos.

Quando Rab encontrar o culpado por assassinar o pastor, haverá mais uma pessoa faminta trancada no escuro.

Adaira não respondeu. Um protesto subia pela sua garganta, mas ela enrolou a língua e segurou as palavras detrás dos dentes.

— Com seu irmão sob custódia dos Tamerlaine — disse Innes —, não posso abençoar uma incursão no leste. Mas há outro modo de conter a fome crescente do clã, o qual anunciarei amanhã à noite, quando convocar meus condes e seus herdeiros para um banquete no meu salão.

Ela jogou o frasco no ar. Embora pega de surpresa, Adaira o capturou antes de o vidro se espatifar no chão.

— O que é isto aqui? — perguntou, rouca, vendo o líquido se reacomodar no frasco.

— Chama-se Aethyn — respondeu Innes. — Foi o que matou sua irmã. O único veneno no oeste para o qual não temos antídoto. Como não tem cheiro, nem gosto, é fácil envenenar a bebida de alguém sem medo de descoberto.

O corpo de Adaira virou chumbo. Se Innes a mandasse se levantar, ela não conseguiria. Seu sangue, porém, ainda corria quente e rápido nas veias.

— Está me pedindo para envenenar um de seus condes amanhã?

Innes ficou quieta, se demorando um pouco demais para o gosto de Adaira.

— Não. Estou pedindo para você ir comparecer ao jantar, para que eu a apresente formalmente como minha filha para os nobres Breccan. Mas você não pode sentar-se à mesa entre eles sem o devido preparo.

— Então está pedindo para eu *me* envenenar primeiro?

— Sim. É uma dose pequena.

— Mas pode me matar?

— Nessa quantidade, não. Servirá de resguardo, proteção, caso sua taça seja envenenada com uma dose letal. Porém, você sentirá, *sim*, efeitos colaterais, e precisará continuar a tomar as doses para criar tolerância.

Adaira riu, se perguntando se aquilo era um sonho. Ela mordeu a bochecha quando notou a frieza na expressão de Innes.

— E se eu não quiser me envenenar? — perguntou. — E aí?

— Você ficará em seus aposentos amanhã. Não irá ao banquete, e não conhecerá oficialmente meus nobres — respondeu Innes ao se levantar.

Ela começou a apagar as velas com os dedos. Lentamente, a toca foi sucumbindo às trevas outra vez.

— A escolha é sua, Cora.

Capítulo 5

Frae estava largada no tapete na frente da lareira, lendo um livro, quando o fogo se apagou de repente. Houve um lampejo de calor e um estalido antes de a madeira se desfazer em cinzas, e Frae recuou, sem fôlego, ao ver as chamas se extinguirem em fumaça.

Ficou tão surpresa com o comportamento estranho do fogo — afinal de contas, tinha acabado de botar mais lenha na lareira — que levou um instante para saber o que fazer. A casa parecia desequilibrada sem as chamas. Frae fechou o livro e se levantou devagar. Mirin dera a ela a incumbência de preparar o chá do jantar, e a chaleira no gancho de ferro ainda não tinha fervido. Resolveu reacender o fogo com a lenha do cesto e a pederneira, mas, quando as faíscas se recusaram a gerar uma chama, Frae soube que algo estava errado.

Mirin estava na horta, colhendo folhosos para o jantar, e Jack, no quarto. Frae vira a harpa nova que ele trouxera para casa no dia anterior, e precisara de todas as forças para engolir as perguntas que tanto quisera despejar nele.

Onde você arranjou esta harpa? Quer dizer que vai tocar de novo?

Ela temia irritá-lo com perguntas demais, ou dissuadi-lo de dedilhar a harpa nova, mesmo que Jack sempre fosse gentil e carinhoso para com ela. E ela sabia que ele devia estar ocupado com alguma coisa importante, porque se trancara no quarto desde o dia anterior.

Ainda assim, Frae decidiu procurá-lo primeiro.

Ela foi até a porta e bateu.

— Jack?

— Pode entrar, Frae.

A porta se abriu, rangendo, e Frae espiou lá dentro, muito educada. Viu o irmão mais velho sentado à mesa perto da janela aberta, que deixava entrar o entardecer fresco de verão e o canto de uma coruja. Na mesa estava uma variedade estranha de musgos, samambaias, flores murchas, galhos e grama trançada.

— O que você está fazendo? — perguntou ela, atraída pela estranheza, até chegar mais perto e ver que ele estava escrevendo notas musicais no pergaminho.

— Estou compondo uma nova canção — disse ele, abaixando a pena para sorrir para ela.

Ele estava com os dedos manchados de tinta e o cabelo desgrenhado, mas Frae não disse nada. Já tinha notado que Jack não era lá muito organizado, e frequentemente deixava a flanela e as roupas amarrotadas no chão.

— Posso escutar? — perguntou ela.

— Talvez. Esta composição é para uma tarefa importante, mas posso tocar outra só para você.

— Hoje?

— Não sei — respondeu ele, sincero. — Preciso concluir esta balada o mais rápido possível.

— Ah.

— Você precisa de ajuda com alguma coisa, Frae?

Ela lembrou-se e soltou:

— O fogo apagou.

Jack franziu a testa.

— Precisa que eu acenda outro?

— É que eu *tentei* — disse ela. — Não acende, e não sei o que fazer.

Jack levantou-se e foi até a sala escura. Frae foi atrás dele, roendo uma unha. Ficou observando enquanto Jack pegava a lenha no cesto e empilhava na lareira. A pederneira faiscou na mão dele, mas o fogo se recusou a pegar. Por fim, ele se agachou e olhou para as cinzas.

— Será que é por causa da harpa? — murmurou Frae.

Jack a olhou bruscamente.

— Da harpa?

— A harpa nova que você trouxe ontem. Talvez o fogo queira que você toque.

Ele não teve tempo de responder. A porta de casa se abriu, era Mirin voltando do jardim. Ela pendurou seu xale na entrada e olhou para os filhos.

— O que aconteceu com a lareira? — perguntou, deixando a cesta na mesa.

— Acho que a lenha está ruim — disse Jack, se levantando.

Mirin arqueou uma sobrancelha escura, notando a pilha de lenha ao lado da lareira. Ela e Frae tinham ido colher madeira no bosque Aithwood apenas dois dias atrás. E nunca antes aquela madeira se recusara a queimar.

— Vou buscar lenha nova na floresta — ofereceu Jack.

O coração de Frae pulou no peito. Ela puxou a manga de Jack.

— Mas está anoitecendo! Não é bom entrar no bosque no escuro.

— Eu tomo cuidado — prometeu ele.

Frae quase revirou os olhos. Às vezes, Jack não escutava bem, especialmente quando estava absorto na música e parecia se esquecer de como era o reino onde vivia.

— Sua irmã está certa — disse Mirin. — Deixe para amanhã, Jack. Hoje podemos jantar sopa fria à luz de velas.

Frae ficou olhando Mirin tentar acender as velas. O sol tinha se posto completamente, e a escuridão começava a florescer na casa. Frae notou a dificuldade de sua mãe com a pederneira. Os dedos dela estavam duros de tanto tecer magia ultimamente.

Nem os bálsamos de Sidra vinham aliviando a inflamação, e Frae sentiu um calafrio quando Mirin, desistindo, entregou a pederneira para Jack.

Porém, quando Jack tentou acender as velas, o fogo não pegou nos pavios. Na penumbra, Frae percebia a cara fechada do irmão e o brilho de preocupação em seus olhos.

— O que a gente faz? — perguntou Frae.

— Venham, sentem à mesa! — declarou Jack, com a voz estranhamente animada, e deixou a pederneira de lado.

Quando Mirin e Frae continuaram de pé, chocadas pelo tom alegre, ele as pegou pelo braço e as conduziu. Fez Mirin sentar-se primeiro, e depois Frae, então foi à despensa e pôs-se a procurar algo ali.

— O que você está fazendo, Jack? — perguntou Frae, se levantando.

Ele estava agindo como se não tivesse nada de errado, e ela estava confusa.

— Servindo jantar. Sente-se, por favor, Frae.

— Mas e o fogo?

— Não vamos precisar de fogo hoje — disse Jack, sem olhar para trás.

Outra vez, o tom leve dele destoava completamente de sua personalidade. Porém, Frae não podia negar que aquele bom humor era reconfortante.

Se Jack não estava preocupado, ela também não precisava se preocupar.

Frae voltou a sentar-se e olhou para Mirin. A mãe a observava, e antes de enfim encará-la pareceu melancólica. Então Mirin sorriu, reconfortante, mas Frae voltou a sentir uma pontada de preocupação. A mãe andava tecendo demais, e a magia a deixava doente. Frae precisava ajudar mais. Só que se o fogo da lareira se recusasse a acender, elas não conseguiriam trabalhar à noite...

Frae se distraiu com Jack, que finalmente trouxe o jantar.

Pão fatiado, manteiga fresca, um vidro de mel, arenque defumado e um pedaço de queijo. Frae mal enxergava a comida servida na mesa, mas o cheiro fez sua barriga roncar.

— Quem é que precisa de sopa quente? — perguntou Jack, servindo um pouco de leite para cada um, já que a água do chá nem chegara a ser fervida. — Isto aqui é comida de taberna, onde nascem histórias e baladas.

— Comida de taberna? — ecoou Frae.

— É. Encha o prato e comece a comer, que vou contar uma história — disse Jack, acomodando-se na cadeira. — Uma história nunca contada nesta ilha.

Frae ficou intrigada. Encheu seu prato depressa e começou a comer, escutando Jack contar uma história do continente. Ou, pelo menos, ele *alegava* que era do continente, e Frae se perguntava se ele não estaria inventando aquilo tudo na hora.

De qualquer jeito, a história era boa, e só depois de se empanturrar ela percebeu como tinha escurecido.

— Venha, Frae — disse Mirin, se levantando. — Acho melhor irmos dormir cedo hoje. O fogo nos disse que precisamos descansar. Agradeça seu irmão pelo jantar e venha comigo.

Frae se levantou, com o prato vazio na mão. Ela ia deixá-lo na tina para lavar, mas Jack pegou o prato.

— Eu cuido disso — disse ele. — Vá com a mamãe, irmãzinha.

Frae deu um abraço nele e agradeceu pela história. Quando Mirin pegou a mão dela e a levou ao quarto em meio à escuridão, ela aquiesceu.

Ao descalçar as botas, Frae não enxergava nada. Tateou o baú de carvalho e pegou a camisola. Quando conseguiu se vestir naquele breu, Mirin já aguardava na cama.

— Por que o fogo não acendeu, mãe? — perguntou Frae, se aconchegando junto a Mirin.

A mãe puxou a coberta até os ombros.

— Não sei, Frae. Mas vamos cuidar disso amanhã. Durma bem, querida.

Frae estava achando que não ia conseguir dormir naquela noite. Ficou um bom tempo em claro, de olhos abertos na escuridão, tomada de pensamentos e dúvidas. Em algum momento, porém, adormeceu. E sonhou de novo com o Breccan. Aquele que ela vira ser arrastado pela casa deles semanas antes. O prisioneiro que chorara o nome de Mirin.

O homem ruivo. De cabelo igual ao de Frae.

Ela nunca sentia medo ao vê-lo, muito embora ele fosse seu inimigo. Na verdade, ela pressentia que ele estava em perigo, e por isso a procurava em sonho. Toda vez, ele dizia o nome dela, e desaparecia antes de ela poder responder.

Porém, ela não sabia quem ele era, nem como ajudá-lo, nem no mundo real, nem no onírico.

Ela não sabia como salvá-lo.

Jack limpou a cozinha em silêncio no escuro. Com Frae e Mirin no quarto, ele finalmente podia baixar a guarda. Suspirou e sentou-se à mesa da cozinha, cobriu o rosto com as mãos e se perguntou o que faria em relação ao fogo.

Sem fogo, eles morreriam devagar. Teriam de ir embora da casa e do sítio, e ele sabia que Mirin se recusaria a partir, por causa do tear. Era o ganha-pão dela, que ela não abandonaria, mas Jack também sabia que o que estava causando problemas não era a madeira, a lenha, nem mesmo a pederneira. Era o fogo em si, e tal fato o enfurecia. Saber que o espírito do fogo que protegia a lareira da mãe se voltara contra eles, recusando-se a acender.

Ele se levantou e foi tateando até o quarto.

A janela ainda estava aberta, e dava para ver o céu noturno do outro lado das colinas. As estrelas tinham se aglomerado feito cristais esparramados em lã escura, e a lua subia atrás de um tufo de nuvens. Jack parou de pé diante da escrivaninha, se perguntando se conseguiria continuar a compor à luz celeste, mas mal enxergava as notas já desenhadas.

Era melhor dormir, então. O que mais ele poderia fazer no escuro?

Ele começou a tirar as botas e tateou pela cama até encontrar a harpa de Lorna, pousada sobre a colcha. Esbarrou acidentalmente em uma das cordas, que vibrou em resposta, ávida para cantar. Jack sentiu algo despertar dentro de si, como brasas frias ardendo sob um sopro.

Ficou paralisado, a cabeça a mil. Nas últimas semanas, seu desejo de tocar e cantar ficara dormente. Adaira dizia que a música era seu primeiro amor, e o sentimento voltava a se agitar dentro dele, como uma flor brotando sob a geada. Ele sabia que um dia voltaria, mas previra que, antes de ceder, teria de chegar a um ponto em que não tocar era insuportável. E aí ele não teria opção além de escancarar seus ossos teimosos e encontrar a música escondida ali, reluzindo na medula.

Jack hesitou por apenas um momento antes de se entregar à música. Pegou a moldura de madeira da harpa e a levou pela porta dos fundos.

Encontrou o lugar onde tinha tocado e cantado pela última vez. Um pedaço macio do solo, com vista para o rio e para o bosque Aithwood. Sentou-se na grama à luz das estrelas, voltado para o oeste.

Era ali que Jack tocara a harpa até suas unhas caírem e seus dedos sangrarem. Ali tocara até perder a voz e seu coração derreter como ouro no fogo. Tinha invocado o rio, o bosque e a flor de Orenna para trazer Moray de volta, com Frae em seus braços. E os espíritos tinham respondido e obedecido a Jack. Era um poder atordoante, que lhe dera um prazer particular.

Mas não era poder que ele queria naquela noite.

Ao levar a harpa de Lorna ao peito e passar a alça de couro pelo ombro, ele fitou as sombras do bosque Aithwood. A sensação era de abraçar uma desconhecida, mas ele sabia que o instrumento acabaria por se adaptar ao seu corpo, e seria recíproco.

Juntos, eles encontrariam um ritmo e um equilíbrio, aprendendo as peculiaridades, os segredos e as tendências um do outro.

Ele só precisava *tocar*.

Jack posicionou os dedos nas cordas, mas não soou nota alguma. Ainda não.

Ele tinha escrito uma carta para ela de novo, conforme a sugestão de Torin. Na véspera, tinha mandado um corvo entregá-la, mas Adaira ainda não respondera. Jack estava irritado, preocupado, incomodado, sufocado pelo silêncio. Queria acreditar que saberia se ela estivesse em perigo, apesar da distância. Afinal de contas ele era a metade dela, e estava unido a ela, assim como ela a ele. Porém, talvez Jack estivesse se deixando levar pelo excesso de baladas de amor eterno e almas gêmeas.

Talvez o amor só servisse para fazer de nós uns tolos e fracos. Ele se permitiu afundar na fraqueza, ao mesmo tempo em que se lembrava de nadar com ela no mar. De cantar para os espíritos ao lado dela. Lembrou-se da voz arrastada dela ao chamá-lo de "velha ameaça". Dos cardos lunares trançados nos cabelos dela, complementando sua beleza distinta. Lembrou-se do dia em que ela se ajoelhara diante dele, com um pedido de casamento sucinto, porém adorável. Lembrou-se do sorriso dela na cerimônia de noivado.

Lembrou o gosto da boca de Adaira, da maciez de sua pele, do ritmo de sua respiração. Do encontro de corpos, unidos na cama. Das palavras que ele dissera a ela, vulnerável, exposto, delineado pela luz.

Ele tocou uma corda; soou brilhante como as estrelas no céu. Sentiu a nota ecoar no peito. Puxou outra e escutou o som se espalhar pelo ar livre. Doce e quente, luz do sol brotando à noite.

— Se eu sou fraco por desejá-la, que eu acolha a fraqueza e a transforme em força — disse, o olhar fixo no oeste. — E, se você deve me assombrar, que eu a assombre também.

Jack começou a tocar. O vento do leste soprava às suas costas, emaranhando seus cabelos, e ele fechou os olhos. A música começou a se desenrolar em suas mãos, intrínseca e espontânea. Era uma canção que ele descobria conforme avançava, e então ele se permitiu a liberdade de abrir mão dos temores, das preocupações, das incertezas que carregava. De se entregar e simplesmente *respirar* as notas. De derreter no fogo da música.

Ele não estava cantando para a ilha, nem para si. Estava cantando pelo que fora um dia e pelo que ainda poderia vir a ser.

Ele cantava por Adaira.

Capítulo 6

Adaira entrou no salão dos Breccan com joias trançadas no cabelo e algo semelhante a gelo brilhando nos dedos. Era o veneno no sangue que a estava deixando com frio. Ela cerrou as mãos até sentir as unhas marcarem suas meias-luas nas palmas, um lembrete de que ela não estava congelada.

Ela decidira tomar o veneno porque queria ir àquele jantar e conhecer a nobreza. Queria escutar a conversa deles e mostrar que tinha seu lugar à mesa. Porém, ao mesmo tempo não conseguia ignorar a pontada de apreensão que sentia ao pensar em Innes e em uma possível incursão.

Se os Breccan já estavam passando fome no auge do verão, recorrendo a roubos e assassinatos, o desespero só faria piorar no outono e no inverno. Talvez Innes acabasse cedendo e dando sua bênção para uma incursão. E, se o fizesse, o lugar de Adaira no oeste ficaria ainda mais precário. Uma incursão também colocaria Torin em uma posição perigosa, e o forçaria a escolher entre matar ou não os Breccan invasores, entre exigir restituição ou deixar para lá. Adaira temia que uma incursão deflagrasse guerra na ilha.

Porém, se Adaira estivesse à mesa, frente a frente com Innes, ela achava que a baronesa ficaria menos disposta a aprovar a incursão.

O coração dela batia devagar, devagar demais. Dava para sentir a pulsação na garganta, como sal estalando nas veias, e ela se perguntava se os vasos no peito parariam de bombear tão logo ela se acomodasse à mesa. Se ela daria seus últimos suspiros naquele jantar traiçoeiro. O ritmo vacilante do sangue a deixava ao mesmo tempo zonza e lânguida. Estranhamente, ela não sentia medo, mesmo sabendo que deveria estar acuada sob sua mira contundente.

Era sua primeira vez no salão, e ela esperava ver um espaço decadente e fumacento, com janelas estreitas e feno no piso enlameado. Um lugar descuidado, violentado pelas intempéries e manchado de sangue velho.

O que encontrou, portanto, praticamente lhe roubou o fôlego.

Os pilares eram esculpidos em madeira, imitando sorveiras vigorosas. Os galhos formavam uma copa elaborada no ponto mais alto do teto, de onde pendiam correntes de pedras preciosas vermelhas e lustres de ferro. Centenas de velas queimavam lá no alto, a cera derretendo em estalactites. O piso de pedra era tão polido que Adaira via seu reflexo. As janelas, arqueadas ao longo das paredes, eram feitas de vidro com mainel, cuja distribuição imitava a flor de Orenna: quatro pétalas vermelhas com toques dourados. Adaira só podia imaginar como seria a luz do sol queimando forte através daquela linda vidraça.

Ela desacelerou o passo, deixando a atenção voltar ao centro do salão, onde a mesa comprida estava posta para o banquete. Os condes e herdeiros já estavam presentes, sentados nos lugares designados. O salão vibrava como uma colmeia de tanta conversa, o zumbido pontuado pelo tilintar da prataria e dos cálices.

Adaira parou entre duas pilastras de sorveira.

Estava atrasada.

O banquete já tinha começado, embora Adaira estivesse chegando exatamente no horário indicado por Innes. Ela sabia que seu coração deveria estar a mil. Deveria estar latejando, mas, na verdade, mal batia. O gelo se espalhava por suas veias, o Aethyn continuando a carcomê-la. Adaira permaneceu nas sombras, observando os Breccan.

Ninguém havia notado sua chegada até então, exceto pelos guardas postados às portas, que, imóveis como estátuas, limitavam-se a observá-la em silêncio. Adaira aproveitou o momento para percorrer os nobres com o olhar, reconhecendo alguns, e notando outros que nunca vira. Finalmente, encontrou a mãe, sentada à cabeceira.

Adaira quase não a reconheceu.

Innes usava um vestido preto, bordado com luas douradas. O decote era quadrado, expondo as tatuagens de anil entrelaçadas que dançavam em seu peito. Uma rede de pedras preciosas azuis cobria seu cabelo loiro-platinado, que estava solto, comprido, caindo pelas costas como uma cascata.

Adaira respirou fundo duas vezes, e então Innes sentiu seu olhar.

A baronesa se voltou rapidamente para a porta, seus olhos cintilando de luz do fogo e tédio, como se os condes todos estivessem relatando as histórias mais previsíveis. Porém, semicerrou os olhos imediatamente ao notar Adaira à espera nas sombras.

Você me enganou, Adaira quis chiar. *Você me fez de boba, mandou que eu chegasse atrasada a um jantar para o qual me envenenei.*

Ela estava cansada dos testes, dos desafios, da intromissão. Estava cansada de fazer tudo o que Innes e David pediam. Tinha aguentado quase *cinco* semanas ilesa sob seu poder, mas estava *exausta*.

Adaira pegou a saia de tecido grosso azul bordada com estrelinhas prateadas, e estava prestes a dar as costas a Innes e ir embora quando a baronesa se levantou. A cadeira de espaldar alto arranhou o chão ruidosamente devido ao movimento abrupto, chamando a atenção dos nobres. As conversas morreram no meio das frases quando os condes olharam Innes, boquiabertos, inteiramente ignorantes do que interrompera o jantar, até que de repente a baronesa estendeu a mão:

— Minha filha, Cora — declarou.

A voz dela soou grossa e áspera, como se tivesse pronunciado aquele nome centenas de vezes. Talvez fosse verdade. Talvez ela de fato o tivesse soprado ao vento todos os anos, na esperança de Adaira escutar e responder.

De repente o salão virou uma cacofonia, os condes se levantando às pressas. Um a um, eles se ergueram para Adaira e se viraram para ver sua chegada.

Ela então atravessou o salão, devagar. Não olhou para os homens e mulheres reunidos à mesa, em suas melhores roupas e joias cintilantes. Sequer olhou para David, de pé à esquerda da baronesa.

Adaira manteve o olhar fixo em Innes. Sua mãe, com as joias cintilando no cabelo, as luas no vestido, a mão estendida para a filha. Ela lia o pensamento de Innes, o toque feroz em sua expressão: *Esta é sangue do meu sangue, feita de mim, e é minha.*

Adaira tentou se lembrar se Lorna ou Alastair já tinham olhado para ela de modo tão protetor, como se fossem capazes de arrancar o coração de quem ousasse fazer mal a ela. Tentou se lembrar, mas as lembranças com eles eram todas gentis, tecidas em calor, riso e conforto.

Adaira nunca temera os pais no leste.

Ela se lembrava vividamente de sentar-se no colo de Alastair quando era pequena, e de escutar ele contar histórias do clã ao cair da noite. Depois de ela muito importuná-lo com pedidos insistentes, ele enfim a treinara a empunhar uma espada, e assim eles passaram inúmeras horas ao sol do pátio de treinamento, lutando até ela aprender todas as guardas e saber se proteger. E depois que ela já estava crescida, ele a convidava para a sala do conselho e pedia sua opinião sobre assuntos do clã, sempre interessado em escutá-la.

Ela se recordava de cavalgar pelas colinas com Lorna até os cavalos ficarem ensopados e o vento carregar sua gargalhada ao sul. Elas sentavam-se na grama e admiravam o mar, almoçando a comida levada no alforje, conversando sobre seus sonhos.

Ela se lembrava de deitar-se no chão do torreão da música, onde lia e escutava enquanto Lorna ensaiava na harpa, tocando as notas e cantando as baladas que enchiam Adaira de coragem e nostalgia.

O amor que Innes oferecia não se parecia em nada com o de Alastair e Lorna.

Era afiado e cortante, como as pedras azuis em seus cabelos. Era feroz e possessivo, composto de linhagens, tradições, e uma ferida que ainda doía, mesmo vinte e três anos depois. Ainda assim, Adaira sentiu alívio ao finalmente vê-lo e entendê-lo — ao tomar conhecimento de que o afeto ardia em Innes. Era como se a aspereza do vento a tivesse desbastado em uma lança capaz de atacar, mas também de defender até a morte. Ser amada por Innes era viver atrás de seu escudo, em uma terra onde condes envenenavam filhas.

De repente, Adaira percebeu que tinha muito mais poder ali do que ousara acreditar. A fria Baronesa do Oeste podia estar desesperada para conquistar seu amor, sem saber se seria mesmo possível, depois de tanto tempo e distância.

Ela percebeu também que Innes pedira para ela chegar mais tarde apenas para que sua entrada perturbasse os condes, que já estavam com comida no dente e vinho nadando no sangue. Era uma tática ardilosa, mas genial.

Adaira chegou à cadeira que a esperava, à direita de Innes.

Sentou-se, e seu pai e os nobres seguiram a deixa. Innes foi a última a voltar ao lugar.

Um criado veio encher de vinho o cálice de Adaira. Ela olhou para as travessas que transpassavam a mesa como uma coluna vertebral, contendo pão escuro em pedaços, cordeiro assado, batata e cenoura temperadas com ervas, trufas e cogumelos, queijos macios inteiros, e tigelas de fruta em conserva.

— Sirva-se, Cora — murmurou Innes.

Adaira não estava com fome — era outro efeito colateral do veneno —, mas encheu o prato, sentindo o peso dos olhares dos nobres. Eles observavam todos seus movimentos, e foi apenas depois da primeira garfada hesitante que ela entendeu por que alguns a fitavam com tamanha frieza.

Ela estava sentada na cadeira de Moray.

— Sempre um prazer, Cora — disse Rab Pierce, cumprimentando-a com o cálice.

Adaira o localizou a três lugares dela na mesa. Ela sabia muito bem que ele falava com ela daquele jeito de propósito. A maioria dos nobres ali reunidos ainda não a conheciam, nem sequer a tinham visto, e Rab queria mostrar vantagem ao chamá-la pelo nome e tratá-la com tamanha intimidade.

A mãe dele, condessa Griselda, estava ao seu lado. Ela usava joias no cabelo acaju e em todos os dedos das mãos, que aninhavam o cálice junto ao peito. Sua expressão era tensa, e a pele, clara feito leite, revelava a frequência com que ela ficava dentro de casa. Ela observou Adaira comer, os olhos pesados cintilando feito os de um gato atento a um camundongo.

Adaira flexionou a mão sob a mesa, sentindo o gelo estalar sob a pele.

— Digo o mesmo, Rab — respondeu. — Espero que você tenha resolvido aquele problema de ontem nas suas terras?

Rob retrucou com agilidade:

— Pois saiba que resolvi, felizmente. Talvez possamos conversar melhor depois?

Ele desceu o olhar para o decote fundo do vestido dela, onde a metade da moeda de ouro repousava junto à pele.

Adaira sabia que os Breccan usavam anéis para representar casamento. Sabia que eles não usavam moedas no colar, como faziam alguns Tamerlaine, mas ela também deixara nítido para Rab que era casada e comprometida. Ainda assim, o olhar dele se demorava ali, como se visse um desafio no ouro partido que ela exibia.

Ela não teve oportunidade de responder. Innes mudou de assunto, e Adaira escolheu escutar em silêncio, tentando entender a dinâmica dos nobres. Alguns falavam bastante, enquanto outros ficavam quietos e pensativos. Um dos mais discretos era David, e Adaira encontrou o olhar dele algumas vezes.

O pai dela a observava atentamente, de testa franzida.

Talvez não gostasse de vê-la sentada no lugar de Moray.

Ela não tinha energia para se preocupar com a opinião dele enquanto bebericava seu vinho. Estava começando a sentir dor de estômago. Suas mãos estavam migrando de geladas a suadas, e ela se perguntou se o veneno estaria prestes a acabar de queimá-la por dentro.

Quase derramou o cálice ao pousá-lo na mesa. Esbarrou no prato com um ruído, que chamou a atenção de Innes.

— Reuni todos aqui hoje para fazer um anúncio — disse a baronesa, de repente, a voz se erguendo acima de todas as outras, até a mesa ficar paralisada em silêncio. — Soube que a criminalidade voltou a crescer, conforme os recursos se tornam mais escassos. Que o povo sob seus cuidados está com fome, embora a geada de outono só vá chegar daqui a semanas.

— Vai dar sua bênção para uma incursão, sua senhoria? — perguntou um dos condes. — Se sim, eu posso comandá-la, baronesa.

Adaira se enrijeceu. Ela sentia o calor do olhar de Rab, e da mãe dele. O olhar dos nobres a fulminava, curiosos para saber como ela reagiria caso a mãe declarasse uma incursão.

— Não haverá incursão alguma — disse Innes —, mas eu revogarei a proibição da caça. Por apenas dois dias, vocês podem caçar no ermo e nas florestas do oeste. Cada casa tem o direito de matar até cinco feras, sejam javalis ou cervos, e até vinte faisões, mas não mais do que essa quantidade. Vocês devem ser astutos e cautelosos ao decidir como dividir o espólio, e, caso surja conflito, espero que o resolvam com rapidez.

Cochichos se espalharam pela mesa. Adaira notou que os condes e os herdeiros ficaram surpresos com o anúncio de Innes.

— Sua senhoria prefere arriscar a conservação de nossas terras a nos deixar tomar livremente do leste? — perguntou outro conde. — Não sei se é a decisão mais sábia, baronesa.

— A terra repousa há meses — disse Innes. — Contanto que sigam as regras por mim impostas, o ermo deve se recuperar a tempo da temporada de caça do outono. — Ela se levantou, dando fim ao banquete com uma declaração: — Vão iniciar os preparos. A caça começa ao amanhecer.

Adaira se levantou junto ao restante dos comensais. Ao fazer breve contato visual com Innes, lembrou-se da instrução da baronesa: *assim que eu fizer meu anúncio, volte a seu quarto.* Adaira começou a seguir o caminho pelo salão.

Estava passando sob uma copa entalhada de sorveira quando Rab surgiu ao seu lado, tão perto que esbarrou em seu braço.

— Virá com sua mãe à caçada amanhã? — perguntou ele.

Adaira se desvencilhou dele, mas foi obrigada a desacelerar o passo para responder.

— Não. Eu não me juntarei a ela.

— E por quê?

— Não tenho interesse em caçar.

— Mas não deveria ter?

Adaira suspirou e, relutante, encontrou o olhar de Rab.

— Por que diz isso?

— Ela culpa o fato de Moray estar preso entre os Tamerlaine, mas é *você* o verdadeiro motivo para Innes não permitir uma incursão — disse Rab, baixando a voz. — Acho que muitos de nós estamos começando a cogitar que talvez você seja mesmo em parte espírito, e que esteja jogando um sortilégio nela para fazer o que você bem entender.

Adaira rangeu os dentes, sem saber responder.

— Cace comigo amanhã — murmurou Rab, se aproximando.

Adaira se recusou a recuar, a ceder. Mesmo sentindo o hálito de vinho cobrir seu rosto.

— Prove que é uma de nós, afinal, e não um espírito do vento. Prove que seu sangue é do oeste, e que não tem a menor intenção de fazer mal ao nosso clã.

— Não preciso provar *nada* — respondeu Adaira, ainda rangendo os dentes. — E não sei por que você continua a me perseguir, se não tenho o menor interesse.

— Porque você está solitária — disse ele, em voz baixa, sustentando seu olhar. — Vejo em seus olhos. Vejo na maneira como você anda. Você precisa de um amigo.

Adaira sentiu um nó no peito. Ela odiava que ele estivesse certo. Odiava que aquela acuidade só fizesse aprofundar sua solidão.

— E você logo vai aprender, Cora — continuou —, que esta terra é cheia de noites longas, frias e traiçoeiras. Talvez não a surpreenda saber que também estou solitário, assim como você.

— Eu sou uma mulher casada — disse ela, finalmente se permitindo recuar e deixar a distância entre eles crescer. — Como já disse, não tenho interesse em você, nem no que pode me oferecer.

Ela começou a se afastar.

— Você diz isso agora — retrucou Rab. — Mas garanto que, quando as estações começarem a passar e seu marido se recusar a juntar-se a você aqui, mudará de ideia.

Adaira se virou e dirigiu a ele um olhar gélido.

— Não mudarei de ideia a seu respeito.

— *Rab!* — chamou Griselda, seca, envergonhada por ver o filho babando daquela forma por Adaira. — Hora de ir.

Rab esboçou uma reverência educada antes de sumir em meio à multidão.

Adaira soltou um suspiro profundo, na esperança de ter mantido a compostura. Notou que alguns dos nobres tinham captado a conversa tensa com Rab, e ficou sem saber como agir àquele flagrante. Se estava parecendo vulnerável e fraca. No leste, não havia necessidade de confabular e dançar conforme a música da corte, pensou ela: *Você aguentou cinco semanas. Pode aguentar muitas outras, contanto que não perca a compostura.*

Porém, logo antes de sair do salão, Adaira viu Innes, ainda junto à mesa, assistindo a tudo com olhos escuros e indecifráveis.

O efeito chegou meia hora depois, quando Adaira já estava no quarto, desfazendo o penteado com as joias frias e azuis. O restinho do gelo de Aethyn por fim derretia, e Adaira começava a tremer. Ela se apoiou na mesa. A visão estava ficando embaçada. Suor pingava pelo pescoço e o estômago revirava, de novo e de novo, como a maré revolta por uma tempestade.

Innes a advertira quanto ao incômodo causado pela completa absorção da primeira dose de veneno. Ficaria um pouco mais fácil conforme ela ingerisse mais, porém apenas se conseguisse não botar nada para fora.

— *Pelo amor dos espíritos* — resmungou Adaira, apertando a barriga.

Ela fechou os olhos e tremeu, a pele reluzente de suor. O fogo queimando na lareira estava deixando tudo quente demais, e ela se dirigiu à janela mais próxima. As mãos suavam tanto que ela precisou tentar três vezes até conseguir abrir o trinco do vidro, mas finalmente a janela se escancarou e deixou ar fresco entrar no quarto.

Ela fechou os olhos, tentando se distrair da dor que a rasgava como garras.

Logo, a dor a levou ao chão.

Adaira arreganhou os dentes e engoliu um grito, se contorcendo no chão.

Você achará que está morrendo, explicara Innes. *Achará que eu a enganei e a fiz beber uma dose letal. Mas a dor passará rápido, desde que você consiga se manter firme e suportar o pior.*

— Não consigo — chorou Adaira, se arrastando até o penico. — Não *aguento.*

Os braços dela cederam antes de chegar à cômoda onde ficava o penico. Ela acabou deitada de cara no chão, lutando contra a dor até cada milímetro de seu corpo estar tão tenso que os músculos e veias pareciam prestes a estourar. Ela afundou as unhas no tapete, nos cabelos. Tentou se distrair da agonia que queimava o corpo inteiro, mas nunca se sentira tão fraca e desamparada.

Ela levou a mão ao pescoço e encontrou a metade da moeda. Era como uma âncora, e ela fechou os dedos ao redor do metal dourado, sentindo a borda lhe cortar a palma. Pensou em Jack até tal pensamento ficar tão insuportável quanto a dor, e aí começou a se arrastar pelo piso. No entanto, em meio ao rugido de sua pulsação e dos ruídos da memória, ela escutou: uma melodia muito tênue.

Adaira parou. Encolhida no chão, fixou a atenção no som. Era uma harpa, tocando suavemente ao longe. A música foi ficando mais forte, mais alta, carregada pelo vento que suspirava no quarto.

Quem ousaria tocar no oeste?

Ela se perguntou se estava alucinando; se perguntou se estava morrendo.

Até que ele começou a cantar.

— *Jack* — murmurou Adaira, primeiro tão abalada pelo som de sua voz que não discerniu as palavras.

Mas aí sentiu seu sangue se agitar ao som da música. Então refestelou-se na voz, nas notas que ele lhe entregava, e pouco a pouco a tensão devastadora em seu organismo começou a se aliviar.

Ela fechou os olhos, deitou-se de barriga para cima e ficou escutando Jack cantar sobre o que tinha sido e o que ainda poderia ser. Ela respirava quando ele respirava. O peito dela subia e descia, subia e descia, no ritmo das notas, até elas parecerem costuradas a seus pulmões, dando-lhe estabilidade. Ela o imaginou sentado em uma colina na escuridão, iluminado apenas pelas constelações, voltado para o oeste.

E, quando acabou, quando a voz e a música dele se esvaíram no silêncio, Adaira abriu os olhos.

As últimas câimbras enfim estavam abandonando seu corpo.

Ela olhou para o teto, vendo as sombras dançarem, e continuou a respirar fundo, devagar. Estava prestes a pegar no sono quando um trovão fez o castelo tremer. As pedras sacudiram sob seu corpo, e o jarro e a tina oscilaram na mesinha. As portas do guarda-roupa abriram. Livros e castiçais vibraram na prateleira.

O fogo quase morreu na lareira.

Um relâmpago fulgurou, errático, e o vento começou a uivar. A temperatura desabou, como se o verão tivesse se transformado em inverno, e Adaira tremeu no chão enquanto a chuva fustigava a janela. Uma tempestade irrompia, talvez das mais violentas que ela já vira. Foi o medo que a fez se arrastar até levantar-se, cambaleante, e então correr para fechar a janela antes que o vento arrancasse as dobradiças. Ela notou que o vento tinha rachado o vidro.

Um trovão ribombou outra vez, sacolejando a fortaleza até o talo.

Adaira recuou da janela, com o coração na boca quando o relâmpago se espalhou como raízes de árvore pela noite, ocupando todos os cantos do céu. Ela encostou na cama e sentou-se. Piscando para retomar o foco, pôs-se a observar a tempestade furiosa.

A memória a fez voltar no tempo.

Ela já tinha sentido medo semelhante, na plataforma no Thom Torto. Bane se materializara, furioso por Jack estar cantando. A tempestade que ele trouxera como castigo fora uma experiência aterrorizante... mas ela não estava sozinha.

Jack estava com ela. De dedos entrelaçados aos dela.

Você está solitária... Vejo em seus olhos. Vejo na maneira como você anda.

A voz de Rab era a última que Adaira queria escutar, mas as palavras reverberaram por ela, acertando seus pontos mais vulneráveis. Ela encolheu os joelhos junto ao peito, se perguntando quem estaria se tornando. Tentou se imaginar dali a um mês, dali a um ano. Passando as primaveras e os verões, os outonos e os invernos. A chuva, a seca, a fome, a fartura. Será que ela envelheceria ali, viveria o restante dos dias como uma casca oca do que um dia fora? Qual era seu lugar entre os Breccan, na verdade?

Por mais que se esforçasse, não enxergava o caminho que queria forjar.

Mas talvez porque ela ainda não soubesse qual era o seu lugar.

— Cora?

Ela se levantou, cautelosa, para atender a batida na porta, e encontrou Innes à sua espera no corredor.

Adaira devia estar com uma cara pior do que imaginava, porque a mãe entrou no quarto e fechou a porta, a preocupação reluzindo nos olhos.

— Não se preocupe — disse Adaira, com um tom estranho. Uma voz que soava velha e derrotada. Uma voz que ela não reconhecia. — Eu consegui segurar.

Innes fez silêncio por um momento, então esticou a mão e acariciou as ondas úmidas do cabelo de Adaira.

— Venha, sente-se — disse a baronesa.

Cansada, Adaira acomodou-se em uma poltrona perto da lareira. Ficou espantada quando, com muita delicadeza, Innes começou a tirar as joias que restavam em seus cabelos, guardando-as na mesma caixa de madeira na qual foram ofertadas mais cedo. Não eram safiras, mas ainda assim eram lindas. Pedras preciosas pequenas, mas distintas, cintilando como gelo. Adaira se perguntava de onde elas vinham — se eram pedras escondidas nas minas do oeste — quando a baronesa começou a desembarcar as mechas.

Fez Adaira pensar em Lorna, em todas as noites em que ela fizera o mesmo.

Adaira fechou os olhos com força, até as lágrimas se dissolverem sob as pestanas. Esperava que Innes não reparasse.

— A senhora disse que as outras doses vão ficando mais fáceis — sussurrou, para se distrair.

— Vão. Quer continuar a tomar?

Adaira não respondeu enquanto Innes continuava a pentear seu cabelo sedoso. No momento estava pensando que teria sido totalmente possível Innes autorizar uma incursão caso ela não tivesse se apresentado no jantar. Havia muitos lados da mãe biológica que ela não entendia, e Adaira suspirou.

— Quero — disse por fim, e por alguns instantes ficou escutando a tempestade, então continuou. — Quantos anos minha irmã tinha quando morreu?

Innes hesitou. Quando falou, foi com a voz rouca.

— Skye tinha doze anos.

Adaira imaginou a irmã — cabelo loiro e comprido, e olhos azuis brilhantes, uma menina prestes a se tornar mulher — se contorcendo no chão, sucumbindo à morte lenta e dolorosa. Innes, ajoelhada, desamparada, abraçando a filha até o momento do fim.

Outro trovão sacudiu as paredes.

— Os nobres vão conseguir caçar amanhã nessa tempestade? — perguntou Adaira.

— Vai dificultar muito — disse Innes, abaixando a escova. — E não pode voltar a acontecer, Cora.

Adaira se tensionou.

— A senhora escutou ele tocar?

— Escutei. A música dele provocou essa tempestade, e não dá para saber quanto tempo vai durar.

Innes atravessou o quarto e abriu o guarda-roupa para pegar uma camisola limpa, a qual deixou ao pé da cama.

— Não entendo por que o oeste sofre se Jack tocou no leste — disse Adaira. — Foi apenas um acaso do vento que trouxe as notas para cá.

— Vou contar o que minha avó me contou — respondeu Innes. — A música no oeste incomoda o vento do norte. Quando a harpa está nas mãos certas, os espíritos são atraídos por ela, e as canções podem deixá-los mais fortes ou mais fracos, a depender da intenção da balada do bardo. O bardo pode adormecê-los ou obrigá-los a guerrear entre si. Dada a maldição na fronteira, imagino que o bardo pague um preço alto caso cante para os espíritos do leste, mas, no oeste, ele ganhará um poder incrível. Aqui não existem limites para o bardo, o único limite é o vento do norte, movido pelo medo que os espíritos têm de serem controlados por um mortal.

Adaira ficou quieta, mas pensou em todas as vezes que Jack sofrera ao cantar para os feéricos. Nas dores que sentia. No sangue que escorria de seu nariz, nas unhas quebradas e na voz rouca. Ele só podia tocar por determinado tempo antes de ser debilitado pela magia.

Porém, após ouvir a explicação de Innes, Adaira não resistiu e pôs-se a imaginar Jack cantando no oeste. Ouvindo-o tocar para os espíritos sem custos ao seu corpo.

Ela estremeceu, incapaz de esconder a ardência que a percorreu.

— O clã Breccan sobreviveu até hoje sob a vigília constante do vento do norte — continuou Innes —, mas apenas porque o tememos e obedecemos, e trancafiamos nossa música e nossos instrumentos. E eu não reinei estes anos todos para agora resolver bancar a tola e desafiar Bane bem quando minhas reservas de inverno estão escassas e meu povo passa fome. É por *isso* que seu bardo não deve voltar a cantar para você, mesmo que ele esteja no leste, e nem deve vir para cá com intenção de tocar. Entendeu, Cora?

Adaira pensou na última vez que vira Jack. Na última vez que falara com ele.

Às vezes, ela revivia aquele momento sensível em sonho, e acordava encolhida, chorando no escuro.

Ela o amava o bastante para deixá-lo para trás. Porém, não se sentia mais forte por isso. Não estando ciente de que a decisão fora movida pelo medo.

Ela frequentemente imaginava como seria sua vida caso deixasse Jack acompanhá-la ao oeste. Ele seria proibido de tocar, roubado de sua música. Viveria em uma terra repleta de inimigos: primeiro pelo que era, e segundo pelo sangue em suas veias. Seria separado da mãe e da irmã, com quem acabara de se reencontrar no leste.

E Adaira, que fora arrasada pelo primeiro amor e ainda portava em si essas feridas profundas, não conseguia enxergar Jack sendo feliz com ela. Não quando o preço era abrir mão da essência de quem ele era. Em algum momento, ele decidiria ir embora. Ele a abandonaria, assim como faziam, inevitavelmente, todas as pessoas que ela amava.

Porém, as palavras que ele cantara para ela naquela noite, palavras que viajaram por quilômetros vastos e escuros... Ele ansiava por ela, mesmo depois de ela se distanciar tanto. Mesmo com todos seus medos, erros e cicatrizes.

Ele ainda a desejava.

— Vou escrever para ele — disse Adaira baixinho.

Capítulo 7

Jack só viu a carta de Adaira ao nascer do sol, quando estava andando pela horta. O fogo ainda se recusava a pegar na lareira, e ele estava cansado devido à noite ladeada por sonhos estranhos, quando então viu o corvo empoleirado na janela, esperando pacientemente. Sem saber quanto tempo a ave tinha passado ali, Jack se aproximou. Assim que pegou a bolsinha amarrada no peito do bicho, ele grasnou e saiu voando, batendo as asas iridescentes.

Jack abriu a bolsinha de couro, molhada de chuva, e tirou uma carta amassada. Reconheceu a caligrafia de Adaira, que tinha escrito o nome dele em letras grandes e floreadas. Ele estava prestes a abrir o selo quando notou algo estranho. Tinha uma mancha vermelha suave sob o círculo de cera. Quase como se o selo original da carta tivesse sido removido e substituído por outro.

Um calafrio o percorreu.

Não pode ser, pensou, e abriu a carta com cautela. Sim, dava para ver um arranhão no pergaminho. Alguém tinha removido o primeiro selo e tentado reproduzi-lo.

O coração dele estava a mil ao ler.

Minha velha ameaça,
Odeio trazer notícias maravilhosamente ruins, mas temo informar que a canção que você tocou para mim ontem foi levada

pelo vento e chegou ao oeste. Faz ideia de como saboreei o som de sua voz? Acho que não consigo sequer começar a descrever, então leia nas entrelinhas desta carta e imagine.

Infelizmente, devido à tempestade que sua música atiçou, agora devo pedir que, por favor, pare de cantar para mim, pelo menos de modo que possa atravessar a fronteira. Percebo que esta carta pode ser preocupante, mas, por favor, não me permita angustiá-lo. Estou bem, encontrando meu lugar a cada dia que passa. Ando ocupada, como mencionei em outras cartas, e mais uma vez peço desculpas se minha correspondência tem sido insuficiente.

É claro que sinto saudade e (sim, por egoísmo) me dá prazer saber que, pelo menos, apesar da tempestade, você voltou a cantar e a tocar.

Dê um beijo em Mirin e Frae por mim.

—A.

Jack mal conseguia respirar.

Adaira tinha escutado sua música. O vento do leste transportara sua voz, suas notas, para o outro lado da fronteira. Ele olhou para cima e fixou o olhar no céu do oeste, que estava escurecido de chuva.

O território de Breccan era conhecido como uma região cinzenta, coberta por nuvens pesadas. Porém, Jack se preocupava mesmo assim — temia ter causado problemas para Adaira.

Ele releu a carta e voltou a analisar o selo estranho. Uma suspeita surgia, uma da qual ele não conseguia se livrar. E que o levou de volta à casa escura, desprovida de fogo, onde Mirin tecia nas sombras, aguardando pacientemente que a luz do sol adentrasse as janelas para iluminar inteiramente o tear, e onde Frae seguia dormindo. Jack apenas cumprimentou a mãe e voltou para o quarto, onde encontrou as duas outras cartas de Adaira, guardadas entre as páginas de um livro.

O FOGO ETERNO **105**

Ele as estudou atentamente e viu semelhanças nos três selos de cera. Na primeira carta, não era tão perceptível, mas na segunda, sim.

Desgraçados.

Os Breccan estavam lendo as cartas dela, então provavelmente também liam as que Jack enviava. Talvez aquilo não devesse surpreendê-lo, mas surpreendeu. Como marido dela, ele esperava — no mínimo — a cortesia da privacidade na correspondência entre os dois.

Ele releu rapidamente as três cartas e, desta vez, viu coisas que até então não tinha notado. Ao instruir que ele "lesse nas entrelinhas", ela deixara mais óbvio.

— Que sutileza sua, Adaira — murmurou, sentindo o rosto corar.

Ele odiava ter demorado tanto para entender. Sentado à mesa, Jack se perguntou se eles poderiam se comunicar em código.

Ele botou de lado sua composição para o pomar e pegou uma folha de pergaminho nova. Abriu o tinteiro, pegou a pena, de ponta quase gasta, e escreveu:

Querida Adaira,
Entendido.
E você está correta (já era de se imaginar) ao dizer que sua carta me pegou de surpresa. Mas permita-me acrescentar: a última coisa que desejo é causar problemas para você e para o oeste. Peço as desculpas mais sinceras por não ter cogitado tal possibilidade. Agora, vejo e compreendo. Farei o possível para retificar meu equívoco do lado de cá.

Também fico feliz em saber que está tudo bem com você, e espero ter notícias suas em breve.

— De sua V.A.
P.S. *Imaginei, sim, sua reação nas entrelinhas. Pode imaginar a minha agora.*

P.P.S. *Esqueci de dizer que Mirin e Frae também mandam beijos.*

Jack pegou a cera, mas lembrou-se então de que não tinha fogo para derretê-la. Recostou-se na cadeira e passou a mão pelos cabelos, bufando de frustração. Quem eram os vizinhos mais próximos? Os Elliott, se os espíritos da colina não aprontassem e acrescentassem uns quilômetros à distância.

Jack pensou em pedir "um fogo emprestado" deles, e aí se deu conta do ridículo da situação. Porém, se perguntou, então, se outras lareiras do leste também teriam se apagado na véspera.

Pegou a carta, tendo uma ideia.

Precisava visitar alguém além dos Elliott.

Sidra estava macerando uma mistura de ervas no pilão, com uma panela de aveia borbulhando no fogo, quando ouviu o cão latir. Já tinha aprendido a distinguir todos os ganidos de Yirr, e aquele indicava que tinha alguém ao portão.

Ela soltou o pilão e andou até a porta devagar. Ao entreabri-la, encontrou Jack na entrada da horta, olhando com cautela para Yirr.

— Quieto, Yirr — disse Sidra para o cão. — Está tudo bem. É amigo.

O collie preto e branco ganiu, mas sentou-se e permitiu que Jack se aproximasse.

— Você chegou cedo — comentou Sidra.

Jack sorriu, mas parecia agitado.

— Perdão. Devia ter pensado nisso. Espero não ter acordado você, nem Torin, mas eu precisava de fogo, e de mostrar uma coisa importante.

— De fogo? — perguntou Sidra, intrigada, ao deixar Jack entrar. — E não, Torin já está trabalhando no castelo. Mas Maisie está dormindo, então pode falar baixo, por favor?

O FOGO ETERNO **107**

Jack aquiesceu e entrou. Sidra trancou a porta e ofereceu uma cadeira à mesa da cozinha, afastando os ramos de ervas.

— Quer comer ou beber alguma coisa, Jack? Estou com mingau no fogo, e água quente para o chá.

— Não, obrigado, Sidra. Só fogo e seu selo de cera.

Ela o olhou, boquiaberta, e ele estendeu uma carta.

— Para Adaira — explicou.

Sidra fechou a boca e foi em silêncio ao quarto, para buscar a cera e o selo na mesa. Maisie ainda estava largada no meio da cama, dormindo embolada nas cobertas, e Sidra olhou rapidamente para a filha antes de voltar à sala.

— Posso perguntar o que aconteceu? — disse ela, vendo Jack esquentar a cera na chama de uma vela.

— Pode — disse ele. — O fogo na lareira de Mirin apagou, para começo de conversa.

O coração de Sidra deu um pulo.

— Como assim?

Ela ficou atenta enquanto Jack relatava a noite anterior, e a manhã. Que nada acendia, nem galhos, nem lenha, nem turfa. Nem as velas.

— Que notícia preocupante — disse Sidra, cuja atenção logo foi atraída pela tentativa destrambelhada de Jack de selar a carta. — E você está usando uma quantidade e *tanto* de cera.

— Eu sei — retrucou ele, vibrante. — E boa sorte para o infeliz que tentar abrir.

Sidra sentou-se, vendo Jack marcar o montão de cera com o timbre dos Tamerlaine.

— Eles estão lendo a correspondência de Adaira? — perguntou ela, incrédula.

— Estão — disse Jack. — E eu devia ter reparado antes. Todos deveríamos. Diga para Torin não escrever nada muito delicado nas cartas, porque os Breccan estão lendo.

— Como você sabe, Jack?

Jack explicou, e mostrou a mancha da cera na carta mais recente de Adaira, a qual tinha trazido consigo.

— Eles tiram o selo, o dela ou o nosso, leem a carta, e selam de novo.

— Que... Nem consigo pensar na palavra certa!

— Desprezível? — sugeriu Jack.

— *Isso* — sibilou Sidra. — Coitada da Adi. Será que...?

— Ela está bem, mas agora faz sentido que esteja mandando tão poucas cartas.

A chaleira apitou no fogo. Sidra começou a se levantar, mas sentiu uma pontada aguda no pé esquerdo. Foi tão inesperada que ela quase se desequilibrou, e Jack se levantou com agilidade, estendendo a mão para ajudá-la.

— Tudo bem — disse ela, fazendo pouco caso. — Quer uma xícara de chá antes de ir?

— Não, mas agradeço pela cera e pelo fogo — disse Jack. — Também vim pedir uns tônicos, por favor.

— Para quê? — perguntou Sidra, tirando a chaleira do gancho de ferro.

Jack fez alguns segundos de silêncio, chamando a atenção dela. Ele estava olhando para a carta com o selo volumoso, mas, quando voltou a erguer o rosto, foi com um sorriso tênue.

— Vou cantar para os espíritos outra vez.

Sidra esperou Jack ir embora e a casa voltar ao silêncio.

Exausta, sentou-se na cadeira que Donella costumava assombrar antigamente, quando a fantasma ainda a visitava com frequência. Serviu-se de uma xícara de chá e ficou olhando o vapor subir à luz da manhã.

Você está enrolando.

Então suspirou e desamarrou a bota, que deixou cair do pé. Puxou a meia até desenrolar. Poderia haver uma variedade de motivos para aquela dor aguda no pé, e ela queria se acalmar, apaziguar a preocupação. Não tinha nada ali mais cedo, na hora em que ela se vestira. Ela sabia disso, porque ultimamente vinha prestando muita atenção.

Sem meia, Sidra olhou para a curva do pé, e pestanejou, o choque se emaranhando no peito tal qual um espinheiro. Havia uma manchinha pequena, que poderia se passar por um hematoma, no entanto não era. Um toque roxo e dourado no calcanhar. A praga se espalhava sob o tom castanho de sua pele.

Sidra calçou a meia de volta.

Capítulo 8

Adaira nunca tinha visto uma biblioteca tão triste e deprimente. Parou diante das estantes vazias, vasculhando a coleção parca de livros esfarrapados. Tinham páginas rasgadas e manchadas, tinta borrada, e lombadas partidas, cuja costura mal se sustentava. Ela parou, folheando devagar um dos livros, mas não estava com vontade de ler. Suas têmporas ainda latejavam de leve devido à dose de Aethyn, e a visão seguia vagamente embaçada.

— Achei mesmo que a encontraria aqui.

Ela se virou, e não se surpreendeu ao ver o pai diante de uma das janelas molhadas de chuva, uma silhueta alta em contraste com a luz da tempestade. Como Innes iria passar dois dias fora, caçando com a nobreza, Adaira esperava que David fosse ficar de olho nela.

— Como você está hoje? — perguntou ele.

— Estou bem — disse ela, e deixou o livro na prateleira. — Os Breccan pegam livros da biblioteca e não devolvem nunca?

— Está decepcionada com nossa coleção?

Adaira mordeu o lábio, olhando para as prateleiras quase nuas.

— Não estou encontrando o que vim procurar.

— É porque você está na biblioteca velha.

— Tem outra?

Ele inclinou a cabeça, um convite silencioso, aí saiu andando. Adaira o acompanhou pelos corredores esculpidos em pedra, olhando para o cabelo castanho comprido, solto e bem penteado sob a tiara de prata na cabeça dele. David usava túnica azul e armadura — uma couraça com bordados delicados, avambraços, botas que reluziam com fios discretos encantados, e as luvas que nunca tirava. Uma espada estava embainhada em sua cintura, como se ele estivesse a caminho do arsenal antes de desviar para a biblioteca.

Ele parou à sombra de uma porta de madeira clara e radiante.

— Essa porta está trancada — disse Adaira. — Já tentei abrir.

— Óbvio que está trancada — respondeu David, com ironia, como se achasse graça por ela ter tentado abrir. — Dê aqui sua mão.

Ela hesitou, mas estava curiosa.

Adaira aquiesceu.

Ela não recuou quando David pegou a adaga. Mas mordeu a língua quando ele cortou a pontinha de seu dedo, o sangue brotando com o brilho de um rubi.

— Agora encoste na porta — disse ele.

Ela estremeceu, mas espalmou a mão na madeira, dando um gostinho de seu sangue. A porta se destrancou e se abriu, rangendo. Adaira espiou lá dentro, um ambiente cheio de livros, rolos de pergaminho e velas.

Até então, ela não tinha pensado muito nos encantos forjados que poderiam existir dentro da fortaleza Breccan, afinal de contas tais coisas eram inexistentes no leste. Parecia que o pai compartilhava com ela um segredo, assim como Innes fizera com a toca. Outro sinal de confiança e liberdade, coisas que ela tanto ansiava. A possibilidade de circular pelo castelo e abrir portas que antes acreditava estarem trancadas.

— A biblioteca nova — disse David, parecendo pressentir o redemoinho de pensamentos dela.

Adaira o fitou. Ele não estava sorrindo, mas ela se espantou ao ver o humor que brilhava em seus olhos cor de mel; foi como ver o próprio reflexo no rosto dele. Ela passou pela porta.

Lá dentro, foi recebida pelo cheiro de pergaminho e couro. Candelabros de ferro e velas de cera de abelha. Tinta cor de vinho e madeira de cedro. A sala não era tão espaçosa quanto a outra biblioteca, e também não parecia tão antiga. Adaira começou a examinar as prateleiras, notando que as estantes eram esculpidas em um tipo de madeira com um brilho sutil.

— A biblioteca é encantada? — perguntou.

— De certo modo — respondeu David. — Este castelo foi construído muito antes da formação da fronteira dos clãs, quando a magia começou a fluir livremente das nossas mãos e nossos ofícios. Mas as estantes são muito mais novas, cortadas por um machado encantado. Encoste a mão em uma prateleira e diga o que está procurando. Se a biblioteca tiver o livro, vai mostrá-lo.

Adaira parou diante de uma estante, se perguntando se ousaria pronunciar o que desejava. Era perigoso expor essas coisas. Porém, desde a conversa com Innes na véspera, Adaira só fazia pensar naquilo. *Trancafiamos nossa música e nossos instrumentos.* A fala indicava que nada daquilo tinha sido destruído, e que ainda estava ali, no oeste. Tal constatação fazia Adaira acreditar que os Breccan ainda nutriam uma pontada de esperança. Que sentiam saudade do passado, quando a música ocupava seus salões, quando não tinham se curvado por medo do vento.

Também havia mais no que Innes compartilhara com ela, quer a baronesa soubesse a verdade, ou não.

Adaira acariciou a prateleira de madeira, deixando os dedos se demorarem.

— Estou procurando um livro de música — murmurou. — Estou procurando registros do último Bardo do Oeste.

Apenas o silêncio a respondeu. Ela abaixou a mão e se virou quando David se aproximou.

— Você não encontrará nenhum livro desses aqui — disse ele.

Ele não soou incomodado, nem bravo, como Adaira esperava. Soou cansado e triste.

— Por quê? Os Breccan certamente já tiveram um bardo. Alguém que guardava a história e as narrativas de seu povo.

— Tivemos, e ele causou um problema imenso para o clã — respondeu David. — Em vez de tocar para dar forças ao povo, tocou para ganhar mais poder para si. Em vez de tocar para nutrir a harmonia entre os espíritos, tocou para comandá-los. Não demorou para o fogo enfraquecer, as plantações murcharem, a maré encher, e o vento ficar muito mais feroz do que era.

— Faz quanto tempo? — perguntou Adaira.

— Foi quando Joan Tamerlaine atravessou para o oeste, para se casar com Fingal Breccan — disse David. — Foi aí o começo dos problemas. Uma lenda que você certamente conhece muito bem.

Adaira conhecia, embora a história que tivesse ouvido provavelmente fosse diferente da versão que contaram para David. Ela escutara o lado do leste, que retratava Joan como uma mulher altruísta, que se unira ao barão Breccan em troca de paz na ilha. Porém, Fingal a desejava apenas pela beleza, e nunca tivera intenção alguma de interromper as incursões violentas no leste. Joan e Fingal tinham lutado e se matado no centro de Cadence, derramando sangue e morrendo entrelaçados, ambos tomados de ódio e desdém. A inimizade deles criara a fronteira dos clãs, uma linha mágica que separava oeste do leste, e com isso os espíritos da ilha e sua magia foram gravemente afetados pela mudança.

— Conheço a lenda, sim — disse Adaira.

Ao pensar em Joan, ela se lembrava do livro dividido que Maisie lhe dera. Faltava metade, mas estava cheio de histórias e lendas escritas à mão. O livro um dia pertencera a Joan, e Adaira de repente se perguntava: *Estaria a outra metade aqui, na biblioteca dos Breccan?* Talvez Joan tivesse deixado o resto para trás na tentativa de fugir para o leste.

Adaira encostou a mão na estante.

— Quero a outra metade do diário de Joan.

De novo, a estante ficou quieta. Sem o menor movimento, sem um lampejo de magia.

Ela suspirou.

— Que encanto. Não acredito que o senhor tenha sido sincero.

— Você apenas tem pedido coisas que não temos aqui — disse David. — Em seguida, ele a chocou com uma pergunta abrupta: — O barão do leste a ensinou a empunhar uma espada?

— Claro que ensinou — respondeu Adaira, pensando em Alastair. — Por que a pergunta?

— Gostaria de avaliar sua destreza — disse ele, voltado para a porta. — Ver pessoalmente o que lhe ensinaram.

— Na chuva?

David parou à porta, de mãos cruzadas junto às costas.

— Você logo aprenderá que, se interrompermos a vida sempre que houver uma tempestade, não restaria muita vida a se viver. Aqui, aproveitamos o possível.

Meia hora depois, Adaira tinha escolhido uma espada montante no arsenal e seguido David para um pátio de treinamento. Ou para o que supunha ser um pátio de treinamento. Ao se posicionar no centro, percebeu que era uma arena a céu aberto. Arquibancadas de madeira os cercavam, preparadas para uma enorme plateia. A areia sob suas botas estava cheia de poças fundas o bastante para chafurdar até o tornozelo; sentia a água começando a penetrar o couro quando tropeçou em um monte de areia.

— Que lugar é esse? — perguntou ela, subindo a voz para David ouvi-la em meio ao aguaceiro.

— Um lugar para eu testar suas habilidades — respondeu ele, andando até o centro da arena.

Adaira tentava acompanhá-lo, com dificuldade para enxergar na chuva. O cabelo dela estava ensopado, e a roupa pesava, áspera no contato com a pele. Ela não sabia explicar a inquietação

O FOGO ETERNO **115**

que sentia, nem o que a causara. A arena vazia e assustadora. O terreno irregular onde estava prestes a lutar. A dificuldade para enxergar na tempestade. O resquício de Aethyn no sangue.

— Mudou de ideia, Cora? — perguntou David, sentindo sua relutância.

Adaira parou a três passos dele.

— Não.

— Então empunhe a espada.

Ela pegou o cabo. Ao puxar a espada da bainha e empunhar uma arma pela primeira vez desde que chegara no oeste, Adaira se perguntou se aquele seria outro teste dos Breccan. Ela sabia pouca coisa sobre David. Suas conversas com ele se limitaram aos jantares com ele e Innes, e nos momentos em que ele lhe entregava suas cartas. Cartas que ele lia, como se não confiasse nela, nem em Jack, Sidra ou Torin. Como se ela tivesse ido viver entre eles apenas para armar o fim dos Breccan. Adaira sentiu a raiva crescer enquanto sustentava a espada em meia guarda.

— Innes sabe que o senhor me armou? — perguntou ela, com um toque de ironia.

— Nunca faço nada sem o conhecimento de Innes — disse David, profundamente sério. — Agora... me ataque.

Adaira avançou, rangendo os dentes. Ela atacou David de frente, mas ele se esquivou sem esforço, como fosse parte da chuva. Bloqueou o golpe com a própria espada, e Adaira tropeçou para trás, com as mãos ardendo por causa do choque.

— De novo — disse ele.

Adaira pestanejou, tentando se proteger da água que escorria pelo rosto. A visão periférica ainda piscava, e a cabeça estava latejando, mas ela não queria demonstrar fraqueza. Rapidamente, entrou no ritmo da tempestade e do terreno irregular, baseando-se na memória. Nas lições que Alastair conduzira. No acompanhamento de Torin, que lhe dava dicas. Dias quentes de sol no gramado do castelo Sloane.

David bloqueava os ataques com facilidade. De novo, e de novo, como se lesse os pensamentos dela, como se conseguisse prever cada ação.

Era de dar raiva. Adaira não conseguia nem fazê-lo tremer. Não conseguia provocá-lo a revidar — a luta era somente de ataques dela e bloqueios dele —, e então ela começou a investir com cortes mais bruscos, afundando os pés na areia ao redor dele até abrir uma trincheira.

— Você está atacando com raiva — disse David, finalmente. — Por quê?

Adaira recuou. Seus pulmões ardiam, os braços tremiam. Ela encarou David através da cortina de chuva e tentou ler sua expressão, mas o rosto dele parecia de pedra.

Ela tentou amainar a raiva, mas suas raízes eram profundas. Raiva de David por ter permitido que Innes a entregasse ao leste. Por ter pegado no colo uma criança pequena e fraca, nascida de seu sangue e sopro, e acreditar que seria melhor mandá-la para outro reino. Raiva por ele não ter lutado por ela.

Por outro lado, se ele não a tivesse entregado, Adaira nunca teria conhecido os Tamerlaine. Lorna e Alastair, que a amaram como filha, mas mentiram para ela. Torin, Sidra e Maisie. Jack, que nunca teria nascido caso os Breccan não a tivessem entregado ao Guardião do Bosque Aithwood.

De repente as emoções dela se embolaram, seu peito se apequenou, rachando-se.

Porém, as únicas palavras que conseguiu dizer foram:

— O senhor anda lendo minhas cartas.

David ficou quieto. Adaira notou que o pegara de surpresa.

— Você acha que estou errado — declarou ele, por fim.

— Como consorte da baronesa? Não — respondeu Adaira. — Como pai? Sim.

Desta vez, quando ela atacou com a espada, ele se mexeu. Bloqueou e revidou, forçando-a a entrar em guarda curta para se proteger. Eles então entraram em uma dança brusca, chutando areia e chapinhando poças. Se aquilo tivesse acontecido uma semana antes, Adaira sentiria uma pontada de medo. Medo de David tê-la levado à arena com intenções de testar algo além de suas habilidades. Porém, ela percebeu que ele estava lhe dando a oportunidade de canalizar sua fúria e a mágoa implícita. Estava permitindo que ela descontasse nele aquela raiva, como se soubesse que nenhum dos dois seguiria em frente sem aquele confronto.

Adaira arreganhou os dentes, e o pegou de surpresa com uma finta à esquerda. Ele demorou a bloquear. Fez uma careta, como se de dor, e ela reagiu sem pensar. A espada dela roçou a lateral do tronco dele. Se tivesse feito mais pressão, o teria perfurado com a lâmina.

David grunhiu e se virou com tanta velocidade que Adaira não conseguiu bloquear o golpe. A espada acertou seu braço, cortando a manga encharcada.

Ela recuou aos tropeços, deixando a espada cair. A dor ardente a desorientou, e o mundo pareceu girar. Ela segurou o braço, o sangue escorrendo entre os dedos.

— Droga — disse David, embainhando a espada. — Cora? *Cora!*

Ela caiu de joelhos. Sentia que estava afundando no pântano, e arfou, sentindo o gosto salgado da chuva. O sangue dela estava frio, estalando de tão gélido. Será que a espada dele era encantada? Ela não tinha notado o brilho do aço, mas talvez a tempestade dificultasse. Quando afastou a mão do corte, ela viu que o sangue na pele dela tinha formado gotas. Lembravam pedrinhas preciosas vermelhas, cuja cor ia escurecendo até chegar a um azul com toques lilás conforme endureciam. Na mão dela, cintilavam como lascas de gelo.

— O que é isso? — murmurou, deixando as pedras caírem da mão.

— Cora, olhe para mim.

Um homem se erguia diante dela, em contraste com a chuva cinzenta. Era Alastair, que esticava a mão para equilibrá-la.

— *Pai?* — suspirou.

A esperança arrancou o último fôlego de seus pulmões quando ela mergulhou nas trevas.

Adaira estava deitada em um banco quando despertou, olhando as sombras do teto. O ar cheirava a ervas maceradas, balsávamos adstringentes, mel e chá preto. Por um momento, ela pensou estar na casa de Sidra, e seu coração se contorceu quando a lembrança voltou em uma onda.

Ela estava no oeste. Tinha lutado contra David na chuva. O sangue tinha escorrido entre seus dedos como joias.

Adaira virou a cabeça e pestanejou à luz de velas.

David estava sentado em um banco diante de uma mesa desgastada. Prateleiras revestiam a parede de pedra atrás dele, repletas de frascos de vidro e potes de cerâmica, pilões e ramos de ervas secas. Ele provavelmente sentiu o olhar da filha, porque se virou para ela.

— Eu desmaiei? — perguntou ela, envergonhada.

— Desmaiou. Quer se sentar?

Ela confirmou e o deixou ajudá-la. A visão dela ficou turva por um momento, mas ela pestanejou até sentir-se mais firme.

— Não entendi o que aconteceu — disse. — Eu nunca desmaiei depois de ver sangue.

— Você devia ter dito que ainda estava sentindo o efeito do Aethyn — repreendeu ele, porém com a voz gentil.

Adaira umedeceu os lábios secos. Quando David ofereceu um copo d'água, ela viu as pedrinhas preciosas azuis reluzirem na mesa.

— Achei que sua espada fosse encantada — disse ela.

— Não. O veneno ainda estava no seu sangue.

O FOGO ETERNO **119**

Ele pegou uma das pedras nos dedos enluvados e a aproximou da luz antes de entregá-la a Adaira. Ela a estudou, percebendo que era semelhante às joias que ela usara no cabelo durante o banquete dos condes. Às joias que Innes também usara.

— De quem era o sangue que usei ontem no meu cabelo? — perguntou ela, com a voz vacilante.

— Era do conde que assassinou sua irmã — respondeu David.

— Ainda não entendo.

— A Aethyn é uma flor que cresce aqui — disse ele, enchendo o copo de novo quando ela terminou de beber. — Nasce apenas nas regiões mais perigosas, e sua mera colheita pode ser fatal. Porém, aquele que *sobrevive* ao pegá-la, conhece a verdadeira força da flor, que cria um veneno que se instala no sangue como gelo. Desacelera o coração, a mente, a alma. Em doses maiores, é letal, e não há antídoto. Em doses menores, é possível desenvolver tolerância, ou usar para castigar inimigos. De um modo ou de outro, vai transformar o sangue derramado em pedras preciosas azuis, que muitos nobres usam como joias, para demonstrar sua ferocidade.

Adaira continuava a admirar a pedrinha em sua mão. Era minúscula, muito menor do que aquelas que tinha usado no cabelo. O sangue do homem que matara Skye.

— Imagino que, quanto maior a dose, maior a pedra? — perguntou ela.

David hesitou um momento antes de dizer:

— É. Como seu sangue indicou na arena, só há um resquício do veneno em seu corpo.

— Quando você furou meu dedo para abrir a porta — disse Adaira, encontrando o olhar de David —, por que meu sangue não virou pedra?

— Porque a porta aceitou o sangue antes que desse tempo de coagular — respondeu ele simplesmente.

Ela conteve um calafrio. As roupas ainda estavam molhadas de chuva, e ela sentia a areia saibrosa que entrara na bota. Queria tomar um banho na cisterna morna, lavar do corpo aquela última hora. Porém, ao pousar o copo, uma dor aguda se espalhou pelo seu braço.

Adaira arregaçou a manga.

Uma ferida longilínea dava a volta no braço, no entanto pontos bem costurados tinham fechado a pele. Ela passou o dedo ali, sentindo o volume e a dor incômoda que inspirava.

— Perdão — disse David, rouco. — Eu não queria te machucar.

Adaira soltou a manga. Estava quase com medo de olhar para ele, pois escutava as camadas no pedido de desculpas.

Perdão por cortar sua pele. Perdão por ler suas cartas. Perdão por abandoná-la com os espíritos. Perdão por deixá-la partir sem lutar.

Ela sentia as bordas sensíveis do coração. Ainda via Alastair, estendendo a mão para levantá-la da queda. Da dor e da confusão. Porém, não era ele. Era apenas uma miragem envenenada — ela vira o que *queria* ver.

Ela pigarreou e perguntou, a voz arrastada:

— Está com medo do que Innes fará quando souber que o senhor me arranhou?

David riu, um som tão vivo e caloroso que assustou Adaira, mas ela logo sorriu, sem conseguir resistir.

— Innes ficará muito chateada comigo, sim — disse ele, pegando um pano na mesa. — Passarei um bom tempo pagando penitência. Venha, me deixe ver seu braço.

Adaira arregaçou a manga de novo e viu David passar, com cuidado, bálsamo de mel no corte.

— O senhor é curandeiro — declarou ela.

— Sou. Está surpresa?

Adaira mordeu o lábio, olhando para as luvas de couro que ele usava, com se não quisesse encostar em ninguém.

— Estou, um pouco.

Ele começou a enfaixar o braço dela com linho.

O FOGO ETERNO **121**

— Foi assim que me apaixonei por Innes.

— Parece uma história digna de balada romântica — disse Adaira.

David ergueu um canto da boca, mas suprimiu o sorriso.

— Innes foi a terceira filha do barão. A caçula. Ela sentia que tinha muito a provar para ser escolhida como nova regente do oeste, então vivia treinando, forçando o corpo a ser mais rápido e resistente do que o dos irmãos. Estava sempre lutando, de modo a tornar toda arma escolhida praticamente uma extensão de seu corpo.

Ele parou para acabar de enfaixar o braço de Adaira.

— Como você deve imaginar, ela se machucou bastante ao longo dos anos. Vinha sempre me ver, me pedindo para curá-la. E assim eu fazia, embora ficasse com raiva dela por bater tantas vezes à minha porta, sangrando e machucada, às vezes tão ferida que precisava dormir na minha cama para eu passar a noite de vigília. Eu tinha medo de, um dia, ela passar dos limites, e assim nunca mais aparecer à minha porta.

Adaira ficou quieta, imaginando essa versão mais jovem de Innes. A visão lhe trouxe sentimentos tristes e vulneráveis, que a fizeram murchar a postura.

— Ela sempre dizia que os machucados a tornavam mais resiliente, que as cicatrizes a preparavam para o baronato mais do que aposentos elegantes, roupas finas e banquetes abundantes — disse David, se levantando. — Mas por hoje, já está bom. Quer visitar a cisterna, imagino?

A mudança de assunto abrupta foi incômoda, mas Adaira pressentiu que ele estava fechando a porta que acabara de entreabrir. Ele estava corado, como se arrependido de falar tão sinceramente.

— Seria agradável, sim — respondeu ela.

— Então organizarei sua visita — ofereceu David. — Enquanto isso, a espada fica com você.

Ele apontou a arma embainhada apoiada na porta. A que Adaira escolhera para a luta. Não era uma espada encantada, mas ainda era uma arma ao alcance.

Ela arqueou uma sobrancelha.

— Vai me armar oficialmente?

— É equívoco nosso?

— Não. Mas vocês parecem temer que eu tenha intenções maliciosas para com o oeste.

David se recostou na beira da mesa, de braços cruzados.

— Você está falando das cartas.

Ela confirmou.

— Se eu escrevesse uma carta para Moray — começou ele —, o barão do leste não leria? E, do mesmo modo, se Moray escrevesse para mim, embora não tenha escrito, o barão do leste não leria antes de enviar?

Adaira sentiu o calor subir à pele.

— Não acho a comparação justa, visto o que eu não fiz e o que Moray fez.

— Isso é verdade, Cora. Porém, mesmo frente a tais verdades, você não pode negar que os Breccan e os Tamerlaine têm uma história longa e sangrenta e que, infelizmente, você está presa entre os dois clãs.

— Não por escolha minha — disse ela.

David ficou quieto, mas Adaira sabia que ele sentira a força das palavras.

Ela se levantou, suspirando, agradecida por estar sentindo-se mais firme. Pegou a nova espada, que amarrou na cintura. Gostava do peso dela, da garantia que lhe dava.

Era poder.

— O que aconteceu com ele? — ousou perguntar.

— Com quem? — disse David.

— Com o homem que me levou para o leste.

David lhe deu as costas e começou a limpar a mesa. Porém, frio se estendera entre eles. Quando ele finalmente falou, foi com a voz seca, como se a conexão construída entre os dois tivesse desabado:

— Temo não poder responder, Cora.

Dispensada, Adaira saiu do cômodo, que dava no arsenal. Ela acabou encontrando sozinha o caminho pelos corredores sinuosos.

Adaira foi seguindo devagar, perdida nos pensamentos, ponderando o que tinha aprendido. Estivera com o coração pesado até recordar as últimas palavras de David. Se ele se recusava a responder à pergunta, era porque havia grandes chances de o pai de Jack não estar morto.

Ele ainda estava vivo.

Capítulo 9

— **Tem certeza, Jack?** — perguntou Torin pela terceira vez, andando em círculos na grama alta.

Jack olhou de soslaio para ele, pensando que *agora* não era a melhor hora para duvidar. Não com a nova harpa em mãos e o pomar doente diante deles, pintado de sombras. Porém, ele também não podia culpar Torin pela dúvida. Jack se lembrava vividamente da noite em que cantara para os espíritos pela primeira vez. Ele tivera dificuldade para acreditar na explicação absurda de Adaira de que a música dele era forte e poderosa o suficiente para fazer os feéricos se manifestarem.

— Tenho — respondeu.

As sombras azuis do anoitecer cobriam o pomar, metade já consumido pela praga. Rodina tinha sido aconselhada a se afastar do sítio, por isso restavam apenas Torin e Jack no crepúsculo do quintal. Até os gatos todos tinham sido recolhidos, o que não foi tarefa simples.

Jack chegou mais perto das árvores para estudar a seiva cintilante. No mês anterior, ao cantar para a terra, os amieiros ao redor dele tinham virado donzelas. Os conchelos tinham virado rapazes. Flores tinham se trançado para formar uma dama régia. Rochas tinham ganhado rosto.

Sendo assim, quando os olhos de Jack viam as macieiras praguejadas, ele pressentia na verdade estar diante de donzelas adoentadas do reino paralelo, os espíritos que viviam naquelas árvores. Se ele pudesse invocar e atrair uma das donzelas das árvores saudáveis, talvez ela pudesse lhe dar respostas.

— Quando você deve começar a tocar? — perguntou Torin.

— Já estou pronto — respondeu Jack, e se instalou na grama, com a harpa no colo, para aquecer os dedos com uma escala. — Não saque a arma, Torin, para nada que se manifestar.

Torin não disse nada, mas, pelo canto do olho, Jack viu a mão do barão tremer sobre o punho da espada embainhada.

Jack começou a tocar a balada que tinha escrito para o mal do pomar. Sua canção era um convite às árvores, uma ode à sua existência. As notas ressoaram no ar, caindo nos galhos como neve, reluzindo no tronco como geada. Sentiu as árvores solenes, as sombras compridas e tortas na grama respondendo ao seu chamado.

De repente, uma donzela usando flores de macieira brancas no cabelo esmeralda começou a se formar nos galhos e folhas. Seu rosto, ainda nascendo de um nó na madeira, se contorcia como se sentisse dor.

Jack estava tão atento à transformação da moça que não viu a tempestade chegar. Quando sentiu a mudança de temperatura, já era tarde. O vento do norte atravessou o pomar em um jato, cortando a última luz do entardecer. Jack ergueu os olhos para fitar as nuvens escuras fervendo no céu. Uma chuva pungente começou a cair.

Ele conhecia aquele vento.

— É melhor parar? — perguntou Torin, pressentindo o perigo à espreita atrás das nuvens.

Jack cogitou parar, mas só por um instante. Aquele era o momento de se perguntar: que tipo de bardo queria ser? Aquele que cantaria em desafio ao vento do norte? Ou aquele que se entregaria ao medo e se submeteria ao que Bane desejava, ao silêncio eterno?

Furioso, Jack continuou a tocar, as unhas arrancando música das cordas cada vez mais rápido, como se pudesse suplantar a tempestade. Porém, um arrepio estranho percorreu sua pele. Deu para sentir até nos dentes. Um murmúrio de alerta.

Ele já tinha sentido aquilo. Na montanha, com Adaira. Quando invocara os quatro ventos, sem saber o preço de tal coragem tola. Quando ele mantivera Bane cativo por um momento desesperado e hipnotizante.

O ato de tocar quase o matara naquele dia.

— Pare de tocar, Jack! — gritou Torin, quase inaudível no uivo da tempestade. — *Pare de tocar!*

Mas Jack insistiu, a voz subindo e se mesclando ao vento. As nuvens ficaram mais escuras, e as rajadas, tão fortes que quase o levantaram do chão. A chuva fustigava seu rosto e suas mãos, mesmo assim Jack não parou, não vacilou, não se curvou ao vento do norte.

Subitamente ele sentiu um breve alívio inesperado, mesmo com a tempestade revolta assustadoramente perto. Se Bane estava ali, não estava mais causando destruição no oeste. Talvez Adaira estivesse sob um céu azul, aproveitando a trégua das nuvens.

Aquela ideia incentivou o avanço de Jack, que continuou a cantar para o pomar, mas sua voz era fraca e baixa se comparada ao vento do norte. Ele respirou fundo, enchendo o peito de ar tão frio que o fez pensar no inverno. Seguiu dedilhando, mesmo com as unhas cada vez mais frágeis.

A magia eclipsava sua força. Ele sentia a dor percorrê-lo.

Estou passando dos limites, pensou. Porém, os tônicos de Sidra estavam ali na bolsa, e ele sabia que ainda tinha forças a oferecer.

— Jack! *Chega!* Pare! — O pedido de Torin se fundiu à tempestade no mesmo instante em que o barão foi nocauteado e obrigado a se arrastar na grama.

Jack viu as nuvens escuras se abrirem no alto, pulsando de eletricidade. Sentiu o farfalhar de asas invisíveis cercá-lo em provocação. E então elas se afastaram, deixando-o vulnerável, e sozinho. Ele estava a um verso de ser atingido. E percebeu isso, estava sentindo o calor estalando e envolvendo-o. Seus braços ficaram arrepiados.

Não vou me dobrar não vou me dobrar não vou me...

Ele se entregou.

Ele se dobrou.

Largou a harpa e tombou de joelhos.

Sua nota final morreu na tempestade. Ele fechou a boca e engoliu o fim da balada.

O raio de Bane atingiu a macieira mais próxima. Era o espírito que tinha começado a se transformar para responder ao chamado de Jack. O raio partiu a donzela ao meio, atravessando seu coração. O som rasgou o ar, a terra tremeu e chorou.

O cheiro ácido de macieira queimada permeou o pomar. Agora somente fumaça erigia da árvore, dançando ao vento.

Jack sentiu o limite da mortalidade. Apavorado, caiu de cara na grama.

Um nó de emoções latejava em seu peito. Estava aliviado por Bane não tê-lo atingido. Estava apavorado por estar a *um* verso de terminar dividido. A um verso de acabar partido ao meio, bem no coração. Estava envergonhado por não ter resistido ao vento do norte, e por uma árvore ter sido punida devido à sua ousadia.

Jack soube, então, que tipo de bardo ele era, caído ali na lama, atordoado.

Um bardo fraco e tolo.

Adaira estava no estábulo do castelo, escovando um dos cavalos e escutando a chuva pingar da calha. Ela gostava de ficar ali, se esconder no cheiro confortável de equinos, couro curtido e grãos estivais adocicados. Era um lugar acolhedor, que lembrava sua casa. Os cavalariços finalmente tinham se habituado a suas visitas diárias, e a deixavam cuidar sozinha de alguns dos corcéis mais mansos.

Um pássaro voou para dentro da baia e se empoleirou no canto. Adaira ficou vendo o bichinho sacudir as asas molhadas. Ela seguiu escovando o cavalo, mas imaginou como seria a vida de um pássaro, com a liberdade de voar por aí.

Um momento depois, a chuva cedeu.

Adaira hesitou e deu a volta no cavalo para abrir a janela da baia. As nuvens escuras estavam se abrindo, o vento do norte, recuando.

Gritos ecoaram pelo estábulo. Cavalos relincharam, batendo os cascos. O pássaro disparou pela janela, piando.

Adaira saiu da baia e seguiu os cavalariços pelo pátio do castelo. Olhou para o horizonte do oeste, forçando a vista sob a luz clara. Rara na terra de nuvens e ventos, o brilho chegara, frágil, mas radiante, transformando o oeste cinzento em um mundo de janelas cintilantes e paralelepípedos fumegantes.

Adaira sorriu enquanto assistia ao sol se pôr.

Torin, dolorido e exausto, com os olhos ainda assombrados pelo raio, voltou para casa na chuva, aos tropeços. A canção para o pomar fracassara, e agora ele precisava de outro plano.

Ele não tinha ideia do que fazer.

Entrou em casa, arrancou a flanela encharcada, as botas lamacentas, a raiva e a indecisão, empilhando tudo na porta. Foi só então que notou o silêncio sereno no ambiente.

O fogo da lareira queimava baixo, jogando um tom rosado na parede e formando sombras monstruosas a partir das ervas secas de Sidra, penduradas em feixes nas vigas do telhado. Yirr estava enroscado no tapete, com um olho aberto. A fragrância do jantar ainda perdurava: pão quente, codorna assada com batatas, alecrim e sidra de maçã. O chão tinha sido varrido, e a chuva tamborilava nas janelas.

Sidra apareceu à porta do quarto, à luz de velas, o cabelo escuro penteado em ondas soltas. Estava de camisola e meias, com os olhos inchados. Pelo visto ele a acordara. Que horas eram? Ele parecia ter perdido a noção do tempo.

— A Maisie...?

— Foi dormir na casa do seu pai — respondeu Sidra.

Ela fitou Torin por um momento, e ele temeu que ela fosse perguntar o que tinha acontecido. Porém, não perguntou. Apenas sussurrou:

— Você comeu? Posso esquentar o jantar.

— Estou faminto — disse ele, mas a interrompeu antes que ela fosse à cozinha. Sentia-se espalhado em mil direções, e aquilo só passou depois que ele a abraçou e a maciez e o calor encontraram o corpo dele, trazendo nitidez, foco. Ele escutou a mudança na respiração de Sidra ao encostar a boca em seu pescoço, enquanto ele desatava os laços da camisola.

— Torin — arfou ela.

Ele sentiu o corpo dela se retesar quando a roupa ficou mais frouxa. Era uma reação rara, inesperada.

Ele parou imediatamente.

— Sid? O que houve?

Ele ajeitou o cabelo dela atrás da orelha, ansioso para ver seu rosto. Como ela seguia olhando para baixo, ele levantou o queixo dela devagar para encará-la.

— Tem alguma coisa te preocupando? — insistiu.

Ele achava que tivesse a ver com a notícia do fogo morto na lareira de Mirin. Ou com o medo de a praga se espalhar. Cada hora que passava parecia trazer algo estranho e pesado.

Sidra inspirou fundo, e Torin jurou ter visto um lampejo de dor nos olhos dela. Contudo, se foi tão rapidamente quanto um ímpeto de tempestade. Ela sorriu para ele, o sorriso que o fazia se esquecer de tudo o mais, e pegou as mãos dele para levá-lo ao quarto.

Mais uma vez, ele se impressionou por ter conquistado seu amor, pelo fato de a ilha ter feito seus caminhos se cruzarem. Sidra soltou as mãos dele, e Torin parou, olhando-a atentamente enquanto ela recuava. Então ela soprou as velas, uma a uma. A escuridão se espalhou, e o quarto parecia vasto demais, a distância entre eles chegando a doer.

O coração de Torin acelerou ao escutar o farfalhar das roupas caindo no chão à esquerda. Os pés descalços dela voltaram a se aproximar; a mão dela o encontrou, desafivelou o cinto dele, tirou a túnica ensopada.

De algum modo, chegaram à cama. A pele de Torin estava arrepiada sob a confiança dela, o cabelo ainda pingando da tempestade. A boca de Sidra era quente, colada à dele. Ele a conhecia de cor; não precisava de luz, nem ela.

Com os dedos, trilhou pela curva das costas dela. Torin ouvia o respirar dela na escuridão, um ritmo rápido e ofegante, um contraste à respiração dele. Ela se movimentava como se não houvesse nada mais no mundo, e então ele avançou para afundar o rosto no pescoço dela. A pele de Sidra cheirava suavemente a terra — argila, ervas e flores maceradas —, e ele a beijou na boca, nas clavículas, na dobra do cotovelo, sentindo o gosto de suor. Nela, ele se perdia e se encontrava, e, quando ela exclamou, ele a acompanhou rapidamente ao ápice.

Depois, Torin levou alguns momentos para se lembrar da tristeza passageira que vira no rosto de Sidra. Ela estava deitada junto a ele, o cabelo espalhado por seu peito, a pele úmida contra a sua.

Ele acariciou a curva do quadril dela, esperando o coração se acalmar.

— O que você precisava me contar, Sid?

— Hum?

— Antes. Quando cheguei. Você ia dizer alguma coisa…

Ela tentou se afastar. Torin a abraçou com mais força, e ela riu da insistência, beijou o ombro dele.

— Queria perguntar como foi a canção do pomar. Jack conseguiu? Vocês falaram da praga com algum espírito?

Torin grunhiu, a memória voltando em uma onda.

— Não.

Ele contou do embate, e que Jack desafiara sua ordem para interromper a balada. Que um raio caíra a meros metros do bardo, e que, naquele momento, tudo pareceu se partir — terra, céu, chuva, luz. Tudo se partiu e se refez com clareza apavorante.

— Não sei o que fazer, Sid — murmurou ele, acariciando os cabelos dela. — Não sei o que fazer, e só faço pensar que sou indigno de ser barão. Deve ser castigo por alguma coisa. A ilha deve me achar insuficiente.

— Já basta — disse Sidra, com a voz firme. — Você é um bom barão para o nosso clã.

Ele tateou até encontrar o rosto dela no escuro. Acariciou os lábios dela com o polegar.

— Com você ao meu lado.

— Sim — sussurrou Sidra, depois afastou um pouco a mão dele e beijou sua palma, sua boca. — Agora durma, Torin.

Ele sequer tinha forças para desobedecê-la. Puxou a colcha para cobri-los, e ela se acomodou.

Ele estava quase dormindo, a chuva o levando ao princípio de um sonho. Porém, de repente sobressaltou-se, os pensamentos girando. Caindo.

— Ainda está acordada, Sid?

— Estou.

Por um momento, Torin não conseguiu respirar, e ela se remexeu, virando-se para ele no escuro, como se pressentisse a preocupação.

— Se eu um dia virar frio… um homem de coração de pedra — murmurou. — Se eu um dia fizer algo de que você discorda, quero que você me diga.

— Sempre — prometeu ela.

A voz dela era calma, uma rouquidão reconfortante. Ele nunca se sentira tão seguro quanto naquele momento, deitado no abraço dela na escuridão enquanto a chuva caía do outro lado da janela.

E ele sonhou com dias mais simples, quando era um menino correndo pela urze.

Sidra continuava acordada, de olhos abertos na noite. Já estava em claro há horas, com a respiração regular de Torin soprando seus cabelos, o braço dele a cobrindo com um peso agradável.

Ela deveria ter contado para ele naquela noite. Queria contar, mas, quando chegara o momento, achara quase impossível pronunciar as palavras.

Bem, ela já esperava algo assim. A fuga das palavras. Por isso planejara mostrar logo a ele. Levá-lo ao quarto e sentar-se à beira do colchão. Tirar a meia e mostrar o calcanhar. A praga vinha se espalhando mais rápido do que ela desejava. Estava seguindo para os dedos, e ela ainda não tinha encontrado cura, apesar de inúmeras horas de dedicação, das preces rogadas aos espíritos.

O que pode curar essa praga?

Ela temia que os espíritos não pudessem respondê-la. E só queria contar a Torin da infecção depois que tivesse um plano, uma cura.

Podia deixá-lo viver mais um dia na ignorância.

Capítulo 10

Jack não foi ao castelo depois do fracasso no pomar. Ele sabia que Mirin e Frae estavam lá, acolhidas em um dos aposentos de hóspedes, e as imaginou por um momento: Mirin estaria inquieta sem o tear, e Frae, fazendo as lições da escola, provavelmente lendo-as em voz alta para distrair a mãe. Bem, ao menos estariam aquecidas e seguras, ao lado de uma lareira crepitante.

Jack estava profundamente grato por Sidra ter organizado para que a mãe e a irmã dele dormissem no castelo até o fogo voltar à lareira de Mirin. Era ao mesmo tempo um alívio e um mistério que nenhuma outra casa tivesse perdido o fogo. Apenas a de Mirin.

Jack ficou ruminando tais pensamentos enquanto caminhava pelas colinas encharcadas de chuva, até sua casa escura, carregando sua fome, sua derrota e a harpa de Lorna.

A casa parecia vazia sem o fogo, sem a mãe e a irmã. Jack parou no escuro, pingando chuva pelo chão. Escutou os sons ambiente como se fosse encontrar inspiração nas sombras profundas — o princípio de uma canção nunca ouvida na ilha —, mas escutou apenas o tamborilar na janela, o rangido do trinco da porta, a tempestade diminuindo devagar do outro lado das paredes úmidas.

Com um suspiro, Jack tirou a roupa molhada e tateou em busca do baú no quarto. Depois de vestir roupas secas, voltou à sala, ainda tateando. Tropeçou em um xale de Frae, esbarrou no banquinho de Mirin. Finalmente, chegou à lareira, cheia de cinzas frias.

Estivera à espera daquele momento. Um momento para se ver a sós com o espírito travesso do fogo.

Jack sentou-se no chão, diretamente diante da lareira, com a harpa, e tirou da bolsa os tônicos que Sidra preparara. Já tinha tomado um frasquinho no pomar, e bebeu outro para aliviar a dor que latejava atrás dos olhos. Abriu uma lata de bálsamo, que esfregou nas mãos. Os dedos estavam doloridos, e as unhas pareciam lascadas, mas logo a magia das ervas de Sidra começou a percorrê-lo, e a dor diminuiu.

Ele encarou aquele breu, a cabeça repleta de preocupações luminosas.

Os espíritos do fogo eram os únicos que ele ainda não encontrara pessoalmente. No mês anterior, tinha clamado pelo mar, pela terra, pelo ar. Porém, não pelos espíritos do fogo. Durante a conversa com os outros espíritos, Jack descobrira que o fogo era o mais baixo na hierarquia. O fogo residia sob o grande poder do ar, sob o peso sólido da terra, sob a força do mar. Os espíritos do fogo eram considerados os menores dos feéricos, e Jack não sabia por que algo tão vital teria posição tão baixa.

Ele suspirou profundamente e começou a pensar nas notas que tocaria para os espíritos do fogo, e nas palavras que cantaria para eles. Uma balada começou a formar-se em sua mente, e Jack decidiu investir nela, improvisando assim como fizera com a canção de Adaira. Estava aprendendo que havia muito poder naquela música, na entrega.

Apoiou a harpa no ombro, fechou os olhos e começou a encontrar as notas. Uma escala veio ao seu encontro e Jack murmurou, procurando palavras para acompanhar a música.

Tudo o que conhecia era a escuridão fria. Tudo o que desejava era fogo, e somente fogo.

Cantou para os espíritos, para as cinzas mortas na lareira. Tocou para o fogo e a memória das chamas.

Mesmo de olhos fechados, começou a sentir o calor nos joelhos, no rosto. Percebia a luz crescer e, ao abrir os olhos, viu a lenha estalar, brilhante e ávida. O fogo se espalhou, acendendo-se com um suspiro, e de repente estava fulgurante, solto e desimpedido. O fogo dançava, alto e vasto. Jack, sem saída, recuou, o calor insuportável quase queimando a pele.

O que eu fiz?, pensou, mas continuou a cantar e a tocar, encorajando o fogo a subir, a crescer. Em pouco tempo, as labaredas escaparam da lareira. *Assim vou incendiar a casa.*

Quando achou que não conseguiria mais tocar — a harpa ardia sob suas mãos, as cordas soltando faíscas nos dedos —, o fogo se conformou na silhueta de um homem alto. De início, era difícil olhar para o rosto dele. Jack forçou a vista e concluiu a balada, deixando a voz morrer. O calor e a luz finalmente se acalmaram, e ele fitou o espírito do fogo, impressionado.

O espírito era translúcido, mas seu corpo manifestado parecia sólido ao irradiar os tons do fogo. Azul e dourado, vermelho e ocre. O rosto era o de um homem mortal: estreito, de testa marcante, nariz comprido, covinha no queixo, e a boca tensa em uma linha fina. Os olhos, contudo, cintilavam como brasas ganhando vida. O cabelo era comprido e mudava de cor constantemente. Tinha braços magros, desnutridos, mas mãos fortes, com chamas de vela na ponta dos dedos. Havia, nele, um ar faminto, como se soubesse que estava queimando seus recursos e que lhe faltasse o combustível para mantê-lo vivo.

— Finalmente, Bardo — disse o espírito de fogo, cuja voz, um chiado longo, as palavras retorcidas, fez Jack estremecer. — Finalmente me convoca.

Jack sentia o rosto queimar, mas não ousou se afastar.

— Ou talvez seja você quem tenha me convocado?

O espírito riu, achando graça.

— Está se referindo às cinzas frias. Foi meu único jeito de chamar sua atenção.

— Por que precisa de minha atenção? Como posso garantir que minha mãe e minha irmã tenham fogo nesta lareira? Você nos dá vida. Certamente há de saber disso.

Assim que Jack falou aquilo, se arrependeu. Era *tolice* barganhar com os espíritos.

— Quero mesmo algo de você — disse o espírito do fogo.

— E o que é?

O espírito abriu a boca. Chamas dançavam em sua língua, mas apenas cinzas caíram dos lábios. Jack soube ali que a voz do espírito tinha sido freada por Bane.

— O vento do norte está a atá-lo — murmurou Jack.

Ele ainda sentia a acidez do raio na própria boca. O arrepio na pele.

Como um espírito do vento do norte ganhara tanto poder? Quem ou o quê coroara Bane e o tornara rei de todos?

O espírito do fogo murchou, cansado.

— É isso mesmo, Bardo. Estou amordaçado pelo vento do norte. Meu rei. Só posso falar um pouco, e meu tempo aqui está curto.

— Devo continuar a tocar? Isto lhe daria forças?

— Não, não. A harpa é... Ele pode ouvir e intervir, assim como fez no pomar — disse o espírito, e pausou para medir as palavras. — Vim alertá-lo, Jack dos Tamerlaine, Jack dos Breccan. Meu rei tem medo de... Não posso dizer, mas ele logo atacará a ilha. Seu clã sozinho não pode enfrentá-lo, nem os espíritos da terra e da água. Será preciso unir-se a eles, e juntar-se ao seu clã rival. A ilha é mais forte unida, e talvez assim consigam... derrotar... destronar... *ele*.

Jack se empertigou, arregalando os olhos.

— Está falando de unir os Tamerlaine e os Breccan? — perguntou, e quase riu, mas segurou o som antes que lhe escapasse. — E não pode estar se referindo a mim. Não sou capaz de tal façanha.

Porque é impossível, quis dizer. Inimaginável. Ainda assim, o espírito do fogo encarou Jack, percebeu o viés de seus preconceitos, suas crenças e sua linhagem.

Jack era, ao mesmo tempo, Tamerlaine e Breccan.

Ele corou. Sentia-se abalado pelos obstáculos intransponíveis daquele pedido.

— Só você pode trazer a união, Jack. Os Tamerlaine precisarão dos Breccan, e os Breccan, dos Tamerlaine. Não se esqueça da terra, do mar. Eles sentem as dores da rebelião; resistem ao chamado dele para se voltar contra os mortais.

— É por isso que o pomar adoeceu?

— Sim…

A voz do espírito do fogo estava ficando mais fraca, seu corpo, diáfano.

Jack pressentiu ali que não tinha muito tempo mais com o espírito. Sua cabeça estava a mil com perguntas carentes de respostas. Não sabia por onde começar, quais deveriam ser trazidas à tona antes de o fogo morrer.

— Diga-me como destronar Bane.

O espírito chiou, sofrido.

— Não posso… minha boca está impedida de declarar tal conhecimento. Será preciso viajar para o oeste, Bardo. Entre os Breccan, encontrará a resposta.

O coração de Jack trovejou. Viajar para o oeste. Para Adaira.

— Como podemos impedir a praga?

— Tal conhecimento não me pertence. Precisa buscá-lo entre os espíritos da terra.

— E você promete manter esta lareira acesa?

O espírito fez uma reverência. Fumaça começou a subir de seus ombros.

— Eu juro, Bardo. Desde que você se esforce para fazer o que pedi.

Unir os clãs. Descobrir um jeito de destronar o tirânico Bane. *Tarefas simples*, pensou Jack, quase histérico diante da implausibilidade.

— Cuidado com esta harpa que empunha. Agora, devo ir. Não me invoque de novo, pois ele saberá.

Ainda assim, o espírito se aproximou. Jack resistiu à tentação de se encolher, de fugir da onda repentina de calor. De olhos arregalados, viu o espírito esticar a mão e encostar o polegar em chamas no lábio de Jack.

Dessa vez, Jack se encolheu, sim. A dor foi intensa, como uma bolha se formando de repente, mas em um instante abrandou, deixando apenas um leve formigamento.

Jack viu o espírito se encolher de volta à lareira, o corpo se transformando em chamas. O rosto, contudo, continuava ali, observando. Ocorreu a Jack que aquele espírito o observava da lareira desde a sua infância.

— Quem é você? — perguntou Jack.

— Eu me chamo Ash. Sou Barão do Fogo. Seja valente, e não se curve até chegar a paz. Estarei à sua espera, Jack.

O espírito se foi, mas o fogo na lareira permaneceu, queimando firme, jogando luz e calor sobre Jack, que seguia sentado no chão. Mesmo assim, ele nunca se sentira tão friorento como agora, e nem mais ansioso, e nem menos despreparado.

Mas, ainda mais estranho... sentia gosto de cinzas.

Capítulo 11

A lua cheia chegou em uma noite quente e límpida do leste. Um feixe de sua luz prateada encontrou Torin sentado na biblioteca do castelo, com um copo de uísque na mão. Estava à mesa de Alastair, com documentos, registros e um mapa do leste de Cadence aberto à sua frente. Velas queimavam sobre a mesa, jogando círculos de luz nos pergaminhos empilhados, mas a escuridão na sala parecia pesada, acumulada nos cantos e nas vigas.

— Barão?

Ele ergueu os olhos e viu Yvaine entrar na biblioteca. Ela era um pouco mais velha do que ele, e tinha cabelo preto cacheado e uma cicatriz no queixo, resultado de uma incursão dos Breccan. Usava uma flanela marrom e vermelha presa no ombro, e uma espada embainhada na cintura. A mão dela ainda estava se recuperando do corte encantado que Torin fizera semanas antes, o qual a permitira viver conectada ao território do leste.

— Capitã — cumprimentou ele. — Imagino que venha trazer novidades dos novos recrutas?

— Não — disse ela, e parou do outro lado da mesa, notando o uísque na mão dele. — A praga se espalhou para o pomar dos Ranald.

Torin sentiu um tranco no peito, mas infelizmente não estava surpreso.

— Alguém foi contaminado?

— Sim. O filho caçula deles. Isolei o pomar e dei ordens rígidas para a família se afastar das árvores, até das saudáveis. Mas achei importante vir informá-lo.

— Obrigado, Yvaine.

Ele olhou para o mapa, para os pontos que tinha marcado. Lugares onde a praga surgira. Até então, eram três, e ele temia que aparecessem mais.

— Informarei Sidra — acrescentou.

Yvaine fez um momento de silêncio razoável, que atraiu os olhos injetados de Torin.

— O que foi? — perguntou ele, brusco.

— Sua senhoria discutiu com ela a mudança para o castelo?

— Não.

— Estou começando a achar que preciso colocar guardas no seu sítio, Torin.

— Não fará nada disso, Yvaine.

— Mas entende por que estou pensando nisso?

Torin não queria aquela conversa. Ele entendia, sim. Ele era o barão, e estava morando em uma casinha em uma colina ao vento. Ia e vinha do castelo dia e noite, sozinho, às vezes antes de o sol nascer, ou depois de se pôr.

— E se algo acontecer a você? — murmurou Yvaine. — Quem vem depois na linha de sucessão? Quem devo procurar se algo acontecer a você devido à teimosia de recusar um guarda?

— Sidra — disse Torin. — Se algo me acometer, fale com ela. O baronato passa primeiro para ela, e depois, para Maisie.

— Não para seu pai?

Torin pensou em Graeme. O pai dele morava no sítio vizinho, mas se tornara um recluso desde o abandono da esposa.

— Meu pai recusou o direito ao comando há muito tempo — respondeu.

— Sidra sabe que ela é a próxima?

Torin coçou a testa. Sidra não sabia, não. Eles ainda não tinham conversado nada daquilo, e era só mais um item na longa lista de temas pesados a se tratar com ela.

Yvaine suspirou.

— Vá para casa, Torin. Vá para Sidra, e *fale* com ela. Vocês já carregam um grande fardo, mas acho que se morarem no castelo será mais fácil e seguro para os dois.

— Fácil? — desdenhou Torin. — Você entende que minha esposa gosta muito do sítio dela, da horta? Que cresceu no vale e precisa de espaço?

— Todos tanto entendemos quanto lamentamos pela mudança — disse Yvaine, cuidadosa. — Mas às vezes temos de aceitar as cartas que o destino nos dá.

Torin estava cansado demais para discutir, então simplesmente assentiu para a capitã, que a seguir se retirou para o quartel.

Ele pegou a pena e marcou com um X a casa dos Ranald no mapa. Mais um foco da praga. Mais uma pessoa doente.

O leste estava mudando, se deformando para algo que Torin não reconhecia.

Parecia o início do fim.

Ele serviu outro copo de uísque, que reluziu no feixe de luar. Logo, serviu outro, e mais um. Em pouco tempo, já não sentia nada. Depois ele sequer se lembraria de que pegara no sono com a cara esmagada no mapa.

A lua cheia chegou em uma noite fresca e nublada do oeste. Adaira abriu a janela do quarto, o ar doce de terra molhada enquanto lia a carta de Jack perto da lareira.

Imaginei, sim, sua reação nas entrelinhas. Pode imaginar a minha agora.

Ela sorriu. Ele percebeu. Ele *finalmente* se dera conta de que a correspondência estava sendo lida, e ela não conseguia sequer começar a expressar o alívio e a emoção que sentia. Ela se debruçou no pergaminho para reler todas as palavras, se perguntando se ele escondera uma mensagem para ela decifrar, quando de repente uma batida soou à porta.

Adaira logo dobrou a carta e a guardou no caderno pela metade de Joan Tamerlaine. Levantou-se e abriu a porta, mas já sabia quem era. Estava esperando aquela visita desde o fim da caçada.

Innes estava parada no corredor, com a roupa de costume: túnica, armadura de couro e flanela azul encantada. Uma espada estava embainhada na cintura, como se recém-chegada do ermo, mas seu cabelo prateado estava preso em tranças molhadas, e sua pele, livre de terra e suor, o que confirmava sua ida à cisterna. Uma tiara dourada na cabeça cintilou à luz das tochas.

— Como foi a caçada? — perguntou Adaira.

— Foi boa — respondeu Innes, seca. — David me disse que machucou seu braço.

— Não foi nada…

— Deixe-me ver.

Adaira conteve um suspiro e arregaçou a manga. Innes desenrolou devagar as ataduras para avaliar as suturas, que estavam começando a coçar com o avançar da cicatrização. Ela apertou com um dedo, e Adaira só entendeu depois que a baronesa assentiu e enfaixou o braço de novo.

— Sem febre, mas me avise se infeccionar?

Adaira assentiu, notando as cicatrizes hachuradas nas mãos e nos dedos de Innes, nos antebraços. Algumas eram quase disfarçadas pelas tatuagens azuis entrelaçadas, mas outras pareciam emolduradas pelo anil, como se para celebrá-las.

Adaira se perguntou se haveria mais cicatrizes escondidas sob as roupas. Testemunhas de feridas quase mortais. Cortes profundos e perfurações que duraram várias fases da lua, que exigiram paciência e preces para curar.

— Isso já lhe aconteceu? — perguntou Adaira. — Já quase morreu por um ferimento?

— Por que pergunta? — retrucou Innes, com a voz irônica.

— David me contou como vocês se conheceram — começou Adaira, a voz baixa. — Da noite em que você dormiu na cama dele para ele poder observá-la, porque temia que parasse de respirar e não aguentou nem pensar na possibilidade.

Rugas se formaram nos cantinhos dos olhos de Innes. O princípio de um sorriso. Adaira nunca vira tal expressão assim no rosto estoico da baronesa, e esperou para ver uma transformação ali.

Não aconteceu. O sorriso virou uma careta, e Innes disse:

— Tive minha dose de ferimentos, e David conhece todos. Mas não foi por isso que vim. Quero que você presencie uma coisa hoje, então pegue sua flanela e venha.

Adaira estava curiosa, e assim obedeceu. Pegou a flanela, que prendeu no ombro, e seguiu a mãe pelos corredores vastos e labirínticos.

Ela ainda estava aprendendo a se localizar no castelo, mas desde que David lhe ensinara a abrir portas encantadas e lhe dera uma espada — a qual com certeza ele lhe dera para ela poder se proteger de gente feito Rab Pierce —, Adaira andava ávida para explorar mais coisas sozinha. Aprender os truques e segredos da fortaleza Breccan.

Ela reconheceu o trajeto por onde Innes a conduzia. Era a mesma rota que David tomara para o arsenal, mas, em vez de descer, Innes subiu um andar. No piso seguinte, chegaram a uma porta dupla entalhada com lobos e vinhas frutíferas. A porta rangeu quando Innes empurrou a maçaneta de ferro, dando em uma sacada com vista para uma arena.

Adaira parou e olhou para baixo. Era o mesmo espaço onde tinha lutado com David na tempestade.

A areia tinha sido recém-varrida, à espera de novas pegadas. Adaira não conteve o calafrio ao se lembrar de sua queda ali, de ver seu sangue coagular em pedras preciosas. Agora se perguntava se aqueles vestígios reluzentes de si tinham sido enterrados fundo na areia.

Ela deixou o olhar vagar, admirando mais do ambiente. Sem chuva, a arena lhe parecia um local quase inédito. Era bem iluminada por tochas em suportes de ferro, e a arquibancada de madeira que cercava o espaço transbordava de espectadores. Os Breccan sentavam-se lado a lado, bebendo cerveja e vinho e comendo lanches trazidos nos alforjes. Estavam de cabelos desgrenhados pelo vento, os ombros cobertos por flanelas e xales para afastar o friozinho noturno. Alguns falavam, enquanto outros pareciam exaustos, como se prestes a pegar no sono ali sentados. Até crianças estavam presentes, resmungando, chorando, e cochilando no colo dos pais. As crianças maiores se divertiam correndo de cima a baixo das arquibancadas.

Os Breccan logo notaram a presença delas na sacada. Os murmúrios cresceram como uma onda, a atenção deles pinicando na pele.

Adaira olhou para eles do mesmo jeito que eles olhavam para ela.

Porém, ela logo percebeu que a presença dos Breccan era *obrigatória*. Ao se aproximar da beirada da sacada, foi tomada pelos mesmos sentimentos do dia anterior, quando tentava acompanhar David pela areia. Sentimentos incômodos, preocupantes. Ela não gostava daquele lugar. Mesmo com a luz do fogo e as inúmeras pessoas ao redor, tinha algo de sinistro ali.

— Venha comigo, Cora.

A voz de Innes era calma e grave. Como se pressentisse a aversão de Adaira.

Adaira desviou o olhar da arena para fitar a sacada. Iluminada por candelabros e emoldurada por cortinas azuis, não era exatamente um espaço amplo. Havia duas cadeiras de espaldar alto próximas à balaustrada de pedra, de onde a baronesa podia assistir o desenrolar da ação na arena, e também havia uma mesinha ao alcance. Nela repousavam uma garrafa de vinho gelado e dois cálices de ouro, estampados em baixo-relevo.

Innes já tinha se acomodado em uma cadeira, e servia vinho para ambas. Adaira se aproximou, o joelho esquerdo estalando quando se abaixou para sentar-se.

— Vai haver algum evento hoje? — perguntou, aceitando o cálice que Innes lhe ofereceu.

— Sim.

Adaira esperou Innes elaborar, embora já estivesse aprendendo que a mãe não era uma mulher de palavras. Aquelas respostas monossilábicas iam enlouquecer Adaira, e ela quase retrucou com uma grosseria, mas mordeu a língua quando Innes apontou o céu.

— Sempre que convoco um abate — começou a baronesa, em voz baixa —, as nuvens se abrem, como se o rei do norte quisesse assistir lá de cima. É o único motivo que me faz crer que os espíritos gostam de assistir ao desenrolar de nossas vidas na ilha.

Adaira olhou para o céu. As nuvens se abriam como costelas compridas e pálidas, expondo a lua cheia luminosa e um punhado de estrelas.

Ela admirou o céu noturno, cativada por sua beleza, a mesma que no leste ela via tão frequentemente sem dar seu devido valor. A vista a apaziguou, e a tensão que crescia desde a chegada na arena se aliviou. Ela pensou em Torin, em Sidra, em Jack, imagens vívidas: Torin cavalgando na colina. Sidra colhendo flores noturnas no jardim. Jack andando pela orla, de harpa na mão. Todos erguendo os olhos para a mesma lua, as mesmas estrelas. Tão perto e ao mesmo tempo tão longe.

O pensamento fez doer o peito, como se uma adaga a tivesse atravessado, afundando até o punho.

As visões aluaradas se dissiparam quando a porta da arena foi aberta com um baque.

Um homem alto, de armadura, avançou. As botas dele esmagavam a areia, e a luz refletia na couraça de aço. Pinturas anil enfeitavam as mãos, os tendões do pescoço e as partes raspadas da cabeça. O rosto dele era severo — até que sorriu. E quando ele ergueu os braços, o clã irrompeu em vivas.

Adaira sentiu o estardalhaço reverberar pela madeira sob seus pés. Aí suspirou, vendo o homem abaixar os braços. O clã se aquietou de novo em resposta, e ele logo esqueceu a multidão, voltando-se para a sacada. Adaira sentiu os olhos dele fitarem seu rosto quando ele se aproximou, parando no centro da arena.

— Baronesa Innes — declarou o homem, com a voz rouca, como se tivesse passado anos gritando. — Lady Cora.

Ele fez uma reverência para ambas, e manteve a postura até Innes se pronunciar.

— Dê início ao abate, Godfrey.

Ele se empertigou, os cantos da boca se curvando em um sorriso torto. Ele se virou para se dirigir à plateia, andando pelo perímetro da arena.

— As masmorras transbordaram nesta lua cheia. Todas as celas ocupadas, à espera desta noite. Toda espada foi amolada, todo machado, afiado até brilhar. Esta noite, contudo, é inteiramente dedicada a Lady Cora, que voltou para nós depois de tantos anos distante.

Adaira se retesou.

— Quem é esse homem? — perguntou a Innes, em um sussurro.

— O Guardião das Masmorras — respondeu Innes.

— E por que esta noite é dedicada a mim?

A baronesa não respondeu, e manteve o olhar fixo em Godfrey, que agora parava na arena. Adaira estava prestes a repetir a pergunta, com mais insistência, quando o carcereiro continuou:

— Nesta lua cheia, trago alguém que vocês já viram lutar. Vocês o conhecem bem, embora seu nome e honra lhe tenham sido tirados. Trago-lhes o Traidor!

Sons de discórdia brotaram da plateia. Adaira franziu a testa e se esticou para ver o homem alto que era escoltado para dentro da arena. Ele usava túnica puída e botas velhas, e os joelhos e antebraços pálidos estavam manchados de sujeira. Uma proteção de couro salpicada de sangue velho fora afivelada em seu peito. Um elmo completo escondia seu rosto, e seguiu algemado com os dois braços para trás, posicionado à esquerda de Godfrey. Um dos guardas soltou o prisioneiro das correntes e lhe entregou uma espada, aparentemente cega e sem encanto algum.

Adaira encarou o homem que chamaram de Traidor, surpresa pela postura silenciosa e imóvel, como uma montanha na areia. Era impossível definir sua idade, ou mesmo vislumbrar sua expressão. Porém, ele parecia esculpido em pedra, e ela teve a sensação incômoda de que ele a encarava pela abertura do elmo.

— Em seguida — continuou Godfrey, com a voz retumbante —, trago alguém que nunca pisou nesta arena. Um rapaz que tinha dias promissores pela frente até cometer um pecado irrevogável.

Adaira ficou paralisada na cadeira quando o segundo prisioneiro foi trazido. Ele também usava túnica puída, botas de pele macias e uma couraça que aparentemente pertencera a um morto em combate. Porém, não tinha elmo, então seu rosto estava exposto à multidão.

Ele era jovem. Uns anos mais novo do que ela. O rosto sujo estava contorcido de medo, e ele parecia procurar freneticamente por alguém na plateia.

— Trago William Dun — anunciou Godfrey —, que assassinou um pastor para roubar seus bens, e também seu rebanho. E sabemos o que fazemos com aqueles que matam e tomam o que não lhes pertence!

A multidão chiou e vaiou.

— Por favor, baronesa — suplicou William, se ajoelhando. — Misericórdia! Não foi…

Godfrey fez sinal para um guarda, que rapidamente amordaçou William com uma tira de flanela suja. Adaira fez uma careta para a cena. A voz do rapaz se esvaiu; ela não mais escutava sua agonia em meio ao escarcéu da plateia e à lã da mordaça, e por fim um dos guardas cobriu a cabeça dele com um elmo amassado.

— Ele não tem permissão para falar? — perguntou Adaira a Innes, alarmada.

Innes tomou um gole de vinho. De olho na arena, respondeu:

— Lembra-se do outro dia? Quando você e eu, na casa do pastor, vimos um homem assassinado? Pedi a Rab para seguir o rastro deixado pelo rebanho, e assim encontrar o culpado.

— Lembro-me, sim — disse Adaira, mas congelou ao ouvir o nome de Rab.

— Todas as provas indicaram o sítio desse rapaz. A mãe alegou que ele voltou para casa com sangue nas botas, e que o viu esconder as ovelhas roubadas no próprio rebanho.

— Então decidiram nem julgá-lo? — murmurou Adaira, sem conseguir esconder a repulsa. — Por causa de informações coletadas por *Rab*?

— Não sei como são seus julgamentos no leste, Cora — disse Innes, com um olhar de relance. — Mas aqui deixamos a espada falar por nós. Vivemos por ela, e por ela morremos. Não há honra maior. O abate dá aos criminosos a oportunidade de se redimir com uma morte corajosa, ou de provar que merecem o perdão e a oportunidade de voltar ao clã.

— É só isso? — desafiou Adaira.

Innes se calou, recusando-se a discutir. A atenção permanecia na arena.

A cabeça de Adaira estava a mil. No leste, os Tamerlaine conduziam lutas que imitavam combates de verdade, mas quando crimes eram cometidos havia audiências. Os culpados tinham o direito de argumentar a seu favor, e aí só então o barão declarava seu julgamento justo.

Adaira baixou o vinho, incapaz de bebê-lo. Viu Godfrey recuar. O som de um berrante indicou o início da luta.

A multidão urrou. Adaira sentiu o som reverberar no corpo. Permaneceu sentada, rígida e tensa, quando Traidor investiu contra William Dun. A espada quase roçou o rapaz, que tropeçou, chacoalhando a própria espada desajeitadamente em uma tentativa triste de bloqueio.

Traidor tinha vantagem na luta, em força, tamanho e habilidade. Ele não diminuiu o passo. Perseguiu William, que fugia pela arena. A multidão estava começando a se cansar da luta unilateral, até Traidor por fim derrubar a espada das mãos de William. Desarmado, William disparou, tendo a velocidade como única defesa.

— Innes — soprou Adaira. — *Por favor*, Innes...

— *Cora*.

O nome dela foi um açoite quente na alma, mas também um alerta. Alguns Breccan assistiam à luta, mas outros assistiam à dupla na sacada, calculando sua reação.

Adaira engoliu a súplica, mas seu sangue congelou enquanto se forçava a assistir ao abate. A sensação era de ter tomado outra dose de Aethyn. Seu estômago revirava, e o suor brotava nas linhas das mãos como orvalho em teias de aranha. Ela secou a pele na flanela, mas logo o suor começou a ensopar a túnica e as botas, como se estivesse ardendo em febre.

Ela viu quando William por fim tropeçou e caiu, estatelado na areia. A mesma areia onde ela sangrara e desmaiara. O lugar onde seu pai a levantara na chuva.

Traidor parou acima do rapaz, mas algo em sua postura acusava cansaço. Como se ele tivesse vivido cem anos e visto coisas demais. Como se não quisesse acabar com aquela luta.

Ele hesitou apenas mais um instante antes de afundar a espada na garganta de William.

Ossos estalaram e um jato vívido de sangue jorrou.

Adaira fechou os olhos.

Ela então deu um jeito de concentrar-se na própria respiração, no sibilar entre os dentes.

Que acabe, que eu acorde no leste.

Porém, era impossível acordar daquele pesadelo. Era impossível acordar em seus aposentos em Sloane, com os painéis pintados na parede, as estantes cheias de livros, a luz do sol atravessando a janela. Era impossível ver Jack, Torin, Sidra.

Adaira abriu os olhos para o garoto morto na areia, o sangue formando uma sombra carmim sob seu corpo.

Ela desviou o olhar para Innes.

A mãe seguia empertigada na cadeira, com as mãos apoiadas no colo. A expressão era tão neutra e contida que poderia muito bem ser uma escultura de calcário. Ela não parecia fria, mas nem tampouco emocionada, e seu perfil era perspicaz, iluminado pelo fogo. Ela observava a arena sem pestanejar, os olhos azuis como um lago congelado no inverno.

Adaira não sabia se Innes transformara o baronato naquela figura, ou se o baronato moldara Innes na personalidade vigente. De qualquer modo, *aquela* era a mulher que parira Adaira. Sangue, sopro e ossos. Uma mulher que dava sua bênção para incursões e convocava abates para esvaziar as masmorras de criminosos. Uma mulher que escondia cicatrizes e nunca demonstrava fraqueza para com aqueles de quem desconfiava. Uma mulher que abrira mão do herdeiro, do único filho, para trazer Adaira de volta.

Adaira começou a se levantar. Não queria participar daquilo nem mais um momento, mas a voz baixa de Innes a deteve.

— Se partir agora, não terá resposta para sua pergunta.

Adaira se abaixou de novo, devagar.

— Que pergunta?

Innes apenas indicou a arena.

Adaira voltou a atenção para o centro. Traidor tinha parado diante da sacada, solene e sujo de sangue.

Adaira se perguntava se, tendo sido vitorioso naquele encontro, ele ganharia sua liberdade. Seriam seus crimes absolvidos, já que a espada o provara digno de viver?

— De volta às masmorras — disse Innes.

Traidor ficou ali plantado por mais um momento, e Adaira questionou se ele teria ouvido o veredito de sua mãe. Finalmente, porém, ele fez uma reverência e tirou o elmo, revelando o rosto.

Ela viu que ele era mais velho, um homem de meia-idade. O cabelo e a barba estavam desgrenhados, e tinham fios grisalhos, mas nem as condições das masmorras tinham sido capazes de anuviar seu tom arruivado vívido. Uma cor de cobre que atraía e fixava o olhar, e então o coração de Adaira acelerou. Ele lhe era familiar, e ela se perguntava... será que já o tinha visto?

Quem ele tinha traído?

Ao vislumbrar a tristeza nos cantos da boca, no brilho dos olhos que continuavam a fitá-la, Adaira soube.

A espada caiu da mão dele em sinal de derrota.

— Você perguntou para David o que aconteceu com ele — disse Innes, atenta à reação de Adaira. — Com o homem que levou você para o leste.

Adaira perdeu o fôlego quando Traidor lhe deu as costas, a couraça sangrenta pingando constelações vermelhas na areia. O coração dela foi à boca e, por um momento, ela não conseguiu respirar. Restou-lhe apenas observá-lo por entre as lágrimas que ardiam nos olhos. Lágrimas que ela se recusava a derramar. Não naquele lugar. Não sob centenas de olhares.

E assim ela viu o pai de Jack sumir porta afora, de volta ao poço sombrio das masmorras.

Capítulo 12

— **Eu vou embora** — disse Jack assim que entrou na biblioteca do castelo.

Estava tão ansioso para fazer seu anúncio que levou um instante para perceber que Torin estava encolhido, largado na mesa, protegendo os olhos da luz da janela.

— Vai o quê? — resmungou Torin, mergulhando uma pena no tinteiro com grande dificuldade.

Parecia que estava escrevendo em um caderno de registros, e fazendo tudo errado. As linhas estavam tortas, e quase todas as palavras estavam manchadas.

Jack fechou a porta e olhou mais atentamente para Torin, e depois para o uísque que sobrava na garrafa ao seu lado.

— Noite longa?

— Por aí — suspirou Torin, jogando a pena na mesa. — Você disse que ia embora. Para onde?

Jack hesitou. As palavras ainda tinham um gosto estranho. Ele achava que ia saber o jeito certo de dar a notícia a Torin, que por sua vez detinha o poder de negar permissão para sua partida, no entanto, toda sua argumentação cuidadosa desmoronou naquele momento.

Torin franziu a testa.

— Não me diga que vai voltar para o continente.

— Não — disse Jack, quase rindo. — Claro que não.

— Então para onde? Não me mate com esse suspense, Jack.

— Vou para o oeste. Ficar com Adaira.

Torin o encarou pelo que pareceu uma hora inteira. Um olhar sombrio e furioso que fez Jack se arrepiar.

— Ela convidou você, afinal?

Jack respirou fundo.

— Não.

Torin riu e se recostou na cadeira. Jack franziu a testa, se perguntando se Torin ainda estaria bêbado. Será que a conversa já estava fadada ao fracasso desde o início?

— Preciso de você aqui, Jack.

— Para quê? Já provei minha inutilidade. É só perguntar ao pomar, se quiser confirmação.

— Pelo contrário. Você é a esperança do clã.

Jack fez uma careta, mas estava preparado para aquela declaração. Talvez fosse egoísmo pensar primeiro nele e em Adaira, depois na ilha, e só então no clã. Porém, ele jamais se esqueceria da rapidez com que o clã se voltara contra Adaira. Jamais se esqueceria da dúvida, do julgamento cruel, dos comentários maldosos quando todos perceberam que ela tinha sangue Breccan. Da profundidade do impacto que a traição do clã causara nela, ainda que ela tivesse se esforçado para disfarçar a dor.

Jack nunca se esqueceria, não. Ele se lembrava dos nomes, dos rostos, de quem dissera o quê. E demoraria muito para querer voltar a cantar e a tocar para aquela gente. Pelo menos, até pedirem desculpas para Adaira.

E perdê-la seria pior do que se afogar, pior do que queimar. Se ele havia sido escolhido para tocar em prol da unidade — se tinha sido selecionado para derrubar o rei tirânico dos espíritos —, então precisaria de Adaira ao seu lado para cumprir aquelas tarefas impossíveis.

— Eu falei com um espírito do fogo — disse Jack.

Ele não pretendia confessar tão abertamente para Torin que tinha se arrastado para sua casa escura, derrotado, e cantado para as cinzas. Porém, não havia outro jeito de convencer o barão.

Torin escutou tudo com as sobrancelhas franzidas, mas pareceu entender cada palavra de Jack, inclusive as implícitas. E todas as implicações naquele discurso.

Torin se debruçou na mesa, apoiando os cotovelos. O anel reluziu em seu dedo, e ele cobriu o rosto por um momento, como se quisesse acordar de um sonho. Porém, ao baixar a mão, Jack viu resignação nos olhos marejados.

— Quem sou eu para detê-lo, então? — disse Torin, a voz pesada cortada pela tristeza. — Se um espírito o escolheu para ir, então vá, Jack. Vá e reencontre Adaira. Cante pela união da ilha. Estaremos aqui, esperando seu retorno, caso este seja o desígnio do destino.

Jack ficou em silêncio por um momento, comovido.

Um sorriso repuxou a boca de Torin.

— Você esperava que eu me opusesse?

— É — confessou Jack. — Sei que parece que estou abandonando o clã e meus deveres.

— Não se preocupe com a opinião alheia. Mas creio que eu deva perguntar como e quando você pretende partir.

— Vou pelo rio — respondeu Jack. — Assim que puder.

— Hoje, então?

— Provavelmente.

— Que afobação — retrucou Torin.

—Acho que já passei tempo demais longe dela — disse Jack.

Torin sustentou o olhar dele por mais um segundo, mas assentiu.

— Percebo que nada que eu diga será capaz de detê-lo. Nem mesmo meu alerta de que é uma grande tolice atravessar sem avisar Adaira.

— Minha correspondência com ela tem sido atentamente vigiada. Nada que escrevo é particular.

— Eu sei, Sidra me disse — respondeu Torin. — E ainda assim acha sensato pegar Adi de surpresa com sua chegada?

— Escrevi uma carta em código para ela — disse Jack. — Acho que ela conseguirá ler nas entrelinhas e saber que estou a caminho.

— Vai deixar tudo na mão da sorte? — questionou Torin, cruzando os braços. — E se Adaira não receber a carta, ou o "código" for sutil e ela não perceber que você está *fisicamente* a caminho? E aí?

— Aí ela ficará surpresa ao me ver — disse Jack. — Antes que Torin pudesse retrucar, ele acrescentou: — E eu gostaria que você escrevesse uma carta declarando minha intenção. Andarei com ela para o caso de eu me deparar com problemas.

Torin franziu a testa, mas pegou uma folha de pergaminho na mesa e começou a escrever uma mensagem — lamentavelmente — torta. Deixou Jack ler. A carta era sucinta, mas prática, declarando que Jack chegaria ao oeste para se reunir com a esposa, Adaira, e que não tinha más intenções quanto ao clã Breccan.

— Ótimo — disse Jack. — Pode selar?

Torin pareceu um pouco irritado, mas obedeceu mesmo assim, marcando a cera com o selo de seu anel.

— Posso ajudar em alguma outra coisa, bardo? — perguntou Torin, a voz arrastada.

Jack balançou a cabeça, mas aí repensou:

— Pode ficar de olho na minha mãe e na minha irmã enquanto eu não estiver aqui? Elas se viraram muito bem sem mim nos últimos oito anos, mas ainda assim me preocupo. Não sei quanto tempo passarei fora.

Torin fechou a cara.

— Não se preocupe. Mirin e Frae serão bem cuidadas. E quero que você me escreva assim que encontrar Adaira, para que nenhum de nós fique preocupado.

Ele hesitou, como se quisesse dizer mais alguma coisa.

— Darei notícias.

Torin continuou quieto, pensativo.

— O que foi? — questionou Jack, começando a perder a paciência.

— Você sabe que não precisa só da *minha* permissão para ir embora — disse Torin.

Jack sabia. Ele suspirou.

Ele ainda precisava falar com Mirin.

Jack encontrou a mãe em casa, visto que o sítio voltara a ser habitável com o fogo na lareira. Mirin estava tecendo. Estava tudo muito silencioso, a poeira rodopiando no ar com o cheiro de mingau e mel quente. Frae estava na escola em Sloane.

— Nem me diga que outra vaca entrou no jardim — disse Mirin, concentrada no trabalho.

— Não — disse Jack. — Vim perguntar pelo meu pai.

Os dedos de Mirin congelaram, e ela voltou o olhar para o dele, do outro lado da sala. Jack achou que ela fosse desdenhar das perguntas; era exatamente o que ela costumava fazer, por anos e anos, quando ele era menor, quando vivia desesperado para saber quem era seu pai e o motivo de sua ausência. Porém, Mirin deve ter visto a determinação em sua postura e percebido seu olhar distante, como se ele já estivesse a meio caminho rumo ao oeste.

Ela raramente abandonava o trabalho, mas se afastou do tear.

— Sente-se, Jack — disse, e foi ocupar as mãos com o preparo do chá.

Jack se sentou à mesa, observando a mãe, pacientemente. Ela serviu uma xícara de chá para cada um antes de sentar-se na cadeira à frente dele, e ele notou que ela estava pálida e exausta. Culpa de todas aquelas flanelas encantadas que tecia, e ele resistiu à tentação de olhar para o tear.

— O que você quer saber? — perguntou Mirin.

— Para começar, o nome dele.

Ela hesitou, mas, quando falou, foi com a voz nítida.

— Niall. Niall Breccan. Ele assumiu o nome do clã quando foi nomeado Guardião do Bosque Aithwood, como indício de lealdade.

Jack pensou por um momento, revirando o nome do pai. *Niall Breccan.*

— E você disse que ele mora rio acima, não muito longe daqui?

— Isso. Em uma casa no bosque, perto da margem.

Mirin passou o dedo na borda da xícara.

— Ele mora lá sozinho?

— Que eu saiba, sim. Por quê? Por que a pergunta, Jack?

— Porque vou para o oeste, me juntar a Adaira, e quero encontrá-lo.

Mirin mal reagiu. Foi então que Jack percebeu que ela já esperava por aquele momento. Já esperava que ele fizesse as malas e atravessasse a ilha desde que a verdade fora revelada e Adaira partira. Na verdade, ela estava surpresa por ele ter deixado passar um mês inteiro.

— Preciso contar uma coisa, Jack — murmurou ela, e o coração dele freou de pavor. — Eu vi seu pai, há umas semanas. Na noite em que os Breccan vieram, exigindo falar com Adaira. A noite em que tudo mudou.

Aí ela parou. Levou a mão ao pescoço, na base da garganta, como se doesse. Jack prendeu a respiração, em expectativa.

— Como você sabe, seu pai entregou o segredo do rio a Moray Breccan. Imagino que Niall tenha feito um acordo, que o permitiu vir me ver uma última vez antes de ser castigado pelo crime de entregar Adaira ao leste. Então o trouxeram para mim. Frae e eu... estávamos ali, naquele canto, preparadas para uma incursão, quando os Breccan trouxeram seu pai para dentro de casa, amarrado como prisioneiro.

Sem saber por que Mirin nunca mencionara aquele encontro, Jack preparou-se para abrir caminho para a raiva, porém, logo a viu secar as lágrimas.

158 Rebecca Ross

— Chamaram ele de "traidor do juramento", e tiraram dele seu título e nome — continuou. — Mal consegui respirar, de tão chocada por estar vendo ele outra vez. E eu não disse *nada* quando levaram ele embora.

Jack deu a volta na mesa, para sentar-se ao lado de Mirin, e pegou a mão dela, sentindo-a fria e esquálida. A mão que tecera inúmeros segredos em flanelas, e que ele agora segurava enquanto a mãe se entregava ao choro. Ela vinha engolindo aquelas lágrimas há semanas, há *anos*, e finalmente permitia que descessem, velozes e incessantes, o som de um coração arrasado. Jack testemunhou em silêncio a dor da mãe, os sacrifícios dela, o fardo que carregava, sozinha, como uma mulher que amava um homem que nunca poderia assumir.

— Eu sinto muito, mãe — murmurou Jack, apertando a mão dela.

Mirin secou as últimas lágrimas.

— Digo isso tudo, Jack, porque não sei se seu pai está vivo. Ele pode ter sido executado por seus crimes.

A ideia tinha ocorrido a Jack, mas ouvir a possibilidade moldada pela voz de Mirin de repente a tornou muito mais concreta. Com o coração pesado, ele seguiu segurando a mão dela.

— E eu soube que esse dia chegaria — continuou Mirin, voltando para ele seus olhos escuros, da cor do oceano noturno. — Eu sabia que você cruzaria a fronteira para encontrar Adaira e as respostas pelas quais sempre ansiou. Sei que você quer ir imediatamente, sem perder um minuto sequer. Mas, se eu puder pedir uma coisa, Jack, é que fique mais um dia conosco. Passe uma última noite aqui, comigo e com Frae. Compartilhe um último desjejum.

Ele quase se encolheu diante do pedido, afinal de contas estava determinado. Já havia mandado a carta para Adaira, e queria cumpri-la imediatamente. Queria estar no oeste antes de o sol se pôr.

Mirin continuou:

— Tenho um pressentimento, Jack. Que, quando atravessar para o oeste, você nunca mais voltará para cá. Nunca mais virá para o leste.

Aquela revelação aquietou a impaciência dele. E então a mente dele se apaziguou, e o coração pareceu se esvaziar. Restava apenas sua respiração, indo e vindo, e a pulsação, ecoando nos ouvidos.

Ele então assentiu, porque não podia discutir quanto à legitimidade do pedido. Decidiu que passaria, com prazer, uma última noite ali, com ela e Frae. Por mais uma noite, comeria àquela mesa, iria sentar-se diante da lareira, e escutaria as histórias da mãe. Cantaria uma balada para a irmãzinha, que ainda ansiava por ouvir as canções dos Tamerlaine. Poderia acordar mais uma manhã para ver o sol nascer no leste.

— Está bem — murmurou. — Partirei amanhã.

Mirin relaxou de alívio.

— Obrigada, Jack.

Ele abriu um sorriso tênue. Porém, por dentro, estava triste. E, sob a tristeza, furioso. Odiava que a vida dele e das pessoas que amava estivessem divididas, separadas. Era paralisante a ideia de nunca mais ver Mirin e Frae, mas era impossível seguir afastado de Adaira, e nunca conhecer seu pai.

Unirei as metades, pensou, mesmo que, de tão impossível, aquilo fosse digno de riso. *Tocarei pela paz no oeste, e verei minha família reunida.*

— Prometa-me uma coisa, Jack — disse Mirin, interrompendo o devaneio dele ao tomar seu rosto entre as mãos.

— Qualquer coisa — disse ele, à espera.

— Não conte a eles que você é filho de Niall.

Ele aquiesceu, mas sua esperança começou a murchar. Sua empolgação diminuiu. Ele seguiria sem ser assumido como desejava. Teria de agir como se não houvesse raízes suas no oeste. O pedido da mãe o fazia sentir-se velho e cansado.

— Mantenha segredo sobre o seu sangue — sussurrou Mirin, urgente.

— Não se preocupe, mãe — disse Jack. — Eles nunca saberão.

Capítulo 13

— **Coma sua couve, Maisie** — disse Sidra, olhando a filha do outro lado da mesa.

— O papai não me manda comer — declarou Maisie, olhando feio para as folhas verdes no prato.

Sidra resistiu à tentação de olhar para a cadeira vazia de Torin, o prato cheio do jantar já frio.

— Seu pai mandaria, sim, se estivesse aqui. Coma sua couve, por favor.

— Mas tem gosto esquisito.

— É o gosto da *terra* — disse Sidra, com o tom gentil. Pelo amor dos espíritos, como ela estava cansada. A cabeça latejava, o pé doía... — É o gosto da vida, do sol brilhante, e dos segredos escondidos no fundo do solo. Segredos que deixam você forte e inteligente depois de comer.

Maisie amenizou a careta. Cutucou a couve com interesse cauteloso, mas, assim que pôs na boca, cuspiu na mesa.

— *Eca!*

— Maisie Tamerlaine — exclamou Sidra. — Já basta. Você sempre comeu couve.

Maisie fechou a cara e balançou a cabeça.

— Não quero comer.

Sidra fechou os olhos e massageou as têmporas doloridas. Sua paciência estava se esgotando, e ela nem se lembrava da última vez que se sentira tão esgotada, tão abatida.

Tentou se convencer de que o cansaço vinha do dia longo de trabalho, buscando encontrar um remédio para a praga. Ela macerara ervas e preparara misturas que nunca tentara. Fervera chás fortes e fabricara bálsamos. Descansara o pé no banquinho acolchoado. Também exercitara o pé, caminhando pelas colinas para visitar os pacientes. Enfaixara o pé com ataduras quentes, e também mergulhara o pé no rio frio até ficar dormente.

Sidra estava tentando tudo o que lhe ocorria, na esperança de conter e reverter a praga que se espalhava a partir do calcanhar. Porém, ela temia que apenas o tempo revelaria o resultado dos métodos, e o tempo não estava a seu favor. Considerando a rapidez da contaminação na mão de Rodina, ela previa que em apenas mais uma semana a praga tomaria seu pé inteiro.

Rodina também dissera que, recentemente, vinha sofrendo de mais dor de cabeça e problemas estomacais, coisas que Sidra também sentia. O corpo todo dela estava exausto, e lhe faltava apetite. Ela só queria deitar-se e dormir.

Você está cansada de tanto trabalhar hoje. Dormiu mal ontem. O tempo está virando...

Ela tentou se convencer que havia outro motivo para a fadiga. Que a exaustão, a dor de cabeça e a impaciência não se deviam à praga que se espalhava gradualmente pelo arco do seu pé.

— O que foi?

A voz de Maisie trouxe Sidra de volta à noite. Quanto tempo ela passara ali, de olhos fechados, apoiada na mão? O suficiente para uma menina teimosa de seis anos se preocupar. Sidra tentou sorrir para a filha, apaziguá-la, mesmo sentindo-se à beira das lágrimas.

— Acho que só estou cansada, Maisie.

— Então coma sua couve, mamãe.

Sidra pestanejou, percebendo que mal tinha tocado no jantar. Estava com o estômago revirado.

Precisava contar para Torin naquela noite mesmo. Precisava revelar que estava infectada. Isso se ele fosse para casa. Ele não voltara na noite anterior, e ela vinha se preocupando com a ausência dele mais do que gostaria. Lembrava-se de todas as noites em que dormira sozinha, quando ele trabalhava no turno da madrugada.

De repente, Sidra sentiu-se dividida. Queria vê-lo e o aguardava ansiosamente, atenta ao som das botas na porta. Esperava a porta se abrir. Sentir o olhar dele nela, as mãos vindo logo em seguida. Até imaginar o rosto dele depois que ela lhe contasse a verdade.

Como posso contar?

— Você tá doente, mamãe? — insistiu Maisie, franzindo a testa de preocupação.

— É só uma dor de cabeça, guria.

Sidra tinha tomado muito cuidado durante o dia. Quando Maisie estava com ela em casa, permanecera de meias e botas, para esconder qualquer sinal da infecção. Foi só quando Maisie saiu para visitar o pai de Torin, Graeme Tamerlaine, no sítio vizinho que Sidra se dedicou à extenuante missão de descobrir o antídoto.

Porém, crianças eram atentas àquelas coisas. Sidra se forçou a abaixar as mãos da testa e comer a couve.

Pelo visto Torin não ia jantar com elas.

Sidra se levantou e raspou o prato dele, dando a comida para o cachorro. Por que ela sequer se dava ao trabalho de cozinhar para ele? Por que ele não mandava ao menos um bilhete por um corvo, se estava tão decidido a ficar no castelo?

Quando ela decidiu botar Maisie para dormir mais cedo, as queixas da menina se intensificaram. A guria queria que um dos gatos dormisse com ela, o que Torin só permitia ocasionalmente. Sidra resolveu deixar dois gatos entrarem. Depois, Maisie quis ouvir uma história, mas nenhuma daquelas do livro de Sidra. Só servia uma nova. Os olhos de Sidra estavam tão cansados que ela mal conseguia enxergar as palavras na página, muito menos inventar uma história de improviso. Porém, ela compôs uma lenda sobre a dama Whin das Flores, e acrescentou que ela plantava a horta mais bela e comia as verduras obedientemente toda noite.

— Quero outra história — pediu Maisie.

— Amanhã, se você se comportar — disse Sidra, e soprou as velas —, eu conto outra história. Agora. Vá dormir, Maisie.

Sidra fechou a porta do quarto e se recostou, olhando para a mesa. A comida e os pratos sujos ainda estavam ali. Ela contemplou deixar tudo onde estava. Talvez Torin limpasse quando resolvesse voltar para casa?

Sidra bufou. Pensando melhor, levou os pratos para a tina. Uma das xícaras quebrou quando ela começou a esfregá-la. Então ela parou, surpresa ao notar que tinha cortado o dedo. Viu o sangue deixar um rastro fino na água.

Sidra ainda estava olhando distraidamente para a tina quando Torin finalmente chegou.

Ele tirou as botas e pendurou a flanela. Seu rosto estava abatido, os olhos avermelhados ao se voltar para Sidra. E então ele olhou para a mesa, ainda em desordem.

O coração de Sidra amoleceu quando ela percebeu como ele estava cansado.

Até que ele disse, brusco:

— Cadê meu jantar?

Ela precisou de todas as forças para não golpear e quebrar todos os pratos na tina.

— Dei para o cachorro.

Ela voltou a lavar a louça, o corte do dedo latejando no ritmo do coração.

— Mas é claro — resmungou Torin, e Sidra, de novo, achou que fosse enlouquecer. Mas mordeu a língua, a raiva fervilhando sob a pele corada. Viu Torin suspirar e sentar-se na cadeira de Maisie. Ele começou a comer o resto do jantar frio da filha, até notar a couve cuspida na mesa, perto do prato.

— Deixa para lá. Eu devia ter ficado no castelo.

O FOGO ETERNO **165**

Sidra se virou, desta vez quebrando de propósito um prato contra o armário. Torin sempre a conhecera como uma pessoa tranquila, e o que viu nos olhos dela o fez hesitar enquanto cacos de louça tombavam no chão.

— Se eu soubesse o seu horário de chegar em casa, poderia ter deixado o jantar pronto — disse ela.

— Se *eu* soubesse meu horário de chegar em casa, avisaria — disse ele, e se levantou da mesa, fazendo os pratos sacolejarem. — Mas, em geral, eu não sei, Sidra. Minha vida seria muito mais simples se a gente se mudasse para o castelo.

Ela ficou paralisada, sabendo que aquela hora chegaria. O pânico repentino que tomou suas costelas a fez sentir-se um passarinho em uma gaiola de ferro. Ela pensou em todas as escadas do castelo que teria de subir e descer. O pé respondeu com uma pontada de dor.

— Sua vida seria mais simples, mas a minha, não, Torin.

— Por que não, Sidra?

— Porque é aqui que eu trabalho — disse ela, rangendo os dentes. — Minhas ervas todas crescem nesta horta. Preciso estar aqui para encontrar o remédio da praga.

— Plante as ervas na horta do castelo! — respondeu ele, abanando a mão.

— Se para você for mais fácil morar no castelo — retrucou ela —, então more lá. Como você já fez. Eu e Maisie nos viramos aqui.

Que golpe baixo.

Ela viu na expressão de Torin, como se tivesse levado um tapa.

A distância cresceu entre eles. Parecia que o piso tinha rachado a seus pés.

A raiva dela começou a arrefecer, substituída por tristeza ao ver Torin seguir para a porta. O rosto dele estava pálido, resguardado. Ele parecia não sentir nada ao calçar as botas, recolher a flanela.

Impeça que ele vá. Não o deixe ir embora.

Mas Sidra estava paralisada, aprisionada pelo orgulho e pelo medo. E assim ela viu Torin ir embora, batendo a porta. As janelas sacolejaram e o fogo vacilou na lareira. Ela escutou os passos se afastando conforme ele prosseguia noite afora.

Ouviu Yirr soltar alguns latidos no quintal, notas agudas de alerta. Ou talvez uma súplica para Torin voltar.

Então, silêncio.

Sidra desabou no chão entre os cacos do prato que tinha quebrado. Abraçou os joelhos e encarou as sombras, sem reação.

Torin não foi para o castelo, nem ficou na estrada. Vagou pela charneca ao luar e caminhou até cansar, as botas formando bolhas no calcanhar. Ele queria beber. Queria alguma coisa para mergulhá-lo no torpor, e sentiu as mãos tremerem. Foi só então que escolheu parar. As estrelas o observavam quando ele se cobriu com a flanela e deitou-se na grama, na esperança de o sono distraí-lo da sede.

Mas o sono lhe escapava, e seus pensamentos adentravam veredas sombrias.

Sidra o expulsara.

Ele mal conseguia acreditar, e a irritação só se dissipou quando ele pensou na noite anterior. Tinha bebido tanto uísque que pegara no sono na biblioteca do castelo. Não voltara para casa, nem dera notícias a ela. Ela certamente ficara preocupada, deitada no escuro, sem saber onde ele estava.

Inevitavelmente, ele pensou nos aposentos do barão, redecorados e prontos para a mudança deles. Torin sabia que seria difícil para Sidra. Ele *sabia*, e ainda assim estragara a conversa toda, abordado o tema com tanta impaciência e falta de tato que não podia culpá-la por tê-lo mandado embora.

Ele grunhiu, a raiva se desfazendo à luz das estrelas. Estremeceu ao se lembrar da outra noite recente em que Sidra se unira a ele na penumbra, apaixonada. E aquele lampejo de tristeza que vira nela? Algo a incomodava, e a conclusão de que ela provavelmente não sentia-se confortável para contar a ele foi como uma pedra assentada em seu estômago.

E por que ela contaria? Você é irritadiço, impaciente, e nunca chega em casa na hora. Você bebe demais e vive preso ao passado.

Ele ficou mais um tempo sentado na grama, relembrando. Meras semanas antes, uma lâmina encantada o cortara e roubara sua voz. As palavras entaladas o queimavam como brasa. Ele ansiara muito por contar a Sidra tudo o que guardara dela.

Ele não queria mais perder tempo, tempo irrecuperável. Oras, não tinha aprendido a lição do jeito mais difícil? *Acorde!*, a ilha parecia dizer. *Abra os olhos, Torin. Veja a pessoa que você está se tornando.*

Torin se levantou, espanou a flanela úmida de orvalho. Não queria passar mais um momento sequer longe de Sidra. Não queria deixar nada se meter entre eles.

Enquanto andava a passos largos para casa, uma luz lampejou em sua visão periférica, roubando sua atenção. Parecia fogo brilhando por uma porta aberta ao longe.

Torin parou. Ao chegar àquele vale, não havia nenhuma casa à vista. Porém, era inegável que existia uma porta encantada ali, penetrando a escuridão das colinas. A abertura o chamava para mais perto.

Ele se aproximou devagar, levando a mão ao punho da adaga.

Uma porta arqueada tinha sido escavada na face da colina, com grama emaranhada e comprida pendurada do batente. Torin parou à entrada, hipnotizado. Forçou a vista para a passagem atrás da porta, tentando discernir aonde levaria, mas o caminho fazia curvas, aprofundando-se na terra. Levando a um lugar que Torin não tinha como ver dali.

Era um portal dos espíritos.

Quando menino, ele sonhara com a descoberta de uma entrada daquelas. Depois de devorar as histórias que o pai lhe contava, ele começara a procurar portais pela ilha, embora fossem disfarçados dos olhos mortais. Ficavam escondidos em rochas, cachoeiras e árvores. Na grama, na maré e nos jardins. As portas só se apresentavam àqueles estimados pelos espíritos.

Torin se viu diante de uma porta aberta que o levaria ao desconhecido, e foi atingido pelo medo.

Aonde você leva? Por que se abriu para mim?

A luz começou a baixar. A porta estava prestes a se fechar, por isso Torin precisava calcular rapidamente os riscos e as vantagens de fazer a travessia.

Se adentrasse, teria a oportunidade de falar diretamente com os espíritos. Sabia que o convite estava sendo feito por causa da praga, cujas respostas ele estava desesperado para encontrar. Se recusasse e deixasse a porta se fechar, talvez nunca mais tivesse a oportunidade de saber a verdade sobre o que vinham enfrentando no pomar. A praga iria se espalhar entre as árvores e os humanos, talvez chegando a derrubá-los todos no fim.

Porém, se ele entrasse... não dava para saber quanto tempo passaria lá. Provavelmente seria apenas um dia, ou dois, mas Sidra não saberia onde ele estava. O simples fato de pensar na preocupação dela o atravessou como uma lança. Ele imaginou o efeito que sua ausência teria nela.

Contudo, uma verdade ele sabia, sem dúvida: ela era forte o suficiente para viver sem ele. Ela seguiria em frente, mesmo que ele partisse. Garantiria que as coisas andassem bem com o clã até ele voltar.

— *Sidra* — soprou ao vento.

Ele sabia qual seria a escolha dela caso esbarrasse com aquela porta.

Torin hesitou apenas mais um instantinho, e aí entrou.

Capítulo 14

Jack entrou no rio, voltado para o sentido da nascente.

Era meio da manhã, e ele se demorara o máximo possível, tomando café com Mirin e Frae e cuidando de tarefas no sítio. Finalmente, era hora de partir.

Sua bagagem era modesta — algumas túnicas, a carta de Torin e a harpa.

Entre os Breccan, encontrará a resposta.

A voz de Ash ecoou dentro dele quando Jack avançou um passo.

A água corria ao redor de seus tornozelos, encharcando as botas, e a ulmária crescia pela margem em frondosos cachos brancos. O bosque Aithwood, denso de pinheiros, espruces, cicutas e sorveiras, ia ficando mais emaranhado conforme ele subia o rio. Flores de erva-coalheira e violeta salpicavam o solo da floresta, e as sombras das copas das árvores cobriam os ombros de Jack, protegendo-o do sol. Algumas folhas vieram escorrendo pela água quando, devagar, ele tirou a adaga da bainha no cinto.

Ele esperou chegar na fronteira dos clãs, no limite entre os dois reinos. Pensou em seu pai, carregando Adaira por aquele rio vinte e três anos antes, quando ela era um bebê pequenino e frágil. Em inúmeras ocasiões, o sangue de Niall Breccan na água escondera sua travessia pela fronteira, quando visitava o sítio de Mirin na colina. Moray também se aproveitara daquela falha secreta na barreira mágica, bem como do poder da flor de Orenna, para sequestrar meninas e vagar sem medo pelo leste.

Jack não era o primeiro a usar o rio, a deixar o sangue pingar na correnteza antes de seguir de um lado e outro da fronteira. Não era o primeiro, mas esperava ser o último. Talvez sua música fosse forte o bastante para sarar aquela ferida da ilha.

Ele cortou a palma com a adaga.

A dor foi vibrante, mas apenas por um momento. Assim que o sangue brotou e pingou dos dedos, se mesclando à água, ele avançou.

E atravessou a fronteira para o oeste.

Adaira estava parada à porta encantada da nova biblioteca, com a espada na cintura e uma bolsa cheia de pergaminhos pendurada no ombro. Ela não sabia o que encontraria para além da madeira radiante, mas esperava ser uma sala silenciosa, contendo apenas livros e rolos de pergaminho. Desde o abate, vinha evitando tanto Innes quanto David, se recusando a jantar nos aposentos deles ou a cavalgar com eles pelo ermo. Sabia que não poderia evitá-los tanto tempo, mas, quando os encontrasse de novo, queria estar dotada todo o conhecimento que conseguisse acumular naquele ínterim.

Queria argumentar a seu favor.

Adaira espetou o dedo e encostou a mão na madeira. A porta aceitou seu sangue e destrancou a fechadura encantada.

Ela entrou timidamente, olhando ao redor. Era como esperava: não havia mais visitantes. Ela deixou a bolsa em uma mesa frente a um trio de janelas com mainel. Era de manhã bem cedo, e a luz cinzenta ainda estava fraca demais para ser possível ler e escrever direito, então ela acendeu todas as velas da sala.

Aí respirou fundo, sentindo o gosto de anos de tinta e papel.

Encostou a mão na prateleira mais próxima.

— Por favor, me mostre todos os livros e registros que tem do abate — murmurou.

Ela nem ousou esperar resposta — mas aí de repente ouviu um farfalhar e notou que dois rolos de pergaminho tinham avançado, ficando quase dependurados da prateleira.

Ela pegou os dois com cuidado e os levou à mesa, aí sentou-se e começou a ler.

Uma coisa logo ficou evidente: o abate acontecia desde a criação da fronteira dos clãs, fazia quase duzentos anos. Quando a magia dos feéricos fora dividida e desequilibrada por Joan e Fingal. O oeste de repente tinha uma abundância de ofício encantado em mãos, mas também tinha plantações murchas e, por consequência, recursos escassos. Logo, as pessoas ficaram famintas e desesperadas, e o crime começou a brotar como erva daninha entre os sítios e a cidade.

Adaira ficou estranhamente aliviada ao saber que Innes não iniciara o abate, apenas herdara o hábito ao virar baronesa.

Ela continuou lendo, e finalmente encontrou a informação que mais desejava: não havia como libertar um prisioneiro das masmorras sem ser pela luta no abate. Lutar não apenas dava aos criminosos a oportunidade de uma morte honrada, como Innes mencionara, como também redimia os culpados, provando que mereciam outra chance. Outro propósito importante do abate era inibir o aumento da criminalidade pelo exemplo, pois o clã era forçado a testemunhar a cena.

Adaira começou a anotar o que encontrava, enchendo páginas e mais páginas de anotações, pensamentos e dúvidas que ainda tinha. Ela não havia tomado desjejum e, quando a barriga começou a roncar, interrompeu o estudo. Recostou-se na cadeira, olhando para o que reunira.

— Como posso libertá-lo? — murmurou, voltando a imaginar o pai de Jack.

Pelas regras do abate, ele deveria ter ganhado a liberdade ao matar William. Porém, Innes se recusara a perdoá-lo, e a única coisa que ocorria a Adaira era que a mãe queria fazê-lo sofrer pelo que tinha feito. Quantas vezes ele teria lutado naquela arena? Quantos prisioneiros ainda teria de matar para se redimir aos olhos de Innes?

Devia haver outro modo de absolvê-lo, pensou Adaira, se levantando com os pergaminhos nos braços. Ela os devolveu à estante e pensou, por um momento, no tema que pediria a seguir.

Apoiou a mão na prateleira e disse:

— Por favor, me mostre todos os livros e rolos que detalhem tradições e leis dos Breccan.

Agora parecia que metade dos livros e pergaminhos da biblioteca clamavam por sua atenção, e Adaira suspirou, extenuada de repente. Ela deveria ter limitado melhor a busca, mas pegou os materiais mais próximos e os levou à mesa.

Começou a ler, registrando elementos que achava fascinantes, ou que poderiam ser úteis para apelar pela liberdade do sogro. Contudo, parecia que mesmo com as brechas da legalidade e as estranhas tradições passadas, uma lei era incontornável.

O barão do clã sempre dava a palavra final, e poderia ignorar leis em circunstâncias especiais. Barões frequentemente recorriam a tal poder quando eram alvo de ofensa pessoal — por exemplo, quando um membro do clã outrora confiável entregava a filha da baronesa para seu inimigo.

Por que você não diz a verdade para Innes?

Adaira mordeu o lábio, se perguntando se seria melhor ou pior contar para Innes que o homem que a levara ao leste era pai de Jack. Inicialmente, quando Adaira ainda não tinha certeza se Innes e David nutriam raiva ou sentimento de vingança pelos eventos passados, lhe parecera mais seguro esconder o fato para proteger Jack, Mirin e Frae. Ela temia que Innes impusesse ao pai de Jack uma sentença violenta — dizimar sua família, por exemplo, ou castigá-lo ainda mais severamente por ter tido filhos com uma inimiga.

Agora ela questionava se o mero fato de ele ser seu parente por afinidade, visto que ela se casara com Jack, seria suficiente para convencer Innes a soltá-lo. Contudo, Adaira lembrou-se de que a mera *pergunta* pelo Traidor tinha feito David se distanciar e interromper o vínculo construído entre eles. E Innes convidara Adaira a assistir ao duelo mortal dele como se sua vida não tivesse valor.

Adaira sentia que precisava de *mais* alguma coisa. Não um jeito de pegar Innes de surpresa, necessariamente, mas de chamar sua atenção. Precisava descobrir como se mostrar astuta, em vez de sensível, para libertar o pai de Jack.

Ela releu as anotações.

Tinha um detalhe na tradição que ela achara fascinante. Era o "manto de flanela", ou a concessão de proteção para alguém sob seu nome ou título. Antigamente, essa proteção era oferecida por condes ou pelo barão, aqueles que detinham poder e autoridade no oeste e, portanto, podiam servir de escudo para pessoas menos influentes. Porém, mesmo nesse caso, havia estipulações a cumprir.

A vida da pessoa protegida tinha de estar em perigo. O conde ou barão tinham que tirar a própria flanela e usá-la para cobrir o indivíduo protegido, tudo isto enquanto pronunciassem uma fala específica. Acima de tudo, o manto de flanela era um evento público, o clã inteiro deveria tomar consciência das ramificações de se prejudicar a pessoa protegida.

Adaira se perguntava se poderia assumir aquela tradição sem ofender o clã. Sem ofender *Innes*. Poderia ela cobrir seu sogro com a própria flanela, baseada naquele costume antigo? Se o fizesse, ninguém poderia fazer mal a ele sem, essencialmente, fazer mal a ela.

Ela estava avaliando a possibilidade, tentando prever todas as consequências e reviravoltas, e como Innes poderia se opor, quando de repente um raio de sol inesperado aqueceu a mesa.

Adaira olhou para a janela.

As nuvens tinham se aberto por um motivo: algo as cortara.

Primeiro, ela teve a impressão de ter visto um pássaro grande caindo pelo céu. Uma criatura ferida. Porém, logo viu um lampejo de prata, como a luz de uma estrela. Braços e pernas tentando se equilibrar no vento. Um brilho iridescente ondulava atrás da pessoa, como uma vela de barco rasgada.

Eletrizada, Adaira se levantou, chegando mais perto do vidro. Aí viu no chão um espírito de cabelo azul-índigo e asas esfarrapadas.

PARTE DOIS

Uma canção para as brasas

Capítulo 15

Sidra só se deu conta de que Torin tinha desaparecido quando a recém-nomeada capitã da Guarda do Leste bateu à sua porta por volta do meio-dia.

— Yvaine? — cumprimentou Sidra, supondo que a capitã viera em busca de cuidados médicos. — Como posso ajudar?

— Olá, Sidra — disse Yvaine, a voz excepcionalmente severa. — Torin está?

Era a última pergunta que Sidra esperava. Por um momento, ela fez apenas pestanejar, de tão ridícula que era a dúvida. Torin *nunca* estava em casa durante o dia. Yvaine, especialmente, sabia disso.

Também trouxe de volta, em destaque gritante, a noite anterior. Ela ainda via a expressão de Torin ao dispensá-lo, a dor e o choque refletidos em seu rosto. Ainda sentia o gosto do ar quente que o envolvera quando ele abrira a porta e saíra noite afora.

O arrependimento dela de manhã foi como um hematoma dolorido no braço.

— Não está, não — disse, com um nó no estômago. — Por quê?

— Estava com esperança de encontrar ele aqui.

— Não está no castelo? Achei que ele estaria no treinamento vespertino da guarda.

— Não o vi hoje — disse Yvaine. — Tínhamos uma reunião de manhã com o conselho, para discutir a praga. Ele não apareceu, coisa que, nós duas sabemos, não é do feitio dele.

— A gente discutiu ontem — confessou Sidra, rouca. — Ele saiu com raiva. Achei que tivesse ido dormir no castelo.

— Se foi, ninguém viu.

— Então alguma coisa deve ter acontecido com ele depois de sair daqui. Eu...

Sidra sequer conseguia verbalizar as possibilidades. As palavras em sua boca eram afiadas como cacos de vidro, ameaçando rasgá-la por dentro caso dissesse qualquer coisa. Mesmo assim, não conseguiu conter a imaginação. Torin, furioso na escuridão da mata. Caminhando pelas colinas. Caindo em um pântano. Quebrando a perna em terreno irregular. Enganado pelas colinas, lagos e vales mutáveis.

— Mamãe! — chamou Maisie, puxando sua saia. — Posso comer um biscoito?

Sidra se desvencilhou dos pensamentos, mas o pavor continuou a pesar. Ela inspirou bruscamente e olhou para a filha, corada e sorridente, cheia de esperança.

— Só um — disse Sidra.

Maisie correu até a mesa da cozinha, e Sidra voltou a atenção para Yvaine. A capitã mantinha a expressão resguardada, mas seus olhos escuros reluziam de medo. O mesmo medo que Sidra sentia, como se estivessem juntas em um barco furado, perdendo tempo precioso enquanto a água fria entrava e subia cada vez mais.

— Aonde ele pode ter ido? — murmurou Yvaine. — Posso começar a vasculhar as colinas, mas a busca será mais rápida se você me disser quais lugares são importantes para ele. Ou talvez para você?

Sidra pensou por um momento. Suas lembranças frenéticas piscavam como o sol no lago, difíceis de apreender, até que uma se destacou. Pensou em sua antiga casa, onde ela e Torin tinham se conhecido. O lugar onde os dois decidiram se unir, mesmo quando o mundo ao redor parecia desmoronar.

— O Vale de Stonehaven, talvez — respondeu Sidra. — Era um lugar pacífico na ilha, cheio de grama verdejante e ovelhas soltas, onde o tempo parecia mais lento. Ao imaginá-lo, Sidra de repente achou difícil supor que Torin se machucaria lá. — Sinceramente, não consigo pensar em mais nada — acrescentou. — Mas me deixe levar Maisie para a casa de Graeme. Só um momento, e depois vou com você.

Yvaine assentiu e voltou ao cavalo amarrado no portão.

Sidra deixou a porta aberta e recuou. Seus pés iam virando chumbo conforme as preocupações se multiplicavam em ritmo alarmante. Enquanto encarava o último lugar onde vira Torin, uma tempestade se formava adiante. A chuva não demorou a cair, e o vento danou a agitar as folhas mortas do chão. A horta se curvou à tempestade, as ervas murchando, a couve salpicada de lama.

Foi só então, ao sentir a garoa de verão soprar no rosto, que Sidra começou a pensar em instruções claras. Ela encontraria Torin, mas, primeiro, precisava deixar Maisie com Graeme.

Ela amarrou a flanela verde no ombro e trançou o cabelo, se preparando para uma caminhada demorada na chuva. Então calçou os sapatos de couro de Maisie e a cobriu com um xale grosso, e, juntas, subiram às pressas a colina até a moradia do pai de Torin.

Graeme ficou surpreso, mas feliz, ao vê-las à sua porta, molhadas de chuva.

— Ah, Sidra, Maisie, entrem, entrem!

Maisie entrou trotando, imediatamente distraída pela tigela de cacarecos do continente que Graeme deixava em uma banqueta. A casa dele era uma bagunça desordenada, mas cheia de tesouros. Sidra não se incomodava com a zona, embora Torin achasse quase insuportável. Ela tentou acalmar o coração ao fechar a porta.

— Posso dar uma palavrinha, pai? — perguntou ela, em voz baixa.

— Claro — disse Graeme. — Venha, sente-se à mesa. Vou servir um chá.

Sidra ficou onde estava, os batimentos tão fortes que os sentia nos punhos, no pescoço. Seu estômago revirava, e ela lutava contra a tentação de cobrir o nariz. Não dava para saber se era ansiedade ou o cheiro estranho e desagradável da casa, mas ela estava com dificuldade para segurar o que comeu pela manhã.

— Não posso demorar — conseguiu dizer, e seu tom seco finalmente chamou a atenção de Graeme.

— Ah — disse o sogro, que abaixou o bule e levantou as sobrancelhas. — Pode sentar-se um momentinho, pelo menos? Dar um tempo para a tempestade baixar?

— Yvaine está me esperando na estrada — disse Sidra, mas logo começou a tremer.

Ela não conseguia esconder a angústia, e Graeme se aproximou rapidamente para segurar seu braço com gentileza.

— Sente-se um momento, guria — murmurou. — Você está pálida que nem assombração.

— Eu...

Sidra suspirou, e sentiu que o peito arrebentar sob a pressão do medo. Permitiu que Graeme a guiasse à mesa.

— Me diga o que a preocupa, Sidra — pediu Graeme, servindo uma xícara de chá.

Sidra acomodou-se no banco e aceitou a xícara, mesmo sentindo o tempo cutucá-la. Precisava encontrar Yvaine. Precisava procurar Torin pelas colinas. Estava perdendo momentos preciosos ali sentada com uma xícara de chá quente entre as mãos.

Porém, Graeme conhecia Torin tão bem quanto Sidra, e poderia oferecer ideias diferentes das dela para descobrir onde o filho poderia estar.

Ela assegurou que Maisie estivesse distraída — e estava, porque encontrara o gato enroscado perto da lareira — e cochichou:

— Torin sumiu.

Graeme sentou-se devagar na cadeira do outro lado da mesa e escutou Sidra relatar a noite anterior. Ela estava rouca quando terminou, perguntando:

— Você faz alguma ideia de aonde ele possa ter ido? Podemos começar por lá.

Graeme expirou demoradamente, como se a revelação de Sidra tivesse sido um soco no estômago. Aí coçou a barba grisalha, um gesto que Sidra associou a Torin imediatamente. Ela pestanejou para conter as lágrimas, à espera.

— Sei tanto quanto você, Sidra — disse ele por fim, com a voz triste. — Mas ouvi ele chamar por você ontem à noite.

— É o *quê*? — exclamou ela, se levantando do banco. — Ele disse outra coisa? Estava em perigo?

— O som não foi de perigo, não — acrescentou Graeme, rápido, e também se levantou. Ele indicou Maisie com a cabeça, pois a menina tinha se virado para fitá-los com olhos arregalados de preocupação. — Ele falou seu nome com carinho, mas parecia um suspiro de resignação. De despedida.

Sidra ficou sem saber como interpretar a notícia, que pareceu uma punhalada na barriga ao imaginar aquele chamado como um último suspiro. Torin a convocara, e ela não ouvira.

— Tenho que ir — disse, se afastando da mesa. Mal sentia o piso sob as botas. Sentiu outro aperto na barriga.

— Se puder cuidar da Maisie... — acrescentou. — Volto já.

— Sidra? *Espere*, Sidra — chamou Graeme, mas ela já havia saído.

Yvaine e seis guardas aguardavam na estrada, montados em cavalos enlameados. Ainda chovia, mas as tempestades de verão na ilha eram volúveis, e era sempre melhor seguir a vida normalmente em vez de esperar o céu clarear.

Sidra foi até o cavalo que a capitã preparara para ela e montou na sela.

O pé tremeu de dor, e ela rangeu os dentes. Tinha se esquecido totalmente do problema da praga, e odiava que tal preocupação estivesse zumbindo no fundo de sua cabeça enquanto estava tão dedicada a encontrar Torin. Ela não aguentava aquilo tudo de uma vez só, tantas dúvidas, medos e temores.

Respire, pensou, inspirando ar com gosto de nuvem. *Você vai encontrar Torin. E, depois, tratar da praga.*

Yvaine esperou para confirmar que Sidra estava bem montada, rédeas em mãos, então deu ordens para os guardas formarem duplas. Cada par vasculharia uma seção do leste, e voltaria ao castelo ao pôr do sol. O mais importante era que a busca deveria ser discreta. Nem Yvaine, nem Sidra queriam que o clã soubesse do desaparecimento de Torin.

Os guardas galoparam pela chuva em direção aos destinos delegados. Sidra os viu sumir no horizonte, então olhou de lado para Yvaine.

— Onde vamos procurar? — perguntou.

— No vale, como você sugeriu — respondeu a capitã. — Mas peço apenas uma coisa, Sidra. — A montaria dela deu um passo ao lado, pressentindo a tensão no ar. — Não suma da minha vista em momento algum. Pode me prometer isso?

— Claro — disse Sidra, surpresa.

Ela estremeceu sob o olhar de Yvaine, como se corresse perigo de ser a próxima a desaparecer.

Elas cavalgaram através do fim da tempestade até o vale, que estava claro, ensolarado e quente. As samambaias cintilavam com o restinho de chuva e os riachos haviam avolumado, cortando trilhas sinuosas pela terra.

Não havia nem sinal de Torin.

Dali, Yvaine e Sidra seguiram para o norte, investigando cavernas, matagais, a orla.

— Acho que ele não teria chegado tão longe — disse Sidra, contendo a náusea que a percorria outra vez.

Ela havia tomado alguns goles do cantil de Yvaine e comido um bocadinho do alimento trazido no alforje quando as duas descansaram em momentos breves para poupar os cavalos. A verdade, porém, era que elas já vinham cavalgando há quatro horas e o sol estava começando a descer no oeste.

— Aonde quer ir, então? — perguntou Yvaine.

Sidra as conduziu de volta para o canto da charneca. Temia que Torin tivesse entrado ali sem querer, embora fosse improvável, pois ele conhecia o leste como a própria mão. Ele nunca se perdia, nem quando as colinas mudavam de lugar. Nem no escuro a charneca era capaz de pegá-lo de surpresa.

Porém, Sidra ainda queria constatar pessoalmente. Quando chegaram, ela admirou o aspecto tranquilo da charneca. Aves voavam no céu e libelinhas salpicavam a superfície da água rasa. Aglomerados de samoucos-do-brabante e caules de abrótea dourada dançavam à brisa.

Sidra pensou no *suspiro de resignação* de Torin descrito por Graeme, e achava difícil imaginar. Torin não era um homem que se entregava com facilidade, e, pela primeira vez desde que Yvaine batera à sua porta com a notícia, Sidra cogitou que talvez Torin tivesse ido a algum lugar específico. Talvez não estivesse machucado, caído na sarjeta. Talvez estivesse vivo e saudável, e só tivesse... partido.

A ideia a atravessou como um estilhaço. Sidra tentou arrancá-lo. Jogá-lo fora. Porém, a resistência só fez a constatação afundar mais.

Existia outro reino, paralelo ao deles, que começava a penetrar seu mundo por meio da praga. Sidra precisava ser realista. Era bem possível que os espíritos tivessem levado Torin para lá, fosse em um vale fugidio ou uma colina invisível aos olhos. Se fosse o caso, Sidra não teria como encontrá-lo.

— Sidra — disse Yvaine, interrompendo seu devaneio. — Acho que é hora de eu levá-la para a casa de Graeme. O sol está baixando, e parece que outra tempestade vem vindo aí.

— Posso continuar a procurar — protestou Sidra, mas sua voz soou fraca. Estava com dor de cabeça de novo, incômodo nas costas.

— Não — disse a capitã, firme. — Preciso que hoje você coma uma boa refeição e descanse, na segurança da casa de Graeme. Irei ver você assim que amanhecer, para discutirmos melhor.

— Discutirmos *o quê?* — questionou Sidra, brusca, mas a raiva foi um lampejo momentâneo. Ela encontrou o olhar de Yvaine e viu a mesma verdade à espreita ali.

Torin não estava morto, nem desaparecido. Tinha ido a *algum lugar* — um lugar que elas não eram capazes de localizar.

Sidra suspirou.

Então seguiu com Yvaine de volta ao sítio de Graeme enquanto a tempestade noturna soprava pelo céu como tinta. Agradeceu a Yvaine e ao cavalo que a transportara durante a tarde toda, e viu a capitã partir para Sloane.

Sidra arrastou os pés pelo quintal até a porta de Graeme. As pernas estavam doendo devido a tantas horas de montaria, e, até entrar em casa, não conseguia distinguir se estava faminta ou enjoada de novo.

Maisie estava sentada à mesa, prestes a jantar. Graeme estava fritando alguma coisa na panela, e ergueu o olhar, aliviado ao vê-la.

— Aí está — cumprimentou. — Bem a tempo de comer. Vem, já separei seu prato...

O aroma da comida a atingiu como um soco, fazendo-a ter engulhos no mesmo instante.

Sidra cobriu a boca e deu meia-volta. Foi tropeçando pela horta, tentando chegar ao portão, mas não conseguiu. Ajoelhou e vomitou entre as fileiras de verduras, afundando os dedos na terra molhada. Vomitou e vomitou, até estar esvaziada, com a chuva caindo como sussurros nas folhas ao redor.

Tremendo, com lágrimas escorrendo, secou a boca e fechou os olhos. *Respire*, pensou, enquanto o trovão ressoava no céu e o vento parava.

Sentiu um toque quente, firme no ombro. Sabia que era a mão de Graeme, e se endireitou, ainda ajoelhada.

— Perdão — começou a dizer, mas ele apertou seu ombro, interrompendo o pedido de desculpas sem dizer palavra.

— Imagino que não tenha encontrado ele — disse Graeme, triste.

Sidra olhou ao longe, vendo a noite se aprofundar.

— Não. Nem sinal.

— Você acha que os feéricos o levaram embora?

Ela assentiu.

— Então deve saber que ele só partiu porque imaginava ser o único caminho possível — disse Graeme. — Especialmente sabendo da sua condição.

Sidra ficou paralisada. Como Graeme sabia que ela havia sido infectada pela praga? Era impossível de se adivinhar, e ela o fitou com olhos escuros e cintilantes.

— Como você sabe de mim? — perguntou ela, rouca. — Não contei para ninguém. Nem para Torin.

— Bom, é simples. Veja bem, minha esposa ficou igual — disse Graeme, com a voz tão melancólica que Sidra o encarou, boquiaberta. — Quando estava grávida de Torin. Antes, amava morcela. E aí, de repente, não aguentava nem pensar na iguaria. Passei anos sem poder comer morcela, mesmo depois de Torin nascer. Porque Emma não suportava mais o cheiro.

— Eu…

Sidra perdeu a voz. Começou a revisar os sintomas.

O cansaço. A dor de cabeça. A irritação. As ondas de náusea.

Estava tão preocupada tentando tratar da praga — a qual culpava por todos os sintomas —, que não tinha dado a devida atenção ao seu fluxo lunar. Só então reparou que estava atrasado.

Sidra apoiou a mão na barriga. Pensou na frequência maior com que ela e Torin vinham se unindo ultimamente. Desde que ele começara a dormir em casa, ao lado dela. Eles tinham falado de crescer a família. Os dois queriam outro filho, um filho que tivessem juntos, e tinham decidido interromper a contracepção e começar a tentar. Ainda assim, Sidra não imaginava que fosse acontecer tão rápido. Certamente não previa lidar com aquela notícia sem Torin, mas, a partir do momento que surgira em seus pensamentos, soube que era verdade.

Deixou-se dominar pelo espanto até enfim se reposicionar e sentir a rigidez desconfortável no pé esquerdo, uma lembrança aguda de que a praga se expandia sob sua pele, subindo pelos ossos. Em breve, ela seria devorada por inteiro... e depois? Ela sobreviveria? E o filho em seu ventre?

— Sidra — disse Graeme —, se Torin foi mesmo levado pelos espíritos, você deve se preparar para uma ausência prolongada dele.

— Como é que é? — arfou ela, com o pensamento distante.

— Pode ser que ele passe semanas lá. Meses. Não quero nem dizer, mas pode chegar a anos.

Sidra pestanejou para Graeme. Demorou para conceber do que ele dizia, mas enfim a fala fendeu seu coração como um machado.

— Não, eles certamente não o deteriam por tanto tempo — disse. — A terra... os espíritos não fariam isso comigo.

Graeme ficou em silêncio por um bom momento. Enfim, falou:

— Uma vez li um poema no diário de Joan. Ela mencionava uma balada sobre o tempo no reino dos espíritos, que anda muito mais devagar do que aqui. Um dia no mundo deles pode ser cem no nosso.

Sidra abriu a boca para protestar, mas as palavras morreram. Sabia que Graeme estava certo.

Ela imaginou Torin, voltando ao mundo mortal, igualzinho à noite de sua partida. Jovem, belo, vigoroso. Entrando na casa deles e a encontrando vazia, com teias de aranha. Descobrindo a lápide dela no cemitério, ao lado da de Donella. Percebendo que Maisie estava adulta, grisalha, e que o filho ou filha, que nunca nem soubera ter, também vivera uma vida inteira. Percebendo que tinha perdido tudo.

— O que você quer dizer, Graeme? — murmurou Sidra, afundando os dedos na terra. Ela pegou um punhado e manteve entre os dedos, tentando se equilibrar.

— Eu abri mão do meu direito de comando há muito tempo — disse ele, voltando a apertar o ombro dela. — Você sabe que, desde a partida de Emma, não consigo sair do sítio. Mas mesmo antes disso, nunca desejei governar, e Alastair sabia disso. Adaira, também. Quando ela passou o baronato para Torin, foi seguindo a devida linha de sucessão. E como agora Torin está incapacitado de se apresentar, o leste recai sobre você, Sidra.

— Não quero governar — disse ela, por reflexo.

O mesmo medo de quando Torin informara sobre a necessidade de se mudar para o castelo — o medo da mudança irrevogável, do desconhecido — voltava a bater em suas costelas.

— Não posso — insistiu.

— Mas deve, Sidra. Você precisa manter o leste unido. Precisa se erguer e liderar este clã.

— Não *posso*.

— Por que diz isso?

Ela mordeu o canto da boca até a dor se espalhar.

— Porque já estou carregando muito peso! Não suporto mais nada. Vai me *sufocar*, Graeme.

— Então nos diga como ajudá-la. Entregue-nos seus fardos, as tarefas que pesam em você. Você nem deveria estar carregando tudo sozinha, de qualquer modo.

Ela ficou sem saber o que dizer. Era demais pensar naquilo, em fatiar suas responsabilidades e distribuí-las.

— Outro dia — disse Graeme —, fiquei pensando nos diferentes rumos que a vida toma, nas pequenas escolhas que,

O FOGO ETERNO **189**

de repente, nos levam a lugares inesperados. Que, às vezes, até as piores experiências nos transformam em quem precisamos ser, mesmo quando preferimos evitar a dor. Mas ficamos mais fortes, mais astutos, e, antes mesmo de perceber, somos capazes de avaliar o que enfrentamos. Vemos quem fomos e quem nos tornamos, e é por isso que os espíritos nos observam e se admiram conosco.

Sidra continuou quieta, apertando no punho a terra do jardim.

— Mamãe! — A voz de Maisie cortou a noite. — Por que você tá no chão?

— Eu já ia levar seu jantar — respondeu Graeme, animado, antes de Sidra conseguir forçar um sorriso falso. — Volte para dentro de casa antes que você suje os pés, guria. Já vou.

Sidra escutou os passinhos de Maisie se afastarem. Ela suspirou, tão cansada que nem sabia como ficaria de pé.

Graeme se levantou, soltando o ombro dela.

— Tome mais um momento para si — disse, gentil. — Depois entre, sente-se na frente da lareira. Vou jogar a morcela fora, arejar a casa, e encontrar outra coisa para você comer. Talvez uma coisa mais simples, que tal mingau com creme?

— Seria bom — murmurou Sidra. — Obrigada.

Graeme voltou para casa, deixando a porta aberta. Ele abriu também as janelas, como prometido, para deixar sair o cheiro, e Sidra fechou os olhos, escutando os trovões e a chuva. O coração a mil.

Ela se debatia com o medo até soltar o solo e olhar para a mão suja de terra. Praticamente escutava a voz de Torin, cochichando em seus cabelos:

Levante-se, meu amor. Levante-se.

Capítulo 16

Jack encontrou a casa na margem do rio, tal como Mirin descrevera. Parado na correnteza fria, com o corte na mão coagulando, ele encarou o chalé pertencente ao seu pai. Cercado pelas árvores altas e antigas do bosque Aithwood, era pitoresco. Paredes de pedra e argamassa, janelas fechadas, telhado de palha manchado de líquen. Um fio constante de fumaça subia pela chaminé, e uma trilha levava do rio ao portão da horta. Um convite implícito, ao que parecia, àqueles que chegavam pela água.

Apenas o quintal traía a vista idílica. As verduras estavam finas, curvadas para o sul, como se o vento do norte as tivesse varrido zelosamente. E, embora não chovesse, a luz estava desoladora.

Jack saiu da água e caminhou junto ao muro de pedra, a caminho da casa. Ainda não tinha visto nenhum sinal de vida, além do galinheiro, e parou perto do lado norte da construção, esperando para ver se era notado. Porém, nenhum som veio de lá de dentro. Ele deu a volta até a frente, cauteloso, e bateu à porta.

Não sabia bem o que esperava — Mirin dera a entender que o pai dele poderia ter morrido —, então, quando uma idosa abriu a porta, Jack limitou-se a encará-la, boquiaberto.

A mulher arregalou os olhos, igualmente chocada. Em seguida para além dele, como se esperasse encontrar uma tropa de homens em sua sombra.

— Estou sozinho — disse ele, suave. — Eu...

— Não diga nada — alertou ela.

Jack sentiu uma brisa leve agitar seus cabelos. Era o vento do oeste, aquele no qual Jack mais confiava, mesmo que ainda sentisse um resquício de medo ao se lembrar das formas manifestadas daqueles espíritos.

— Entre, guri — convidou a senhora.

Jack então entrou na casa e olhou ao redor da sala. A moradia do pai era modesta, com uma lareira ancorando a sala de estar, as pedras empilhadas escuras de fuligem. Uma coleção de crânios de animais e velas cobria, em ângulos tortos, a prateleira de galhos entrelaçados. Uma mesa alinhada à parede estava repleta de pilhas desordenadas de livros encapados em couro, pergaminho e tinteiros. Um cesto grande junto à porta continha uma variedade de bengalas. Panelas de ferro e ervas pendiam das vigas na cozinha.

Jack tentou imaginar o pai morando naquele lugar, mas não conseguiu conjurar a cena.

Finalmente, encontrou o olhar da mulher e disse:

— Onde está o Guardião do Bosque Aithwood?

— Meu filho não está — respondeu ela.

Jack conseguiu manter a compostura, mas seu coração ressoou de choque e espanto ao perceber que estava contemplando sua avó. Alguém que nunca imaginara conhecer. Ali estava uma nova trama, mais uma raiz para prendê-lo ao oeste.

Desamparado, ele fitou a avó.

O cabelo grisalho dela estava preso em uma coroa trançada. O rosto era sardento, enrugado pelos anos enfrentando a força do vento. Era uma mulher pequena e magra, e o avental de flanela Breccan cobria um vestido simples e artesanal. Andava com os ombros curvados, como se tivesse passado a vida carregando um peso, e seus olhos eram azuis como o céu do leste após a tempestade.

— Nasceu outro nariz na minha cara, por acaso? — perguntou ela, mas foi com a voz leve, brincalhona.

Jack pestanejou e corou.

— Perdão. Eu…

— Está com fome? Sente-se aqui na frente da lareira que eu trago alguma coisa de comer.

Ele continuou em pé, atordoado pela confiança e hospitalidade dela. Porém, reparou que ela também estava analisando seus detalhes. O cabelo comprido e castanho com a mecha prateada, o porte alto e esguio, as mãos elegantes e os olhos de lua nova. E pensou: *Talvez ela veja em mim algum traço do filho. Talvez saiba quem eu sou.*

— Vamos lá — insistiu ela, e ele pressentiu que seria tolice desobedecer àquela mulher.

Jack não conseguiu conter o sorriso ao tirar a bolsa de couro das costas. Acomodou-se na poltrona frente ao fogo baixo, e ficou vendo a avó andar até a mesa da cozinha, onde um bolo repousava ao lado de um ramo de ervas.

Ele não estava com a menor fome, mas, quando ela lhe trouxe uma fatia, aceitou de bom grado.

— Você é o filho de Niall — disse ela.

Jack ficou paralisado, o bolo a caminho da boca. Ali estava ele, já quebrando a promessa que fizera a Mirin em seu primeiro encontro com um Breccan.

O medo dele deve ter ficado evidente, pois a avó disse:

— Não se preocupe. Guardarei seu segredo, assim como tantos que guardei ao longo dos anos. Foi seu sorriso que entregou.

— Meu sorriso?

A avó confirmou.

— Foi. Você deve ter puxado muito à sua mãe, mas tem o sorriso do meu filho. Eu o reconheceria em qualquer lugar.

A declaração quase levou Jack às lágrimas. Até aquele instante, ele nunca tinha percebido o quanto sentia falta de ter uma família, de conexão. Ele se forçou a comer o bolo para se distrair, na esperança de ocupar os buracos dentro de si. Ela preparou duas xícaras de chá e sentou-se à frente dele, mais perto da lareira. O silêncio foi ficando constrangedor, como se nenhum dos dois soubesse como interrompê-lo.

— Qual é o seu nome? — perguntou ela, enfim, com delicadeza.

— Eu me chamo John, mas sempre preferi Jack.

A avó enrugou a testa. Fez uma careta e, de início, Jack pensou ser desgosto, mas quando ela falou, a voz estava embargada de emoção.

— John era o nome do meu marido.

Durante todo aquele tempo, Jack odiara o nome que Mirin lhe dera. Recusara-se a atender por John. Finalmente, porém, viu o nome como mais um fio que o tecia à família tão ansiada.

— Eu me chamo Elspeth — disse ela, pigarreando. — Mas pode me chamar do que preferir.

Ela queria dizer que ele podia chamá-la de vó?

Jack tomou um gole de chá. Estava fraco, como se ela já tivesse feito muitas infusões com aquelas mesmas ervas, mas também mais doce do que os que Mirin preparava, e ele o saboreou.

— E o que traz ao oeste, Jack? — perguntou Elspeth.

Ele sorriu de novo, porque as respostas pareciam estranhas e impossíveis, como se parte de um sonho. Porém, lá estava ele, sentado com a avó na casa do pai, nas terras do oeste, uma situação que jamais esperara viver.

— Vim encontrar minha esposa.

— Você é casado com uma Breccan?

Ele confirmou, e quase falou o nome de Adaira antes de se corrigir.

— Lady Cora.

Elspeth arregalou os olhos. Tomou um gole de chá, como se para engolir o que estava com vontade de dizer. O gesto deixou Jack nervoso, com a cabeça zonza.

— As coisas aqui andam bem para ela? — ousou perguntar.

— Minha expectativa era de que o clã a recebesse bem.

— Sim, sim. Lady Cora parece ter se encaixado entre nós, embora eu tenha sido banida para esta casa desde que a notícia emergiu. E, às vezes, o vento se recusa a trazer novidades para a mata profunda.

— A senhora ocupou o espaço do meu pai aqui em Aithwood, então?

— Não exatamente — disse Elspeth, e inclinou a cabeça para o lado, continuando a fitar Jack. — O que você sabe, guri?

— Do meu pai? Quase nada — confessou Jack. — Tinha esperança de encontrá-lo aqui.

— Temo informar que ele nunca voltará a este bosque.

O coração de Jack acelerou, esperando que ela continuasse. Como o silêncio se estendeu, ele murmurou:

— Meu pai foi executado?

Elspeth suspirou.

— Não. Ele está vivo, mas aprisionado nas masmorras do castelo, humilhado e privado de seu nome, e provavelmente lá permanecerá até o fim dos dias.

Um prisioneiro, sem expectativa de perdão. Era uma ideia terrível, mas a esperança de Jack se reavivou, só de saber que o pai ainda estava vivo.

— Me conte mais, Jack — disse Elspeth, trazendo-o de volta ao momento. — Como era sua vida no leste?

Ele hesitou, se perguntando o quanto deveria contar. Por fim, percebendo que aquele momento talvez nunca mais se repetisse, respondeu:

— Eu sou bardo. Estudei por dez anos na universidade no continente antes de voltar para tocar para os Tamerlaine.

Elspeth ficou paralisada, a xícara a caminho da boca.

— *Bardo?*

Ele confirmou, o suor começando a brotar nas mãos. Esperava não ter errado ao revelar quem era, muito embora seus instintos lhe dissessem que podia confiar nela. Ainda assim, notou que ela olhou de relance para a bolsa a seus pés e depois para as janelas, fechadas para afastar a curiosidade do vento.

— Sei que a música é proibida no oeste — disse ele. — Mas...

— Isso mesmo — disse a avó, firme. — E por um bom motivo.

— Pode me dizer qual é?

Elspeth deixou a xícara de lado e cruzou os dedos retorcidos no colo.

— Diz a lenda que a história complicada da música no oeste começou pouco depois da criação da fronteira dos clãs. Você certamente conhece a história de Joan e Fingal, e do casamento trágico e das mortes que dividiram a ilha?

Jack fez que sim.

— Conheço até demais.

— Imaginei, visto que é bardo — disse Elspeth. — Mas nos dias anteriores à divisão da ilha, o oeste era conhecido por sua música. Não era raro que tivéssemos vários bardos nestas terras, transformando o ar em balada a cada estação. O salão transbordava de música, noite após noite.

"Um bardo em particular, Iagan, era melhor do que todos os outros, e sua música era adorada e admirada pelas famílias do oeste. Ele logo se incomodou com a ideia de ter concorrentes em seu ofício, e achou melhor que o clã tivesse apenas um bardo oficial. Esse ponto de vista não tardou a ganhar força, e os músicos do oeste começaram a abandonar seus instrumentos, até restar apenas um, Iagan, que tocava para os Breccan com todo o coração.

"Pouco depois, contudo, veio o racha. A ilha mudou; o oeste começou a decair sob a maldição. Nossos espíritos enfraqueceram com a desunião, e a música de Iagan passou a causar mais mal do que bem."

— Como assim? — perguntou Jack, atento à narrativa.

— Não tinha fim — disse Elspeth. — Não tinha limites, nenhum jeito de conter a música dele. Quando Iagan tocava, um poder imenso fluía pelo corpo dele, e a terra sofria ainda mais, pois ele evocava os espíritos para servi-lo e dirigia a magia para si, em vez de direcioná-la para a terra, o mar, o ar e o fogo. Logo, o clã começou a ficar com raiva, e com medo. A música antes tão dançada no salão estava fazendo as hortas murcharem, os riachos secarem até virarem pasto, as lareiras esfriarem, e o vento fustigar as casas, forte e implacável. Então todos imploraram para Iagan parar de tocar, abandonar a harpa e encontrar outro jeito de servir ao clã. Mas Iagan, que era devoto à música desde guri, não imaginava abrir mão daquilo que amava mais do que a própria vida.

"Por fim, ele foi expulso do castelo, mandado para morar sozinho no ermo. Mas nem assim parou de tocar, perturbando o equilíbrio já um tanto precário dos espíritos. Pois, veja bem, tudo o que o povo do oeste tinha era sua capacidade de utilizar magia em seus ofícios, para tecer flanelas de aço, forjar armas encantadas. Mas quando Iagan tocava, ele roubava momentaneamente até mesmo essa magia para si, deixando os Breccan de mãos abanando e barriga vazia.

"No fim, a música custou caro a ele. Um grupo Breccan concluiu que não tinha escolha senão matá-lo. Cercaram sua casa, de dentes arreganhados e espadas em punho, prontos para derramar seu sangue na terra. Mas quando a história chegou a uma conclusão... bom, os finais podem assumir muitas formas, não é?

"Algumas lendas dizem que a multidão cortou as mãos de Iagan e arrancou sua língua, deixando-o definhar silenciosamente até a morte. Outras, que Iagan se entregou aos compatriotas do clã, e jurou nunca mais tocar uma nota caso o deixassem viver. Algumas alegam que Iagan provavelmente foi afogado junto à harpa no lago que cercava seu lar, e que seu corpo jamais foi encontrado.

"Qualquer um desses finais pode ser verdade, mas o que sabemos é que naquele dia o oeste foi tomado por uma forte tempestade, fria, sombria e impiedosa, cheia de raios e trovões.

A especulação é que foi obra do bando, ou de Iagan, mas desde então as sombras não voltaram mais, e o oeste virou uma terra meramente cinzenta e quieta."

Jack fez silêncio, absorvendo a história. Desconfiava que tocar para os espíritos no oeste seria muito diferente de fazê-lo no leste. Por um instante, tentou imaginar o que Iagan sentira: a emoção inebriante de criar tal magia sem custo, de atrair para si todo o encanto da ilha. O louvor, a adoração. O poder.

Jack teve de destruir a imagem que se formava em sua mente antes de ser consumido por ela.

— Então agora pergunto — disse Elspeth, olhando para a bolsa dele. — Você está trazendo um instrumento, e, se estiver, o que pretende fazer com ele?

— Trouxe, sim, minha harpa — respondeu ele, notando o desgosto no rosto dela. — Recebi instruções para trazê-la. Mas tomarei muito cuidado e serei prudente.

— Você não devia ter trazido a harpa — disse a avó, seca. — Enterre-a nas profundezas, ou entregue ao rio, e não conte para ninguém que é bardo. Senão, temo que o matem, Jack. Os Breccan ainda temem o poder da canção, e, se souberem que você ousou trazer um instrumento...

Ela balançou a cabeça, como se não suportasse imaginar o que viria depois.

As palavras o assustaram, fazendo-o duvidar da conversa com Ash algumas noites atrás. Agora Jack se perguntava: *Será que imaginei aquilo? Será que estou pirando?*

Agora a lembrança daquele encontro parecia um mero sonho febril. Talvez Jack estivesse com tanta saudade de Adaira que ouvira o que *queria* ouvir, um pretexto para atravessar a fronteira. Depois de ouvir a história de Elspeth, Jack sentia estar cometendo um erro tolo e perigoso ao entrar no oeste com a harpa.

O fogo na lareira deu um estalo, e uma faísca atravessou o ar escuro, pousando na bota de Jack. Elspeth não notou, mas Jack se deu conta de que era Ash se comunicando de novo, talvez um gesto para apaziguá-lo. Ele então relaxou na poltrona e bebericou mais do chá.

— Obrigado por me contar essa história — disse. — Nunca tinha ouvido, e não vou esquecê-la.

Elspeth ainda parecia incomodada, mas assentiu, cansada. Parecia saber que não adiantaria persuadi-lo a abandonar a harpa. Por fim, ela disse:

— Vejo um brilho em seu olho, guri. Como se uma pergunta o queimasse por dentro.

Jack bebeu o restinho do chá e encontrou o olhar de Elspeth, sentindo a respiração tênue e acelerada. Seu coração batia forte, como se tivesse passado horas correndo.

— De fato. Bem, pode me dizer onde encontro Cora?

Capítulo 17

Torin seguia pelo corredor de terra, a postura encurvada, enquanto cipós roçavam como dedos em seus cabelos. O caminho fazia uma curva, iluminado por aglomerados de espinhos estranhos encaixados na parede. *Não é fogo de verdade*, pensou Torin, franzindo a testa a cada vez que passava por uma das tochas. A luz era clara, com centro azul. Não continha calor, apenas segredos. Ele temia que aquelas chamas tivessem a capacidade de fazê-lo se esquecer de quem ele era caso as fitasse por tempo demais.

Finalmente, ele chegou a uma porta.

Tinha quase certeza de que era a mesma porta pela qual entrara, por isso hesitou. Ao passar por ali, alguns minutos antes, tinha ficado maravilhado. Acreditava que a passagem o levaria a outro lugar. A outra porta.

Por que o estava levando de volta ao ponto de partida?

Ele suspirou ao perceber que aquele corredor na terra era um mero círculo escavado no solo, tal como uma toca de coelho. De que adiantava uma coisa daquelas?

Decepcionado, Torin abriu a porta e saiu para o mundo.

Inicialmente, surpreendeu-se com a quietude reverente da terra. Era como estar em uma pintura, um ponto fixo no tempo. Então percebeu que era o crepúsculo, o momento em que noite e dia são iguais. As colinas estavam cobertas de luzes e sombras, e o coração de Torin acelerou.

Era noite quando ele atravessara aquela porta encantada. E de repente era crepúsculo?

Torin olhou para o céu, em busca do rastro do poente, para determinar a direção do sul. Porém, não havia sol. O céu inteiro era uma mescla ondulante de lavanda, cerúleo e dourado, como se o astro estivesse se pondo em todos os horizontes. Ele ficou tonto, tentando se localizar. Algumas estrelas cintilavam, salpicadas ao redor da lua.

— Salve, barão mortal.

A voz era grave e bem-humorada, e Torin levou um susto. Virou-se, espantado por ver um homem ali ao lado.

Não, não era um homem. Era um espírito.

Ele era alto e largo, e sua pele cintilava com um tom esverdeado. O rosto quadrado tinha um formato perfeito, cortado por um sorriso com covinhas, e os olhos eram escuros como o solo estival, destacados por cílios compridos. As orelhas eram pontudas e os cabelos, soltos e livres, quase lembravam grama fina; florezinhas amarelas e cipós com folhas em formato de coração cresciam entre os cachos. Ele estava descalço — flores também cresciam das pontas de seus dedos dos pés e das mãos —, e usava uma calça que parecia tecida de casca de árvore e musgo.

Finalmente, pensou Torin, mas não conseguiu se mexer, admirando o espírito da colina. Nunca tinha visto um feérico manifestado. Nunca tinha ouvido nenhum falando tão nitidamente.

— Está surpreso por termos recebido você aqui, Torin de Tamerlaine? — comentou o espírito.

Estou. A palavra vibrou na mente de Torin, mas não encontrou o caminho da boca. Ele permaneceu ali, parado e atordoado.

— Pois não deveria estar — continuou o espírito e, quando mexeu as mãos, pétalas caíram dos dedos, esvoaçando como neve. — Venha, estamos reunidos, esperando sua presença.

Ele se virou para conduzi-los pela charneca, e Torin finalmente encontrou a voz.

— Primeiro, devo procurar minha esposa. Ela há de estar preocupada. Passei mais tempo afastado do que imaginava.

O espírito parou e fitou Torin, com uma luz estranha, quase perigosa, nos olhos.

— Sidra está mesmo perguntando por você — disse o espírito da colina, e o coração de Torin deu um pulo ao escutar o nome dela no timbre grave, como se a criatura a conhecesse muito bem. — Você vai vê-la muito em breve, mas, por enquanto, devo pedir que se apresse para a assembleia. Nosso tempo é curto.

Torin cedeu e seguiu o espírito, mas foi tomando cuidado onde pisava. De repente, estava vendo guris nas plantações de conchelo, bocas famintas nas poças de lama, rostos adormecidos nas pedras e criaturinhas de grama trançada.

Ele quase pisou em uma, que soltou um chiado agitado.

— Ah, cuidado, barão mortal — disse o espírito da colina, bem-humorado. — Os assombros picam quando irritados. Siga bem meus passos.

Torin obedeceu, imitando os passos largos do espírito. Parecia que eles estavam atravessando quilômetros a cada instante.

— Nunca notei essas coisas antes.

— Coisas?

— Espíritos — corrigiu-se Torin, com uma careta.

— Não notou porque seus olhos estavam fechados para nós. Agora, caminha em nosso reino. Venha, é logo ali.

Ele apertou o passo. De novo, Torin tinha a sensação de estar percorrendo distâncias imensas a cada movimento, e foi ficando tonto. A iluminação também nunca mudava. Ele estava preso no crepúsculo, e pensou em Sidra. *Sidra, eu já vou, eu já vou...*

O espírito da colina o levou a um lugar que ele reconheceu. A colina sagrada do rochedo Earie.

Um grupo grande se reunira ali. Donzelas esguias com folhas nas madeixas compridas, rapazes de braços e pernas de gravetos. Senhores esculpidos em madeira, com nós vermelhos no nariz, e senhoras tecidas em cipós prateados. No centro de todos, estava a dama Whin das Flores, regente dos espíritos da terra do leste, com seu cabelo escuro comprido, olhos dourados e coroa de tojo amarelo. Sua pele era da cor da urze — um roxo--claro — e, como era um espírito da colina, flores brotavam de seus dedos. Ela estendeu a mão para ele, e a colina se aproximou e entrelaçou os dedos nos dela. Cochichou algo ao pé do ouvido dela, enquanto as flores esvoaçavam ao seu redor.

Torin parou, hipnotizado por Whin, que o encarava.

Ele começou a suar, sentindo o foco de inúmeros olhos. Todos os espíritos congregados o observavam, e ele não sabia o que dizer, nem para onde olhar. Seria grosseria encará-los? Seria tolice ser o primeiro a falar?

Ele esperou e, finalmente, o espírito da colina se afastou de Whin.

— Apresento Torin dos Tamerlaine — declarou na voz grave e tranquila, com a cadência dos cumes e vales. — Barão mortal do leste.

Os espíritos continuaram quietos, mas baixaram levemente a cabeça em sinal de respeito.

— Seja bem-vindo, barão — disse Whin. — Faz muito tempo, na contagem de tempo dos mortais, que um dos seus não é convidado ao nosso reino.

Torin fez uma reverência, inseguro.

— É uma honra estar aqui, dama Whin.

Agora me diga por que me convocou. Diga o que quer de mim.

Whin sorriu, como se lesse seus pensamentos.

— Quer saber por que o convidamos?

— Adoraria. Embora desconfie que o convite tenha relação com a praga.

O ar imediatamente ficou mais frio, e as sombras, mais compridas. Os espíritos estavam visivelmente preocupados, assustados. Torin sentia a inquietação latejando fraca sob a terra.

— Nossas irmãs do pomar foram afetadas — disse Whin, e suas palavras ficaram mais densas, como mel na língua. Como se enfrentassem resistência para sair. — Nós… nós não obedecemos ao… ao comando de nosso rei, e por isso sofremos sua ira. Ele atacou primeiro o pomar, mas logo atacará novamente.

Perguntas encheram a cabeça de Torin. Ele queria exigir respostas, mas, em vez disso, respirou fundo.

— Lamento muito por isso. A praga também se espalhou por alguns mortais de meu clã. Estou perdido, e espero que possam me guiar. Que me digam como solucionar esse terrível dilema.

Whin olhou para o espírito da colina ao seu lado, que observava Torin com o olhar indecifrável.

— Ah, mas foi por isso que o trouxemos aqui, Torin Tamerlaine — disse Whin. — Porque precisamos de sua ajuda.

— Minha? O que posso fazer?

— Só você pode desvendar o enigma da praga — explicou ela. — Não temos poder contra ela, mas você… você é capaz de nos curar.

Torin ficou boquiaberto. Sentiu o sangue se esvair do rosto, o estômago formar um nó.

— Perdão, dama, mas não tenho conhecimento algum, informação alguma. Não faço ideia de como ajudá-los.

— Então precisará prestar muita atenção — disse o espírito da colina. — O rei deixou um enigma e, se você o solucionar, a praga acabará.

Pelo amor dos espíritos, pensou Torin. *Isto só pode ser um pesadelo.*

Ele coçou a barba, mudou o peso do corpo entre os pés. Não tinha tempo, nem energia, para aquilo. Até que uma ideia lhe ocorreu, e ele disse:

— Me permitam voltar ao reino mortal. Eu trarei um bardo que pode solucionar este enigma.

Cochichos revoaram entre os espíritos. A menção a Jack visivelmente os emocionara; alguns soaram esperançosos, outros, incrédulos.

A expressão agradável de Whin se endureceu.

— Seu bardo não deve vir para cá.

— Mas ele é muito astuto, muito esperto com enigmas — disse Torin, mesmo sabendo que Jack já estava no oeste.

— Não, barão mortal. Quase o acolhemos em nosso reino quando ele cantou para nos capturar — disse Whin, e então parou, sem conseguir explicar mais.

Um tremor a percorreu ante a lembrança.

— Deveríamos tê-lo trazido na ocasião — disse um dos homens mais velhos, de nó no nariz.

O espírito da colina dirigiu um olhar seco para ele.

— Mas o bardo não teria adentrado nosso domínio de bom grado. Ele deve vir espontaneamente. Teríamos pagado um preço alto se o trouxéssemos sem seu consentimento.

— E agora não podemos mais trazê-lo. Ash — disse Whin, torcendo a boca ao pronunciar o nome — deu um jeito nisso.

— Se Ash fosse mais ágil — resmungou alguém —, isso tudo já teria acabado.

— Ash está praticamente extinto. Como confiar nele?

— Não devemos confiar no fogo — disse uma das mulheres-cipó. — Nunca, nunca, confiem no fogo!

— Não entendo — disse Torin, em súplica para Whin. — Por que não convidar o bardo? Por que não trazer alguém mais competente do que eu para ajudar?

Os espíritos limitaram-se a encará-lo.

— Por favor — murmurou Torin, erguendo as palmas. — Por favor, meu povo não está bem. E precisa de mim. Não posso passar tanto tempo longe deles. Vocês precisam escolher outra pessoa para ajudá-los neste reino, enquanto farei o possível no meu.

Mais silêncio. E olhares demorados, penetrantes.

Torin corou. Sentia-se estranhamente vulnerável, por um motivo que não compreendia. Uma das donzelas de amieiro disse:

— Conte, dama Whin. Ele se esforçará para nos ajudar se souber. Conte para ele do…

— Silêncio — ordenou Whin, e a donzela murchou.

Torin fitou a moça-amieiro, vendo que seus olhos eram de orvalho. Ele se virou para Whin e perguntou:

— Ao que ela se refere?

Whin não sustentou o olhar dele. Desviou o rosto, e Torin sentiu uma ferroada de pavor.

— Me contar o *quê*?

— Não é nosso lugar de fala. Você encontrará o enigma no pomar — disse ela. — Quanto mais rápido solucionar, mais rápido estaremos curados, e mais rápido poderá voltar ao seu reino. Mas antes disso, não, barão mortal.

Chocado, ele viu os espíritos começarem a partir. Iam deixá-lo ali, sozinho na colina sagrada.

Torin se virou e ousou segurar o braço do espírito da colina.

— *Por favor* — suplicou. — Preciso voltar para casa. Você disse que eu poderia ver Sidra depois da assembleia.

O espírito suspirou. De repente, pareceu velho e cansado, como se murchasse.

— Sim. Vá vê-la, barão mortal.

Torin esperou, mas nada aconteceu. O espírito da colina se desvencilhou e começou a se afastar com Whin, que deixava uma trilha de flores em seu encalço.

Muito bem então. Torin encontraria o próprio portal para voltar.

Ele sabia onde estava, e assim saiu caminhando pelos outeiros, pisoteando assombros, que chiavam em protesto, e chutando pedras carrancudas. Logo a estrada veio ao seu encontro, e Torin pôs-se a correr pelo caminho sinuoso, a luz e a escuridão ainda suspensos em igual medida. Não era dia, nem noite, mas ele tinha a sensação terrível de que o tempo vinha fluindo mais rapidamente no reino mortal.

Ao longe, ele viu o sítio onde morava com Sidra, e seu coração ficou mais leve. Não sabia o que diria a ela, mas decerto havia um pedido de desculpas em suspenso, maduro na boca, tão logo ele fez o gesto para abrir o portão do quintal. Só que sua mão atravessou a cerca, como um espectro.

Torin parou, perdido.

Tentou de novo, mas a mão — que parecia perfeitamente sólida, como sempre fora — atravessou o ferro mais uma vez, como se ele fosse etéreo.

Ele avançou com cautela, e então atravessou o portão. Não sentiu dor. Não sentiu nada senão um desalento crescente.

— Sidra? — chamou, a voz ecoando no crepúsculo onipresente. — Sid?

Tentou abrir a porta, mas sua mão passou pela madeira. Ele a olhou, e viu que a mão estava inteira e visível como sempre.

Ele sentia a limitação sólida da própria pele, a cadência do coração. Sentia o ar encher o peito. Porém, não sentia o portão, a madeira.

Incomodado, ele atravessou a porta e encontrou a sala de estar mergulhada em sombras. Não tinha fogo na lareira. Nenhuma vela acesa. O jantar não estava na mesa.

— Sidra! Maisie? — chamou, atravessando a mesa, as paredes.

Ele vasculhou a casa, o terror crescendo, mas a esposa e a filha não estavam ali.

Torin voltou à sala de estar, ofegante, tentando se tranquilizar. Precisava acalmar o pensamento, desvendar o mistério.

Aí começou a notar outras coisas. As ervas de Sidra não estavam ali. As roupas, tampouco, assim como as de Maisie. Os objetos delas não estavam presentes. Elas tinham se mudado. Se mudado...

Lembrou-se de uma das últimas coisas que dissera para ela.

Minha vida seria muito mais simples se a gente se mudasse para o castelo.

Engolindo o nó na garganta, Torin atravessou a porta outra vez. Então correu pela estrada, até chegar ao centro de Sloane. A avenida estava movimentada, como de costume ao meio-dia. Vibrava de vida, e Torin chamou um dos guardas postados no portão.

— Andrew? Andrew, você viu a Sidra por aí?

Andrew não conseguia ouvir Torin, nem vê-lo. Nem mesmo quando Torin parou bem diante dele, quase encostando em seu nariz.

— Está me ouvindo? *Andrew!*

O guarda não tinha a menor ideia de que ele estava ali.

Torin acabou dando a volta em Andrew. Aí começou a correr pela rua. Esperou fazer contato visual com alguém. Esperou que alguém o chamasse e o cumprimentasse, como o povo sempre fazia ao vê-lo.

Ninguém o notava.

Quando um guri atravessou seu corpo, Torin parou e viu o garoto seguir caminho, sem a menor ideia de que tinha acabado de *transpassar* alguém.

Torin conteve o pânico e entrou no castelo, seguindo o rastro de conversas animadas escadaria acima, até a ala do barão. Escutou a voz de Sidra. Aquele som tão adorado o atingiu com uma pontada, como se ele não a ouvisse há anos. As portas estavam abertas, e Torin parou à entrada, buscando-a com o olhar.

Sidra estava no meio do cômodo, de frente para ele. A luz devia estar entrando pela janela atrás dela, pois ela estava dourada. Iluminada.

— É um imenso prazer que esteja aqui conosco, Lady Sidra — disse uma criada. — Quer que eu traga outra cama menor? Para a guriazinha?

Sidra sorriu.

— Não, Lilith, obrigada. Maisie dormirá comigo, por enquanto.

— Até sua senhoria, o barão, voltar?

— Isso.

— Muito bem, milady. Ah, eu trouxe o seu chá da tarde.

Torin estava vagamente ciente do movimento do ar a seu redor. Era outra criada, que o atravessava. Ele seguia encarando Sidra, desesperado para que ela o flagrasse parado à porta.

Sidra.

Mas ela só olhou para baixo quando a criada trouxe uma bandeja e a deixou em uma mesa redonda perto da janela. Continha um bule de prata com chá, que emanava um vapor perfumado, e uma torta quentinha, recém-saída do forno.

— Obrigada, Rosie — disse Sidra para a moça que trouxera a comida, mas sua voz soou tensa.

Rosie fez uma reverência e foi embora, transpassando Torin outra vez. Lilith continuou ali para servir Sidra. A criada estava falando alguma coisa enquanto cortava a torta, quando Sidra cobriu a boca de repente.

— Ca... cadê a comadre?

Lilith soltou a faca com estrépito, de olhos arregalados quando Sidra começou a puxar as portas duplas da cômoda, onde ficava guardada a comadre. A criada correu para ajudá-la, mas Sidra já estava no chão, vomitando no urinol.

— Shhh, milady. Está tudo bem — disse Lilith em tom maternal, segurando o cabelo de Sidra, que continuava a vomitar. — Vai passar.

Torin continuou paralisado sob o arco do batente. *O que é isso?*, questionou ele, o coração frenético. *Por que ela está doente?*

— Foi a torta, milady? — perguntou Lilith, pegando a comadre quando Sidra finalmente terminou.

— Acho que sim — disse Sidra, com a voz fraca, ainda ajoelhada no chão. — Também não suporto o cheiro de morcela.

Desde quando você odeia morcela, Sid?, questionou Torin, preocupado.

— Ah. Bom, tomaremos cuidado para evitar essas comidas, por enquanto. Venha, deixe-me ajudá-la — disse Lilith, e deu apoio para Sidra se levantar. — Eu fiquei igual na minha primeira barriga. Não suportava o cheiro de couve fervendo na panela. Foi uma pena. Passei meses enjoada.

Barriga?

Sidra secou a boca, desanimada.

— Não que no seu caso não vá passar rápido, Lady — acrescentou Lilith, com pressa. — Os primeiros três meses são mais difíceis, mas certamente logo se sentirá melhor.

Sidra ficou quieta, perdida nos pensamentos.

Torin tinha parado de respirar.

— De quantas semanas está? — perguntou Lilith, gentil.

— Ontem completei sete — disse Sidra, e passou os dedos pelos cabelos, o rosto pálido. — E pediria que você mantivesse isso em sigilo por enquanto, Lilith. Ainda não quero que o clã saiba.

— Não direi nada, milady — garantiu a criada. — Mas é bom que eu esteja sabendo, para poder ajudá-la. Por exemplo, posso mandar a cozinha parar de fazer essas tortas. — Ela começou a recolher a bandeja e perguntou: — Outra coisa lhe parece boa para agora? Um biscoito, talvez?

— Não — disse Sidra, com um sorriso tênue. — Acho melhor descansar.

Lilith assentiu e seguiu até a porta. Porém, parou de súbito e olhou para Sidra com um toque de orgulho.

— Sua senhoria, o barão, já sabe, milady?

Sidra fechou os olhos por um momento.

— Não, ainda não. Eu... pretendo contar quando ele voltar da viagem ao continente.

— Muito bem, Lady Sidra. Chame se precisar de qualquer coisa.

Lilith atravessou Torin ao sair. As portas foram fechadas, madeira e ferro alinhados aos pulmões dele. Devagar, ele avançou, entrando plenamente nos novos aposentos de Sidra.

Ele não tinha percebido como estivera desesperado para ser notado, ouvido por ela. Só se deu conta no meio do caminho, o coração em desvario, quando não conseguiu dar mais um passo sequer.

Ela estava à luz, respirando profundamente e devagar, a mão espalmada no peito.

A alegria de Torin o inundava, embaçava sua visão. Era sufocante; ele queria se afogar com ela naquele prazer. Ele e Sidra tinham feito um filho juntos. E de repente ele se esqueceu de que era um espírito. De que era feito de sombras e ar, e cobriu a distância que os separava.

— Sidra — sussurrou, ardente.

Esticou a mão para acariciar os cabelos dela, mas não conseguiu senti-los. Seus dedos a atravessaram, como se ela fosse um sonho.

Ela não o escutou. Cobriu o rosto com as mãos, abafando um soluço.

A alegria de Torin se dissolveu assim que ela afastou as mãos, assim que seu olhar avermelhado encontrou o dele.

O rosto dela estava neutro. Nenhum sinal de reconhecimento. Ela não o via, apenas olhava distraidamente para a parede.

— Sid — disse ele. — Está me vendo? Me ouvindo?

Ela suspirou e o atravessou. Um calafrio estremeceu a alma de Torin. Gelo estalou em seus ossos. Ele nunca sentira tanto frio.

Então se virou e viu Sidra andar até a janela e, depois de um breve esforço, conseguir abri-la. Ela repousou no sopro do ar fresco e límpido.

Ele ficou pensando no que ela dissera a Lilith. Que ele estava viajando no continente. Sidra já ocultara sua ausência com mentiras em outras ocasiões, a fim de manter a ordem e a normalidade. Sábia decisão, por mais que Torin odiasse o fato de ela precisar mentir por ele. E no fim das contas ela se mudara para o castelo para manter as aparências e fingir que estava tudo bem.

— Estou aqui com você, Sidra — sussurrou Torin, sofrendo.

Ela ergueu o rosto. A brisa afastou os cabelos de seus ombros.

Ele então aguardou, esperançoso. Será que ela conseguira escutá-lo? Um pedacinho ínfimo dele acreditava que sim. Que a alma dela pressentia a proximidade da dele.

Sidra pegou as cortinas e as fechou com um gesto seco. A luz dourada que a delineava diminuiu, mas a visão de Torin não mudou. Ele ainda a via com clareza enquanto Sidra seguia até a cama e sentava-se na beirada. Ela hesitou ao pegar as botas, franzindo a testa de preocupação. Porém, logo o momento passou, ofuscado pela exaustão, e ela tirou os sapatos e se acomodou melhor na cama, ainda de vestido e meias, depois puxou a manta até o ombro.

Sidra então adormeceu, quieta e imóvel.

Torin ficou esperando até a respiração dela ficar mais funda, para ter certeza de que ela estava dormindo.

Sentia-se perdido, desamparado, até se lembrar do enigma do pomar. Estava preso no reino dos espíritos até resolver a praga.

Ele deixou a raiva crescer, arder.

Aí travessou portas, as paredes dos mortais. Então seguiu pelas descidas e subidas das colinas da terra, até chegar ao pomar.

Capítulo 18

Quando saísse do bosque Aithwood, Jack enfrentaria uma escolha potencialmente transformadora. Adaira residia na cidade Breccan, no coração do território oeste, e ele tinha dois meios de ir ao encontro dela: pela estrada do norte ou pela estrada do sul.

— As duas contornam as montanhas e levam a Kirstron — disse Elspeth enquanto guardava provisões para a longa travessia. — E ambas apresentam perigos distintos. Se tomar a estrada do norte, terá de passar pelas terras e propriedades da condessa Pierce, as quais recomendo evitar a todo custo. Se tomar a estrada do sul, terá de passar pelo vale Spindle, uma rota muito frequentada, e conhecida por seus truques. De qualquer forma, precisará tomar muito cuidado.

— Condessa Pierce? — ecoou Jack.

— Os Pierce são uma família nobre que gosta de encrenca — resmungou a avó, com desdém. — Mesmo que tome a estrada do sul para evitar as terras deles, você ainda deve estar preparado para esbarrar com Rab Pierce. Ele e seus homens são conhecidos por vagar por aí patrulhando as estradas como "vigias do oeste" autoproclamados. Neste verão tem havido mais crimes do que de costume, e um filho de conde como Rab gosta de sentir-se importante e distribuir "justiça".

Jack já não gostava desse tal de Rab. No fim, resolveu tomar a estrada do sul, que passava pelo vale, para evitar as terras dos Pierce. Levaria dois dias para chegar à cidade a pé se fosse em um ritmo rápido. Mas ciente de que Adaira estava no horizonte, esses dois dias pareceriam dois anos, e Jack ficou tentado a desviar para as colinas, para ver se a terra iria inventar um atalho e assim encurtar a distância.

— Não saia muito da estrada — disse Elspeth, lendo seus pensamentos. — Como eu disse, o vale é conhecido por suas travessuras. A neblina lá é densa, e é fácil se perder, sem o sol ou a lua para se orientar. Mas se precisar sair da estrada, siga as trilhas já abertas. Os animais aqui são espertos, e sabem quais lugares evitar.

Jack assentiu e aceitou as provisões, agradecido.

— E a cidade e o castelo? Devo saber alguma coisa de lá?

— Sim — disse Elspeth. — Entrar na cidade não será um problema. Ela se espalha ao redor do castelo, então você terá de circular pelas ruas, quer chegue pelo norte, ou pelo sul. O castelo em si é quase impenetrável. É construído no topo de uma colina e cercado por um fosso. Há um único acesso à fortaleza, e é pela ponte. Os guardas são numerosos, então você deverá pensar em um pretexto para passar. Talvez fingir ser um mercador ou negociante.

— Farei isso — disse Jack. — Obrigado, Elspeth.

A avó, de mãos na cintura, inclinou a cabeça e o fitou.

— Não está com medo, Jack? Acabei de dizer que o caminho que você pretende tomar estará repleto de perigos e impossibilidades, e você parece tão alegre quanto um guri que foi liberado mais cedo da escola.

Ele quase riu.

— Sei que deveria me assustar. Mas estou onde devo estar. E eu certamente ficaria deprimido se tivesse de abrir mão do meu destino apenas em nome da "segurança".

Elspeth bufou, mas ele viu que as palavras a comoveram. Ela pousou a mão no rosto dele e declarou:

— Então vá, Jack.

Ele se despediu da avó e a deixou no quintal. Ela ficou ao portão, vendo-o seguir o caminho rio acima. Ele se perguntava se teria a oportunidade de visitá-la de novo, ou se aquele seria o primeiro e único encontro deles.

O bosque rapidamente começou a ficar mais esparso. Conforme Jack ia se aproximando da margem da floresta, uma luz cinzenta atravessava as copas, como barras de aço. Ele desacelerou o passo ao ver um brilho dourado nas sombras. Ao reconhecer um cheiro adocicado e podre.

Jack chegou mais perto de uma sorveira doente, devagar. Não sabia se estava chocado por constatar que praga também estava presente no oeste, ou se já deveria ter esperado por algo assim. Tomou um momento para examinar as árvores que a cercavam e viu que outra também parecia recém-afetada. Jack se perguntou se os Breccan teriam feito alguma coisa para conter a praga, ou se ainda sequer sabiam que tal destruição se espalhava por seu território.

Ele conversaria com Adaira para ver se ela teria alguma informação diferente. Até que Jack pensou em Innes Breccan. Seria conveniente ela tomar ciência de que o leste sofria da praga? Não seria melhor se ele escondesse tal informação do oeste?

Jack fez uma careta, inseguro. Ia decidir disso depois, quando reencontrasse Adaira.

Ele então seguiu o caminho pelo restante da floresta, cauteloso, e chegou à margem, o lugar onde as árvores acabavam e a terra se espalhava.

Foi então que viu o oeste plenamente pela primeira vez.

As colinas, salpicadas de samambaias cor de cobre e pastel-dos-tintureiros com floração amarela, se desenrolavam em uma cordilheira íngreme, cujos cumes eram coroados por nuvens baixas. O rio fluía de um lugar escondido entre dois picos, límpido e borbulhante sobre rochas grandes e lisas. O ar cheirava a turfa queimada, musgo molhado e sal do mar distante.

Jack virou para a esquerda e apertou o passo. Determinado a se manter concentrado na viagem, sem se permitir divagar, foi dando atenção a cada árvore retorcida sob a qual passava, a cada ave que revoava por ele. Escutou o vento, os sons que carregava. Atravessou campos finos de urze e subiu em pedras amaciadas pelo musgo.

Jack logo chegou ao primeiro sítio — uma fazenda extensa com cercas de pedra, um quintal enlameado e uma casa que parecia torta ao vento. O lugar tinha um ar escuro e abandonado. Inquieto, seguiu em frente, até a estrada do sul.

Aí passou por alguns outros sítios, e finalmente encontrou sinais de vida. Ovelhas baliam e crianças gritavam entre si enquanto faziam as tarefas da tarde. Fumaça subia das chaminés, e mulheres cuidavam dos jardins. A ansiedade de Jack subiu quando ele começou a passar por pessoas na estrada.

Ele manteve a cabeça baixa e os passos regulares, contendo a vontade de fugir da rota. A névoa esvoaçante era ao mesmo tempo uma vantagem e um desafio: escondia ele, mas também dificultava discernir o que viria pela frente.

Ao anoitecer, Jack não fazia ideia de quantos quilômetros percorrera, e seus pés estavam cheios de bolhas. Decidiu encontrar um lugar para acampar. Elspeth tinha preparado uma refeição simples, mas nutritiva, além de um cantil de cerveja, e, ao seguir por uma trilha que se afastava da estrada, ele pensou na história de Iagan contada por ela. Finalmente, encontrou um trecho de samambaias onde era possível se deitar.

Um vento soprava do leste, assobiando pelo vale. Estava frio para uma noite de verão, e Jack tremeu, ansiando por sua flanela enquanto saboreava uma torta de queijo. Ele só escutou a chegada dos cavalos quando o grupo já estava pertinho, quando já era tarde para se esconder atrás das pedras.

Ficou paralisado em meio às samambaias, vendo seis homens a cavalo se aproximarem à luz crepuscular. Eram jovens, em montarias cansadas, vestidos de couro e flanelas de caça.

Estavam todos armados, com espadas, arcos, flechas e machados. Sangue salpicava o peito de alguns.

Passem direto, orou Jack. *Não me notem. Sou insignificante, não mereço sua atenção...*

— E quem é você? — perguntou um dos cavaleiros, um homem de cabelo loiro-palha e pele avermelhada, rodeando Jack com o cavalo.

Jack se levantou, torcendo para que sua bolsa não fosse notada em meio às samambaias. Ficou quieto por um instante, suportando o escrutínio com toda a dignidade possível. Eles fitaram tudo nele: a ausência de tatuagens na pele, a ausência da flanela, as roupas simples, mas duradouras, as tiras da bota cruzadas até o joelho, as tranças no cabelo.

— Eu me chamo John — disse.

— John de quê? — perguntou um segundo homem, com desconfiança nos olhos estreitos.

— Não tenho sobrenome — respondeu Jack. — Uso apenas o que me foi dado pelo baronato.

— Aonde está indo, John Breccan? — perguntou o loiro, finalmente parando o cavalo.

Os cinco companheiros imitaram o movimento, formando um círculo ao redor de Jack.

— Ao castelo Kirstron.

— E o que o espera lá?

— Minha esposa.

— Ah. Ela deve estar ansiosa para encontrá-lo. Venha, junte-se a nós. É perigoso viajar sozinho pelo vale à noite. Você pode compartilhar de nosso fogo.

A cabeça de Jack estava a mil, em busca de uma desculpa educada. Porém, ele não via saída, então concordou e permitiu que o grupo de caçadores o conduzisse a uma pequena clareira. Quando notou que um dos cavaleiros pegou sua bolsa do chão, seu medo cresceu ainda mais, queimando os pulmões, o coração, o estômago.

Rapidamente, montaram acampamento. Uma fogueira foi acesa em um círculo de pedras, e espetos de coelho e batata, estendidos sobre as chamas. Os cavalos foram amarrados e receberam alimento, e esteiras foram desenroladas na grama. Cantis de cerveja foram passados pelo círculo, e Jack fingiu beber, na esperança de diminuir a desconfiança do grupo.

— E sua flanela? — comentou o loiro.

Jack, que certamente notara as flanelas que ornavam os seis homens, balançou a cabeça. Os tecidos certamente eram encantados, embora Jack não tivesse como saber sem tocá-los.

— Está com uma tecelã, no momento.

Ele ousou estudar as feições deles. A luz do fogo sobre o nariz e boca lhes dava uma aparência abatida.

— Vocês ainda não me disseram seus nomes — comentou.

O loiro, aparentemente líder do grupo, tomou um gole do cantil.

— Eu me chamo Rab Pierce, e estes são meus homens.

Maravilha, pensou Jack, irônico. *Escolhi a estrada do sul para evitar as terras dos Pierce, e ainda assim Rab esbarra comigo.*

— Nunca vi você antes — disse Rab. — Onde você mora?

— Em um sítio pequeno, perto daqui.

— Hum — murmurou Rab, que não pareceu convencido, mas não exigiu mais respostas. — Você tem o hábito de passear à noite?

Jack confirmou, mas suor começava a molhar sua túnica. O homem de olhos estreitos e pequenos e uma corrente de tatuagens no pescoço começou a oferecer pão, e foi então que aconteceu: em um momento, a mão de Jack estava estendida para aceitar o alimento, e, no seguinte, estava retorcida junto às costas enquanto ele era jogado com força de cara na grama. Ele resistiu ao impulso desesperado de se debater, de lutar.

Então ficou deitado, quieto, respirando entre os dentes enquanto um dos cavaleiros pegava a adaga na bainha de sua cintura. A única arma que ele havia trazido.

— Amarre os braços e pés dele — disse Rab.

— Por que estão me amarrando? — perguntou Jack, levantando a cabeça do chão. — Não sou uma ameaça a vocês.

Ele sentiu o Olhos Estreitos atando seus punhos com um vigor doloroso, e depois seus tornozelos. Por fim, Jack foi endireitado, sentado feito um boneco, e viu Rab revirar sua bolsa, dividindo as poucas provisões entre os homens. E então encontrou a harpa.

Jack escutou as advertências de Elspeth ecoando em sua mente: *Você não devia ter trazido a harpa. Enterre-a nas profundezas, ou entregue ao rio, e não conte para ninguém que é bardo.* Ele ficou olhando enquanto Rab arrancava a harpa do embrulho. O instrumento cintilou à luz do fogo, os entalhes simples parecendo respirar e se mexer.

— Por que está carregando uma harpa? — perguntou Rab, encontrando o olhar de Jack.

— Ela me foi dada.

— E foi dada por quem, John Breccan?

Jack não respondeu. Ele mal conseguia respirar, sentindo o vento abanar seu cabelo como dedos frios.

— Você reconhece, Malcolm? — perguntou Rab ao Olhos Estreitos.

— Claro. Parece uma das harpas de Iagan.

— Foi o que imaginei — disse Rab, com um sorriso cada vez mais manhoso. — Você roubou isso do lago Ivorra.

Jack franziu a testa.

— Nunca estive no lago Ivorra. E não roubei esta harpa.

Rab guardou o instrumento com cuidado no saco, mas o manteve ao seu lado na grama.

— Sei o que você é, John.

— Se soubesse — disse Jack, a cadência subindo, revelando a agitação —, entenderia por que ando com uma harpa que me foi dada.

Rab se inclinou para a frente.

— Você é um mentiroso e um ladrão. Não acredito em nada do que me disse, e você não irá a lugar algum até nos contar a verdade. Toda.

Jack sustentou o olhar de Rab. Seu coração martelava nas costelas, e as mãos estavam formigando. Não era assim que ele imaginara seu período no oeste. Não era assim que a jornada deveria progredir, e sua esperança começou a minguar.

— Sou um mensageiro da paz — disse ele, o que provocou um coro de riso nos homens de Pierce.

— Claro que é — disse Rab, rindo.

— Carrego uma adaga da verdade, que vocês tomaram de mim, e não uso flanela — continuou Jack. — Sou bardo, e esta harpa me foi dada pelo barão Torin Tamerlaine, que escreveu uma carta para respaldar o que digo agora. Está a seus pés, pode lê-la.

A declaração ousada acabou com o humor dos homens. O acampamento assumiu um silêncio fatal. Ouvia-se apenas o estalido do fogo e o uivo distante do vento passando pela clareira.

— Você não carrega arma nenhuma além da adaga da verdade — ecoou Rab, finalmente, ignorando a provocação da carta de Torin. — Mas isso também é mentira. Sua harpa talvez seja mais perigosa do que qualquer aço encantado.

— Não traz perigo nenhum, desde que eu não a toque — disse Jack. — E vocês deveriam me soltar antes que minha esposa saiba disso aqui.

— Imagino que sua esposa seja Lady Cora? — provocou Rab, e os comparsas gargalharam.

— É — disse Jack.

Os homens ficaram paralisados.

— Minha esposa é Lady Cora — repetiu Jack, calmo. — Ela se chamava Adaira no leste, quando nos casamos. Estou viajando a encontro dela, e agradeceria se vocês me soltassem sem mais problemas...

Rab foi rápido. Deu um soco ágil no rosto de Jack para calá-lo. Jack ficou momentaneamente tonto com o impacto. Sentiu gosto de sangue e cuspiu na grama, os olhos marejados ao se voltar para Rab e sua fúria mal contida.

— Você não é bardo nenhum — disse Rab. — É um farsante.

— Se duvida — disse Jack, rouco —, então ponha esta harpa em minhas mãos e eu me provarei para vocês.

— É mais fácil eu cortar suas mãos antes de colocar qualquer harpa nelas.

Rab passou a ponta afiada da adaga sob a gola da túnica de Jack. De início, Jack achou que sua garganta fosse ser cortada, mas então Rab encontrou a corrente dourada escondida sob a roupa. Sua metade da moeda.

Em um movimento rápido, o colar arrebentou com um estalido metálico.

Jack não tinha tirado a moeda desde que Adaira passara o colar por sua cabeça. Desde o dia do noivado. Uma dor terrível brotou em seu peito. Ele viu quando Rab guardou a metade da moeda de ouro no bolso.

— Você é um ladrão e um charlatão — disse Rab, com desdém. — E aqui no oeste não gostamos de nada disso.

— Está com medo de mim, então? — perguntou Jack, a voz repleta de ira, forçando as amarras. — Está…

Rab puxou Jack pelos cabelos, empurrando-o para a frente e para baixo. Aí segurou o rosto de Jack, que latejava de dor, perto do fogo, perigosamente perto. O calor foi ficando cada vez mais insuportável.

— Conte a verdade, ladrão — provocou Rab, forçando Jack a se abaixar ainda mais. — Conte quem você é, e por que roubou a harpa do lago Ivorra, e talvez o soltemos para você alimentar sua fantasia de casamento com a filha de uma baronesa.

Jack fechou os olhos, sentindo o calor do fogo começando a queimar seu rosto.

— Eu já disse… a verdade. Se duvidam, usem minha adaga.

Rab abaixou mais o rosto de Jack, que ficou de olhos fechados, esperando sentir as chamas a qualquer momento. Porém, nunca veio, e o calor e a luz se apagaram de repente.

Seguiram-se uma série de xingamentos.

Rab puxou mais o cabelo de Jack.

Trêmulo, Jack abriu os olhos.

A fogueira tinha se apagado, restando apenas cinzas e um rastro de fumaça, que dançava, fugidia.

— O vento deve ter apagado — disse um dos homens, embora soasse desconfiado.

Jack arfou de alívio, o suor pingando do nariz. Sabia que não tinha sido o vento, e procurou nas cinzas um sinal, uma palavra, um rosto. Porém, sua visão ficou embaçada quando Rab o puxou para trás e o jogou na grama.

— Vocês têm de me soltar — disse Jack. — Têm de me soltar antes que acabem interferindo em alguma coisa que não entendem, e com a qual provavelmente não vão querer se meter.

— Ah, vou soltar você, sim — disse Rab, acima dele. — Mas ainda não, *ladrão*.

Jack tentou se prevenir do golpe. Mas estava indefeso. O chute de Rab acertou sua têmpora. Jack viu uma explosão de estrelas, escutou um fio de risada.

Estava olhando para a harpa, para a carta selada de Torin, quando outro chute de Rab o acertou outra vez.

Jack se encolheu na escuridão.

Capítulo 19

Quando estava no leste, Adaira tinha dominado a arte de sair discretamente do castelo Sloane. Ela costumava pensar não haver nada de diferente ali no oeste, no castelo Kirstron, mesmo ciente de que a fortaleza Breccan fosse projetada para *afastar* as pessoas e de que seu acesso a diversas passagens ainda fosse proibido. Três coisas, porém, lhe davam confiança:

Ela podia destrancar portas encantadas usando seu sangue.

Ela portava uma espada e podia levá-la a qualquer lugar.

Ela cavalgara pelo ermo com Innes, o suficiente para adquirir uma boa noção do terreno.

Adaira vestiu uma túnica de manga comprida e um gibão de couro. Seu cabelo era da mesma cor do de Innes, o que poderia revelá-la rapidamente, então ela o cobriu com a flanela azul dobrada. Em seguida, embainhou a espada na cintura e encheu a bolsa de couro com os apetrechos que David lhe dera para cuidar dos pontos — ataduras limpas e um pequeno frasco de bálsamo cicatrizante. Também guardou um cantil de vinho e um pão que sobrara do café da manhã.

Após passar por vários corredores, ela finalmente chegou ao pátio.

Ninguém prestou atenção.

Adaira parou no piso de laje, ponderando. Tinha tentado estimar a distância da queda do espírito. Tecnicamente, era muito além das muralhas da cidade, em alguma parte do ermo, a quilômetros dali. Ela imaginava que o espírito estivesse machucado e exposto em alguma colina. Ao olhar de soslaio para os estábulos movimentados, seu coração acelerou.

Ela precisava ser a primeira a chegar ao espírito, antes de qualquer outra pessoa. E chegaria mais rápido a cavalo, mas se pedisse uma montaria para o cavalariço, alertaria seus pais.

Adaira hesitou. Ainda não tinha recebido permissão para sair sozinha, e sabia que corria o risco de enfrentar a ira de Innes.

O vento soprou, tocando o sino da hora.

Só restava-lhe ir a pé. Adaira se virou para o rastrilho e se aproximou da ponte com cautela.

Por ali, passou por outra entrada bem protegida, e, como assemelhava-se a qualquer outra mulher Breccan da fortaleza para a cidade, conseguiu abrir caminho até o portão mais a oeste. Esperava ouvir algum tipo de rumor sobre a queda do espírito, mas as feiras e ruas estavam preocupadas somente com a própria rotina.

Só eu vi a queda?, se perguntou Adaira, finalmente emergindo da cidade. O ermo se estendia à sua frente, e ela começou a traçar o caminho. Porém, era muito mais difícil do que o esperado. As colinas do oeste eram um lugar enfeitiçado e traiçoeiro, repletas de vales e bruma e veios de rocha. Adaira enfim chegava a um cume, acreditando ter encontrado o lugar onde o espírito caíra, e logo descobria outra colina mais longe.

Ela passou por uma clareira e uma pequena floresta, assustando um grupo de cervos-vermelhos e uma dupla de pombas. Quando as árvores ficaram mais esparsas, Adaira viu um lago — um pequeno círculo de água escura, cercado pelos sopés. No centro do lago, uma ilha minúscula continha uma casa, cujos muros de pedra em mau estado tinham sido quase inteiramente conquistados por cipós, líquen e cardos impossivelmente altos. Uma trilha estreita e corajosa cortava da ilha à margem, fornecendo meios de se chegar à casa.

Adaira a fitou, estremecendo. A casa estava abandonada, e enquanto seguia caminho ela se perguntou quem teria vivido ali.

Finalmente, ela viu um sinal promissor. Alguns galhos de um olmo solitário, quebrados, como se a árvore tivesse tentado segurar o espírito em queda.

Seguiu diretamente para lá. Aí acompanhou o tronco da árvore e avaliou o rastro quebrado. Alguma coisa tinha, de fato, caído por aquela copa. Um corvo empoleirado em meio ao dano a encarava com olhinhos curiosos. Então ela sentiu algo molhado e grudento nos dedos.

Devagar, afastou a mão.

Estudou a substância melada que cintilava nos dedos. Era dourada, e tinha um aroma adocicado, que lembrava néctar.

Ela secou o sangue do espírito na flanela e estudou o chão até enxergar um rastro minúsculo, que amassara a grama. Continuou a acompanhar cautelosamente com o olhar. O rastro tinha sido deixado por pés estreitos, que mancavam passo sim, passo não, obviamente devido a um ferimento. Gotas daquele sangue doce brilhavam na grama de tempos em tempos, refletindo a luz fraca do sol como orvalho. As manchas de sangue levaram Adaira vale abaixo, e depois para cima de um afloramento temerário de rochas afiadas, cujas muitas facetas imitavam um grupo de rostos carrancudos.

Percebendo o caminho que precisava tomar para chegar à plataforma no alto, Adaira soprou as mãos para aquecê-las. Fazia muito tempo que não caminhava sozinha pelas colinas. Que não escalava cavernas nem nadava no mar. Sentiu um espasmo de nostalgia, mas não permitiu que ele a dominasse. Aí começou a escalar.

Chegou à plataforma estreita, onde o sangue se acumulava em gotas densas. O rastro parecia acabar ali, e Adaira começou a procurar por mais alguma pista nas rochas que a cercavam, ávida. Porém, logo concluiu que era só aquilo mesmo. O fim do caminho. Agachou-se ao lado das gotas de sangue dourado, confusa, até que começou a sentir o vento suspirando em seus cabelos.

— Claro — disse ela, sem conseguir esconder a decepção. *Por que presumi que encontraria você? Que você precisaria da minha ajuda?*

Ela se levantou e tentou se convencer a começar a descer pelas pedras. Foi então que sentiu um tremor sutil sob o corpo. Uma vibração leve, como a risada no peito. E, então, o cheiro úmido de uma caverna, um sopro de boas-vindas.

Deu meia-volta, espantada ao ver uma abertura fina na rocha. Tinha certeza de que não estava ali antes, mas pressentiu que a rocha a convidava a entrar em sua boca, havendo coragem para tal. Ela entrou, reverente, com medo de precisar de uma tocha, mas logo reparou que um fogo misterioso ardia nas paredes da caverna. O fogo lembrava espinhos emaranhados, e as chamas eram brancas. Fogo, só que não. Franzindo a testa, ela se aproximou para estudá-lo…

E ouviu passos arrastados. O tilintar fraco de sinos, seguido de um chiado.

Adaira olhou para a direita.

O espírito caído estava a dois passos dela, de mãos levantadas, comandando, em silêncio, que ela não se aproximasse.

Primeiro, Adaira limitou-se a fitá-lo. A forma manifestada do espírito era de uma moça um pouco mais alta do que ela, esguia, composta de linhas e curvas elegantes. O cabelo dela era comprido, de um índigo vívido à luz mágica. As orelhas eram pontudas, e o rosto estava muito arranhado, assim como os antebraços. As unhas das mãos e dos pés tinham pontas afiadas, e a pele era azul-claro, exceto por alguns trechos aqui e ali: o ombro direito, a clavícula esquerda e parte das pernas estavam manchados de ouro brilhante, como se feito por pinceladas delicadas. Ela usava armadura de cota de malha, que tilintava a cada movimento, e uma das coxas estava machucada por um corte profundo. Sangue cor de âmbar escorria devagarzinho da perna.

226 Rebecca Ross

Às costas, era possível ver apenas as duas asas esquerdas, uma maior do que a outra, ambas manchadas de lilás. Eram iridescentes à luz estranha da caverna, percorridas por filamentos elaborados, como os de uma asa de libélula. Ambas pendiam atrás dela, murchas e rasgadas, desmaiadas no solo da caverna.

— Vim ajudar — disse Adaira. — Vi você cair das nuvens — acrescentou, começando a se aproximar.

O espírito outra vez fez sinal para ela se afastar, com um lampejo de alerta nos olhos.

— Não quero machucar você — sussurrou Adaira, magoada pela frieza do espírito. — Por favor, me deixe ajudar.

A expressão do espírito se suavizou.

Ela me reconheceu, pensou Adaira. Ela continuou a fitar o espírito e percebeu que a criatura provavelmente estivera presente no dia em que Jack convocara os quatro ventos. No dia em que ela ficara cara a cara Bane, que ele a provocara.

O espírito abriu a boca para falar, mas nenhum som saiu. Um imenso pesar atravessou seu rosto lacerado. Ela levou a mão ao pescoço, como se houvesse um anzol escondido lá dentro, ancorando sua voz.

— Não consegue falar? — supôs Adaira, triste.

O espírito confirmou. A perda da voz parecia doer tanto quanto o corte na coxa.

— Deixa eu cuidar de você?

Adaira mostrou a bolsa com os mantimentos. Aí esperou, paciente, e ficou surpresa quando o espírito concordou e se aproximou. Não houve medo, nem hesitação em seus passinhos mancos. Por que, então, ela se afastara inicialmente?

O espírito provavelmente devia estar lendo seus pensamentos. Ela apontou o fogo estranho, e depois Adaira. Fez outros gestos urgentes.

Não olhe diretamente para aquela luz.

— Entendi — disse Adaira.

Elas estavam entre reinos. Um lugar perigoso e incerto, não era dos mortais, nem dos espíritos.

O espírito se abaixou, se distanciando da luz encantada, e Adaira se ajoelhou ao seu lado. Ela abriu a bolsa e tirou os curativos, lamentando não ter aprendido mais com Sidra quando tivera a oportunidade.

Aí, com cuidado, tocou o joelho do espírito. No momento em que as peles se tocaram — quente e fria —, a cabeça de Adaira foi inundada por uma enchente atordoante de imagens.

Um salão nas nuvens, com pilastras altas que se mesclavam ao céu noturno. Estrelas ardendo em braseiros. O farfalhar de centenas de asas. E Bane, sentado no trono, com a lança de raio.

Kae... Por que me fez esperar?

Adaira se encolheu ao ouvir a voz do rei do norte. Então puxou a mão de volta e, assim que interrompeu o contato, as imagens se dissiparam de seus pensamentos. Ela perdeu o fôlego ao encontrar o olhar do espírito, notando nela o mesmo choque.

— Vi suas lembranças, não foi? — murmurou Adaira. — Você se chama Kae.

A moça-espírito concordou. Parecia ao mesmo tempo perturbada e aliviada. O rei tinha arrancado as asas dela, roubado sua voz, mas não lhe ocorrera limitar sua memória.

Kae esticou a mão fina, de unhas pontiagudas.

Adaira a pegou, alinhando as palmas. Fechou os olhos e mergulhou na memória outra vez, sentindo tramas de emoção. Desafio, arrependimento, desejo, raiva, tristeza. As emoções de Kae, percebeu. Quando chegou ao momento em que suas asas foram cortadas e ela caiu, o coração de Adaira estava batendo com tanta força que ela precisou interromper o contato de novo.

Ela tomou um momento para se recompor, e encontrou o olhar da outra mais uma vez.

— Bane perguntou por Jack — disse Adaira, engolindo o medo que crescia dentro dela. — Meu... Ele está correndo perigo?

Kae começou a movimentar as mãos, mas Adaira não conseguiu decifrar o significado dos gestos elegantes.

— Pode me mostrar a última vez que o viu? — perguntou Adaira, rouca, na expectativa de não estar abusando em seu pedido.

Kae ficou pensativa, como se refletisse e repassasse as lembranças. Porém, logo estendeu a mão, a qual Adaira aceitou de pronto.

Ela caiu em um fio de lampejos de memória desorientados. Eram lembranças delineadas em ouro, e Adaira percebeu que estava voando, pairando sobre a ilha.

Viu Jack ajoelhado na horta de Mirin, admirando o horizonte. O rosto dele estava fechado em desalento, uma expressão que Adaira nunca vira nele, e ela sentiu o coração doer. *Eu o magoei, muito mais do que imaginei*, pensou, com uma pontada de culpa. Ele ficou um tempo ali, ajoelhado, imóvel, até escutar Mirin chamá-lo, então começou a colher cenouras do canteiro.

Ele levava Frae à escola, de mãos dadas com ela, dando atenção às coisas que sua irmãzinha falava.

Estava sentado em uma colina na escuridão, cantando a canção para Adaira. As cordas da harpa cintilavam à luz das estrelas enquanto ele tirava delas as notas doces.

Ela queria passar um século ali, junto a ele. Absorveu a imagem, o sangue agitado nas veias, mas a cena mudou de repente. A consciência de Adaira ficou zonza em resposta, e aí ela apertou a mão de Kae, lembrando-se de que tudo aquilo era a memória do espírito. Kae deixara Jack na colina para correr atrás de um espírito do leste. Uma fada de cabelo dourado e garras nas asas, que carregava as notas de Jack nas mãos afiadas.

Não atravesse a fronteira dos clãs com essas notas, chiou Kae para ela.

O espírito do leste apenas riu, subindo ainda mais em sua rota.

Kae alcançou o espírito brevemente, e lhe rasgou a beira da asa direita com os dentes. A outra fada perdeu velocidade por um momento, mas logo se desvencilhou e disparou. O bosque

Aithwood gemia sob a lufada daquela batalha — uma em perseguição, e a outra em fuga —, porém logo tinham chegado ao oeste. Kae por fim deixou a fada do leste partir, com a asa rasgada e a satisfação mórbida.

Frenética, Kae girou para soprar ao norte, mas Bane já tinha ouvido a música e sentido o movimento da magia antiga.

Agora Jack estava sentado na frente de um pomar, cantando e tocando para as árvores. Adaira tentava entender as intenções dele. Estaria ele cantando para a terra? Para o pomar? Até que a percepção de Kae ficou mais focada, dirigindo a atenção de Adaira.

As emoções do espírito eram um nó, uma mescla de medo, preocupação e irritação. As asas de Kae abanavam o ar frio, soprando no rosto de Jack.

Pare de tocar! Ele escutou. Ele está vindo!

Jack cantava, sem sequer sentir Kae, que se encolheu quando a tempestade chegou, e a seguir recuou, mas mesmo assim continuou a assistir a tudo de longe. Viu o momento em que o raio de Bane quase acertou Jack.

Kae esperou a tempestade passar. E enfim Jack se levantou e analisou o pomar queimado. Recolheu a harpa. Quando ela passou por ele, o ar de suas asas soprou de leve o cabelo da testa do bardo.

Um alerta, uma repreensão, uma segurança, um conforto.

Kae soltou a mão de Adaira.

Adaira levou um momento para se reorientar, assustada ante as lembranças de Kae. Ela pestanejou até a imagem de Jack se dissipar completamente. Só então voltou para Kae seus olhos astutos, estudando sua estatura elegante, suas feições delicadas, as manchas douradas no ombro, na clavícula e nas canelas.

— Você o protegeu — disse Adaira, tremendo de fascínio e gratidão. — Por quê? Por que se arriscar assim?

Kae estendeu a mão outra vez.

Adaira aceitou devagar, com apreensão vibrando na garganta. Ela não sabia o que mais Kae poderia lhe mostrar, então se preparou para rever Jack. Para ver Bane e seu raio implacável.

Nada disso apareceu.

Agora ela via um trecho tranquilo da orla do leste, à noite. A maré estava suspensa, a espuma sacudindo os espíritos do oceano. Dama Ream, comandante dos feéricos do mar, estava presente, sentada ao lado de uma mulher com uma harpa. Uma mulher que Adaira reconheceu com uma pontada de dor. Ela perdeu o fôlego, como se seu coração tivesse sido perfurado.

Era Lorna.

Uma Lorna jovem, com o rosto pálido e liso, os olhos brilhantes ao luar. O cabelo comprido e escuro estava solto, dançando ao sabor do vento suave do oeste. *Que estranho ver minha mãe da minha idade*, pensou Adaira, a cena a alegrando e entristecendo em igual medida.

Lorna falava com Ream como se fossem velhas amigas, e Adaira queria saber o que diziam. Ela tentou chegar mais perto, demorando a se lembrar de que estava limitada pelo corpo e pela memória de Kae. Na ocasião, Kae estava distante o bastante para não ser notada por Lorna, Ream e pelos outros espíritos do mar, porém suficientemente perto para guiar os ventos e afastar as fadas do leste, do sul e do norte.

Mas Kae confiava no vento do oeste. Dava para sentir no peito de Kae, como uma chama acesa, e ela só observava enquanto ele soprava suavemente pela areia, com o cabelo de mcia-noite e as asas leves de mariposa.

Kae pareceu relaxar por um momento. Baixou a guarda, ainda admirando Lorna.

Um espírito do norte apareceu de repente. Um pertencente ao grupo dela, com dentes pontudos, sorriso vil, cabelo loiro e ondulado, e asas carmim. Kae o alcançou antes que ele pudesse roubar as palavras de Lorna. Ela mordeu o braço dele, rasgou a borda das asas.

Ele até tentou lutar, arrastando as unhas afiadas pela clavícula dela, arrancando sangue encorpado e dourado. Mas ele não era páreo para ela, e sabia muito bem.

Então ele se rendeu, de asas abaixadas, e sumiu entre as estrelas do norte.

Kae continuou onde estava, na periferia da cena, assistindo até Lorna, de nariz sangrando e contorcida de dor, encontrar Alastair nas colinas ao luar.

Por que você tocou sem mim, Lorna?, perguntava ele, preocupado, ao cobri-la com a própria flanela. *É para eu estar sempre com você.*

Lágrimas brotaram nos olhos de Adaira enquanto admirava seus pais. Ela não sabia quais das emoções sentidas naquele momento eram suas, e quais eram de Kae. Pareciam emaranhadas conforme a memória ia se desfazendo.

Elas enfim soltaram as mãos.

Adaira secou as lágrimas, com o coração a mil. Levou um momento para engolir o soluço que queria sacudir seu peito e derrubá-la no chão da caverna. Porém, ela se manteve erguida, determinada a processar o que sentia.

Não tinha percebido a fragilidade de seu luto até ver seus pais, saudáveis e vivos, na memória. A saudade que tinha deles, a dor que sentia por sua ausência. Até então não havia se dado conta do tamanho de sua saudade, e nem da *raiva* que sentia por ter sido criada por eles como um Tamerlaine, por nunca ter tido o direito de saber que na realidade ela era uma Breccan.

Essa raiva, contudo, serviria apenas para apodrecê-la por dentro e reduzi-la a brasas latentes, pois a verdade era que Lorna e Alastair tinham partido, e estavam enterrados na terra do leste. Ficar furiosa por sua mentira não surtiria efeito algum neles, mas causaria todo tipo de efeito nela, e a raiva a dizimaria em pó. Adaira queria evitar tal destino. Não queria deixar azedar algo que fora tão bom em sua vida.

Ela logo sentiu que Kae a observava, como se tentasse ler as emoções passando pelo seu rosto. Adaira encontrou o olhar do espírito. Kae parecia cansada, e brilhava de suor, como se compartilhar suas memórias exigisse esforço. Mesmo assim Adaira conseguiu ouvir as palavras que Kae tanto ansiava dizer.

Todas as vezes que Lorna tocara para os feéricos, Kae estava presente, quer a barda soubesse, quer não. Kae a protegia para garantir que Lorna tivesse espaço e segurança para cantar. Ela se empenhava expulsando outros espíritos, causando e sofrendo danos.

Em todas as vezes que Jack tocara para os feéricos, Kae também estivera presente, fazendo o possível para protegê-lo de Bane e dos outros espíritos capazes de provocá-lo ou de feri-lo.

Quem me dera ter sabido disso, pensou Adaira, seu olhar se demorando nas asas rasgadas de Kae. Nas pontas fatais das unhas. No brilho azul-claro da pele sarapintada de dourado. Nas feridas e cortes que sangravam no piso da caverna.

Adaira sempre respeitara os espíritos, e tivera fé neles no devido momento. Frequentemente pensava neles como naturezas caprichosas, volúveis como as chuvas de verão na ilha, nem bons, nem ruins, e, sim, algo num meio-termo. Soprando para o lado que mais lhes agradava. Ela nunca imaginara que algo tão feroz, contundente, frio e infinito quanto o vento do norte pudesse amar algo suave, gentil e mortal.

Foi então que Adaira entendeu. As manchas douradas nas pernas, nos ombros e na clavícula de Kae não eram naturais da pele tal como ela imaginara.

Eram provas de conflitos e batalhas. Das feridas que sofrera.

Eram cicatrizes.

Adaira iniciou a descida pela rocha. Quando chegou ao chão, virou-se para olhar Kae, que vinha logo atrás, analisando suas costas rasgadas e asas remanescentes.

Os machucados de Kae já começavam a se fechar, o início de novas cicatrizes douradas. Adaira os limpara com o bálsamo, sem saber se remédios terrenos seriam úteis para um espírito do ar, mas o cuidado parecera dar conforto a Kae.

Adaira colhera algumas folhas no cabelo índigo e limpara a sujeira dos cortes.

— Você não pode ficar aqui — dissera Adaira, olhando para a caverna fria e enfeitiçada. — Mas tem um lugar aqui perto. Uma casa para você descansar e sarar, onde vou poder visitá-la.

Kae pareceu hesitante a princípio, como se temesse andar sob a vastidão do céu nublado, mas então a acompanhou sem resistir. Não podia ficar naquela caverna, pois Adaira não conseguiria reencontrá-la ali com facilidade. E não dava para saber por quanto tempo Kae permaneceria banida do lar.

Adaira esperou os pés compridos e descalços de Kae chegarem ao chão. Juntas, elas subiram uma colina e desceram outra, até Adaira encontrar as árvores que escondiam o lago e a casa abandonada na ilhota em seu centro.

— Acho que não tem ninguém morando aqui, mas vou verificar — disse Adaira. — Me espere aqui, proteja-se em meio às árvores. Vou fazer sinal quando for seguro me encontrar.

Kae assentiu, mesmo de olhos arregalados e rosto enrugado de desconfiança. Adaira se perguntou se a outra saberia o que era aquele lugar, ou quem morara ali antes. Como imortal e espírito poderoso do vento do norte, era possível que Kae já conhecesse a maior parte dos segredos escondidos em Cadence.

Tal constatação fez um calafrio arrepiar a pele de Adaira, que avançava sozinha pelo fino estreito que levava à ilha. Para chegar à casa, ela precisou atravessar o cardo embolado e os arbustos espinhentos que tinham invadido uma horta minúscula. Aí arrancou camadas de cipós vermelhos da porta, e descobriu que a madeira era levemente brilhante. A porta estava trancada por um encanto.

Ela parou e observou. O que quer que estivesse do outro lado, poderia ser valioso ou perigoso. E provavelmente poderia ser acessado por uma gota de seu sangue.

Ela sacou a espada da cintura, apenas o bastante para vislumbrar a lâmina e um lampejo do próprio reflexo. Encostou o dedo no fio até sentir a ardência da pele cortada.

Espalmou a mão na porta, a qual se destrancou assim que a madeira absorveu o sangue, e então Adaira a empurrou com cuidado. Adentrou com um passo hesitante, passeando o olhar pelo ambiente.

O único cômodo da casa tinha piso de terra batida e vigas de madeira no teto. Móveis de eras passadas estavam cobertos de pó e teia de aranha. Havia também uma lareira, uma copa com panelas enferrujadas, uma caminha no canto, coberta por mantas carcomidas por traças, e uma mesa repleta de livros antigos espalhados sobre o tampo. Uma tigela estava na cabeceira da mesa, cercada por pergaminhos, como se o último morador da casa tivesse sido interrompido durante o café da manhã.

Fazia um silêncio estranho no lugar, quase como o som dentro d'água, a sensação de submersão. Ou talvez fosse o silêncio do vento do outro lado das paredes, como se aquela ilhota no lago tivesse ficado congelada no tempo. O ar era pesado, e parado até demais.

Adaira aproximou-se da mesa e espiou os pergaminhos espalhados. Eram uma composição musical. Por um momento, ficou só encarando as notas pintadas, incrédula, com o coração acelerado.

Innes dissera que o oeste tinha trancafiado a música e os instrumentos. Adaira acabara de encontrar parte deles.

Ela adentrou as sombras. Sob a luz fraca, viu a parede oposta, que reluzia, como se respirasse.

Adaira levou a mão ao punho da espada. Ousou dar mais um passo, franzindo a testa. E então a imagem que pendia da parede a atingiu como um soco, e ela parou, arregalando os olhos diante de uma coleção de harpas.

Algumas ainda tinham cordas, e estavam penduradas. A maioria tinha quebrado devido ao peso de anos inertes, caindo no chão e se despedaçando. Mas havia outra coisa na parede, refletindo a luz.

Quando Adaira encarou os segmentos finos, seu sangue congelou.

Eram ossos.

Um esqueleto pendia da parede.

Capítulo 20

Sidra sentou-se em uma cadeira diante da cela de Moray Breccan. As masmorras eram frias e escuras. Água pingava do teto, e o ar carregava todo cheiro imaginável — pedra molhada, piche queimado, colchões de palha mofada e dejetos humanos.

Ela quase vomitou, segurando-se por pura força de vontade.

Moray estava sentado na beira do catre, e a observava atentamente por entre as barras da grade de ferro. No período inicial de sua detenção, ele costumava ficar acorrentado à parede. Depois Torin ordenara que soltassem seus punhos e tornozelos, mas que ele seguisse confinado à cela apertada. Depois de mais um tempo, Torin aceitara que Moray pedisse alguns livros da biblioteca e lhe dera uma coberta adequada para se aquecer, além de uma flanela, sem nenhum encanto, para cobrir os ombros.

Obviamente a flanela era verde e vermelha, as cores dos Tamerlaine. Foram necessários alguns dias nas profundezas frígidas do castelo para Moray finalmente ceder e começar a vesti-la.

— Teve notícias de Cora? — perguntou Moray, rouco.

Sidra continuou a encará-lo. Ela jamais se esqueceria do chute que levara no peito e do espancamento no campo de urze. E muito menos de que ele sequestrara sua filha, provocado a pior angústia que ela já sentira.

— Teve notícias da minha irmã? — insistiu Moray.

— Adaira está bem — disse Sidra, em tom seco. — Por que pediu para falar comigo?

— Posso escrever uma carta para ela?

— Não.

— Se eu ditar uma carta, ela pode ser transcrita para mim?

— Não — repetiu Sidra.

Os olhos de Moray pareceram escurecer, como a noite caindo em um lago. Sidra sustentou o olhar dele, sem sequer vacilar.

— Cadê o barão? — perguntou ele, finalmente, com arrogância na voz. — Faz um tempo que não vejo seu marido. Como ele anda?

— Vou dizer que você perguntou por ele — disse Sidra, começando a se levantar.

Moray entrou em pânico e se ficou de pé, estendendo a mão suja.

— Espere, milady! Há algo que quero perguntar.

Sidra voltou a sentar-se, mas só porque o pé estava latejando.

— Se deseja mais livros, estes que estão aí já são suficientes. Se for outra manta, posso pensar no assunto. Se for para escrever para seus pais, minha resposta é não.

— Quanto tempo mais? — perguntou Moray, voltando a sentar-se devagar no colchão, e apertou a flanela Tamerlaine ao redor do corpo. — Quanto tempo ainda passarei aqui, e há algum modo de provar minha honra? Talvez vocês possam escolher seu guerreiro mais forte, mais capaz, e nos deixar duelar, ver quem prevalece?

Sidra ficou chocada, e ele certamente reparou na expressão dela.

— Deixe a espada decidir se mereço viver ou morrer — insistiu ele.

— Não.

Ela não disse, mas o conselho tinha decidido que o manteria aprisionado por uma década. Dez anos completos. Até lá a raiva que os Tamerlaine sentiam dos pecados de Moray teria diminuído, e ele seria devolvido ao oeste junto a uma longa lista de condições. Mais importante, Adaira finalmente poderia voltar para casa, se assim o desejasse.

Dez anos.

Adaira estaria com trinta e três anos.

Moray se remexeu. A irritação dele estava começando a transparecer, mas ele a surpreendeu com a pergunta:

— A senhora tem irmãos, Lady Sidra?

Ela não queria responder a perguntas íntimas. Não queria dar àquele homem nenhuma informação pessoal, nem sobre seu passado.

Ela manteve o silêncio, mas ele sorriu.

— Suporei que é afirmativo — disse Moray. — Tenho uma irmã gêmea, como já sabe. Mas também tive uma irmã mais nova. Ela se chamava Skye.

Sidra ficou quieta. Ela odiava estar sendo cutucada pelo interesse na história dele.

— Skye era diferente da maioria de nós — continuou ele. — Ela não se interessava por espadas, lutas ou desafios. Preferia livros e arte, e tinha tanto carinho por animais que se recusava a comer sua carne. Meus pais a adoravam, mesmo que ela parecesse uma criatura tão peculiar entre nosso povo. E quando se espalharam os boatos, boatos de que ela estava destinada a ser uma governante melhor do que eu, não tive no coração nenhuma inveja dela. Ela era uma luz em nossas sombras. Uma constelação que queimava as nuvens.

Sidra continuou a escutar, estremecendo sob o calor da flanela.

— O que aconteceu com Skye?

Moray olhou para o chão.

— Todo mês, meus pais convidam condes e herdeiros para um banquete no salão do castelo. É uma noite perigosa, imprevisível, porque há sempre um conde ou outro armando para assumir o comando. Como sou o herdeiro, meus pais me inoculavam contraveneno e me vestiam apenas com peças encantadas, além de ordenar que eu estivesse sempre com uma espada em mãos. Eles ficavam paranoicos, entende. Já tinham perdido Cora para o "vento", e não suportariam perder outro filho. Sempre me perguntarei por que não tomaram as mesmas medidas com Skye, talvez porque achassem que o clã como um todo a amasse igualmente.

"Duas semanas após o aniversário de doze anos de Skye, houve um banquete. Tanto eu quanto ela estávamos presentes, como de costume, ela sentada à minha direita. Lembro-me de que ela usou flores no cabelo. Que estava radiante, rindo de alguma coisa dita pela filha de um conde. E foi então que aconteceu, tão rápido."

Ele se calou, perdido na lembrança.

— O que aconteceu? — questionou Sidra.

Moray voltou a olhar para ela.

— Skye começou a tossir, então bebeu mais vinho. Enfim, notei que ela não parava de flexionar as mãos, e que parecia mais lenta. Logo, começou a respirar com dificuldade, arfando, como se o coração estivesse desacelerando. Quando a toquei, ela estava fria, como se congelada sob a pele. Foi então que entendi. Eu tinha sentido as mesmas coisas, muito tempo antes, ao começar a tomar as doses seguras de Aethyn. Mas só haveria um único jeito de confirmar. Peguei a adaga do cinto e cortei a mão dela.

— Por quê? — perguntou Sidra. — Achou que ajudaria o veneno a vazar?

— Não há remédio, não há antídoto para o Aethyn — disse Moray. — Mas o veneno transforma sangue derramado em joias. E eu vi o sangue de minha irmã pingar da mão. Vi se transformar em pedras preciosas e frias, tão brilhantes que o fogo parecia queimar dentro delas, e aí eu soube, pelo tamanho das gotas, que ela morreria em questão de uma hora. Jamais me esquecerei do medo em seus olhos ao me fitar, nem do som que minha mãe emitiu ao ver o sangue de Skye cintilando sobre a mesa na forma de pedras preciosas.

Sidra fez um longo momento de silêncio.

— Meus pêsames.

— Não quero sua pena, nem seus sentimentos — disse Moray, em voz baixa. — O que quero saber é quanto tempo ficarei preso aqui. Quanto tempo pretendem me manter afastado da única irmã que me resta. Da minha irmã *gêmea*.

Sidra se levantou, ignorando a pontada de dor no pé. Então, sustentou o olhar dele por um longo e inquietante momento.

Em outros tempos, aquela história a teria amolecido, mesmo tendo vindo da boca de um inimigo. Atiçaria tanto sua empatia, que ela ficaria compelida a agir, a ajudar. Porém, desde que Torin partira… desde que ela sentira a praga se alastrar sob sua pele, transformar suas veias em ouro… não via mais solução senão endurecer. Transformar sua alma em algo forte e inflexível, como pedra.

— Há dias que parecem anos, não é? — provocou ela. — Lembro-me exatamente dessa sensação quando minha filha foi roubada de mim. Que cada dia parecia uma década enquanto eu me perguntava onde ela estaria e temia por ela. Sentindo falta das horas ao lado dela, horas que eu nunca mais recuperaria. E lamentando pela minha filha, sabendo que o medo sentido naquele momento ficaria para sempre marcado em sua memória.

A confiança na expressão de Moray esmoreceu. A postura dele murchou, e a respiração escapou em chiados entre os dentes. Ele tinha lábia, Sidra sabia. Ela já o tinha ouvido contar histórias, e sabia que ele fiava palavras como pérolas. Talvez, em outra vida, pudesse ter sido bardo, e usado esses talentos para o bem, em vez de para seus interesses egoístas.

— Talvez você devesse ter pensado nessa consequência, Moray — disse Sidra, ao se virar, e sua voz ecoou pela masmorra, atravessando sombras e luz. — Sua pena é de dez anos.

Torin chegou ao pomar afetado pela praga, com raiva, com fome, e nem um pouco feliz por ter de solucionar o enigma dos espíritos. O mundo ao seu redor seguia vivo na paisagem crepuscular — o sol se pondo, a lua nascendo, as estrelas cintilando como pó de diamante. Havia um vislumbre de céu azul, riscado de nuvens, mas o horizonte ao norte, Torin notou, estava escuro, tempestuoso. Ele via relâmpagos dançarem nas nuvens ao longe.

— Finalmente ele apareceu — disse uma voz arrastada que Torin de pronto reconheceu, e ele se voltou para o espírito da colina, que mantinha distância segura do pomar.

— Cadê esse enigma? — perguntou Torin.

O espírito da colina, com cipós e flores emaranhados no cabelo comprido, sorriu ante a grosseria.

— Lembra-se da macieira atingida por um raio quando o bardo tocou para o pomar? — perguntou o espírito.

— Como eu me esqueceria daquela noite?

— O enigma do rei está escrito na madeira cindida. Venha, que lerei para você. Mas cuidado com o pomar; se encostar na praga aqui, também será contaminado.

Torin assentiu e seguiu o espírito, com cautela, aproximando--se do pomar de Rodina.

Torin já tinha estudado as árvores de seu lado do reino, e agora via os espíritos doentes. A imagem o fez parar, abalado. Donzelas do pomar estavam sentadas ao pé de suas árvores designadas, com o cabelo comprido seco e embolado feito grama queimada no verão, cada rosto pálido e sarapintado por seiva âmbar. As flores de macieira que agraciavam seus cabelos e brotavam de seus dedos estavam murchas, e a pele, manchada pela praga, em tons de roxo com veios dourados. Uma donzela sentada encostada em uma árvore muito doente parecia ser a mais severamente afetada.

Ele parou perto dela e, quando soube que não deveria se aproximar mais, sentiu um peso terrível de tristeza no peito.

— Esta é Mottie — disse o espírito da colina. — É a dama deste pomar. Foi a primeira a adoecer.

— O que ela fez? — perguntou Torin, em voz baixa, mas se arrependeu imediatamente da pergunta, pois o espírito da colina o olhou com severidade.

— Ela se recusou a obedecer a uma ordem do rei, ordem que teria causado a fome no seu reino.

— Do rei de vocês...

Torin hesitou.

— Pode pronunciar o nome dele aqui, mas o faça com cautela — alertou o espírito da colina.

— Bane.

— O próprio.

Torin passou as mãos nos cabelos, dividido.

— Ele não me parece um rei digno.

— Devo me poupar de acrescentar comentários pessoais, barão mortal.

— Há quanto tempo ele reina? Ele pode ser... derrotado? Vocês não podem se governar?

O espírito da colina curvou a boca em um sorriso trágico.

— É preciso sempre existir um governante em nosso reino. Assim como no seu. Bane reina já faz quase dois séculos. Muito tempo pelos parâmetros mortais. O preço para derrotá-lo seria muito alto, e a maioria não está disposta a pagá-lo.

Querendo saber mais, Torin tomou fôlego e começou a revisar suas perguntas acumuladas. Porém, o espírito da colina, que parecia cansado, foi abrindo caminho com pressa para a macieira partida, exatamente no trecho em que Jack tocara na tempestade.

— Venha, barão mortal. Aqui está seu enigma.

Torin se lembrou de Mottie e a cumprimentou, mas a dama do pomar mal respondeu. O olhar dela estava vidrado ao encará-

-lo em sua aproximação da árvore partida, cujo tronco caíra na grama, despedaçado.

— Esta árvore um dia foi Starna, mas agora ela se foi. Quando o rei atacou e a partiu em resposta à música do bardo, deixou para trás estas palavras, queimadas no coração de Starna. Consegue lê-las, barão mortal?

Torin parou na frente da árvore e forçou a vista. Ele enxergava apenas nós na madeira, em vermelho e castanho, além do veio atingido pelo raio. Um rastro branco e implacável.

— Não vejo nada.

— Olhe com mais atenção.

Torin conteve um suspiro e se agachou para estudar as linhas na madeira. Demorou um pouco, mas finalmente localizou as palavras.

— Não está na minha língua. Não consigo ler.

— Desconfiei — disse o espírito da colina. — Por isso resolvi acompanhá-lo.

— Então leia para mim — disse Torin e, quando o silêncio entre os dois se estendeu, acrescentou: — Por favor.

— O enigma diz o seguinte: Fogo e gelo, unidos em um só. Irmãs divididas, de novo reunidas. Lavados de sal e carregados de sangue, todos juntos satisfarão a dívida a pagar.

Torin continuou agachado, escutando. Porém, era só aquilo mesmo, e ele ficou ainda mais confuso e frustrado do que antes.

— O que isso quer dizer, espírito da colina?

— Mesmo se eu soubesse, não poderia dizer.

— Leia de novo.

O espírito releu, em uma voz calma e firme, e Torin pensou nas palavras. Não faziam sentido, então ele se levantou, grunhindo.

— Isso é impossível — disse ele, jogando as mãos para o alto. — Como é que eu vou conseguir resolver uma coisa dessas?

— Se fosse indigno do desafio, não o teríamos escolhido — respondeu o espírito. — Nos equivocamos, Torin dos Tamerlaine?

Torin encarou a madeira, as marcas lisas de um idioma que não sabia ler. Um mistério que não fazia ideia de como desvendar. *Fogo e gelo, irmãs divididas, sal e sangue.*

— Minha esposa saberia — disse ele, encontrando o olhar firme do espírito. — Se me permitisse falar com ela, permitisse que ela me visse. Ela poderia me auxiliar nisso.

— Temo que seja impossível — disse o espírito, que não soava nada arrependido. — Quando sair de nosso reino, não pode voltar como antes foi.

— Quero falar com ela — insistiu Torin.

Ele estava assombrado pela memória de Sidra vomitando na comadre, entristecida em um quarto do castelo onde nunca quisera morar. Sozinha, sobrecarregada, e achando que ele a abandonara, com seu filho crescendo dentro dela.

— Não progredirei na solução deste enigma até me outorgarem essa pequena clemência — acrescentou.

— Pode vê-la sempre que quiser, barão mortal.

— Mas *ela* não *me* vê. Não sabe onde estou.

— Ela sabe onde está — disse o espírito da colina, e Torin se enrijeceu. — Sabe, e entende o porquê e o que você tem que fazer.

— Você age como se tivesse falado com ela — disse Torin, rangendo os dentes.

O espírito apenas sorriu.

A raiva de Torin começou a ferver. Ele flexionou os dedos antes de cerrar os punhos.

— Não podemos dizer como solucionar o enigma — declarou o espírito. — Mas, se prestar muita atenção, podemos ajudar a orientá-lo.

— Então me orientem — disse Torin, exasperado.

O espírito inclinou a cabeça, como se arrependido da escolha de assistente humano. E aí de repente ele virou etéreo. Em um instante estava na frente de Torin, e, no segundo, era uma extensão de grama, colinas e flores, toda a beleza bravia que florescia sob seus cuidados.

Torin foi capturado pela irritação. Olhou para a estrada de onde viera, a estrada que o levaria ao castelo, a Sidra e à filha. Estava com saudade de casa, e saudade delas.

Ele não notou o rastro de flores brotando da grama.

Frae agora voltava da escola a pé, acompanhada de um grupo de colegas, já que Jack não estava mais ali para acompanhá-la na ida e vinda da cidade. Os meninos e as meninas com quem caminhava moravam em sítios espalhados pela extensão do leste de Cadence. Frae era quem morava mais longe de Sloane, então fazia o final do trajeto sozinha. Porém, era apenas quando restavam meros dois quilômetros a percorrer, e a casa de Mirin logo aparecia na paisagem.

Todos os alunos da escola tinham novas regras a seguir. Frae gostava de repeti-las mentalmente, pois temia desrespeitá-las sem querer.

A primeira regra era que precisavam andar juntos para casa, e nunca deixar os menores para trás.

A segunda regra era que precisavam ficar na estrada, para evitarem a trapaça dos encantos.

E, se descumprissem a segunda regra, eles precisavam, acima de tudo, evitar qualquer árvore que mostrasse sintomas da praga, ou que já tivesse sido isolada pela guarda. Três crianças já tinham adoecido da praga, além de Hamish, e Frae estava com muito medo de pegar também. Ela ficava aliviada por serem poucas as árvores no terreno da mãe, fora do bosque Aithwood. E Frae raramente se aprofundava na floresta.

Enquanto andava pela estrada, ela forçou a vista contra o sol da tarde. Ainda era considerada uma das crianças menores e, portanto, andava atrás das mais velhas. Porém, mantinha um bom ritmo, mesmo com a bolsa de livros pendurada nos ombros. A espada de madeira para treino estava amarrada no cinto, e ela ia levando na mão a tigela que fizera na aula de cerâmica, pois não quisera guardá-la na bolsa, com medo de quebrar. Estava pensando em fazer uma tigela maior e melhor *ainda* na próxima aula, quando de repente alguma coisa a acertou no peito.

Pegou bem acima do coração e, mesmo com a flanela encantada cobrindo o corpo, o impacto a fez cambalear. Com o impacto, acabou abrindo os braços e viu a tigela cair na estrada e se estilhaçar a seus pés.

Por um momento, Frae ficou tão chocada que só fez olhar para os cacos, boquiaberta. A tigela que tanto se esforçara para moldar e pintar, cuja queima aguardara tão pacientemente, tinha acabado de *quebrar*. E tão fácil, como se aquelas horas de trabalho não fossem *nada*. Até que ela sentiu algo mais vindo em sua direção. Abaixou-se rapidamente e o objeto por muito pouco não lhe acertou no rosto.

Alguém estava jogando bolas de lama nela. A que acertara no peito estava grudada na flanela, fedendo a água da charneca.

Ela ergueu o rosto. Não sabia quem tinha jogado aquilo, nem o porquê. Será que tinha sido sem querer?

— Minha mãe disse que o pai dela é Breccan — exclamou um dos garotos mais velhos para outros na estrada. Ele virou a cabeça para trás, olhando para Frae com desdém, e riu da lama na flanela.

— Cria de Breccan — chiou outro guri.

— Ela nem devia usar essa flanela.

— Que nojo.

Uma terceira bola de lama veio voando em sua direção, e Frae ficou tão magoada que paralisou. Ficou à espera do golpe, achando que ia ser derrubada e estilhaçada tal qual a tigela, mas a bola nunca chegou. Admirada, ela viu uma das garotas mais altas interceptá-la, levantando o livro para interromper a bola de lama no ar.

A lama se espatifou na capa do livro. A garota a jogou para o acostamento, como se fizesse isso todos os dias, e limpou o resíduo do livro na túnica. Ela se virou e mirou um olhar frio para os garotos, que pararam e a encararam de queixo caído.

A garota não disse nada. Nem precisou, porque os garotos deram meia-volta e saíram apressados.

— Sinto muito por isso, Frae — disse a garota, e Frae ficou sem saber o que era mais surpreendente naquela situação: que aquela aluna mais velha soubesse seu nome, ou que tivesse interferido para salvá-la de uma bola de lama. — Está tudo bem?

A garota se ajoelhou e a ajudou a recolher os cacos de cerâmica.

— Eu...

A voz de Frae tremeu. Ela sorveu as palavras, com medo de chorar.

Queria que Jack estivesse aqui, pensou, secando uma lágrima que escapou. *Se estivesse, nada disso teria acontecido!*

— Essa tigela é muito bonita — disse a garota, admirando as gravuras que Frae desenhara para decorá-la. — A sua ficou muito melhor do que a minha.

Ela ergueu o rosto e sorriu. Tinha duas covinhas e sardas no nariz, e seu cabelo castanho estava preso em uma trança comprida e grossa.

Frae pestanejou, ainda chocada por aquela garota estar falando com ela.

— Eu me chamo Ella, por sinal. Venha, vamos andando juntas.

Antes que Frae pudesse responder, Ella limpara a lama ainda grudada em sua flanela e a ajudara a prosseguir.

— Não precisa andar comigo — murmurou Frae, finalmente.

— Mas eu gostaria — respondeu Ella. — Se minha companhia não lhe incomodar.

Frae balançou a cabeça, mas estava nervosa demais para olhar para Ella, ou até mesmo para pensar no que dizer.

Elas então seguiram juntas, vendo os alunos que iam à frente começarem a sair da estrada, um a um, conforme chegavam nos sítios. Frae sabia que Ella já devia ter passado da própria casa, porque logo restaram apenas as duas, e a colina de Mirin estava à vista na paisagem.

— Minha mãe está ali, já me esperando — disse Frae, e apontou.

— Ah, mande um oi para ela — disse Ella, e entregou os cacos de cerâmica para Frae, com cuidado. — Talvez a gente possa andar juntas amanhã também?

Frae ficou envergonhada por ter deixado Ella carregar a tigela quebrada o caminho todo. *Você devia ter pegado de volta, para não dar trabalho!* Mas ela ficara tímida demais para abrir a boca. Com a cabeça ainda zonza, apenas assentiu.

— Que bom. A gente se vê amanhã, Frae.

Ella sorriu e começou a voltar pela estrada, a trança comprida balançando ao caminhar.

Frae se virou para tomar a trilha que levava à casa.

Aí de repente parou e olhou de novo para os pedaços quebrados. Não queria que a mãe visse a tigela quebrada, então escondeu os cacos na grama alta. E a seguir entrou em pânico, porque também não queria que Mirin soubesse que os garotos tinham jogado lama nela — não queria que Mirin soubesse o que os garotos tinham *dito* —, mas sua flanela estava manchada. Ela então tirou rapidamente a lã quadriculada, verde e vermelha, virou do avesso, e vestiu de novo. *Pronto.* Mirin nunca saberia.

Por fim, suspirou e seguiu seu caminho, com o coração mais leve ao ver Mirin à sua espera no portão do quintal.

— Frae, o que é isso?

Frae estava lendo perto da lareira mais tarde, e se tensionou ao ouvir a voz de Mirin. Mesmo sem erguer o olhar da página, sabia ao que a mãe se referia.

Frae levantou o rosto, devagar.

Mirin estava mostrando a flanela manchada de lama, a qual Frae tentara esconder, embolada atrás do baú.

— Por que sua flanela sujou, meu bem?

— Escorreguei na volta para casa — murmurou Frae, desviando o rosto.

Ela sentiu o rosto queimar, e odiava mentir. *Odiava*, mas não podia contar a verdade para Mirin.

O pai dela é Breccan.

Frae sentiu vergonha das palavras. Não sabia o que fazer, mas era muito mais assustador pronunciá-las para a mãe. E se aquilo fosse verdade?

— Você devia ter me dito antes, Frae — repreendeu Mirin, com gentileza. — Eu poderia ter lavado antes de anoitecer. Amanhã você vai precisar usar a flanela velha.

Frae concordou, aliviada quando Mirin deixou a flanela manchada para lá.

Enquanto a mãe tecia, Frae continuava a ler. Ou tentava. As palavras nadavam na página, e seu coração estava triste e pesado. Sentia saudade de Jack, e fazia só um dia que ele tinha partido. A casa ficava totalmente diferente sem ele, como se uma parede tivesse desmoronado, deixando entrar o ar frio.

— Mãe? — chamou Frae, esperançosa. — Teve notícias do Jack?

Mirin abaixou a lançadeira.

— Não, mas lembra-se do que ele disse antes de ir embora? Vai levar uns dias para encontrar Adaira. E aí ele vai nos dar notícias.

— Você me conta quando chegar a carta? — perguntou Frae, com medo de perder.

Mirin sorriu.

— Conto. Podemos ler juntas, que tal?

— Acho bom — disse Frae, voltando a atenção para o livro.

As palavras continuavam embaçadas. Ela não conseguia se concentrar, então suspirou.

— Mãe?

— Pois não, Frae?

— O que será que o Jack está fazendo agora?

Mirin fez silêncio por um instante.

— Imagino que ele esteja dormindo em um vale, sob as estrelas do oeste.

— Dormindo?

— É. Quando escurece durante uma viagem, o melhor a se fazer é acampar e descansar.

— Ele não está com Adaira?

— Ainda não. Que eu saiba, o oeste é muito grande. Tem muitas colinas, cobertas de samambaia, pasteis-dos-inteiros, flores e bruma.

Frae se empertigou.

— Como você sabe disso, mãe?

— Alguém me contou um dia, meu bem.

— Quem?

Mirin ficou paralisada por um momento, e Frae teve a impressão de que sua mãe tensionou a boca. Bom, provavelmente tinha sido só sua imaginação, pois logo Mirin voltou a tecer, como se não fosse nada.

— Um amigo me contou. Agora, que tal ler em voz alta para mim, Frae? Eu adoraria ouvir outra história desses seus livros.

Frae olhou para a página aberta. Pensou por um instante, roendo a unha. Aí se perguntou: *Se meu pai for Breccan, o de Jack também é?*

Por algum motivo que não sabia explicar, a ideia lhe trazia conforto.

Dava garantias de que Jack estaria seguro no oeste.

Frae começou a ler em voz alta para Mirin.

Capítulo 21

Jack acordou com uma dor de cabeça de rachar, e a cara colada em pedra fria. Não sabia onde estava, e seu coração começou a bater mais forte.

Não se mexa. Não entre em pânico.

De onde estava, estatelado no chão, ele analisou as cercanias.

Paredes de pedra áspera, um gotejar constante, uma cama de palha mofada, um balde de dejetos no canto, escuridão sufocante atravessada por uma só fonte de luz — uma tocha na arandela atrás da porta com grade de ferro.

Ele estava na cadeia.

Tentou engolir o medo, mas ficou entalado na garganta. Estava com a boca seca, como se estivesse sem beber nada há horas. Sentia-se paralisado, ali deitado, imóvel.

Porém, sua cabeça estava queimando, correndo, *girando*. Por um momento, não se lembrou de mais nada, a memória escorrendo como água entre os dedos. Como vento.

Não entre em pânico, pensou outra vez. *Relaxe e tente se lembrar do que aconteceu. O que o trouxe aqui, e como você vai sair dessa?*

Com a língua grudada nos dentes, ele controlou a respiração: fluxos lentos e profundos de ar. A tensão começou a aliviar o aperto férreo nos pulmões e no coração, e Jack incentivou sua mente a recordar o que tinha acontecido.

Uma colina, um campo de samambaias. Rab Pierce e os homens a cavalo. Uma fogueira, a falsa hospitalidade. Jack se lembrou de que roubaram sua harpa e sua moeda de ouro. Lembrou-se de achar que Rab cortaria seu pescoço. Lembrou-se de que, quando aproximaram seu rosto do fogo para queimá-lo, as chamas se desfizeram em fumaça espontaneamente.

Jack estremeceu, questionando quanto tempo teria passado caído naquele chão. Em seguida, seus pensamentos se voltaram para as soluções para se libertar daquele lugar.

Ele começou a se mexer, testando os braços. Estavam fracos quando ele se endireitou.

— Ah, o Ladrão Louco finalmente desperta — disse uma voz com uma melodia estranha. Uma voz tão próxima que, se esticasse a mão, Jack encostaria na origem.

Tinha alguém com ele na cela.

O pavor atravessou seu peito como uma flecha quando, devagar, ele virou a cabeça para a esquerda.

Outro prisioneiro estava sentado ali, encostado na parede, com as pernas esticadas e cruzadas no tornozelo. Ele era jovem e pálido, com uma aura esvaziada. A cicatriz que marcava sua bochecha repuxava um canto da boca em uma careta permanente. Os olhos semicerrados refletiram o brilho da tocha ao fitar Jack.

— Onde estou? — perguntou Jack, e a voz falhou.

Ele tentou engolir outra vez.

— Que coisa curiosa, não saber onde está. Embora tenham me dito que você carecia de sanidade.

Jack apenas encarou o colega.

— Você está nas masmorras do castelo Kirstron, Ladrão Louco — disse o homem, com um suspiro.

— Por que está me chamando assim?

— É o que fazemos aqui. Nos chamamos pelos crimes que cometemos. Considere que é uma pedra de amolar, afiando o apelido a cada vez que é dito.

Jack comprimiu os lábios. Estava repleto de um sem-fim de respostas, perguntas e emoções, e queria expulsar todas do corpo, como vapor. Porém, estava preso em uma teia, e o pânico só faria a aranha chegar mais rápido.

— Então como posso chamá-lo? — perguntou.

O colega inclinou a cabeça para o lado, e a franja do cabelo loiro sujo caiu no olho.

— Também sou Ladrão. Como a maioria aqui.

— Mas não louco, que nem eu?

— Não. Você deveria estar feliz por tal honraria. O que você roubou, afinal?

Jack desviou o olhar, ajustando a posição sentada no chão com o maior conforto possível. As costelas do lado direito latejavam de dor, e ele tocou o tronco com cuidado e fez uma careta. Provavelmente fora jogado de qualquer jeito no lombo do cavalo de Rab e viera tomando pancadas do galope até Kirstron.

— Não roubei nada — disse Jack, finalmente.

— Ah. Você é *desses* — comentou o colega.

— Como assim, desses?

— Aqueles que chegam aqui em negação. Pode levar alguns dias ou semanas, dependendo de sua teimosia. Mas você rapidamente vai confessar seu crime, nem que seja para ver a lua e as estrelas pela última vez. Para olhar o rosto de quem ama na multidão, mesmo que de longe.

Jack aguçou a atenção, tentando entender as palavras do homem.

— Há algum jeito de uma pessoa inocente sair daqui? Um julgamento, um processo?

O colega riu.

— Ah, jeito, há. É surpreendente que você não tenha ouvido falar.

— Não sou dessas bandas. Me esclareça, Ladrão.

O homem sorriu, a cicatriz repuxando a pele.

— Há muitos modos de se entrar nesta prisão, Ladrão Louco. Mas as saídas são apenas duas. A primeira? Morrer de frio e umidade. A segunda? Enfrentar o abate.

Se tinha uma coisa na qual Jack era ruim, era em combate com a espada. Ele sabia fazer pedras voarem com uma mira assustadoramente boa usando o estilingue, e era bom em se esgueirar de um canto para outro. Até atirava decentemente com o arco e flecha. Mas nunca levara jeito com a espada quando era estudante em Sloane e fazia aula com as outras crianças da ilha. Aquelas horas de treino no gramado do castelo eram uma tortura para ele, frequentemente humilhantes. O que era até hilário, considerando o quanto Jack antes aspirava tornar-se membro da Guarda do Leste.

Ele continuava sentado, encostado na parede da cela das masmorras, e agora remoía todos os detalhes do abate que Ladrão descrevera. Não parecia verdade, e Jack de início questionara se o colega estaria tentando se divertir à custa dele e zombando de sua ignorância. Porém, ele logo precisou se lembrar de que estava no oeste, no coração do clã Breccan. Não deveria surpreendê-lo que eles morressem pela espada, assim como por ela viviam, e que a morte honrosa fosse importante para eles, até mesmo no caso de criminosos.

De acordo com Ladrão, o abate acontecia na arena, e a maior parte do clã estava presente como testemunha. Lutar por sua vida diante de centenas de olhos era uma ideia apavorante, mas também era o único raio de esperança que Jack tinha no momento. Se o clã fosse ao evento, eram boas as chances de Adaira estar lá. No mínimo, a baronesa iria, e Innes o reconheceria.

Então Jack precisava ser selecionado para o próximo abate. Era o único jeito concebível de escapar daquele lugar, se o frio úmido não o matasse primeiro. Ele estava tão desesperado para sair dali que a ideia de ser assassinado na arena não o assustava. *Por enquanto.*

— Como selecionam alguém para o abate? — perguntou.

— Depende — disse Ladrão. — Em alguns casos, levam em conta quanto tempo o prisioneiro passou aqui. Em outros, a seleção é aleatória. Mas foi por isso que você foi colocado na minha cela. Eu fui selecionado para lutar amanhã.

Jack precisou morder a língua para conter sua avidez. Respirou uma, duas vezes, antes de dizer, calmo:

— Você estaria disposto a me ceder o seu lugar?

— Você quer morrer amanhã, é isso? — retrucou Ladrão.

— Eu me garanto com a espada — mentiu Jack.

— O problema não é você. É aquele que você enfrentará amanhã, caso você ocupe o meu lugar.

— Achei que você tivesse dito que os prisioneiros que vencem o combate são perdoados e podem voltar ao clã.

— Mas não o Traidor.

Um calafrio arrepiou os braços de Jack. Ele tremeu, tensionando a mandíbula para os dentes não baterem. O nome, porém, lhe era familiar, e trazia uma lembrança moldada pela voz de Mirin. *Ele foi chamado de "traidor do juramento", e tiraram dele seu título e nome.*

O pai dele estava ali, em algum lugar das masmorras. Sentado sozinho, no frio e no escuro, respirando o mesmo ar bolorento de Jack. Ele estava *ali*, e provavelmente lutara inúmeras vezes no abate. Certamente já era para ter sido perdoado, de acordo com as regras, mas algo ou alguém o mantinha ali, esperando que um dia terminasse abatido na arena.

— Imagino que você tenha ouvido a história trágica do Traidor — disse Ladrão, com a voz arrastada. — Já que não está me perturbando com dúvidas.

— Quantas vezes ele lutou no abate? Por que não foi solto?

— Já perdi a conta. E a baronesa não deseja soltá-lo. Simples assim.

— Que justiça, a dela.

— Cuidado, Ladrão Louco. Não se esqueça de onde está. Não fale mal da baronesa.

Jack se calou, rangendo os molares enquanto imaginava o pai lutando, matando, acorrentado, imperdoável. De novo e de novo e de novo. Jack nem sabia como era a aparência dele — nunca tinha visto Niall Breccan —, mas será que o pai o reconheceria caso se encontrassem na arena? Niall veria os traços de Mirin nas feições de Jack?

Jack passou os dedos pelos cabelos, angustiado. Era um risco perigoso, que sentia na boca como sangue. Seria tolice enfrentar o próprio pai. Um homem tão forte e furioso que era invicto no abate. Um homem que o vira e abraçara quando Jack era apenas um bebê.

— Você trocaria de lugar comigo? — perguntou de novo.

— Talvez — respondeu Ladrão, bocejando. — Mas talvez eu tenha me cansado desta cela. Talvez amanhã eu queira me arriscar na arena.

Ladrão se ajeitou para deitar-se na palha e concluiu:

— Sei apenas o seguinte: não me acorde do sono, Ladrão Louco. Senão, eu mesmo o mato.

O tempo nas masmorras parecia derreter.

Jack não sabia se era manhã, tarde ou noite. Andava em círculos na cela, para se aquecer. Pensou na carta que tinha mandado a Adaira. Já deveria ter chegado, e ele se perguntava se ela seria capaz de ler nas entrelinhas. Se perceberia que ele estava ali, no oeste, e se procuraria por ele.

Ela nunca pensaria em procurar nas masmorras. Ou será que sim?

Um clangor ecoou pelo corredor de pedra.

Jack parou o movimento e olhou para a porta de ferro.

— Comida — explicou Ladrão.

Ele mal tinha se mexido em seu lugarzinho na palha, mas logo se agachou.

Jack se aproximou da porta, tentando enxergar o que pudesse do corredor. Um guarda vinha empurrando um carrinho bambo cheio de bandejas de comida, e parava de cela em cela para empurrá-las por baixo da porta. Quando chegou à cela de Jack, o homem parou.

— Para trás — ordenou o guarda, grosso.

Jack levou um susto com a brusquidão, mas se afastou da porta.

— Posso falar com Lady Cora?

— Pierce disse que você ia pedir isso. Não. Não pode.

O homem empurrou com força a bandeja por baixo da porta.

Parecia ser uma fatia de pão com a casca queimada, uma tigela de sopa aguada, uma maçã farinhenta e um pedaço de queijo. Ladrão pulou para monopolizar a bandeja, que levou de volta para o canto. Ele começou a enfiar o pão na boca, mas ainda observava Jack, achando graça.

— *Por favor* — disse Jack ao guarda, sem conseguir conter o desespero. — Cora vai querer me ver. Garanto.

O guarda o ignorou e seguiu para a próxima cela.

Jack desabou junto à parede, exausto. Foi escorregando até o chão, devagar, e mirou o olhar vidrado adiante. Estava tão distante do momento que quase se esqueceu de Ladrão, muito embora seu colega estivesse sorvendo ruidosamente a tigela de sopa inteira.

— Quem é Lady Cora para você? — perguntou Ladrão, finalmente.

Jack queria ignorá-lo. Porém, precisava ser simpático com Ladrão, para ter alguma chance de trocar de lugar com ele.

— Ela é minha esposa.

Silêncio completo e absoluto.

Quando Jack olhou de soslaio para Ladrão, viu que o colega estava de queixo caído. E enfim veio a gargalhada, como Jack previa. Ele tolerou sem dizer nada, estoico e ranzinza, até Ladrão finalmente secar as lágrimas.

— Casado com Cora. Essa eu nunca tinha ouvido.

Ele riu mais um pouco e jogou a maçã molenga para Jack. Era a única parte da refeição que estava disposto a compartilhar.

Jack suspirou. Mordeu a fruta, sentiu o sumo escorrer pelo queixo.

— Agora entendi por que o chamam de louco — disse Ladrão.

Jack estava quase cochilando quando os guardas finalmente vieram buscar Ladrão.

A porta foi destrancada e escancarada com um baque, e Jack acordou de sobressalto.

— Levanta, Ladrão! — chamou um dos guardas. — Hora de provar sua honra na arena.

Jack ficou olhando Ladrão ficar de pé devagar, espanando feno da túnica. Ele avançou um passo, mas parou e olhou para Jack.

— Ladrão Louco gostaria de ocupar meu lugar na luta de hoje — disse ele. — Eu aceitei.

O coração de Jack ficou elétrico. Começou a bater tão forte e rápido que ele viu estrelas faiscarem. Ele se levantou com um impulso.

— Verdade? — perguntou o guarda, brusco. — Quer lutar hoje?

— Sim — sussurrou Jack.

Ele odiou soar tão fraco e pequeno.

— É o ladrão que Pierce trouxe — disse um dos guardas, no fundo do grupo. — Ele quer estar presente nessa morte.

— Bom, então vá perguntar se pode ser nesta noite. Ele já está aí na arena.

Um guarda saiu às pressas com uma tocha enquanto os outros saíram da cela e trancaram a porta, à espera da aprovação de Rab. A resposta positiva veio, conforme Jack sabia que viria. Ele sabia que Rab Pierce estava ansioso para ver seu sangue derramado.

Quando Jack avançou, deixando os guardas acorrentarem suas mãos às costas, olhou uma última vez para Ladrão, sentado no chão e encostado na parede, no mesmo lugar onde Jack o vira pela primeira vez.

— Boa sorte, Ladrão Louco — disse ele, com um aceno de cabeça, quando Jack foi puxado para a frente. — Temo que você vá precisar de toda a sorte do mundo para enfrentar Traidor.

Capítulo 22

Querida Adaira,

Está carta vai surpreendê-la. Você ficará surpresa por eu ter lhe escrito tão cedo, depois da carta anterior, especialmente considerando meu ritmo anterior de resposta. Sei que deixei uma quantidade vergonhosa de dias passarem entre minhas cartas, e por isso culpo apenas meu orgulho e minha teimosia.

Espero poder me redimir com você, porém, pelos métodos de sua preferência.

Pode esperar que eu lhe mande outra carta para você ~~hoj~~ amanhã, inclusive. Talvez leve uns dias para chegar — os corvos têm voado muito devagar —, mas, quando chegar... quando você a pegá-la nas mãos... Espero que se vire para o leste e me imagine, caminhando pelas colinas e pensando em você.

E caso haja outro período longo de dias sem cartas... pode ter certeza de que será por um bom motivo.

— Sua Velha Ameaça

Adaira leu a carta de Jack duas vezes, tentando entendê-la. Primeiro, sorriu ante daquele humor estranho, mas então seus pensamentos foram ocupados por uma desconfiança incômoda.

Ele sabia que as cartas estavam sendo lidas por terceiros, então o que estava tentando expressar? Certamente havia outro sentido oculto sob as escolhas curiosas de construção, as manchas de tinta propositais, a palavra riscada. Jack era o tipo de pessoa que escrevia a mesma carta quatro vezes antes de enviar, até atingir o tom e a apresentação perfeitos.

Ela levou a carta para a mesa, afastando o resto do jantar e as anotações da biblioteca ao sentar-se. Então, debruçou no pergaminho amassado e o estudou à luz de velas, marcando palavras diferentes e testando-as na língua.

Era o ~~hoj~~ *amanhã* que mais a intrigava. Quando ele estava escrevendo, provavelmente alguma coisa estava prestes a acontecer no dia seguinte, ou seja, neste momento se referia ao dia anterior, ou talvez até a dois dias antes. Adaira não sabia por quanto tempo David segurava as cartas antes de entregá-las.

Tal noção a deixou ansiosa, porque o que Jack tentava transmitir naquela carta parecia urgente.

Talvez leve uns dias para chegar. Ele se referia abertamente a uma carta, mas e se estivesse aludindo à chegada de outra coisa?

Uma batida à porta do quarto a arrancou do devaneio com um susto. Adaira tinha aprendido a diferenciar os sons diferentes na porta; sabia que aquela era a batida de Innes, e fez uma careta ao se levantar para atender. Vinha evitando a mãe desde o abate, e desde que saíra do castelo escondida. Porém, sabendo que não tinha como adiar mais, logo destrancou a porta.

Innes não falou de imediato, olhando para ela com uma expressão fria, desprovida de emoção. O cabelo loiro-prateado estava trançado, e ela usava uma túnica azul bordada em fios grossos e dourados. Não portava os avambraços, expondo plenamente as tatuagens que cobriam a pele do braço. Padrões entrelaçados que dançavam ao redor das histórias e cicatrizes.

— Quer entrar? — perguntou Adaira, gentil.

— Não, tenho um compromisso agora — respondeu Innes.

— Mas não tenho visto você. Queria saber se você estava bem, e se precisa de alguma coisa.

— Ah — soltou Adaira, sem conseguir esconder a surpresa.

— Estou bem, e não preciso de nada por enquanto. Mas obrigada por perguntar.

Innes assentiu, porém hesitou. Queria dizer mais alguma coisa, e Adaira se preparou para escutar.

— Da próxima vez que sair de Kirstron — disse Innes, por fim —, por favor, me informe aonde vai.

Adaira mordeu a bochecha. Que tolice dela acreditar que, apenas por ter saído e voltado sem problemas, Innes não tomara conhecimento. A mãe dela parecia ter olhos por toda parte.

— E leve um cavalo do estábulo — acrescentou Innes, seca. — Mandei a mestre dos cavalariços selecionar uma montaria para você. Da próxima vez, pode simplesmente pedir o cavalo a ela, em vez de sair a pé.

— Farei isso — disse Adaira. — Obrigada, Innes.

— Quando eu a apresentei aos condes como minha filha no banquete, foi uma declaração. Se alguém tentar machucá-la, será um ataque a mim, e eu tenho liberdade para tomar qualquer medida que quiser como retribuição — disse Innes e, na pausa, sua expressão se suavizou, como se a máscara que usava tivesse rachado. — Mas também *porque* a reconheci publicamente, há aqueles no clã que passarão a vê-la como alvo. Como ameaça. Como um meio de me atingir. Então peço apenas três coisas: que me avise quando sair do castelo, que ande com sua espada e que vá a cavalo. De acordo?

— Sim — disse Adaira.

— Ótimo. Aqui está sua próxima dose. Até amanhã.

Atordoada, Adaira aceitou o frasco de Aethyn e viu a mãe sair pelo corredor. Guardou o veneno no bolso e fechou a porta, maravilhada com a nova liberdade. Retornou ao quarto e parou na frente da lareira, pensando em Kae e na casa do bardo no lago. Adaira precisava visitá-la de novo no dia seguinte, e o trajeto seria muito mais fácil a cavalo.

Ela estremeceu, surpresa pelo frio no ambiente. O fogo ainda crepitava na lareira, mas não emanava calor. O ar continha um traço invernal, e Adaira pegou a flanela, cobrindo os ombros com a lã encantada para se aquecer ao retornar à escrivaninha.

Ela releu as palavras manchadas de tinta de Jack. Alguns minutos depois, a ideia mais inesperada lhe ocorreu, deixando-a sem fôlego.

Jack não ia mandar uma segunda carta.

Era *ele* quem estava vindo para o oeste.

Os guardas o escoltaram até uma salinha suja. Armaduras amassadas pendiam de ganchos de ferro, e espadas reluziam na parede. Jack teve apenas um momento para se localizar antes de ver Rab Pierce, no centro da sala. O sujeito estava corado e sorridente, o cabelo loiro penteado com óleo e cintilando com pedras preciosas azuis.

— Vamos arrumá-lo para a luta — disse Rab, em um tom agradável, andando até os ganchos. — Mas você é bem magro. Talvez precise de uma armadura infantil.

Jack aceitou o insulto em silêncio, acompanhando os movimentos de Rab com o olhar. Ele continuava com as mãos acorrentadas, e quatro guardas estavam postados às suas costas, mas, naquele momento, a sensação era de que estavam somente ele e Rab na antessala. Um bardo e o filho mimado de uma condessa, respirando o mesmo ar, compartilhando o mesmo espaço.

— Ah, aqui está — anunciou Rab, selecionando uma couraça manchada de sangue, com um corte profundo no centro. — Acho que esta vai caber perfeitamente.

— Por que você sente tanto medo de mim? — perguntou Jack.

Rab parou o movimento, sem conseguir esconder a surpresa com o comentário. Por fim, bufou e voltou um olhar lânguido para Jack.

— Não sinto medo de você, Ladrão Louco. Na verdade, você é a *última* coisa que suponho ser capaz de me assustar.

— Então por que mentiu?

Jack falava com calma, mesmo que seu coração o traísse, batendo mais rápido a cada minuto que passava. A cada aproximação iminente de sua hora na arena.

— Por que me tratou com desdém? — continuou. — Por que me prendeu sob falsos pretextos e me acorrentou? Por que levou todos a acreditarem que sou louco, se sou exatamente o que digo ser?

Rab começou a diminuir a distância entre eles. Olhou para os guardas atrás de Jack, que soltaram suas mãos.

— Levante os braços — disse Rab.

Jack percebia a condescendência na voz do outro, um tom que queria dilacerar. Porém, não tinha opção senão obedecer Rab e deixá-lo vestir a couraça nele. A armadura pesou nos ombros de Jack, apertando o peito como um abraço estranho. Enquanto Rab apertava as fivelas de couro na lateral, Jack o encarava. A barba loira por fazer, esparsa no queixo. A tatuagem de anil que cercava o pescoço como um colar. As veias estouradas ao redor do nariz.

— Que eu saiba, o último criminoso a usar esta armadura morreu com ela — disse Rab, com um suspiro, e se afastou para admirar Jack. Os guardas, obedientes, amarraram as mãos de Jack na altura da lombar. — Espero que tenha mais sorte do que ele, John Breccan.

— E eu devo agradecê-lo, Rab Pierce — disse Jack. — Você acredita ter feito algo grandioso, algo astuto. Está muito orgulhoso de si neste momento, mas saiba do seguinte: hoje não é o dia da minha morte. Há forças em jogo que sua cabecinha sequer é capaz de imaginar, e pode-se até dizer que sempre foi meu destino chegar a este momento. Você foi um mero peão dos espíritos para me colocar aqui.

Rab rangeu os dentes enquanto escutava. Semicerrou os olhos, mas conseguiu abrir um sorriso de dentes afiados e dizer:

— Mais alguma coisa, Ladrão Louco?

Jack retribuiu o sorriso cruel.

— Sim. Quando eu me deitar ao lado de minha esposa hoje, quando ela souber de tudo o que você tem feito para nos reunir, tenho certeza de que ela desejará agradecê-lo pessoalmente.

— Ah, sim — disse Rab, e se aproximou até Jack sentir seu hálito de alho. — *Cora*.

O estômago de Jack se contorceu em um nó frio quando ele escutou Rab pronunciar o nome dela no oeste. Nome que ele fez questão de pronunciar demoradamente. A vontade de Jack era de encher a boca de Rab de terra. De cortar sua língua numa bifurcação. De arrancar todos os dentes da gengiva e vê-lo engolir os fragmentos.

— Talvez os espíritos hoje tenham misericórdia e o permitam sangrar sem dor — murmurou Rab. — Talvez você encontre o repouso eterno sabendo que aquecerei a cama dela. Que arrancarei *meu* nome dos lábios dela no escuro. Porque ela nunca nem saberá que você esteve aqui.

Jack rosnou, finalmente perdendo o controle. Ele avançou sobre Rab, arreganhando os dentes, mas foi pego por um guarda, que o amordaçou grosseiramente com uma faixa de flanela, a lã com gosto de sal e fumaça.

— Ponham o elmo lunar nele — disse Rab, severo. — Confirmem que está bem trancado. O rosto dele precisa se manter oculto a noite toda, entenderam?

Jack fez força contra a mordaça, a raiva se espalhando dentro dele como fogo. Ele não tinha entendido as palavras de Rab até sentir um elmo amassado ser encaixado em sua cabeça. E então uma tira de metal ser apertada sob o queixo, e a seguir o estalo inconfundível de uma tranca. Ele estava preso, perdido naquele elmo pesado que só lhe permitia duas fendas para enxergar o mundo. Ele arfou, mastigando a mordaça, mas o nó estava bem apertado.

Pelos buracos do elmo, viu Rab cruzar os braços e sorrir.

— Covarde — Jack começou a dizer, mas a lã abafou a palavra. Ele ergueu a voz e gritou de novo, com toda a clareza que conseguiu: — *Covarde!*

Rab escutou e se encolheu, mas o tempo de Jack nas masmorras tinha acabado.

Os guardas o empurraram para a frente, passando por uma porta que levava a uma escadaria. Eles subiram pelas sombras frias, os passos ecoando na parede. Jack havia tido tempo demais para pensar, para deixar o medo amadurecer e dominá-lo. Para se preparar para o pior, apesar da confiança que demonstrara diante de Rab.

Subindo a escada, chegando mais perto do destino, ele percebia a mudança no ar, que se despia da umidade do subsolo.

Concentração!, gritava desesperadamente em pensamento. *Seu tempo está quase acabando. Formule outro plano.*

Com a mordaça e o elmo trancado na cabeça, o plano inicial de Jack de revelar quem era na arena, tinha desmoronado. Porém, em vez de se concentrar em outra solução, Jack inevitavelmente pensou em Rab na cama de Adaira, e seu sangue voltou a ferver. Rab só fizera aquele comentário para machucar Jack, mas o filho da condessa obviamente se esquecera de que uma criatura ferida pode lutar muito mais ferozmente.

Jack canalizou aquela raiva ao finalmente chegar ao fim da escada. E foi aquela mesma raiva que o manteve de pé quando os guardas o escoltaram pelo corredor comprido e pela porta de madeira grossa. Porém, nem a fúria foi capaz de torná-lo imune ao terror de uma arena construída para a carnificina.

Ele tropeçou na areia e forçou a vista contra a luz forte das tochas.

Ele escutava a própria respiração — sons altos e ofegantes que preenchiam o elmo, esquentando o metal no rosto. Seu coração tropeçava, derretendo pelas costelas como cera, e então ele ergueu o rosto para a multidão, em busca de Adaira. Eram tantas flanelas azuis, que tudo se misturava. Até que Jack viu a sacada, e ali parou. Sua pulsação reverberava nos ouvidos enquanto ele forçava a vista... sim, era uma mulher de cabelo claro como a lua e feições marcantes, sentada na sacada, com vista nítida da arena.

Ele quase começou a correr, mas então notou que era Innes.

A baronesa estava sozinha e observava a arena com uma expressão estoica. Observava enquanto *ele* andava na areia.

A última esperança de Jack murchou quando os guardas o fizeram parar.

Ele não tinha plano algum. Não tinha escapatória. Ficou inteiramente trôpego quando suas mãos foram libertadas. A sensação era de estar sendo enterrado na neve, inevitavelmente consumido pelo frio. De estar sendo devorado vivo, osso a osso.

Alguém pôs uma espada em suas mãos. Ele quase a deixou cair; teve de forçar os dedos a se fecharem ao redor do punho arranhado. Um homem de voz ribombante falava alguma coisa, e a plateia ovacionava, vaiava.

Os barulhos eram indecifráveis para Jack, que de repente notou uma sombra se mexer pela areia e sentiu uma presença próxima. Virou a cabeça e viu seu pai a três passos dali.

Niall Breccan era alto, como Jack sempre imaginara que fosse. Era magro, assim como o próprio Jack. Tinha a pele pálida, tatuada e suja devido às semanas nas masmorras. Usava uma túnica puída, botas de pele macias, e uma couraça de couro manchada de sangue velho. Um elmo completo cobria seu rosto e cabelo, e uma espada aguardava em sua mão direita.

Jack continuou a avaliá-lo, aquele desconhecido que era seu pai.

Niall se manteve parado, esperando pacientemente a luta começar. Ele não notou o olhar de Jack, ou, se notou, ignorou. Nem sequer parecia respirar, como se já estivesse morto.

A multidão urrou outra vez. Jack sentia o som reverberar pelo corpo, e pestanejou quando o suor começou a arder nos olhos.

De repente, Niall se virou para ele. Ergueu a espada e avançou um passo, preparado para atacar. A luta tinha começado, e Jack reagiu dando um passo para trás, tentando manter uma distância segura.

— Sou seu filho! — gritou para Niall, mas, entre a mordaça e o estrépito dos espectadores, sua voz foi abafada.

Ele tentou de novo, berrou:

— *Sou seu filho!*

Aí largou a espada e tocou o peito. Apontou Niall, e bateu o punho na altura do próprio coração.

Niall balançou a cabeça e avançou outro passo.

— Pegue a espada e *lute*. Não me faça persegui-lo pela arena feito um covarde.

As palavras atingiram Jack como estilhaços. Porém, ele não fez nem sinal de pegar a espada. Ficou parado, encarando o pai, esperando pelo impossível.

— Pegue a espada — repetiu Niall, a voz um grunhido grave e agitado sob o elmo.

Jack ergueu as mãos. Ele não ia lutar. Se lutasse, Niall o mataria ainda mais rápido.

O pai então o atacou com um golpe feroz. A ponta de aço refletiu a luz do fogo e as estrelas queimando no céu ao roçar a couraça de Jack. Ele recuou com um pulo, provocando gargalhadas de humor da arquibancada.

Niall avançou, atacou outra vez. Jack se esquivou da espada, e não teve opção além de correr para o outro lado da arena.

— Mirin! — gritou, quando Niall começou a segui-lo.

Ele ergueu o nome da mãe como um escudo, deixou que o atravessasse.

— *Mirin!*

Niall não estava escutando. Tentou atacar Jack de novo, e Jack precisou se esquivar e fugir outra vez, mas seus pensamentos e sua respiração entraram em ritmo sincronizado.

Mirin.

Frae.

Mirin.

Frae.

Mirin.

Frae.

Se Jack estava destinado a morrer daquele jeito, esperava que a mãe e a irmã nunca soubessem.

Ele percebia que Niall ganhava vantagem, e continuava a correr. No fim das contas, Jack correria e daria voltas naquela arena até não conseguir mais andar. Mas durante todo o tempo recusava-se a pegar a espada, abandonada no mesmo lugar inicial, reluzindo na areia.

Eles deram mais cinco voltas, e agora a plateia vaiava com vontade, e então de repente Niall esticou a mão e agarrou a manga de Jack. Puxou com tanta força que Jack perdeu o equilíbrio e caiu estatelado no chão, sem ar. Seu peito estava pesado, e ele percebeu que era porque Niall o travava com o pé, pisando em seu tórax para mantê-lo na areia.

Jack não tinha mais sopro a emanar, nem mais voz para uma última tentativa de se comunicar. Ele tremia de medo, um medo azedo na boca. Mas os nomes que amava, os nomes que o tinham energizado até ali, entoaram por seu corpo uma vez mais, firmando seu coração.

Mirin.

Frae.

Adaira.

Niall tirou o elmo e o jogou para o lado, expondo o rosto. O cabelo dele era ruivo, da cor do cobre. Os olhos, azuis, da cor do verão.

Frae. Ele lembrava tanto Frae.

Niall levantou a espada, mirando no pescoço de Jack. Uma morte rápida, simples.

E Jack não queria ver. Não queria enxergar o gelo nos olhos de Niall, as rugas fundas cortando a testa. A raiva, a dureza e a agonia.

Jack suspirou.

O coração martelava o peito.

Ele fechou os olhos.

Querido Jack

Adaira parou, olhando o nome dele no pergaminho, domado por sua escrita. Ela estava zonza, tentando se convencer de que tinha lido coisa demais nas entrelinhas. De que Jack não seria imprudente a ponto de atravessar a fronteira por impulso. Sem informá-la adequadamente.

Porém, se ele estivesse mesmo viajando a encontro dela no momento, aquela carta era inútil. Não chegaria a ele no leste.

Ela deixou o pergaminho de lado e pegou uma nova folha, e desta vez escreveu "Querido Torin".

E mesmo assim as palavras seguiam emaranhadas dentro dela. Adaira olhou o nome de Torin. Como fazer para escrever nas entrelinhas para o primo? Como expressar que precisava de confirmação da localização de Jack, sem alertar David? Ou talvez Adaira devesse parar de se preocupar. Se Jack estivesse no oeste, seus pais logo saberiam. Na verdade, ela deveria informar Innes, e ver se a mãe poderia...

O fogo do quarto se apagou. As chamas que dançavam na lareira e queimavam nas velas bruxulearam e morreram com um suspiro. Adaira foi mergulhada em trevas, e ficou paralisada, de olhos arregalados de choque. Soltou a pena e se levantou, amarrando a flanela no ombro para se proteger. Tateou no escuro até achar a espada, encostada na parede, e aí a prendeu na cintura antes de seguir para a porta.

As tochas no corredor seguiam acesas, mas Adaira notou que uma delas tremulava, como se prestes a se apagar. Ela chegou mais perto, franzindo a testa, sem conseguir repelir o frio que a percorria.

Alguma coisa estava errada.

Outra tocha, mais adiante, começou a se agitar freneticamente, chamando sua atenção. Adaira andou até lá. Quando outra fez o mesmo, ela percebeu que o fogo queria guiá-la para algum lugar.

Ela então foi seguindo uma tocha trêmula atrás da outra, sem encontrar ninguém nos corredores sinuosos. Na verdade, o castelo estava estranhamente deserto, o que fez seu coração falhar, alarmado. Adaira parou bruscamente ao ouvir um alarido distante.

— O que foi isso? — murmurou, apertando o punho da espada.

Contudo, ela já tinha escutado aquele som. A arena. O abate. Ela perdeu o fôlego ao entender para onde o fogo a conduzia.

Adaira então saiu correndo.

Ela disparou pelos corredores que já conhecia de cor, pelas sombras frias e chamas trêmulas. Seus cabelos chegaram a se embolar no rosto quando ela virou uma curva, indo mais rápido, *mais rápido*, até ficar com a sensação de que seu corpo ia pegar fogo. Ela quase escorregou na pressa de subir dois degraus por vez, a respiração cortando o peito como uma faca, quando enfim as portas da sacada da arena surgiram. Só conseguia pensar que já era tarde. Seria a noite da morte de seu sogro, e ela chegara tarde para salvá-lo.

Ela escancarou as portas, que acertaram a parede com um baque, sobressaltando Innes.

— Cora?

Adaira ignorou Innes. Com o coração na boca e o olhar fixo na arena, ela correu até a balaustrada para enxergar a luta.

Ele está vivo. Traidor estava vivo, e Adaira quase desabou no chão de tamanho alívio. Ela espalmou as mãos geladas no parapeito para se segurar ao ver o sogro derrubar o oponente e segurá-lo na areia. Ele posicionou a espada, pronto para afundá-la no pescoço do homem derrotado. E Adaira só conseguiu pensar que *bastava*. Ela já tinha visto o pai de Jack matar um homem. Não suportaria vê-lo manchar as mãos com mais sangue.

— Recue, Traidor — gritou ela para ele. — Largue sua espada.

O silêncio se espalhou pela arena. Adaira sentia centenas de olhos fulminá-la, mas manteve seu olhar fixo em Traidor. Ele ouviu a acatou o comando. Devagar, recuou, libertando o oponente derrotado.

O sogro se virou para ela, soltando a espada, mas o olhar de Adaira foi atraído pelo homem na areia. Um homem alto e magro, que agora se levantava, que a olhava por trás do elmo amassado, que de repente vinha na direção dela a passos confiantes.

Ela o encarou, vendo-o se aproximar do balcão. E então, por um segundo seu coração ficou paralisado, como se capturado por uma armadilha, e só então o sangue voltou a correr pelo corpo. Quente e veloz sob a pele, como se ela tivesse passado aquele tempo todo dormindo e só agora finalmente estivesse abrindo os olhos, despertando.

Viu o homem ajoelhar-se à sua frente. Viu quando ele levou a mão ao peito, ao coração. A mão pálida e elegante. Adaira arfou.

Ela reconheceria aquelas mãos, aquela postura, aquele corpo em qualquer lugar. De todas as vezes que o vira tocar harpa. De todas as horas que caminhara lado a lado com ele. De quando ele se deitara ao lado dela, no escuro, pele na pele.

Jack.

Adaira se perguntava por que ele se recusava a falar, a retirar o elmo.

— Lady Cora — soou uma voz no ar tenso. — Permita-me perguntar por que interrompemos o abate?

Ela desviou o olhar de Jack para Godfrey, o guardião das masmorras e responsável pelas lutas. Ele atravessava a arena com os braços abertos, o rosto enrugado por um sorriso perplexo.

O FOGO ETERNO **273**

Estava tentando soar respeitoso, mas Adaira notava que ele se irritara por ela ter interrompido a matança.

Ah, ela estava mais do que pronta para falar com Jack. Cerrou os dedos na balaustrada, arranhando a pedra com as unhas. Antes de falar, contudo, Adaira olhou para trás, esperando um desafio. Innes estava de pé, perto dela, observando com um olhar indecifrável. Porém, arqueava as sobrancelhas em surpresa, como se a interrupção do abate por Adaira a tivesse surpreendido tanto quanto surpreendera o restante dos Breccan.

Innes fez um gesto breve com a cabeça, como se dissesse: *Continue*.

— Godfrey — cumprimentou Adaira, com a voz animada. — Como se chama este homem que estava lutando contra Traidor?

O guardião das masmorras parou ao lado de Jack.

— Este é John Breccan.

— E qual foi seu crime?

— Ele é um ladrão.

— O que ele roubou?

Godfrey hesitou, mas riu. Olhou para além de Adaira, e ela soube que ele procurava Innes.

— Não olhe para minha mãe — disse Adaira. — Olhe para *mim*. Sou eu que estou falando.

Godfrey pestanejou, espantado. Finalmente, parou de falsidade e a olhou com irritação.

— Ele roubou uma harpa, Lady Cora. É uma ofensa grave no oeste.

— Um crime sem provas, sem dúvida. E quem o levou às masmorras?

— Infelizmente, não posso responder a isso, milady, e agora que...

— Por que ele não tirou o elmo? — perguntou ela.

Godfrey olhou para Jack.

— Porque está preso no queixo.

— Preso? Quer dizer que está *trancado*?

— Sim.

— Então destranque. Imediatamente. Quero ver o rosto dele.

Godfrey suspirou ante aquele tremendo inconveniente, mas obedeceu. Pegou uma chave do molho no cinto. Destrancou o elmo.

Adaira prendeu o fôlego quando Jack levou as mãos ao capacete. Ele levantou o aço, e seu cabelo caiu no rosto. Ele arrancou a mordaça da boca e a jogou no chão.

Ela o admirou. Aqueles olhos escuros de mar, a curva irônica da boca, a fome na expressão enquanto a encarava, ainda ajoelhado. A arena, os Breccan, as estrelas, a lua e a noite derreteram ante os arfares do peito dela, o sangue zunindo devido à proximidade dele.

Adaira suspirou baixinho, um som que quase desarmou sua compostura. Ela então o engoliu, ordenando-se para *aguentar firme*. Ela poderia muito bem liberar as emoções depois, entre quatro paredes.

Ela desamarrou a flanela no ombro.

Tudo dentro dela lhe pedia para cobrir Jack com a flanela pessoalmente, mas saltar do balcão para a areia poderia lhe causar uma fratura nas pernas. Ela também poderia tomar o caminho por dentro, que levava às portas da arena, mas não ousava perder Jack de vista. Não antes de reconhecê-lo publicamente.

— Godfrey? — chamou. — Pegue minha flanela e cubra meu marido com ela.

— Seu *marido*, Lady Cora?

— Sim. Venha cá.

Godfrey estava pálido como um fantasma, como se o sangue todo tivesse sido arrancado do corpo. Ele finalmente percebeu quem era o sujeito que quase morrera na arena sob seus cuidados, e levantou a mão timidamente para pegar a flanela jogada por Adaira.

Ela ficou olhando enquanto ele sacudia o pano para desamassá-lo e então cobria os ombros de Jack com a lã quadriculada em azul e violeta.

Ela levou a mão espalmada ao peito, onde o coração batia como trovoada, e pronunciou para ele as palavras antigas:

— Eu te reconheço, Jack Tamerlaine. Deste dia em diante, terás abrigo em meu lar, beberás de meu copo e repousarás sob meu olhar. Se alguém erguer contra ti a espada, a erguerá contra mim. Tal ofensa terá revide. És meu a defender até a ilha levar teus ossos, ou até que desejes deixar-me. Ergue-te, e renova teu coração.

Jack se levantou.

Murmúrios começaram a percorrer a multidão. Os Breccan estavam congelados no lugar, hipnotizados pela cerimônia, então, quando alguém começou a se deslocar entre o grupo, o olhar de Adaira foi desviado de Jack.

Ela viu Rab Pierce deixar a arquibancada, apressado.

Naquele segundo, Adaira se deu conta de tudo. Soube quem tinha interpelado Jack durante sua viagem, quem o prendera injustamente nas masmorras. Quem o amordaçara e trancara seu elmo, quem o jogara na arena para lutar contra o próprio pai.

Ela olhou para Rab, a expressão fria e dura como pedra, enquanto sua consciência se dividia em centenas de pensamentos. E ele provavelmente sentia a estocada da ira dela. Ousou olhar para trás, e encarou os olhos de Adaira. Tropeçou, se reequilibrou, e apertou ainda mais o passo.

— Innes? — chamou Adaira, dando um passo tranquilo para trás.

Ela continuou de olho em Rab, prevendo qual porta ele atravessaria, qual rota tomaria pelo castelo na fuga para os estábulos.

— Pode cuidar pessoalmente para que Jack seja levado em segurança aos meus aposentos, para que lhe preparem um banho quente e lhe ofereçam um bom jantar? — pediu.

Innes segurou o braço dela.

— Aonde você vai?

Adaira virou o rosto para olhar Innes. Foi com a voz calma, mas os dentes refletindo a luz do fogo, que murmurou:

— Ninguém machuca aqueles que eu amo. *Ninguém.*

Ela não sabia se a mãe tinha entendido as implicações do que acabara de dizer. Se Innes tivera ciência da presença de Jack na arena. De todo modo, as suspeitas de Adaira agora começavam a ganhar garras, rasgando o vínculo frágil que vinha formando com a mãe.

Innes expandiu as narinas. Tinha entendido a ameaça, sim. Mas teriam de discutir aquele assunto depois.

— Cuidarei de seu pedido, Cora. Mas não mate Rab. Só se quiser uma guerra.

— Não vou matá-lo.

Innes não disse nada, mas buscou os olhos de Adaira. Provavelmente vira ali exatamente o que imaginava que veria, a paixão no sangue da filha, talvez uma herança direta da mãe, a paixão que acabara por adormecer no leste.

Innes soltou o braço dela.

Adaira sabia que Jack a olhava. Contudo, não tinha tempo para apaziguá-lo. Rab já tinha sumido da arena, e Adaira se virou e saiu pelas portas, as quais deixou bater na parede com força.

No castelo, ela iniciou sua perseguição a ele.

Capítulo 23

Jack viu Adaira deixar o balcão sem olhar para trás. Porém, ele logo soube o que tinha chamado a atenção dela. Tinha visto Rab fugir da arena, e sentiu o peito inflar sob a armadura. Seus pulmões foram tomados pelo ar frio noturno, pela luz do fogo, pela justiça, pela admiração inebriante por Adaira.

Boa sorte, Rab!

Até que a emoção abrandou, e Jack estremeceu, voltando ao momento.

Ainda estava na arena onde seu sangue quase fora derramado diante de centenas de Breccan. Completos desconhecidos que continuavam a observá-lo como se ele fosse uma anomalia. Sentia-se nu, muito embora coberto pelo calor da flanela de Adaira, que tinha o cheiro leve dela, de lavanda e mel. Estava na areia que suas botas marcaram ao fugir do pai. Seu *pai*, cuja existência fora totalmente ignorada quando ele escutara a voz de Adaira.

Jack estremeceu outra vez, apertando mais a flanela nos ombros. De soslaio, viu movimento. Alguém se aproximava e o olhava fixamente. Jack lutou contra a tentação de olhar de volta, o medo o lavando como a maré.

— Jack?

A voz era grave e baixa, rouca de choque. O timbre totalmente diferente daquele de meros momentos antes, através do aço do elmo e do expurgo da sobrevivência.

Jack olhou para o pai.

Niall ficou pálido, analisando as feições que eram só de Jack, e as que ele tinha herdado de Mirin. Os olhos dela, a cor. A postura orgulhosa dos ombros. Tudo vinha da mãe, e Jack viu Niall observar aqueles indícios de Mirin. Aqueles indícios *dele*.

— *Jack* — disse Niall, e estendeu a mão.

O espaço entre os dois de repente pareceu vasto, intransponível.

Jack não sabia o que pensar, o que dizer. As palavras ficaram congeladas, e ele só conseguiu ficar ali, parado, tomando fôlego.

Niall se aproximou mais um passo, mas provavelmente sentia o abismo entre os dois. Sentia os vinte e dois anos perdidos. Ele caiu de joelhos, o peito perfurado pela verdade.

Niall Breccan, o Traidor invicto, desabou na areia e chorou.

Jack se encolheu, sem aguentar a imagem e o choro arrasado do pai. Começou a andar na direção dele, devagar, como se o ar estivesse denso. Estava prestes a atravessar o abismo, mas Godfrey se pôs entre eles.

O guardião das masmorras pegou o braço dele com um punho de aço e começou a levá-lo embora da arena.

— Venha, Jack Tamerlaine. A baronesa clama por sua presença.

Jack mal escutou Godfrey, seus nervos voltando a vibrar. Então seguiu obedientemente até uma porta na parede, mas ainda olhou para trás, flagrando de relance o pai cercado de guardas.

Um protesto subiu no peito de Jack.

Mas agora era necessário abafá-lo à força, embora a vontade de se expressar doesse. Com esforço, ele desviou o olhar de Niall e permitiu que Godfrey o conduzisse pelo castelo.

No momento não sabia o que esperar, mas constatava que os corredores eram parecidos com os de Sloane, ao leste. O ar era perfumado por galhos de zimbro, o fogo, generoso, e o piso, polido. Tapeçarias pendiam das paredes, e condensação embaçava as janelas.

Ao lado de Godfrey, Jack aguardou pela chegada de Innes. Quando ela enfim apareceu, a sensação era de que um ano inteiro tinha se passado.

— Está dispensado por hoje, Godfrey — disse Innes ao virar uma esquina, sem desviar o olhar de Jack por um segundo.

O guardião das masmorras fez uma reverência e voltou à arena, deixando Jack a sós com a baronesa. Até então, eles tinham se encontrado três vezes. A primeira, quando Innes os indenizara pela incursão à fronteira. Ele a vira de novo quando Adaira fechara negócio com a mãe na casa de Mirin. E, finalmente, no dia em que Adaira deixara o clã Tamerlaine. Naquela ocasião, Jack olhara para ela do mesmo jeito que olhava agora, como se o tempo não tivesse passado e ele fosse um problema grave que ela precisava solucionar.

— Peço perdão por este... mal-entendido infeliz — disse Innes. — Não tomei consciência de sua presença nas masmorras, e espero que possa perdoar meu equívoco.

— É claro, sua senhoria — disse Jack, com a voz seca.

— Venha. Minha filha pediu para eu acompanhá-lo aos aposentos dela.

Em silêncio, Jack seguiu a baronesa por um labirinto atordoante de corredores. Tentou calcular quantas curvas havia ali, quantos degraus, mas sua cabeça estava zonza, fixada em uma só coisa: ele estava prestes a reencontrar Adaira.

Innes parou abruptamente diante de uma porta entalhada.

— Você é bem-vindo aqui como hóspede, Jack Tamerlaine — disse Innes. — E pode ficar pelo tempo que desejar. Mas peço apenas uma coisa.

Jack a olhou, mas sabia quais seriam as palavras antes mesmo de a baronesa pronunciá-las.

— Por favor, não toque nenhuma música enquanto estiver em minhas terras.

Innes aguardou pela aquiescência dele antes de abrir a porta do quarto de Adaira.

Duas criadas estavam ali, acelerando para concluir as tarefas. Uma despejava o último balde de água quente em uma tina redonda, e a outra arrumava uma bandeja de prata com jantar na mesa diante da lareira. As duas se sobressaltaram com o barulho da porta, e apertaram o passo até acabar, saindo para o corredor com um breve meneio de cabeça para Jack e a baronesa.

— Minha filha virá encontrá-lo daqui a pouco — disse Innes, e Jack sentiu o toque de preocupação na voz dela.

Era nítido que Innes desconhecia o paradeiro de Adaira, e Jack não sabia se deveria ficar ansioso por isso.

Mesmo assim, ele entrou no quarto, ouvindo quando a porta foi fechada.

Finalmente sozinho, Jack suspirou.

O quarto de Adaira era espaçoso e transbordava de cores. A lareira de pedra era entalhada numa parede colorida, que representava uma variedade de flora e fauna dourada, e luas em fases diversas. Outra parede era dedicada a janelas com pinázios e um banco acolchoado no peitoril. Uma escrivaninha estava arrumada ali perto, como se Adaira gostasse de sentar-se e escrever na frente da paisagem. Havia também um guarda-roupa, estantes, uma tapeçaria de uma quimera bordada, e uma cama de dossel coberta com uma colcha azul.

Seria este o quarto que ela teria desde o princípio, caso os pais tivessem decidido ficar com ela naquela fatídica noite? Ou seria outro, talvez um quarto de hóspedes, preparado para ela? Jack via que era um cômodo aconchegante, mas não sentia a presença de Adaira no ambiente.

Ele parou na frente da escrivaninha, onde a carta dele repousava na madeira. Esticou a mão para tocar as palavras, e foi aí que notou a imundície em sua pele. As unhas estavam pretas de sujeira, e os antebraços, manchados. A túnica estava um nojo, e ele fedia a suor.

Jack pendurou a flanela de Adaira no encosto da cadeira e arrancou a couraça. Jogou a roupa na lareira para queimar.

O FOGO ETERNO **281**

Aproximou-se da tina de água fumegante, mas logo pestanejou.

— Estão de brincadeira comigo? — perguntou.

A tina era *minúscula*, como uma bacia de estábulo, e ele não sabia se caberia direito ali. De algum jeito, conseguiu dobrar as pernas compridas depois de se abaixar dentro da bacia. Ficou de olho na porta enquanto se esfregava às pressas com uma escova áspera e sabão, limpando a sujeira da pele e dos cabelos.

Meio que esperava que Adaira fosse chegar no momento em que estivesse se levantando da água turva para pegar a toalha. Não aconteceu, mas o alívio de Jack não durou muito: ele logo descobriu que a toalha também era mínima, a ponto do ridículo. Jack secou-se com pressa, rindo sob o calor da lareira. Enfim, lembrou-se de que a túnica tinha virado cinzas e que não tinha outra roupa para vestir.

Foi obrigado a ir ao armário de Adaira e procurar alguma peça dela para usar. Passou as mãos pela coleção enorme de roupas, e finalmente encontrou um roupão escuro, forrado de pele.

— Vai servir — disse, bem-humorado, sabendo que Adaira era tão alta e esguia quanto ele.

Jack puxou o roupão do cabide e o vestiu. Amarrou com firmeza na cintura e olhou para os pés descalços — a barra do roupão batia no meio da canela.

Voltou à lareira e sentou-se diante do jantar. Estava faminto, mas também enjoado. Como não queria comer sem Adaira, decidiu esperar.

Ele talvez esperasse a noite toda, pensou, com um gemido, ao recostar a cabeça na cadeira. Ficou um tempo ali, de olhos fechados e coração palpitante, o cabelo molhado pingando nos ombros. Finalmente, decidiu servir uma taça de vinho, numa tentativa de se acalmar.

Estava com a garrafa na mão quando ouviu uma batida à porta.

Jack ficou paralisado, mudo, com o olhar fixo na porta que se abria devagar. Adaira entrou. Trazia nas mãos o que parecia uma pilha de roupas dobradas e, de início, não olhou para ele.

Trancou a porta ao passar e se recostou na madeira, um movimento tão familiar e querido por Jack que ele ficou com a sensação de que eles tinham voltado tempo, até a noite do noivado.

Ele percebeu que ela estava tão ansiosa quanto ele, por estar podendo encontrá-lo depois da separação. Jack não disse nada. Não até Adaira finalmente erguer o rosto e encontrar seu olhar do outro lado do quarto.

— Tem sangue no seu rosto — disse ele.

Adaira levantou a mão para tocar o sangue salpicado na bochecha. Quando Jack notou mais sangue sujando o antebraço dela, seu coração acelerou.

— E você está usando meu roupão — disse ela.

Jack olhou para baixo, para confirmar que a roupa não abrira traiçoeiramente.

— Imaginei que você fosse preferir isto à alternativa.

Adaira começou a diminuir a distância entre eles. Jack ficou só olhando, tentando medir as emoções para saber como controlar as próprias. Havia um brilho nos olhos dela — de lágrimas ou de júbilo, ele não soube dizer —, e finalmente ela sorriu, e o fôlego dele ficou preso no peito.

— Acho que este roupão cai melhor em você do que em mim — declarou ela, percorrendo o corpo dele com o olhar.

— Duvido — retrucou Jack, que se levantou com a garrafa ainda na mão, os dedos cerrados no gargalo. — Mas eu teria de ver você com o roupão para poder confirmar.

— Hum.

Ela parou à distância de um braço. A luz da lareira se espalhava pelo seu rosto e pelo cabelo comprido e solto. Dourava a espada embainhada na cintura dela, a metade da moeda pendurada no colar.

Jack podia ficar admirando Adaira durante a noite toda.

O sorriso dela diminuiu, mas o calor perdurou nos olhos.

— Eu não queria deixar você esperando tanto tempo, mas fui providenciar roupas, além de tratar de algumas questões importantes — disse ela, e estendeu as roupas dobradas para Jack. — Sua harpa deve ser devolvida já amanhã. Assim como qualquer outra coisa que Rab tiver roubado de você.

Jack pousou a garrafa. Aí aceitou as roupas, aliviado ao ver sua metade da moeda em cima da pilha de peças.

— A corrente arrebentou, mas vou mandar um joalheiro consertar — disse ela.

— Obrigado.

Jack hesitou, deixando as roupas de lado. Então olhou plenamente para Adaira, desesperado para tocá-la. Ainda havia um sem-fim de palavras a dizer entre os dois, as quais ele sentia fervilharem como uma tempestade.

— Adaira — murmurou. — *Adaira*, eu...

O som do nome dela desmanchou sua compostura. Jack demorou um momento para entender que ela não ouvia o próprio nome havia semanas, que andava respondendo apenas por *Cora*.

Foi como uma pedra rachando o gelo de um lago.

Ela avançou até a distância entre os dois evaporar, de modo que agora ele via até as sardas espalhadas pelo nariz dela. Jack inspirou fundo, porque havia fogo nos olhos dela, que ao mesmo tempo o cativava e o fazia temer levemente a força daquele ardor. Especialmente quando ela levantou um punho.

— Seu bardo tolo... — Ela o empurrou levemente. — ...insuportável... — E o cutucou de novo, bem na altura do coração martelando. — ...*azucrinante*! — Aí o empurrou pela terceira vez, forçando Jack a recuar um passo.

A fúria nascia do medo, percebeu ele ao ver lágrimas brotarem nos olhos dela. E ele a deixaria socar seu peito de bom grado, caso precisasse. Adaira podia xingá-lo do que quisesse, porque ele estava com ela, e nada mais importava. Eles estavam respirando o mesmo ar, vivendo o mesmo momento.

Jack esperou outro empurrão, dando permissão com os olhos e as mãos, as quais mantinha ao lado do corpo, com as palmas abertas.

Solte tudo, Adaira, pensou, à espera. *Você pode se soltar comigo.*

— Eu quase vi você *morrer!* — gritou ela e, desta vez, bateu o punho no próprio peito.

Uma vez, duas. Uma terceira. Como se precisasse comandar o coração a continuar batendo.

— E eu... — continuou, mas sua voz falhou.

Ela se virou abruptamente, finalmente abrindo a mão. Pedras preciosas azuis caíram de seu punho, reluzindo ao fogo quando se espalharam pelo chão. Mas Jack mal deu atenção para a peculiaridade da aparência delas. Ficou olhando Adaira se encolher, como se partida ao meio. Um soluço de choro cortou sua respiração. Ela se agachou e chorou, cobrindo o rosto com as mãos.

Jack nunca a tinha visto chorar. Nunca ouvira som tão surreal arrancado de seu peito, e, ao ouvi-lo, um calafrio o percorreu. Sentir a dor dela, a angústia dela, fazia o tutano de seus ossos congelar. Naquele momento, ele entendeu que ela vinha segurando aquelas emoções havia dias, *semanas*. Uma emoção silenciosamente soterrada em um castelo cercado de desconhecidos. Em um terreno onde Adaira ainda era vista com desconfiança. Um lugar que deveria ser seu lar, mas não era.

Lágrimas encheram os olhos de Jack quando ele caminhou até ela. As pedrinhas azuis no chão arranharam seus pés descalços, mas ele mal sentiu. Ele tomou Adaira em um abraço e a levou até a poltrona. Ela sentou-se no colo dele e afundou o rosto nos seus cabelos, agarrada ao corpo dele. Continuou a chorar, e Jack ficou acariciando os ombros dela, a coluna, as costelas. Ela tremelicava com a respiração irregular, e ele a apertou mais no abraço, transmitindo seu calor para ela. Finalmente, sem conseguir conter as próprias lágrimas, ele chorou também.

Podia ter se passado uma hora. O tempo pareceu se esvair, e Adaira finalmente recuou um pouco para olhar para Jack, secando as lágrimas dele com os polegares.

— Minha velha ameaça — disse ela. — Que saudade.

Jack sorriu, e a risada o fez chorar ainda mais. Ele fungou, o nariz escorrendo inconvenientemente.

— Vi que você recebeu minha carta — disse ele, com a voz embargada.

— Recebi. E quase foi tarde demais, Jack.

— Foram minhas palavras que a levaram à arena, herdeira?

Ele a sentiu tensionar. *Herdeira*, era assim que ele costumava chamá-la, o título que um dia ela tivera entre os Tamerlaine. Jack se arrependeu imediatamente de dizê-lo, mesmo que tivesse saído tão naturalmente de seus lábios.

— Não — disse ela, desviando o olhar. — Foi uma coisa estranhíssima.

Ele sentiu que ela se afastava lentamente. Jack abraçou mais a cintura dela, desesperado para voltar a sentir seu olhar.

— E o que foi?

— O fogo — murmurou Adaira, olhando para a lareira. — As chamas se apagaram. O fogo me levou até você.

Jack até queria ficar surpreso, mas logo pensou em Ash, saindo da lareira de Mirin. Ash, incentivando Jack a viajar para o oeste.

— Preciso contar uma coisa, Adaira — disse ele.

Ela fixou a atenção nele com tamanha firmeza que ele quase se perdeu. Então, ficou escutando atentamente quando ele contou do apagão na lareira de Mirin, e da ocasião em que tocou para os espíritos do fogo. E também do momento em que Ash disse que ele encontraria as respostas no oeste.

— Entendi — disse Adaira, mas Jack sentiu que ela se distanciava. — Você veio porque Ash comandou?

— Sim — respondeu Jack. — Mas, para ser sincero, eu estava só esperando um pretexto para atravessar a fronteira. Estava esperando um motivo para vir encontrá-la, fosse por convite seu, ou por direção de outra pessoa.

Ela ficou quieta.

E agora ele odiava porque, de repente, não conseguia mais interpretar o rosto dela, seus pensamentos. A luz dentro de

Adaira pareceu baixar, como se ela tivesse voltado a conter as emoções. Ele não queria aquilo. Não queria que ela escondesse o que sentia, e estava prestes a erguer a mão e acariciar o rosto dela, quando sua barriga soltou um ronco alto de reclamação.

— Quando foi a última vez que você comeu, bardo? — perguntou Adaira, devagar.

Jack suspirou.

— Não faz tanto tempo assim.

— Pare de mentir. Você está faminto, né? Por que não come, enquanto eu me limpo deste sangue...?

Ela se levantou do colo dele, e Jack soltou a cintura dela, a contragosto.

— Não quer comer comigo? — perguntou ele, um pouco petulante.

Ela apenas sorriu ao desafivelar o cinto e encostar a espada na parede.

— Eu já jantei. Mas pode me servir de uma taça de gra. Bebo com você.

Jack olhou para a garrafa verde. Ele tinha imaginado que fosse vinho, mas enfim lembrou-se de que os Breccan também fabricavam uma bebida própria, a qual consumiam apenas com aqueles em quem confiavam.

Ele serviu duas taças enquanto Adaira ia até a bacia e o jarro para lavar o sangue das mãos, do rosto, e de algumas mechas de cabelo.

Pelo amor dos espíritos, o que ela fez com Rab?, pensou Jack. Será que o matara? Jack não imaginava Adaira tomando tal atitude. Ou... talvez imaginasse. Ele ainda enxergava a Adaira que lhe era tão familiar — que o acompanhara no escuro quando ele cantara. Que amava zombar dele, e desafiá-lo. Porém, também começava a ver novos lados dela. Como se ela tivesse sido obrigada a se endurecer entre os Breccan.

— Estou curiosa para saber como tem sido esse seu período no oeste, Jack — disse ela, pegando a flanela para secar-se. —

Perdão por não ter sido a recepção mais graciosa, mas, da próxima vez, você devia me avisar *dias* antes de viajar.

— Da próxima vez? — grunhiu Jack, surpreso pelo calor que sentiu no sangue.

Ela estava achando que ele iria embora em breve?

Adaira não respondeu enquanto ia até guarda-roupa. Ele a viu atravessar o quarto, abrir a porta de madeira e escolher algumas peças. Estava de costas para ele quando começou a se despir, jogando a túnica de lado.

Jack viu o brilho dos cabelos em movimento, o beiral pálido dos ombros, a curva das costas.

Por um segundo, ele perdeu o fôlego, e aí desviou o olhar e resolveu se concentrar na bandeja na mesa. Porém, ainda sentia o calor no rosto enquanto escutava o farfalhar das roupas dela.

— Você disse que foi Ash quem o mandou para cá — disse Adaira. — E se ele comandar seu retorno ao leste? E se Mirin e Frae precisarem de você? Ou Torin e Sidra? O clã Tamerlaine?

Ela se calou, e atravessou o quarto com os pés descalços. Foi só quando sentou-se na cadeira diretamente diante dele que Jack voltou a olhá-la.

Ela agora vestia uma camisola branca, de manga comprida. A fita no pescoço estava solta, e o tecido parecia prestes a escorregar pelo ombro. Jack desceu o olhar para a metade da moeda, e subiu pelo pescoço, até encará-la. Viu tristeza nela. Tristeza e resignação. Jack passou a mão pelos cabelos molhados.

— Você não é um passarinho para se guardar na gaiola — disse ela. — Por mais que eu queira mantê-lo aqui comigo, o *motivo* da sua presença já me lembra que outros têm direito a você também. E como posso competir com algo como o fogo? Seria um erro arrancá-lo de suas responsabilidades.

— Acho que estamos vendo a situação pelo ângulo errado — disse Jack, mesmo sabendo que Adaira fora criada para botar o dever em primeiro lugar.

No primeiro momento de vulnerabilidade, ela ficaria tentada a voltar ao que aprendera como filha do barão, assim como Jack se abrigaria na música. Porém, ele não os deixaria voltar para aqueles lugares antigos e seguros. Pelo menos não antes de pronunciar as palavras implícitas que pairavam entre eles.

— Você está supondo que Ash me mandou para cá pela missão, e só por isso. Mas talvez ele soubesse que eu preciso de você, mais do que do ar, do calor e da luz. Que, se eu continuasse a viver sem você no leste, logo definharia e viraria apenas pó.

— Jack — murmurou Adaira.

Ela desviou o rosto, mas Jack a observava atentamente, e viu o medo que ela tentava sufocar. Medo que ela não queria mostrar.

— Adaira — disse ele, chegando mais perto. — Adaira, olhe para mim.

Ela voltou a encará-lo.

Ele pensou em como a vida dela tinha mudado tão drasticamente no último mês. Os pais que achava que eram seus, as mentiras de sua criação. Pensou no que ela deve ter sentido quando o clã que tanto servira e amara não mais a desejara. Quando todas as verdades de uma vida inteira desmoronaram.

Ele conhecia aquele sentimento frio de autopreservação, o instinto de separar-se inteiramente de algo estimado por medo de se machucar no futuro. Sabia como era não ter escolha em meio à solidão, quando a única opção plausível era se proteger.

— Lembra-se da última vez que nos vimos? — começou ele. — Estávamos no armazém da minha mãe.

Adaira franziu as sobrancelhas.

— Lembro, claro. Acha que eu me esqueceria, minha velha ameaça?

— Não. Mas me permita levá-la de volta por um momento — disse Jack. — Eu fiquei magoado por sua decisão de me deixar para trás. No início eu não entendia, porque eu só conseguia me concentrar nas minhas emoções, que estavam muito intrincadas a você e às expectativas que eu tinha em relação à gente. Mas eu sabia que, acima de tudo, você queria minha segurança. Você não me queria no oeste, pois temia por minha vida. E eu enfim compreendi isso, mesmo que meus dias no leste sem você fossem uma tristeza. Eu não estava vivendo; estava só ocupando ar e espaço. E quando fiquei longe de você, algo se revelou muito nítido para mim.

Ele parou para pegar as taças de gra. Estendeu uma para Adaira, que aceitou a bebida.

— O que ficou nítido para você, Jack? — perguntou ela.

— Que este ano e dia ainda são *nossos* — disse ele. — Ainda temos o outono, o inverno e a primavera. E nada, nenhum espírito, nenhuma mentira, nenhum estratagema, nenhum abate pode se meter entre nós. Eu sou seu, e você, minha, acima de tudo o mais. Mas para isso dar certo, precisamos estar juntos. Podemos ir devagar para ser quem queremos ser. Podemos ir um dia de cada vez, se você quiser que eu permaneça ao seu lado.

— É isso o que você quer, Jack? — perguntou ela. — Quer ficar aqui comigo?

— Quero — sussurrou ele. — Mas também quero saber se você quer, Adaira. E deve ser uma decisão tomada por você, e não para me poupar da mágoa.

Adaira ficou tanto tempo quieta que o coração de Jack estava a mil quando ela finalmente ergueu a taça e brindou com a dele.

— Então vamos viver nosso ano e um dia — disse ela. — Quero que você fique aqui comigo, Jack. No outono, no inverno, na primavera, e daí em diante, se assim desejarmos.

Eles brindaram e beberam um gole do gra doce e agradável, com gosto da bruma da colina, do orvalho na urze. Jack sentiu o fogo queimar a garganta, e sustentou o olhar de Adaira.

— Perdão — disse ela, de repente. — Perdão por ter magoado você. Por ter deixado você para trás. Eu não percebi o quanto te magoaria, mas devia ter percebido. Devia ter lidado melhor com a situação naquele dia.

— Não há nada a se perdoar, Adaira — respondeu ele. — Você fez o que achou melhor, e não deve se desculpar por isso.

Ela concordou com a cabeça, mas ainda disse:

— Não quero magoar você nunca, nem mesmo sem querer. Espero que você saiba disso.

— Eu sei — sussurrou ele.

A barriga dele roncou de novo, estragando o momento.

Adaira o incentivou a jantar, mas, com aquele nó no estômago, ele não aguentava uma refeição completa, então comeu só um pouco. Adaira reparou.

— Vamos nos deitar — disse ela, e se levantou. — Tem uma túnica de pijama na pilha de roupas que eu trouxe.

Enquanto Adaira puxava as cobertas, Jack revirava as roupas, com o olhar turvo. Ele encontrou a túnica e se trocou com pressa, suspirando com a maciez da roupa a caminho da cama. Afundou-se no colchão de plumas.

Adaira soprou as velas. Restou apenas o fogo baixo na lareira para iluminá-la quando ela se acomodou ao lado dele. Jack se virou para ela.

Ela se cobriu até o pescoço, mas se deitou de frente para ele, e agora ambos se olhavam com a mesma intensidade, a luz do fogo encharcando-os de ouro.

— Você está me encarando, Jack — murmurou ela.

Ele começou a chegar mais perto dela.

— Não consigo parar de fazer isso.

Ela sorriu quando ele se sustentou acima dela, tão perto que era possível sentir o calor da pele, porém sem contato. Ele acariciou os lábios dela, notando a boca se abrindo sob seu dedo, e os olhos dela se fechando.

Ele a beijou suavemente, aí desceu pelo queixo, o pescoço. Ele beijou a vibração desvairada da pulsação dela, a curva do pescoço. Sentiu a dor do desejo quando ela suspirou, quando arranhou as costas dele. Ele pegou a barra da camisola e a levantou devagar enquanto continuava a descer na trilha de beijos.

— Pensei nisso todas as noites desde que você foi embora — sussurrou ele, enquanto beijava os joelhos dela, o calor entre as coxas.

Adaira arfou quando ele sentiu o gosto dela.

O som o atravessou como um raio, e Jack saboreou o momento. Eram simplesmente ele e ela na escuridão. Não havia mais nada atrás da porta e das paredes; mais nada além dela, do fogo que ela atiçava em seu sangue, das palavras antigas outrora declaradas em um campo de cardos sob o céu de tempestade. Da escolha que tinham feito, de unir-se. Não havia mais nada além do nome dele na voz dela, ao mesmo tempo súplica e prece, e da resposta dele, que não precisava de palavras.

— *Jack.*

Ela puxou a túnica dele até ele voltar a beijá-la na boca, cobrir seu corpo com o dele.

Eles se uniram. Eles se olhavam, e Jack era consumido inteiramente por Adaira. Pela maneira como ela se movimentava, pela maneira como o tocava. Pela tez corada do rosto dela, pelo poder escuro nos olhos.

Ele afundou o rosto nos cabelos dela. Inspirou o cheiro enquanto se entregava a um abraço.

E assim eles ficaram deitados lá, entrelaçados, Adaira acariciando os ombros de Jack. Ele estava quase dormindo quando ouviu a voz dela. O sussurro que o perseguiu sonho adentro.

— *Minha velha ameaça.*

Capítulo 24

Torin assombrava Sidra.

Quando estava no pátio de treinamento e ela via a guarda em seus exercícios de combate, ele estava ao seu lado. Quando ela caminhava pelos corredores do castelo, ele a acompanhava. Quando ela visitava pacientes, ele ia com ela, notando atentamente como ela limpava cortes e queimaduras. Quais ervas e plantas colhia e moía no pilão, o que misturava para criar tônicos e bálsamos. Quando ela botava Maisie para dormir à noite, contando histórias maravilhosas dos espíritos, Torin escutava.

Mais do que tudo, ele desejava que ela o visse. Falar com ela. Esticar a mão e tocar a pele dela.

Ele estava lá quando ela passava mal, e vomitava na comadre do quarto. Quando ela levava a mão à barriga, onde o bebê era uma faísca nas sombras. Ele notava que ela mal aguentava comer, e vinha se alimentando muito pouco. E notava que, apesar da exaustão e das inúmeras preocupações que carregava, Sidra se esforçava cada vez mais para encontrar a cura da praga.

Mais membros do clã tinham adoecido. Torin sabia que deveria estar tentando decifrar o enigma, mas estava perdido. Só conseguia pensar em aprender com Sidra, em observá-la, pois achava provável que ela tivesse a resposta em mãos. Porém, o tempo passava. Ainda que parecesse fixo no reino do crepúsculo perpétuo dos espíritos, Torin sentia os dias se seguirem no mundo mortal.

Fogo e gelo, unidos em um só. Irmãs divididas, de novo reunidas. Lavados de sal e carregados de sangue, todos juntos satisfarão a dívida a pagar.

Ele nem sabia por onde começar a desvendar o enigma.

Certa noite, ele presenciava atentamente enquanto Sidra botava Maisie na cama que dividiam.

— Me conta uma história — pediu Maisie, se aconchegando no cobertor.

Sidra sentou-se na ponta do colchão.

— Que história você quer ouvir hoje?

— A das irmãs.

— Que irmãs, Maisie?

— Lembra, do livro? Que o vovô me deu? As irmãs das flores.

O interesse de Torin foi atiçado imediatamente. O enigma ecoou em sua memória quando ele se aproximou, chegando à luz do fogo.

— Orenna e Whin? — perguntou Sidra.

Maisie confirmou.

— Não conheço essa história tão bem — disse Sidra —, mas vou tentar me lembrar.

Enquanto Sidra desenrolava a narrativa, Torin absorvia as palavras. Era a história de Orenna, que ousara fazer as flores vermelho-sangue crescerem em lugares raros, e assim enfurecera os outros espíritos com sua bisbilhotice. Por causa disso, a dama Whin das Flores precisou mandar a irmã cultivar seus botões apenas onde fosse convidada. Orenna, claro, se irritou com a correção e a ignorou, continuando a florescer onde bem quisesse, e coletando segredos do fogo, da água e do vento. Por fim, o rochedo Earie a castigou, e a baniu para o solo doente, o único lugar onde teria permissão para brotar. Orenna teria de furar o dedo e deixar o sangue dourado cair no chão para criar as flores, e se um mortal colhesse e engolisse as pétalas, receberia o conhecimento e os segredos de Orenna.

Quando a história chegou ao fim, o coração de Torin batia forte. Ele estava zonzo com os pensamentos, ideias e dúvidas. Será que estando no reino dos espíritos ele podia atravessar a fronteira dos clãs sem obstáculos? Será que encontraria o cemitério onde cresciam as flores de Orenna, no oeste? Seriam as irmãs do enigma Orenna e Whin?

— Boa noite, meu amor — murmurou Sidra, e se abaixou para beijar a testa de Maisie.

A filha deles tinha pegado no sono, de braços bem abertos. Sidra ficou um bom momento sentada ali, também de olhos fechados, como se pudesse finalmente abrir mão da máscara que usava o dia todo.

Estava esgotada. Sua tez tinha uma palidez mortal, e as olheiras manchavam o rosto. Torin se aproximou mais um passo, desesperado para fazer cafuné nela, para sussurrar junto à pele dela.

— Você tem que descansar, Sidra — disse ele.

Sidra suspirou.

Enfim, ela se levantou e começou a soltar o cordão do corpete. Era sempre naquele momento que Torin ia embora. Toda noite, antes de ela se despir, ele atravessava a porta e caminhava pelo jardim do castelo, em busca de respostas. Ele estava prestes a ir embora quando uma exclamação escapou da boca de Sidra. Ele se virou de volta, franzindo a testa, e percebeu que ela mancou até a lareira.

Sidra sentou-se devagar na poltrona, mordendo o lábio, como se para engolir outro som de dor.

Torin a seguiu, como se uma corda os atasse. Parou a poucos passos dela, carcomido de preocupação, enquanto ela massageava o tornozelo esquerdo por cima da bota. Ele a acompanhara ao longo do dia praticamente todo, e não se lembrava de tê-la visto se machucando.

Sidra soltou um suspiro trêmulo, olhando na direção dele. Torin perdeu o fôlego, sentindo seu olhar.

— Sidra? — sussurrou, com a voz leve de esperança. — *Sid?*

Ela não respondeu. Logo, ele entendeu que ela olhava *através* dele, como já era de se esperar, na verdade fitando Maisie, que continuava dormindo. Torin engoliu o nó na garganta, e viu Sidra começar a desamarrar com cuidado as botas de cano alto.

Ela estava usando uma tornozeleira. Torin fechou a cara; não tinha reparado que ela estava machucada e, pensando bem, quando ele chegava de manhã, ela normalmente já estava arrumada. Até então não tinha visto a tornozeleira escondida entre a bota e a saia.

Ele chegou mais perto. Quando é que ela se machucara, afinal?

Sidra então tirou a tornozeleira, a qual pousou devagar no chão antes de puxar a meia pela perna. O pé inteiro dela estava roxo, como se tivesse sido atropelado por uma carroça.

Torin sibilou ao mesmo tempo que correu até ela, e se ajoelhou ao seu lado.

— O que aconteceu? *Quando* isso aconteceu? Eu passei esse tempo todo com você!

Sidra fez uma careta, massageando o pé. Foi então que ele se deu conta, como um soco no peito. Olhando com mais atenção, viu os fios de ouro cintilando sob a pele.

Torin recuou, passou os dedos pelo cabelo.

— *Sidra.*

A alma dele se despedaçou ali. Era como se ele fosse uma placa de vidro, rajada de rachaduras. Ele estava prestes a desmoronar.

Com os olhos ardendo de lágrimas, ele a viu vestir a meia de novo, devagar.

Ela não sabia se curar. Não sabia derrotar a praga, nem depois de todas as horas dedicadas àquilo.

Torin nunca tinha sentido tanto medo. Era como uma garra que o perfurava nos lugares mais profundos, rasgando todos os órgãos e segredos que guardava. Tinha o poder de enraizá-lo naquele ponto do quarto, sem conseguir se mexer, sequer pensar. De transformá-lo em fumaça e memória. Ele afundou no medo, o medo que sussurrava: *Você vai perdê-la para o túmulo.* Eles já estavam em reinos separados, mas a morte era um lugar onde nem os espíritos da ilha vagavam.

Sidra se levantou.

Então se preparou para deitar-se, e os olhos de Torin ficaram vidrados quando ele encarou o fogo dançando na lareira. Quando Sidra atravessou seu corpo, ele finalmente chorou, e suas lágrimas fluíram densas como mel. Os soluços iam e vinham em ondas, mas ninguém o escutava. Ninguém testemunhava sua dor e seu terror.

Por fim, o fogo estalou com força na lareira. Uma brasa voou pela escuridão, pousando no pé de Torin. Ele sentiu arder, em meio à bruma que o envolvera, e então a encarou, impressionado por finalmente estar sentindo algo além das próprias emoções.

— *Adaira* — chiou a brasa, logo antes de apagar.

Torin recuou, vendo as cinzas se espalharem pelo seu pé. Ele reagrupou os pensamentos, ainda manipulados pelos cordões do medo, e buscou um ponto lógico para se agarrar. Pensou em tudo o que tinha observado e escutado nos últimos dias.

Torin começou a andar. Olhou para Sidra e Maisie, ambas dormindo na cama, e passou pela porta.

Saiu no pátio, a passos largos, e atravessou a cidade em questão de instantes. Ao chegar às colinas, ele parou.

— Aponte o oeste — disse ele, sem saber para qual direção olhava. — Me leve a Adaira.

Um estrondo tremeu sob seus pés. Torin viu o espírito da colina emergir, saindo da terra.

— Posso guiá-lo até a fronteira dos clãs — disse o espírito, com a voz fraca. — Mas não posso atravessá-la.

Torin o encarou.

— Você está doente?

— Estou cansado.

— Da maldição?

— De muitas coisas, barão mortal.

Torin achava que entendia um pouco daquele cansaço, e perguntou:

— Qual é o seu nome? Você não me disse.

Aquilo arrancou um sorriso do espírito.

— Você não perguntou. Mas pode me chamar de Hap.

— Hap — disse Torin, sentindo o gosto do nome.

Conjurava imagens das colinas no verão, cobertas de grama densa e urze. Da época em que a terra ficava quente de sol e macia de chuva.

— Você me conduzirá até a fronteira dos clãs? — perguntou.

— Sim — respondeu Hap, e se virou. — Não saia da minha sombra, Torin.

Conforme Hap se deslocava, Torin o seguia. Onde o espírito pisasse, ele também pisava. Lagos se encolhiam à passagem deles, abrindo caminho rapidamente em seus leitos arenosos. Pedras afundavam, voltando a subir só quando eles já tinham cruzado. As colinas eram suaves, e subi-las não exigia esforço nem dificuldade. Até uma cachoeira prendeu o fôlego para eles poderem escalar até o cume de origem de sua queda sem o risco de se molhar.

Quando chegaram ao bosque Aithwood, as árvores farfalharam e gemeram, recolhendo os galhos e puxando as raízes. Uma trilha limpa se abriu, coberta de musgo, e o coração de Torin voltou a bater rápido. Ele nunca estivera no oeste, e não sabia o que encontraria lá.

Hap parou a uma distância segura da fronteira.

Torin hesitou, sentindo o murmúrio da magia na terra. A região também o repelia, e o suor começou a pingar de sua testa.

— Os espíritos do oeste vão me tratar com gentileza, ou devo me preparar para brigar?

— Infelizmente, não tenho como responder isso — disse Hap, e uma flor caiu de seu cabelo, pousando no solo, entre seus pés descalços. — Faz muito tempo que não posso caminhar pelo oeste. Não sei como andam meus irmãos do outro lado, mas, pelos boatos, não estão bem. Cuidado, então, com onde pisa.

Fazia tempo que Torin não ficava tão nervoso, e por puro reflexo tentou pegar a espada embainhada na cintura. Não tinha nenhuma, claro. As armas dele não teriam sobrevivido à passagem de um reino ao outro. Ele tinha apenas as próprias mãos, vazias, e os pés, que precisavam andar com cuidado.

Ele encarou a distância crepuscular, onde aguardava a metade oeste da floresta, que parecia observá-lo com curiosidade. Quando deu o primeiro passo cauteloso para o oeste, estava pensando em Maisie. Estava pensando na praga, no enigma, e nos veios dourados na pele de Sidra.

PARTE TRÊS

Uma canção para a lenha

Capítulo 25

~~~~~~~~

Sidra estava saindo do sítio de Rodina, com a cesta de materiais pendurada no braço, quando viu cinco guardas passarem a galope pela estrada. Protegeu os olhos do sol para vê-los passar, os cavalos chutando a terra e formando uma nuvem de poeira acobreada. Pela velocidade com que seguiam para o oeste, poderiam muito bem brotar asas. Sidra sentiu uma pontada de preocupação, mas tentou afastá-la enquanto seguia para o portão.

Blair, o guarda selecionado para ela, a esperava com os dois cavalos. Ele era um dos membros mais velhos da Guarda do Leste, um homem que nunca se casara, nunca tivera filhos e dedicara a vida inteira a servir o leste. Era quieto, mas atento e astuto, com a barba grisalha, os olhos escuros, e o cabelo castanho e comprido que ficava cada vez mais grisalho nas têmporas. Também tinha um porte taurino e sabia se deslocar sem fazer som.

Yvaine escolhera Blair a dedo para acompanhar Sidra durante suas visitas aos pacientes. De início, Sidra não gostara muito da ideia de ser seguida por um guarda constantemente. Porém, isso foi antes de perceber que estava ficando difícil montar no cavalo, subir na sela e apear para o chão várias vezes ao dia. Seu pé doía sem parar, e ela nem podia aliviar o incômodo com ervas, pois interrompera o uso de todas elas ao constatar a gravidez.

Blair rapidamente se mostrara útil. Ele era forte e alto o suficiente para colocá-la na sela e ajudá-la a descer, de modo que seu pé mal latejava quando encostava no chão. Às vezes,

O FOGO ETERNO **303**

Sidra se perguntava se ele desconfiava que ela estava contaminada pela praga, se ele notava suas claudicações, ainda que ela estivesse tentando esconder ao máximo com as camadas da saia e a tornozeleira dentro da bota. Bem, se ele havia desconfiado, nunca dera pistas disso, o que fazia dele um sujeito confiável aos olhos de Sidra.

Ela o olhou, percebendo que ele também notara os guardas que passavam à toda.

— O que você acha que é? — perguntou ela, atravessando o portão.

Blair franziu a testa.

— Não sei, milady.

Sidra inspirou fundo, se perguntando quantos problemas ainda aguentaria. Mesmo que fosse algo simples, como um rebanho de ovelhas perdido, ou um touro escapado do curral, ou o deslocar sorrateiro das colinas causando alguma complicação para um fazendeiro. Ultimamente, não dava para adivinhar.

Blair pegara a cintura dela com cuidado e estava prestes a levantá-la para a sela quando os dois escutaram o baque ritmado de cascos. Um cavaleiro se aproximava. Sidra deu a volta nos cavalos, seguida de perto por Blair. Os dois viram Yvaine se aproximar, puxando as rédeas do garanhão, que parou na grama, e derrapando um pouco.

Assim que Sidra encontrou o olhar da capitã, ela soube que a situação era ruim. Então preparou o espírito, tentando imaginar quem tinha adoecido, quem tinha morrido, que parte da ilha tinha sido afetada pela praga.

— Venha, milady — disse Yvaine, descendo com pressa do cavalo. — Para o armazém, onde poderemos escapulir do vento.

Sidra a seguiu, e Blair ficou com os cavalos. O armazém de Rodina ficava nos fundos do terreno, com vista para o pomar, que agora estava inteiramente contaminado pela praga. Era uma construção redonda e pequena, com telhado de palha e musgo. Lá dentro, estava frio e escuro, as prateleiras poeirentas repletas de comida em conserva, estoques para o inverno.

Sidra conteve um espirro e se apoiou na parede para diminuir o peso no pé.

— Diga, Yvaine. O que aconteceu?

Yvaine fez silêncio. Foi esse silêncio que transformou o pavor de Sidra em gelo, e ela estremeceu muito embora estivesse fazendo calor e o suor encharcasse seu vestido.

— Nem acredito no que estou prestes a dizer, Sidra — soltou Yvaine, passando as mãos no rosto, respirando na palma.

Era o primeiro sinal nítido de angústia que Sidra via em Yvaine, algo inédito, mas ao mesmo tempo também era estranhamente revigorante saber que a capitã ficava à vontade com ela a ponto de baixar a guarda. Mesmo que por um momento apenas.

Sidra quase deixou cair a própria máscara. Quase revelou, ali mesmo, que estava doente da praga e que não sabia quanto tempo ainda teria de vida, e que não podia mais tratar a doença porque, sim, estava grávida de Torin, que continuava sumido, ainda que as duas acreditassem que ele estivesse caminhando pelo reino dos espíritos. Mas não, era coisa demais, aqueles dias recentes vinham sendo dignos de inspirar uma balada assustadora. Em vez disso, Sidra mordeu a bochecha e esperou.

Yvaine baixou as mãos. Os tendões do pescoço se contraindo quando ela encontrou o olhar de Sidra.

A capitã estava certa. Realmente não havia como preparar Sidra para a notícia que ela trazia. Os olhos de Yvaine brilhavam de choque quando ela finalmente se pronunciou.

— Moray Breccan escapou das masmorras.

Quando Sidra era menina, e morava na bacia do vale, frequentemente adentrava as colinas quando estava triste ou angustiada. Levava o cajado, às vezes pastoreando as ovelhas, mas, na maior parte do tempo, só caminhava sozinha. Ela andava, andava e *andava*. Andava até encontrar um sinal, que podia ser qualquer coisa — uma pedra de forma estranha, um filete de cascata, uma área florida, uma nuvem no céu que jogasse uma sombra distinta na grama. Então, parava e sentava-se ali. Normalmente, àquela altura, estava tão cansada de andar que suas angústias esmoreciam, e ela começava a enxergar saída.

No momento, o que ela mais queria era andar pelas colinas.

— Vou precisar fazer mais uma parada — disse Sidra para Blair quando ele a colocou na sela.

Já fazia tempo que Yvaine saíra a galope para se juntar à busca dos guardas, deixando Blair e Sidra no sítio de Rodina. Blair sequer vacilara quando a capitã cochichara ao seu ouvido a notícia da fuga de Moray, mas seus olhos agiram rápido, atentos a qualquer movimento de sombra, como se o prisioneiro pudesse aparecer a qualquer momento.

— Vou logo atrás — disse Blair, e Sidra assentiu, aguardando enquanto ele montava.

Eles cavalgaram lado a lado, trotando, passando por morugens brancas e malvas violeta florescendo na beira da estrada. O vento soprava quente do sul, desenrolando nuvens pelo céu enquanto o sol continuava a subir. Uma corça e seu filhote pintado saíram saltitando do mato e pararam na subida de uma encosta de urze para olhar com curiosidade para Sidra.

Ela não podia caminhar pelas colinas, então seguiu cavalgando para sua antiga casa. Para o sítio que ficara vazio, silencioso, cheio de sombras, a horta aos poucos tomada por erva daninha.

Blair a ajudou a descer. Desta vez, ela fez uma careta quando o pé tocou o chão, e ele reparou. *É*, pensou Sidra, tão cansada que podia desabar ali mesmo no gramado. Ele já devia perceber que tinha algo errado, mas ele manteve a discrição e simplesmente a ajudou a se estabilizar antes de se virar e revistar a casa. Estava segura, como Sidra sabia que estaria, então Blair ficou aguardando lá fora enquanto ela sentava-se à antiga mesa

306 Rebecca Ross

da cozinha, tentando pensar no que fazer. Em maneiras de solucionar a situação que não queria enfrentar.

Fechou os olhos, mas a casa parecia estranha e vazia. Sidra escutava o vento sacudir as persianas, arfar nas cinzas velhas da lareira.

Ela não encontraria resposta ali, muito embora Moray um dia tivesse estado exatamente naquele lugar. Ela estremeceu ao se lembrar daquela noite.

Sidra rangeu os dentes.

Aí se levantou da mesa com um impulso e saiu para o jardim, delineado pelo sol. Blair, tal como ela já imaginava, aguardava junto ao portão. Sidra parou para colher um pouco das ervas, assim como para limpar o mato. Vinha trabalhando por horas a fio para encontrar a cura da praga, mas nada diminuía seu ritmo; e no momento só lhe restava tratar os sintomas menores nos pacientes que também estava sofrendo do mesmo mal. Ela suspirou, guardando a colheita no cesto.

O olhar dela vagou para a colina. Para o lugar onde um dia apunhalara Moray.

— Vou visitar meu sogro por um momento — disse a Blair.

Ele pegou os cavalos e foi andando com ela ladeira acima, até o sítio de Graeme. Quando Sidra parou, no meio do caminho, Blair ofereceu o braço para apoiá-la.

Ela hesitou, mas aceitou, e engoliu a vergonha ao se apoiar nele. Se Blair fosse acompanhá-la nas semanas e meses seguintes, ou no período que levasse para Torin voltar, ele acabaria por descobrir a verdade sobre seu pé. Também acabaria sabendo que ela estava grávida. Sidra começou a ficar zonza, se perguntando se deveria anunciar logo as duas notícias para o clã.

Não, não posso. Ainda não.

Às vezes, ela passava a noite em claro e, nessas horas de silêncio, se preocupava com o filho. Não sabia se a praga afetaria o bebê que crescia dentro dela. Poderia acabar por afetar, considerando seu poder de contaminação. Contudo, mesmo que a praga nunca atingisse o neném, ela não sabia se as ervas consumidas no início da gestação já tinham afetado. Era difícil demais pensar no assunto, porém, quando ficava deitada na escuridão de tantas noites despertas, de olhos arregalados, solitária e com dor no coração.

Ela suspirou de alívio ao chegar ao portão de Graeme e soltar o braço de Blair.

— Vou esperar aqui — disse ele.

Sidra agradeceu e encontrou Graeme dentro de casa, lendo um livro continental grosso diante da lareira.

— Sidra? — cumprimentou ele, surpreso, e se levantou, tirando os óculos. — Precisa que eu cuide de Maisie?

— Não, hoje ela está com a babá do castelo — disse Sidra. — Preciso do seu conselho. Perdemos mais um homem sob a minha supervisão, e não sei o que fazer.

— Isso pede chá. E biscoitos com geleia. Venha, sente-se, por favor.

Graeme vivia tentando alimentá-la. Sidra só aguentava comer algumas coisas, mas, felizmente, entre elas estavam aqueles biscoitos de aveia dele. Ela permitiu que Graeme servisse o chá e os biscoitos, mesmo que não estivesse com a menor fome.

— Então, quem se perdeu? — perguntou ele, sentando à mesa, de frente para ela.

— Moray Breccan.

Graeme levou três segundos inteiros para responder.

— Entendi — disse, parecendo levemente atordoado. — E como ele escapou das masmorras?

— Recentemente, ele pediu para falar comigo — disse Sidra, olhando para o chá. — Eu o visitei nas masmorras. Ele perguntou se podia escrever uma carta para Adaira. Neguei. Quando os guardas trocaram de turno à noite, ele solicitou a um deles uma pena, tinta e pergaminho, para escrever uma carta. O guarda forneceu o material, sem saber que eu tinha recusado o pedido, e Moray usou a pena como arma, perfurando o pescoço do guarda. Dali, roubou as chaves e a adaga dele, com a qual matou mais quatro guardas. Yvaine acredita que ele deve ter se disfarçado de guarda e fugido de Sloane, porque quando o turno seguinte encontrou os guardas mortos, um deles estava nu. Foi então que alertaram Yvaine da fuga.

Graeme coçou o queixo.

— Imagino que tenham iniciado uma busca por ele?

— Sim. Yvaine e os guardas estão vasculhando as colinas, revistando armazéns, sítios, cavernas. Infelizmente, ele conhece o leste muito bem, dada as vezes que já o percorreu. Mas eu... — disse Sidra, e parou, fechando os olhos por um momento. — Temo que ele vá fazer algo horrível. Algo para me atacar de algum modo. Para ferir o clã.

— Você acha que ele tentaria fazer mal a alguém inocente?

— Acho que sim. Ele *já* fez isso.

— E que conselho posso dar, Sidra?

— O que eu faço se nunca mais conseguirmos recapturá-lo? — perguntou ela. — E o que faço se ele for encontrado? Como posso castigá-lo por *matar* cinco dos meus guardas? Devo acorrentá-lo, estender sua pena? Decisão esta que acabará por afetar Adaira no oeste, e a manterá afastada de nós por ainda mais tempo? Devo executá-lo? Devo escrever para Innes Breccan, perguntar o que ela prefere para seu herdeiro? Todos esperam que eu apresente sabedoria e os melhores planos, e eu estou completamente perdida.

— Sidra — disse Graeme, gentil.

Ela se calou, mas seu coração batia rápido. Ela tomou um gole de chá para mascarar o sabor azedo na boca.

— Você disse que ele queria escrever uma carta para Adaira? — perguntou ele.

— É.

— Acho que aí está sua resposta.

Sidra esperou, franzindo a testa.

— Como assim?

— Não acho que seja preciso se preocupar com o que *você* vai fazer com Moray quando o encontrar — respondeu Graeme —, pelo simples fato de que ele já não está no leste. Ele já está bem longe.

Sidra não queria pensar em tal possibilidade. O leste não podia perder Moray. Entretanto, quanto mais olhava para Graeme e para o brilho tristonho em seus olhos, mais sabia que ele estava certo.

Foi Graeme quem disse, porque Sidra não teve forças para fazê-lo:

— Acho que Moray voltou para casa, para encontrar a irmã.

Capítulo 26

Adaira acordou entrelaçada em Jack. Ele estava abraçado nela, respirando pesado de sonho. Uma das pernas dela estava encaixada entre as dele e, por um momento, Adaira simplesmente repousou naquele calor sólido, se permitindo despertar devagar.

Ela ficou vendo a aurora começar a pintar as janelas, um toque de luz cinzenta. Recordou-se da solidão que sentia todos os dias, ao acordar em uma cama grande demais só para ela. Quando pensava em Jack e se permitia sentir saudade.

Ela ainda não acreditava que ele estava ali.

Ela estremeceu, mas não foi de frio.

Adaira desceu da cama, com cuidado para não acordar Jack. Em silêncio, abriu a porta para pedir que uma criada trouxesse uma bandeja de café da manhã, e então atiçou o fogo da lareira. Estava admirando a dança das chamas quando pisou em algo frio e duro.

Franzindo a testa, Adaira olhou para o chão e viu uma pedrinha azul.

Tinha se esquecido completamente do sangue envenenado de Rab, e dos cristais que ela trouxera na mão à noite. Ajoelhou-se para catar as pedras caídas, as quais levou até a cômoda, guardando em uma tigela. Em seguida, cumpriu as abluções matinais, mas não parava de rever Rab em pensamento.

Ela o alcançara no estábulo, preparado para tomar uma montaria e fugir correndo. Porém, assim que ela o chamara, ele interrompera o movimento, pois não estava disposto a parecer covarde diante dela e dos cavalariços, atraídos pela discussão.

Adaira encontrara a metade da moeda de Jack no bolso de Rab, a confirmação da qual precisava. Então ela pusera nas mãos dele sua dose de Aethyn e o ordenara a beber. Aí aguardara o efeito bater, sem saber o quanto o afetaria, pois talvez ele já estivesse se inoculando.

Como ela imaginava, ele não sentira tanto efeito. Era provável que, sendo filho da condessa, já bebesse o veneno fazia anos. Então ela pegou a adaga do cinto dele, para não precisar desembainhar a própria espada, e passou a ponta da lâmina no rosto dele, abrindo um corte. Ele encolheu e sibilou de dor.

— Que esta cicatriz o lembre de sua tolice — disse ela enquanto o sangue dele fluía do rosto, pingando no feno e se transformando em pedras preciosas azuis. — Que esta cicatriz o lembre de nunca mais mexer com aqueles que amo, pois meu julgamento não será tão misericordioso. Entendeu, Rab?

— Entendi, Cora — respondeu ele.

Ainda não era bastante. Ao dar um tapa nele, ela foi atingida por respingos de sangue e teve os dedos manchados. Só então permitiu que ele fosse embora, mas não sem antes de ordenar que ele devolvesse tudo o que tinha roubado de Jack.

E assim Adaira o viu galopar noite afora, enquanto os cavalariços, impressionados, ou talvez chocados, cochichavam entre si. Até aquele momento, ela havia sido uma presença tímida nos estábulos, fácil de ignorar. A seguir ela se ajoelhou para recolher as joias que criara.

No quarto, Adaira parou à luz da manhã, olhando para as mãos molhadas de água.

Não sabia o que Innes e David achariam de sua "advertência" para Rab. Ela própria mal sabia dizer de onde tinha vindo aquilo, mas lhe pareceu uma reação natural. Oriunda de um lado dela há tanto suprimido, que ela mal tivera consciência de sua existência.

Uma batida à porta interrompeu o momento. Ela secou as mãos e atravessou o quarto, notando que Jack estava despertando.

— Não se levante, velha ameaça — disse ela, bem quando ele se sentou, descabelado.

Jack franziu a testa, com os olhos ainda pesados de sono. Adaira atendeu a porta e agradeceu à criada que tinha trazido comida. Ela levou a bandeja até a cama, e a apoiou no colchão com cuidado.

— O que é que é isto? — perguntou Jack, com a voz oniricamente rouca. — Café na cama?

Adaira sorriu, sentando-se na cama devagar.

— Seu dia ontem foi difícil. É o mínimo que posso oferecer.

Jack retribuiu o sorriso e pegou o bule fumegante. Serviu duas xícaras de chá e, quando Adaira foi pegar uma delas, ele a interrompeu, como se a bandeja fosse toda sua.

— E o seu café, cadê? — brincou ele.

Adaira ficou boquiaberta, mas gostava daquelas provocações.

— Preciso implorar para você me alimentar, por acaso?

— Ah, eu adoraria te alimentar — disse Jack, admirando os cabelos desgrenhados e a camisola amarrotada dela.

Adaira encolheu os pés debaixo da coberta, mas, antes que conseguisse pensar em uma boa resposta, ele continuou:

— Quer começar por onde? Chá ou mingau?

— Chá — disse ela, e aceitou a xícara que ele finalmente lhe entregou.

Ela misturou um pouco de mel e de leite na xícara, e os dois se recostaram na cabeceira, desfrutando do chá em um silêncio agradável. Finalmente, Adaira olhou de soslaio para Jack, transbordando de dúvidas.

— Como andam Mirin e Frae? — perguntou.

— As duas vão bem. Frae, especialmente, pediu para eu mandar um abraço.

— Fico feliz. Estou com saudade delas — disse Adaira, passando o dedo na borda da xícara. — E Sidra e Torin?

Jack hesitou, e Adaira sentiu um espasmo de pânico.

— O que foi? — questionou ela. — Eles estão bem? Aconteceu alguma coisa?

— Os dois estão bem — tranquilizou Jack, com pressa. — Mas uma coisa aconteceu, e eu preciso contar para você.

Adaira escutou os relatos sobre a praga. Ficou paralisada de choque ao saber dos pormenores, o chá esquecido entre as mãos. Ele explicou que a doença estava sendo transmitida a humanos, e que tinha tentado tocar para o pomar em busca de respostas. Contou que Bane o interrompera e atacara uma árvore — aquela cena da memória de Kae que Adaira vira —, e que Torin não tinha mais ideia do que fazer.

— Não acredito que isso está acontecendo — disse Adaira quando Jack enfim terminou. — Eu deveria escrever para ele. E também para Sidra.

— Bom, isto me leva à questão seguinte — disse Jack, e suspirou. — Torin está tentando conter a notícia da praga no leste, mas notei que também se espalhou para o oeste.

Adaira franziu a testa.

— Onde?

— No bosque Aithwood. Passei por uma árvore doente depois da fronteira.

— Meus pais não mencionaram nada disso — comentou ela. — Nem ninguém.

Jack a olhou com seriedade.

— Então é possível que tenha *acabado* de chegar ao oeste. Ou que seus pais saibam da praga e estejam guardando segredo.

A segunda possibilidade parecia mais provável. Enquanto Jack servia o mingau para os dois, Adaira pensava em um jeito de iniciar aquela conversa com Innes. Estaria a baronesa disposta a discutir assunto tão delicado com ela?

— Então Torin não quer que os Breccan saibam que o leste está doente? — perguntou Adaira, pegando a tigela de Jack. Ele tinha servido uma dose generosa de frutas e creme no mingau, e ela pegou a colher para mexer tudo.

— Isso — respondeu Jack. — Mas este era o caso *antes* de eu saber que o oeste também está sofrendo. Coisa que Torin não sabe. Acho que isto o faria mudar de ideia.

— Humm.

Adaira se esticou para encher a xícara. A camisola escorregou do ombro, descendo até o cotovelo.

— O que foi isso? — perguntou Jack, com a voz dura.

— Que foi? Quer o chá todo para você de novo? — retrucou ela, sem entender ao que ele se referia, até notar que ele olhava seu braço exposto e a fileira de pontos fechando o corte. — Ah. *Isto*. Não foi nada.

Jack passou o dedo no machucado, estudando os pontos com os olhos escuros e brilhantes.

— Não me parece *nada* — disse ele. — Quem fez isto com você?

— Foi um acidente.

— Causado por quem?

— David — respondeu Adaira. — Estávamos treinando na chuva.

Ela se arrependeu das palavras assim que as pronunciou, pois sem dúvida conjurariam imagens de Jack e do pai na arena. Adaira viu que o mesmo pensamento ocorreu a Jack, cuja expressão se ensimesmou, como se ele tentasse esconder as emoções.

Adaira deixou o mingau de lado.

— Quero libertar ele — disse ela. — Em teoria, ele já devia estar livre. Ele já venceu tantas rodadas do abate que deveria ser solto.

— Innes não quer que ele seja aceito pelo clã — disse Jack, com o tom cauteloso. — Entendo o raciocínio, considerando o que Niall fez.

— Eu vou conversar com ela — prometeu Adaira.

O FOGO ETERNO **315**

Eles acabaram de comer em um silêncio incômodo. Por fim, não teve nenhuma ideia melhor para quebrar o clima sombrio senão a proposta de andar a cavalo pelo ermo.

— O dia está escapando — disse ela, a caminho do guarda--roupa.

Ela deixou a camisola cair no chão, sentindo o olhar de Jack em sua pele. Olhando para trás, Adaira o encarou, ousada.

— Vista-se, Jack — declarou. — Quero lhe apresentar alguém.

O oeste todo parecia um cemitério, repleto de espíritos famintos e agonizantes. Torin pisava com cautela, mas mesmo assim chamava atenção demais. Os assombros da grama o perseguiam, lambendo os beiços. A urze estremecia quando ele passava, e as pedras se recusavam a abrir caminho. Os espíritos da terra dali desconfiavam dele, e Torin não sabia o que mais fazer além de tomar cuidado e manter-se atento, em busca de Adaira e da flor de Orenna.

Ele finalmente chegou a um rio — se perguntando se seria o mesmo rio que fluía pelo coração do bosque Aithwood e chegava ao leste — e estava prestes a atravessá-lo quando um espírito emergiu da água, rosnando.

Torin puxou o pé de volta à margem, quase desequilibrado. Ele pestanejou, chocado, quando o espírito se manifestou na forma de uma idosa de pele azul, cabelo branco lambido, e olhos saltados e leitosos. Ela fungou e então sorriu, revelando uma fileira horrenda de dentes que mais lembravam agulhas. Os dedos dela eram compridos e terminavam em garras, e guelras tremulavam em seu pescoço fibroso.

— Ousa atravessar meus domínios, mortal? — questionou ela.

Torin ficou arrepiado, mas conseguiu manter a voz calma.

— Sim. Perdão por ofendê-la, espírito do rio.

Ela gargalhou. Era um som de pesadelo, e o suor começou a escorrer pelas costas de Torin.

— O que faz aqui, no nosso reino? — questionou ela, se arrastando para perto da margem, a água fluindo ao redor de seus joelhos nodosos.

Torin se perguntava se ela podia sair do rio; se não, a margem seria sua única esperança de não ser devorado por ela.

— Faz muito tempo mesmo que um de vocês veio para cá — insistiu ela.

Torin hesitou. Ele não tivera a ideia de perguntar a Hap se deveria revelar seu propósito a outros feéricos. Poderia ser perigoso deixar o boato correr entre os espíritos da água, mas o oeste parecia um lugar desesperado por esperança.

Ele suspirou e disse:

— Fui convocado para ajudar a curar a ilha.

O espírito do rio inclinou a cabeça.

— Para nos curar? — perguntou ela, com um olhar para o norte, revelando saber ao que ele se referia. — Ele sabe que você está aqui?

— Não.

O silêncio se estendeu entre eles. Em mais alguns instantes, Torin descobriria se morreria ali, fosse pelas mãos de Bane ou pelas palavras traiçoeiras daquela bruxa do rio.

— Sei quem você é — sibilou ela, sorrindo.

Torin a fitou, sem saber responder.

— Quem sou, então?

— Antigo capitão da Guarda do Leste, agora Barão do Leste.

Torin sentiu um calafrio; percebeu então que aquele devia ser o maldito rio que fluía do oeste para o leste, porque aquele espírito sabia demais.

— Faz pouco tempo — continuou ela — que você caminhou sobre meus cabelos com a mão ensanguentada, quando fez seu juramento de proteger o leste. Desde então, aguento mais seus vigias me pisoteando como se eu não fosse nada, enquanto protegem o bosque.

— Perdão — disse Torin, sincero. — Meus olhos não estavam abertos para a senhora na época. Assim como os de meus vigias não estão agora.

Ela chiou, e ele ficou sem saber se a ofendera ainda mais, ou se ela aceitava o pedido de desculpas.

Então ele percebeu que aquele espírito já havia estado no leste, e comentou:

— A senhora tem a capacidade de ir e vir pela fronteira dos clãs. Vê aqueles do oeste, e também do leste. Os outros espíritos não têm tanto poder.

O sorriso dela aumentou. Os dentes pareceram se multiplicar.

— *Sim*, sim. Sou diferente dos outros, pois o rei me outorgou tamanho poder.

Torin sentiu um nó no estômago. Ela provavelmente era uma favorita de Bane, e ele desconfiava terrivelmente de que ela estivesse prestes a invocar seu rei.

— Recebeu tal habilidade, mas ainda passa fome, não passa? Assim como os outros do oeste, mesmo fluindo no leste. Anseia por sentir-se completa outra vez, para não precisar mais conter a maldição em sua correnteza.

O humor do espírito do rio se esvaiu de uma vez. Os olhos leitosos se assombrearam, e Torin viu que suas palavras tinham acertado no alvo.

— Está com fome — continuou, pegando uma pedra na margem, uma rocha com ponta afiada. — Mas sei seu segredo. Sei do que precisa e, se eu alimentá-la, me deixará passar incólume por suas águas. Porque vim restaurar a ilha e, no fim, a senhora deseja ser curada, não mais partida ao meio, dividida em si mesma. Isso só pode ocorrer se me deixar passar.

Ela ficou quieta, pensativa. As guelras tremularam em seu pescoço, e a corrente perdeu velocidade ao redor dos joelhos.

Torin arriscou bater na palma da mão com a pedra, a mesma palma de sua antiga cicatriz encantada. Ele sentiu uma pontada de dor, e então o sangue brotou, brilhando como rubi

318 Rebecca Ross

na luz fraca e cinzenta. Ele chegou mais perto do rio, até seu coração bater forte e as botas estarem submersas. A água estava fria, e sua força parecia a de centenas de mãozinhas, puxando-o para dentro.

Ele conteve um calafrio e esticou a mão ensanguentada para o espírito.

Uma expressão triste perpassou o rosto dela, repuxando a testa em tensão. Por fim, ela avançou de encontro a ele e bebeu o sangue oferecido. Era uma sensação estranha, seu sangue sendo sugado pela boca de um ser imortal. Ele sentiu uma pontadinha de pânico — e se ela o drenasse até não restar mais nada? —, todavia, quando ele finalmente afastou a mão, ela o soltou de bom grado.

Saciada e satisfeita, ela suspirou.

Agora, com a aparência um pouco menos velha e abatida, e sem mais nada dizer, ela fundiu-se à água. Torin ficou boquiaberto, recompondo os pensamentos e deixando a pulsação se acalmar. Até que ela o surpreendeu mais ainda: como se tivesse prendido os cabelos, ela interrompeu o fluxo do rio, permitindo que ele atravessasse no leito seco.

— Obrigado — murmurou ele, pisando pelas pedras do rio e pela areia macia entre elas, até chegar à outra margem.

Quando pisou no musgo, olhou para trás e viu o rio voltar a correr.

Dali em diante, sua jornada em busca de Adaira não foi mais tão terrível.

Talvez os outros espíritos estivessem sendo mais receptivos porque tinham escutado a conversa com o rio. Ou talvez a confiança de Torin tivesse aumentado, e ele estava começando a acreditar que poderia desvendar o enigma mais rápido do que imaginava.

Ele localizou uma estrada e caminhou por ela até escutar o galopar distante de cavalos. Parou abruptamente, esperando que eles surgissem na colina. Quando apareceram, ele perdeu o fôlego.

Dois cavalos galopavam lado a lado. Um dos cavaleiros era indiscernível ao longe. Mas a outra? Ele a reconheceria em qualquer lugar.

— *Adaira* — falou, desatando a correr.

Ele voltou a dar passos largos e vigorosos, devorando a terra ao passar. Alcançou Adaira e seu acompanhante, que Torin logo reparou ser Jack. Depois os seguiu quando saíram da estrada e pegaram um caminho escarpado e perigoso.

— Aonde vocês estão indo? — questionava Torin, reparando em todas as caras carrancudas nas pedras do caminho e em todos os assombros famintos na grama.

O vento do leste soprava com um borrão de asas no céu, fazendo com que Torin sentisse mais calafrios agora do que à beira do rio. Entretanto, ele seguiu acompanhando Adaira e Jack, aliviado por vê-los juntos como deveriam estar, e lembrou--se de como a brasa da lareira murmurara o nome da prima.

Torin ainda não sabia *por que* precisava encontrar Adaira. Ele se perguntava se ela teria um papel na resposta do enigma, mas estava começando a achar que não; talvez a brasa tivesse dito o nome dela porque vira o gesto como o único meio de incentivá--lo a ir para o oeste. Torin temia estar perdendo tempo ali, corren-do atrás da prima, até que ela e Jack pararam em um arvoredo.

Eles amarraram os cavalos e entraram nas sombras da mata, com Torin logo atrás. Era estranho ser invisível, e ele tinha de lutar contra a tentação de abraçar Adaira e chamá-la para olhá-lo.

Em breve, pensou Torin. As palavras eram um incentivo para não desistir e continuar. *Em breve, ela vai te ver de novo. Em breve, você estará em casa.*

Torin então seguiu Jack e Adaira até um lago de água escura. Ele parou para olhar o lugar estranho. Havia uma casa decaden-te em uma ilhota no centro da água, mas ainda mais estranho era o ar, que parecia frio e vazio. Ele rapidamente entendeu que nenhum vento soprava ali. Adaira e Jack pareciam ter adentrado uma fenda no tempo, um lugar onde o passado ainda ardia.

— É o lago Ivorra? — perguntou Jack.

Adaira virou a cabeça para ele.

— O que é o lago Ivorra?

— O lugar onde morou o último Bardo do Oeste, antes de a música perder a influência — explicou Jack.

Uma expressão incrédula, mas satisfeita, passou pelo rosto de Adaira.

— Como você sabe, velha ameaça?

— Rab — respondeu Jack, simplesmente. — Ele achou que eu tivesse roubado minha harpa daqui.

Adaira não disse nada, apenas tensionou a boca. Então conduziu Jack por uma ponte estreita de terra que levava ao chalé, e Torin foi junto. Ele não estava gostando da sensação que aquele lugar lhe incitava, e olhou para as águas quietas e paradas do lago. Nem sinal do espírito correspondente, mas Torin pressentia sua presença mesmo assim. Um ser antigo e perigoso, escondido nas profundezas.

— Devo me preocupar com o que você vai me mostrar, Adaira? — perguntou Jack, quando chegaram à porta da casa.

A horta estava um desastre. Cardos se curvavam, com suas agulhas afiadas, e o mato estendia seus tentáculos encharcados de pólen, como se para capturar Adaira e Jack. Torin seguiu os dois de perto, olhando feio para os espíritos até eles se controlarem e recuarem, obedientes.

— Não — disse Adaira, mas em seguida cortou o dedo na lâmina da espada.

— O que você fez? — chiou Jack quando ela espalmou a mão ensanguentada na porta.

E aí veio o estalo inconfundível de uma fechadura sendo girada.

— Porta encantada — explicou ela, empurrando a madeira.

Ela foi a primeira a passar. Jack foi em seu encalço.

O FOGO ETERNO **321**

Torin também os acompanhou para dentro da casa, impressionado com a tranca da porta. Ele notou o cheiro podre do ar. Uma podridão adocicada, feito mel e papel mofado cobrindo um túmulo. Porém, se esqueceu do cheiro assim que viu o que aquelas paredes continham.

Um espírito do vento estava sentado na beira de um colchão de palha, com o cabelo azul-índigo caído nos ombros. Ela era magra e esguia, com a pele do tom do céu de primavera. Usava uma armadura de cota de malha, e se levantou devagar, arrastando asas iridescentes e esfarrapadas no chão.

Torin mal conseguia encará-la, sufocado de preocupação. E só entendeu que Adaira e Jack também viam o espírito quando sua prima fez as apresentações:

— Jack? Apresento-lhe minha amiga, Kae.

Jack soltou a respiração profundamente e devagar. Estava tão surpreso e fascinado quanto Torin por encontrar um espírito em carne e osso ali, e Torin ficou zonzo. Estava doido para saber o que tinha acontecido para aquele espírito do vento estar se manifestando no reino natural. Seria aquela uma ocorrência comum?

Foi então que aconteceu a coisa mais extraordinária. A atenção do espírito focou atrás de Jack e Adaira, para a sombra onde Torin se encontrava. Ele ficou à espera, achando que sentiria o olhar da criatura atravessá-lo, como o de Sidra, o de Maisie. Estava acostumado à sensação, como se tivesse sido um fantasma desde sempre. Porém, o olhar do espírito fitou seu porte largo. Os traços de seu rosto.

Torin perdeu o fôlego quando o olhar de Kae encontrou o dele.

Capítulo 27

Jack sentou-se à mesa gasta da cozinha em frente a Kae, vendo Adaira servir um pouco de comida. Pão escuro, cebola em conserva, queijo macio e cerejas silvestres. Ela estava servindo os copinhos de gra quando Jack notou a composição musical espalhada na outra ponta da mesa. As folhas finas de pergaminho tinham a cor do mel, com bordas rasgadas, e as notas escritas com tinta estavam borradas e desbotadas.

Ele deixou o olhar vagar para o esqueleto na parede. As harpas ainda inteiras, penduradas nos pregos, e estilhaços de outras espalhados pelo chão. Os resquícios discretos da vida de um eremita ou, mais provavelmente, de um bardo exilado. Uma chaleira rachada na prateleira, uma coleção de copos desparelhados, uma lata amassada de chá, potes de comida em conserva, leitosos de velhice. A cama empelotada no canto, as janelas cerradas por hera e as ervas cujas folhas tinham secado até virar pó, embora os caules ainda estivessem pendurados do teto, lembrando dedos compridos e surreais.

Ele gostava e não gostava daquele lugar.

Pensou que seria uma boa casa para um bardo morar e compor baladas, cercado pela água, naquela terra erma. Ninguém o incomodaria ali, nem interromperia seu trabalho. Contudo, o lugar tinha um clima lúgubre, estranho. Era quase um sonho sinistro, do qual não era possível acordar, por mais que se quisesse.

Jack conteve um calafrio, e pressentiu a atenção de Kae.

Permitiu-se retribuir o olhar dela, repleto de perguntas que não sabia se deveria pronunciar. O que tinha acontecido com ela e com as asas, e por que ela estava presa à forma manifestada? Por que ela o fitava com aquela luz calorosa nos olhos, como se fossem amigos de longa data?

— Kae foi ferida por Bane e banida da corte — disse Adaira, sentando-se no banquinho ao lado dele. — Eu a vi cair do céu, e tive a sorte de conseguir encontrá-la no ermo.

— Posso perguntar o que aconteceu, Kae? — questionou Jack. — Por que você foi banida?

Kae ficou quieta.

— Ele também tirou a voz dela — disse Adaira —, mas demos um jeito de nos comunicar.

— Como?

Adaira olhou para Kae.

— Você pode mostrar para ele o que me mostrou?

Kae assentiu. Ela estendeu a mão para Jack, as unhas compridas e azuis translúcidas na luz. Ele só fez olhar, confuso, até Adaira instruí-lo a pegar a mão dela.

Ele então o fez, porém sem conseguir esconder sua desconfiança, que reluzia como aço. Assim que sua mão encostou na de Kae — que o calor de mortal encontrou o gelo eterno —, sua cabeça foi inundada por cores e imagens opressivas. Ele inspirou fundo, rangendo os dentes, tentando se orientar.

Então viu a corte de Bane, e a expulsão de Kae. A queda dela pelas nuvens. Viu a si próprio sentado na colina no escuro, tocando a harpa, e se sobressaltou. Era estranho se ver por outros olhos. Tonto, foi girando de uma lembrança a outra, até as peças todas se encaixarem e ele mal conseguir respirar, mal conseguir pensar. Perder a noção de onde estava e...

Kae o soltou.

Jack continuava zonzo, de olhos fechados com força, debruçado na mesa. Sentiu Adaira tocar seu cabelo. Quando seu coração voltou a bater regularmente, ele abriu os olhos e fitou Kae, admirado.

Ela já o estava observando, gotas de suor dourado cintilando na pele. Parecia ansiosa e preocupada, como se não soubesse o que ele pensaria.

— Você me protegeu, protegeu minha música, esse tempo todo? — perguntou.

Kae confirmou.

Jack queria saber o *porquê*. Por que ela ganhara todas aquelas cicatrizes por ele? O que sua música representava para ela?

Porém, ele conteve as dúvidas. Um dia, chegaria a hora de saber as respostas. Naquele momento, ele simplesmente murmurou:

— *Obrigado*.

Eles comeram juntos. Jack escutou Adaira contar para Kae do abate, e que quase não chegara a tempo de salvar a vida dele na arena.

— Se não fosse o fogo… — disse ela, olhando para Jack.

Jack já a estava observando. Foi só então, com a menção de Adaira às chamas apagadas na lareira, que Jack pensou em Ash de novo, lembrou-se dele surgindo das cinzas de Mirin.

Entre os Breccan, dissera Ash, *encontrará a resposta*.

Ele olhou para Kae, que fitava Adaira com uma ternura que Jack nunca imaginara ser possível no rosto de um espírito. A cena o fez ponderar a imortalidade. Ele pensou em como seria nunca envelhecer ou morrer. Como algo eterno se apaixonava por algo sujeito ao tempo?

— Kae, o que você sabe do barão Ash? — perguntou Jack.

Kae voltou a atenção para ele, arqueando uma sobrancelha. Ele não sabia identificar se ela nutria sentimentos positivos por Ash ou não, e questionou se seria uma gafe mencionar o barão do fogo para ela. Contudo, lembrou-se da sensação e da inclinação da memória de Kae, e de como ela recorrera à sua valentia para protegê-lo, de novo e de novo.

Ele não a temia. Não como temia a maioria dos outros espíritos para quem tinha cantado, e que encontrara pessoalmente.

Kae estendeu as mãos por cima da mesa. Uma para Adaira, e a outra para ele.

Jack aceitou, assim como Adaira. E assim que os três se conectaram, Kae trouxe à tona a lembrança.

Ela sobrevoava a ilha.

Jack não reconhecia aquele terreno. As colinas eram cobertas de samambaias, azedinhas e tojos. Frutinhas silvestres cresciam nos arbustos, e flores brancas, das rachaduras nas pedras. Um rio fluía, límpido e frio, brotando do espaço entre duas montanhas. De repente, Jack entendeu o que via.

O oeste, antes de a fronteira dos clãs marcar o solo. Era lindo.

Kae desceu, as asas agitando a bruma da manhã que se acumulava nas áreas baixas. Ela carregava fofoca nas mãos, preparada para soltá-la no sítio abaixo, quando o murmúrio suave da música chamou sua atenção.

Ela parou, deixou as palavras escorregarem de suas mãos, e se virou.

Localizou o bardo no vale, sentado sob a copa de uma sorveira. As emoções dela entraram em conflito instantâneo ao vê-lo. Ela sentiu certa raiva e repulsa, mas também uma atração irresistível por ele e pela música tocada na harpa. E ele nem estava cantando para o ar. Estava invocando o fogo.

Kae se escondeu nas sombras, admirando Iagan tocar.

O cabelo dele era comprido e loiro, e chamava atenção ao brilhar ao sol. O rosto tinha feições bem delineadas, e a pele pálida estava corada pelo calor do verão. As unhas compridas arrancavam notas da harpa que reluzia em seu abraço, e sua voz cantava com ressonância sombria.

Ash se manifestou devagar, como se cansado. Nasceu de um redemoinho de faíscas, erguendo-se em uma figura alta e imponente. Ao se apresentar diante de Iagan, não mostrou fascínio, nem admiração. Olhou com irritação para o bardo e chiou:

— Por que me invocar de novo? O que você deseja?

Iagan parou de tocar. Permaneceu sentado sob os galhos da árvore e respondeu:

— Você sabe o que desejo.

— E eu me recuso a obedecer.

— Peço apenas que me dê uma porção de seu poder, para que eu nunca morra — disse o bardo. — Para que eu me torne renomado no meu clã e entre seu povo. Se o fizer, cantarei seu prestígio eternamente.

Ash o encarou e arreganhou os dentes afiados.

— *Não*. Você não merece.

Iagan ficou vermelho, mas respondeu com a voz fria:

— Como assim, não mereço? Não canto para você? Não toco para você? Aos seus olhos, minha música não é boa?

— Vejo seu coração quando toca — disse Ash. — Vejo sua essência e sua fome. E você toca apenas para si e para suas vontades. Você não oferece, quer apenas consumir. Por esse motivo, e apenas esse, não posso conceder o que você deseja. Não lhe cairia bem.

Os olhos de Iagan cintilaram de ira.

— Não pedirei de novo, Ash. Da próxima vez, simplesmente *tomarei*.

— Pode até tentar, bardo — disse o espírito, em tom arrogante, antes de desaparecer sob a camada de brasas e fagulhas.

Iagan se levantou, e sua raiva era palpável. Ele então jogou a harpa, que caiu nas folhas de samambaia com um clangor. Desembainhou a espada e começou a atacar a sorveira, cortando galhos, folhas e frutinhas vermelhas. Pássaros fugiram das copas. Um coelho saiu pulando das raízes. Até as sombras do chão tremeram.

Kae sentiu um calafrio.

Tendo visto o bastante, ela se dissipou no vento.

A lembrança seguinte era menos nítida. Era toda embaçada, na verdade, e Jack tinha dificuldade para enxergá-la e absorver os detalhes. O oeste parecia esparso, e as nuvens formavam um escudo cinzento no céu. Tal cena se dava após a formação da fronteira, Jack entendeu. Ele via Iagan andar pela estrada, com a harpa debaixo do braço. Estava mais velho agora, mais rígido. Mechas grisalhas se mesclavam ao loiro dos cabelos, e seus olhos eram repletos de orgulho, cintilando como pedras preciosas azuis à luz desolada.

— Iagan! — chamou uma voz, seca de fúria.

Iagan parou e se virou, e três homens Breccan o alcançaram na estrada.

— Sabemos que você anda tocando — disse um deles —, e precisa *parar*. Nenhum de nós consegue usar magia quando você toca, e nossas famílias estão passando fome.

— Estão com medo de uma baladinha, por acaso? — retrucou Iagan, rindo. — Você me pediu para tocar no casamento de sua filha, Aaron. Lembro-me vividamente de que você cantou e dançou até cair de bêbado.

— Isso foi *antes* — disse Aaron. — Não vivemos mais naquela época. E sua música não é inofensiva. Está causando problemas, e você recebeu ordens de parar de tocar.

— Nada disto — respondeu Iagan, abanando a mão para apontar as samambaias esquálidas, a urze murcha, o céu nublado — é culpa minha. É tudo obra de Joan e Fingal.

A memória começou a oscilar. Jack se agarrou a ela, tentando escutar o que os homens diziam. Iagan parecia desafiá-los conforme continuavam a discussão. Porém, Jack entendia parte do dilema de Iagan. Sabia que a música estava no sangue do bardo, fervilhando e pulsando em todas as veias. Que se acumulava nos ossos e nos órgãos, e que ansiava pelo alívio, que só chegava de um jeito: em canções, cordas e voz.

Quando os Breccan começaram a espancar Iagan, Jack sentiu algo frio e escorregadio percorrê-lo. Bateram nele, sem parar, até ele desabar na sarjeta, sangrando na grama, a harpa quebrada ao seu lado.

Iagan ficou um tempo caído. Aí uma tempestade começou a cair, o vento uivando no céu, enredando seu cabelo. A chuva pareceu fazê-lo se mexer por fim, e ele começou a se arrastar para casa. Não era o amor pela música, porém, que o motivava. Era a raiva, uma lâmina afiada e brilhante no coração.

A memória se partiu.

Jack estremeceu, a cabeça e os sentidos se adaptando de volta à realidade. Ele abriu os olhos quando ouviu Adaira falar.

— Kae?

O espírito parecia ter enfraquecido por compartilhar aqueles trechos do passado, e caiu recostada na cadeira. Adaira se levantou com pressa para cuidar dela, secando devagar o suor da testa.

— Beba um pouco disto, se conseguir — disse ela, levando o copo de gra à boca de Kae.

Kae suspirou, mas bebeu. A cor foi voltando gradualmente à sua pele, e ela olhou para Jack, curiosa para saber o que ele achava de ter visto o bardo na memória.

Jack estava perturbado. Franzindo a testa, ele se levantou e alongou o pescoço em um movimento ansioso até estalar. Estudou o esqueleto na parede, se perguntando se era Iagan. Elspeth dissera que ninguém sabia do paradeiro de Iagan, mas, dada a hostilidade dos Breccan por ele mostrada na lembrança de Kae, eram boas as chances de o bardo ter morrido dolorosamente.

Jack pensou um pouco mais nas coisas que Elspeth lhe contara de Iagan.

Algumas lendas dizem que a multidão cortou as mãos de Iagan e arrancou sua língua, deixando-o definhar silenciosamente até a morte. Outras, que Iagan se entregou aos compatriotas do clã, e jurou nunca mais tocar uma nota caso o deixassem viver. Algumas alegam que Iagan provavelmente foi afogado junto à harpa no lago que cercava seu lar, e que seu corpo jamais foi encontrado.

Jack começou a revisar as partituras na mesa. Olhando as notas, sentiu uma pontada de preocupação pelo que lia. Aquela composição era sinistra, deturpada por despeito, ânsia e fúria. Jack chegou mais perto, para ler mais da música, muito embora estivesse tomado pela inquietação.

Era uma balada sobre o fogo. Sobre Ash.

Jack recolheu as folhas. Precisava estudar aquilo mais tarde, destrinchar a música. Na parede dos ossos e das harpas quebradas, encontrou uma prateleira que continha mais cadernos e rolos de pergaminho. Começou a folheá-los, encontrando mais composições. Folhas soltas e papel encadernado, tudo coberto pelos garranchos de Iagan.

Jack estava lendo por alto uma balada incompleta quando um livro caiu da prateleira, pousando perto de sua bota. Ele olhou rapidamente para baixo e se surpreendeu ao ver que a letra era muito distinta da de Iagan. Agachou-se para pegar o caderno. Metade estava faltando, e o que restava da lombada estava perigosamente solto. Jack folheou as páginas delicadas com cuidado.

Mais histórias que recolhi no oeste a seguir...

Jack só percebeu que Adaira estava atrás dele quando sentiu o queixo dela apoiado em seu ombro, os braços dela ao redor de sua cintura. Ela leu junto dele e, em momentos, estremeceu.

— Pelos espíritos — murmurou ela.

— O que foi, Adaira?

Ela o soltou, e Jack se virou para olhá-la.

Ela estava concentrada nas palavras na página manchada, com um brilho emocionado nos olhos.

— Eu tenho a outra metade deste livro.

Torin reconheceu o livro partido assim que caiu da prateleira, pousando aos pés de Jack como uma oferenda. Graeme dera a outra metade para Torin originalmente, pensando que as histórias o ajudariam a desvendar o mistério do desaparecimento das meninas. Torin, crente de que as narrativas dos espíritos que o livro continha não passavam de histórias infantis, dera o livro para Sidra e Maisie, que, por fim, o passaram adiante para Adaira pouco antes de ela partir do leste.

Era emocionante pensar em todas as mãos pelas quais aquele livro dividido passara. Torin sabia quem o escrevera, muito tempo antes: Joan Tamerlaine, a baronesa que um dia sonhara estabelecer a paz entre os clãs.

Ele não sabia por que o livro tinha sido dividido, nem como as partes foram distribuídas, mas Jack e Adaira finalmente possuíam o todo.

Um estrépito soou da mesa.

Kae ainda estava sentada na cadeira de palha, mas o observava, mais desconfiada agora que Adaira e Jack tinham ido embora.

Torin se virou para ela.

— Você consegue me enxergar, mesmo estando no reino mortal?

Ela respondeu com um aceno seco.

Torin decidiu confiar nela, pois Adaira confiava. Então se aproximou da mesa e sentou-se. Ele esperava que a cadeira se recusasse a sustentá-lo, e que seu corpo fosse atravessá-la como vinha fazendo com tudo, mas a madeira se manteve firme e lhe deu um lugar para descansar.

— Obrigado — murmurou.

Corando — ele tinha agradecido a uma *cadeira*? —, entrelaçou os dedos e olhou para Kae.

— Estou tentando desvendar um enigma, e acho que você pode me ajudar — declarou.

Kae inclinou a cabeça, esperando.

Torin compartilhou o enigma com ela, palavra a palavra. O texto entalhado no coração de uma árvore pela ira de Bane. A resposta complicada à praga.

A expressão de Kae foi murchando conforme ela escutava. Ela soube, então, quem era o responsável por escrever as palavras que Torin pronunciava. Balançou a cabeça, com as mãos de palma para cima. Torin não teve dificuldade de decifrar o que queria dizer.

Perdão, mas não sei a resposta.

Ele bem que queria desanimar. Não deveria ter permitido que uma esperança tão vã se desenrolar em seu âmago. Porém, Torin concluiu que o conhecimento de Kae era muito mais vasto e profundo do que o dele, e que ainda era possível contar com a contribuição dela.

— Acho que as irmãs do enigma são Whin e Orenna — começou ele, atento à expressão de Kae, que pestanejou, surpresa, mas fez sinal para ele continuar. — Imagino que, quando estava com seus semelhantes, soprando de leste a oeste e norte a sul, você tenha visto inúmeras coisas nesta ilha. Deve ter visto o dia em que Orenna foi exilada para as terras secas e doentes, e quando a criação da fronteira separou Whin da irmã.

Kae pareceu hesitar, mas estendeu a mão para ele. Um convite gracioso para ele enxergar seus pensamentos e seu passado.

Torin aceitou prontamente. O contato o chocou — ela não atravessou seus dedos —, e ele notou que estava muito mais frio do que ela. Ele fechou os olhos, esperando imagens preencherem sua mente assim como pareceu ocorrer com Jack e Adaira. Mas quando seus pensamentos continuaram os mesmos, neutros em expectativa, ele voltou a olhar para Kae.

Ela abanou a cabeça.

Não ia funcionar com ele. Muito embora ela o visse, e conseguisse pegar sua mão, ele estava em um reino, e ela, em outro.

Torin soltou a mão dela. Queria sentir a derrota, esmurrar a mesa. Porém, se recusava a deixar-se dominar pela raiva e pela impaciência.

— Você por acaso sabe onde Orenna mora hoje em dia? — perguntou. — Se puder me levar ao cemitério onde ela floresce, eu ficaria muito agradecido.

Kae assentiu e se levantou da mesa.

Ela saiu com Torin da casa, andando devagar. Ele imaginava que ela estivesse com dor, por causa das lesões ainda em recuperação, e que talvez não fosse uma boa ideia pedir para ela conduzi-lo. Então reparou que ela estava era tomando cuidado, atenta a qual vento soprava, e onde, e a qual trilha tomar pelas colinas. Às vezes, ela se agachava atrás de uma pedra, fazendo sinal para Torin imitá-la. Ele obedecia, cheio de perguntas contidas entredentes. Não estava entendendo o que acontecia até notar os rastros dourados no céu, revelando as rotas do vento.

Kae queria evitar a atenção do norte.

Quando era seguro, eles avançavam. Torin prestava atenção no caminho que Kae indicava, seguindo-a colina acima, e descendo por um vale largo. O vão era frio e nebuloso, e parecia vazio. Gradualmente, a grama, o musgo e as samambaias foram desaparecendo sob suas botas, e até as rochas diminuíram. Quando chegaram a um terreno coberto apenas de terra e cascalho, Torin soube que estavam quase lá.

Eles subiram uma ladeira íngreme. Dava para ouvir as ondas batendo na rocha. Dava para sentir o cheiro de sal. Estavam quase na costa norte.

Torin finalmente viu as lápides. Primeiro, não entendeu bem o que eram, pois flores de Orenna cresciam nos túmulos e sepulturas, e mal deixavam uma trilha navegável entre as pétalas grossas de carmim. A cena fez Torin parar, surpreso. Ele olhou para as flores, mais vívidas que o sangue, naquele chão seco e quebradiço.

Ele se ajoelhou devagar. Não sabia onde estava o espírito, mas sentia sua presença, como se ela se escondesse por baixo das flores.

— Posso colher algumas flores, Orenna? — perguntou Torin.

Fez-se silêncio demorado. A solidão era tangível no penhasco com vista para o mar espumoso e revolto. Ele não sabia quanto tempo toleraria permanecer ali, e sentia que a qualquer momento o vento forte poderia derrubá-lo.

— Você foi o primeiro a perguntar — respondeu Orenna.

Torin não a via, mas ela soava próxima, com a voz grave.

— Pegue o quanto conseguir carregar — acrescentou.

Torin começou a colher as flores. Elas logo encheram suas mãos, macias e reluzentes com veios dourados. Ele as estava guardando com cuidado no bolso quando, de soslaio, viu Kae correr para se esconder atrás de uma rocha.

Torin olhou para o lugar de onde ela sumira, o coração começando a martelar o peito.

— O que houve, Kae?

O espírito, escondido, não se manifestou. Porém, em meio ao uivo do vento e ao rugido da maré, Torin escutou passos no xisto às suas costas. *Outra* pessoa também andava pensando em Orenna, e fora àquele lugar desolado onde ela florescia.

Torin se virou devagar.

Para seu choque imenso, ele se viu frente a frente com a última pessoa que esperava.

Moray Breccan.

Capítulo 28

Evidentemente Moray não enxergava Torin.

Pela primeira vez, Torin agradeceu por sua invisibilidade, e então ficou parado, estupefato. Viu Moray se ajoelhar e começar a arrancar punhados de flores. As mãos dele estavam sujas das masmorras, o cabelo loiro seboso. Tinha manchas de sangue nas mãos e na barba, e, talvez o pior de tudo, usava o uniforme da Guarda do Leste.

— O que está fazendo? — gritou Torin, então pensou melhor e grunhiu: — Está fazendo o quê *aqui*? Era para você estar preso!

Obviamente foram perguntas retóricas, já que ele não podia ser ouvido. Então Torin pôs-se a observar, congelado de medo, enquanto Moray metia três flores de Orenna na boca e as engolia sem mastigar.

O herdeiro do oeste suspirou. A tensão em seus ombros se esvaiu quando ele fechou os olhos, ainda ajoelhado. Ele esperou a magia atravessá-lo.

O coração de Torin fraquejou. O que tinha acontecido no leste em sua ausência? Por que Moray estava livre? Algo horrível ocorrera certamente, e ali estava ele, preso do outro lado do reino, no oeste, perdido em um enigma complicado.

Sua nuca pinicou de alerta, e ele se afastou assim que Moray abriu os olhos, com as pupilas dilatadas. Torin nunca ingerira uma flor de Orenna, mas sabia que dava velocidade e força aos mortais. Permitia também que vislumbrassem o mundo dos espíritos e soubessem coisas que não deveriam saber.

Torin se agachou, afundando os dedos na terra para se manter firme, e retesou os músculos em preparação para brigar. Primeiro, teve a impressão de que Moray o vira, mas então Moray enfiou com pressa o restante das flores colhidas no bolso da túnica, se levantou de um pulo, e disparou correndo pela beirada rochosa do penhasco. Torin se endireitou, perplexo.

Um soluço choroso chamou sua atenção de volta para as flores.

Orenna tinha aparecido. Estava encolhida no lugar onde Moray estivera, afundando os dedos retorcidos no chão, com o cabelo vermelho-escuro caindo no rosto. O choro sacudia seu corpo, como se em agonia, e Torin hesitou, sem saber o que fazer. Ele estava prestes a se ajoelhar diante dela, se aproximar e tocar a mão dela devagar, quando ela levantou o rosto de repente.

O cabelo se abriu como uma cortina, revelando um rosto fino e anguloso, com lágrimas cintilantes como orvalho. O rosto dela estava corado, com o tom do poente, e os olhos violeta, grandes e luminosos, se fixaram em Torin. Ela entreabriu a boca, revelando a fileira de dentes espinhentos.

— Ele roubou de mim — disse ela. — De novo e de novo, *arrancou* sem pedir, sem me agradecer. Ele usou meu conhecimento com malícia e, se eu não fosse amaldiçoada, se pudesse sair deste cemitério, eu o perseguiria e dilaceraria sua garganta.

Torin ficou sem saber o que dizer. Pensou em todas as vezes em que também recorrera à magia e abusara dos recursos da ilha sem reflexão. Só naquele momento, com os olhos abertos para os espíritos, estava aprendendo a não invadir, a pedir. A agradecer aos espíritos pelas dádivas.

Com um choque, ele viu o que poderia ter ocorrido: percebeu como teria sido fácil virar um homem como Moray Breccan.

— Então ele fez mal a nós dois — disse Torin, se levantando.

— E eu serei sua vingança.

Ele se virou e saiu atrás de Moray. O herdeiro do oeste já era mera sombra ao longe, correndo pela orla norte com velocidade espantosa. Torin, contudo, podia absorver as forças dos feéricos, e rapidamente se aproximou de Moray.

A costa norte era um penhasco alto e íngreme. Não havia praia suave abaixo, apenas a maré quebrando na parede rochosa. Cair de tal altura seria fatal, e Torin estava confuso com a decisão de Moray de correr exatamente pela margem escarpada, no sentido leste. Faria sentido apenas se ele tivesse pretensão de voltar aos Tamerlaine e causar um estrago grave.

O sangue de Torin começou a latejar, quente e rápido.

Ele pensou em Sidra. Maisie.

Estava quase alcançando Moray. Estava prestes a esticar a mão para ver se conseguia segurá-lo e, se conseguisse, ia matá-lo. Ia rasgar pescoço dele. Ia esmagar a cabeça dele na pedra mais próxima...

Moray parou, derrapando.

Torin o atravessou como se fosse névoa.

Desacelerando até parar na grama, ele bufou, sabendo que não deveria estar surpreso, nem decepcionado, pois já sabia como funcionava. Ele não conseguia encostar em seres mortais. Torin rangeu os dentes e se virou para investigar o que fizera Moray parar tão bruscamente.

Moray estava agachado, na postura de um animal encurralado. Com o olhar, vasculhava os rochedos através da bruma baixa, e escutava o uivo do vento.

— Quem está aí? — perguntou, seco.

Torin deu um passo para o lado. Moray, pressentindo o movimento de Torin, virou o rosto.

— Quem é você? — soltou Moray, forçando a vista. — O que você quer?

Torin ficou tentado a responder, mas mordeu a língua. Era melhor manter Moray inseguro quanto a quem o assombrava.

Torin deu outro passo à esquerda. Moray certamente notou, mas Torin teve a confirmação de que, embora Moray vislumbrasse seus movimentos, não conseguia discerni-lo.

Torin recuou até a desconfiança de Moray diminuir. Então se reaproximou devagar, impressionado, ao ver que Moray engatinhava para passar pela beira do penhasco. A cabeça loira de Moray logo sumiu de vista. Torin andou até a borda e olhou para a rocha íngreme.

Moray descia pela face do penhasco, usando todo o poder de Orenna para se pendurar com os dedos. Um feito impressionante, que garantiria a morte certa para quem tentasse fazê-lo somente com a força humana.

Torin arqueou uma sobrancelha, se perguntando para onde Moray descia. Inicialmente achou mais seguro esperar lá em cima, no terreno plano e confiável, até Moray voltar. Só que aí acabou mudando de ideia, curioso demais para simplesmente aguardar. Com cuidado, Torin passou da borda também, sabendo que odiaria cada segundo daquilo. Avaliou a face longa e escorregadia do penhasco, que revelava aberturas douradas na rocha, um rastro de rachaduras passíveis de se encaixar as mãos e os pés para a descida árdua e longa.

Moray já estava longe, apenas um borrão, cada vez mais próximo da névoa que subia das ondas.

Torin suspirou e começou a segui-lo.

No meio do caminho, finalmente viu o que Moray queria ali. Uma trepadeira crescia pela pedra, parecendo nascer da espuma da maré. Era coberta de florezinhas brancas, e Moray começou a colhê-las, uma a uma, acumulando o máximo que possível sem se desequilibrar. Ele guardou as flores no bolso como se cada uma valesse mais do que ouro.

Franzindo a testa, Torin finalmente chegou a um trecho da trepadeira e olhou melhor para as flores molhadas. Quando as tocou, ficou surpresa pelo frio que sentiu. As pétalas estavam envoltas em gelo, ainda que estivessem no meio do verão. Ele nunca vira nada igual, e se perguntava o que seria aquela flor. E por que Moray a queria tanto assim?

— Posso pegar algumas de suas flores? — murmurou Torin para a trepadeira.

Primeiro, nada aconteceu. Em meio ao rumor das ondas e à ardência aguda do vento, ele esperou pela resposta da planta. Ela ficou quieta, mas como estava prestando atenção, Torin logo viu o gelo rachar e cair de três flores.

Ele arrancou o trio do caule com pressa, bem quando Moray o alcançou.

Ele atravessou o corpo de Torin outra vez, braços, peito, pernas. Moray era quase tão frio quanto aquelas flores, como se gelo se espalhasse por sua pele.

— Ainda está me seguindo, é? — comentou Moray, arrastando a voz. — Vamos ver se você me alcança.

Ele começou a subir com velocidade assustadora, e Torin teve dificuldade de manter o mesmo ritmo imprudente, quase escorregando em uma das reentrâncias rasas.

Ficou aliviado quando chegou ao solo firme, e teria sido ótimo se ele tivesse podido passar um momento deitado na grama, recuperando o fôlego e acalmando o coração, mas um grupo de assombros começou a urgi-lo, instando-o a prosseguir.

— Você prometeu vingança — insistiram, impacientes. — Palavras mortais são meras mentiras, por acaso?

Torin ruborizou de raiva. Como castigaria Moray, se não conseguisse segurá-lo? Se não tinha como rasgar seu pescoço para vingar Orenna? No passado, era sempre esse o método de Torin, não era? Cortar pescoços e furar corações com a espada. Seria fácil voltar aos hábitos antigos, e ele precisou de um momento para desenredar as emoções. Seu desejo de derramar sangue e sua vontade de ser diferente de quem era. De ser alguém que curava, em vez de ferir.

O FOGO ETERNO **339**

Ele forçou a vista, procurando Moray ao longe. Então o viu se direcionar para o sul, aprofundando-se no crepúsculo do território Breccan.

Torin decidiu continuar a perseguição. Suas pernas devoravam um quilômetro após o outro e, depois de alcançar Moray rapidamente, ele passou a segui-lo a uma distância segura. A ansiedade de Torin só fez crescer, contudo, ao perceber para onde Moray se dirigia.

A fortaleza Breccan, construída em uma colina e cercada por um fosso, era feia, porém prática, a única ponte acessível apenas pelo centro da cidade. Espalhada pelo vale, a cidade era uma teia de construções com telhados cobertos de líquen, unidas por ruas de terra, com uma forja fumegante a cada esquina.

Já devia ser noite, porque tochas ardiam nas arandelas de ferro. Moray roubou uma flanela para cobrir a cabeça e entrou no centro com facilidade, sem ser detectado. Ele ia de sombra em sombra, olhando para trás de tanto em tanto para ver se Torin o seguia. Quando ele abriu um sorrisinho, Torin soube que Moray ainda o via, e se perguntou que aparência teria para o outro. Seria ele um mero desenho dourado, ou sua mortalidade emanava algum tipo de luz fraca e o revelava?

— Pode correr, filho da mãe — disse Moray, pouco antes de entrar em uma taberna.

Torin revirou os olhos, atravessando a parede de pedra.

Moray tinha escapado das masmorras, viajado do leste para o oeste, comido um punhado de flores, roubado mais flores do penhasco, e agora ia repousar no bar. Torin mal acreditava no que estava acontecendo.

A taberna estava vazia, exceto por um homem jovem e desanimado sentado no canto, bebendo de uma garrafa de vinho. As garrafas e mesas ao redor dele eram descombinadas entre si, o piso de azulejo estava coberto de palha, e na lareira queimava um fogo triste.

Torin viu Moray se aproximar do homem no canto. O rosto vermelho do sujeito estava marcado por uma cicatriz recém--costurada, e ele bebia diretamente da garrafa.

— Rab? — sibilou Moray. — Rab, sou eu.

Rab se engasgou. Ele secou uma gota de vinho vermelho--sangue da boca e olhou para Moray, de queixo caído.

— *Moray?* O que...

— Preciso que você me ajude a entrar no castelo. *Agora.*

Rab se endireitou, e olhou ao redor da taberna.

— Como você fugiu?

— É uma longa história, e não tenho tempo para contar — respondeu, e franziu a testa. — O que aconteceu com a sua cara?

Rab pareceu se entristecer um pouco.

— Outra longa história. E, se quiser que eu bote você para dentro do castelo, vai ter de me fazer alguma oferta irrecusável. Porque se sua mãe souber que eu ajudei...

Moray tirou do bolso um punhado de florezinhas brancas, que enfiou à força na mão parruda de Rab.

Rab pestanejou, mexendo os dedos para contar as flores geladas.

— Você foi longe, hein?

— Aonde as marés encontram as rochas — disse Moray.

Como Rab ainda parecia hesitar, ele continuou:

— Você já cavalgou ao meu lado, nas noites, tempestades e incursões. Você foi meu escudo e meu amigo, Rab. Meu irmão. Eu confiava em você. Ainda confio, senão não o procuraria assim.

Rab suspirou, e guardou as flores no bolso.

— Tudo bem. Posso botar você para dentro com a entrega de vinho. Mas temos que correr. Vão baixar o portão na próxima badalada.

Moray estendeu as mãos.

— Vamos nessa.

Torin seguiu a carroça de Rab pela ponte. Moray estava encolhido em um compartimento escondido, o que fazia Torin acreditar que Rab estava acostumado a botar para dentro do castelo muita coisa que não deveria. E ele também devia ser uma pessoa importante, pois os guardas no portão o deixaram passar sem questionar.

Rab conduziu a carroça pelo pátio, por um piso de laje salpicado de musgo, e por uma via sinuosa que levava a um pátio mais baixo. Ele interrompeu o trajeto ao chegar a uma passagem arqueada. Pela aparência e pelo cheiro, era a rota do depósito do castelo.

Rab afastou algumas garrafas de vinho e abriu o compartimento para Moray.

— Qual é seu plano, Moray? — perguntou Rab, em voz baixa.

Boa pergunta, pensou Torin.

Moray nem pareceu escutar. Com o poder de Orenna que o percorria, ele ainda estava de pupilas dilatadas, as mãos tremendo ao lado do corpo, como se ansioso ou empolgado. Ele inclinou a cabeça, escutando os ecos suaves do castelo.

Aí largou Rab na passagem, inteiramente esquecido.

Torin foi atrás.

Eles percorreram corredores e escadas, parando nas sombras quando cruzavam com guardas e criados. Em determinado ponto, Moray surrupiou um jarro e uma bacia cheia d'água e seguiu caminho, até chegar a uma porta reforçada a ferro.

Ele entrou por ali, tateou no escuro em busca de uma adaga encantada acima da lareira, e a riscou para acender uma chama, iluminando uma fileira de velas. Torin enxergava tudo perfeitamente, pois seus olhos não eram afetados pela noite, e ali ele entendeu que eles deviam estar nos aposentos íntimos de Moray. Havia uma cama com dossel azul, tapeçarias coloridas nas paredes, um armário contendo roupas e botas, um móvel com armas no canto, e uma pele de lobo pendurada em uma cadeira.

Torin ficou esperando Moray lavar a sujeira da prisão do rosto e das mãos. Então desembaraçou o cabelo e tirou as roupas roubadas dos Tamerlaine e vestiu uma túnica azul-escuro bordada com linha púrpura cintilante. Calçou botas limpas que iam até os joelhos, prendeu a adaga no cinto, e pôs na cabeça uma tiara de prata trançada.

Transformado, Moray suspirou e jogou a cabeça para trás, de olhos fechados.

Torin não gostava da expressão no rosto do outro. Da calma, da confiança. Não gostava da mão apertando o punho da adaga, nem da prata reluzindo em sua testa quando ele se movimentava.

— Se tiver vindo machucá-la... — começou Torin, mas seu peito estava cheio de brasas.

O calor doía até a garganta. Ele não conseguiu terminar a ameaça, mas viu que sua voz assustara Moray.

O herdeiro abriu os olhos e se virou para Torin, forçando a vista.

— Ah é, eu tinha me esquecido de você.

Moray começou a se aproximar, e Torin se manteve firme. Seu coração, porém, estava em frenesi. Sentia o medo e a fúria emaranhados em seu organismo.

— Acha que eu machucaria minha irmã, é isso? — perguntou Moray, lânguido. — Depois de tudo o que fiz para trazê-la para casa?

Torin sabia que Moray estava de provocação. *Sabia*, mas caiu mesmo assim. Suas palavras eram contundentes como aço, e seriam a espada em suas mãos naquela noite.

Ele disse:

— Ela é mais minha irmã do que jamais será sua.

Moray ficou pálido de ira. Uma veia latejou em sua têmpora, e ele torceu a boca, revelando os dentes cerrados. Até que relaxou a expressão, fingindo neutralidade.

— Olá, barão — disse, com um toque de humor. — Eu estava mesmo querendo saber o que aconteceu com você desde que Sidra me visitou.

Escutar Moray pronunciar o nome de Sidra machucou a alma de Torin. Ele fez uma careta e cerrou os punhos. Moray estava provocando de novo e, desta vez, Torin precisou engolir. Agora era hora de enterrar suas preocupações e emoções, deixá-las afundar na escuridão. Porque ele pressentia: já tinha perdido tempo demais ali no oeste. Precisava retornar à sua missão.

Mas também precisava meter um murro na confiança de Moray.

— O poder que você roubou de Orenna está acabando — disse Torin, com a voz tranquila. — É melhor correr com esse seu plano.

As palavras atingiram o alvo.

Moray saiu do quarto e apertou o passo por mais uma sequência de corredores sinuosos e iluminados por tochas. Por duas vezes, quase trombou em criados que carregavam bandejas de comida. Era o que Torin esperava — que o plano de Moray fosse frustrado quando, por descuido, ele acabasse descoberto. Porém, ele chegou a seu destino, e parou diante da porta entalhada.

Moray pegou a maçaneta de ferro, franzindo as sobrancelhas, como se já esperasse que estivesse trancada. Mas a porta se abriu, e ele entrou.

Torin atravessou a parede.

Ele sabia que era o quarto de Adaira. Sabia porque, embora ela não estivesse ali, Jack estava, sentado à escrivaninha, escrevendo em uma folha de pergaminho.

Moray parou de repente. Ficou surpreso por encontrar Jack, mas desembainhou a adaga.

— Jack! — gritou Torin. — *Jack*, atrás de você!

Jack não conseguia ouvi-lo. Concentrado em sua escrita, não foi perturbado nem pelo barulho da porta. Porém, ele então disse:

— Como foi a conversa com seus pais?

A ausência de uma resposta o fez erguer a cabeça, pois Jack percebera a sombra que tomara o quarto. O coração agitado de Torin. O fogo baixo na lareira. A presença fria e sebosa de Moray.

Jack soltou a pena e se levantou de sobressalto, derrubando a cadeira. Moray já estava pertinho, de adaga em mão. Dentes arreganhados no sorriso escancarado.

— Olá outra vez, bardo.

Capítulo 29

Adaira aceitou o copo de gra que Innes lhe ofereceu. Elas estavam sentadas diante da lareira na ala da baronesa, um agrupado de cômodos surpreendentemente aconchegantes. Galhos de zimbro pendiam do teto, emanando uma fragrância doce pelo quarto. Centenas de velas estavam acesas nas prateleiras e nos lustres de ferro. A luz suave se espalhava pelas tapeçarias e pelos painéis pintados nas paredes, e Adaira tirou um momento para admirar as histórias contadas por aquelas pinturas. Unicórnios perseguindo luas caídas. Flores brotando das pegadas de lobos. Um monstro marinho emergindo das ondas.

— Você quer me perguntar alguma coisa — disse Innes.

Adaira desviou o olhar das paredes. Afundou mais na manta de pele macia no encosto da cadeira. Sim, tinha algumas coisas a dizer para Innes, e não sabia exatamente como conduzir tal confronto. Desde o abate, ela sentira a mudança entre as duas, e sabia que Innes sentia o mesmo. Adaira tomou um gole de gra antes de falar.

— Quero.

— Então diga, Cora.

Adaira olhou rapidamente para o cômodo adjacente. A porta estava aberta, e ela via David sentado a uma mesa, peneirando ervas secas.

— Posso mandá-lo sair, se você preferir — disse Innes.

— Não, tudo bem. Mas ele consegue escutar a gente?

— Escuto — disse David, manhoso.

— Que bom. Porque tem algumas coisas que não quero precisar repetir — disse Adaira.

Tomou outro gole do copo, tentando criar coragem.

— Você quer saber se eu tinha conhecimento de que era Jack na arena — disse Innes, com a voz cautelosa.

Adaira engoliu.

— Isso.

— Eu não fazia a menor ideia. Trouxeram ele das masmorras já de elmo, e o apresentaram como "John Breccan". Não disseram nada a respeito do roubo da harpa.

— Isso não a preocupa? — questionou Adaira. — Que membros do seu clã sejam mortos por crimes que nem lhe são familiares? Que pessoas inocentes estejam morrendo escondidas por mordaças e elmos trancados?

Innes ficou quieta. Nem parecia respirar. Pelo canto do olho, Adaira viu David também paralisado à mesa, de costas para elas.

— Qual é a honra dessa morte, se for injusta? — insistiu Adaira.

— Seu marido deveria ter deixado claro que estava no oeste — retrucou Innes, com a voz seca. — Ele veio pelo rio. Invadiu minhas terras. Se eu soubesse que ele vinha, ele nunca teria acabado nas masmorras.

— Não negarei que teria sido útil se ele tivesse sido mais direto — disse Adaira. — Mas, na verdade, ele escreveu e me avisou que viria. Temos nos comunicado em código porque vocês continuam a ler minha correspondência como se eu...

Innes interrompeu a frase:

— Como se você fosse prisioneira? — concluiu, com mais frieza na voz. — Eu a trato como prisioneira?

— Não. Mas...

— O fato é que seu marido faz parte do clã inimigo. Ele também trouxe uma harpa — disse Innes. — Isso infringe a lei destas terras.

— Uma harpa que ele não *tocou* — argumentou Adaira.

O FOGO ETERNO **347**

— Mas pretende tocar?

Adaira se calou. Ela não impediria Jack de tocar, caso ele quisesse.

Innes bebeu o restinho do gra e deixou o copo de lado.

— Conforme imaginei. Jack é bem-vindo aqui, Cora, mas ele deve obedecer à lei. Não posso correr o risco de ele causar outra tempestade.

— Eu sei.

Um silêncio se instalou entre elas. Adaira queria perguntar por Niall, mas depois de ouvir a tensão na voz de Innes, não parecia o melhor momento. Ela hesitou, pressentindo que tinha pouco tempo que restava para redimir o pai de Jack. Entretanto, também sentia que estava em uma vala, e que precisava pisar em terreno mais firme antes de mencionar um tema que certamente mexeria com mágoas antigas.

Sua insinuação de que Innes tinha sido responsável por quase matar Jack não ajudara.

— O que mais? — perguntou Innes.

Adaira decidiu seguir para o último tema da lista. A praga.

Começou a contar a Innes o que Jack lhe explicara. Que os pomares do leste estavam doentes, e os espíritos, sofrendo. Que os Tamerlaine também estavam sendo contaminados.

Quando ela terminou, David viera até a porta, atraído pelas palavras. Innes, por outro lado, mantinha uma expressão impassível, a qual imediatamente atiçou a desconfiança de Adaira, pois ela estava começando a reconhecer as muitas máscaras da mãe.

— É uma lástima para o leste — disse Innes —, mas não vejo como podemos ajudá-los com essa questão, Cora.

— Mas vocês já sabem que a praga chegou ao oeste, não sabem? — perguntou Adaira. — Há quanto tempo? Quando notaram?

— Faz seis semanas — disse David, em voz baixa. — Apareceu primeiro em um arvoredo, muitos quilômetros ao sul daqui.

— Quantos Breccan adoeceram?

— Não temos certeza — respondeu David.

Adaira não sabia se devia aceitar a verdade da declaração, ou concluir que os pais queriam esconder o número dela. Ela não se permitiu o tempo para nenhuma afronta, e disse:

— Eu gostaria de escrever para Sidra a respeito disso, com sua permissão, é claro. Ela é uma curandeira renomada no leste e, se eles também têm enfrentado a praga, ela pode ter respostas das quais necessitamos.

— Não — disse Innes, imediata.

— Por que não? — retrucou Adaira. — Não é questão de um lado parecer mais fraco ou vulnerável. Não se os dois estão sendo afetados.

Ela parou, ponderando sobre o quanto deveria insistir. Innes tinha desviado o olhar dela e agora focava no fogo, dando a Adaira a impressão de estar desconfortável. Porém, Adaira tinha a esperança de que, se leste e oeste pudessem trabalhar juntos para solucionar a praga, outras colaborações seriam possíveis no futuro. Tal como o comércio que Adaira tentara estabelecer anteriormente, iniciativa que infelizmente fracassara quando da descoberta dos sequestros de Moray. Nas últimas semanas, ela vinha achando que o sonho tinha morrido, mas agora sentia que voltava à vida, pronto para reacender.

Estabelecer trocas entre os clãs eliminaria as incursões. Se os Breccan pudessem conseguir provisões dos Tamerlaine de modo justo, a paz poderia vir a ser um futuro sustentável para a ilha.

— E se eu convidar Sidra para uma visita? — continuou Adaira. — Me daria a oportunidade de revê-la, e de começar a construir uma relação entre os clãs. Ela também poderia colaborar com David na busca por uma possível cura.

David ficou quieto, mas não parecia contra a ideia. Entretanto, observava Innes atentamente, como se lesse os medos e os pensamentos na cabeça da esposa.

O FOGO ETERNO **349**

— Não sei, Cora — respondeu Innes, finalmente. — Sidra é esposa do barão do leste, não é? Se algo acontecesse com ela aqui, nas minhas terras, levaria a uma guerra que não desejo.

— Então me deixe convidar Torin também — disse Adaira, sabendo que parecia impossível.

Ela mal conseguia imaginar. Torin *e* Sidra visitando o oeste. Poder vê-los, abraçá-los. Conversar pessoalmente.

A saudade era quase sufocante.

— Então eu não teria apenas um bardo em minhas terras — disse Innes, irônica —, como também o barão do leste e sua esposa, todos sob o meu teto.

Adaira sorriu.

— O que poderia dar errado?

Innes suspirou, mas quase sorriu de volta.

— Muita coisa.

— Mas pode pensar no assunto?

Innes já ia responder, mas foi interrompida por uma comoção no corredor. Adaira se virou a tempo de ver a porta ser escancarada ruidosamente. A primeira coisa que viu foi Jack — o cabelo escuro com a mecha prateada, o rosto pálido, os olhos um alerta instantâneo. Ela viu a adaga no pescoço dele, controlando seus movimentos. A adaga na mão de um homem loiro, de olhos desvairados, que ela demorou a reconhecer.

Adaira se levantou de um pulo, o coração aquecendo seu sangue. Ela só conseguia olhar para a faca cintilando no pescoço de Jack.

— Solte ele, Moray — disse Innes, em voz calma e fria.

Moray.

O nome foi um tapa na cara de Adaira, e ela ergueu o olhar. O irmão já a encarava, esperando apenas ser reconhecido por ela. Assim que ela retribuiu o olhar, ele tirou a adaga do pescoço de Jack e o empurrou de leve para a frente.

— Não me olhe assim, Cora — disse Moray. — Eu não ia fazer mal a ele.

Adaira atravessou o quarto antes de recompor os pensamentos. Pegou Jack pelo braço e o puxou para trás de si, um gesto de proteção. O alívio, contudo, não a acalmou. Seu sangue fervia, e ela estava a um instante de estraçalhar Moray, com as palavras e as mãos, com o que pudesse pegar e jogar, quando de repente Innes se posicionou entre eles.

— O que você está fazendo aqui?

— É assim que fala com seu *herdeiro*? Com seu único filho? — perguntou Moray, ainda com a adaga na mão, que abanava sem cuidado. — Achei que pelo menos ficaria feliz por me rever, Innes. Vim de muito longe.

Innes cerrou a mandíbula.

— Você está sob a guarda dos Tamerlaine. Se veio para cá, eles têm o direito de vir caçá-lo.

Moray riu.

— Eles não são capazes desse feito, posso garantir.

— Acho que você não entendeu a dimensão do que fez, Moray — respondeu Innes —, nem quais serão as consequências disso.

Moray ficou quieto, mas não parecia preocupado, nem arrependido. Mais uma vez, passeou o olhar por Adaira, que estava atrás de Innes.

— Pergunto de novo — disse Innes, e deu um passo ao lado para bloquear a vista de Moray. — O que você está fazendo aqui?

— Você vai mesmo se meter entre mim e minha irmã? — perguntou Moray. — Se não fosse por mim, você ainda acharia que ela era parte do vento! Ainda estaria se enganando, achando que ela estava soprando as asas pelo seus cabelos quando você estivesse cavalgando no ermo. Não estaria aqui *com* ela, estufando-a com todo o veneno que fabrica, trançando essas pedras azuis no cabelo dela e…

Innes deu um tapa na cara dele.

— *Basta* — declarou ela. — Você cometeu seus crimes, e agora fugiu de seu castigo. Não há maior vergonha, e não me

O FOGO ETERNO **351**

resta opção além de acorrentá-lo até o barão Tamerlaine ser informado de sua posição.

Moray levou a mão à boca. O lábio estava começando a sangrar, cortado pela borda do avambraço de Innes, mas ele só fez rir.

— Você lutaria para ficar com ela, mas não comigo?

Innes fez um longo momento de silêncio. Os dedos de Adaira tremelicavam ao lado do corpo enquanto ela escutava a respiração lenta e regular da mãe.

— Ela não me envergonha como você — disse Innes, finalmente.

Moray avançou com velocidade impressionante.

Innes já previa algum tipo de ataque, mas mesmo assim demorou a reagir. Tentou agarrar o braço dele para retorcê-lo em um ângulo doloroso, mas ele cortou sua palma primeiro. O sangue dela brotou, vermelho como uma rosa, ao mesmo tempo que ela conseguiu derrubá-la.

Moray chutou, derrubando uma mesinha. A garrafa de gra e uma tigela de pedras preciosas azuis — muito provavelmente sangue envenenado que Innes arrancara de um inimigo — se quebraram e se espalharam pelo chão. Quando o gra encharcou o tapete, o ar ganhou cheiro de urze úmida de orvalho e de vento frio do norte.

Adaira precisou recuar. Sentiu Jack, sólido e quente às suas costas, que a agarrou pela cintura e a puxou para mais longe. Ela estava estupefata por ver Innes e Moray se atracando, lutando, causando ferimentos mútuos. Ela nunca pensara muito na dinâmica do relacionamento entre sua mãe e sua irmão, mas certamente jamais imaginaria *aquilo*. Uma baronesa que não confiava no herdeiro, nem o respeitava. Uma mãe cuja única opção era contorcer o braço do filho até nocauteá-lo.

Moray finalmente se aquietou, sem conseguir se soltar. Ele encontrou o olhar de Adaira de novo, mas agora não havia desafio em sua expressão, apenas tristeza.

— Vou perguntar de novo, Moray — disse Innes, com o joelho pressionando as costas dele. — Por que você veio?

— Não vou passar *dez anos* definhando nas masmorras dos Tamerlaine — respondeu ele, rouco. — Não vou virar pó, acorrentado por eles, enquanto você e David vivem felizes para sempre com Cora.

— É a sua penitência.

— Eu quero *justiça*. Me deixe lutar na arena. Deixe a espada falar por mim.

Um calafrio atravessou Adaira. Ele queria enfrentar o abate, e agora ela estava confusa. Seria melhor se Moray tivesse a chance de lutar, e talvez morrer? Ou ele deveria ser devolvido às masmorras dos Tamerlaine, para viver mais dez anos nas sombras?

Innes também parecia insegura. A expressão dela vacilou por um momento, bem quando os guardas chegaram e os cercaram.

— Se você retornar tranquilamente às masmorras — disse Innes —, avaliarei seu pedido.

Moray aquiesceu.

Ela o soltou e os guardas ocuparam sua posição, algemando Moray e o colocando de pé. De onde estava, Adaira não via o rosto dele, mas vislumbrou seus cabelos enquanto ele era arrastado para a prisão.

Fez-se um silêncio doloroso no cômodo.

David começou a recolher as pedras azuis do chão. Innes flexionou a mão, sangue pingando dos dedos.

— Por favor, Cora, deixe-nos a sós — disse ela, dando as costas para Adaira.

Parecia haver muito a dizer, até demais. Ainda assim, Adaira não encontrou uma palavra para pronunciar.

Ela pegou a mão de Jack e o levou embora.

Torin ficou para trás, na ala da baronesa. Quando resolvera seguir Moray e Jack, não sabia bem o que esperar, mas certamente não era uma disputa tensa entre a baronesa do oeste e seu filho.

E certamente também não esperava sentir, além de uma pontada de respeito por Innes Breccan, também um espanto impressionado ao vê-la lutar com Moray. Ela fora capaz de imobilizá-lo sem armas, apenas com as mãos, sendo que uma delas estava ferida e sangrando.

Ele ficou observando David recolher as pedras preciosas que se formavam do sangue derramado de Innes no chão. Torin estava tão fascinado pela imagem — que magia era aquela em suas veias? —, que quase não escutou as palavras de Innes.

— O que vou fazer com Moray? — perguntou ela, com exaustão na voz. — Onde errei com ele?

— Temos a noite toda para pensar nas opções — disse David, gentil. — Por enquanto? Sente-se, e deixe-me cuidar de você.

Innes acomodou-se devagar na cadeira, segurando a mão ensanguentada. Aí aguardou, com o olhar fixado em pensamentos distantes, enquanto David ia ao cômodo anexo. Ele voltou rapidamente, com um rolo de atadura e uma tigela de cerâmica cheia de bálsamo, e se ajoelhou diante dela.

— Tire elas — sussurrou Innes, rouca.

David hesitou, mas pousou os materiais. Aí começou a puxar as luvas, dedo a dedo, até deixá-las cair com um sopro no chão.

Torin ficou sem fôlego.

A mão esquerda de David estava inteiramente afetada pela praga. A pele estava manchada de azul e roxo, como se coberta por um hematoma grave. As veias brilhavam douradas.

Innes ficou encarando a mão do marido, com o rosto contorcido de medo e angústia. Estava tão vulnerável naquele momento que Torin sentiu-se desconfortável quando ela começou a acariciar os dedos de David. Quando a mão dela começou a subir pelo braço dele, até tocar seu rosto. Ela se inclinou até encostar a testa na dele, e os dois ficaram sorvendo o mesmo ar, as mesmas preocupações.

— Você me curou, tantas e tantas vezes — murmurou Innes.

— E eu não posso fazer nada para curá-lo agora. Que sina cruel, que você vá morrer antes de mim.

David ficou quieto, até recuar para olhá-la de frente.

— Há uma opção.

Innes fechou os olhos.

— Está falando da sugestão de Cora.

— Da nossa filha, sim.

David começou a tratar da mão machucada de Innes. Limpar o sangue, passar um bálsamo pelo corte. Enfaixar com a atadura.

— Innes? *Innes*, abra os olhos. Olhe para mim.

Innes suspirou, porém obedeceu. David acariciou as tatuagens do pescoço dela com a ponta do dedo, como se já conhecesse bem toda aquela história contada em tinta azul. Como se aqueles desenhos entrelaçados fossem inspirados por todos os feitos de ambos, juntos.

— Permita que ela escreva para Sidra.

Torin se sobressaltou. Desta vez, o nome de Sidra foi como uma chama, derretendo a camada entre os reinos. Ele já tinha visto o suficiente no oeste. Era hora de voltar para casa e decifrar o enigma. O castigo de Moray teria de chegar pelas mãos de outro, e Torin abriu mão daquele desejo antigo e amargo de vingança.

Deu meia-volta, e deixou David e Innes para trás.

O nome de Sidra continuou a ecoar dentro dele durante seu trajeto ao longo das colinas do oeste. Cantarolando em seu sangue enquanto ele corria de volta ao seu leste.

Capítulo 30

As sombras do quarto de Adaira eram compridas e frias quando a meia-noite badalou. À luz de velas, Jack encheu uma bacia de água na cômoda. Trovões ribombavam para além das paredes do castelo, e a chuva começou a bater nas janelas em um ritmo frenético, espelhando o ritmo do coração de Jack.

Ele estava abalado pelos acontecimentos da noite.

Suava frio, respirava com dificuldade. Ainda sentia a lâmina afiada de Moray no pescoço. Tentou abafar aquela recordação, mergulhando as mãos na água. Lavou o suor do rosto, mas não conseguia parar de enxergar Moray à porta. Moray, que o dominara tão facilmente.

— É a *segunda* vez que vi uma faca no seu pescoço, Jack — disse Adaira, com a voz rouca, triste. — Perdão.

Ele pegou a flanela ao lado e secou a água do rosto bem quando Adaira o abraçou pela cintura. Ela encostou o rosto no ombro dele.

— Foi só para se exibir — disse Jack. — Ele não me machucou, Adaira. E a culpa não é sua.

Ela suspirou na túnica dele. Ele sentiu o calor da respiração dela na pele, e fechou os olhos.

— Você está cansado? — murmurou ela.

— Não.

— Se eu contar uma história, ajudaria a pegar no sono, minha velha ameaça?

Ele não conteve um sorriso.

— Talvez.

— Então venha para a cama.

Jack a acompanhou, enfiando-se debaixo das cobertas. Ele deitou-se de barriga para cima e olhos fechados, e ficou ouvindo Adaira se acomodar ao seu lado. O silêncio durou tanto que Jack acabou abrindo um olho para fitá-la. Ela estava recostada na cabeceira, olhando para as unhas.

— Cadê a história? — perguntou.

— Estou tentando inventar. É difícil, sabia? Achar uma história digna de um bardo, que não vá entediá-lo.

Jack riu. Ele se virou para ela, passando a mão por suas pernas nuas.

— Então talvez eu deva lhe contar uma.

Adaira prendeu a respiração bem quando uma batida à porta os interrompeu.

Ela soltou um palavrão e saiu da cama, relutante, os dedos de Jack abandonando as coxas dela. Ele sentou-se na cama, primeiro irritado, e depois preocupado, acreditando que uma visita naquela hora não estaria trazendo boas notícias.

Era Innes.

A baronesa entrou no quarto. Era quase como se a situação com Moray não tivesse acontecido, até que Jack flagrou o olhar de Innes. Ele viu ali algo de sombrio e perturbado.

Ele se levantou às pressas.

— Seu pai gostaria de falar com você, Cora — disse Innes. — Está à sua espera em meus aposentos.

Adaira arregalou os olhos.

— Aconteceu alguma coisa?

— Não — respondeu Innes, e olhou de relance para Jack. — Mas eu também gostaria de falar a sós com seu marido.

Adaira fez um momento de silêncio, mas enfim pegou o roupão, que vestiu por cima da camisola.

— Está bem.

Jack a viu sair do quarto, o coração sacudindo no peito. Sentiu o olhar silencioso de Innes, o qual ele retribuiu.

— Como posso ajudá-la, baronesa? — perguntou.

— Precisamos falar do seu pai — respondeu Innes.

As palavras deixaram Jack sem fôlego.

— Adaira lhe contou?

— Não. Eu soube de sua conexão com Niall quando fui à casa de sua mãe, semanas atrás. Quando vi como Mirin morava perto da fronteira. Quando vi o cabelo ruivo de sua irmãzinha — disse ela, e parou um momento, desviando o olhar de Jack. — Aquilo não deveria ser surpresa alguma depois que fiquei sabendo da verdade do que aconteceu com Cora. Que Niall a levara. E nem deveria ter ficado surpresa quando descobri que ele tinha se apaixonado por uma Tamerlaine, e tido filhos com ela.

Jack manteve a expressão resguardada. Não sabia aonde Innes pretendia chegar com aquela conversa. Não sabia se precisava manter distância ou se era melhor demonstrar um pouco de emoção. Apesar da incerteza em seu sangue, pressentia que a vida de Niall estava em jogo. Uma constelação sujeita a brilhar ou se extinguir por completo.

— Então você sabia que Niall era parente de Adaira por afinidade — começou Jack, com cautela —, e ainda assim permitiu que ele continuasse a lutar no abate, inúmeras vezes? Com qual fim? Até que alguém viesse a matá-lo?

— Não espero que você entenda minhas decisões, nem meus motivos — disse Innes. — E não foi por isso que vim falar com você. O que preciso, contudo, é o seguinte: Moray é prisioneiro do leste, mas está aqui, sob minha guarda. Ele pediu para lutar no abate, e quero dar a ele essa oportunidade.

— Quer dar a ele a chance de ser absolvido? — rosnou Jack, sem conseguir engolir a raiva. — De sair livre, depois de apenas um mês nas masmorras?

— Não — respondeu Innes. — Quero que ele morra com honra. Se eu o devolver aos Tamerlaine, ele será executado. Os ossos dele apodrecerão pela vergonha do que fez.

Jack ficou tão surpreso que só conseguiu encará-la, quieto. Porém, sua cabeça estava a mil.

— Preciso que ele enfrente um oponente mais forte — continuou Innes. — Niall é invicto.

— E se ele matar meu pai? — questionou Jack. — Moray sairá livre?

— Não. Ele permanecerá nas masmorras e lutará até alguém derrotá-lo.

Jack avaliou a ideia por um momento.

— Certo. O que precisa de mim?

— Preciso que você sirva de representante do clã Tamerlaine — disse Innes. — Que assista ao abate a meu lado. Que seja testemunha da morte de Moray, para que seu barão saiba que ele foi devidamente julgado aqui no oeste por seus crimes. Pode fazer isso?

Ela estava pedindo para ele assistir ao pai lutar — e talvez morrer, se Moray desse sorte. Sufocado por todas as emoções que o tomavam quando pensava em Niall, Jack quis se encolher, se dobrar. Porém, sustentou o olhar firme de Innes, percebendo que era o momento pelo qual tanto vinha aguardando. Só que simplesmente viera do modo mais inesperado.

— Farei o que me pede, baronesa — disse ele. — Mas tenho algumas condições.

— Liste seus critérios.

— Primeiro? Eu gostaria de jantar com meu pai algumas horas antes do abate. Uma boa refeição nutritiva, em um dos aposentos particulares do castelo.

— Está bem. Posso providenciar isso — disse Innes. — O que mais?

Jack hesitou, mas, quando falou, foi com a voz límpida. Inabalável.

— Se meu pai derrotar seu filho, Niall estará livre. Ele receberá de volta seu nome, seu título, sua terra e sua honra. Não será mais prisioneiro.

Innes fez silêncio, mas acabou estendendo a mão.

— Estou de acordo com suas solicitações, Jack.

Ele aceitou a mão dela, um aperto tão firme que esmagou os dedos de Jack. Assim, selaram o acordo verbal.

Jack queria crer na esperança e na confiança, mas ainda sentia o fio cortante da adaga de Moray no pescoço. Ainda sentia o frio amargo das masmorras nos ossos. Ainda ouvia a voz de Niall pronunciando seu nome na arena, como se um pedaço dele tivesse se partido.

Jack começou a se preparar para o pior.

Adaira encontrou David nos aposentos da baronesa. Ele a aguardava à mesa, onde dispusera um pergaminho, uma pena recém-cortada e um tinteiro. Uma fileira de velas acesas emanava círculos de luz, a cera escorrendo e se acumulando na madeira.

— Innes disse que o senhor queria me ver? — perguntou Adaira.

— Sim — disse David, puxando a cadeira. — Gostaria que você escrevesse uma carta para Sidra.

Adaira ficou tão chocada que paralisou, piscando sem parar.

— Você não disse que ela era curandeira, e que poderia colaborar comigo na busca pelo remédio da praga? — perguntou David.

— *Sim*.

Adaira avançou, sentou-se na cadeira e pegou a pena, então perguntou:

— O que quer que eu diga a ela?

— Que faça um convite. Innes e eu gostaríamos da visita dela. Diga que ela pode trazer até quatro pessoas em sua comitiva. Guardas, aias, ou até o marido, se ele quiser acompanhá-la.

Peça também para ela trazer todos os registros que realizou, ou tônicos e ervas que descobriu serem úteis, para eu ver o trabalho dela e comparar com o meu.

Adaira começou a escrever avidamente. Enquanto a pena arranhava o pergaminho, pensou que o pai leria o que ela escrevia, mas ficou surpresa quando David se afastou para organizar os livros na estante. Percebeu então que ele estava lhe dando privacidade, e ficou grata.

Ela concluiu a carta e assinou, mas hesitou.

— Quer ler antes de eu selar? — perguntou.

— Não — respondeu David. — Confio em você. Pode selar, Cora.

Adaira esquentou a cera na chama da vela. Selou a carta com o brasão dos Breccan e estendeu o pergaminho para David, esperando que ele o pegasse.

— Venha comigo — disse ele, e deu meia-volta.

Ela o acompanhou até o aviário, onde os corvos esperavam nas gaiolas de ferro. A carta dela foi posta em uma bolsinha de couro e amarrada em um dos pássaros. Adaira, ao lado do pai, ficou vendo o corvo disparar voando pela tempestade, dirigindo-se a Sidra no leste. A chuva e o vento sopravam uma bruma que cobriu o rosto dela, umedecendo os cabelos. Ela fechou os olhos e inspirou fundo.

— Sei que você pensa muito em seus pais — disse David, gentil. — Sei que sente saudade. Imagino que deva compará-los a mim e a Innes o tempo todo, e não a culpo. Mas espero que saiba o quanto queremos participar da sua vida, não apenas como baronesa e consorte.

Adaira abriu os olhos. Seu coração acelerara em reação às palavras de David, que agitaram lembranças doloridas. Lembranças de Alastair, de Lorna, do leste.

Ela se virou para fitá-lo. Ele esticou os dedos enluvados para acariciar o rosto dela, tocando a bruma que cobria sua pele.

Adaira honestamente não sabia o que dizer. Sentiu um nó na garganta, e seus olhos ficaram marejados.

Entendo, sim, queria dizer, mas manteve a mandíbula cerrada.

David apenas abriu um sorriso triste e abaixou a mão. Ele a deixou no aviário, admirando a tempestade.

Ao amanhecer, Sidra estava na horta do castelo quando Yvaine a procurou, com duas cartas úmidas de chuva nas mãos. O sol nascia atrás de uma camada de nuvens riscadas pelo vento, e o dia prometia ser quente e abafado. A névoa do vale já tinha se dissipado, e abelhas e donzelinhas voavam em desenhos lângui-dos. Havia só um resquício de orvalho salpicado nas plantas que Sidra cortava e guardava na cesta.

— Uma sua, outra para Torin — disse a capitã. — As duas do oeste.

Sidra limpou a terra dos dedos e guardou a tesoura no bolso do avental antes de aceitar os pergaminhos. A carta dela vinha na letra familiar de Adaira. A endereçada a Torin parecia estar escrita na caligrafia elegante de Jack.

Ela olhou para o papel, sabendo que o conteúdo daquelas cartas mudaria tudo. Ela pressentia, do mesmo jeito que sabia sentir o gosto da tempestade no ar horas antes de ela chegar. Como um choque de eletricidade, como se passasse as mãos pela lã recém-fiada e depois encostasse na lâmina de uma espada.

Ela sabia que a resposta sobre Moray se encontrava na-quelas cartas. A busca por ele fora infrutífera, e a previsão de Graeme, de que ele já havia chegado ao oeste, provavelmente estava correta, pois não havia nem sinal dele no leste. Sidra sim-plesmente entrara num jogo de espera. Prendendo a respiração, aguardando os Breccan tomarem uma atitude, fosse honesta ou enganosa. Protegerem Moray, ou devolvê-lo.

— Você já comeu? — perguntou para Yvaine enquanto an-davam pelo jardim, voltando ao ar fresco do castelo.

— Já, mas aceito um chá — disse Yvaine.

As mulheres se recolheram à biblioteca e se sentaram ao redor de uma mesinha redonda. Edna levou uma bandeja com chá, um prato de pãezinhos amanteigados, frutas amassadas e uma tigela de creme, e Sidra se permitiu o conforto no ritmo relaxante da preparação do chá.

— Qual abro primeiro? — perguntou.

— A de Torin — respondeu Yvaine.

Sidra rompeu o selo e desdobrou o pergaminho. Leu as palavras de Jack, ao mesmo tempo esperadas e completamente chocantes.

— O que foi? — perguntou Yvaine, urgente, interpretando as feições de Sidra.

— Moray está no oeste, como imaginávamos — disse Sidra, e estendeu a carta para a capitã. — Mas ofereceram uma solução estranha para ele.

Ela acabou de beber seu chá enquanto Yvaine lia, mas logo começou a tamborilar os dedos na mesa, ansiosa, querendo saber o que a capitã achava daquilo.

Yvaine abaixou a carta e se recostou na cadeira, cruzando as mãos atrás do pescoço.

— Bom. Não era o que eu esperava *mesmo*.

— Aceitamos a chance de eles o matarem na arena? — perguntou Sidra. — Ou exigimos que eles o devolvam para nós imediatamente?

— Se exigirmos que o devolvam — disse Yvaine —, você precisaria matá-lo aqui, Sidra. Ele matou *cinco* guardas meus, um feito que não pode passar incólume. Os crimes dele só fizeram se multiplicar desde que ele foi detido, e não vejo os Tamerlaine se apaziguarem com nada além de sangue derramado.

— Concordo — disse Sidra, embora sentisse um calafrio.

Teria de ser ela a decapitar Moray, e ela nunca matara ninguém.

— Mas se o matarmos por seus crimes, estaríamos deflagrando uma guerra contra o oeste, certo? — questionou.

O FOGO ETERNO **363**

— No caso dos Breccan, nunca se sabe, mas acho que é possível, sim. Por isso acho que você deveria deixá-los tratar da morte dele. Deixe que o sangue permaneça nas mãos deles.

Sidra se calou, olhando para a carta.

— Mas isso é o suficiente para os Tamerlaine? — perguntou, enfim. — Que não poderão testemunhar a morte dele?

— Tanto Adaira quanto Jack estarão presentes — respondeu Yvaine. — Jack pode escrever uma balada e cantar a morte de Moray para o clã.

Sidra assentiu, mas algo ainda lhe soava estranho. Passou a mão na boca, sentindo o cheiro de terra nas unhas.

— Por que Innes Breccan aprovaria uma coisa dessas? Aprovaria perder seu herdeiro assim?

— Tenho algumas teorias — disse Yvaine, se esticando para encher a xícara. — Mas primeiro leia a carta de Adaira.

Sidra pegou o pergaminho, o coração pesado de preocupação. Pela segunda vez naquela manhã, porém, foi pega inteiramente de surpresa. Enquanto lia as palavras de Adaira, o punho de ferro que esmagava suas entranhas começava a relaxar.

Ela respirou uma vez, duas.

Yvaine a olhava fixamente, à espera.

Sidra deixou a carta na mesa, voltada para cima.

— Eles também estão sofrendo com a praga. E querem que eu os visite para colaborar na busca da cura.

— Não, baronesa — respondeu Yvaine, rápida e direta. — Não posso deixá-la sair de minha guarda.

— Não sou baronesa — começou Sidra, corando. — E eu...

— *Não, baronesa* — repetiu a capitã, desta vez ainda mais veemente. — Se algo acontecer a você no oeste... Não quero nem imaginar. Não podemos perdê-la.

— Mas algo pode acontecer comigo no leste — retrucou Sidra.

Era estranha aquela paz que a tomava. Sentia-se calma, confiante. E não houve dúvida confundindo seus pensamentos quando ela falou:

— Estou doente, Yvaine.

Yvaine ficou quieta, mas a irritação no rosto se transformou em choque.

— Estou doente da praga — continuou Sidra —, e grávida de Torin, e não sei quanto tempo me resta. Esgotei todo meu conhecimento e meus recursos aqui no leste tentando achar a cura e… Não consigo parar de pensar. Lembro-me da flor de Orenna, que nasce no oeste, mas não aqui no leste, e me pergunto se haveria plantas necessárias para a cura do outro lado da fronteira dos clãs. Não me surpreenderia se tudo isto fosse obra da ilha, em seu desejo para voltar a se unir.

Yvaine suspirou, mas sua determinação estava decaindo.

— Desconfiei da gravidez, Sidra. Mas não sabia da praga — disse ela, e parou um instante, sustentando o olhar de Sidra. — Lamento. Se eu pudesse assumir a doença em seu lugar, o faria.

Sidra piscou para conter as lágrimas que se acumularam no canto dos olhos, cintilando como estrelas.

— Eu jamais permitiria isso.

— Claro que não — disse Yvaine, seca, mas seus olhos também brilhavam de emoção. — E é por isso que matarei qualquer um que fizer mal a você no oeste.

— Não estou com medo disso — disse Sidra. — Levarei Blair e mais três guardas. Levarei minhas ervas, que, em minhas mãos, são mais fatais do que qualquer faca. E estarei com Adaira, em quem confio plenamente.

Yvaine rangeu os dentes. Ela ainda queria protestar.

— Você sabe que quero acompanhá-la.

— Não, capitã — disse Sidra.

— Mas, Sidra, eu…

— *Não*. Preciso de você aqui.

Yvaine soltou um suspiro e passou os dedos pelo cabelo preto.

— Está bem. E quando pretende partir?

Sidra se levantou. O pé dela vinha doendo constantemente nos últimos tempos, mas ela praticamente se acostumara à dor.

O FOGO ETERNO **365**

Tinha aprendido a se movimentar de um jeito que lhe causava menos incômodo, a tal ponto que agora era até difícil lembrar de como era seu pé antes da infecção.

Pela primeira vez em semanas, sentiu um gosto da esperança de encontrar uma cura. Um convite para o oeste lhe daria a oportunidade de ver aquelas terras, de ter contato com suas ervas, flores e trepadeiras.

De repente, sentiu que poderia até escalar uma montanha.

— Assim que possível, acho — disse Sidra. — Escreverei para Jack e darei minha bênção para o abate. E escreverei para Adaira para dizer que estou a caminho. Acho que posso ir depois de amanhã, para dar tempo de eles se prepararem para a minha visita.

— Como quiser, baronesa — disse Yvaine, bebendo o resto do chá antes de se levantar. — Conversarei com Blair e organizarei sua comitiva.

— Obrigada, capitã.

Yvaine saiu sem dizer mais nada, e Sidra seguiu um rastro de sol até a janela. Ficou ali sob o calor silencioso, deixando a luz a encharcá-la, e pensou em sua vida meras semanas antes. Então seus pensamentos se voltaram para onde ela estava agora.

Sidra estremeceu ao sol.

Capítulo 31

Hap estava esperando por Torin nas sombras do bosque Aithwood.

— Vejo que sobreviveu ileso ao oeste — disse o espírito, alegrinho, assim que Torin atravessou a fronteira dos clãs.

Torin bufou, mas não estava no clima para piadas. Seus pensamentos estavam apinhados pelas coisas que tinha visto e ouvido, e sua preocupação por Sidra se multiplicara.

— Cadê Whin? Pode me levar até ela?

Hap franziu a testa, embora parecesse habituado à rispidez de Torin. Ele então o conduziu pelas árvores e colinas enevoadas, até parar em um dos vales.

— O que você quer com Whin? — perguntou Hap.

— Acredito que ela seja uma das irmãs do enigma — respondeu Torin, ajoelhado na grama.

Começou a ajeitar uma área de trabalho, inspirado em todas as vezes que observara Sidra preparando seus tônicos e unguentos. Pediu a assistência de duas pedras, uma para servir de pilão, e a outra de socador, e então pegou seus tesouros. As flores de Orenna, vívidas como sangue na grama, e as flores que tinha colhido no penhasco, brancas como neve.

Duas irmãs, unidas. Gelo e fogo. Sal e sangue.

— Você falou com ela?

Torin, ajoelhado, se virou e viu Whin atrás dele, com o olhar fixo nas flores da irmã.

— Brevemente, sim — disse Torin, e hesitou, ao ver a angústia no rosto de Whin. — Se me permitir, gostaria de algumas flores de sua coroa... Acredito que seja um dos últimos ingredientes para desvendar o enigma.

Whin pegou algumas flores de tojo da coroa e as entregou a Torin. Então desapareceu, como se não suportasse vê-lo trabalhar.

Apenas Hap seguiu ali com ele, além de alguns assombros curiosos que se aglomeraram na grama.

— Quanto, quanto? — murmurou Torin, na hora de botar as flores na pedra.

O enigma não dera instruções de medidas. Torin decidiu então usar uma flor de cada, e então limpou as mãos no peito.

Acreditava que a flor branca era o gelo, pois se lembrou do frio da trepadeira. Entretanto, ainda faltava sal e fogo.

Ele correu até o sítio mais próximo, que, por acaso, era o de Mirin. Atravessou a parede ao sul e encontrou Mirin ao tear.

— Peço desculpas — disse ele, mesmo que os ouvidos dela estivessem bloqueados para a sua voz.

Torin pegou um balde de madeira da cozinha e uma das velas de perto da lareira. Pegou também a pederneira de Mirin, e aí voltou correndo ao vale, onde Hap e os assombros aguardavam, com os olhos arregalados de expectativa e esperança.

Ele apoiou a vela e a pederneira na pedra — estava tremendo violentamente, assim como depois da primeira vez que matara um homem. Agora, porém, o tremor se devia apenas à adrenalina que o percorria, entrecortando sua respiração e aguçando sua visão ainda mais. Ele pegou o balde e correu até a orla, enxergando todas as sombras e segredos da terra no caminho.

Torin se ajoelhou na areia, vendo a maré ir e vir.

— Posso pegar uma porção sua? — perguntou à água.

O mar respondeu com uma onda retumbante, e Torin se desequilibrou. A água o atravessou, espalhando um calafrio por seu sangue. Ele não entendia se Ream estava permitindo ou recusando, mas, ora bolas, estava desesperado. Então simplesmente encheu o balde com água salgada, e deu uma olhada para confirmar que nenhum espírito se escondia lá dentro. A água estava límpida, sem fiapos dourados, escamas, nem olhos, e ele a levou de volta ao vale.

Algumas pedras, com suas carrancas sisudas, também tinham se aglomerado ali perto, assim como um trio de donzelas-amieiro, que contorciam os dedos compridos de raiz com expectativa.

Torin captou os murmúrios das criaturas ao se ajoelhar. O suor pingava de sua barba enquanto ele conferia o que tinha reunido, repassando mentalmente o enigma: *Fogo e gelo, unidos em um só. Irmãs divididas, de novo reunidas. Lavados de sal e carregados de sangue, todos juntos satisfarão a dívida a pagar.*

Bom, devia estar tudo ali.

Ele pegou o socador improvisado e começou a macerar as flores na pedra. Conforme mais espíritos chegavam para assistir, mais as flores se transformavam em uma mistura perfumada. Torin sentia o olhar penetrante dos espíritos, e queria expulsá-los. Não queria plateia, mas também não parecia justo negar a eles aquele momento.

Ele parou o trabalho, olhando a mistura de pétalas maceradas. O que vinha depois? O sal, ou o fogo? Ou talvez precisasse cortar a mão e sangrar primeiro?

Torin decidiu começar com o fogo, depois a água, e o sangue no final. Pegou a pederneira para criar uma faísca e, quando acendeu a vela, ouviu os espíritos exclamarem ao seu redor. Ergueu o olhar e viu que todos recuavam, fazendo caretas.

— O que foi? — perguntou, brusco.

Apenas Hap se mantinha por perto, embora até o espírito da colina parecesse incomodado com a chama.

— Tem certeza, Torin?

— Gelo e *fogo* — disse Torin. — Tenho certeza, sim. Por que duvida de mim?

— Eu...

As pretensas palavras de Hap emudeceram quando ele mordeu a língua. O espírito então abanou a cabeça, flores caindo do cabelo, e deu um passo para trás.

Torin estava frustrado, ansioso e cansado demais para cogitar que poderia estar equivocado na interpretação do enigma. Ele encostou o fogo nas flores, e viu as chamas se alastrarem. Estava pegando água salgada nas mãos em concha quando um estrondo retumbante soou, e o choque o jogou para longe.

Atordoado, Torin sentou-se. Sua túnica estava encharcada de água derramada e do próprio suor, e ele viu a fumaça subir da pedra.

— Não — murmurou, engatinhando até lá, desesperado. — *Não!*

Um a um, os espíritos da terra se retiraram, de cabeça baixa e semblante triste. Todos se foram, exceto por Hap, que testemunhou a cena quando Torin chegou à pedra.

Não restava nada mais ali além de um chamuscado. Torin passou a mão na pedra, e percebeu que tudo o que ele reunira — as flores, a esperança e a confiança — tinha desaparecido.

Jack estava amarrando as botas quando o fogo se apagou na lareira de Adaira. Ele olhou para as cinzas e viu a fumaça subir em uma dança lânguida. Até as velas tinham se apagado, os pavios brilhando, rubros, à luz cinzenta da manhã.

Adaira suspirou, amarrando uma tira de flanela azul na ponta da trança.

— O que ele está tentando dizer?

Jack botou o pé no chão. Não sabia o que Ash tentava transmitir, e na verdade estava profundamente distraído com questões mortais. Dali a poucas horas, ele jantaria com o pai. Ele sequer sabia o que pretendia dizer para Niall, nem como se preparar para um encontro que certamente seria desconfortável. E algumas horas depois do encontro, ainda haveria o abate entre Niall e Moray, e Jack assistiria à redenção ou à morte do pai.

Não parecia restar espaço na cabeça de Jack para pensar nas motivações dos espíritos para mandá-lo ao oeste. Contudo, como o fogo vinha mandando sinais apagando as chamas, Jack se questionava se seu tempo estava se esgotando. Ash carecia de sua atenção, e Jack se lembrou da lembrança compartilhada por Kae, da briga entre o barão do fogo e Iagan.

Jack olhou para a mesa de Adaira. A composição Iagan seguia empilhada ali.

— Acho que hoje preciso ficar por aqui — disse Jack, e se levantou para olhar para Adaira, que prendia a flanela no ombro. — Preciso de um tempo para estudar a partitura que eu trouxe do lago Ivorra.

Adaira ficou quieta, torcendo a boca.

— Como quiser. Vou mandar entregarem o almoço aqui no quarto, para você não precisar sair. Mas fique com a minha espada.

Ela pegou a arma embainhada e a entregou para ele.

Jack aceitou, mas apenas para prendê-la de volta no cinto de Adaira. Ele afivelou bem na altura do umbigo.

— Fica melhor em você — disse ele, admirando como combinava bem.

Ela sempre fora alta, esbelta e pálida como a lua, mesmo quando menina. Uma menina que antes ele amava odiar. A espada reluzente lhe caía bem.

— E vou ficar preocupado, cavalgando pelo ermo sem mim, desarmada — acrescentou ele.

Adaira o fitou com os olhos semicerrados.

— Preciso deixar você armado, minha velha ameaça.

— Eu trouxe uma adaga para o oeste — respondeu ele.

— A do encanto da verdade. Acho que ainda deve estar com Rab. Assim como a minha harpa.

— Está bem. Vou encontrar para você.

Ela começou a se afastar, mas Jack a pegou pela cintura outra vez e abaixou o rosto para colar os lábios aos dela.

— Tenha cuidado, Adaira — sussurrou.

Ela afundou os dedos nos cabelos dele e retribuiu o beijo, em uma provocação suave que fez o sangue de Jack ferver. No entanto ele notava como ela estava distraída. Sentia no corpo dela a mesma tensão que sentia acumulada em si mesmo.

Dali a algumas horas, ela também jantaria com Moray. Dali a algumas horas, ela veria o irmão sangrar na areia até morrer, ou matar o pai de Jack.

O dia já estava marcado pela dor e pelas emoções conflitantes, e a manhã ainda nem tinha acabado.

— Volto logo — disse ela, afastando os dedos dos cabelos dele, e Jack enfim a soltou. — Tranque a porta quando eu sair, bardo.

Ele foi atrás dela, concordando.

— Mande meus cumprimentos para Kae.

— Pode deixar — disse Adaira, saindo por fim.

Ela não olhou para trás ao seguir pelo corredor, pois nunca fora o tipo de pessoa que perderia o ritmo apenas para mirar o passado.

Já Jack só parou de olhá-la depois que ela sumiu na esquina. Então passou o ferrolho na porta e sentou-se à mesa.

Por onde começar?

Ele pegou o livro dividido de Joan, curioso para ver o que as duas metades continham. Lendo por alto a primeira parte, reconheceu algumas das histórias. Quando folheou a segunda parte, porém, encontrou relatos de espíritos que nunca tinha visto. Histórias e canções com raízes no oeste.

E enfim, talvez ainda mais estranho, deparou-se com uma anotação no meio de uma história:

Iagan me assusta.

Não confio mais na música, nem nas palavras dele.

Algo terrível e inominável brilha em seus olhos quando ele canta e toca.

Jack parou, relendo as palavras de Joan. Seria aquela anotação o motivo de o livro ter sido partido ao meio? Estaria alguém temeroso de compartilhar a preocupação de Joan?

Inquieto, ele deixou de lado as duas partes do livro e começou a ler a composição de Iagan. Quanto mais mergulhava nas baladas, mais intenso ficava o fogo que voltara a queimar na lareira e nas velas, como se Ash estivesse sendo revigorado pela atenção de Jack.

Uma batida educada à porta interrompeu seu estudo. Já era hora do almoço, o tempo escorrendo como água pelas mãos de Jack. Dois criados aguardavam no corredor, um trazendo uma bandeja com pão e sopa, e o outro, um embrulho disforme que continha a harpa e a adaga de Jack.

Jack suspirou de alívio ao reencontrar seu instrumento e seu punhal. Ele se demorou em sua inspeção, passando os dedos no cabo da adaga e nas cordas da harpa. Estavam ambas em boas condições, apesar de suas preocupações; ele temia que Rab tivesse quebrado a harpa e destruído a adaga da verdade. Jack estava morrendo de medo de perder seus estimados pertences.

Ele se obrigou a comer um pouco antes de voltar aos estudos.

Nos textos, encontrou baladas para os quatro elementos. A canção para Ash era a pior, notas e palavras moldadas em algemas e vergonha, com a intenção de humilhar o fogo. A canção exigia partes da coroa de Ash, a capa de seu poder, o brilho de seu cetro. Então vinham as baladas para o mar, para a terra e para o ar. Estas não eram tão brutais quanto a dos espíritos do fogo, mas eram também construídas com restrições e limitações, as palavras tecidas com controle e medidas, assim como as notas musicais.

As baladas de Iagan eram jaulas. Uma prisão.

Jack perdeu o fôlego ao ver a gama completa das notas, e como elas se relacionavam. As quatro baladas se encaixavam, criando uma hierarquia no reino dos espíritos.

Até aquele momento, Jack achara que fora Bane quem criara a hierarquia, apenas para manter alguns espíritos rebaixados, sob seu jugo. Para fechar suas bocas, calar suas vozes. Controlar o que diziam e faziam, e que tipo de poder empunhavam.

Mas a inspiração não viera de Bane.

A hierarquia fora criada pela música de Iagan.

Torin tentou de novo.

Ainda tinha um punhado de flores de Orenna e duas flores brancas, além de uma corrente de flores da coroa de Whin. Tinha macerado outra combinação na pedra, mas seu obstáculo agora era descobrir o que era esse "fogo" que pedia o enigma. Se não eram chamas, o que seria?

— Imagino que você não possa me orientar — disse ele, irônico, para Hap enquanto ambos andavam pelas colinas, Torin a esmo, e Hap com cautela, como se temesse que seu único assistente mortal fosse afundar em um pântano se não fosse bem pastoreado.

— Há limites às coisas que podem passar pela minha boca — murmurou Hap, como se contido por um forte poder. — Mas talvez este raciocínio ajude: no mundo mortal, tudo requer um equilíbrio, não é mesmo? O mesmo vale aqui, em nosso reino. Ou… talvez não equilíbrio, mas complementos e… *contrastes*.

Torin franziu a testa. Não fazia a menor ideia do que Hap estava tentando expressar. E vagar pelas colinas não estava fazendo nada pelas suas ideias.

Ele então decidiu ir a Sloane, lugar que vinha evitando por medo de encontrar Sidra. Se Torin a visse, temia enlouquecer. Talvez não conseguisse mais sair de perto dela, nem pensar criticamente sobre o enigma. Entretanto, precisava do conhecimento de Sidra para avançar.

— Vocês teriam escolhido minha esposa para ajudá-los, se ela não estivesse infectada? — perguntou Torin a Hap, que continuava ao seu lado pelas ruas sinuosas da cidade.

Hap mordeu o lábio antes de responder:

— Sim.

Torin bufou.

— Sabia.

— A fé de Sidra em nós é profunda. Ela nos dá força, assim como nós damos a ela.

— E não dão só força. Deram a praga também.

Hap parou. Torin avançou mais alguns passos antes de sentir a vergonha queimar a garganta. Então parou e olhou para o espírito da colina, que, de repente, parecia prestes a desmoronar.

— O vento — disse Hap, a grama de seus cabelos murchando de repente. — Foi o *vento*. Ele soprou a fruta para ela. Pôs no caminho dela, e eu... eu não pude fazer nada.

Torin abriu a boca, mas Hap tinha sumido, se transformando no musgo que crescia entre os paralelepípedos.

Sozinho e tomado pela amargura, Torin seguiu até o castelo.

Quando se aproximou dos aposentos de Sidra, ele hesitou. Desejava vê-la, e sabia que tal desejo o estava consumindo lentamente, sopro a sopro. Porém, não suportava mais testemunhar aquela praga se espalhando na pele dela.

Ousando passar pela porta, Torin ficou aliviado ao encontrar o quarto vazio. Ele se aproximou da mesa, onde se encontravam os relatórios dela, empilhados. Precisou tentar algumas vezes até conseguir tocar o caderno sem atravessá-lo, e aí pôs-se a folheá-lo, examinando as anotações de Sidra, além daquelas que a avó registrara antes dela.

Se três dos ingredientes do enigma eram plantas, haveria uma quarta? Um número par, lembrando os quatro pontos cardeais? Os quatro poderes do vento? Os quatro elementos dos espíritos? Pensando que talvez o sangue, o sal ou o fogo da enigma pudessem vir de outra flor, Torin procurou nas páginas.

Equilíbrio, complemento, contraste.

Remoeu as palavras enigmáticas de Hap, mas mesmo assim ainda não conseguia encontrar seu sentido.

Com um suspiro, Torin guardou um dos cadernos e pegou outro. Este era de anotações mais recentes, todas na caligrafia minúscula de Sidra. Ele já estava ficando com a vista embaçada quando enfim um registro chamou sua atenção.

Tratamento de Torin para ferida encantada do silêncio, escrevera Sidra. A seguir, receitas e mais receitas que não foram capazes de curá-lo — até Sidra experimentar a folha-de-fogo.

Ele perdeu o fôlego. Fechou o caderno, passando os dedos, distraído, na cicatriz no braço. De repente, lembrou-se. O corte encantado que roubara sua voz era tão frio. A folha-de-fogo queimara o efeito e o trouxera de volta, devagar, mas por inteiro.

Ele correu pelo castelo, pelas ruas movimentadas. Voltou às colinas e chamou:

— Hap? *Hap!*

O espírito não respondeu. Torin murchou, tomado por uma solidão aguda. Porém, seu sangue zunia, e ele começou a procurar exemplares de folha-de-fogo pelas encostas. Sidra descrevera no caderno que encontrara a planta em um vale que mudava de lugar, e que crescia nas reentrâncias de rochas.

Torin procurou e procurou, sem sucesso. Por fim, Whin apareceu, vendo-o engatinhar.

— O que procura, barão mortal? — perguntou ela, mas sua voz soou fria, como gelo no vidro.

Torin se agachou e a olhou.

— Peço perdão por minhas palavras descuidadas. Não culpo a terra pelo que aconteceu, pela doença de Sidra. Eu estava movido pela raiva quando falei com Hap.

Whin suspirou e repetiu:

— O que procura?

— Folha-de-fogo — disse Torin. — Cresce em um dos vales que mudam de lugar. Pode me levar até lá?

Whin o encarou por um momento penetrante. Ele achou que ela não fosse responder, até que ela se virou e começou a andar até uma colina ao sul, fazendo flores brotarem a cada pegada. Torin a seguiu. Eles percorreram um vale enevoado, e Whin parou devagar na abertura de uma descida estreita, que se abria como uma ferida de lâmina.

Torin jamais teria encontrado o lugar sozinho.

Ele agradeceu a Whin, mas ela não disse nada e ficou vendo-o adentrar a reentrância. As paredes de pedra, úmidas de bruma, se erguiam altas dos dois lados. A respiração dele ecoava no espaço, e ele estremeceu, olhando para as pedras que o cercavam. As flores vermelhas da folha-de-fogo ardiam na névoa, e seus olhos foram atraídos para uma fissura na rocha.

Torin começou a escalar imediatamente. Estava perdido em pensamentos saudosos quando os dedos encontraram a planta. Ao tocá-la, a dor brotou, forte e repentina, disparando pelo braço até o ombro. Ele então afastou a mão, olhando a mancha de rubor na palma, as bolhas começando a inchar.

Era aquilo que Sidra sentira por ele. A dor que ela portara para curá-lo, e Torin tentou de novo com as mãos tremendo, rangendo os dentes para conter os raios de agonia. Ele arrancou a folha-de-fogo, sentindo que a mão era consumida por chamas. Rapidamente desenraizou mais uma planta com a outra mão. A dor foi tão insuportável que ele teve dificuldade de voltar ao chão.

Mas de algum modo, conseguiu descer e pousar de pé.

Enfim, conseguira o fogo do enigma.

Ele voltou à área de trabalho, com a velha pedra chamuscada e a nova mistura de flores maceradas. Ajoelhou-se, largando a folha-de-fogo na grama. Decidiu que acrescentaria apenas uma à mistura, e deixaria a segunda reservada, para o caso de outro acidente.

Whin esperava por perto, como única testemunha. Torin se perguntava onde estaria Hap — talvez o espírito da colina o observasse lá de baixo? —, mas não podia se preocupar com sua ausência agora. Tinha de se concentrar completamente no que fazia. Precisava misturar a folha-de-fogo com as mãos cheias de bolhas, e hesitou por um momento, prevendo a dor.

Fazendo careta, Torin pegou o socador improvisado e macerou a folha-de-fogo como pôde. As bolhas em sua mão ameaçavam estourar. Eram pura e absoluta agonia, e ele gritava de dor na bruma.

Sangue e sal, sangue e sal, repetia em pensamento, dando um instante de repouso para as mãos antes de mergulhá-las no balde de água salgada. As bolhas arderam ainda mais, e ele correu para jogar o mar na mescla de flores.

Um tremor sacudiu o solo. A pedra queimada pareceu gemer antes de rachar, e Torin foi lançado para trás outra vez. Caiu nas samambaias, piscando para tirar a poeira dos olhos, encarando as estrelas, o sol e a lua.

Com as mãos pegando fogo, ele riu, incrédulo. Nem precisou olhar a pedra para saber que o preparo tinha desaparecido.

Ele tinha fracassado de novo.

Capítulo 32

Adaira pôs-se a seguir um guarda pelos corredores do castelo. A lama nas botas dela já tinha secado e o vestido estava cheio de lanugem de cardo. A flanela estava amarrotada por ter passado o dia pregada no ombro, e ela respirava ofegante. Estava atrasada para jantar com Moray, e a culpa era toda dela mesma.

Ela se perdera no ermo na volta da visita a Kae no lago Ivorra. As colinas e vales mudaram de posição, fazendo com que Adaira cavalgasse hora após hora sem rumo, vendo a luz baixar enquanto seus olhos procuravam desesperadamente por um indício conhecido. Sem o sol para orientá-la, ela se perdera completamente.

Era a primeira vez em muito tempo que sentira medo. A bile subira pela boca, e ela ficava engolindo de volta até o estômago não aguentar mais. Um raio de gelo atravessava seu peito enquanto ela se esforçava para se manter calma, continuando a cavalgar por uma colina, e mais outra, na esperança de os espíritos a liberarem daquela brincadeira. Até que a bruma chegara, e Adaira fora obrigada a apear.

Ela tentou pensar no que aconteceria caso nunca encontrasse o caminho de casa. Se as colinas acabassem reivindicando-a para si, com grama trançada em seus cabelos e flores brotando entre suas costelas. Imaginou Jack, esperando sua volta, dia após dia. Innes cavalgando pelo ermo numa busca infrutífera.

Adaira seguiu a pé pelo terreno, o cavalo vindo atrás. Andou até quase escurecer, e só então a névoa se dissipou, permitindo que ela vislumbrasse a cidade iluminada ao longe.

Enquanto percorria os corredores do castelo, a lembrança de seu dia lhe causou um calafrio.

Você chegou em casa. Está segura, pensou, mas não conseguia ignorar a opressão do pavor.

— Sua espada — disse o guarda quando chegaram a uma porta que Adaira nunca vira.

— É claro.

Ela havia se esquecido que estava com a arma pendurada na cintura. Ela a entregou e tentou espanar a lanugem de cardo da roupa. No fim, não fazia diferença, pensou. Provavelmente seria a última vez que ela falaria com Moray.

O guarda abriu a porta.

Adaira tomou um último segundo para se recompor e entrou na sala pequena e iluminada pelo fogo. A mesa estava posta com dois pratos, servidos com comida já fria. Moray estava acorrentado à cadeira de um lado da mesa, esperando por ela com um brilho impaciente nos olhos.

Ele segurou a língua até o guarda fechar a porta e eles ficarem a sós.

— Se perdeu no ermo, irmã? — perguntou.

Adaira resistiu à tentação de mexer na trança, embaraçada de vento.

— Ainda estou aprendendo a me localizar por aqui. Você não precisava ter me esperado para comer.

— Se hoje eu perder a luta porque a comida esfriou, saberei de quem foi a culpa — respondeu ele.

Adaira fechou a boca, mas a declaração lhe causou um calafrio. Sentou-se na cadeira à frente dele e fitou o faisão com peras no prato. Ela não estava com a menor fome.

As correntes dos punhos de Moray tilintaram quando ele começou a comer.

— Me conte aonde foi — disse ele, entre garfadas.

Ela não via motivo para mentir. Encontrou o olhar dele e respondeu:

— Fui ao lago Ivorra.

Não era o que ele esperava. Moray levantou as sobrancelhas, mas logo escondeu o choque.

— Imagino que só o tenha admirado de longe, pois o lugar é proibido. Trancado por um encanto.

— Eu sei destrancar a porta.

— Ah. E quem ensinou? David ou Innes?

— David — disse ela.

— Então foi *Innes*, pois ele não faz nada sem a permissão dela.

Adaira ficou quieta.

— O que você acha dela? — perguntou Moray.

— De quem?

— Innes.

— Você não a chama de mãe?

— Não — respondeu Moray. — Ela nunca quis ser chamada por esse título.

Adaira não acreditava. E não estava gostando do rumo daquela conversa. Falar de Innes fazia as mãos dela suarem, e a nuca pinicar em alerta. Porém, ela sorriu, como se achasse graça dos comentários de Moray.

— Acha que ela é boa baronesa? — insistiu ele.

Adaira deu de ombros.

— Acho, considerando o que vi até agora.

Moray a fitou, com o olhar pensativo.

— Você acha que reinaria melhor do que ela?

— *Melhor* do que ela? — ecoou Adaira. — Honestamente, não pensei muito nisso, Moray.

— Mas gostaria, Cora?

— Se eu gostaria de comandar o oeste? Não.

— O oeste, não; o leste.

Aquilo a surpreendeu. Ela o encarou, fria.

— Eu já comandei, e não comando mais. Você tirou isso de mim.

— E se eu a ajudasse a recuperar o posto? — perguntou ele.

— A que custo?

Ele sorriu, como se feliz por ela ter captado sua artimanha.

— Você me ajuda a derrubar Innes, e eu a ajudo a recuperar o leste. Podemos comandar a ilha, lado a lado.

Adaira precisou de todas as forças para não se levantar e ir embora. Em vez disso, manteve a expressão calma e neutra, os olhos pesados, como se entediada.

— Ah, é? E como derrubaríamos Innes? — perguntou.

— Bom, envenenamento com Aethyn é impossível. Ela toma o veneno há tanto tempo, que vai ver por isso que é tão fria.

Moray voltou a comer, explicando com calma o que tinha em mente, e que, Adaira pressentia, tinha planejado em detalhes.

— Acho que há apenas um jeito de acabar com ela — continuou.

— Qual seria?

Moray a olhou com um sorrisinho.

— Uma adaga, bem enfiada. Um corte fundo nos órgãos. Uma morte lenta e dolorosa.

Adaira imaginou a cena por um instante. Aço cortando Innes na cintura, logo abaixo da flanela. O som que ela faria ao cair de joelhos. O sangue manchando o piso. A imagem atravessou Adaira como gelo. Ela se surpreendeu pela rapidez da raiva que sentiu, zumbindo como uma colmeia perturbada, mas não podia revelar ao irmão.

— Parece arriscado, Moray — disse, devagar. — Visto que Innes conseguiu imobilizar você sem usar uma arma sequer.

Moray bufou, se recostando na cadeira.

— Eu deixei ela me dominar. Mas é uma boa questão, irmã. Innes não confia em mim. Não confia há anos, e sei que ela não tem a menor intenção de me permitir recuperar minha honra e sair livre hoje. Sei que ela espera que eu seja morto, mas e se não for? Ela vai me manter acorrentado para lutar, assim como fez com o Traidor, até aparecer um adversário à minha altura. E não vou ficar quieto enquanto apodreço. Não vou deixar ninguém arrancar de mim o que é meu por direito.

Adaira estremeceu. A voz dele tinha ficado grave, rouca. Mas seus olhos eram febris, como se pegassem fogo.

— Por isso preciso de *você*, Cora — murmurou. — Preciso que você apunhale Innes. Ela nunca esperaria isso de você, o que é bem irônico, visto que você foi criada para nos odiar. Mas vejo como ela olha para você. Você é o ponto fraco dela. O ponto vulnerável em sua armadura. Ela vê algo de si em você, assim como um pouco de Skye. Não deixe esse amor enganá-la. Ele vai se tornar uma jaula, um jeito de controlá-la. De forçá-la a fazer apenas o que ela quer.

Adaira ficou quieta, sustentando o olhar do irmão. Não sabia o que dizer; as palavras dele a sufocavam.

— Mas para fazer isso... tem que ser *hoje*, Cora — continuou Moray, coletando esperanças no silêncio dela. — Se você estiver comigo nessa, preciso que me dê um sinal de sua coragem de trair Innes. Quando eu for levado para a arena, preciso que você tire uma flor do cabelo e jogue para mim. Para todos os espectadores, parecerá um mero gesto de boa sorte. Mas deste modo saberei que você está prestes a agir. Quando eu matar o Traidor, quero que você apunhale Innes. E então a jogue do balcão.

— Você quer que eu mate a baronesa em um espetáculo muito público — disse Adaira.

— O clã vai respeitá-la. Também causará caos — explicou Moray —, o que me ajudará a fugir.

— E os guardas dela me matarão imediatamente.

— Não matarão. No pior dos casos, você será ferida. Provavelmente será algemada e presa. Entretanto, meus homens já terão se unido, e aí poderemos soltá-la.

Adaira fechou os olhos e suspirou, com as mãos no rosto. Aquela conversa era a última coisa que ela esperava.

— Cora? — chamou Moray, de volta ao presente.

Ela abaixou as mãos devagar. Abriu os olhos para encará-lo.

— Está comigo nessa? — perguntou ele.

Ela já sabia a resposta. Não houvera um momento de dúvida sequer, um momento em que precisara avaliar qual caminho tomar. Porém, ela não queria que Moray soubesse. Pelo menos por enquanto.

— Me dê o restante da noite para pensar — disse ela. — Você terá sua resposta quando nos encontrarmos na arena.

Jack estava aguardando pelo pai em uma saleta sem janelas no frio da ala norte do castelo. O cômodo simples continha uma lareira, uma tapeçaria puída na parede e uma mesa com duas cadeiras de palha. O jantar já tinha sido servido em pratos de madeira. Faisão assado, batatas com ervas, peras temperadas, cenouras caramelizadas, e um pão ainda quente do forno. Jack via o vapor subir da comida, tentando conter a expectativa.

Niall chegaria a qualquer instante. E Jack ainda não sabia o que queria dizer ao pai. Sabia apenas que Innes lhes outorgara uma hora juntos, e que o abate aconteceria perto da meia-noite.

O fogo na lareira tornava o ambiente sufocante de tão quente, e, além de sua dança crepitante, Jack agora ouvia passos distantes que se aproximavam. Baques pesados no corredor, o clangor de algemas.

Niall estava quase lá.

Jack se levantou e se virou para a porta. Madeira pálida e arqueada, a maçaneta de ferro na forma de um caule com folhas. Quando finalmente se abriu, ele viu um guarda. E enfim Niall apareceu, parado à entrada, imundo das masmorras.

Os guardas abriram as algemas dos punhos deles, mas o deixaram acorrentado pelos tornozelos, o que o impediria de correr caso acontecesse alguma situação drástica, como uma tentativa de fuga. Niall deu um passo hesitante para dentro da sala, e os guardas fecharam a porta.

Jack encarou o pai, com o coração acelerado. Esperava contato visual, um som de reconhecimento. *Qualquer* coisa, mas Niall limitava-se a encarar o chão, com ar solene. O rosto emaciado e abatido estava duro como pedra. O cabelo ruivo estava embaraçado, e a pele, pálida devido às semanas sem sol. Ele tinha sardas, cicatrizes e tatuagens de anil pelo corpo todo.

Era estranho estar no mesmo lugar que ele. Quase como um sonho que se recusava a acabar. Era o homem que sua mãe amara em segredo. Que desafiara a própria baronesa para levar Adaira ao leste. De quem sua vida viera. Eles estavam conectados por fios invisíveis, forjados a sangue, e Jack quase os sentia puxar os pulmões quando respirava.

Ele planeja ficar ali parado durante a hora inteira?, pensou Jack com uma pontada de irritação quando o silêncio incômodo se prolongou. *Por que ele se recusa a me olhar?*

Então Jack entendeu, ao ver o pai massagear os punhos sensíveis. Niall estava ansioso, envergonhado. A última vez que se viram foi na arena.

— Quer sentar? — perguntou Jack, indicando a mesa.

Niall finalmente ergueu o olhar, vendo o jantar servido.

— Não precisava de tanto trabalho por mim.

— Não foi trabalho nenhum — disse Jack, engolindo as emoções antes que sua voz embargasse. — Eu queria ver você de novo.

Queria falar com você a sós. Queria alimentar você. Queria garantir que você teria a confiança para vencer hoje.

Jack sentou-se primeiro, esperando que, se começasse a mexer na comida, Niall ficasse confortável o bastante para juntar-se a ele à mesa. O outro então veio devagar. Jack o via pelo canto do olho, uma aproximação hesitante. O tilintar das correntes, a sombra comprida ondulando no chão.

Finalmente, Niall chegou à cadeira e acomodou-se.

O FOGO ETERNO **385**

— Me passe seu prato — disse Jack, sem olhar para o pai.

Ele vira Mirin fazer aquilo inúmeras vezes, servir pratos para outras pessoas. Concentrar o olhar apenas na tarefa.

Niall aquiesceu. Pegou o prato de madeira e o estendeu para Jack.

Jack aceitou e começou a encher o prato de comida. Não sabia como andavam alimentando Niall nas masmorras, e a última coisa que gostaria era que ele passasse mal logo antes da luta. Jack se lembrou do próprio período trancado na cela com Ladrão. A refeição que lhe fora fornecida era melhor do que a da maioria das prisões, embora Ladrão tivesse deixado apenas uma fração para Jack.

Aceite esta comida e deixe que fortaleça seu corpo, orou Jack ao servir. *Que alimente sua alma, que lembre seu coração de tudo de bom que ainda o aguarda.*

— Aqui — disse, devolvendo o prato para Niall.

Ele continuava a evitar contato visual, pois o gesto parecia paralisar o pai.

Niall aceitou o prato e murmurou:

— Obrigado.

Jack pegou a jarra d'água. Ainda estava fresca da nascente, e ele serviu dois copos.

E agora, o que fazer? Dizer alguma coisa? Ficar quieto?

Jack pegou o garfo e começou a comer, e Niall o imitou. Mas Jack queria olhar para o pai. Queria vê-lo de perto, estudar seu rosto até encontrar traços de si ali. Queria fazer perguntas, mesmo que apenas para ouvir a cadência de sua voz, preencher as lacunas de seu conhecimento, mas o momento parecia tão tênue como o gelo na primavera.

Ele precisaria agir devagar, com cautela. Não precisava abordar aquela noite como a última vez que se veriam e conversariam, embora tal eventualidade fosse possível. Jack precisava confiar que voltaria a sentar à mesa com Niall inúmeras vezes, talvez no oeste, ou talvez no leste. Talvez em uma casinha na colina, à mesa de Mirin. Cercado por aqueles que mais amava.

A imagem fez seus olhos arderem e seu coração doer, como se a costela tivesse rachado.

— Sabia que a comida no continente é insossa? — comentou Jack.

Ele quase sentiu-se ridículo por soltar palavras tão bobas, mas então percebeu que comida era o assunto mais seguro. Uma referência para os dois, afinal de contas estavam compartilhando um jantar.

— Eu… não — disse Niall, a voz grave subindo de surpresa. — Nunca comi da culinária do continente.

— Eu comi por muitos anos, na universidade.

Então Jack começou uma de suas melhores apresentações, relatando ao pai a história de toda a comida que já comera no continente. Ele nunca tagarelara assim, e seu inconsciente estava queimando de vergonha. Mas aí ele reprimiu a timidez, e encontrou uma transição fluida na conversa, de comida para música. Contou para Niall de todos os instrumentos que experimentara, e da harpa que acabara se tornando sua escolha principal. Da música que compunha, e do progresso de aluno relutante a aluno dedicado a professor inseguro a professor rígido e ranzinza.

Logo, sentiu o olhar de Niall em seu rosto. O pai o fitava, atento. Ainda assim, Jack resistiu a fitá-lo em demasia. Continuou falando da música, da harpa, dos alunos, até raspar a última batata do prato. Então a história chegou ao momento em que tudo mudou. Quando chegou a carta que o convocou de volta.

Niall estava interessado na história. Finalmente, ele perguntou:

— O que o trouxe de volta para a ilha?

Jack sorriu. Enfim, ergueu o olhar para o pai.

— Adaira.

Ele não sabia o efeito de pronunciar o nome dela. Se jogaria Niall de volta ao passado, se o faria se retrair emocionalmente outra vez.

— Você se casou com ela — disse Niall, surpreendendo Jack.

— Sim.

— Então imagino que eu tenha feito alguma coisa certa, se vocês encontraram a felicidade juntos.

Niall se levantou de repente, esbarrando na mesa.

Jack acompanhou o movimento, chocado ao entender que Niall estava indo embora. Estava interrompendo o jantar, e Jack entrou em pânico. Não era assim que ele queria esgotar o tempo deles juntos. Ele ainda tinha mais a dizer, *queria* dizer mais, e se levantou com pressa.

— *Pai* — soprou, a palavra saindo como ar, sem esforço. — Pai, espere.

Niall se retesou, mas se virou de frente para Jack. Um vinco profundo marcava sua testa, e rugas repuxavam o canto da boca, como se ele sentisse dor.

— Por que você quis me ver? — perguntou Niall, ríspido. — O que você *poderia* querer comigo, depois de tudo o que fiz?

Jack pestanejou, espantado pela franqueza de Niall. Uma faísca de raiva aqueceu seu sangue, e ele sentiu o impulso de responder rispidamente à declaração tão bruta. Porém, deu um jeito de abafar as brasas da ira.

— Desde menino — começou, devagar —, eu queria conhecer você. Ver você, dizer seu nome. Agora finalmente tenho essa oportunidade, e você me pergunta o *porquê*?

Niall se encolheu e fechou os olhos.

— Perdão, Jack. Mas, como você logo saberá, não sou um homem bom.

— Não precisa ser um homem *"bom"* — disse Jack. — Precisa apenas ser um homem honesto.

O pai voltou a encará-lo. Seus olhos eram azuis, injetados, como o céu de verão no poente, e repletos de remorso.

— Está bem — disse Niall. — Então me permita ser honesto. Eu roubei. Eu menti. Eu matei. Sou covarde. Abandonei sua mãe para criar você e sua irmã sozinhos. Abandonei ela.

Abandonei você. Abandonei Frae. Não *mereço* o que você espera de mim, porque nunca lutei por sua mãe, por você, por sua irmã, quando deveria.

— Então lute por nós agora! — respondeu Jack, seco, e esmurrou o peito, sentiu o impacto percorrê-lo. — Que nossos nomes sejam a espada em sua mão. Seu escudo e sua armadura. Lute por *nós* hoje. Porque, do outro lado da fronteira, nas sombras do bosque Aithwood, minha mãe ainda o espera, e tece sua história no tear. Minha irmã anseia por você como eu fiz um dia, perguntando-se onde você está, e esperando que um dia bata à nossa porta e a assuma com orgulho. E não há nada que eu queira mais do que entediá-lo com histórias do continente dia após dia, e cantar para você até sua culpa se soltar como pele morta e você escolher a vida que deseja, e não a que acha merecer.

Niall fez silêncio, lágrimas acumuladas nos cantos dos olhos.

— É tarde para isso — murmurou, rouco.

— É? — retrucou Jack. — Porque eu estou aqui, agora.

Niall sustentou seu olhar por mais um momento antes de virar o rosto.

Ao ver Niall abrir a porta e pedir educadamente para os guardas o levarem de volta às masmorras, Jack congelou; não conseguia se mexer, não conseguia respirar.

As algemas foram recolocadas nos punhos dele e a porta se fechou.

Sozinho, Jack arfou e baixou a guarda, se encolhendo de dor. Deixou a mente abrir uma trincheira para os pensamentos andarem em círculos, sem parar.

Falei demais? Não falei o suficiente?

Ele precisaria esperar o badalar da meia-noite para saber de verdade.

Na volta para casa à tarde, Frae finalmente criou coragem para propor a Ella a pergunta que a perseguia como uma sombra.

— E se meu pai for Breccan? — perguntou Frae, e chutou uma pedrinha na estrada, de olho no chão. — Você ainda ia querer andar comigo para casa?

Ella fez um instante de silêncio, mas talvez somente porque a pergunta a pegara de surpresa.

Frae a olhou de relance. Nos últimos dias, Ella vinha fazendo questão de acompanhá-la na volta da escola, e os meninos tinham parado de incomodá-la. Mas ainda havia cochichos, olhares curiosos. Algumas vezes, na aula, ninguém queria fazer dupla com Frae.

— Se o seu pai for Breccan — começou a dizer Ella —, eu ainda ia querer andar com você, e ainda ia ser sua amiga, Frae. Quer saber por quê?

Frae assentiu, mas sentiu o rosto corar, o alívio embolado na vergonha de ter que perguntar aquilo, uma dúvida que nenhuma criança que ela conhecia tinha.

— Porque seu coração é bom, corajoso e gentil — disse Ella. — Você é cuidadosa e inteligente. E é *desse* tipo de gente que eu quero ser amiga. Não de gente que se acha melhor do que todo mundo. Que olha feio e julga o que não entende, que atira lama e tem o coração covarde.

Frae absorveu as palavras de Ella, que eram acolhedoras e macias como uma flanela, e de repente conseguiu andar mais rápido, de queixo erguido.

— E — acrescentou Ella, com um sorrisinho brincalhão — você faz as melhores tortas de fruta.

Frae riu.

— Você pode vir à minha casa amanhã, depois da aula. Eu te ensino a fazer.

— Eu adoraria.

Elas conversaram sobre outras coisas, e Frae se chocou com a rapidez com que o sítio de Mirin apareceu. A chegada em casa não parecia ter demorado nada. Ela se despediu de Ella e seguiu pela trilha entre a grama alta e os trechos de flores silvestres e samoucos-do-brabante.

Mirin a aguardava no portão, como sempre. Desta vez, com uma carta na mão.

— Seu irmão escreveu — disse, acariciando o cabelo de Frae. — Vem, vamos ler juntas.

Frae entrou saltitando, e largou a bolsa de livros. Ela pulou no sofá e sentou-se, abraçando os joelhos, esperando que Mirin viesse.

— Tire as botas do sofá, Frae — repreendeu Mirin, tranquila, e Frae imediatamente voltou os pés para o chão. — Quer ler, ou quer que eu leia?

Frae pensou por um momento.

— Pode ler, mamãe.

Mirin sorriu e sentou-se ao lado dela. Roendo uma unha, Frae olhava enquanto a mãe rompia o selo do pergaminho e o abria, revelando a caligrafia de Jack.

— "Queridas mãe e Frae" — começou a ler, com um pigarreio. — "Cheguei bem no oeste, apesar de um pequeno desvio de rota. Não se preocupem. Estou com Adaira e…"

Mirin parou e tossiu. O som grave e úmido, e aí tossiu de novo, cobrindo a boca com a mão.

Frae se retesou. Tinha notado que a mãe andava tossindo mais. Também tinha notado que Mirin vinha tecendo em ritmo mais lento; como resultado, precisava de mais tempo para completar a flanela. Pouca gente fazia encomendas com ela ultimamente, e quem encomendava vinha de noite, como se não quisesse ser visto batendo à sua porta.

— Que tal você ler para mim, Frae? — sussurrou Mirin.

Frae assentiu e pegou a carta. Ela viu a mãe limpar discretamente o sangue dos dedos. Mirin estava pálida, como se algo dentro dela tivesse estragado.

Frae fingiu não notar, porque era óbvio que Mirin não queria que ela soubesse. Porém, ansiedade a congelou, e a fez se atrapalhar com as palavras da carta de Jack.

Ao chegar no fim da leitura, Frae queria implorar: *Volte para casa, Jack. Volte para casa, por favor.*

Capítulo 33

Jack chegou no quarto primeiro. Adaira ainda estava com Moray, e o cômodo estava quieto, tingido pela luz azulada do anoitecer. Jack ficou parado na frente da lareira, atordoado, vendo a luz se esvair aos poucos conforme o sol se punha.

Ele repassou a conversa com Niall, de novo e de novo, até doer.

Estava quase escuro quando ele finalmente se mexeu, para jogar mais turfa no fogo e acender as velas espalhadas pelo quarto. Encarou a dança das chamas até a vista ficar borrada e por fim fechou os olhos, sabendo que restavam poucas horas antes do abate.

Ele precisava se distrair.

Sentado à mesa de Adaira, olhou de novo para a composição de Iagan. Estudar aquela música lhe dava vontade de compor, de transformar aquelas notas sinistras de cinzas frias em fogo. Abriu a gaveta em busca de um pergaminho limpo. E o que encontrou foi uma carta endereçada a ele.

Jack franziu a testa e saiu das sombras. Reconheceu a letra de Adaira e seu coração pulou em resposta, como sempre fazia ante tudo o que se relacionava a ela. Analisando o pergaminho, entendeu que ela escrevera uma carta jamais enviada.

Ele abriu o selo e desdobrou o papel. O coração acelerado parou por inteiro enquanto lia as palavras.

Minha velha ameaça,

Hoje despejo mente e coração nesta carta, pois sei que nunca a enviarei. Há um poder atordoante nesse ato, percebo. Escrever sem restrições. Escrever o que sinto de verdade. Imortalizar a memória. Transformá-la em tinta, papel, e na curva única da própria caligrafia.

Hoje, ouvi você cantar para mim. Ouvi você tocar para mim.

E você nunca saberá como eu precisava da sua música. Como estava desesperada para ouvir sua voz, através dos quilômetros de bruma, pedras, samambaias e aridez. Nunca saberá, pois não suporto contar, então contarei ao papel.

Hoje bebi veneno, que me transformou em frio e gelo. Bebi veneno e, no início, senti que eu era composta de ferro e confiança, de todas as pontas mais contundentes do reino, até não ser mais. E me contorci no chão do quarto com joias de sangue no cabelo. Eu me contorci e chorei, e nunca senti dor tamanha — a dor da solidão, do vazio, do luto. A dor do veneno que não deveria ter tomado.

Pesou tanto em mim que mal consegui me arrastar. Até que sua música me encontrou no chão. Suas palavras me encontraram em meu momento mais vulnerável, mais sombrio. Você me lembrou de respirar — inspirar, expirar. Me lembrou de todos os momentos reluzentes que compartilhamos, mesmo que por uma estação somente. Me lembrou do que ainda poderia acontecer se eu tivesse a coragem de procurá-lo.

E eu pediria para você cantar centenas de tempestades, apenas para ouvir tal beleza, tal verdade. Para senti-la cobrir meus ossos e aquecer meu sangue. Para sentir que é minha, e apenas minha.

Eu te amo, mais do que estas humildes palavras e esta tinta permanente são capazes de transmitir. Eu te amo, Jack.

— A.

As palavras começaram a dançar na página. Jack piscou para conter as lágrimas, mas um som lhe escapou. Um som de alívio e espanto opressivos. Por ver as palavras dela, senti-las se abrirem em seu peito como asas.

Ele se levantou, com a carta ainda na mão.

Através da camada de lágrimas, olhou para o piso, imaginando Adaira se contorcendo de dor. Por que ela bebera veneno?

A mera imagem o derrubou.

Ele engatinhou para perto da lareira e deitou-se. Estirado de costas no chão, esmagado por tudo de bom e tudo de incerto. Tudo o que a noite ainda prometia trazer.

Jack encarou o teto.

Repassou as palavras dela, centenas de vezes.

Quando Adaira voltou ao quarto, a última coisa que esperava encontrar era Jack estatelado no chão. Um raio de pânico ardente a atravessou, fazendo-a se esquecer de Moray e do complô para assassinar Innes, até que Jack por fim levantou a cabeça e disse:

— Estou bem. Venha deitar-se comigo. A vista daqui é impecável.

Adaira trancou a porta, arqueou uma sobrancelha.

— Que vista é essa, bardo?

— Tem que chegar mais perto para ver, Adaira.

Ela sentou-se ao lado dele no tapete. Foi então que viu a carta no chão, as palavras em tinta escura no pergaminho. A pontada de preocupação que estava sentindo foi rapidamente dominada pelo alívio.

Ela então deitou-se de vez no piso, ao lado dele, olhando para o teto.

— Andou lendo minha correspondência, é?

— Correspondência endereçada a *mim* — retrucou Jack, rápido.

— Hum.

Um silêncio se estendeu entre eles. Não era desconfortável, mas Adaira só conseguia imaginar os pensamentos de Jack, o que suas palavras teriam incitado na mente dele. Às vezes, ela ainda sentia dificuldade para interpretá-lo.

Ele se virou de lado, de frente para ela, e espalmou a mão na barriga dela.

— Por que você tomou veneno? — perguntou, em voz baixa.

Adaira suspirou.

— No início, tomei porque precisava de um lugar à mesa dos nobres. Queria prevenir outra incursão, pois acreditava que poderia deflagrar guerra entre os clãs. Mas agora? Acho que tomei por desespero de mostrar à minha mãe que tenho lugar aqui. Que tenho força para encontrar sucesso entre os Breccan, mesmo envenenada.

Jack ficou quieto, atento a toda a história que viria a seguir. Sobre Skye, sobre as pedras preciosas nascidas do sangue com Aethyn, sobre a preocupação de Innes de que Adaira estivesse destinada a enfrentar a mesma morte sofrida da irmã caçula.

— É muito provável que Innes me peça para me envenenar de novo em breve — disse Adaira. — Ela talvez peça o mesmo de você.

Ele ficou quieto, mas subiu a mão pelas costelas dela, até pousar na altura do coração.

— Não vou poder tomar.

— Por quê?

— Porque preciso conseguir tocar a harpa e cantar a qualquer instante. Seria tolice ingerir alguma coisa que me impediria de fazer isso.

— Você pretende tocar mesmo com a minha mãe tendo proibido?

Jack desceu a mão do coração dela para as costelas outra vez. Como se mensurasse sua respiração.

— Sim. Quando chegar a hora. Pode ser hoje, amanhã, daqui a um mês — disse ele, e parou um momento, observando-a. — Você quer tomar o veneno de novo?

— Não sei — respondeu ela, honesta.

Adaira temia que ele insistisse, e estava prestes a perguntar sobre o jantar com Niall quando ele voltou a falar:

— Você e eu enfrentamos muita coisa sozinhos — murmurou Jack. — Entre o continente e a ilha, o leste e o oeste, suportamos nossos fardos sob imensa solidão. Como se fosse fraqueza compartilhar o peso com outra pessoa. Mas agora estou aqui com você. Sou *seu*, e quero que você divida comigo o seu fardo, Adaira.

Ela mal conseguia respirar, ouvindo as palavras dele. Ela se virou para Jack, e ele passou o braço ao redor do corpo dela, forte e possessivo. Ela saboreou seu calor enquanto ele a abraçava, bem apertado.

Adaira se lembrou dos momentos perdida mais cedo, à deriva no ermo. Se ela nunca tivesse voltado para casa, se a terra a tivesse devorado por inteiro e lhe roubado este momento, ela teria morrido de tristeza. Ela teria ficado arrasada, pensando em tudo o que gostaria de dizer e de fazer, e que ainda não dissera e nem fizera por motivos que se intrincavam dentro dela feito mato. Porém, ela pressentia que sua reticência vinha do seu orgulho, martelado em aço, e do senso de dever que fora ensinada a cumprir. Do hábito de se resguardar constantemente e parecer invencível, como uma baronesa era obrigada a fazer.

— Não preciso do outono, do inverno, nem da primavera — disse Adaira, deixando as palavras florescerem. — Quero você eternamente. Você faria o juramento de sangue comigo, Jack?

Ele ficou quieto, mas seus olhos escuros cintilaram à luz do fogo. O coração de Adaira batia na boca quando ele tirou a adaga da verdade do cinto. Certa vez, eles tinham se cortado com aquela lâmina, para abrirem o coração um para o outro. Adaira ainda tinha a cicatriz fina na palma da mão, e estremeceu quando Jack sentou-se e a puxou junto.

— Achei que você nunca fosse pedir, Adaira.

Ela retrucou, com um sorriso sagaz:

— A resposta é sim, bardo?

— *Sim.*

Ela se ajoelhou, percebendo que devia ter planejado o momento com mais intenção. Eles não tinham tiras de flanela para enfaixar a mão ensanguentada. Não havia ninguém ali para testemunhar os votos. Eram só os dois, o fogo queimando na lareira e a adaga da verdade de Jack. Porém, ainda assim parecia correto. Parecia que o destino de ambos sempre fora se encontrar ali, ajoelhados, frente a frente, a sós com as chamas.

Jack foi primeiro, cortando a palma da mão com a lâmina da adaga.

— Osso do meu osso — disse quando o sangue brotou. — Carne da minha carne. Sangue do meu sangue.

Adaira aceitou o punho da adaga quando ele a ofereceu, e fez o mesmo que ele. A lâmina refletiu a luz do fogo — e um vislumbre fugaz do rosto dela — quando ela cortou a palma, repetindo para ele as palavras.

— Osso do meu osso. Carne da minha carne. Sangue do meu sangue.

Ela encostou a mão cortada na dele, entrelaçando os dedos.

Eles ficaram alguns momentos ali, ajoelhados, com as mãos unidas, o sangue mesclado pingando no chão. Adaira sentia a ardência encantada da ferida, a rapidez com que começava a se fechar. Deixaria para trás mais uma cicatriz fria, fato que lhe agradava. Ela nunca mais queria se esquecer daquela noite, queria sentir a marca na pele. Lembrar-se de como o ritual fora simples e honesto. De como Jack a olhara. Ela nunca vira tanta fome nos olhos dele, e aquele brilho fazia seu sangue cantar.

— Quero sentir sua pele na minha — sussurrou ela. — Não quero nada entre nós.

— Então tire a minha roupa, herdeira — disse ele.

Ela desenlaçou os dedos dos dele. Puxou a fivela do cinto dele, levantou a túnica, desamarrou as botas. E então o deitou, nu, no chão, e estremeceu quando sentiu as mãos dele começarem a afrouxar o corpete do vestido. E então a despiu até ela estar vestindo apenas a luz do fogo.

Meros dias antes, Adaira tinha deitado naquele chão. Sozinha, envenenada, contorcida, chorando com as mãos no rosto. Meros dias antes, estivera insegura, quieta, repleta de dúvidas.

Naquele dia, ela não sabia seu lugar. Mas hoje, esculpiria seu lugar em pedra. Encontraria nas estrelas quando as nuvens se abrissem. Desenharia nas linhas da palma de Jack. No eco frio da cicatriz. No gosto da boca dele.

Adaira suspirou, deixando Jack adentrar suas profundezas. Movimentou-se, respirou e fechou os olhos, sentindo as mãos dele em sua cintura, o chão roçando seus joelhos. Jamais sentira-se tão viva, e queria seguir aquele caminho de fogo.

— *Adaira* — murmurou ele.

Ela abriu os olhos e viu que ele a observava, como se quisesse memorizá-la, reluzente, ofegante. Quando ele inspirou, ela expirou, como se o mesmo ar circulasse entre os dois. Ele sincronizou-se a ela, afundando as unhas na pele dela como se para reivindicá-la, marcá-la. A expressão de desespero no rosto dele dizia a Adaira o quanto ele estava exposto. Ela o via por inteiro, até o coração.

Adaira permitiu que ele visse o mesmo nela. A fome, o desejo, as cicatrizes. As palavras escritas e jamais enviadas. A forma da alma dela, que não parecia caber em lugar nenhum. Pela primeira vez, ela não temeu entregar tais partes de si, deixá-las se entrelaçarem a Jack.

Ela se libertou inteira, pois ele era seu lar, seu abrigo. Seu fogo eterno, ardendo na escuridão.

Capítulo 34

Quando a noite adentrou sua última hora, o clã Breccan se reuniu em silêncio na arquibancada da arena. Em pé na sacada, Adaira os viu chegando à luz das tochas. Ela envolveu os ombros em uma flanela para se proteger do frio, e decorou sua trança em coroa com uma flor de cardo. Olhou para a areia recém-arada, através da névoa rodopiando no ar.

Sentiu Jack tocar suas costas.

Algumas horas antes, deitados entrelaçados no chão e cobertos somente pela manta, eles contaram um ao outro como foram seus respectivos jantares. Jack ficara chocado com o acontecido entre ela e Moray; e Adaira, triste com o breve período que ele passara com o pai. Ela não sabia o que diria para Jack caso Niall fosse derrotado. Tentar imaginar aquilo — se preparar para tal resultado — a deixava exaurida, como se anos tivessem se passado em uma só noite.

O que dizer? O que fazer?

Tais perguntas ecoavam dentro dela. Sua incapacidade de interferir no abate caso ele se desencaminhasse atiçava sua ansiedade. Por Niall, e também por Jack. Porém, no fundo, ela nutria uma faísca de esperança. Esperava que as histórias que Jack contara a Niall, que as palavras dele fossem incitar o pai a aguentar firme uma última luta.

Pouco antes do badalar da meia-noite, Innes se juntou a eles na varanda.

A baronesa acomodou-se em uma das cadeiras e cruzou as pernas, dedos entrelaçados no colo. Ela usava a tiara, a flanela e a espada, e parecia calma e elegante quando Adaira a olhou de relance. Parecia uma noite qualquer, e não a noite destinada a arrasá-la, fosse qual fosse o resultado. Ou ela perderia Moray e seria obrigada, por honra, a perdoar o homem que sequestrara sua filha, ou seria forçada a manter o filho aprisionado nas masmorras.

Quando Innes encontrou o olhar dela, as palavras de Moray voltaram à memória de Adaira. *Você é o ponto fraco dela. O ponto vulnerável em sua armadura.*

Ela não sabia se deveria acreditar no irmão. Se fosse o caso, Innes não teria tentado cortar aquela fraqueza pela raiz? Como baronesa, ela invadia, lutava, bebia veneno, e relaxava apenas na presença das pessoas em quem confiava, cujo número era contado em uma só mão. Ela se mantivera no comando, ano após ano, por pura façanha, e ninguém parecia forte o suficiente para derrubá-la. Ninguém, além de Adaira, caso apunhalasse a mãe.

Em determinado aspecto, Moray estava certo: Innes nunca desconfiaria daquela traição. Seria de fato imprevisível; porém, toda vez que Adaira imaginava como seria causar uma ferida fatal na mão, ver a luz se apagar de seus olhos enquanto ela se esvaía em sangue, sentia um buraco no peito que devorava todo seu calor.

Adaira voltou a atenção para a arena.

Se Moray morresse *mesmo* naquela noite, quem herdaria o oeste após a morte de Innes? O clã, incontido na arena, parecia ávido pela resposta a tal pergunta. O povaréu se aglomerava nos fundos, nas escadas, nas arquibancadas, apinhado. Até crianças estavam presentes, sentadas nos colos dos pais, piscando para afastar o sono.

O vento começou a soprar do leste, derretendo as espirais de névoa. As nuvens do céu se abriram, revelando vastas constelações que brilhavam como joias na capa da noite. Era como Innes dissera: as nuvens sempre se abriam para o abate, e um fio de luar curioso jogou sua prata na arena.

Godfrey apareceu, acolhendo o clã com sua voz ribombante e energia vigorosa. Adaira mal escutava a apresentação, de olhos fixos nas portas da arena. Aquelas que davam para as masmorras.

Ela esticou o braço e pegou a mão de Jack. Os dedos dele estavam frios como o inverno. Nenhum dos dois aguentaria ficar sentado durante aquela luta, por isso se posicionaram de pé junto ao parapeito, lado a lado, a névoa cintilando no ar. À espera.

As portas de ferro se abriram com um rangido.

Niall foi o primeiro a chegar, de ombros encolhidos, arrastando os pés na areia. Usava túnica, uma couraça arranhada e botas esfarrapadas. Encarava o chão, como se com medo de erguer o rosto, de levantar os olhos e encontrar Jack no balcão. Os guardas o fizeram parar bruscamente no centro da arena, onde soltaram as correntes dos punhos e dos tornozelos. Só quando lhe deram um capacete amassado e uma espada, ele olhou para cima.

Olhou diretamente para o filho.

Adaira sentiu os dedos de Jack apertarem os seus. Sabia que o coração dele batia rápido, que ele estava arquejante de tanto medo e preocupação. Então Niall abaixou a cabeça. Adaira não soube interpretar o gesto. Seria sinal de resignação, ou promessa de lutar? E pelo visto Jack também não entendera, pois ela sentiu o calafrio que o percorreu.

Niall vestiu o capacete. O semblante triste e o brilho do cabelo arruivado ficaram escondidos enquanto ele esperava o oponente, de espada em mão. Adaira se perguntava se aquela seria a última vez que veria o rosto dele, vivo e saudável. Os olhos brilhando de vida.

As portas se abriram de novo.

Moray foi empurrado para a arena. Chegou de queixo erguido de orgulho, com um sorriso torto, o cabelo loiro trançado, deixando os olhos livres. Usava uma couraça nova em folha — sem um arranhão sequer —, e as botas também pareciam de couro recém-curtido. Os guardas o escoltaram até o centro da arena, um pouco à esquerda de Niall, e o soltaram das correntes.

Entregaram a Moray um elmo polido e uma espada cuja lâmina reluzia, como se tivesse acabado de sair da forja.

Adaira sentiu uma sombra à espreita.

Era evidente que o guardião das masmorras e os guardas estavam favorecendo Moray. Tinham oferecido a ele os melhores equipamentos do arsenal, enquanto Niall recebera os restos desgastados e deficientes.

Não parecia justo, e ela rangeu os dentes, se perguntando se deveria se pronunciar.

Jack provavelmente leu seus pensamentos, porque apertou a mão dela para encará-lo.

Não, disse o olhar dele.

Adaira suspirou, mas sabia o que ele inferira. Aquela luta, cujas raízes eram profundas e emaranhadas, muito abaixo de Jack e Adaira, era obra do destino. Eles tinham aproveitado os jantares para manipular ou perdoar, mas o resultado agora dependia das espadas e dos homens que as empunhavam.

Ela sentiu o olhar de alguém.

Voltou a atenção para a arena.

Moray a observava intensamente, à espera do sinal. O capacete estava debaixo do braço, a espada na mão direita. Godfrey tagarelava sem parar, discursando sobre crimes, castigo, honra e sangue, mas, naquele momento, existiam apenas Adaira e Moray.

Era o minuto capaz de mudar tudo. Uma fratura no tempo, em riste na mão de Adaira como uma arma. Um nó na tapeçaria, esperando um puxão para se desfazer.

Ela mordeu o lábio. Estava zonza, prevendo todos os desenvolvimentos possíveis da noite. Porém, ela nunca tivera dúvidas do que faria, e assim encarou o irmão, impassível. O cardo em seu cabelo permaneceu intocado.

Ela viu a constatação atingi-lo.

Ela não se voltaria contra Innes. Não dançaria ao ritmo dos estratagemas dele.

Uma expressão feia contorceu o rosto pálido de Moray, segundos antes de ele cobri-lo com o elmo.

Moray foi o primeiro a atacar, como Jack sabia que aconteceria. Niall bloqueou o golpe, mas não pareceu ter pressa de revidar. Não, o pai manteve a defesa, deixando Moray investir, fintar e girar ao seu redor, em busca de seu lado mais fraco.

Não fora assim que Niall lutara contra Jack na arena. Niall fora feroz desde o princípio, um adversário forte que sabia exatamente o que queria, e como obtê-lo. Ele ansiava pela vitória, assim como Moray naquele momento. O herdeiro lutava como se nada mais importasse senão a vitória. E cavava sua liberdade através daquela arena.

Jack começou a sentir-se incrivelmente nervoso.

Continuou a observar o pai, cujos movimentos eram ágeis, mas submissos. Niall apenas reagia, e Jack se perguntava o porquê. *Por que não está revidando? Por que não está lutando?*

Imaginava que Niall estivesse hesitante por ter de matar o herdeiro da baronesa, especialmente considerando seu histórico com Innes. Jack fez uma careta. Devia ter mencionado no jantar que Innes *queria* que Moray morresse.

Niall tropeçou.

Jack ficou paralisado de horror quando o pai se estatelou na areia.

Era o fim. Ele não tinha concluído nenhum contra-ataque. Simplesmente ficara enrolando, deixando Moray se exibir.

Jack fechou os olhos. Não suportaria ver aquilo, mesmo tendo concordado em representar os Tamerlaine ali. Não testemunharia os momentos finais de seu pai. Jack lembrou-se da sensação de cair na areia, com centenas de olhares sobre si. Da sensação desamparada e vulnerável que transformava seu medo em chumbo, dificultando qualquer movimento.

Jack inspirou fundo, o coração latejando nos ouvidos. Sentiu o suor gelado escorrer pelas costas. Esperou para ouvir a espada de Moray acertando a carne, o som de aço cortando o osso e o jorro de sangue. Esperou para ouvir o fim chegar, mas escutou apenas exclamações e chiados. O som de surpresa brotando da plateia.

Ele abriu os olhos bem a tempo de ver Niall rolar na areia, se esquivando do golpe teatral de Moray.

Que nossos nomes sejam a espada em sua mão.

Niall se levantou e atacou Moray com um golpe amplo; as espadas se encontraram, e ali se sustentaram. Pareciam presas uma à outra, e Jack se perguntava se eles estariam conversando por baixo do elmo. Talvez palavras de pura tensão. Niall empurrou Moray para trás, com um movimento forte da espada.

Seu escudo e sua armadura.

Moray cambaleou por um momento. Então, se reequilibrou, mas mal teve um segundo para respirar. Niall o atacou com a potência de um vendaval levantando destroços. Ele já conhecia todos os ataques e movimentos de Moray, pois dedicara tempo para estudá-los no começo, quando só ficara se desvencilhando dos golpes. Quando Jack estava acreditando que o pai se entregaria sem lutar.

Lute por nós agora.

Parecia perigoso esperar que suas palavras atingissem o alvo, que Niall tivesse escutado e imaginado uma vida para além da arena. Uma vida em que a culpa e o passado pudessem ser despidos lentamente, como pele calejada. Uma vida quieta e tranquila, que poderia construir com Mirin, com Frae. Com Jack.

Porém... como tal vida seria possível, enquanto ainda existisse a fronteira dos clãs para dividi-los?

Adaira apertou os dedos dele.

Jack concentrou a atenção. Moray parecia furioso, lutando que nem um bicho encurralado, mas Niall previa cada movimento.

O FOGO ETERNO **405**

Era mais velho, mais forte. Menos emocionado. Com um gesto fluido, desarmou o herdeiro do oeste.

Moray ficou visivelmente chocado. Seu peito subia e descia sob a couraça, e ele ergueu as mãos. Correu para o lado, na esperança de recuperar a espada, mas Niall se meteu entre ele e a arma caída.

Niall arrancou o elmo de Moray e encostou a espada em seu pescoço exposto. Se fizesse pressão, cortaria uma veia vital, e a luta acabaria. Niall olhou para o balcão, onde Innes se levantara e se postara ao lado de Adaira. Ele esperava pela permissão para matar o filho dela. Jack precisou se apoiar na balaustrada, de repente com medo de a baronesa recuar em sua decisão.

Innes olhava para eles. As marcas na areia. A espada que refletia as estrelas. O rosto corado de Moray, os olhos arregalados de desespero.

Innes suspirou, um som carregado por anos de tristeza amarga. A pura derrota. Porém, enfim, ela assentiu.

Moray se assustou, o rosto deformado de medo.

— *Mãe!*

Foi sua última palavra. Niall golpeou a espada no pescoço de Moray, abrindo-lhe a garganta. O sangue jorrou, manchando a armadura, pingando na areia. Ele arfou e caiu para a frente, morrendo na poça do próprio sangue.

O herdeiro do oeste estava morto. Em silêncio, o clã Breccan viu Niall remover o elmo e se ajoelhar diante de Innes.

— Você recuperou sua honra, Niall Breccan — disse ela, a voz preenchendo a arena, grave e forte, como se ela não tivesse acabado de perder o filho. — A espada falou por você, e você está doravante absolvido de seus crimes. Pode novamente circular livremente entre o clã, pois os espíritos o consideram digno de vida.

Niall abaixou a cabeça, o cabelo cobre escorrido caindo nos olhos.

Ao redor dele, o fogo das tochas bruxuleava, o vento começava a soprar. Sombras compridas e delgadas se esticaram na areia. As nuvens voltaram a se fechar no céu, engolindo as estrelas e a lua. A névoa desceu, se acumulando como orvalho nos cabelos, ombros e flanelas.

O clã começou a ir embora, dispensado.

Jack não conseguia se mexer. Encarou Niall, vendo-o se levantar. Achou que o pai o olharia, mas Niall apenas soltou a couraça e a deixou cair. Largou a armadura e a espada no chão ao lado de Moray, e saiu correndo por uma das portas da arena.

— Preciso falar com ele — murmurou Jack para Adaira.

Ela não disse nada, mas estava corada, com os olhos brilhando. Soltou os dedos de Jack quando ele se virou. Innes já tinha partido, discreta. Jack apertou o passo pelos corredores do castelo, o coração esmurrando o peito.

Ele se perdeu duas vezes e precisou retornar pelo caminho, mas por fim acabou encontrando o rumo para o pátio. Estava cheio de gente voltando para casa, e Jack sentia-se carregado por um rio, procurando Niall freneticamente. Nem sinal dele. Finalmente, Jack se viu obrigado a seguir uma brecha na multidão para se afastar, junto a uma forja fechada.

Ele parou nas sombras, olhando distraidamente para os Breccan que prosseguiam pelo pátio.

— Se estiver procurando seu pai — disse uma voz —, não o encontrará aqui.

Jack se sobressaltou e olhou para a esquerda. Era David Breccan, a quatro passos dele, recostado no muro de pedra.

— O senhor o viu? — perguntou Jack.

— Eu, não, mas os guardas do portão viram — respondeu David, indicando o rastrilho. — Ele foi o primeiro a atravessar a ponte.

Jack absorveu as palavras até arderem feito sal numa ferida. Não entendia por que o pai não queria vê-lo, não queria falar com ele. Talvez Jack estivesse enganado ao pensar que Niall quereria construir uma vida nova ele. Talvez ele quisesse apenas viver em paz, e ser deixado quieto.

Jack encarou a névoa.

O pai agora seguia sozinho pelas colinas. Sozinho, mas livre.

E havia apenas um lugar para onde ele poderia ir.

Para seu chalé, no bosque.

Capítulo 35

Torin voltou para casa.

Não a casa que tinha construído com Donella e transformado em refúgio com Sidra. Na verdade, ele atravessara aquelas paredes vazias de pedra e subira as colinas cobertas de urze até a casa e as terras de seu pai. O sítio onde tinha crescido.

Parou na horta. Antigamente, ele via um feitiço sempre que ia ali, mas era porque seus olhos estavam fechados. Depois, não via nada além de decadência e descuido na casa e no jardim de Graeme, o que o irritava. Porém, finalmente, passou a enxergar a vida escondida sob a magia, incandescente de bondade. As muitas tramas que se uniam, cada uma com seu papel no todo.

Ele se ajoelhou na terra.

Os espíritos do quintal eram tímidos e jovens, mas, quanto mais tempo ele passava ali, mais coragem eles criavam. Trepadeiras, flores, ervas, brotos e pedras, os olhos pestanejando e transbordando de curiosidade. Torin não sabia quanto tempo tinha se passado — não havia como mensurar de verdade no domínio dos espíritos —, mas uma criança feita de cipó se aproximou. O espírito esticou a mãozinha trançada e encostou no braço de Torin, um toque delicado para interromper seus devaneios. Ele tentou abrir um sorriso para a criança de cipó, mas não tinha alegria a oferecer.

— Tente de novo — disse a criança de cipó.

Torin abanou a cabeça, cansado demais para falar.

— Tente de novo — insistiu a criança, com a voz doce de esperança.

Torin não queria tentar. As bolhas em sua mão ainda doíam, e ele nunca sentira tamanho medo e solidão. Nem depois da morte de Donella. Nem depois de a mãe abandoná-lo, décadas antes. Torin tinha apenas seis anos naquela época, mas se lembrava da dificuldade de entender a ausência repentina dela. De como ficava à porta, esperando que ela voltasse.

Fazia silêncio no jardim, e Torin achou que fosse afundar na terra, sob o peso dos inúmeros sofrimentos. Porém, logo escutou Graeme. O pai cantava dentro da casa. A voz grave e forte escapava pela janela entreaberta, e fez Torin se levantar. Ele foi até a janela e espiou lá dentro. Discernia vagamente o pai pela abertura, sentado à mesa da cozinha, cantando enquanto trabalhava em outra miniatura de barco na garrafa.

Era uma balada antiga, que Graeme e Torin cantavam juntos quando Torin era guri.

— O trabalho passa muito mais rápido quando você canta — dizia seu pai enquanto consertavam a casa, aravam o quintal, cozinhavam o jantar, cerziam as roupas furadas.

Eram trabalhos de mãe e pai, e Graeme fazia todos, mantendo os dias da infância de Torin previsíveis e estáveis.

Torin assistiu ao trabalho de Graeme por um tempo, reconfortado. Quando se virou de volta para o quintal, viu que uma pedra lisa fora removida de seu caminho. Tinha um centro afundado, como se a chuva tivesse pingado nela por anos, gastando a superfície. Era o lugar perfeito para macerar ervas.

— Obrigado — murmurou Torin para o quintal, e se ajoelhou.

Pegou as flores no bolso e as espalhou em um arco à sua frente. Sentia que tinha tudo de que precisava, mas ainda estava incomodado por um sentimento de inadequação. Começou a cantarolar a mesma melodia de Graeme, e pôs as duas irmãs — Orenna e Whin — na pedra. Em seguida, a última flor branca do oeste e a folha-de-fogo do leste. Usou todas as plantas, e não teria mais nenhuma caso ele fracassasse uma terceira vez.

Pegou uma pedra menor e começou a amassar as plantas. As bolhas das mãos protestaram tão vibrantemente que Torin sentiu as têmporas latejarem. Porém, continuou a trabalhar, engolindo a dor. Uma a uma, as bolhas foram estourando. Um gemido lhe escapou de entre os dentes. As palmas logo ficaram molhadas e escorregadias, e ele não tinha mais forças para cantar a balada do pai.

Em silêncio, Torin fitou as mãos e notou que sangravam. Sangue, brilhante como o vinho do verão, escorria dos dedos na maçaroca que mexia. Gota a gota, até a mistura na pedra ficar vermelha.

Ele pensou em Sidra e sofreu ao imaginá-la à sua espera, enquanto as estações passavam e as constelações seguiam seu ciclo. Ela logo se cansaria da espera fria. Continuaria a comandar o clã, muito melhor do que ele o faria, curando os necessitados, criando os filhos dele, e talvez se apaixonando por outra pessoa, até, enfim, virar pó na terra.

Torin pensou em todos os dias desperdiçados, em todos os momentos que deixara passar. Se encontrasse o caminho de casa, nunca mais desperdiçaria um dia sequer, uma hora, um minuto com as pessoas que amava. Não reclamaria de comandar o clã; não resistiria a visitar o pai. Na verdade, assim que pudesse, Torin traria Sidra e Maisie para cá, para a casa de Graeme, e eles iriam se sentar no jardim ao sol, comeriam biscoitos e ririam de histórias antigas…

Ele começou a chorar.

Debruçado na pedra, Torin parou de misturar o remédio. Os soluços o atravessaram, emergindo da caverna profunda e solitária em seu peito. Do lugar arrasado que escondia havia anos, com medo de reconhecer os danos escondidos dentro de si. Mas estava ali, e ele sentia seus fragmentos cortantes.

As lágrimas cortaram caminho pela barba. Pingaram do queixo, caindo nas mãos e na pedra, chiando como chuva ao se mesclar ao sangue e às flores da ilha.

Torin mal enxergava, mas continuou a misturar tudo até ver apenas o sangue, o sal das lágrimas, e seus muitos, muitos arrependimentos. A dor das mãos finalmente o dominou, mais forte do que a angústia interior.

Ele soltou o socador improvisado.

Fechou os olhos e se deitou com a cara no jardim, deixando a exaustão arrastá-lo para as profundezas de um mundo onde existiam apenas escuridão e estrelas.

Sidra cavalgava pela estrada do norte, a caminho do oeste. Estava acompanhada de Blair e três outros guardas, e levava na carga os cadernos de registro, um baú cheio de ervas do leste e os remédios que criara, assim como um presente para os inimigos — uma saca de aveia dourada, um pote de mel com favo, e uma garrafa de vinho. Tudo estava incerto, mas naquela manhã, enquanto se arrumava para partir, Sidra nunca sentira tamanha paz.

Ela usava uma roupa digna de baronesa — uma túnica vermelha, um gibão de couro bordado com fio prateado, avambraços e botas altas de pele que escondiam a praga, que já estava quase no joelho. Ela cobriu o peito com a flanela verde encomendada por Torin, no lugar de uma armadura, e prendeu o pano no ombro com um broche na forma de um cervo saltitante com olho de rubi.

Antes de sair, parou diante do espelho, se olhando como se fosse uma desconhecida, mas alguém que admirava profundamente. Trançou partes do cabelo preto antes de colocar a tiara de prata, para que quando os Breccan a olhassem, saberiam quem e o quê ela era, do mesmo modo que Torin se identificava com seu anel de brasão. Por fim, prendeu no cinto uma espada montante.

Sidra nunca usara uma espada na cintura. As únicas armas que já tinha portado eram sua faca de colheita e, vez ou outra, uma adaga. Porém, a espada era uma das condições de Yvaine. Ela fora aconselhada a passar cinco dias no oeste, e não mais do que cinco dias, e a levar um presente na forma de poucos mantimentos. Poderia se hospedar com os Breccan sob a proteção de Adaira, e compartilhar os conhecimentos que adquirira para auxiliar o oeste a lutar contra a praga. Poderia fazer isso tudo, desde que acompanhada dos guardas, e que passasse o tempo inteiro armada.

Sidra aquiescera.

Quando pronta para cavalgar, cuidara do último preparativo, e o mais importante. Pusera Maisie na sela e seguira para entregar a filha a Graeme.

Do quintal, o pai de Torin viu Sidra e Maisie chegando pela colina a pé. Maisie soltou gritinhos animados ao ver o avô, e Sidra sorriu, apesar da dor que sentia no peito. Soltou a mãozinha da filha, que correu para um abraço.

Grame se abaixou para pegar Maisie no colo.

— Quem é essa guriazinha? Acho que não te conheço!

Maisie riu com a brincadeira, abraçando o pescoço dele.

— Sou eu, vovô. *Maisie*.

— Ah, Maisie! Uma das meninas mais corajosas de todo o leste. Já ouvi histórias — disse Graeme, com uma piscadela, antes de se virar para Sidra.

Sidra esperava no jardim, o vento balançando seus cabelos. De pronto notou a admiração no rosto de Graeme ao fitá-la, assim como a pontada de preocupação ao perceber que ela estava trajada para a guerra.

— Lembra-se do que eu falei, Maisie? — perguntou Sidra para a filha, levantando a mão para contar nos dedos. — Vou passar cinco poentes e nascentes viajando, e depois volto. Se comporte com o vovô.

Maisie concordou, e Graeme a colocou no chão, deixando-a no caminho de pedra.

— Estou terminando de preparar uns biscoitos de aveia, e Tabitha precisa ser escovada. Quer entrar para me ajudar, guria?

Maisie sorriu e entrou correndo. Saber que Maisie sentia-se segura o suficiente ali a ponto de não se preocupar com a ausência da mãe era levemente atordoante. Era uma clemência pequena, e ao mesmo tempo reconfortante, e Sidra ainda estava olhando a porta aberta quando Graeme se aproximou. Ele tropeçou em uma pedra no meio do caminho, e Sidra esticou o braço para equilibrá-lo.

— Que lugar estranho para botar uma pedra, pai — comentou ela, analisando a pedra estranha. Parecia ter o centro gasto.

— É, e nunca vi ela aqui — respondeu Graeme, coçando a barba. — Os espíritos devem estar aprontando. — Ele voltou a atenção para Sidra, suspirou e cochichou: — Então você vai para o oeste?

— Vou — respondeu ela. — Obrigada por cuidar de Maisie. Devo voltar logo.

Sidra não disse que, se algo acontecesse a ela, Graeme precisaria criar Maisie para ser a próxima baronesa. Não disse que sentia uma pontada de dúvida no fundo do peito por estar prestes a cruzar a fronteira. E nem que, pela primeira vez na vida, não fazia a menor ideia do que ia a acontecer a seguir, se algo bom ou horrível a aguardava.

Mas Graeme viu todas aquelas dúvidas nos olhos dela. Carinhoso, levou as mãos ao rosto de Sidra.

— Que seja forte e corajosa — disse ele. — Que seus inimigos se ajoelhem diante de você. Que encontre as respostas que busca. Que seja vitoriosa, abençoada pelos espíritos, e que a paz a siga como sombra.

Sidra sabia que aquela era a antiga bênção dirigida ao barão diante de um conflito era iminente. As palavras a agarraram, entrando até os ossos. Porém, quanto mais pensava nelas, mais firmeza sentia. Semanas antes, jamais acreditaria que faria parte de um momento daqueles, e teria culpado algum desígnio cruel do destino. Contudo, ali, pensou que talvez estivesse sempre fadada a chegar àquele ponto. Todas as horas dedicadas ao jardim com a avó, aprendendo os segredos das ervas. Todas as horas sozinha nas colinas, olhando as estrelas e pensando nos lugares para onde queria ir, em quem gostaria de ser.

Seu destino era chegar até aqui, cochichou uma voz em seus pensamentos.

Graeme lhe deu um beijo na testa. Sidra deu meia-volta antes que ele visse as lágrimas nos olhos dela.

Ela não olhou para trás ao descer a colina até o cavalo, que já aguardava na estrada junto aos guardas. Com uma careta, ela montou, perdendo o fôlego de tanta dor no pé. Vinha mancando mais e mais, por isso decidira finalmente se abrir para Blair. O guarda protegia o segredo dela como se fosse seu, mas era inevitável que em algum momento a doença viesse à tona. Ela esperava apenas que isso ocorresse *depois* da visita ao oeste.

Conforme Sidra se aproximava da fronteira dos clãs, pensava na bênção de Graeme, agarrando-se à segurança daquelas palavras antigas. Estava quase lá, embora o cavalo tivesse ido de galope a trote e, por fim, a um ritmo de caminhada. O coração dela palpitava, agitando um calor ávido no sangue.

Ela viu a baliza do norte, gasta pelo tempo, e o mato que crescia entre as árvores. Viu a curva e a descida da estrada, como se estivesse se entregando ao oeste, e aí fez o cavalo parar.

Uma comitiva Breccan aguardava por eles, com flanela azul no peito e expressão neutra no rosto. Pontos de luz do sol dançavam em seus cabelos — loiros e castanhos e ruivos e pretos — e nas intrincadas tatuagens de anil na pele. Porém, Sidra tinha olhos apenas para Adaira, que a esperava na dianteira.

O FOGO ETERNO **415**

Sidra desceu do cavalo. Bateu no chão duro com um solavanco no tornozelo, mas a dor na perna fora mera memória durante aqueles passos que a levariam a Adaira. Por um momento, Sidra não soube se deveria rir de alegria ou chorar de alívio, o coração transbordando de emoção.

Ela atravessou a fronteira dos clãs e adentrou o oeste sem medo, como se já o tivesse feito mil vezes. Pousou no abraço vigoroso de Adaira.

Elas se cumprimentaram, sem fôlego, como se o tempo nunca as tivesse separado, e uma riu junto ao cabelo da outra.

Torin não soube dizer o que o despertara, até que seu nome cortou a penumbra outra vez:

— *Torin*.

Ele abriu os olhos e foi recebido pelo solo. Tinha terra na boca, grama na barba. Gemeu e se levantou devagar, apoiando-se nos joelhos doloridos.

— Torin.

Ele pestanejou para desembaçar a vista, reconhecendo a voz que o acordara. Hap estava sentado ali perto, de pernas cruzados e olhos brilhantes.

— Hap — disse Torin, surpreso pela própria rouquidão. — Acho que senti saudade sua.

Hap só fez sorrir.

Foi então que Torin percebeu que a horta de Graeme estava lotada de espíritos da terra. Eles enchiam o pequeno jardim, emanando admiração e alegria. Torin quase sentia o gosto ao respirar — o cheiro da terra após a chuva de verão, o néctar das flores, o orvalho na grama.

— Por que vieram me ver? — perguntou, emocionado com aquela presença.

— Olhe para trás — disse Hap.

Torin se virou e viu a pedra com o centro côncavo. Primeiro, não entendeu o que olhava. Onde antes havia sangue, flores e angústia, se encontrava outra coisa. Algo liso, brilhante e frio.

O remédio contra a praga reluzia na pedra com todo o brilho do luar.

PARTE QUATRO

Uma canção para o fogo

Capítulo 36

Sidra parou ao lado de David Breccan junto à área de trabalho, estudando seu herbário encadernado em couro. Estava impressionada com os registros dele, inclusive com as amostras de plantas que ele secara e prendera às páginas. Algumas ela conhecia bem. Outras, eram um mistério.

— Posso? — perguntou ela e, quando ele assentiu, começou a folhear o caderno.

Ela parou ao chegar a uma flor branca e pequena presa ao pergaminho, reluzindo com um suave brilho dourado. Uma flor encantada, percebeu Sidra. Logo abaixo, David escrevera seu nome: *Aethyn*.

Sidra parou ali, adentrando as profundezas da memória. Ela conhecia aquela flor do oeste. A primeira e última vez que ouvira seu nome fora nas masmorras do castelo Sloane, conversando com Moray.

Não há remédio, não há antídoto para o Aethyn. Mas o veneno transforma sangue derramado em joias.

Era a planta venenosa que tinha matado Skye. A filha caçula da baronesa.

— Você conhece a erva Aethyn? — perguntou David, notando a hesitação dela.

— Não cresce no leste — respondeu Sidra —, mas, sim, já ouvi falar.

Ela não contou de onde vinha sua informação. Adaira já havia lhe revelado que Moray Breccan tinha morrido, assassinado no abate da véspera. Sidra precisava tomar cuidado com o que dizia, mas também com o que *não* dizia, enquanto estivesse na fortaleza do oeste.

Pronunciar o nome de Moray, ou até de Skye, poderia abrir uma ferida impossível de fechar.

Como se pressentisse sua linha de raciocínio, Blair se aproximou um pouco. Ele se tornara sua sombra, e ainda não dissera uma palavra sequer desde que atravessaram a fronteira. Entretanto, Sidra notava a tensão nele, assim como nos outros três guardas. Eram os melhores guerreiros do leste, selecionados a dedo por Yvaine, mas nunca tinham estado naquela situação — circulando abertamente pelo oeste, interagindo com os Breccan.

Era estranho, até mesmo para Sidra. O instinto lhe dizia para se preparar para uma armadilha, considerando o histórico dos Tamerlaine e dos Breccan. Apesar de toda sua esperança de paz, ela não conseguira abafar tais pensamentos sinistros ao longo de sua viagem.

Seria aquele rebanho de ovelhas que vira na estrada fruto de roubo do leste? Será que os guardas no portão da cidade já tinham atravessado a fronteira para incursões? Será que o rastrilho — que marcava a única entrada e saída do castelo — ia cair a qualquer momento e ali ficar, trancando Sidra e os guardas lá dentro?

Sidra sacudiu-se intimamente. Não podia dar abertura àqueles pensamentos se pretendia aproveitar bem seu período ali, e colaborar com David.

Adaira pegou na mesa uma garrafa com ervas secas. Ela também não tinha saído do lado de Sidra, e sua presença certamente era um alicerce para evitar o desmoronamento da confiança entre as partes.

422 Rebecca Ross

— Será que o remédio que combate a praga seria fruto da combinação de duas plantas? — perguntou Adaira. — Uma que cresce no oeste, e outra, no leste?

— Confesso que a possibilidade já me ocorreu algumas vezes — respondeu Sidra.

Ela olhou de relance para David, que encarava a flor de Aethyn na página.

O consorte da baronesa não era o que ela esperava — ele era bonito, de um jeito rústico, quase *abatido*, esguio e gracioso, reservado e tranquilo. Mas daí, talvez ela tivesse criado uma boa dose de expectativas em relação aos Breccan, a suas terras, à sua fortaleza.

— O que cresce no leste que não temos aqui? — perguntou David.

Sidra virou a página devagar.

— Ainda não tenho certeza. Mas seu herbário ajudará a iluminar a questão.

E ia demorar um pouco. Em determinado ponto, David solicitou chá e biscoitos de cereja, e ele, Adaira e Sidra sentaram-se à mesa enquanto Sidra folheava a coleção. Ela entregara a ele as receitas dos remédios e de todos os tônicos e bálsamos testados para curar a praga, e observava, de soslaio, enquanto David estudava seus registros, franzindo a testa. Ela notara que ele usava luvas. Quando o vira na fronteira, imaginara que fossem luvas de montaria. Contudo, ele não as tirara ao voltar ao castelo e, embora não fosse da sua conta, ela desconfiava o motivo.

Era mais fácil esconder a praga no pé e na perna, por baixo das botas, do vestido, das meias. Porém, se a praga estivesse em suas mãos, ela também seria forçada a usar luvas. Se o consorte da baronesa tinha sido contaminado, fazia todo o sentido que os Breccan estivessem interessados na visita dela.

— Posso perguntar quantos do seu povo adoeceram? — questionou Sidra.

David hesitou um momento, como se não quisesse revelar o número. Porém, ele deve ter chegado à mesma conclusão que ela: para trabalharem juntos e solucionar aquele problema, precisavam ser honestos.

— Trinta e quatro, que eu tenha contado — disse ele. — Mas é sempre possível que sejam mais. Notei que as pessoas têm vergonha de revelar.

Sim, pensou Sidra. Parecia que alguns dos efeitos colaterais da praga não eram visíveis, mas mexiam com os sentimentos. Medo, ansiedade, vergonha. Negação e desespero.

— E do seu clã? — perguntou David. — Quantos adoeceram do seu lado?

— Quinze, que eu saiba — respondeu Sidra.

O número entalou na garganta. Era impressionante como a infecção estava se espalhando com facilidade, ainda que as pessoas soubessem do perigo e estivessem tentando evitá-la como podiam. Ela pensou no início da própria doença. Tomara tanto cuidado, e ainda assim acabara pisando na fruta podre.

— Vejo que você tentou evônimo, prímula, urtiga e pervinca como bálsamo para a dor na área infectada — disse David, apontando uma receita. — Experimentei a mesma mistura, e descobri que acrescentar um pouco de zimbro ajuda tremendamente no alívio da rigidez articular.

Sidra se esticou, intrigada. Quase flexionou o tornozelo para sentir a resistência da articulação infectada, era como se os músculos repuxassem cada vez mais.

— Nunca pensei em acrescentar zimbro. Agradeço a sugestão.

— Aqui.

David se levantou e andou até a estante na parede. A oficina dele era uma sala pequena, mas aconchegante, apinhada de ervas secas e uma mistura eclética de frascos e garrafas. Sidra teria gostado de uma sala assim também, em vez de trabalhar na cozinha.

Ele remexeu na coleção e finalmente trouxe a ela um recipiente de madeira que, ao abrir, revelou um bálsamo. Pelo cheiro fresco e forte, Sidra soube que era a receita de que tinham falado.

— Vou experimentar com zimbro — repetiu Sidra, mas David a surpreendeu.

— Pode ficar com este.

Ela ergueu o rosto e encontrou o olhar dele. Então ele soube. Soube que ela também estava doente. Ela tomara tanto cuidado para esconder sua coxeadura, mas talvez ainda fosse óbvio aos olhos dele.

— Obrigada — disse ela, aceitando.

Adaira estava atipicamente quieta, observando os dois atentamente. Ela percebia que os curandeiros tinham algo em comum, embora Sidra notasse que sua amiga não estava ciente de todos os detalhes. Ou talvez Adaira simplesmente tivesse se preparado ver uma discussão entre seu pai e Sidra, com rivalidade e tentativas de esconder conhecimento, como dragões escondendo ouro. Aquela camaradagem era um pouco chocante, ainda que Sidra sentisse que curandeiros tivessem linguagem própria, uma que mais ninguém conhecia.

Eles ficaram na oficina até o fim do dia. Uma tempestade ameaçava cair, e Sidra escutava o vento assobiar pelas rachaduras da argamassa do castelo. O vidro das janelas já chorava com o início de chuva, e, quando Adaira conduziu Sidra pela teia de corredores, a luz do entardecer desapareceu de repente, e o castelo ficou mergulhado em sombra.

— Vou levá-la ao seu quarto, para você descansar um pouco antes de jantar — disse Adaira quando chegaram a uma escada comprida e curva.

Sidra olhou para o sem-fim de degraus, relutante a subir, até que Blair apareceu e lhe ofereceu o braço. Ela aceitou, agradecida, e segurou o cotovelo dele. Permitiu que ele sustentasse seu peso para aliviar o pé enquanto subiam atrás de Adaira, mas ainda assim Sidra não conseguiu evitar a pontada de preocupação quando sua amiga olhou para trás.

Obviamente Adaira notara que Sidra se apoiara no guarda. Notara o cuidado de Blair para com ela.

Eles seguiram Adaira por mais um corredor, até finalmente chegar à suíte de hóspedes. O quarto era espaçoso, adornado com tapeçarias, tapetes e uma cama com dossel, coberta com uma manta de lã e protegida por um mosquiteiro. Fogo queimava na lareira, e a cornija estava cheia de galhos verdes e perfumados de zimbro. Tinha uma cadeira e uma mesa com a bacia do lavatório, além de um guarda-roupa no canto e uma vista para as colinas enevoadas.

— Podem me dar um momento a sós com Adaira? — Sidra pediu aos guardas, que esperavam atrás dela.

Blair assentiu, e levou os outros três ao corredor. Assim que fecharam a porta, Sidra olhou para Adaira, o alívio e a preocupação batendo em seu peito ao mesmo tempo.

Era a primeira vez que as duas estavam a sós desde que se reuniram no início do dia. Agora podiam baixar a guarda e voltar ao vínculo confortável da amizade. Contudo, tinha acontecido tanta coisa nos últimos meses que quase parecia que tinham passado anos separadas.

— Estou tão feliz por você ter vindo, Sid — disse Adaira. — Mas preciso perguntar... está tudo bem com você e Torin? Reparei no seu guarda, e honestamente achei que Torin teria feito questão de acompanhá-la ao oeste. Jack também me disse que Torin não respondeu à carta que ele enviou. Quem respondeu foi você.

Sidra soltou um suspiro profundo. Era hora de contar a Adaira, mas ela precisava sentar-se para um assunto daqueles.

— Está tudo bem entre nós. Não se preocupe — disse Sidra, e andou até a cadeira, onde sentou-se com um leve gemido. — Mas Torin não está aqui, Adi.

Com a expressão enrugada de preocupação, Adaira puxou um banquinho para sentar-se de frente para Sidra.

— Onde está ele, então?

— Os espíritos o levaram.

Adaira se enrijeceu, empalidecendo.

— Como assim, *levaram*?

Sidra explicou como pôde, transmitindo a Adaira a informação que inferira. Porém, se arrependeu imediatamente de dizer que Torin poderia passar anos afastado. Adaira pareceu ter levado uma facada. Debruçou-se nos joelhos, com a mão na boca, os olhos reluzindo de terror.

— Sei que você vai ficar preocupada com ele — continuou Sidra —, mas não quero que fique assim, e ele também não iria querer. É provável que ele volte muito antes do que prevejo. Então, por favor, Adi, não fique chateada com isso.

Adaira fez um longo silêncio. Ela afastou os dedos da boca e sussurrou:

— *Sidra*. Eu sinto muito.

Sidra assentiu, tentando derreter o gelo que a percorria. O calafrio que a vinha mantendo acordada a noite toda, encarando as trevas e tremendo, tentando imaginar o restante da vida sem Torin. Se a praga não a matasse, o luto provavelmente a levaria à cova mais rápido.

Porém, ela não queria reforçar tais pensamentos. Tentou concentrar-se em Adaira.

— Me conte como tem sido sua vida aqui — pediu.

Adaira se inclinou para trás e suspirou.

— Bom, tem sido interessante, no mínimo.

Enquanto Sidra escutava, Adaira contava partes da vida no oeste. As sombras iam se aprofundando enquanto ela falava, embora ainda fosse de tarde. Finalmente, Adaira se levantou para acender velas do quarto, olhando ansiosamente para a janela.

— Preciso dizer o que você deve esperar hoje, Sid — disse, voltando ao banco. — Innes convidou os condes e seus herdeiros para jantar no salão, e gostaria que você se juntasse a nós, para apresentá-la e explicar sua presença.

Sidra sentiu uma pontada de choque no corpo. Escutou a voz de Moray em memória, como se ele a assombrasse. *Todo mês, meus pais convidam os condes e herdeiros para um banquete no salão do castelo. É uma noite perigosa, imprevisível, porque há sempre um conde ou outro armando para assumir o comando.*

Adaira explicava sobre os perigos do Aethyn, e sobre as doses preventivas. Sidra tinha se distraído completamente, mas se obrigou a retomar o foco e prestar mais atenção. Quando Adaira estendeu a mão, revelando um frasco de líquido transparente, Sidra teve que engolir a bile subindo pela garganta.

— O que é isso, Adi?

— Uma dose de Aethyn — respondeu Adaira. — Considerando os riscos de jantar com a nobreza, Innes e David acharam adequado eu pedir para você tomar.

Sidra encarou o veneno. Por fim, subiu o olhar para Adaira.

— Você e Jack estão tomando?

Adaira hesitou.

— Jack disse que não pode. Ainda estou pensando se tomo outra dose. Mas também devo alertar que os efeitos colaterais são horríveis.

— E que efeitos são esses?

Adaira começou a descrevê-los. Sidra percebeu que Adaira os conhecia bem porque os sentira na pele, e ficou bastante penalizada pela amiga. Imaginar Adaira sozinha e sofrendo, sentindo que não tinha escolha senão se envenenar.

— Não vou culpá-la se recusar — concluiu Adaira. — Mas quer cogitar?

Sidra se levantou, em silêncio. Ela pegou o frasco e o aproximou da luz.

— Honestamente, não há nem dúvida, Adi.

— Vai tomar, então?

— Não. Não posso — disse Sidra, com o coração acelerado.
— Estou grávida.

Adaira ficou paralisada um momento, e então um sorriso largo se abriu em seu rosto.

— *Sidra!*

— Não precisa de estardalhaço, Adi.

Adaira a ignorou, e a abraçou com tanta força que Sidra perdeu o fôlego. Toda a emoção que tinha contido até ali invadia seu peito de repente. Sidra se agarrou a Adaira, pestanejando para segurar as lágrimas, e o som da risada alegre da amiga a inundou como a luz do sol.

Vai ficar tudo bem, pensou. *Vou ficar bem. O bebê vai ficar bem.*

Era estranho, pensou Sidra, como a companhia de Adaira lhe dava tranquilidade. Todas as preocupações anteriores pareciam menores, tênues. Os dias vindouros pareciam mais claros e quentes, como um eterno verão.

— Estou tão feliz por você — disse Adaira, recuando. — Você nem imagina como eu estava precisando de boas notícias.

— Eu e Torin ficamos felizes de ajudar — respondeu Sidra.

— Ele deve estar nas nuvens.

— Ele ainda não sabe.

O sorriso de Adaira murchou. A expressão de dor voltou.

— Mas — acrescentou Sidra, apressada — ele ficará muito feliz quando voltar.

— Ficará, sim.

Uma trovoada as interrompeu. Sidra se sobressaltou, sentindo o castelo tremer sob seus pés. Adaira voltou a olhar a janela. Estava preocupada, e Sidra supunha que fosse por causa de Jack.

— Tenho que ir — disse Adaira —, mas volto para buscá-la na hora do banquete.

Sidra assentiu. Acompanhou Adaira até a porta e a viu partir antes de chamar os guardas.

Blair e os outros — Mairead, Keiren e Sheena — a cercaram. Eles emanavam tensão como notas de uma harpa. Parecia haver coisas demais fora do controle deles — o tempo, a praga, os Breccan, a possibilidade de Sidra ser envenenada no jantar.

— O que foi, baronesa? — perguntou Blair, gentil.

Sidra suspirou ao abrir o punho, dedo a dedo, para revelar o frasco de Aethyn. Ela o olhou, com a cabeça zonza de tantos pensamentos. Não podia tomar a dose, nem os guardas tomariam. Contudo, também não poderia jantar nada que pudesse trazer riscos à vida dela e à de seu filho.

Ela pensou em toda a flora do oeste que vira no herbário de David. Em toda a flora que trouxera do leste. Repensou nos anos todos lidando com uma planta atrás da outra, das vingativas às dóceis, usando suas essências para curar e tratar.

Ela não tinha medo de veneno. E não se curvaria a ele.

Sidra olhou para os guardas, com o coração tranquilo.

— Preciso pedir uma coisa horrível para vocês.

Torin precisava de uma tigela para transportar o remédio, pois não tinha força para carregar a pedra com o centro oco. Desesperado, atravessou a porta da casa de Graeme, e ficou surpreso ao encontrar o pai lendo uma história para Maisie.

Torin parou de repente, como se preso em uma teia. Ficou vendo Maisie sorrir, escutando a leitura de Graeme. A voz dele era como o estrondo grave do trovão, mas agradável e homogênea. A luz do fogo inundava seus rostos, e Torin percebeu que já devia ser noite no reino mortal. E se Maisie estava ali... onde estaria Sidra?

— Torin! — chamou Hap, do jardim. — Não temos tempo!

Atordoado, Torin foi até a cozinha e pegou uma das tigelas de madeira de Graeme. Ele queria ficar naquele momento, com o pai e a filha. Queria fincar raízes e permanecer ali, e precisou de todas as forças — cada respiração, cada pensamento, cada batimento cardíaco — para se lembrar de tudo o que estava em jogo e do que precisava fazer.

Quando voltou ao quintal, notou que o céu tinha mudado. O ar estava mais escuro, atravessado por fios de eletricidade estática. Nuvens se acumulavam, consumindo as estrelas, o sol e a lua. Torin sentiu um arrepio alarmado ao se ajoelhar.

— O que aconteceu? — perguntou.

Hap estava olhando para o céu enquanto o vento soprava, frio, vindo do norte. O cabelo comprido se emaranhou no rosto dele.

— Ele sabe.

Torin paralisou de novo, com a mão próxima ao remédio.

— Sabe do quê?

— Que você decifrou o enigma — respondeu Hap.

Torin viu os espíritos do quintal recuarem, se escondendo do vento. Todos buscaram abrigo, enquanto Hap permanecia ao lado dele, irredutível, ainda que o sopro estivesse arrancando as flores de seus cabelos.

Assim que Torin encostou no remédio, o mundo se aquietou ao seu redor, e ele teve a sensação de estar sonhando, abarcando o luar nas mãos. Nunca tinha sentido tamanha paz, e suspirou. Com cuidado, transferiu o bálsamo frio para a tigela, mas continuou a olhar para sua mão, luminosa na tempestade crescente.

— Rápido, amigo — insistiu Hap. — Tire os sapatos e corra ao meu lado. Você irá mais rápido descalço na terra e, se chegarmos a tempo, poderemos curar as árvores antes que *ele* chegue lá.

Torin desatou as botas rapidamente. Pegou a tigela e seguiu Hap portão afora, mas não resistiu a olhar uma última vez para trás.

Viu a chuva começar a cair na casa de Graeme, e se flagrou rezando para as paredes de pedra, o teto de palha e a porta de madeira... *Fiquem firmes contra a tempestade. Protejam os dois por mim.*

A casa onde tinha crescido cintilou suavemente, como se a prece a tivesse fortalecido.

Só então Torin se virou e iniciou sua corrida descalça ao lado de Hap. Eles atravessaram as colinas enquanto o vento implacável crescia.

E então correram juntos, em sincronia perfeita, até o pomar.

Jack ficara aguardando até a comitiva que acolhera Sidra tomar a estrada norte a caminho de Kirstron. Deixara seu cavalo ficar para trás no grupo, conforme Adaira sugerira. Quando a estrada se virou para o sul, Adaira olhou para ele, e Jack se afastou de vez do grupo, guiando o cavalo para o oeste, rumo ao ermo.

Ele precisava conversar com Kae outra vez, e aquela seria sua melhor oportunidade.

Adaira concordara, embora inicialmente tivesse ficado relutante, pois ele cavalgaria sozinho pelas colinas. Contudo, a visita de Sidra era crucial, e Adaira precisava estar presente. Ela furara o dedo e recolhera o sangue em um frasquinho, o qual entregara a ele para destrancar a porta da casa no lago. Também lhe dera algumas instruções: *Se atenha às trilhas dos animais no ermo. Fique sempre de costas para as montanhas para encontrar o lago. Saia com tempo de sobra para voltar antes do anoitecer.*

Deixando o cavalo seguir uma trilha sinuosa pela urze, Jack sentia-se ao mesmo tempo livre e vulnerável ao passear sozinho pelo ermo. Parou no cume de uma inclinação e olhou para trás, para assegurar que continuava de costas para as montanhas. O coração escarpado do oeste, quase invisível na penumbra, o lembrava do bosque Aithwood. Jack *quase* virara o cavalo para o sul depois de receber Sidra e os guardas na floresta. Ficara tentado a divergir do plano e seguir as árvores até a casa de Niall.

Mas não o fizera, é claro. Tinha muito medo de que Niall o mandasse embora, ou que até mesmo se recusasse a abrir a porta. E Jack tinha de encontrar Kae. Desde que estudara a música de Iagan, um monte de perguntas ardia em sua cabeça como brasas.

Ele avançou.

Logo reconheceu as árvores que cercavam o lago Ivorra, e enfim a casa tranquila na ilhota no meio da água. Deixou o cavalo amarrado debaixo das árvores e seguiu pela ponte estreita, percebendo a placidez do lago dos dois lados. Perguntava-se o quão profunda seria a água ali, e quais espíritos moravam em seu leito e circulavam em suas sombras frias.

Quando chegou à porta, bateu na madeira para Kae saber que ele estava prestes a entrar. Pegou o frasco que Adaira lhe dera, o sangue manchando o vidro de vermelho, e pingou uma gota no dedo.

Abriu a porta e entrou na casa.

Kae o esperava, a poucos passos. Parecia saudável e descansada. As feridas tinham sarado completamente, deixando rastros de cicatrizes douradas na pele azul-claro.

— Olá — disse Jack, com um aceno desajeitado. — Adaira não veio comigo, mas uma coisa anda me incomodando, e acho que sua memória pode conter a resposta, se você estiver disposta a compartilhá-la comigo outra vez...

Kae assentiu e se sentou à mesa. Ele assumiu a cadeira do outro lado.

— Preciso ver o momento em que Iagan cantou e criou a hierarquia — disse Jack. — Quando a música dele jogou sua rede de controle sobre os espíritos da ilha.

Kae não pareceu surpresa, mas de repente emitiu uma aura ansiosa, como se soubesse que a memória que Jack queria ver era complicada. Ainda assim, estendeu a mão, que ele aceitou com gentileza.

Juntos, eles mergulharam na torrente vívida da recordação.

Kae pairava sobre a ilha quando ouviu a música. Sentiu o som puxar suas costelas, enfraquecer suas asas. Precisava responder à convocação, ou correria o risco de ser destroçada por sua magia.

Ela encontrou Iagan tocando no bosque Aithwood, junto à fronteira, do lado oeste. O rio estava às costas dele. Ele cantava para os espíritos do ar, para os ventos sul, oeste, leste e norte. Eles se materializaram e se reuniram na floresta, alguns a contragosto, mas a maioria com curiosidade. Kae esperou com eles para ver o que o bardo queria, pois Iagan raramente tocava pelo bem da ilha.

De início, a canção dele era bela e acolhedora. Porém, logo começou a mudar e, quando se transformou, ela sentiu a invasão da música em seu organismo. A dor se espalhou pelas asas e pela garganta dela, como se tivesse engolido um anzol. Ela queria ir embora, mas não conseguia.

Quando Iagan cantou para Hinder, um dos espíritos mais poderosos do vento norte, Kae sentiu uma pontada de angústia. Então viu Hinder rendido, sendo obrigado a obedecer à balada. Ele arrancou as próprias asas e as pôs aos pés de Iagan, ao lado da fronteira, onde brilharam em ouro e carmim, sangrando na grama.

Hinder se arrastou para longe e chorou, tão fraco que nem conseguia ficar de pé.

Kae ficou parada. Tinha medo de se mexer e de Iagan cantar algo que lhe custasse um valor tão alto quanto aquele pago por Hinder em sua obediência forçada. Então, hipnotizada, ficou assistindo enquanto Iagan convocava a terra em seguida, puxando os espíritos das árvores, da grama e das pedras. Eles começaram a vir dos dois lados da fronteira, Whin do lado leste. Ela chegou, pálida e furiosa, com flores silvestres derramando dos dedos. Quando Iagan cantou por um pedaço de sua coroa, ela foi obrigada a se ajoelhar e lhe entregar uma porção. Ela deixou o pedaço da tiara de tojo ao lado das asas de Hinder.

Então Iagan começou a cantar para os espíritos da água, dos lagos aos rios à espuma do mar. Ream e sua corte tiveram de viajar longemente, de lá da orla. A Dama do Mar estava frágil e adoentada quando chegou. Kae sempre a conhecera como forte e feroz, e doía vê-la se arrastar daquele jeito, arrancando conchas da pele para deitá-las junto às asas de Hinder e ao tojo de Whin.

Kae tinha a sensação de que a balada de Iagan não acabaria nunca. Era nítido que ele estava esgotando toda a magia do oeste, que estava vindo em veias pelo solo e pelo ar, das forjas e dos teares, de todos os lugares onde os humanos podiam usá-la. A magia o alimentava, e o cobria como uma capa estrelada. Por fim, ele cantou para Ash e os espíritos do fogo.

Ash chegou em uma revoada de faíscas, mas nunca teve chance de resistir: a música de Iagan era tão forte que o derrubou em um instante. A balada de Ash tecia uma maldição, a qual Ash não tinha como revidar. Ele concedeu seu cetro, disposto junto às asas, ao tojo e às conchas. A música o transformou em brasas quase por completo, e ele murchou aos poucos, até ficar translúcido, praticamente invisível. Por fim, prostrou-se diante de Iagan, sem conseguir se mexer. De repente, todas as peças que os espíritos entregaram começaram a subir.

Iagan resplandecia, sua mortalidade rachando e se soltando do corpo dele como gelo. As asas se costuraram às suas costas, e o tojo e as conchas evaporaram, adentrando o cetro. O sangue dele virou ouro, e a música se transformou em estrelas, as quais se entrelaçaram aos seus cabelos. Foi só então que Iagan parou de cantar e tocar. As notas de repente azedaram na harpa, como se seus dedos não a conhecessem mais.

O instrumento caiu no chão. Iagan se abaixou e, em seu lugar, pegou o cetro, que se modificou, tomando outra forma para espelhar seu poder. Relâmpagos brilharam mais forte do que a luz do meio-dia.

Kae se ajoelhou. Não tinha como resistir ao comando, ao poder de Iagan que a atraía, mesmo que ele não fosse mais bardo. Parecia que o ar tinha sido arrancado do seu peito, e ela revirou os olhos, sentindo trovão e bruma ocuparem a ilha.

Ela estava zonza, afundando nas trevas.

Jack soltou sua mão.

Os dois tremiam por causa da lembrança, e Jack precisou fechar os olhos até o mundo parar de girar. Quando voltou a olhar para Kae, a verdade brilhava entre eles.

Iagan nunca tinha morrido.

Ele cantara para evocar poder e imortalidade, e roubara fragmentos dos feéricos para se elevar.

Iagan era Bane.

Capítulo 37

— **Como faço para curá-las?** — perguntou Torin.

Ele estava arfando na frente do pomar infectado, onde todas as árvores sofriam da praga. Hap, ao seu lado, pela primeira vez parecia sem palavras. Acima deles, o céu continuava revolto. Chuva caía e trovões retumbavam ao longe. Torin sentia a tempestade na terra sob os pés descalços. O tremor no chão, o choque do medo.

Ele respirou fundo e devagar, e voltou a se concentrar nas árvores.

Desde que soubera da praga, exatamente naquele mesmo lugar, com Rodina, Torin soubera que não deveria tocá-la. Tinha mantido distância, de punho cerrado e bem juntinho do corpo. Até no reino dos espíritos, tomara cuidado.

Porém, para curar, teria de estender a mão.

Ele se aproximou da primeira árvore. Uma donzela jovem estava sentada entre as raízes, com flores de macieira murchas no cabelo verde comprido. Tinha sido acometida no peito, e a seiva violeta com fios dourados escorria de seu coração.

Torin se ajoelhou. Mergulhou os dedos no remédio e os encostou na ferida. Sentiu o poder passar dele para ela, o frio do bálsamo mergulhar na febre do sangue. Viu a luz se espalhar por ela, expulsando a maldição de Bane. Ela sangrou e sangrou, até o sangue não estar podre mais, e voltar a ser puro, cintilando como ouro enquanto a ferida se fechava.

Torin seguiu para o espírito ao lado. Esticou a mão e tocou outra ferida, e mais outra, e a radiância do remédio foi queimando a praga, de um espírito a outro. Hap seguiu caminhando pelo pomar. O vento ganhava força, e os galhos rangiam sob o sopro, ameaçando rachar e se quebrar. Flores de macieira caíam como neve.

— Fiquem firmes! — gritou Hap, e sua voz mudou, erigindo da terra, da grama e da argila. Torin sentiu as palavras reverberarem por ele enquanto curava o pomar. — Não se curvem a ele. Não cedam. Enfrentem. Este é o fim.

Torin curou o último espírito do pomar. Sua cabeça latejava, seus pensamentos a mil. Porém, quando encontrou o olhar de Hap, se levantou e aguardou.

— Há outros que precisam da sua ajuda — disse Hap.

Torin hesitou, dividido entre seu desejo de voltar para casa e sua obrigação para com os espíritos. Pensou em Sidra e em Maisie. Pensou em Adaira e em Jack. Finalmente, decidido, chegou mais perto de Hap.

— Leve-me até eles.

Estava quase escuro quando Jack finalmente chegou à ponte que dava no castelo.

Quando emergiu do lago Ivorra, estava chovendo. A temperatura tinha caído, como se o inverno tivesse se adiantado, e o granizo cobria as samambaias. Jack encontrou o cavalo embaixo das árvores trêmulas, batendo os cascos, com as orelhas para trás. O que quer que estivesse soprando do horizonte do norte prometia ser fatal, e Jack agora tremia, sem fôlego, ao subir na sela molhada.

Ele só conseguia pensar na memória de Kae. A lembrança reprisava em sua cabeça sem parar.

Enquanto cavalgava pelo ermo, as nuvens começaram a arroxear, com veios de relâmpago. O vento uivava, e a luz baixava rápido. Jack se abaixou junto ao pescoço do cavalo, instando o animal a acelerar.

Finalmente entendia por que Bane o proibia de tocar, especialmente no oeste. Por que Bane se opunha tão violentamente à música de Jack, e sentia-se tão ameaçado.

Se Iagan tinha se transformado em rei dos espíritos por meio da música, certamente a música era capaz de depô-lo.

Por sorte, Jack encontrou a estrada, que mesmo na escuridão era incapaz de se deslocar para enganá-lo. Ele e o cavalo seguiram voando, chutando lama. Chegaram aos portões da cidade pouco antes do fechamento como medida de segurança contra a tempestade.

Jack trotou pelas ruas desertas, chegando mais perto do castelo na colina. Notou que as portas estavam todas trancadas, as janelas todas fechadas. Não havia sinal de vida em lugar nenhum, os Breccan recolhidos em seus lares, mesmo com o vento arrancando o líquen e a palha dos telhados. De repente, ele se perguntou o que faria caso o rastrilho estivesse fechado e o impedisse de entrar no pátio do castelo. Aonde iria?

Atravessar a ponte a cavalo na tempestade era uma tolice, mas Jack arriscou mesmo assim.

O vento era tão forte que ele se sentia prestes a ser derrubado com o cavalo, sob uma queda iminente rumo ao fosso. Jack sentia a morte tiritando seus dentes arreganhados, e instava o cavalo a seguir, *seguir*. Logo viu o rastrilho na penumbra, uma sombra crepuscular. E, abaixo dele, impedindo que baixassem a grade, estava Adaira, delineada à luz das tochas.

Ela parecia furiosa.

A expressão dela deu energia suficiente a Jack para passar a galope, adentrando a segurança do pátio, e então desabando do cavalo, as pernas cedendo sob o corpo. Um cavalariço veio buscar o animal e, entre estrondos de trovão, Jack ouviu Adaira berrar o comando para fechar o rastrilho. As correntes rangeram e a grade começou a descer.

Jack se virou e sentiu as mãos dela, desesperadas e furiosas, apertando punhados de túnica. Adaira estava ensopada, a roupa colada no corpo, o cabelo desgrenhado ao longo das costas. Quanto tempo ela havia passado à espera dele na tempestade?

Ela o empurrou pelo pátio até ele bater as costas na parede de pedra, e ali eles se abraçaram enquanto a chuva caía, grossa e fria.

— Eu estava quase indo atrás de você — arfou ela.

Ele ficou aliviado por ela não ter ido. Tomou o rosto dela nas mãos, se curvando à sua impetuosidade, à sua autoconfiança.

— Foi sábio da sua parte não ir — disse ele. — Não nesta tempestade.

Ela o beijou com brutalidade, e ele sentiu o roçar dos dentes dela, a dor da avidez e do medo. Aquilo atiçou o corpo dele, brasas virando chamas, e ele correspondeu passando as mãos pelos cabelos dela, abraçando-a com força.

Ela interrompeu o beijo, passando a boca na orelha dele, e cochichou:

— Depois vou precisar castigar você por me preocupar desse jeito.

Jack passou os dedos pelo pescoço dela, até ela inclinar a cabeça para trás.

— E qual será meu castigo, herdeira?

Adaira não disse nada, embora ele tivesse visto a resposta em seus olhos. Um relâmpago se espalhou no céu, mergulhando-os em prata. O trovão os sacudiu, e Adaira o pegou pela mão, para levá-lo por uma porta lateral.

— Kae? — perguntou ela.

Eram inúmeras as inferências pendentes à mera pronúncia daquele nome, que mais uma vez conjurara Iagan na memória de Jack, e a dor da lembrança de Kae.

Eles teriam de conversar a respeito depois, entre quatro paredes.

— Ela está bem — disse, seguindo Adaira até o quarto.

— Vamos nos atrasar para o jantar — disse ela, com um suspiro cansado, as botas deixando um rastro molhado no chão.

— E se prepare. Todos os condes e herdeiros vieram conhecer Sidra. Vão passar a noite no castelo, já que Innes mandou fechar o rastrilho.

A informação espantou Jack. A ideia de dormir debaixo do mesmo teto de Rab Pierce o assustava muito mais do que a tempestade.

O salão dos Breccan não era o que Sidra esperava. Ela aproveitou um momento para admirar a grandeza chocante: as colunas elaboradas, esculpidas como sorveiras, as janelas de vitral, as correntes de pedras preciosas vermelhas e os galhos verdejantes, a mesa comprida, posta com um banquete. Permitiu que o cenário fundamentasse seus propósitos — a fragrância do zimbro, o brilho íntimo das velas, a pedra lisa sob as botas —, porque não sabia o que esperar. E tal incerteza certamente estava descompassando seu coração.

Ela aproveitara ao máximo as horas até o jantar. Contudo, apesar de todos os preparativos, as coisas ainda poderiam dar errado.

Sidra seguiu Jack e Adaira até a mesa, os guardas do leste em seu encalço. Tentou contar quantos nobres — todos armados com lâminas embainhadas — tinham se reunido ali, mas ao chegar no décimo segundo na contagem precisou redirecionar o foco. Innes estava de pé, à cabeceira da mesa, aguardando sua chegada. Sidra se recusava a se intimidar pela baronesa, mas não podia negar que Innes inspirava respeito, até de uma inimiga.

Estava preocupada com os próprios pensamentos, calculando o quanto Innes ficaria ofendida quando ela cumprisse seu plano, que não reparou o silêncio que se instaurara no salão.

Os condes e herdeiros estavam todos em silêncio, observando-a sentar-se entre David e Jack.

O tornozelo dela ainda latejava depois de usar o bálsamo de David, mas ela ficou surpresa porque de fato ajudou mesmo com a rigidez articular, reduzindo seu manquejar. Apesar da pontada de dor, Sidra manteve o queixo erguido e suportou os olhares. A tiara reluzia em sua cabeça.

— Obrigada por virem, mesmo que convidados de última hora — disse Innes, se dirigindo à nobreza. — Sei que é muito inesperado, e sem precedentes, mas enfrentamos uma nova dificuldade no oeste. A praga continua a se espalhar, e não sabemos como detê-la e curá-la sozinhos. Alguns de vocês me procuraram para revelar os nomes de seus súditos infectados, e desconfio que a quantidade seja muito maior do que acreditamos, considerando a natureza da doença, que induz vergonha. Quando minha filha sugeriu convidar uma curandeira do leste para uma visita, e para colaborar com uma cura, eu hesitei. Não apenas pelo histórico de nossos clãs, mas porque eu não queria que o leste tomasse conhecimento da nossa dor. Porém, conforme essa tempestade faz apenas ganhar força, vejo-me obrigada a encarar uma verdade difícil: chegou a hora de abrir mão do nosso orgulho, antes que ele nos leve à cova.

Ela parou e olhou para Sidra. Estendeu a mão e continuou:

— Quero apresentar-lhes Sidra Tamerlaine, Lady do Leste, consorte do barão, e renomada por seus conhecimentos como curandeira. Ela está aqui a convite de minha filha, e será acolhida sob meu teto. Passará cinco dias conosco, nos ajudando a encontrar a cura da praga, e está sob a minha proteção, assim como seus quatro guardas. Se alguém tentar fazer mal a ela, ou a eles, enfrentará morte imediata.

Sidra não esperava aquele discurso de Innes, e passou as mãos nas coxas, nervosa, sentindo o frasco de Aethyn escondido no bolso da sala, e as pequenas bolhas brotando no indicador e no polegar. Teve um momento de dúvida — seria melhor interromper o plano? —, até que encontrou o olhar firme de Blair. Ele estava à frente dela na mesa, logo atrás da cadeira de Adaira, e fez um gesto sutil de confirmação.

Innes pegou um cálice de vinho e o ergueu. David fez o mesmo, assim como os outros sentados à mesa, se preparando para um brinde. Com a mão escorregadia de suor, Sidra pegou o próprio cálice. Olhou o líquido vermelho-escuro, cuja superfície refletia seu rosto. Talvez fosse só sua imaginação, e ela estivesse sendo ridícula por achar que a bebida estaria envenenada. Porém, ao pensar na criança que crescia em sua barriga, soube que não podia arriscar. Nem arriscaria as pessoas àquela mesa que tanto amava — Jack e Adaira, que também tinham se recusado a tomar as doses de Aethyn. Estavam os três vulneráveis. Sidra se levantou.

O gesto tomou Innes de surpresa, e ela a olhou, arqueando as sobrancelhas.

Sidra sorriu e disse:

— Obrigada pelo acolhimento, baronesa. É uma honra estar com sua senhoria e seu clã, e caminhar pelo oeste ao seu lado, não como inimiga, e, sim, como amiga. Embora eu não possa prometer que encontraremos a cura, durante minha estadia aqui farei tudo ao meu alcance para buscá-la.

Innes assentiu e levantou a taça para iniciar o brinde.

Sidra ousou acrescentar:

— E, por precaução, eu gostaria de pedir que meus guardas sirvam de copeiros para mim, para meu bardo, Jack Tamerlaine, e para sua filha, Adaira. Seria impossível seguir com a colaboração se eu fosse envenenada e, como Jack e Adaira estão entre meus companheiros mais íntimos, também não posso permitir que assumam tamanho risco.

Ninguém se mexeu. As palavras de Sidra pareceram jogar um feitiço na mesa. Nem Jack e Adaira sabiam de seus planos, e Adaira foi a primeira a reagir, como se quisesse protestar.

Sidra olhou para ela, com uma expressão que fez Adaira fechar a boca e aquiescer, embora parecesse ansiosa.

Um segundo depois, Sidra soube a razão.

— É claro, Lady Sidra — disse Innes, em tom cauteloso, mas Sidra sentia a irritação em sua voz.

Como esperava, o pedido ofendera Innes, mas Sidra não poderia se permitir tal preocupação, mesmo que fosse causar mais problemas no futuro.

— Embora — acrescentou Innes — eu tenha me esforçado consideravelmente para garantir um vinho livre de venenos.

— Ainda assim, baronesa — disse Sidra —, meus guardas estão dispostos a fazer as vezes de copeiros, e devo ter certeza antes de tomar um gole que seja.

— Então que eles se apresentem.

Blair andou até Sidra e pegou o cálice da mão dela.

Mairead pegou a taça de Adaira, e Keiren, a de Jack. Sheena, a única guarda que não beberia, manteve-se atrás de um pilar de sorveira, com a bolsa de curandeira de Sidra, pronta para agir se necessário.

Sidra ficou vendo Blair beber do cálice sem hesitar. Ele não tinha medo, embora ela não soubesse se a coragem vinha por ter enfrentado inúmeros perigos, ou da confiança absoluta em Sidra para curá-lo caso necessário.

Mairead bebeu por Adaira. Keiren bebeu por Jack.

Os momentos se seguiram, demorados, quentes e tensos, enquanto o salão inteiro aguardava. Sidra sentiu o rosto arder, o suor reluzir na pele. A nobreza Breccan se levantou, ávida para enxergar a cena quando os três guardas recuaram e se prepararam para se cortar e sangrar no chão.

Em sincronia, Blair, Mairead e Keiren puxaram as adagas do cinto e cortaram as próprias mãos. O sangue brotou e pingou dos dedos.

Sidra ficou olhando o sangue deles se acumular no piso de pedra. Perdeu o fôlego quando o sangue de Blair coagulou na forma de pedras preciosas azuis. O mesmo ocorreu com o sangue de Keiren. O de Mairead fluiu vermelho e limpo.

Alguém envenenara a taça de Sidra, assim como a de Jack.

E agora dois de seus guardas morreriam se Sidra tivesse interpretado erroneamente os próprios estudos.

Houve um minuto estranho de calma, como se tudo desacelerasse. Innes encarou as pedras preciosas, assim como Adaira e Jack. Finalmente, o choque se dissipou quando Innes se virou aos nobres e perguntou, com a voz fria e dura:

— Quem fez isso? Quem envenenou as taças deles?

Uma confusão de respostas e acusações emergiu, espiralando feito fumaça.

— Não fui eu, baronesa!

— Foram eles!

Sidra mal conseguia pensar em meio a tanta algazarra. Condes protestavam e discutiam, e a voz de Innes subia de fúria. A morte de dois Tamerlaine em solo Breccan deflagraria guerra — uma guerra que nem o leste e nem o oeste podiam encarar. Sidra estremeceu, vendo o caos.

Queria muito ter estado errada, queria muito lamentar por sua decisão de deixar Blair beber veneno em seu lugar. Porém, ao tocar as bolhas em seus dedos, lembrou-se de quem era. Ela conhecia o antídoto para o Aethyn, e precisava apenas confiar em si e deixar o conhecimento e os anos de treinamento fluírem.

Ela se virou para David, que estava de pé ao seu lado, solene de tanto medo.

— Pode me trazer uma pequena panela de ferro, cheia de água, que possa ir à fervura, uma faca e uma tábua de madeira para corte? — pediu Sidra.

David assentiu. Foi à porta que levava à cozinha, e Sidra começou a puxar sua cadeira para perto da lareira.

— Deixe comigo, baronesa — disse Blair, mas sua voz estava rouca, e ele pigarreou com uma careta, como se estivesse dolorido falar.

Sidra avaliou a cara dele. A dose de Aethyn na taça devia ser potente, porque Blair já tinha empalidecido. Um suor gelado brotava do rosto sisudo.

— Preciso que você se sente aqui, Blair — disse Sidra.

Jack já tinha trazido outra cadeira, prevendo o que ela pediria. A expressão dele era sombria, os olhos brilhando de culpa quando Keiren também sentou-se perto do fogo.

— O que faço? — perguntou Jack, desesperado. — Eu não queria que...

Sidra pegou o braço dele.

— Está tudo bem. Eles aceitaram fazer isso sabendo dos riscos.

No entanto, saber da cooperação dos guardas não amenizava a angústia que era testemunhar o estresse deles. Sidra entendia a culpa de Jack, pois sentia o mesmo, pesada como uma pedra no peito.

Ela engoliu bile, rangeu os dentes. Olhou para Blair e Keiren e pensou: *Vocês não vão morrer. Não sob os meus cuidados.*

David voltou com três criados, trazendo o que ela pedira. Enfim Sheena se aproximou e entregou a Sidra a bolsa de materiais. Ela finalmente tinha tudo de que precisava e, ajoelhada, montou uma pequena área de trabalho no chão.

Antes de começar, ela tirou o frasco do bolso. Depois, o aproximou da luz, estudando a mudança de cor. Antes, estava transparente e inodoro. Porém, depois de acrescentar um pouco de folha-de-fogo, ocorrera uma reação: o líquido tinha virado vermelho-sangue, cálido ao toque.

Ela só pensara na folha-de-fogo depois de ouvir a explicação de Adaira sobre os efeitos do Aethyn, que fazia o corpo resfriar como se gelo se acumulasse nas veias, enfraquecendo o coração. Como enfrentar um veneno de gelo, pensou, senão com um veneno de fogo? Ela também deduzira que a folha-de-fogo era uma planta exclusiva do leste, pois não a vira no herbário de David.

Fazia sentido, então, que os Breccan não tivessem encontrado antídoto para o veneno que os afetava tão frequentemente.

Sidra abriu sua bolsa. Pegou a folha-de-fogo e mordeu o lábio quando a planta fez novas bolhas em sua mão. Ela trabalhava rápido, sem saber quanto tempo teria. Cortou tiras de folha-de-fogo e as colocou na panela de água fervente, pendurada na lareira.

Foi só então que tomou consciência do silêncio esmagador do salão. Os Breccan observavam, boquiabertos, como se não acreditassem no que acontecia. A ação dela tinha interrompido os protestos de inocência, cortando a voz de todos como uma espada. Até Innes e Adaira estavam hipnotizadas.

A grandeza do que fazia só ocorreu a Sidra quando ela tirou a panela do fogo e serviu a essência de folha-de-fogo em dois copos limpos. Ela abanou o vapor, que perfumou o ar com um cheiro que lembrava urze queimada e folhas de murta, como uma fogueira de verão. Ela pensou: *Se eu estiver certa, mudarei o oeste.*

Não haveria mais doses de Aethyn. Nem mais pressão para Adaira beber o veneno e passar horas se contorcendo de dor no quarto. Nem mais meninas como Skye, morrendo por causa do estratagema de algum nobre sedento por poder. Nem mais guardas inocentes arriscando a vida como copeiros, longe de casa.

A essência finalmente tinha esfriado o suficiente para ser bebida.

Sidra levou primeiro um copo a Blair. Ela via a força dele diminuir, a vida se esvair. Pensou em como ele a servira incansavelmente, acompanhando as visitas a pacientes, erguendo-a quando necessário, lhe dando apoio quando estava cansada, e sustentando seu peso quando ela mancava. Como ele abrira mão de sua vida pessoal, de casamento, de filhos para se dedicar inteiramente à guarda e ao leste.

Ela segurou as lágrimas e levou o copo à boca dele.

— Beba, amigo — murmurou, e suas preces foram como um incêndio florestal, queimando a mente toda.

Eu não suportaria ver este homem morrer por mim. Por favor, que ele viva. Que eu esteja certa nesta única coisa.

Blair fechou os olhos e bebericou com goles fracos.

Sidra o encorajou a tomar mais três golinhos antes de deixar o copo de lado. Ela pegou sua mão ensanguentada. Pedras azuis se espalhavam pelo colo dele, cintilavam a seus pés. Sidra esperou para ver se conseguiria sentir o sangue dele formando joias em sua mão, frias e cortantes.

Ela esperou, e aí de repente veio só o sangue puro dele, manchando sua pele.

Blair inspirou fundo. A cor voltava ao seu rosto, mesmo que ele ainda tremesse de dor. Quando se virou para ela, porém, exibiu olhos límpidos.

Sidra correu para tratar Keiren em seguida. O coração dela acelerou quando viu que o segundo guarda também começou a se recuperar, e então ela suspirou. Sidra podia jurar ter sentido a presença da avó às suas costas, orgulhosa.

Então o momento acabou. A nobreza voltou a discutir, e alguns começaram a seguir para a porta.

A voz de Innes silenciou a todos ao declarar:

— Ninguém irá embora deste salão.

Capítulo 38

Depois de barrar as portas e colocar guardas para vigiá-las, Innes ordenou que os condes e herdeiros voltassem à mesa. O banquete intocado tinha esfriado, e as velas começavam a derreter, a cera pingando como lágrimas. Adaira continuava de pé, dividindo a atenção entre Innes, que irradiava ira, e Sidra, que cuidava delicadamente dos guardas. Parecia que dois mundos colidiam, e Adaira não sabia onde era seu lugar, se deveria ir para o lado de Sidra ou permanecer à sombra de Innes.

Jack também parecia dividido. Então se mantinha perto dos guardas Tamerlaine, mas observava a movimentação de Innes, com o rosto tenso de desconforto. Adaira o olhou por um momento, com a cabeça a mil.

Se Sidra não tivesse tido a astúcia de pedir aos guardas para provarem a bebida, Adaira teria perdido tanto Sidra quanto Jack de uma só vez, num golpe inesperado.

— Quem envenenou as taças deles? — questionou Innes, dando voltas na mesa.

Os condes se recusavam a olhá-la quando ela passava.

— Passaremos a noite toda aqui, e o dia inteiro, e mais um dia ainda, e assim por diante, até algum de vocês confessar o crime — insistiu Innes.

— Você não pode prender a gente aqui — resmungou Rab.

Innes parou abruptamente.

— Como é? Fale mais alto, e olhe para a pessoa a quem se dirige.

Rab ousou erguer o rosto, encontrando o olhar de aço amolado de Innes. Ele estava corado, com a expressão carrancuda.

— Eu disse que sua senhoria não pode nos *prender* aqui, baronesa. Foi só um pouco de veneno, e ninguém morreu.

— O rastrilho foi baixado e a tempestade está furiosa — respondeu Innes. — Vocês não têm para onde ir.

— O que ele quer dizer, baronesa — interveio Griselda rapidamente, a mãe dele, com um movimento nervoso da mão ornamentada por joias —, é que talvez o responsável por este ato hediondo não esteja entre *nós*. Talvez seja algum criado. Eu soube de boatos entre alguns funcionários na cozinha.

Innes rangeu os dentes, mas se virou para David e pediu:

— Pode trazer todos os criados da cozinha?

David assentiu e saiu do salão pela segunda vez naquela noite. Os guardas que bloqueavam a porta da cozinha permitiram sua passagem, e então vieram alguns minutos de silêncio incômodo.

Adaira sentiu o olhar de Jack. Ela se virou para ele, e seus pensamentos eram espelhos, um refletindo o outro.

O que Innes planeja fazer?

Não sei.

A incerteza era como uma capa pesada, sufocando Adaira.

Os criados logo vieram da cozinha. Formaram uma fila, franzindo a testa de confusão ao ver a comida intocada, a postura rígida dos condes, Innes parada como uma estátua.

— As duas taças dos Tamerlaine foram envenenadas hoje — disse ela. — Algum de vocês sabe informar quem cometeu esse crime?

Os criados ficaram quietos, com medo de falar. Até que uma delas, uma moça de cabelo ruivo trançado e avental sujo de farinha, levantou a mão.

— Eu fui obrigada, baronesa — confessou. — Não queria, mas não tive opção.

— E quem lhe deu a ordem?

A mulher olhou para a mesa. Ela apontou e disse:

— Rab Pierce.

Adaira não deveria nem ter ficado surpresa. Porém, um rugido brotou em seus ouvidos e sua pulsação vacilou quando ela olhou para Rab. Ela se perguntou se, em parte, teria atraído aquela situação, dada a cicatriz em relevo que marcava o rosto dele, e a maneira como ela o perseguira, como se ele fosse uma caça. O modo como o obrigara a beber sua dose de Aethyn.

Ele estava retribuindo, ameaçando duas das pessoas que ela mais amava.

Rab se levantou de um pulo, com o rosto pálido.

— Mentirosa! — gritou para a mulher. — Nunca vi sua cara antes, e nunca daria uma ordem dessas.

— Não foi isso que você disse ontem na minha cama, falando de como odeia Cora — respondeu a mulher, calma. — Nem quando botou o veneno nas minhas mãos. Quando descreveu todos os jeitos que me machucaria caso eu não obedecesse e não ficasse de bico fechado.

Rab continuou a protestar, mas, quanto mais retrucava, mais culpado parecia. A mãe dele se levantou com pressa, tentando acalmá-lo e apaziguá-lo.

— Certamente é só uma briguinha de casal — disse Griselda, com um sorriso nervoso. — Sente-se, Rab. Não precisa gritar.

Innes já tinha visto o suficiente. Ela repuxou a boca em uma linha firme, os olhos ardendo de raiva, e se virou para um dos guardas na porta.

— Tragam o cepo. Amarre as mãos e os pés deles.

Chocada, Griselda exclamou:

— Baronesa! Acreditaria mais nesta criada do que em *nós*?

— Acreditaria, e acredito — disse Innes. — Agora, *ajoelhem-se*.

Houve resistência quando os guardas cercaram Rab e Griselda. Porém, os dois acabaram dominados, com os punhos amarrados às costas e os tornozelos atados. Aí foram arrastados até Innes, e empurrados até se ajoelharem.

O cepo chegou depois. Adaira olhou o bloco de madeira por um momento, até entender que as manchas escuras eram de sangue velho, e que os cortes ali tinham sido feitos por espadas.

Innes estava prestes a decapitar Rab e Griselda Pierce, ali mesmo, no salão.

Adaira ficou enjoada. Estava começando a recuar quando Innes se virou para ela.

— Os Pierce ameaçaram o que é seu por direito *duas* vezes. Por lei, você pode tirar a vida deles por isso, com minha bênção.

Innes desembainhou a espada. A lâmina era radiante, revelando um encanto. Ao olhá-la, Adaira se perguntou que tipo de magia tinha sido forjada naquele aço. Quando Innes ofereceu a espada a ela, o suor fazia suas mãos coçarem.

— Tome minha arma. Faça justiça.

Adaira sentia-se lenta e atordoada, como se debaixo d'água. Ainda assim, aceitou a espada de Innes. Pegou o punho frio e liso. A arma era pesada; segurou com as duas mãos e viu seu reflexo no aço polido. Ela estava pálida, cheia de dúvidas.

Innes levou Rab primeiro ao cepo, forçando-o a pousar a cabeça na madeira.

Fazia um silêncio tumular no salão enquanto Adaira olhava para Rab. Ele arfava, saliva brilhando na boca. Exibia lágrimas ao fitá-la. Griselda começou a chorar.

— Cora — sussurrou Rab. — Por favor, *Cora*.

Ela sabia que ele era o culpado, por diversas contravenções. E um lado faminto dela, oculto, desejava ver o sangue dele derramado.

Ela ergueu a espada.

Até então nunca tinha matado ninguém. Nunca tinha afundado a espada em pescoço nenhum, e era muito provável que fosse fazer uma bagunça. Estava furiosa e triste, e tudo nela doía quando se lembrava de Jack na arena com um elmo

O FOGO ETERNO **451**

trancafiando o rosto. Quando pensava em Torin desaparecido, levado pelos espíritos. Quando imaginava Sidra morrendo à mesa de jantar, sob efeito do mesmo veneno que matara Skye. Quando pensava no filho de Sidra e Torin, o qual ela tanto queria abraçar e ver crescer.

É possível chegar à paz derramando sangue?, pensou. De repente, seu lado feroz esmoreceu, e lhe restou um vazio estranho no centro do peito, como se pudesse se transformar em qualquer coisa.

Não é o caminho que quero para mim.

Devagar, ela abaixou a espada. Então soltou a arma, que caiu tinindo no chão.

Ergueu o rosto e encarou os Breccan.

— Convidei Sidra Tamerlaine e seus quatro guardas ao oeste porque sabia que ela poderia nos ajudar — começou Adaira. — Estamos morrendo, infectados pela praga. Estamos passando fome, dependentes do vento. O oeste não pode seguir assim. E, bem quando eu trouxe alguém capaz de ajudar, vocês envenenaram a taça dela.

Adaira se virou para Rab, que tinha fechado os olhos de tanto alívio.

— Eu, aqui, me pergunto "por quê?". *Por que* querer matar os Tamerlaine, que confiaram na gente após séculos de conflito? Por quê, se não em função do próprio medo e ignorância? Vocês miram no passado, onde há apenas sangue. Mapeiam o presente baseados no foi feito e no que aconteceu, como se nunca fossem capazes de se erguer e de se libertar disso.

Adaira começou a caminhar ao longo da mesa. O mesmo trajeto que Innes tomara. Ela não se dirigia mais aos Pierce, e, sim, a toda a nobreza. Seu coração batia rápido, mas a voz forte expulsava as sombras do salão.

— Peço agora que vislumbrem o que está por vir. O que vocês desejam para suas filhas, seus filhos? O que desejam para o oeste? Que continuemos a viver em terras silenciosas e praguejadas, amaldiçoados a esconder feridas e doenças, bebendo veneno e desconfiança? Ou podemos mudar a rota de nosso destino?

Ela olhou de relance para os pais. Innes e David estavam juntos, e a observavam. David parecia impressionado, e Innes, furiosa. Porém, os dois só escutavam, esperando que ela continuasse.

Adaira parou de novo em frente ao cepo. Rab tinha se agachado e a olhava do chão.

— Peço que larguem suas espadas — seguiu ela. — Peço que larguem seu preconceito, sua raiva, tudo o que aprenderam no passado. Peço que sonhem com uma ilha inteiriça e próspera, mas primeiro… precisamos confiar uns nos outros.

Fez-se silêncio.

Adaira sentia o peso daquele silêncio, e a dúvida voltou a percorrê-la. Dúvida, preocupação, e aquela pontada de inadequação. Até que ela ouviu alguém se levantar da mesa. O estrépito de uma espada jogada no chão. Adaira se virou para o som. Uma condessa entregara sua arma. Então veio outra, e mais outra, até os doze condes restantes e seus respectivos herdeiros, desarmados, se ajoelharem diante dela.

A seriedade do que acontecia a atingiu um instante depois, se infiltrando em seu corpo como vinho.

Adaira ficou ali postada, com todas as espadas do salão dos Breccan cintilando a seus pés.

Adaira sabia que Innes estava decepcionada.

Depois que a nobreza abandonou o salão em direção aos aposentos do castelo onde passariam a noite, Adaira seguiu Innes até seu quarto, para uma conversa particular. Pensava que Innes estivesse com raiva por causa de seu discurso, palavras que lhe escaparam com a facilidade de um sopro. Palavras que vinham se escondendo dentro dela, como uma ponta de flecha presa nas costelas. Uma lasca de pedra que ela vinha carregando por semanas a fio no oeste. Ela jamais havia sentido-se tão leve e aliviada quanto naquele momento, ao soltar as palavras juntamente à espada.

Porém, ao ver Innes andar em círculos na frente da lareira, Adaira percebeu que sua irritação ia muito além.

— Vejo que está com raiva de mim — começou Adaira. — Me diga o motivo.

Innes parou abruptamente, de frente para a lareira. O fogo iluminava seu perfil marcante, a prata nos cabelos, a tiara na cabeça. Estava estranhamente escuro nos aposentos da baronesa, e Adaira percebeu que as chamas todas queimavam baixo, fracas. Como se quisessem se apagar.

— Não sei o que sinto, Adaira — disse Innes.

Adaira ficou com vontade de chorar ao ouvir Innes pronunciando seu nome do leste. Sentiu-se reconhecida, compreendida. Precisou esticar a mão e firmar-se na cadeira mais próxima, antes que seus joelhos cedessem.

— Não estou com raiva — continuou Innes —, simplesmente não sei se entendo você.

— Por causa do que eu disse?

— Por causa do que não fez.

Adaira franziu a testa, confusa. Innes se virou para ela e a encarou.

— Você deveria ter decapitado os Pierce — continuou. — Se o plano deles tivesse sucesso, causaria conflitos eternos entre os clãs, e era seu direito interromper a linhagem deles. Contudo, como não o fez, eles verão você como fraca, e atacarão novamente. Da próxima vez, tirarão tudo de você. Está me entendendo? Era *esse* seu momento de se impor e mostrar à nobreza quem você é, e o que acontece se você for atacada.

Adaira finalmente viu a noite pelo ponto de vista de Innes.

— Mas me impor para me tornar o quê? — retrucou.

Innes rangeu os dentes.

— Se precisa perguntar…

— Eu só quero que você diga com todas as letras.

Elas se encararam, nenhuma das duas se rendendo.

Finalmente, Adaira decidiu recuar. Então disse:

— Você quer que eu seja sua herdeira, mas escolhe ignorar que não fomos criadas do mesmo modo. Sou muito mais Tamerlaine do que Breccan no que diz respeito a minhas sensibilidades e, por isso, estou destinada a ser apenas uma decepção para a senhora e para o clã.

— Não é verdade — rosnou Innes.

Adaira deu um passo para trás, surpresa pela emoção vulnerável na voz da mãe. Innes também pareceu incomodada ao ter seus sentimentos expostos. Desviou o rosto, tentando se recompor.

O desconforto de Innes fez o coração de Adaira doer, por ela, por tudo o que a mãe tinha perdido e renunciado para se tornar quem e o que era.

E valeu a pena?

— Para viver sua vida, a senhora se forjou para se tornar o mais forte possível — disse Adaira. — Se moldou como uma espada martelada no fogo e resfriada na água. Um dia após o outro. Porém, não há nada de fraco em ser doce, em ser gentil.

Innes não disse nada, ficou encarando o chão.

— Não posso mudar quem sou — murmurou Adaira —, assim como a senhora não muda, mãe.

Innes se virou para esconder o rosto, mas Adaira flagrou suas lágrimas mesmo assim.

— Deixe-me só.

Era uma ordem, que causou em Adaira um calafrio de insegurança. Porém, ela saiu mesmo assim, do jeito que Innes queria. Caminhou pelos corredores, mais uma vez surpresa por aquela palavra estar emergindo dela com tanta naturalidade, como se ela desejasse dizê-la há anos. Muito anos antes de sequer saber quem Innes era em sua vida.

Mãe.

Capítulo 39

Jack podia ver a própria respiração.

Estava tarde, e ele seguia sentado à escrivaninha de Adaira, coberto por uma flanela azul, estudando a composição de Iagan. Ele ainda escutava as notas na memória, como se a lembrança de Kae tivesse virado sua. Ainda via as asas arrancadas de Hinder, o tojo roubado da coroa de Whin. As conchas arrancadas de Ream e o cetro puxado à força das mãos de Ash.

Se Jack tivesse tempo, destrincharia a balada de Iagan, nota a nota. Roubaria a música dele e a retrabalharia em algo novo e brilhante. Uma canção longa e calculada, que inspiraria o bem na ilha e nos espíritos. Que deslindaria com ferocidade a hierarquia de Iagan. Com tempo suficiente, Jack poderia compor uma balada tão inteligente, tão bem estruturada, que mereceria ser imortalizada. Porém, com a tempestade uivando do outro lado do muro e a temperatura baixando a graus tão amargos que parecia o pior dos invernos, Jack soube que sua hora estava chegando.

Ele precisaria tocar espontaneamente. Precisaria cantar do coração, e não sabia o que esperar.

Ele odiava surpresas, e não ter tempo para se preparar para uma tarefa. Contudo, ao escutar a tempestade, soube que não teria opção senão tentar antes que Bane arrancasse todas as árvores, todas as pedras, todas as estruturas da ilha.

Jack se levantou e pegou a harpa. Aproximou-se da lareira e começou a cuidar do instrumento, mas suas mãos estavam duras de frio. Ele se ajoelhou para atiçar o fogo, mas as chamas pareciam ter dificuldade para queimar, jogando só um pequeno aro de luz e calor.

— Quando devo tocar? — murmurou Jack para o fogo.

Ash não respondeu, embora Jack pressentisse a proximidade do espírito. Ele ainda olhava o fogo arder, baixo e fraco, quando de repente Adaira entrou no quarto. Ela estivera com Innes, para conversar sobre o tumulto da noite, e depois fora visitar Sidra.

Jack se levantou, abraçado à harpa.

Adaira parecia exausta. Porém, as rugas em seu rosto se aliviaram quando ela viu a harpa. Era de Lorna, o instrumento cuidado por Adaira enquanto esperava a volta de Jack à ilha. Quando ela esticou a mão para acariciar a harpa com carinho, ele soube que ela devia ter inúmeras lembranças ligadas ao instrumento.

— Como foi a conversa com Innes? — perguntou ele, ávido para tocar sua esposa. Ele acariciou o rosto dela com os nós dos dedos.

— Boa — disse Adaira, em um tom que dava a entender que não tinha sido nada boa. — Sua mão está gelada, Jack.

— Quem sabe você possa esquentá-la para mim.

Ele estava prestes a levá-la para a cama quando ela sorriu.

— Posso esquentar mais do que a sua mão — prometeu ela, mas se desvencilhou do contato dele, voltando devagar até a porta com um brilho de malícia nos olhos. — Mas você precisa vir comigo, minha velha ameaça.

Jack franziu a testa.

— Como assim?

— Deixe a harpa aí. Não quero que enferruje — disse ela, abrindo a porta. — E não se esqueça da sua flanela.

Intrigado, Jack soltou o instrumento e apertou mais a flanela ao redor dos ombros. Ele nem imaginava aonde Adaira

O FOGO ETERNO **457**

pretendia levá-lo quando eles seguiram pela sequência labiríntica de corredores silenciosos. Estava tarde, provavelmente perto da meia-noite, e o castelo dormia. Aquela área também estava mais escura do que Jack se lembrava. As tochas dos corredores queimavam baixo, tal como o fogo da lareira. A visão daqueles corações azuis desbotados deixava Jack preocupado e, por dentro, ele suplicava: *Me deixem ter esta noite com ela e, ao amanhecer, tocarei o que desejarem.*

Que tolice, barganhar com os espíritos. Mas, naquele momento frio, tomado por sombras, Jack sentia-se estranhamente desesperado.

— Lembra-se da primeira noite aqui nos meus aposentos? — perguntou Adaira quando chegaram a uma porta alta e arqueada. — Do seu banho?

— Como eu poderia esquecer? — disse ele, com a voz arrastada. — Eu mal cabia na tina.

— É porque os Breccan não tomam banho no quarto — explicou Adaira. — Eles se lavam no lago, ou eles vêm para cá.

Ela empurrou a porta.

Jack a acompanhou pelo corredor úmido. Ali estava consideravelmente mais quente, e as pedras sob seus pés estavam escorregadias. Adaira o conduziu devagarzinho por uma escada curva que descia a uma antessala, e que, por sua vez, se abria em uma nascente subterrânea imensa, uma caverna sustentada por pilares de pedra. Tochas jogavam a luz fraca na cisterna, e Jack viu que havia pontos de entrada diferentes, todos com escadas que levavam à água.

Adaira não fora a única a pensar naquele lugar em uma noite tão agitada, de ventos gélidos e fogo fraco. Jack viu alguns Breccan vadiando na água sombreada, seus cochichos ecoando na rocha. Jack seguiu Adaira até uma área mais isolada.

Ela começou a se despir sem dizer mais nada, deixando as roupas e a flanela em uma pedra seca. Jack ainda estava tentando se localizar — nunca estivera em um lugar assim, que parecia o coração secreto da ilha — quando viu Adaira entrar na cisterna. A água escura engoliu suas pernas pálidas, e o vapor subiu ao seu redor. Ela foi afundando, mergulhando até os ombros, e o cabelo claro como a lua se espalhou atrás dela.

Ela se virou, sentindo o olhar dele.

— Não vem, minha velha ameaça?

Ele sorriu, pensando que era o mais perto do passado que chegariam. Lembrou-se da noite em que tinha cantado para os espíritos do mar, quando ele e Adaira ficaram encalhados na rocha Kelpie. Daquela vez, assim como nesta, ela o incentivara a entrar na água, muito embora ele morresse de medo do mar.

Jack se despiu e deixou a roupa ao lado da dela. Com cuidado, deu o primeiro passo na água. Estava mais quente do que ele imaginava, e ele precisou conter o gemido que lhe escapou quando afundou até os ombros.

Foi então que reparou que Adaira tinha desaparecido. Ele franziu a testa, procurando por ela na extensão de água escura, no chiado do vapor, nos diamantes da luz do fogo.

— Adaira? — chamou, a voz ecoando no teto de pedra.

Ele nadou para a parte mais funda, mesmo sentindo um nó no estômago só por estar se afastando da segurança dos degraus e das tochas.

— *Adaira!*

Alguma coisa roçou sua perna. Ele gritou um palavrão e se debateu, engolindo água. Adaira emergiu da superfície à frente dele, como alguma criatura encantadora das profundezas, os olhos ardendo de júbilo e o cabelo cintilando como as estrelas.

Jack fechou a cara, mesmo quando ela ofereceu um sorriso inédito para ele. Uma expressão tão sagaz que o cortaria caso ele tentasse beijá-la.

— Você não dá nenhum valor para o meu bem-estar? — perguntou ele, seco.

— Ah, dou valor, sim, mas prometi um castigo — respondeu ela, nadando para trás, na direção da parte mais escura da água.

— Devo confessar, Adaira, que achei que seu castigo seria de outra natureza — disse Jack, vendo-a se afastar.

— E assim será, mas primeiro preciso que você venha para *cá*, bardo, para os outros não nos ouvirem.

Ele só estava arriscando segui-la porque era por um bom motivo, e assim abandonou a segurança da pedra escorregadia sob os pés, mas ainda assim hesitou ao ver Adaira nadar para mais longe.

— Venha comigo, Jack — sussurrou ela na água, no vapor. — Venha comigo para as sombras, para as profundezas.

Ela poderia muito bem estar tentando matá-lo, mas ainda assim ele a seguiu, ansiando por tocá-la. A cena arrancou uma gargalhada de Adaira, pois Jack nadava com a delicadeza de uma vaca desembestada. Logo, porém, eles tinham nadado tanto que a luz das tochas não os iluminava mais. Jack parou, batendo os pés na água quente.

— Não te vejo, Adaira — disse ele, rouco.

Ele escutou um ruído de água suave, e levou um susto quando sentiu a mão dela tocar seu braço, os dedos entrelaçados nos seus.

— Só mais um pouquinho — disse ela, puxando a mão dele. — Estamos quase lá.

Jack finalmente viu aonde ela os conduzia. Havia uma rachadura na parede de pedra, de onde saía luz do fogo, atraindo os dois. Ele entrou com Adaira no recanto, aliviado ao encontrar uma tocha acesa na parede e pedra firme sob os pés. A água, deliciosamente quente e límpida, batia na cintura, e duas plataformas tinham sido esculpidas na pedra, formando bancos logo abaixo da superfície.

Agradecido, Jack sentou-se em uma delas e se recostou na parede rochosa.

Adaira sentou-se na plataforma na frente dele.

— Como você encontrou este lugar? — perguntou ele. — E quem em seu perfeito juízo nadaria com uma tocha até aqui?

— A tocha nunca se apaga — respondeu ela, olhando para o fogo. — Pelo menos, sempre que vim estava acesa. Descobri esse lugar por acidente. Um dia, semanas atrás, vim nadar na cisterna. Fico sempre perto da escada e da porta, como meus pais preferem. Mas nesse dia, decidi ir mais fundo que conseguia, para ver se a água me levaria a outro lugar.

Ela hesitou, olhando para os dedos enrugados.

— Até que vi essa luz brilhando na água, me atraindo e me trazendo a este canto secreto.

Jack voltou a analisar a pequena caverna. Era certamente um lugar íntimo, e ele sabia precisamente com que finalidade era utilizado.

Como se lesse seus pensamentos, Adaira disse:

— Claro que vim aqui muitas vezes para pensar em você.

Ele focou o olhar nela. A pele de Adaira estava rosada de calor, e os olhos, luminosos. Fios do cabelo dela flutuavam ao seu redor, finos como teia de aranha na água.

— E no que você pensava, exatamente? — perguntou ele.

Adaira sorriu.

— Pensava no milagre que seria trazer você para esta caverna, e que você se debateria, reclamaria e quase se *afogaria* nadando até aqui.

Jack jogou água na cara dela, que só fez rir, secando os olhos.

— Então sua imaginação foi bem correta — disse ele —, mas só até certo ponto.

— É — concordou ela, voltando a encontrar o olhar dele. — Na verdade, pensei em muitas coisas aqui, sozinha.

A voz dela tinha mudado. Não era mais de provocação, e Jack sentiu o clima diferente. Alguma coisa ocupava seus pensamentos, pesava nela.

— No que mais você pensava? — perguntou ele, gentil.

— Eu pensava nos meus medos — disse ela. — Que eu sentia medo todos os dias ao acordar aqui no oeste. Acho que é porque frequentemente eu me sentia uma forasteira. Como se estivesse me perdendo, me esquecendo de quem sou. Então eu vinha aqui para nadar nas partes mais escuras, embora morresse de medo, e pensava: *Se eu nadar bem fundo, bem longe, acabarei encontrando o limite. Encontrando o fim.*

Adaira parou, apertando os lábios. A água formava miçanguinhas no rosto dela, cintilando como pequenas joias.

— Eu encontraria o fim do meu medo, ou finalmente o assumiria e o transformaria em outra coisa. Mas descobri que, mesmo se nadasse até o limite do reino mortal, eu ainda sentiria medo.

— Dê nome ao seu medo — disse Jack, lembrando-se de que Adaira uma vez dissera o mesmo para Torin. — Quando tiver nome, será entendido, e perderá o poder que tem sobre você.

Ela olhou para a abertura da caverna, para o mundo silencioso e escuro do outro lado.

— Tenho medo de virar a próxima baronesa do oeste.

Jack suspirou. Fazia dias que ele vinha pensando naquilo, especialmente depois de ver o que acontecera no salão, da traição de Rab às palavras de Adaira, e à nobreza que abandonara espadas reluzentes a seus pés.

Jack não conseguia evitar imaginá-la com a coroa do oeste.

— Você quer ser herdeira deles?

Ela voltou o olhar para ele, arregalado e sombrio.

— Não. Depois do que aconteceu com os Tamerlaine, *não*. Não quero comandar um clã. Não quero carregar tamanho fardo.

— E não culpo você por isso — disse Jack. — Os Tamerlaine agiram de forma repreensível quando você partiu para o oeste. Sinto muito que você tenha passado por isso.

— Você não tem culpa, Jack — sussurrou ela. — Mas agora estou na posição estranha de precisar dizer aos meus pais que não serei *eu* a comandar depois deles. E quero estruturar um plano, quero fazer *alguma coisa*. Só não sei o que é.

Jack fez silêncio, pensando em como responder.

— Meses atrás — começou ele —, quando ainda estava dando aulas no continente, passei por um momento parecido, tentando decidir meu rumo. Eu queria me planejar, saber aonde ia. Eu queria saber *exatamente* como minha vida se desenrolaria, e qual seria meu propósito. Porém, mesmo com os cinco anos seguintes planejados, certa noite entrei em pânico, deitado na cama, pensando nisso.

"Lembro-me de olhar para o teto escuro e sentir as paredes de pedra se fechando ao meu redor. Lembro-me de tentar imaginar minha vida e o que eu queria ser, sem conseguir chegar a uma ideia. Mas talvez o sentimento viesse do meu inconsciente, pressentindo que meu prazo no continente estava acabando, que eu logo abandonaria aquela vida e aqueles planos, mesmo que, na época, parecesse uma ideia impossível e sufocante."

Adaira o escutava, os olhos fixados nele.

—Acho que você não precisa dar uma resposta aos seus pais — continuou ele. — Pelo menos, não por enquanto. Mas também não deveria recusar imediatamente. Talvez, daqui a alguns anos, você descubra que mudou de ideia.

Ela fez que sim com a cabeça, mas ele ainda via uma pontada de dúvida em sua expressão.

— Quer chegar mais perto? — perguntou ele, um pouco rispidamente.

Adaira sustentou o olhar dele, que precisou se esforçar para manter a respiração regular. As palavras que ela dissera antes ainda o assombravam, agitavam seu sangue. Ele queria cantá-las de volta: *Venha comigo para as sombras, para as profundezas.* Queria encontrar aquele limite que ela mencionara, onde uma coisa vira outra. Onde o supérfluo finalmente se esvai, deixando para trás apenas sal, ossos, sangue e sopro, os únicos elementos de importância. O limite onde se encontrava a essência pura de cada um.

Adaira deve ter visto o desejo nos olhos de Jack. Ela se deslocou na água e sentou-se no colo dele, cara a cara, olho a olho, sopro a sopro. Ele teve de engolir um gemido. Ele sempre se surpreendia com o prazer que sentia por ficar assim vulnerável com outra pessoa.

Era assombroso que seu próprio coração pudesse existir fora do corpo.

— Você não sabe o que faz comigo — sussurrou. — Eu seria capaz de me liquefazer nas suas mãos.

Adaira ergueu a mão da água para acariciar as clavículas dele, a metade da moeda dourada, refletindo a luz.

— Sei exatamente como é — respondeu ela. — Mas apenas porque você causa a mesma sensação em mim.

Ela o beijou, roçando suavemente a boca na dele, e Jack fechou os olhos. Ele se perguntava se ela teria imaginado exatamente aquela cena quando estava ali sozinha. Então sentiu os dentes de Adaira mordiscarem sua boca e arranharem seu pescoço, reivindicando-o para si, e ele seguiu sua deixa, agitando a água ao se levantar com ela nos braços.

Fora muito sábio da parte dela convidá-lo às profundezas da cisterna, a uma caverna onde havia apenas paredes de pedra, água e fogo, queimando eternamente em uma tocha. Um lugar intocado pela lua, pelo sol e pelas estrelas, intocado até mesmo pelo vento. Era bom que ela o tivesse feito nadar até aquela água funda, quase se afogando, embora Jack não desse a mínima se alguém ouvisse os sons sôfregos que ela arrancava dele no momento, ou os gritos que ele extraía dela.

Ele a segurou contra a pedra, de pernas enroscadas em sua cintura. Ele se perdia nela por completo, se perdia no que faziam juntos. Estavam chegando àquele limite, ao lugar onde os dois derreteriam, e Jack sabia que ela era a única que ele gostaria de encontrar na escuridão. Ela era a única a quem ele queria entregar sua alma, mesmo com espinhos, sonhos e feridas.

Ele confiava inteiramente nela. E nunca tinha confiado em ninguém assim.

Jack viu o êxtase passar pelo rosto de Adaira, deixando-a sem fôlego. Ela afundou os dedos nos cabelos dele, puxou até ele mal conseguir diferenciar dor de prazer. Ele se entregou a ambas as sensações.

Ele e Adaira por fim acabaram se aquietando, enroscados e pesados. Escorregaram até sentarem-se de novo no banco submerso, e Jack a abraçou, como se seu coração fosse parar de bater caso se distanciasse dela. Ela escondeu o rosto na curva do pescoço dele, e foi desacelerando a respiração, ao mesmo tempo que o rubor em sua pele diminuía.

Jack fechou os olhos, os dedos aprendendo de cor a curva das costas dela. Ele pensou: *Eu viveria por uma eternidade fria e sombria sem nunca me esquecer desta noite.*

Ele poderia ficar daquele jeito para sempre. Com ela, escondido do mundo; Adaira era seu sustento e seu aço, ela o afiava e o escorava. Ela era tudo de que ele precisava, e a música nem se comparava a ela. Ele escolheria Adaira em vez de tudo o mais, em vez do próprio ofício.

O fogo da tocha oscilou, como se ouvisse seus pensamentos.

Jack abriu os olhos. Encarou a chama quase extinta, e Adaira se enrijeceu em seu abraço, parecendo perceber o pavor que seria ficar ali na escuridão completa.

— Jack? — sussurrou ela, se afastando um pouco para olhar a tocha.

Ele encarou o fogo até ficar com a sensação de que escaldava seus olhos, e o instou a queimar. *Sou dela esta noite, e você deve queimar até então. Queime até a aurora, quando poderei cantar para você.*

O fogo chispou, mas voltou a dançar, ainda que muito mais fraco do que antes.

— Acho que é hora de voltarmos para o quarto — disse Jack, entrelaçando os dedos aos de Adaira.

O FOGO ETERNO **465**

Ela não respondeu, mas o conduziu rapidamente de volta pela cisterna, cujas profundezas ainda causavam um calafrio nele. Na volta para a margem de pedra, ele viu que agora eles eram os únicos remanescentes ali. Todos os outros tinham partido, e até as tochas nas paredes baixavam. Jack mal discerniu a pilha de roupas ao emergir da água.

Ele e Adaira se secaram com as flanelas e se vestiram às pressas. O ar frio foi como um tapa na pele quando eles voltaram pelos corredores, os trechos sombrios invadindo depois que algumas tochas morreram de vez.

O fogo na lareira deles, contudo, ainda brilhava, para o alívio de Jack. Estava quase em brasa, mas continuava ali, assim como o vento que ainda uivava do outro lado da janela.

Ele tirou a roupa pela segunda vez na noite e se deitou na cama ao lado de Adaira. À luz fraca, voltou a enxergar as próprias exalações, como nuvens.

— Você está tremendo — disse Adaira, acariciando o ombro dele, o peito. — Está com frio?

— Estou com medo — confessou ele.

Ela chegou mais perto, até seu corpo absorver os tremores dele, transmitindo seu calor.

— Medo de quê?

— Não sei o que a manhã vai nos trazer — murmurou ele. — Não sei o que vai acontecer quando eu cantar contra Bane.

Por um momento, ela ficou em silêncio, fazendo cafuné nele. Quando falou, porém, foi com a voz baixa e viva, e ele fechou os olhos.

— Estarei com você, Jack. Aconteça o que acontecer, estarei ao seu lado quando você cantar.

Ele pensou nas outras vezes em que tocara para os espíritos. Para o mar, para a terra. Para o vento. Adaira estivera presente, e servira de âncora. Cantar para os feéricos o fazia esquecer quem ele era, mas a presença dela o fazia relembrar que ele era mortal e pó.

Ele percebeu a respiração de Adaira ficando mais profunda. Ela logo adentrou os sonhos enquanto Jack permanecia acordado, respirando o ar frio da noite.

Quando o fogo enfim morreu, Jack entendeu o que Ash tentava expressar. Ele precisava tocar sozinho. Se Adaira estivesse junto, ele a escolheria. O coração dele pertencia a ela, e o fogo precisava de sua atenção indivisa.

A luz cinzenta começou a nascer nas janelas geladas.

Era hora, e Jack se levantou com cuidado. Enquanto Adaira ainda dormia, e se vestiu em silêncio, com uma túnica, a flanela, e um par grosso de botas forradas com pele. Guardou a harpa na bolsa, que pendurou nos ombros.

— Não sei onde tocar para você — sussurrou, vendo as cinzas na lareira.

Como não houve resposta, ele temeu que Ash já tivesse se entregado totalmente a Bane, escondido em um lugar que nem mesmo sua música seria capaz de localizar. De repente Adaira suspirou, e Jack se virou para ela.

Ela havia esticado a mão no lado dele da cama, mas ainda dormia.

Ele se lembrou de algo que Moray Breccan compartilhara no dia em que suas vidas viraram do avesso. Palavras inspiradas pela existência de Adaira: *Escolham uma pessoa de confiança para soltar esta menina em um lugar onde o vento é suave, e a terra, macia, onde o fogo pode arder em um instante, e onde a água flui em uma melodia agradável. Um lugar onde se reúnem os espíritos.*

Jack pensou no bosque Aithwood. Era o lugar onde tudo não só acabava, como também começava. A morte de Joan e Fingal. A fronteira dos clãs. A liberdade dos espíritos. A mortalidade e o reinado de Iagan. A viagem de Adaira ao leste. A moradia do pai de Jack.

O lugar o invocava.

Ele escreveu um bilhete para Adaira, o qual deixou sobre a mesa:

Meu amor,
Fui tocar para os espíritos. É melhor que eu o faça sozinho, apesar de desejá-la ao meu lado. Me perdoe, mas eu não quis despertá-la. Espero voltar logo.

Eternamente seu,
Jack

Ele sentiu um gosto leve de cinzas. Jack olhou uma última vez para Adaira antes de sair do quarto.

Capítulo 40

Adaira acordou com o uivo do vento e a cama fria. Estremeceu, pestanejando sob a luz cinzenta. Percebeu que não fazia ideia de que horas eram, e sentou-se na cama.

— Jack?

O olhar dela atravessou as sombras. Notou a marca do corpo de Jack ao seu lado no colchão e passou a mão no tecido. Não havia calor; ele tinha saído fazia algum tempo. Ela saiu da cama, fazendo careta quando os pés tocaram o piso gelado.

As botas dele não estavam ali, nem a flanela, nem a harpa. Então ela encontrou um bilhete na mesa, que leu duas vezes antes de amassar.

Adaira escancarou o armário e vestiu às pressas as roupas mais quentes que encontrou. Porém, não conseguia conter o tremor nas mãos, ou as preocupações que se desenrolavam e a deixavam sobressaltada.

Por que ele não me acordou?

Ela só percebeu que o castelo estava inteiramente sem fogo quando chegou ao salão. O ambiente estava repleto de gente, e parecia que o tempo tinha congelado no crepúsculo. Adaira olhou a comoção, impressionada ao ver que Sidra já estava lá.

Adaira foi até ela, abrindo caminho entre as pessoas reunidas. Mulheres com crianças cobertas por flanelas comiam uma refeição simples de pão e queijo, e homens traziam caixas e mais caixas dos depósitos.

— Sid? — chamou Adaira, quando finalmente a alcançou. À luz fraca, viu que Sidra tinha disposto seus materiais na mesa, perto de onde acontecera o envenenamento na noite anterior. Ela cuidava de um menino que tinha cortado a mão, e Adaira esperou Sidra terminar de dar os pontos.

— Ah, que bom, você acordou — disse Sidra, fitando-a. — Me passa aquele rolo de atadura, por favor?

Adaira obedeceu, sem conseguir engolir o choque por ver Sidra cuidar de um jovem Breccan com a naturalidade de quem já o fizera inúmeras vezes. Até que notou a fila de gente esperando seu tratamento.

— Todo mundo aqui veio ver você? — sussurrou Adaira.

Sidra acabou de enfaixar a mão do menino e sorriu para ele. Sem dizer nada, ele pulou do banco e sumiu pela multidão.

— Na verdade, não — disse Sidra, limpando o sangue das mãos. — Sua mãe abriu o salão como abrigo. Algumas casas da cidade desabaram por causa das condições climáticas. Temo que só vá piorar. Estão falando de fechar com madeira todas as janelas que conseguirem, mas isso nos tiraria a pouca luz que resta.

Adaira mordeu o lábio.

— Você sabe que horas são?

— Não, mas ouvi alguém falando que desmontaram os sinos — respondeu Sidra, arrumando os frascos de ervas que tinha levado. — De novo, acho que por causa do vento.

— Nem acredito que você acordou antes de mim, Sid!

— Bom, sem fogo, estava muito frio, e achei melhor começar a me movimentar logo.

— Sinto muito — disse Adaira, como se ela fosse culpada pelo fato de o fogo ter virado cinzas. — Você viu Jack?

Sidra finalmente dirigiu a atenção plena a Adaira.

— Não, não vi.

Adaira estalou os nós dos dedos. Aquela sensação horrível a dominava de novo, como uma sombra inseparável.

— Quer que eu traga alguma coisa para você comer? — perguntou para Sidra. — Quer um chá?

Sidra torceu o nariz.

— Sem fogo, não tem chá.

— Ah, claro — disse Adaira, e aí teve um leve acesso de fraqueza, e precisou se apoiar na mesa.

Sidra notou, obviamente.

— O que houve, Adi?

— Nada. Só preciso achar o Jack. Ele certamente está por aqui. É só que... ele acordou e saiu sem mim, e não sei onde encontrá-lo.

Sidra franziu a testa. Ela de repente pareceu mais pálida à luz fraca, como se estivesse se lembrando do desaparecimento de Torin.

— Será que...

— Cadê a curandeira Tamerlaine?

Adaira e Sidra se viraram e viram dois homens Breccan carregando uma mulher ferida. Ela gemia, segurando na cabeça uma flanela ensanguentada. Sidra os convocou rapidamente e abriu espaço na mesa.

Adaira estava arregaçando as mangas para auxiliar quando sentiu alguém puxá-la pelo braço.

— Preciso da sua ajuda — disse Innes. — Um dos armazéns do pátio desabou, e o vento está prestes a levar embora todas as nossas provisões para o inverno.

Adaira olhou para a mãe, assustada ao ver sangue manchando a túnica de Innes.

— Você está machucada...? Venha ver Sidra. Ela pode cuidar de...

— O sangue não é meu — disse Innes, soando cansada. — Mas há outros feridos aqui, principalmente vindos do centro da cidade, onde os telhados e as paredes são menos estáveis. Seu pai saiu para ajudar, mas daqui a pouco será muito perigoso atravessar a ponte, e terei de ordenar o fechamento dos portões até a tempestade passar.

Adaira perdeu o fôlego, mas não tinha tempo para fazer mais perguntas, nem refletir sobre o constrangimento da conversa delas da véspera. Então Innes e ela saíram para o pátio, onde o vento, de tão forte, quase as derrubou.

Várias construções externas tinham perdido o telhado. A palha tinha sido arrancada e, enquanto andava com cuidado, Adaira viu uma pilha de pedras e vigas de madeira, como se um gigante tivesse pisoteado os prédios. Sacas de grãos e engradados de conserva tinham sido esmagados sob os escombros. Uma saca estava arrebentada, derramando aveia. Os grãos já estavam voando, perdidos na ventania. Em meio ao caos e aos gritos de desespero, os Breccan corriam para salvar o que pudessem.

Enquanto tentava ajudar, Adaira sentia os olhos pinicarem por causa do vento. Não chovia mais, e toda a umidade fora levada embora pelo vendaval do norte, deixando o ar frio e dolorosamente seco. Nuvens pesadas baixavam e redemoinhavam de um jeito assustador.

O medo de Adaira agitou seu sangue. Ela levou um momento para encontrar forças e comandar suas mãos para começar a pegar os sacos de grãos. Perguntou-se onde estaria Jack, se ele já teria tocado, ou se estaria prestes a tocar. E, principalmente, se a música dele teria a força para findar com a tempestade, ou se só faria piorá-la.

Ela corria para lá e para cá, trabalhando lado a lado com Innes e os Breccan, carregando para o castelo tudo o que era possível salvar. A sensação era de que horas tinham se passado, mas a verdade é que Adaira estavam sem a menor noção de tempo. Finalmente, Innes obrigou Adaira a voltar ao salão.

— Beba — disse a mãe, entregando a ela uma taça de vinho.

Adaira só se deu conta do tamanho de sua sede depois que bebeu um gole. Havia farpas enfiadas em sua pele, e bolhas nas mãos. Porém, ela mal sentia a dor no corpo. Sua mente só conseguia focar em Jack.

— Você disse que meu pai está no centro da cidade? — Adaira ousou dizer, devolvendo a taça para Innes.

A mãe fez um momento de silêncio, enchendo a taça para beber também.

— Sim.

— Tem algum caminho seguro para eu ir até lá? Você disse que estava pensando em fechar a ponte.

— Você quer ir atrás de Jack — disse Innes.

— Você por acaso o viu sair?

— Vi. Tive que abrir o portão para ele, mas foi apenas porque ele prometeu acabar com a tempestade — disse Innes, bebendo todo o vinho da taça. — Venha, levo você pela ponte.

Adaira tentou esconder o alívio ao sair com Innes para o pátio. O vento ganhava ainda mais força; elas se curvaram para andar pelo piso de laje que levava ao rastrilho.

Alguns guardas Breccan estavam postados na torre de vigia, e um deles foi ao encontro de Innes e Adaira, como se já esperasse pela chegada da baronesa. Eles se protegeram em uma alcova, que as poupava do pior do vento.

— Fecho o portão, baronesa? — gritou ele, tentando se sobrepor à ventania.

— Não — disse Innes, com a voz grave e calma. — Minha filha deseja sair.

O guarda olhou para Adaira, mas não pareceu surpreso.

Ela imaginava que Jack tivesse passado por aquele lugar pouco tempo antes, esperando para sair, com a harpa em mãos.

De repente, ela soube exatamente onde ele tocaria.

— Preciso correr — disse ela.

Innes a olhou à luz fraca. Adaira identificou o medo nela outra vez, forte como uma chama. Um medo advindo da separação, do luto, de eras de solidão.

O FOGO ETERNO **473**

— Voltarei assim que puder — acrescentou, rouca. — Ele vai cantar para acabar a tempestade, e preciso estar ao lado dele.

Innes assentiu, e tocou o rosto frio de Adaira com os dedos. O gesto carinhoso foi fugaz, mas reavivou a coragem de Adaira.

— Você pode cuidar de Sidra enquanto eu não estiver? — perguntou Adaira.

— Ela estará segura sob minha atenção — respondeu Innes, e olhou de volta para o guarda. — Prepare-a para a travessia.

O guarda pegou Adaira pelo braço e a levou da alcova à entrada da ponte. Ela então viu uma corda pendurada do portão ao centro, para segurar-se ao atravessar. Apesar da grossura da corda, Adaira imaginou como seria fácil escorregar e cair, ser nocauteada da beira e jogada nas águas escuras do fosso.

— Amarre na cintura — disse o guarda, entregando uma corda mais curta para ela.

Ela aquiesceu, com as mãos tremendo de adrenalina. Viu o guarda amarrar a corda menor à maior.

— Não solte — advertiu ele.

Adaira parou diante da ponte. Mesmo sob a arcada do portão, ela sentia o impulso do vento, a avidez dele para arrastá-la.

— Adaira — chamou Innes, com a voz serena mesmo gritando. — Se encontrar seu pai na cidade, mande-o de volta para mim.

Adaira assentiu.

Com o coração martelando o peito, ela pisou na ponte.

Torin curou a última árvore do leste. Para seu assombro, o remédio da tigela não perdia volume. Ele poderia mergulhar os dedos na luz gélida da substância cem vezes, que o bálsamo voltava a se repor. O alívio o acalmava, até pensar em Sidra e nos outros Tamerlaine infectados. Percebeu que não sabia se aquele preparo seria capaz de curá-los também.

— Hap? — chamou Torin, com a voz vacilante.

O espírito da colina postou-se ao seu lado. O vento soprava sem trégua, e a terra gemia, tremendo sob a fúria de Bane. Torin via os fios de ouro na grama, nas árvores, na urze, nas pedras. Os espíritos se seguravam com força, resistindo ao rei. Torin conseguia até mesmo absorver um pouco da força impressionante deles pelos pés descalços para se manter firme, pois o vento também tentava derrubá-lo. Apesar do terror dos céus, sombrio e fervilhante de ira, Torin tinha fé. Tinha fé de que a terra era resiliente o bastante para enfrentar o vento.

— Chegou a hora — disse Hap. — Seu reino precisa que você volte.

O coração de Torin danou a martelar as costelas.

— Pode abrir uma porta para mim perto de Sloane? Preciso ir diretamente ao centro da cidade.

Ele precisava chegar à Sidra o mais rápido possível. A sensação era de que não a via há anos, e a preocupação inundava seu sangue. Ele não sabia o quanto da saúde dela a praga já havia roubado, a velocidade com que a doença se alastrara por ela.

E tinha medo de perguntar se Hap sabia.

— Posso, venha comigo — disse Hap.

Torin o seguiu até uma encosta. Algumas pedras desmoronavam, os pedaços caindo lá embaixo. A grama tinha enfraquecido, e as flores, murchado. Ainda assim, os espíritos se mantinham firmes, abrindo mão do que não era essencial para manter o imprescindível.

Hap encostou na terra, e uma porta se abriu na encosta. A mesma porta que um dia atraíra Torin. Ela se escancarou, voltando a chamá-lo com sua luz encantada.

Segurando bem a tigela de remédio, Torin avançou um passo, mas então parou e olhou para Hap.

— Voltarei a vê-lo? — perguntou Torin.

Hap abriu um sorriso torto.

— Talvez. Esses dias, não dá para saber o que esperar.

O FOGO ETERNO **475**

Então seu humor diminuiu, e seus olhos escureceram de intensidade. Hap continuou:

— Jamais conseguirei agradecê-lo o suficiente, barão mortal, por tudo o que fez por nós. Jamais poderei retribuir tamanha generosidade. Que esta colina seja sempre uma homenagem a você.

Torin ficou profundamente comovido. Ele apertou o antebraço de Hap, e ficou feliz quando o gesto foi retribuído. A mão do espírito era fria e lisa. Seu cabelo derramou flores quando ele finalmente soltou Torin.

— Vá, amigo — instou Hap.

Torin se virou e passou pela porta, que fechou-se a seguir, prendendo-o no portal. Ele respirou fundo, sentindo o gosto forte de terra no ar, e a umidade sob os pés. Ali fazia um silêncio absoluto, e ele só se deu conta do zumbido em seus ouvidos quando enfim escapou do vento.

Ele seguiu então pela passagem, as luzes dos espinheiros piscando no caminho. O corredor de terra virou uma curva; ele andou uma volta completa até a porta, onde hesitou. E se fosse tudo um engano, e ele estivesse retornando para o reino dos espíritos? Ele dera aos feéricos o que queriam e necessitavam, e talvez agora ele virasse alvo de chacota.

Mortal tolo, ingênuo.

Torin olhou para a tigela e viu que o remédio ainda luzia como a lua. Soltou um suspiro profundo e abriu a porta.

Primeiro, se impressionou com a ausência de brilho do mundo. Não havia fios de ouro na terra, nenhum sinal dos espíritos. O céu se revolvia como se prestes a tocar a ilha, e relâmpagos piscavam nas nuvens. O vento uivava, tão frio que Torin ficou um segundo sem respirar.

Ainda assim, ele só conseguia se concentrar no que se estendia adiante: o centro de Sloane, que estava escuro, parecendo abandonado. Quanto tempo teria se passado? Teriam os anos sido atropelados por um século inteiro enquanto ele andava com os espíritos?

Torin correu, desafiando o vento, até chegar à cidade. A avenida estava vazia, exceto pelos detritos que o vento jogava pelas ruas. Não havia guardas, não havia ninguém. Nenhum sinal de vida. Torin ficou tão impressionado e assustado que parou de andar. Montes de palha ao redor dele, arrancadas de algum telhado. Uma flanela esvoaçava pelos paralelepípedos. Alguns baldes rolavam antes de se despedaçarem no impacto com o muro. Cacos de vidro cintilavam na rua como estrelas.

Ele fixou o olhar no castelo, que se erguia ao longe, escuro e lúgubre. Foi até lá, correndo como podia pela avenida traiçoeira. Logo chegou ao portão, que estava aberto, acolhendo qualquer pessoa, qualquer coisa, que passasse. Se a cidade e o castelo estivessem inteiramente vazios, talvez não devesse chocá-lo, talvez...

— *Barão!*

O som atravessou Torin como uma flecha. Ele parou e se virou, vendo um guarda emergir de uma porta na muralha.

— Andrew? — perguntou Torin.

Andrew abriu um sorriso, abandonando todo o protocolo para abraçar o barão. Torin precisou engolir um soluço ao retribuir o abraço.

Ele estava sendo visto, ouvido. Ele podia ser tocado. Tinha voltado à sua antiga vida, à sua época. Ele quase tombou de joelhos.

— Barão, não esperávamos a volta de sua senhoria! — disse Andrew, recuando com uma careta, o vento quase derrubando os dois. — Venha, entre.

Torin deixou Andrew conduzi-lo pelo pátio. Assim que entraram no saguão, Torin soube que havia algo errado. Piscou, se adaptando à penumbra, e disse:

— Cadê todo mundo? Por que o fogo está apagado?

— O fogo parou de queimar hoje cedo — explicou Andrew, guiando Torin pelas sombras. — Nas lareiras todas, até dos sítios. A maioria das pessoas está abrigada em casa, esperando passar o pior da tempestade. Mas algumas estão aqui. Deixamos o portão aberto, para o caso de alguém precisar se refugiar no castelo.

Eles chegaram no salão, onde a luz fraca e cinzenta entrava pelas janelas.

Torin parou, observando a multidão reunida. Pessoas sentadas às mesas, aninhadas, cobertas por flanela. Algumas tentavam passar o tempo, conversando e bebendo cerveja ou vinho. Outras tentavam distrair crianças ansiosas com brincadeiras e histórias. E outras dormiam, enroscadas no chão.

Tudo parou subitamente quando o clã viu que o barão tinha retornado.

Vieram cercá-lo, com gargalhadas retumbantes, sorrisos de alívio. Torin quase sufocou, sentindo o toque de tantas mãos. Ficou agarrado à tigela de remédio e começou a esquadrinhar os inúmeros rostos, em busca de Sidra, do cabelo comprido e preto, dos olhos de âmbar. Do sorriso gentil e das mãos graciosas.

Ficou surpreso por não vê-la ali. Antes que pudesse perguntar por ela, porém, Andrew levou Torin a uma das mesas.

— Sente-se, barão. Sua senhoria parece exausto.

Torin sentou-se.

— Quer que eu traga algo de beber? De comer? — perguntou Andrew.

— Vai buscar botas para o barão! — exclamou outra pessoa.

— E uma túnica limpa!

Outro disse:

— Tem grama no seu cabelo, barão. E terra nas suas mãos. Quer que eu traga um jarro e um pente, ou prefere ir para seus aposentos?

Torin rangeu os dentes. Aí se levantou abruptamente, agradecido quando as vozes se aquietaram. Procurou Sidra de novo — não achou em lugar nenhum —, e então disse:

— Aceito um copo d'água. Não preciso de botas, nem de túnica. Tragam todos os Tamerlaine que foram infectados pela praga. E alguém, *por favor*, avise à minha esposa que cheguei.

Por um momento, aqueles que cercavam Torin trocaram olhares inseguros. Ele franziu a testa, tentando entender o que acontecia, até que o incômodo passou e o salão retomou o zunzum de atividade, conversa e fascínio.

A mesa onde Torin estava foi arrumada e ele apoiou o pote de remédio. Os Tamerlaine doentes — em quantidade maior do que quando ele partira — vieram sentar-se à sua frente. Torin achava melhor tentar curar Sidra primeiro. Ela não teria medo de experimentar, e ele também achava que ela poderia opinar sobre a melhor forma de aplicar o unguento. O salão voltou ao silêncio, todos olhando para ele, cheios de expectativa.

Torin olhou para Edna, a governanta, que estava ao seu lado com um copo d'água.

— Pode trazer Sidra, por favor? — pediu.

De novo, aquela hesitação estranha, terrível. Edna soltou um suspiro demorado e disse:

— Ela não está, barão.

Torin sentiu um nó no estômago.

— Cadê ela?

A imagem de um túmulo lhe veio imediatamente à cabeça. Terra revolvida e flores silvestres, uma lápide com seu nome esculpido. Ele sentiu a primeira pontada do luto indizível subindo na alma.

— Está no oeste — respondeu Edna. — Saiu ontem, com quatro dos melhores guardas.

Torin segurou-se no encosto da cadeira mais próxima. Tremeu de alívio, mas que durou apenas um instante, e então ele perguntou:

— Por que ela foi ao oeste?

— Foi ajudar os Breccan — disse Yvaine, abrindo caminho pela multidão. — Adaira escreveu para ela, dizendo que precisavam muito de sua ajuda como curandeira.

Torin ficou quieto, pensativo. Lembrou-se da conversa que escutara entre Innes e David, quando falavam de Adaira. *Permita que ela escreva para Sidra.* Torin não deveria estar surpreso por Sidra ter ido de bom grado ao ser convidada.

O FOGO ETERNO **479**

— E minha filha, onde está?

— No sítio do seu pai.

Torin assentiu. Não podia fazer mais nada no momento além de tentar curar aqueles que o aguardavam. Seu olhar passou por cada rosto, a cabeça a mil.

Sid, o que você faria? Me oriente.

Entre os doentes estavam dois de seus guardas, sentados à mesa. Ele decidiu tentar curar um deles primeiro, um homem mais velho, chamado Ian, que era um guerreiro experiente.

— Venha, Ian — chamou Torin.

Ian obedeceu imediatamente. Tirou a túnica, devagar, expondo a parte do corpo onde a praga o atingira. O ombro direito estava manchado de roxo, com veios dourados. Torin tocou a pele com cuidado; estava macia, e ele pensou na metodologia que adotava durante a cura espíritos. As árvores todas tinham feridas abertas, lugares de onde escorria a seiva infectada.

Torin disse:

— Me passe sua adaga, Ian.

Sem hesitar, Ian tirou a adaga do cinto. Era uma faca comum, como Torin queria. Com cuidado, ele abriu um corte no centro da infecção. Ian fez uma careta quando a pele cedeu, mas não foi sangue que escorreu pelo ombro. Foi a maldição dourada. Torin mergulhou os dedos no remédio rapidamente e o passou na ferida aberta, borrando o líquido dourado e denso. Então esperou, sentindo a pulsação em seus ouvidos.

Ele não sabia o que faria se desse errado. Toda sua esperança estava no remédio.

A ferida de Ian continuava a chorar dourado, cheirando a fruta podre e pergaminho mofado. O líquido escorria pelo braço, pingando do cotovelo, mas Torin não afastou a mão, nem limpou o bálsamo. De repente ele viu a luz expulsar gradualmente a doença e, quando o sangue de Ian começou a correr vermelho, vivas soaram pelo salão.

Torin parou à porta, olhando para o pátio do castelo. O vento ainda uivava, e as nuvens continuavam a ferver. O oeste estava muito longe, especialmente pelos parâmetros do reino mortal. Ele não tinha mais os passos largos dos espíritos, mas não podia esperar a tempestade baixar.

Tinha curado os Tamerlaine doentes. Todos, menos uma, que estava a muitos quilômetros dali.

— Barão?

Ele se virou e viu Edna, que trazia um alforje, como ele pedira.

— Obrigado. — Ele guardou o remédio em segurança na bolsa de couro, que então amarrou no peito. Andrew esperava no saguão, com a boca repuxada em uma linha fina, assim como Yvaine.

— Barão — disse Yvaine —, nos permita acompanhá-lo.

Ele balançou a cabeça.

— Quero que fiquem aqui. Mantenham a guarda, e estejam a postos para auxiliar qualquer pessoa que precise de ajuda.

Yvaine franziu a testa. Queria discutir, mas, depois de anos treinando ao lado dele, sabia que não valia a pena. Andrew, por outro lado, não tinha o mesmo conhecimento.

— Não dá para cavalgar nesse tempo, barão!

— Eu vou a pé — disse Torin, seco.

Andrew, Yvaine e Edna olharam para seus pés descalços e sujos.

— Posso pelo menos trazer botas? — perguntou Edna, levemente exasperada.

— Não — disse ele, e deu o primeiro passo no pátio fustigado pelo vento.

— Aceita pelo menos minha flanela? — exclamou Andrew, correndo para desatar o pano quadriculado. — E minha espada? Sua senhoria não pode ir desarmado ao oeste.

Torin estendeu as mãos, recusando as ofertas.

— Irei como estou. E darei notícias quando a tempestade baixar. Até lá, fiquem firmes.

O FOGO ETERNO **481**

Ele os deixou boquiabertos, mas logo se esqueceu das expressões incrédulas ao correr pela avenida de Sloane. A chaminé de uma casa tinha desabado, espalhando pedras no chão. Do telhado, restavam apenas as vigas. Torin parou e olhou para dentro da casa, para confirmar que não tinha ninguém ferido. O lugar desolado estava deserto, então ele seguiu em frente.

Quando a estrada de paralelepípedos deu lugar a terra batida, Torin parou. Dali via a colina que Hap lhe dedicara, uma colina que nunca mudaria ou se deslocaria. Um lembrete de que o que acontecera não fora um sonho. O vento quase derrubou Torin, e ele correu até a colina, refugiando-se no abrigo da encosta sul.

Não sabia como conseguiria correr até o oeste, com o vento que vinha violento do norte, parecendo dedicado a arrastá-lo ilha afora até o mar.

Tremendo e encolhido à sombra da ilha, Torin finalmente decidiu que o tempo da jornada não importava. Ele chegaria à fronteira nem que precisasse se arrastar. Deu um passo na grama, e mais outro, curvado para manter o equilíbrio. Quando o vento o forçou a ficar de joelhos, Torin gritou:

— *Hap!* Preciso da sua ajuda!

Ele não esperava que o espírito fosse responder tão rápido, nem que fosse usar o poder que lhe restava para deslocar as colinas. Contudo, Torin viu um vale estreito se abrir à sua frente, o lado alto recebendo o pior da ira de Bane.

Torin correu pela grama do vale. Os quilômetros cederam, e ele logo chegou ao limite do bosque Aithwood. Foi abrindo caminho entre os gemidos das árvores, sentindo o poder de Hap enfraquecer sob seus pés. Quando a fronteira dos clãs surgiu à sua frente, Torin a atravessou sem um momento de dúvida, adentrando o lado oeste da floresta.

Recordava-se vividamente do castelo Kirstron, no entanto, era importante lembrar que ele o tinha visto pelo outro lado do véu. Não sabia quantos quilômetros precisaria correr até chegar à fortaleza, e a metade oeste da ilha parecia estar à mercê do mesmo vendaval que assolava o leste. Na verdade, a tempestade parecia ainda pior deste lado da fronteira.

Porém, assim que Torin começou a avançar aos tropeços, sentiu o chão mexer de novo, abrindo um atalho. Ele se perguntou se os espíritos dali tinham ouvido falar de seus feitos. Ou talvez pressentissem que ele carregava um remédio. Sem tempo para pensar, decidiu confiar neles, e correu pelas rotas abrigadas até a cidade surgir.

Kirstron lembrava Sloane — cheia de trechos escuros e assombrada por uma sensação de vazio. Portas estavam trancadas, janelas, bloqueadas. Palha rolava pela estrada. As casas na ponta mais elevada da cidade tinham desabado completamente.

Ele se lembrou da ponte que levava ao castelo. Para atravessar o fosso, seguiu caminho até o limite norte da cidade, onde finalmente viu movimento. Imediatamente reconheceu David Breccan. O consorte da baronesa corria pelas ruas acompanhado de três guardas Breccan, a caminho da ponte.

Torin os seguiu.

Rapidamente teve um vislumbre do portão e da ponte, borrados pelo vento. Era uma cena caótica, pessoas sendo amarradas a uma corda e empurradas para a frente. O portão começava a deslocar, rangendo, e Torin reparou que seria fechado assim que David passasse.

Ele acelerou, se misturando à multidão. Ninguém lhe deu atenção; nada em sua aparência revelava quem ele era, e quando um dos guardas o mandou segurar a corda e atravessar, Torin apenas assentiu.

Atravessando diretamente atrás de David Breccan, Torin manteve o olhar fixo no cabelo castanho-claro do consorte. Um farol na tempestade.

A travessia era lenta e perigosa. Ninguém tinha amarrado a cintura de Torin, e ele dependia apenas da força das mãos e da determinação no peito para cruzar em segurança, um passo

O FOGO ETERNO **483**

de cada vez. O vento rasgava suas roupas e ardia nos olhos. Contudo, ele não parou, não hesitou, nem escorregou. Seus pés descalços se mantinham firmes nos painéis de madeira do piso.

Ao mesmo tempo, seu coração foi puro alívio quando ele chegou ao portão do castelo e passou por baixo do rastrilho. Seguiu-se outro momento de confusão. Mais guardas estavam vindo para ajudou a fechar o portão, que imediatamente cortou a corrente de ar que arrasava o pátio. Foi só então que Torin suspirou, e subitamente notou que Innes Breccan se erguia como uma pilastra em meio ao caos, pegando o braço do marido.

Ela analisou David. Tinha sangue na roupa dele, que se curvava de exaustão, mas ele parecia saudável. Torin não conseguiu se mexer, vendo a emoção contorcer o rosto de Innes. Enfim, ela sentiu sua atenção, e desviou o olhar para encará-lo.

— Quem anda na sua sombra? — perguntou Innes a David, com o tom seco.

Torin sentiu a pergunta como um tapa. Seus ombros doíam quando ele se empertigou, encarando o olhar desconfiado dos Breccan. Ele sabia que deveria falar, oferecer explicações. Porém, estava tão exausto que a voz parecia perdida no peito.

— Não sei quem é — disse David, depois de analisar Torin.

Quanto mais Torin encarava Innes, mais ela arregalava os olhos. Ela soltou um ruído, entre um riso e um bufar. Como se não acreditasse no que o vento tinha acabado de entregar ao seu pátio.

— Que os espíritos nos acudam. É o barão do leste.

Sidra macerava ervas no pilão quando o salão dos Breccan foi tomado por um silêncio inesperado. Lembrava o sussurro da primeira neve da estação, frio, ágil, estranhamente pacífico. Ela sentiu o olhar de alguém, mas não ergueu o rosto. Inúmeros olhos a observavam desde que ela chegara ao salão mal-iluminado. Os Breccan estavam sempre de olho nela, alguns com desconfiança, e outros com curiosidade, e ela decidira que toleraria aquilo pelo menos mais um pouco. Até a tempestade arrancar o castelo do chão, ou a canção de Jack acalmá-la.

— Sidra.

Não foi o nome dito no silêncio que a chocou. Foi a voz, amada, grave e quente, como um vale no verão. Uma voz que ela pensou que não fosse ouvir nunca mais.

Ela ergueu o rosto. Seu olhar atravessou o crepúsculo e os muitos rostos que a cercavam. Talvez tivesse imaginado a voz, mas seu coração batia acelerado. As pessoas começaram a se deslocar, arrastando as botas no chão, abrindo caminho para alguém.

Um vão se abriu na multidão, e ela finalmente o viu.

Torin estava a meros passos dela, alto, magro e sujo de terra. Estava descalço e de túnica esfarrapada. Tinha grama na barba, flores azuis no cabelo comprido e loiro. Parecia de outro mundo, e mesmo assim os olhos dele estavam fixados nela, e apenas nela, como se não houvesse mais ninguém no salão. Mais ninguém no reino.

Sidra largou o pilão.

Correu até ele, o tornozelo ardendo de dor, mas mal deu atenção. O movimento rompeu o encanto que paralisara Torin. Ele correu até ela também, e o casal colidiu no centro do salão dos Breccan, cercado por desconhecidos. Tudo desapareceu assim que ela sentiu as mãos de Torin, assim que inspirou seu cheiro.

— *Torin* — arfou ela, agarrada a ele.

Ele a envolveu com um braço, sólido e possessivo, e afundou a mão nos cabelos dela, puxando sua boca para a dele. Ele nunca a beijara assim, como se necessitasse de algo escondido nas profundezas dela. Foi um beijo faminto, desesperado e feroz, o qual Sidra o sentiu atravessá-la até a ponta dos pés. Sentiu o gosto da terra nele — uma doçura verdejante e silvestre —, e se perguntou onde ele teria estado. Pensou no que ele teria visto, e em como teria encontrado o caminho de casa.

O FOGO ETERNO **485**

Ele afastou os lábios dos dela, ofegante. Eles se olharam por um momento antes de ele sussurrar seu nome, beijar sua testa, seu queixo. Sidra tentava se conter, se manter em pé, sentindo a barba arranhar a pele e o coração arder em brasa.

— Como... — tentou dizer, passando as mãos no peito dele. — Como você soube que me encontraria aqui?

Torin levantou o rosto, encontrando o olhar dela. Manteve o braço ao redor da cintura dela, a mão no cabelo.

— Fui para casa primeiro — disse. — E depois vim encontrar você.

— Sozinho?

Ele assentiu.

— Como atravessou essa tempestade? — sussurrou ela.

— Tive uma ajudinha — disse Torin, e sorriu.

Sidra percebeu que ele estava com os olhos marejados, e acariciou o rosto dele, lutando para engolir o nó que se formara em sua garganta.

— Eu não sabia se você voltaria — confessou ela.

— Eu sei, e peço perdão — disse ele. — Você foi tão corajosa, Sidra. Foi tão forte sem mim, sustentando o clã e o leste. Agora me deixe ajudá-la, meu amor. Me deixe carregar esse fardo com você.

As palavras dele a fizeram tremer. O peso de todos os fardos que ela carregara até então começou a diminuir, como uma pedra finalmente descendo dos ombros, e de repente ela conseguiu respirar fundo e endireitar a coluna.

— Deixe-me curá-la, Sid — sussurrou Torin, e o mundo dela se aquietou de choque.

Ela não falou quando ele a guiou a uma das cadeiras. Contudo, o coração dela acelerou e as mãos gelaram quando Torin se ajoelhou à sua frente. Foi então que ela se lembrou dos Breccan. Eles tinham cercado o casal para assistir à cena. Entre eles, viu Innes e David.

Torin continuava concentrado em Sidra, e começou a desamarrar sua bota esquerda.

O pânico a atravessou.

— *Espere*, Torin — pediu ela, pegando as mãos dele.

Ele parou um momento e sussurrou de novo:

— Deixe-me curá-la.

Sidra não entendia como ele sabia da doença dela, mas aquiesceu, apesar da farpa de preocupação lhe espetando o peito. Ela se recostou e deixou Torin soltar a bota. Os cadarços de couro e o sapato de pele curtida caíram, e então ele desamarrou devagar a tornozeleira improvisada e desenrolou a meia, expondo a doença para os Breccan.

Murmúrios brotaram pela multidão. Sidra só foi capaz de erguer o olhar quando Torin pegou sua faca na mesa. A tensão se espalhou pelo ar, mas Innes levantou a mão, pedindo silêncio do clã.

Torin abriu a bolsa de couro e tirou uma tigela de madeira contendo uma substância cintilante. Sidra prendeu a respiração quando ele a encarou.

— Confia em mim? — perguntou ele.

— Sim — disse ela.

— Vai doer só por um momento.

— Eu sei. Tudo bem.

Ele ainda parecia hesitar, mesmo ao encostar o fio da faca na panturrilha dela. Finalmente, abriu um corte superficial. Sidra mordeu o lábio, vendo o ouro começar a brotar e a pingar pela perna. Torin deixou a faca de lado e mergulhou os dedos no bálsamo, e aí os levou à ferida. Sidra prendeu o fôlego ao sentir o frescor do remédio.

Ela sangrou e sangrou, até o ouro manchar o braço de Torin e formar uma poça no chão. Finalmente, porém, ela sentiu — o momento em que o bálsamo começou a eliminar a praga. Com olhos marejados, ela viu a doença se esvair e o sangue voltar a ser o seu.

Com carinho, Torin enfaixou a ferida com uma atadura. Ele sorriu para ela, e o coração de Sidra foi inundado de calor.

— Mais alguém precisa ser curado? — perguntou Torin, se levantando. — Eu trouxe o remédio para a praga.

A oferta foi recebida com silêncio, expressões sérias e incredulidade sombria. Sidra sabia que alguns Breccan presentes ali estavam doentes, mas não quiseram se revelar. A alegria dela começou a diminuir ao ver que eles se recusavam a ceder.

Torin esperou, mas, quando ninguém se mexeu, começou a guardar o remédio da bolsa. Ele tinha voltado a olhar para Sidra, fitando todos os seus contornos, quando uma voz finalmente interrompeu o silêncio:

— Eu preciso da cura.

Sidra se virou e viu David Breccan se aproximar.

Ele tirou as luvas, que deixou cair no chão, revelando a mão infectada. Estendeu o braço sob a luz parca, confiando plenamente em Torin.

Murmúrios se espalharam pela multidão.

Torin limpou a faca, pegou o remédio e se aproximou de David.

E, maravilhada, Sidra viu Torin curar o oeste com as próprias mãos.

Capítulo 41

Jack passou pelo vale Spindle sem muitas dificuldades, pois os espíritos da terra se manifestaram para ajudá-lo a viajar rapidamente sob a tempestade. Ao sair do vale, percebeu que o bosque Aithwood se aproximava, assomando-se ao longe. Quase distinguia sua sombra na penumbra quando relâmpagos se espalharam no céu, iluminando as nuvens baixas e revoltas.

Um raio atingiu a árvore logo adiante, a meros seis passos de onde ele estava, e Jack deu um pulo de susto. Horrorizado, viu a árvore se partir ao meio e desabar com um estrondo tremendo, o calor do fogo emanando em cima dele. Quando um raio se preparou para cair outra vez, Jack entendeu que Bane já o havia localizado. Bane sabia exatamente onde ele estava e, se Jack não corresse para encontrar um abrigo, seria destruído antes que tivesse a oportunidade de cantar.

Jack desatou a correr.

Seus joelhos latejavam devido ao impacto, e o ar cortava seus pulmões como uma faca quando o relâmpago brilhou de novo. Ele estava prestes a ser atingido; sentiu o raio no ar, pairando, chiando e vibrando. Bane estava prestes a matá-lo, e Jack sabia que não tinha como correr mais rápido do que o vento do norte. Não a céu aberto, perdido entre as montanhas e a floresta.

Pouco antes de o raio descer de novo, a urze cresceu ao redor dele, alta e grossa, com flores roxas desafiando o vento.

Era uma espécie de escudo, e Jack se ajoelhou e passou engatinhando por baixo, protegido por suas sombras.

O raio de Bane caiu a poucos metros dele. A urze tremeu, mas continuou a crescer, densa e larga, puxando a magia parca que restava na terra. Enquanto Jack se arrastava, Bane continuava a arremessar raios, tentando atingi-lo em meio ao matagal em expansão.

Arfando, Jack parou. Tinha se perdido; não sabia em que sentido ficava a floresta e, esmagado na terra, sentiu o suor pingar do queixo.

Ele se perguntava como ousara se achar dono da coragem e força necessárias para cantar contra Bane. Tudo aquilo parecia um sonho tolo e inatingível, e ele estava cogitando dar meia-volta quando de repente viu um rosto se formar na urze. Era um espírito: uma mulher de orelhas pontudas, dentes afiados, cabelo comprido e desgrenhado, e olhos dourados e felinos. Ela parecia frágil, com rugas marcando o rosto etéreo, e Jack entendeu que ela estivera dando tudo de si para protegê-lo, para se voltar contra o rei.

— A floresta espera à sua frente, bardo — sussurrou ela. — As árvores são mais fortes do que eu e oferecem melhor abrigo.

Jack hesitou.

Até que ela se crispou e gritou:

— *Corra!*

Ele se levantou de um pulo e disparou, bem quando Bane acertou o espírito da urze. Jack queria desacelerar, olhar para trás, mas ouviu o grito fatal dela. Ela dera a vida por ele, que agora sentia o gosto de urze queimada no vento. A emoção finalmente o atravessou quando ele se embrenhou nas sombras do bosque Aithwood, onde as copas altas e entrelaçadas o escondiam do olhar de Bane.

Jack então parou e se apoiou em uma árvore. Arfando, se abaixou, tentando recuperar a compostura. Lágrimas pinicavam seus olhos e um nó surgia em sua garganta. Ele não sabia como cantaria se estava tão abatido, sem nada para orientá-lo além do coração.

Seus pensamentos foram interrompidos por mais um ataque de Bane. Um raio atingiu um carvalho perto de Jack, e o impacto o obrigou a engolir as lágrimas e seguir em frente. Ele precisava de abrigo. Um lugar onde descansar, um momento para recuperar o fôlego. Onde pegar a harpa e posicionar os dedos nas cordas.

Jack olhou para a floresta densa e sombria.

Ele correu até a casa do pai.

Jack estava com medo de bater à porta de Niall e ser ignorado. Não sabia de onde aquele medo vinha, apenas que parecia talhado em seus ossos desde a infância. Era estranho que o fato de saber o nome de seu pai e onde ele morava só fizesse aumentar sua preocupação — a ponto de Jack ficar paralisado na horta, a meio caminho da porta.

Ele olhou para a casa.

As plantas se sacudiam no jardim ao redor, quebrando sob o sopro da tempestade. As árvores gemiam, e o cheiro de madeira queimada subia no vento. Jack sabia que estava exposto. Estava na única clareira em todo o bosque, no quintal do pai. Bane atacava a meros quilômetros dali, à caça dele. Porém, o medo impedia Jack de avançar.

A porta da casa foi escancarada.

Niall apareceu, como se pressentisse a presença de Jack. Eles se encararam, compartilhando um momento de choque.

— Jack? — chamou Niall, finalmente.

— Preciso... de abrigo — disse Jack, tropeçando nas palavras. — Não sabia mais aonde ir.

— Então entre — pediu Niall. — Antes que a tempestade o carregue.

Jack avançou, aliviado. Entrou na casa, surpreso pela impressão diferente que dava com o fogo apagado e a tempestade no ar. Estava escuro, mas a casa estava quentinha, e parecia segura. Jack suspirou. Estava soltando a harpa das costas quando viu Elspeth se aproximar na sombra.

— Estava preocupada com você, Jack — disse a avó, de mãos unidas. — Mas Niall me contou o que você fez por ele.

Fez por ele?, pensou Jack, olhando para Niall, que estava postado ali perto. O pai encarava a parede, com as mãos metidas nos bolsos, obviamente envergonhado.

— Eu... — começou Jack, mas sua voz foi sufocada pelo estrondo de um trovão.

O chão tremeu. Pratos estrepitaram na mesa da cozinha. Um castiçal tombou da prateleira. As ervas penduradas nas vigas choraram pó.

Por um momento, Jack não conseguia nem respirar. O medo apertou seu coração de novo, pensando no ataque de Bane contra todas as árvores do bosque, determinado a encontrá-lo. Na probabilidade de o rei logo lembrar-se da casa de Niall. Jack não suportaria que nada acontecesse com seu pai e sua avó.

— É bom vê-la de novo, Elspeth — disse Jack. — Mas temo dizer que o vento do norte está à minha caça, e minha vinda só faz trazer problemas para vocês.

Niall o olhou, arqueando uma sobrancelha.

— Que problemas?

Jack encarou o pai.

— Preciso cantar para os espíritos, e Bane quer me calar. De novo, peço mil perdões por trazer isso à sua porta, mas...

— Me diga o que fazer — interrompeu Niall, delicado. — Como posso protegê-lo? Do que você precisa?

Jack ficou tão surpreso com a oferta fervorosa de Niall que o olhou, boquiaberto. Até que sua memória se agitou, como uma brasa piscando nas cinzas. Jack se lembrou das palavras que dissera para o pai, meras noites antes.

Que nossos nomes sejam seu escudo e sua armadura.

A confiança de Jack começou a voltar. Sentiu os dedos tremerem de avidez para arrancar notas da harpa. Começou a enxergar a balada que cantaria para desfazer a hierarquia de Iagan — para libertar o fogo, a água, a terra e o vento —, e sentiu as palavras subirem, enchendo os pulmões com o ar adocicado da floresta.

— Se vocês puderem descer o rio e ficar com Mirin e Frae durante o pior da tempestade — disse Jack —, eu ficaria mais tranquilo.

Uma expressão de dor passou pelo rosto de Niall, talvez causada pelo nome de Mirin, ou de Frae, ou pelas décadas de saudade. Ou talvez ele estivesse se dando conta de que estava a momentos de reencontrar as pessoas que amava em segredo.

— Tem certeza, Jack? — perguntou Niall. — Posso ficar ao seu lado, se precisar de mim.

A oferta deixou Jack emotivo. Porém, ele apenas sorriu, a confiança ainda crescendo, embora os trovões o provocassem, cada vez mais altos, mais perto. Ele estava pronto para cantar.

— Obrigado — disse Jack —, mas preciso tocar sozinho.

Niall assentiu, passando a mão no cabelo.

— Certo. Vou arrumar uma bolsa, e seguiremos para o leste.

Jack pousou a harpa na mesa enquanto o pai e Elspeth corriam para encher duas bolsas. As paredes da casa começaram a gemer. A palha já estava sendo arrancada do telhado. Jack via o relâmpago brilhar pelas frestas da janela, e inspirou fundo, sabendo que a hora estava chegando.

— Estamos prontos — disse Niall.

Ele entreabriu a porta dos fundos, e parou à nesga de luz.

Filamentos de vento frio entraram, levantando o cabelo da testa de Jack quando ele abraçou Elspeth.

— Cante nossa paz, Jack — disse a avó, encostando a mão envelhecida no rosto dele. — Se existe alguém forte o suficiente para isso, é você.

Ela recuou para deixar espaço para Niall.

Jack estava zonzo tentando pensar no que dizer, mas foi Niall quem falou primeiro.

— Não entendo muito bem o que você planeja fazer, ou o que será exigido de você. Não implorarei para você deixar de lado seu dever e vir conosco, porque vejo em você a marca de um chamado superior. Uma chama que arderá sempre, aonde você for.

Niall se calou, mas sorriu. E Jack finalmente viu um pouco de si no pai. O sorriso que ele mesmo roubara de Niall.

— Mas não posso ir embora sem dizer que eu me orgulhei de assumi-lo como filho quando você nasceu — murmurou Niall —, mesmo que as únicas testemunhas fossem sua mãe e os espíritos. E me orgulho agora também.

Jack sorveu as palavras do pai. Elas acalmaram seu coração, confirmaram sua resolução. Quando Niall lhe deu um beijo na testa, Jack fechou os olhos. Mas antes que estivesse pronto, o calor da presença do pai se fora. Niall acompanhou Elspeth pela porta, e Jack os seguiu, como se atado às sombras deles. Aí parou na horta e viu as árvores rangerem e gemerem ao redor da clareira, os galhos já desnudos de todas as folhas.

É o fim, pensou Jack, vendo Niall e Elspeth descerem o rio até desaparecer de vista. *O fim e o começo.*

Jack voltou para dentro de casa e trancou a porta. Finalmente, tirou a harpa da bolsa e passou a alça pelo pescoço. O instrumento se encaixou perfeitamente no ombro, e ele estava pensando nas notas e no começo da balada quando viu um brilho dourado passar pela janela.

Percebeu que os relâmpagos tinham parado de brilhar. Os trovões estavam calados. Ainda assim, um clarão devorava as trevas.

Jack correu até a janela e a abriu. Sentiu o calor queimando a pele como o sol, e encarou o bosque incendiado, atordoado. Viu o fogo subir, se alastrar, incitado pelo vento. As chamas crepitavam perto do quintal de Niall, preparadas para consumi-lo, e para consumir Jack também.

Adaira achou que o vento fosse despedaçá-la. Ela seguiu engatinhando pelo vale, desesperada para se firmar com as mãos. Não enxergava um palmo à frente de onde estava; o mundo era apenas um borrão índigo e cinza. Bane continuava a soprar, passando os dedos pelos cabelos dela, lhe arrancando o ar, ameaçando girá-la de ponta-cabeça.

Adaira rangeu os dentes, sentindo que escorregava. O vento estava prestes a levantá-la, carregá-la. Desesperada, ela afundou os dedos na terra.

Socorro!, queria gritar para a terra. Para a grama, a urze e as colinas. *Me ajudem a encontrá-lo.*

Ela agarrou-se a uma rocha, sem conseguir se levantar, nem avançar. Travada ali, suspensa no tempo, temeu nunca alcançar Jack. Temeu morrer sozinha. Prisioneira do vento.

Até que abriu os olhos, viu a trilha nas samambaias, e percebeu que aquele lugar era conhecido. Então começou a seguir o caminho sinuoso, que a levou a uma colina. Ela perdeu o fôlego quando a reconheceu.

Era a toca que Innes lhe mostrara uma vez. Um abrigo para casos de necessidade.

Avançou aos tropeços e encontrou a pedra na encosta. O batente ganhou vida, e a porta apareceu, disfarçada sob moitas gramadas. Adaira a abriu, ansiosa para fugir da tempestade.

Ela entrou. Nem ali o fogo ardia, e era impossível acendê-lo com a adaga encantada. Ela deixou a porta aberta para manter um vestígio de luz.

Sentou-se no chão, com as orelhas e o rosto ardendo de frio. Encolheu os joelhos, tentando aliviar o tremor.

Por fim, fechou os olhos, sem a menor ideia do que fazer.

Adaira não sabia quanto tempo passara ali, paralisada e lamuriosa, quando sentiu uma sombra cobri-la. Alguém se encontrava à porta. De olhos ainda fechados, e coração cada vez mais fre-

O FOGO ETERNO **495**

nético e desvairado, ela pegou a adaga no cinto, preparada para abrir os olhos e *atacar*, quando sentiu um aperto no braço. O aperto de dedos compridos, com unhas afiadas.

Sobressaltou-se e ergueu o olhar. Era Kae. Os olhos do espírito estavam arregalados de preocupação, mas seu rosto expressava determinação, e de repente ocorreu a Adaira que Kae era capaz de resistir à tempestade. As asas que lhe restavam eram um escudo que dividia o vento com um chiado.

Ela levantou Adaira com um puxão. Juntas, saíram e se deslocaram pelo vale desolado, seguindo para o leste. Pareciam estar presas em um sonho, Adaira abrigada sob as asas de Kae. Até que Adaira viu algo luminoso e hipnotizante ao longe. Primeiro, não entendeu o que era, até que parou, de pé, aninhada em Kae.

— *Kae* — arfou Adaira, chocada.

Kae tremeu em resposta.

O bosque Aithwood pegava fogo.

Jack sabia que Bane manipulava o fogo contra a vontade deste. Sabia que Ash estava capturado, subjugado dentro daquela queimada descontrolada.

Jack abriu a porta.

Cruzou a horta, passou pelo portão do pai. Não queria que a casa dele queimasse. Ainda assim, o fogo vinha, chegando cada vez mais perto, destruindo uma árvore atrás da outra juntamente aos espíritos que nelas moravam.

Jack encarou as chamas. Teve a impressão de ter visto Ash, desenhado em ouro e azul, se arrastando pelo chão da floresta, aos prantos.

Então começou a tocar a harpa e a cantar para o fogo, pegando as notas que Iagan cantara e as desfiando, mas logo o calor foi ficando demais. Enquanto andava até o rio, Jack continuava a cantar e a tocar, o incêndio perseguindo-o como se ainda controlado por Bane, mas pelo menos ele havia poupado a casa e o quintal de Niall.

A correnteza do rio era fria e límpida. Jack parou em seu fluxo e começou a cantar para os espíritos da água — os lagos, os córregos, os rios, o mar. De novo, deslindou a balada de Iagan, e cantou pelo bem dos feéricos, lembrando-se de como aquilo tudo fora um dia, em priscas eras. Enquanto sua voz e suas notas cresciam e decresciam, em contraste à malevolência da música de Iagan, ele olhou para baixo e viu o espírito sanguinário do rio escondido na água. Ela tinha pele azul, olhos leitosos e uma carranca de dentes afiados como agulhas, e escutava atentamente, hipnotizada pela música. Ainda assim, o fogo queimava. As chamas cruzaram o leito do rio, e Jack sentiu a temperatura da água subir devagar.

— Continue — chiou o espírito, pouco antes de Jack ser forçado a subir na margem oposta por causa da água fervendo.

Continue, muito embora ele não fizesse a menor ideia se a música estaria surtindo efeito. A hierarquia de Bane não parecia mudar, intacta como uma teia, mas Jack persistiu, abrindo caminho entre as árvores, rumo à fronteira, ainda cantando e tocando. Caminhou pela margem do território e mirou no leste e no oeste ao mesmo tempo enquanto cantava para os espíritos da terra, das árvores e colinas, da urze e das rochas, das flores silvestres e ervas daninhas, das montanhas e dos vales.

Foi então que Jack começou a sentir: o poder se acumulando sob seus pés. Os fluxos de ouro, os fios de magia. A música a atraía, trazendo a força para o sangue como uma árvore sugando a água pelas raízes. De repente, ele sentiu que poderia cantar por cem dias, cem anos. Sua voz soava grave e forte, atravessando a tempestade, e as notas jorravam de suas unhas como faíscas, puxando as cordas cada vez mais rápido.

O incêndio ainda o seguia, vibrante de calor, mas Jack não o temia mais. Era como uma capa que se arrastava atrás dele, e ele soube que o poder de Iagan estava quase acabando. Era a hora de tocar para o vento.

Jack ousou desatar as amarras do vento do sul. Do vento do leste. Do vento do oeste. Enquanto cantava, raios caíam erraticamente ao seu redor. Eles derrubavam árvores, rasgando seus corações de resina. Árvores tão antigas que deviam conter todos os segredos da ilha. Seus espíritos suspiravam e morriam na fumaça.

Jack continuou a cantar, mesmo com o solo tremendo e o vento rugindo. Sabia que os espíritos estavam se oferecendo para protegê-lo, e precisava simplesmente *aguentar* e chegar ao fim. Continuou a inspirar a magia que o oeste lhe entregava, até todos seus ossos e veias se iluminarem, como se ele tivesse engolido as estrelas do céu noturno.

De repente, ele se esqueceu do próprio nome, e da própria origem. Conhecia apenas o fogo crepitante que se espalhava em seu encalço... as árvores de rostos e histórias antigos, que o cercavam como cortesãos, absorvendo a ira de Bane para protegê-lo... as flores brotando a seus pés em acolhimento... a chuva que começava a cair, com gosto de mar.

Mas em algum ponto entre as notas que tocava e a letra que entoava, surgiu uma mulher de olhos azuis como o céu de verão e cabelo da cor da lua. Uma mulher com uma cicatriz na mão igual à dele, cujo sorriso fez seu sangue acelerar.

Quem é ela?, pensou, distraído pelos vislumbres fugazes de quando fechava os olhos. Ele queria correr atrás dela no escuro, esticar a mão e tocar sua pele. De repente, tocando nota após nota, suas mãos começaram a doer. Ele diminuiu o ritmo, distraído. Queria alinhar as cicatrizes das mãos dos dois, como se pudessem revelar um segredo entre eles...

Um raio caiu à sua frente. O calor branco queimou seu rosto, e ele se encolheu, abrindo os olhos. A harpa ardia em um calor insuportável em seu peito. Mas restava a Jack apenas uma estrofe.

Ele insistiu, andando pela fronteira dos clãs, pelas flores queimadas e pela terra. Começou a cantar para o vento do norte.

Asas bateram pelas copas das árvores, reluzindo em cor. A temperatura diminuiu drasticamente, e a luz baixou até lembrar o crepúsculo.

Jack sabia que Bane se materializara. Contudo, esperou até ver os olhos cintilantes do rei do norte em meio às trevas entre as árvores. Ele segurava uma lança faiscando de raios.

Jack esperou o rei se aproximar para encará-lo. Era exatamente como se lembrava. Forjado de altura imponente e pele branca, o cabelo comprido da cor do ouro desbotado, como cerveja aguada. As asas carmim refletiam a luz fraca, jogando um tom avermelhado na armadura de cota de malha. Uma corrente de estrelas o coroava.

Mas apesar de imortalidade da criatura, Jack ainda via um resquício de Iagan. Do homem que ele fora, como se o reinado de séculos sem jamais perecer fosse incapaz de afastar sua sombra de mortal.

— Largue sua harpa — disse Bane, mas sua voz soou fraca. — Largue sua harpa, e eu o pouparei.

Foi só então que Jack ofereceu ao rei um sorriso mordaz. Retomou a canção para tudo o que Iagan roubara um dia. Asas rasgadas e flores de tojo coloridas. Conchas rachadas e iridescentes e um cetro de fogo.

Os espíritos se libertaram. Eles perderam o peso da balada cruel de Iagan, e o mundo pareceu mais brilhante, mais distinto, opressivo por um momento.

Jack viu Bane tremer de dor. As asas caíram das costas dele. O raio se apagou na lança, que se desfez em cinzas, tojo e conchas.

— Minha canção — disse Bane, a voz vacilando de agonia.

Ele deu um passo e mais outro até Jack, a terra tremendo sob seus pés.

Jack inspirou, sôfrego, sentindo o gosto de fumaça, de fogo, da cadência das notas. Cantou até Bane se erguer diante dele, encarar suas mãos e sua harpa.

Então, Jack se calou. Olhando para o rei, notou as rachaduras na pele, como se o outro fosse feito de gelo. As estrelas começavam a sair voando de seus cabelos.

— Você roubou minha canção — disse Bane. — Roubou minha canção e a refez, e, assim, roubou minha coroa.

As estrelas que antes agraciavam seus cabelos pairavam no espaço entre Jack e Bane, e este de repente ofegou e caiu de joelhos. Mais rachaduras se espalharam por sua pele, expondo suas sombras interiores. Índigo e cinza, frio como a meia-noite no norte.

A música um dia lhe dera poder. E a música o tirara.

As estrelas agora deslizavam, chegando mais perto de Jack, que não ousou respirar quando elas começaram a trançar sua luz azul em seus cabelos. Ele abraçou a harpa e encarou Bane, cujo rosto finalmente começava a fraturar. O rei do norte estremeceu e se desfez em pó.

Jack viu o vento do norte morrer, finalmente.

Adaira seguia pela fronteira dos clãs. Mal enxergava através da camada de fumaça, mas seguia a esperança do fogo, cuja luz a convocava. As árvores ao seu redor estavam inertes, silenciosas. O ar ficara pesado e denso, e ela apertou o passo, tremendo de apreensão.

Kae a seguia de perto, até que começou a perder o fôlego.

Adaira se virou para trás, preparada para qualquer coisa. O que não esperava era ver as asas de Kae se abrirem, inteiramente recompostas, e os olhos se arregalarem, voltados para o céu. As nuvens foram ficando espaçadas e o sol lançou seus fachos.

Kae suspirou e derreteu na luz.

O desaparecimento dela incomodou Adaira. Sem saber se Kae tinha simplesmente voltado ao próprio reino, ou sido morta, ela se apressou.

Logo começou a escutar o crepitar do fogo na floresta. Sentiu uma onda de calor.

Do outro lado das árvores, Adaira viu Jack.

Ele estava na fronteira dos clãs, de harpa em mãos. O fogo ardia atrás dele, perigosamente perto, como se ele estivesse a um instante de queimar. Estrelas coroavam seu cabelo castanho, e ele encarava o solo como se visse algo que ela não enxergava.

Ela ousou dar um passo, com o coração acelerado. Ele provavelmente cantara a balada sem sua presença, e ela estava sem entender o que acontecera.

Um galho estalou sob sua bota.

Ele levantou a cabeça abruptamente. Seus olhos estavam escuros e sinistros, como se enxergassem através dela. Adaira parou de repente, notando que não havia reconhecimento em seu olhar. Ele a via, mas não a conhecia, e ela estendeu a mão.

— Jack — sussurrou.

Ele respirou fundo. E aí ela soube imediatamente que ele a reconheceu, pois seu rosto se contorceu em alívio e agonia, como se a voz dela o tivesse despertado de um sonho.

— *Adaira* — disse ele, avançando um passo.

A harpa caiu das mãos dele, atingindo o chão com um clangor metálico que fez Adaira se encolher. Jack nunca era tão descuidado com o instrumento.

Ele estava esticando as mãos para ela, o semblante marcado pelo desespero, quando o fogo subiu. As chamas se alastraram entre eles, irregulares e azuladas, e Adaira foi obrigada a recuar aos tropeços, fugindo do calor ardente. A luz era tanta que ela fechou os olhos, suor pingando da testa e ensopando a roupa.

Ela se ajoelhou na fronteira, afundando as mãos na terra, esperando o fogo baixar. Quando o calor diminuiu, ela abriu os olhos. As chamas tinham se apagado e a floresta estava repleta de fumaça.

— Jack? — chamou Adaira, se levantando.

Ela tossiu com o ar carregado e avançou.

— *Jack!*

Ela correu até onde ele estivera. Procurou em meio à fumaça, em meio às brasas que cintilavam como rubis esmagados no chão. Seu medo virou uma garra, rasgando-na, e ela engoliu o choro enquanto procurava o corpo dele, carbonizado no chão.

Nem sinal dele. Nenhum indício de aonde fora. Restavam apenas cinzas e uma linha chamuscada no chão, a marca de onde o fogo tinha cessado. Até que ela viu algo reluzir, algo inteiro e ileso em meio aos escombros fumegantes.

Adaira ficou paralisada ao olhar o objeto.

Era a harpa de Jack.

Capítulo 42

Quando o vento começou a soprar do norte, Frae ficou ansiosa. Ela e Mirin passaram o ferrolho nas janelas e colheram as últimas frutas do jardim, mas a mãe manteve a calma, fazendo chá e tecendo como se fosse um dia qualquer.

— Não precisa ter medo — disse ela, com um sorriso.

Frae tentou encontrar a coragem que a mãe tinha, mas o vento logo começou a uivar. As paredes começaram a tremer, e as portas, a sacudir, como se alguém estivesse tentando entrar. O vento chiava pelas rachaduras, frio e implacável, e o fogo na lareira se apagou. Apagaram-se também as velas, até não haver mais nenhuma chama para aplacar as sombras da casa.

Frae ficou apavorada, mas Mirin falou com calma:

— A tempestade vai passar, meu bem. Vem descansar comigo na cama, que eu conto uma história.

Frae tirou as botas e fez o que Mirin pediu, se aconchegando no calor da mãe no quarto escuro. A voz de Mirin, porém, soava rouca e estranha, como se fraca demais. Sem conseguir terminar a história, ela disse:

— Acho que preciso dormir um pouquinho, Frae.

Frae escutou a respiração da mãe ficar mais profunda no sono. Enquanto Mirin dormia, Frae permanecia acordada, de olhos arregalados para o teto, apavorada que ele pudesse arrancado pelo vento a qualquer instante.

O FOGO ETERNO **503**

— Mãe? — chamou Frae, sem suportar a preocupação sozinha. — Mamãe, acorda.

Mirin não respondeu. Frae chamou mais alto, sacudindo os ombros da mãe, mas Mirin estava dormindo profundamente, e respirava devagar, com dificuldade.

Ela precisava do tônico. O tônico ajudaria.

Frae pulou da cama e então se lembrou... não tinha fogo. Ela não teria como preparar o tônico da mãe. Parou na sala congelante, encarando a lareira escura, o tear de Mirin, o desconhecido.

Nunca tinha sentido tanto medo, a sensação a cravava no chão. Estava tão ofegante que era como se não estivesse respirando, como se um punho de ferro apertasse seu peito. Frae queria que Jack estivesse ali para ajudá-la. Para dizer o que fazer para salvar a mãe.

E agora Frae estava tremendo, capturada pelo terror, quando uma batida soou à porta.

Sobressaltada, ela teve um momento de pânico. Quem estaria visitando em uma hora daquelas? Na pior tempestade que ela já vira?

Frae se encolheu, com muito medo de atender. Mas então pensou: *E se for Jack, ou Sidra? E se alguém veio ajudar?* Correu para a porta, a qual destrancou com as mãos congeladas.

Ficou surpresa ao flagrar um homem ruivo, com uma flanela azul cobrindo o peito. Junto a ele estava uma senhora idosa, que forçava a vista contra o vento. Frae pestanejou e recuou de medo, até perceber que já tinha visto aquele homem. Um dia, ele aparecera no quintal e a protegera de uma incursão. Depois fora arrastado para dentro da casa e chorara o nome da mãe dela.

— Podemos nos abrigar com você, Frae? — perguntou ele.

Ela assentiu, sem entender como ele sabia seu nome. Foi estranho o alívio que sentiu assim que o homem e a senhora entraram na casa. Ela não estava mais sozinha e, apesar das flanelas azuis, confiava neles.

O homem teve de ajudá-la a trancar a porta, que estava sendo empurrada pela força do vento. Depois disso, ela não soube o que dizer. Não havia fogo, nem chá, e ela olhou para o sujeito, discernindo seu rosto com dificuldade sob a iluminação deficiente.

— Sua mãe está, Frae? — perguntou ele, e Frae notou que ele a procurava.

— Ela está doente — sussurrou Frae.

Ele inalou, como se aquelas palavras fossem uma faca, cortando-o.

— Pode me levar até ela?

Frae então o levou até o quarto. Ainda estava muito escuro, mas dava para ouvir a respiração ofegante de Mirin. A menina aproximou o homem de sua mãe e ficou olhando enquanto ele sentava-se na beira da cama.

— Mirin? — chamou ele, com a voz grave e gentil. Não houve resposta. Ele insistiu, mais urgente: — *Mirin*, abra os olhos. Volte para nós.

Frae esperava que a voz dele fosse despertá-la, mas Mirin continuava dormindo.

— Acho que ela precisa do tônico — sussurrou Frae, decepcionada. — É a magia que adoece ela.

O homem se virou para olhá-la.

— Dá para preparar sem fogo?

— Não.

Ele ficou quieto por um momento terrível e demorado. Enfim, se virou de volta para Mirin outra vez, e Frae viu apenas o cabelo dele, reluzindo ao crepúsculo.

— Venha, guria — chamou a senhora, pegando Frae pela mão. — Eu trouxe um bolo de gengibre, e um livro que está doido para ser lido.

Frae sentou-se com a mulher no divã. Elas se aninharam para se aquecer e, quando a mulher ofereceu a Frae uma fatia do bolo perfumado e saboroso, ela aceitou. Mirin provavelmente brigaria com ela por estar comendo algo oferecido por uma Breccan desconhecida, mas Frae, que encontrou conforto no doce, devorou a fatia em poucas mordidas.

Ela viu o livro aberto, um livro que nunca tinha visto, e imaginou que pertencesse à senhora.

— Como a senhora se chama? — perguntou Frae.

— Meu nome é Elspeth — disse a mulher. — Minha casa não fica muito longe daqui.

— Mora rio acima?

— Moro.

Frae imaginou o rio que conectava Elspeth a Mirin e ela. Então olhou para o livro e perguntou:

— Posso ler?

— Eu esperava que você lesse, mas a luz aqui está bem ruim — disse Elspeth. — Não quero que você force a vista.

— Não vou forçar. Minha mãe diz que eu enxergo muito bem.

Frae botou o livro no colo e leu em voz alta na penumbra. Logo ficou envolvida com a história, e sua preocupação se esvaiu — a preocupação com Mirin, com as intenções do homem ruivo, com a tempestade. A preocupação com a volta de Jack.

Mais tarde, ela se perguntaria o que aconteceu primeiro: o fim da tempestade, ou o retorno do fogo. Não soube dizer, provavelmente foi tudo simultâneo. De repente, as chamas se acenderam na lareira com um estalido, e as velas lançaram seu brilho forte na mesa. O vento baixou, e o sol começou a entrar pelas frestas da janela.

Frae perdeu o fôlego. Estava admirando o fogo quando ouviu passos.

— Frae? — chamou o homem. — Pode me ajudar a preparar o tônico da sua mãe?

— Ah, claro! — exclamou, deixando o livro de lado com cuidado. — Vem, eu mostro como faz.

Ele observou atentamente enquanto Frae botava a chaleira para ferver e punha as ervas de Mirin na peneira. O fogo estava tão forte que a água ferveu rapidamente, para o imenso alívio de Frae, que logo fez uma infusão.

— Não sei como vamos fazer pra ela beber — disse Frae, depois de servir o preparo acre na xícara preferida de Mirin.

O homem pegou a xícara, que levou para o quarto.

Mirin ainda dormia, o cabelo escuro espalhado ao seu redor, os fios grisalhos reluzindo nas têmporas. As olheiras dela estavam arroxeadas, e o rosto, pálido. Para Frae, ela parecia muito doente, quase como se fosse desaparecer ao cair da noite. Ela retorceu as mãozinhas por um momento antes de subir na cama.

Sentou-se ao lado de Mirin, e o homem, do outro lado, e o viu mergulhar os dedos no tônico e deixar pingar na boca entreaberta de Mirin. De início, Frae achou estranho, mas viu como ele era persistente e cuidadoso. Mirin acabou engolindo inúmeras gotas dos dedos dele, e a cor foi retornando ao seu rosto, ao mesmo tempo que o ritmo da respiração mudava.

Frae nunca mais ia se esquecer do momento em que a mãe abriu os olhos e viu o homem sentado ao seu lado. Nunca mais ia se esquecer do sorriso de Mirin, primeiro para ele, e depois para ela.

Frae sempre quisera entender como era ser tocada pela magia. Ela até já imaginava ter vivenciado a sensação algumas vezes, ao colher flores silvestres do vale ou beber de uma nascente. Ou ao admirar as estrelas em uma noite sem lua. E ali finalmente ela compreendeu.

Quando pegou a mão de Mirin e sorriu, Frae sentiu a magia, leve e suave.

— Como você soube? — perguntou Sidra, fazendo cafuné em Torin. — Como soube que eu estava doente?

Na privacidade do quarto, nas profundezas do castelo Breccan, eles estavam deitados na cama, abraçados. Fazia horas que a tempestade acabara e o sol emergira, iluminando o oeste.

Torin e Sidra tinham ocupado as últimas horas com trabalho incessante ao lado de David e Innes — curando os feridos e doentes, afastando escombros, fazendo consertos. Atuaram lado a lado com os Breccan, e ninguém se opusera, nem estranhara. Parecia até que sempre fora assim, um clã ajudando o outro.

Era comovente saber que a praga e o vento tinham possibilitado aquela cooperação.

Quando o sol aquecera o ar vespertino, Innes mandara Torin e Sidra descansarem no quarto antes do jantar. Eles deveriam comer com a baronesa e o consorte, além de Adaira e Jack, assim que estes dois últimos voltassem. Sidra não sabia como seria o jantar, mas esperava que marcasse o início de algo novo. Que a refeição compartilhada forjasse uma compreensão, talvez até uma amizade.

Torin chegou mais perto, a pele dele esquentando a dela. Estavam os dois imundos — tinha terra debaixo das unhas dela, sujeira nos cabelos —, mas Sidra nem se incomodara. Ela simplesmente tirara as roupas e se deitara, exausta, até Torin se juntar a ela debaixo das cobertas.

Ele a olhou por um momento. Suas íris eram azuis como flores de escovinha, com um círculo menor de castanho. A cor do céu e da terra. Ela notou que algumas flores ainda se escondiam no cabelo dele. Achou que combinavam com ele, então as deixou ali.

— Você não me viu, mas eu estava com você, Sid — disse ele, acariciando seu braço. — Mesmo estando do outro lado, eu via você vividamente.

Ela refletiu a respeito, se perguntando se em algum momento teria sentido a presença dele. Talvez uma ou duas vezes, percebeu. Quando sentia uma corrente de ar no castelo.

— Eu não sabia como desvendar o enigma — continuou ele.

— O enigma que me daria a resposta para a praga. Então fiquei observando você preparar bálsamos e tratar pacientes, achando que, se prestasse atenção, encontraria a resposta em suas mãos.

— E encontrou? — murmurou ela.

— Sim — disse ele, sorrindo, e entrelaçou os dedos nos dela. — E Maisie também ajudou.

Sidra ficou escutando Torin contar tudo. Absorta na história dele, no enigma e na provação dele, toda a parte das flores colhidas e das tentativas fracassadas. O espírito das colinas chamado Hap, que se tornara seu amigo na adversidade.

— Foram vários os momentos em que pensei que não encontraria a solução — confessou ele. — Acho que, se não tivesse percebido que você tinha sido afetada pela praga, eu ainda estaria no reino dos espíritos, perdido e à deriva.

Ele fez um momento de silêncio, passando a mão nos nós pretos do cabelo dela.

— Em alguns momentos, me perguntei por que você não quis me contar, e sofri por isso. Até que percebi que você estava fazendo o possível para nos salvar, e que eu deveria estar pronto e disposto a trabalhar ao seu lado em busca da resposta.

Sidra fechou os olhos por um momento, abalada por aquelas palavras ditas em voz baixa.

— Se você viu que a praga tinha me infectado — começou ela, voltando a olhá-lo —, então também viu...

Ela não teve tempo de concluir a frase. Torin mexeu a mão debaixo da coberta, tocando sua barriga.

— Vi — disse ele, com um sorriso que enrugou os cantinhos dos olhos. — Mais um motivo para o meu desespero para voltar para casa.

Sidra riu, um som resfolegado.

— Ainda estou em choque, Torin.

— Eu também — concordou ele, a voz cálida de júbilo. — Mas estou muito feliz, Sid. Por ter feito um filho com você.

Ele se ajeitou até ficar por cima dela, se apoiando inteiramente nos cotovelos e nos joelhos, como se tivesse medo de esmagá-la.

— Tomara que essa criança tenha seus olhos e seu sorriso — disse ele —, sua risada e sua coragem. Seus talentos, sua paciência, e sua bondade — continuou, e beijou o pescoço dela, logo acima do ponto onde o coração pulsava. — Tomara que nosso filho puxe tudo de você, e só um tiquinho de mim.

— Metade minha, e metade sua — insistiu Sidra. — Até virar uma pessoa própria.

Torin olhou para ela. Sidra teve a impressão de ter vislumbrado orgulho nele, e talvez uma pontada de medo. Ela perguntou, bem-humorada:

— Será que Maisie vai gostar da notícia?

Ele riu.

— Ela sem dúvida vai ficar *muito* empolgada. Não vai nos faltar trabalho, Sid.

Então seu sorriso murchou, e Sidra viu outra luz refletida nos olhos dele.

Ela esticou a mão para tocá-lo, e Torin contorceu o rosto, com rugas que poderiam muito bem ser de medo ou prazer.

— Não quero machucar você — disse ele. — Nem o bebê.

— Você não vai me machucar, e nem o bebê — respondeu ela, puxando-o para si.

Eles arfaram, unindo seus corpos. Sidra sabia que fazia apenas algumas semanas desde a última vez que o sentira dentro dela, mas eles tinham sido separados por reinos. Foram semanas questionando se ela voltaria a vê-lo, ou a abraçá-lo. Se voltaria a sentir a respiração dele em sua pele, o gosto da boca dele, ou se ouviria a voz dele na escuridão.

Com Torin, ela estava em casa. Podia até estar no oeste, com a luz do sol entrando pela janela, mas, nos braços dele, estava em casa. Nunca se sentira mais segura, ou mais compreendida e amada, do que quando ele sussurrava seu nome.

E então Sidra ficou vendo as flores caírem dos cabelos de Torin.

Adaira carregou a harpa de Jack pelas colinas do oeste. O céu era de um azul brilhante, as nuvens se dissipando ao sol. As árvores tinham perdido as folhas na tempestade; os galhos se destacavam à luz da tarde, jogando sombras tortas na grama. A urze tinha sido esmagada, e as flores silvestres, partidas. Ainda assim, a cada momento que passava, a terra parecia ganhar vida, lagarteando ao sol.

Ela passou por alguns sítios, mas não parou para falar com os Breccan, que consertavam as casas e limpavam os escombros. Saiu da estrada e seguiu por um vale conhecido até um bosque, de onde avançou mais, até um lago.

A casa que antes abrigara Kae estava exatamente como Adaira a deixara dias antes, inabalada pelo impacto da tempestade. Ela atravessou a ponte terrosa até a porta, que estava escancarada, o encanto desfeito.

Adaira entrou nas sombras frias. Não sabia por que tinha ido ali, a um lago amaldiçoado. Não sabia por que sentia tamanha atração daquele lugar, e sua última esperança murchou ao ver o esqueleto pendurado na parede.

Era claro que Jack não estaria ali. Ele não estava mais em seu reino — o fogo o levara —, e Adaira sentou-se na beira da cama, pesada de tanta dor. Ficou ali um bom tempo, vendo a luz do sol ganhar um tom suntuoso de dourado. Pássaros piavam na horta, as melodias doces misturadas ao chilrear dos grilos e ao ruído ocasional de um peixe pulando no lago. A brisa suspirou, balançando o mato alto e os cardos do outro lado das paredes. Um fiapo de vento suave entrou pela porta aberta e tocou o rosto de Adaira como um carinho.

Ela se perguntou se seria Kae, cuidando dela.

Considerou deixar a harpa de Jack naquela casa, mas aí pensou: *não*. O instrumento permaneceria com ela, mesmo que fizesse muito tempo desde que Lorna Tamerlaine tentara ensiná-la a tocar. Fazia anos que Adaira não se sentava a uma harpa, com os dedos preparados para tentar dominar as notas.

A música resistira a ela, mas talvez apenas porque ela tivesse resistido também.

Adaira acariciou de leve a moldura da harpa. Caía o entardecer; ela precisava voltar para casa, antes que seus pais se preocuparem com sua ausência. Contudo, ela esperou até a primeira estrela surgir no céu. Um fogo frio e distante, queimando fielmente, como as estrelas que vira coroar Jack.

Então, ela ousou tocar uma nota.

Capítulo 43

Adaira não sabia o que esperar do jantar. Ela quase desmarcou com os pais — estava cansada, em luto, sem a menor fome —, mas, quando entrou nos aposentos íntimos de Innes para a refeição... ficou chocada ao descobrir Torin sentado à mesa ao lado de Sidra. Assim que eles se entreolharam, Adaira sentiu o passado voltar em uma torrente, como uma represa se arrebentando. Honestamente, era como se tempo algum a tivesse separado do primo — eles não estavam correndo pela urze no leste ontem mesmo? —, e então ela riu quando ele se levantou e foi correndo abraçá-la.

— Quando você chegou? — exclamou Adaira, se afastando um pouco para fitá-lo, mas ainda envolta em seu abraço.

Torin sorriu.

— Não sei que horas eram. Estava chovendo.

— Acho que nos desencontramos — disse ela. — Estou tão feliz por ver você aqui, Torin.

— Eu também, Adi. Venha, estávamos esperando.

Enquanto andavam até a mesa, Adaira notou algo de diferente nele. Alguma coisa que ela não conseguia distinguir, mas que pressentia mesmo assim. Não era ruim — era como se ele tivesse envelhecido. Parecia mais maleável, mas também mais magro, como se partes dele tivessem sido esculpidas. Ela imaginou o quanto o reino dos espíritos o marcara, e imediatamente voltou a sentir a dor no peito.

Adaira sentou-se à mesa e fechou os olhos por um instante, tomada pelas lembranças. Ela ainda via Jack vividamente na memória. Sendo consumido por chamas, com estrelas no cabelo e um brilho surreal nos olhos. Um rei entre espíritos.

— Cadê o Jack? — perguntou Sidra.

Adaira olhou para a cadeira vazia ao seu lado, como se o som do nome dele fosse levá-lo a se manifestar. Olhou o lugar posto para ele, e pegou a própria taça de vinho. Tomou um gole demorado antes de anunciar:

— Ele se foi.

As palavras caíram na mesa como geada. Ela sentiu a atenção dos pais, voltados para ela, confusos e preocupados, assim como a compaixão de Sidra e a compreensão solene de Torin.

— Ele cantou para acabar com a tempestade — explicou Adaira —, e custou sua mortalidade. Ele foi levado pelos espíritos.

E, porque não queria falar mais, nem receber dó, começou a encher o prato de comida.

Torin fez o mesmo, e depois Sidra, que estava muito pálida. Mas Innes, que nunca fugia de uma conversa, disse:

— Meus pêsames, Adaira.

Adaira rangeu os dentes e quase perdeu a compostura — quase sentiu as lágrimas chegando. Não conseguia parar de pensar no que teria acontecido se estivesse com Jack quando ele cantara. Se tivesse permanecido ao lado dele enquanto as chamas lambiam a floresta.

Ele teria continuado com ela, disso Adaira sabia. Ficaria atado a ela, por promessa, escolha e amor, três vínculos difíceis de se romper. Bane ainda reinaria do outro lado do véu, e o oeste continuaria envolto nas sombras. *Não*, pensou, afastando a emoção. *Era para ser.* E ela não podia culpar Jack, que tinha plena noção do seu destino, por tê-la deixado dormindo ao sair.

Ela fora ao mesmo tempo a força e a fraqueza dele.

— Não tem por quê — disse ela, encarando a mãe. — O destino dele sempre foi tocar para os espíritos e dominar o vento.

Felizmente, Innes deixou por isso mesmo, e a refeição começou num silêncio desconfortável. Adaira ficou extremamente grata por seu pai ter mudado de assunto, migrando diretamente ao que era de suma importância:

— Gostaríamos de manter um relacionamento com vocês no leste — disse David para Torin e Sidra. — E achamos que o escambo seria um bom modo de aproximar nossos clãs.

Torin olhou para Sidra, mas Sidra olhou para Adaira. Era o sonho de Adaira, desde sempre, estabelecer uma troca entre o leste e o oeste.

Adaira ficou quieta. Claro que ela ainda queria que aquilo acontecesse. Só que no momento sentia-se vazia demais para guiar a conversa, pois nunca imaginara que tal negociação aconteceria sem Jack a seu lado. Era um dos motivos para o noivado tão rápido: ele deveria acompanhá-la na primeira troca e, provavelmente, nas conseguintes. Um parceiro para apoiá-la naquela empreitada nova e aparentemente impossível.

Ela voltou a olhar o prato intocado de Jack.

— Também gostaríamos disso — respondeu Sidra, notando a dor de Adaira, e se voltou para David. — Já pensaram em como querem preceder?

— Achamos melhor estabelecer uma frequência mensal — começou Innes. — Os Breccan nunca se esquecerão do que vocês fizeram por nós no momento de necessidade, e a maior parte do clã estará aberta e interessada em trocar bens com vocês. Simplesmente nos falta pensar em um bom local para efetuar o encontro, e sei que isso é ponto crucial da questão, pois a fronteira nos divide.

Adaira tinha caminhado pela fronteira dos clãs meras horas antes. Mal reparara alguma diferença, mas também não dera muita atenção à magia abundante no solo. Jack desaparecera na fronteira. O mesmo local onde exterminara Bane. Adaira se perguntava, então, se a maldição que dividia a ilha havia tanto tempo

O FOGO ETERNO **515**

fora desfeita. Pensou nas nuvens se abrindo no momento em que Jack assumira a coroa. No sol voltando a preencher o oeste.

Em muitas ocasiões ela imaginara aquilo: a maldição se dissipando, a ilha novamente unida.

— Sentiu alguma coisa, Torin? — perguntou ela ao primo.

Ele entendeu que ela se referia à cicatriz encantada em sua mão. Aquela que ele recebera ao ser promovido a capitão da Guarda do Leste.

Torin flexionou a mão e olhou a cicatriz brilhante.

— Honestamente, não sinto nada desde que passei pelo portal.

Mas a ilha também estava no auge do perigo quando ele voltara, pensou Adaira. Talvez a magia da fronteira dos clãs permanecesse ativa, mas a distração da tempestade estivesse impedindo as pessoas de notarem.

— Sidra e eu precisamos voltar ao nosso clã amanhã — continuou Torin, encontrando o olhar de Innes. — No caminho, vou conferir a fronteira dos clãs para ver se o poder se mantém. E continuaremos a debater o escambo de nosso lado. Acho que seremos capazes de definir um bom ponto de encontro.

Ele parou para erguer a taça de vinho, e olhou para Adaira.

— Especialmente, vamos manter contato — acrescentou.

Adaira abriu um sorriso triste. Ainda assim, brindou com ele, concordando. Não tinha percebido como estivera desesperada para ver os quatro líderes da ilha reunidos, brindando aos clãs e às trocas, até enfim testemunhar a cena se desenrolando.

Sidra cavalgou com Torin e Adaira em direção ao leste, seguidos por Blair e o restante dos guardas. Ela estava mais do que pronta para voltar para casa, dormir na própria cama e abraçar Maisie, mas continuava distraída, pensando no que o futuro da ilha prometia, em como as trocas se desenrolariam, e as providências que deveriam tomar a seguir.

Ela parou de pensar, porém, assim que viu os restos chamuscados do bosque Aithwood.

A fumaça ainda subia em espirais lânguidas. Um trecho amplo da floresta tinha pegado fogo, embora algumas áreas — o topo, no norte, e a porção do sul — tivessem se mantido ilesas. Ao chegar mais perto, Sidra avaliou melhor a paisagem; era como se o coração do bosque tivesse passado por uma colheita, deixando para trás as cinzas e as costelas chamuscadas dos troncos.

Ela diminuiu o ritmo do cavalo e apeou quando o pequeno bando chegou à mata. Os guardas ficaram com as montarias enquanto Torin, Sidra e Adaira seguiram a pé pelos resquícios devastados. Sidra imaginou Jack ali, cantando e queimando e desaparecendo sem deixar rastros. Ainda achava difícil acreditar que ele tinha partido — que, diferentemente de Torin, não teria como voltar à vida dos mortais.

— Aqui — disse Torin, interrompendo o silêncio.

Sidra diminuiu o passo e chegou à fronteira dos clãs. Ela estava suja de carvão por esbarrar nas árvores queimadas, assim como Torin e Adaira. Como se fosse impossível andar por aquela parte da floresta sem ser afetado pelo que tinha acontecido ali.

Os três pararam na frente da fronteira, olhando para a linha. Então Torin pegou a mão de Sidra.

— Pode passar para o outro lado, Sid? Quero ver se sinto na cicatriz.

Ela assentiu e pulou a fronteira, então se virou para Torin. Ele franzia a testa enquanto olhava para a mão e flexionava os dedos.

— Sentiu alguma coisa? — perguntou Adaira.

— Não — disse ele. — Não senti nada. A maldição da fronteira foi desfeita aqui.

— Que tal testarmos mais adiante, em um lugar onde as árvores não queimaram? — sugeriu Sidra.

— Boa ideia. Venha, Sid.

Ele pegou a mão dela de novo e a guiou.

O FOGO ETERNO **517**

Eles seguiram primeiro para o norte, finalmente chegando ao lugar onde a queimada não atingira. Era como ir de um mundo a outro, da aridez cinza à abundância verdejante. Sidra estremeceu ao cruzar a fronteira de novo, desta vez vendo Torin franzir ainda mais a testa.

— Agora senti sua passagem — disse ele. — Aqui, a maldição ainda vale.

— Então provavelmente também vale no sul da floresta — disse Adaira, a voz soando frágil e estranha, como se fosse difícil respirar. — Vamos lá agora.

Ela se virou e voltou a caminhar pela área queimada.

Sidra voltou para o oeste, tentando localizar o trecho onde tudo acontecera. O lugar onde Jack virara fogo.

Eles atravessaram todo o bosque Aithwood queimado e finalmente chegaram a uma depressão peculiar no solo, um leito largo e raso, cheio de areia dourada e pedras lisas.

— Pelo amor dos espíritos — sussurrou Sidra, entendendo de repente o que era. — O rio...

— Acabou — concluiu Adaira, olhando de lado para ela.

Sidra sustentou o olhar dela por um momento. Havia um brilho febril nos olhos de Adaira, e o carvão sujava seu rosto. Sidra ficou tentada a segurar o braço da amiga, a sustentá-la, sabendo que, para ela, aquela floresta continha uma variedade de emoções. Era o lugar que tinha selado seu destino. Ela fora colocada no musgo entre aquelas árvores antigas, uma oferenda jamais recolhida. E aquele rio a levara ao leste, aos braços dos Tamerlaine.

Sidra viu Adaira atravessar o leito exposto do rio, marcando a areia com pegadas. Em vez de seguir a fronteira, para testar a teoria, Adaira acompanhou o rio seco, no sentido que seria contrário à correnteza caso ainda houvesse água.

Ela desapareceu na mata, e Torin murmurou:

— Vamos dar um momentinho para ela.

Sidra concordou.

518 Rebecca Ross

Ela e Torin concluíram que o sacrifício de Jack quebrara parte da maldição, mas que ainda havia áreas que a música dele não alcançara. Eles caminharam de mãos dadas, seguindo o rio, questionando o que tal revelação indicaria para a ilha, e finalmente chegaram a uma casa no bosque. Tinha uma horta, ainda se recuperando da tempestade, e uma construção de pedra e palha. Adaira abria as janelas por dentro, e Sidra se juntou a ela, hesitante.

— Sabe quem mora aqui? — perguntou Sidra, notando a mesa da cozinha e as ervas penduradas nas vigas.

— Niall Breccan — respondeu Adaira. — O pai de Jack.

Sidra ficou paralisada. A verdade não deveria surpreendê-la, mas ainda assim a atingiu como um soco.

— O pai de Jack é Breccan?

— É — respondeu Adaira, se debruçando na janela. — Torin? Torin, entre aqui. Quero contar uma história para você e para Sid, e não quero precisar contar duas vezes.

Um momento depois, Torin apareceu na porta dos fundos, delineado pela luz.

— Foi aqui que Maisie ficou, não foi? — perguntou ele. — E as outras meninas, quando Moray as sequestrou.

— Foi — disse Adaira, sentada à mesa.

Sidra também se sentou, os joelhos bambeando de repente. Torin examinou primeiro a sala principal, olhando as velas na prateleira, as bengalas no canto, a escrivaninha encostada na parede. Finalmente, se juntou a Adaira e a Sidra. Eles ficaram em silêncio enquanto Adaira contava a história do pai de Jack, que a levara para Mirin no leste.

No final, Torin sujara a barba de carvão mais ainda, de tanto passar a mão no queixo. Ele suspirou e se acotovelou na mesa.

— Então esta é a casa de Niall Breccan — disse. — E agora, cadê ele?

— Não sei — respondeu Adaira. — Talvez ele não tenha voltado para cá depois de ter sido libertado.

—Acho que voltou — declarou Torin. — Tem coisas faltando, parece que ele fez as malas com pressa.

Sidra mordeu o lábio, encontrando o olhar firme de Adaira. As duas mulheres tinham perguntas, mas estavam sensíveis demais para pronunciá-las, até para sequer cogitá-las em voz alta. O silêncio se espalhou pela casa, adocicado pela canção dos pássaros e pela brisa suave. Adaira finalmente se levantou e disse:

— Sei que já demoramos demais. Imagino que vocês mal possam esperar para voltar para casa, e logo, logo vai anoitecer.

Sidra e Torin saíram com ela. Era uma casa estranha, mas agradável, e Sidra questionou os sentimentos conflitantes que nutria pelo lugar. Maisie ficara aprisionada ali, mas o pai de Jack era um bom homem, acuado por uma situação terrível. As emoções dela estavam dando um nó, e ela suspirou e ajeitou uma mecha de cabelo atrás da orelha.

Adaira tinha voltado ao leito do rio, olhando para o ponto onde a água antes fluía. Olhando para o leste.

Sidra parou ao lado dela, algumas pedras afundando sob seu peso.

— O que isto lhe parece, Sid? — perguntou Adaira.

Sidra olhou para a frente, primeiro em dúvida. Até que enxergou a mesma coisa que Adaira via, e o calor começou a percorrer seu sangue.

— Parece uma estrada.

Frae estava ajoelhada na horta com o homem ruivo — *Niall*, como a mãe o chamara — quando finalmente criou coragem para pronunciar as palavras que tanto queria dizer.

— Você é meu pai, Niall?

Niall ficou paralisado, com a mão estampada de anil escondida entre as couves. Porém, quando olhou para Frae, foi com a expressão gentil.

— Sou, Frae.

— E é pai de Jack também?

— Sou.

— Mas você é Breccan.

— Sou. Isso assusta você, Frae?

— Não — respondeu ela, honestamente, e olhou para ele. — Sei que você é bonzinho.

Ele sorriu, e tossiu antes de voltar a atenção ao jardim. Frae teve a impressão de que ele tentava esconder as lágrimas, até que ele disse:

— Fico feliz por saber disso. E fico feliz por ser seu pai. Perdão por eu só ter aparecido agora.

— Você vai ficar com a gente? Comigo e com a mamãe? — perguntou Frae. — E com Jack, quando ele voltar?

Niall hesitou, como se perdido em contemplação. Aquele silêncio deixou Frae nervosa, e o coração dela de repente acelerou demais, só de imaginá-lo indo embora. Ela não queria que ele fosse. Mas tinha vergonha de dizer o que sentia.

— Eu adoraria ficar aqui com você e com sua mãe, e também com Elspeth, se você deixar.

— *Elspeth*, sim! — exclamou Frae, dando um tapa na testa, inundada de culpa por ter se esquecido de incluir a nova amiga. — Ela pode ficar com o meu quarto. Quer dizer, o quarto do *Jack*. Foi dele, e depois meu.

— É muita gentileza sua, minha filha — disse Niall, ponto um maço de couve na cesta de Frae.

Ele deu uma piscadela e Frae sorriu, tão feliz que achou que seu peito fosse explodir.

— Vamos colher umas cenouras? — propôs ele. — Acho que sua mãe ia gostar.

Frae assentiu, e eles andaram até as cenouras. Era fim de tarde, e o vento estava quieto, o céu, sem nuvens, o sol, brilhante. Parecia o dia perfeito, e Frae estava contando para o pai das três vacas que tinham quando chegaram os cavaleiros.

Eram os vigias do bosque Aithwood. Os soldados mais fortes da Guarda do Leste, que patrulhavam a fronteira dos clãs. Frae sempre os admirara. Eles davam proteção a ela e a Mirin, e ela sempre confiara neles. Porém, quando os guardas pararam do outro lado da cerca da horta, puseram flechas nos arcos.

— De pé, Breccan — comandou um deles. — Mãos ao alto.

Frae ficou boquiaberta. O pai dela não estava de flanela azul, mas não tinha como esconder as tatuagens. Devagar, Niall levantou as mãos e ficou em pé.

— Venha conosco — disse outro guarda. — *Já*. Saia de perto da menina.

Quando Niall começou a andar, a passos rígidos, Frae gritou, abraçando-o.

— Não. *Não!* É meu *pai*.

Ela viu as palavras ganharem asas e acertarem a cara dos guardas Tamerlaine. Eles franziram a testa, comprimiram as bocas. Um deles finalmente disse:

— Por favor, Frae. Este homem é perigoso e invadiu nossas terras. Saia de perto dele.

Ela só fez apertá-lo mais, escondendo o rosto na camisa de Niall. Frae queria chorar pela crueldade do mundo, pela injustiça porque seu pai *finalmente* tinha vindo para ficar com ela e Mirin, e agora os guardas queriam levá-lo.

— Está tudo bem, Frae — sussurrou Niall.

— Não está, não! — gritou ela.

Frae inspirou fundo, e esticou a cabeça para trás, a sensação era de que seu rosto pegava fogo. Ela estava com tanta raiva, tanta fúria. Nunca tinha gritado com adulto nenhum, mas deixou a voz subir:

— Esperei você a minha vida toda! Diz pra eles que você é bonzinho, papai. Diz!

— Frae — a voz de Mirin cortou a luz solar. Porém, ela não estava repreendendo a filha; estava tentando acalmá-la, então Frae olhou para mãe.

— Você está protegendo este homem por vontade própria, Mirin? — perguntou um guarda.

Eles seguiam apontando as flechas para Niall. E para Frae, já que ela se recusava a soltá-lo.

Mirin parou ao lado de Niall. Encarou os guardas com o olhar sombrio e firme, o queixo erguido.

— Sim, ele é meu hóspede.

— Ele é *Breccan*.

— E é meu — retrucou Mirin, fria. — Abaixem as armas antes que acertem uma pessoa inocente.

— Como assim, é *seu*? Você é prometida a este homem, Mirin? Frae viu a mãe olhar para Niall.

— Sou. Nós pronunciamos nossas juras nesta colina, anos atrás, à luz da lua. Ele é meu e, se fizerem mal a ele, terão uma dívida insanável para comigo.

O ar crepitava de tensão. Ninguém falou mais nada, nem se mexeu — pareciam presos a uma teia —, e Frae não sabia direito o que aconteceria a seguir. Como Mirin e ela fariam para proteger Niall e Elspeth? Até que soou uma voz que a surpreendeu, chamando a atenção de todos perto do portão.

— Abaixem as armas — comandou Torin. — Voltem ao quartel do castelo, e fiquem lá até receberem novas instruções.

Os guardas empalideceram, espantados, mas obedeceram imediatamente ao barão. Guardaram as flechas nas seteiras nas costas e partiram, deixando uma nuvem de poeira.

Frae estremeceu de alívio, enfim soltando Niall. Ela olhou para Torin, surpresa porque o rosto e as roupas dele estavam sujos de fuligem; ele parecia recém-saído de uma chaminé. Sidra vinha ao lado dele, igualmente suja. Frae estava tomada de esperança, até que Mirin falou:

— Barão, milady. Peço que, por favor, permitam que este homem permaneça aqui comigo, em segurança. Ele não representa ameaça alguma ao clã.

— Ele é Niall Breccan, imagino? — perguntou Torin, olhando de Mirin para Niall. — Podemos entrar e dar uma palavrinha com vocês?

Frae se perguntou se aquilo seria bom ou mau sinal. Torin e Sidra estariam dispostos a ouvir o lado delas? Ela deixou Niall pegar sua mão, e foi com ele para dentro de casa, seguindo o barão e a curandeira.

Elspeth provavelmente captara a conversa pela janela; já tinha providenciado chá e um lanche na mesa da cozinha, e todo mundo se reuniu ali, o silêncio tenso até ser interrompido por Sidra:

— Acabamos de passar por sua casa no bosque Aithwood, Niall.

Frae olhou para o pai. Ele passou a mão pelos cabelos, parecendo nervoso.

— A casa sobreviveu ao incêndio?

— Sim.

— Que alívio.

Torin disse:

— Queríamos saber se você ainda tem planos de voltar para lá.

— Para minha casa? — perguntou Niall, e hesitou, olhando para Mirin. — Eu esperava poder ficar aqui com Mirin e Frae, e também com minha mãe, Elspeth.

Frae roía as unhas, sentindo o gosto de terra do jardim. Era isso. O momento em que descobriria se o pai poderia ficar com elas, ou não.

— Claro que pode ficar aqui — disse Torin, levantando a mão. — É sua família, e seu lugar é com elas. Mas gostaríamos de pedir para usar sua casa no bosque.

— Usar? — perguntou Niall. — Para quê?

— Queremos estabelecer um ponto de troca — respondeu Sidra. — Um lugar para os Breccan e Tamerlaine se encontrarem, trocarem bens, e compartilharem refeições e histórias. Um lugar para forjar a paz.

Niall fez alguns instantes de silêncio, mas a cor voltara a seu rosto, e sua boca se curvou em um sorriso.

— Eu adoraria. Fiquem à vontade para usar a casa como bem entenderem.

— Obrigado — disse Torin, e tomou um gole do chá que Elspeth preparara.

Ele fez uma leve careta, e Frae ficou com medo de o chá estar horrível. Porém, o barão continuou:

— Precisamos discutir outro assunto.

Frae se debruçou na mesa, à espera. Como Torin hesitava, Sidra pigarreou.

— Um trecho da fronteira dos clãs livrou-se da maldição — disse ela. — Na área em que o bosque Aithwood queimou, onde Jack cantou.

— *Jack?* — exclamou Frae, esperançosa. — Ele vai voltar para casa logo?

Foi a vez de Sidra hesitar. Mirin pegou a mão de Frae e apertou com força. Frae olhou da mãe para a curandeira, o coração começando a palpitar.

— Cadê meu irmão? — perguntou ela. — Está com Adaira?

— Infelizmente, algo aconteceu quando seu irmão cantou para os espíritos, Frae — disse Sidra. — Você deve ter notado que parte do bosque Aithwood queimou...

Frae assentiu. Claro que tinha notado. Foi uma das primeiras coisas que reparara ao sair de casa depois da tempestade. Ainda dava para sentir cheiro de fumaça quando o vento soprava do oeste.

— Jack se machucou? — sussurrou ela.

— Não — respondeu Sidra. — Mas ele foi viver com os espíritos.

— Como assim?

Os adultos ficaram quietos, todos sérios e desconfortáveis. Frae olhou de um para o outro, e seu coração só fez bater mais forte, até ela ficar enjoada.

— Quer dizer que ele não vai voltar? — perguntou ela.

— Não, meu bem — murmurou ela, acariciando o cabelo de Frae. — Mas ele...

— Ele *prometeu* — chiou Frae.

A raiva ferveu nela de novo. Raiva, e outra coisa. Tinha gosto de sal e de sangue, e ela se levantou da mesa com um pulo, puxando a mão com força para se desvencilhar de Mirin.

— Ele disse que voltaria logo. Ele prometeu!

— Frae... — disse Mirin, tentando alcançá-la.

Um soluço de choro escapou do peito de Frae. Ela deu meia-volta e saiu correndo, envergonhada por estar chorando na frente de Torin, Sidra, Niall e Elspeth. Saiu pelos fundos e correu pelo quintal, parando ao portão. Mal enxergava; as lágrimas deixavam tudo embaçado. Finalmente, pulou a mureta de pedra e desceu a colina a passos largos, até onde ficava o rio.

Sentou-se na margem, o lugar onde Jack a ensinara a atirar com o estilingue e a escolher as melhores pedras. Era difícil entender o que Sidra dissera — como é que o irmão dela poderia ter partido? Frae se levantou e andou até o leito arenoso para catar pedrinhas.

Começou a arremessá-las, uma atrás da outra, até o braço doer. Estava de novo sentada na grama, abraçando os joelhos, quando Mirin apareceu e acomodou-se ao lado dela. O ar tinha esfriado com o crepúsculo, e Frae tremia. A fúria tinha se dissipado, e agora ela sentia apenas um peso e uma tristeza.

— Não quero que ele tenha morrido — sussurrou Frae.

— Jack não morreu, Frae.

— Mas foi *embora*!

— Foi. Mas ainda está vivo.

— Onde?

— Olhe para cima, Frae — disse Mirin, com a voz baixa de assombro.

Frae não queria olhar. Ainda assim, ergueu o rosto, incapaz de resistir.

— Me diga o que vê, meu bem.

— Nuvens — disse Frae, teimosa.

— E mais o quê?

— O céu.

— E tem alguma coisa além de nuvens e do céu?

Frae forçou a vista. Discerniu a primeira constelação, surgindo no manto lavanda do anoitecer.

— Vejo as estrelas. E a lua.

Mirin a abraçou, e Frae repousou no colo da mãe. Ficaram observando a luz da combustão das estrelas, uma a uma, e Mirin murmurou:

— É ali que está seu irmão. Ele é o fogo e a luz da ilha. Enquanto as estrelas brilharem, ele estará sempre com você.

Frae ficou quieta, absorvendo aquela ideia. Desta vez, quando chorou, permitiu que Mirin secasse suas lágrimas.

Capítulo 44

O primeiro escambo aconteceu na casa de Niall Breccan, no coração do bosque Aithwood. Adaira e Sidra trabalharam juntas por duas semanas, limpando a casa e cuidando do jardim. Montaram mesas no quintal e construíram uma fogueira para preparar refeições grandes.

— Será que alguém vai aparecer? — perguntou Adaira.

Sidra mexia um caldeirão de sopa na fogueira.

— Acho que você vai se surpreender, Adi.

— Para o bem ou para o mal?

Sidra só fez sorrir.

Adaira não se surpreendeu ao ver Mirin chegar primeiro, pela estrada do rio. Estava trazendo alguns tecidos, assim como um cesto de lã recém-tingida. Depois veio Una Carlow, que não tinha nada para trocar, mas aceitou com prazer uma tigela de sopa quando Sidra ofereceu. Outra Tamerlaine chegou pela estrada, trazendo colares de conchas e contas de vidro coloridas.

Adaira resistia à vontade de andar em círculos, esperando para ver se algum Breccan apareceria.

No fim, foram sete. Dois trocaram com Mirin, três com a joalheira Tamerlaine. Quase todos os Breccan e Tamerlaine presentes ficaram para comer a refeição preparada por Sidra. Embora os membros dos dois clãs tivessem escolhido sentar-se a mesas diferentes, Adaira ficou muito satisfeita.

— É um bom começo — disse Innes quando chegou para analisar o progresso do encontro.

Elas decidiram marcar uma segunda troca dali a duas semanas, em vez de aguardar por um ciclo completo da lua. Mais pessoas vieram, tanto Tamerlaine quanto Breccan. Desta vez, dividiram as mesas, comeram a refeição oferecida e trocaram mercadorias.

A atmosfera às vezes ainda era tensa e desconfiada, mas Adaira passara a vida quase toda achando impensável ver aquilo um dia. Ela assistiu à cena, maravilhada, absorvendo aquela alegria — até notar as árvores queimadas ao redor da casa de Niall. A cena pesou nela de novo, como se o luto virasse ferro.

Às vezes, ela caminhava pela parte queimada da floresta. Era sempre solene e fantasmagórico, como se aquela parte da ilha tivesse morrido de vez. Ela se perguntava se os espíritos acabariam por recuperar a área, ou se permaneceria eternamente assim, como prova do acontecido.

Os dias foram ficando mais curtos, e as noites, mais longas, enquanto o verão dava lugar ao outono, e o inverno se aproximava.

Quando a primeira neve caiu, Adaira viu que os mantimentos dos Breccan estavam perigosamente escassos. Até sem a maldição de Bane, seria preciso várias estações para o oeste recuperar o que tinha perdido sob as nuvens. Às vezes, ela ia dormir com fome, embora Innes sempre lhe assegurasse suas refeições. Adaira desconfiava, porém, que sua mãe estava deixando de comer para alimentá-la.

Adaira escreveu para Torin e Sidra.

Nos encontros seguintes, que tinham começado a acontecer semanalmente, a quantidade de comida aumentou. As notícias continuavam a se espalhar pelo oeste, e cada vez mais gente dos Breccan iam negociar por aveia e fruta em conserva, queijo e vidros de creme e manteiga, ervas, carne-seca e bacalhau, além de gado. Em troca, eles levavam seus melhores tecidos e armas, os mais finos sapatos, cestas, joias e peles, e os Tamerlaine aceitavam a oferta, embora não sem pechinchar.

Certa noite, Adaira sentou-se ao lado de Innes nos aposentos dela, as duas lendo em silêncio à luz da lareira.

— Eu estava pensando na fronteira dos clãs — disse Innes, de repente.

Adaira ergueu o olhar da página.

— No quê, mãe?

— No jeito como a maldição só foi rompida até certo ponto — disse Innes, e fechou o livro para olhar para Adaira. — Por que você acha que aconteceu assim?

— Não sei. Já pensei nisso também, e conversei com Torin e Sidra.

— Acho que é porque a maldição foi criada por duas pessoas — disse Innes —, então precisa ser desfeita por outro par.

Adaira ficou quieta, ponderando a resposta. Pensou na origem da fronteira dos clãs, criada por Joan Tamerlaine e Fingal Breccan, duzentos anos antes. As últimas palavras deles deram origem à maldição, enquanto eles morriam entrelaçados.

— Não sei o que posso fazer para ajudar — disse Adaira.

Sentia-se responsável, de um jeito estranho, incômodo. Às vezes aquele mal-estar invadia seus sonhos, e ela se via morrendo junto com Jack, levada pelo fogo. Ela sempre acordava desses pesadelos suando frio, atravessada de culpa.

Ela não o alcançara a tempo.

— Acho que não tem nada que você possa fazer — disse Innes. — Era só uma ideia.

Fez-se silêncio entre elas. Adaira evitava olhar para o fogo, tentando concentrar-se no livro. Porém, seus pensamentos de repente estavam agitados, repletos de dúvidas sobre a fronteira. Quando voltou para o quarto, mais tarde, pegou o diário dividido de Joan e o folheou.

Adaira nunca tinha lido a última página da segunda parte, mas agora lhe dava a devida atenção. A última anotação de Joan a surpreendeu:

Achei que eu pudesse mudar o oeste, mas que tolice a minha, sonhar com isso. Eles são frios e cruéis, falsos e arrogantes, e odeio o homem a quem me uni. Amanhã, irei à cerca no bosque e cortarei a cicatriz da minha mão, que me marca como pertencente a Fingal, e voltarei à casa da minha mãe e das minhas irmãs, para a terra que guarda o túmulo do meu pai. Voltarei para o leste e me prepararei para o conflito com o oeste, pois não há esperança para esta ilha além de hostilidade.

Adaira leu o parágrafo duas vezes antes de deixar o diário de lado. Olhou para a própria cicatriz, que tinha causado para o juramento de sangue com Jack. Era um juramento difícil de se quebrar, e Adaira imaginou Joan, nas profundezas do bosque Aithwood, tentando arrancar uma cicatriz parecida. Imaginou Fingal encontrando-a lá, nas sombras entre as árvores. Joan estaria sangrando, furiosa, desesperada para deixá-lo.

Se sangue e palavras entre um Breccan e uma Tamerlaine tinham criado a fronteira dos clãs, então certamente as mesmas coisas poderiam desativá-la.

Adaira pegou pergaminho e pena. Não sabia se sua ideia funcionaria, mas queria pelo menos tentar. Escreveu:

Torin,
Amanhã, ao alvorecer, me encontre no ponto mais ao norte da fronteira dos clãs.

— A.

Caía uma neve suave quando Torin encontrou Adaira na fronteira. A luz da manhã era fraca e azulada, e o ar, frio e revigorante. Do outro lado das árvores, Adaira escutava os rugidos da orla norte, a maré alta quebrando nas pedras.

— Imagino que você tenha uma ideia? — supôs Torin, ainda do lado leste.

Entre as botas deles, a fronteira dos clãs era um sulco no chão. Nem a neve a tocava.

— Tenho — respondeu Adaira. — Graças ao diário de Joan. À segunda parte, que encontramos no lago Ivorra — explicou, e tirou do bolso a adaga encantada de Jack. — Se duas pessoas, uma de cada clã, criaram este limite com sangue e maldição, acredito que duas possam desfazê-lo, com sangue e bênção.

Torin viu Adaira estender a mão. Ela não cortaria a palma com a cicatriz do juramento de sangue, e, sim, a outra. Antes disso, falou:

— Esta é a adaga da verdade de Jack. Se usá-la para cortar sua mão e caminhar comigo por este trajeto, todas as palavras que pronunciará serão inteiramente honestas e sinceras. Você abençoará o oeste, e eu, o leste.

Torin ficou quieto, mas Adaira interpretou seus pensamentos. Ele já tinha visto os Breccan como inimigos. Tinha passado a vida inteira lutando contra eles, chegando a matar aqueles que atravessavam a fronteira. Contudo, Adaira esperava que Torin pudesse falar honestamente pelo bem do oeste.

— Concordo — disse ele, com um aceno solene.

Adaira cortou a palma da mão. Ardeu, e ela fez uma careta antes de entregar a adaga para Torin. Viu o primo fazer o mesmo, escolhendo cortar a mão de sua cicatriz encantada. A marca que o tornara capitão da Guarda do Leste.

— Pegue minha mão — sussurrou Adaira.

Ele obedeceu. Seus dedos estavam escorregadios, e quando começaram a andar o sangue misturado de ambos foi pingando na neve e na fronteira dos clãs, deixando um rastro vermelho como as flores de Orenna.

Adaira começou a abençoar o leste. Não sabia exatamente o que diria, nem o que deveria fazer, mas as palavras acabaram saindo naturalmente. Pronunciou saúde e bênçãos para os

Tamerlaine, suas plantações e jardins, seus filhos, seus espíritos, suas estações. Falou do bem e da vida no leste. Quando acabou, seu coração batia forte.

Ela e Torin continuaram a caminhar, de mãos dadas e sangue escorrendo, esmagando a neve sob os passos. Quando notou que Torin mantinha silêncio, Adaira se perguntou se ele estaria achando difícil pronunciar uma bênção boa e honesta para o oeste.

Até que ele a surpreendeu.

— Abençoo os Breccan no oeste — começou Torin, as palavras emergindo como fumaça.

Ele abençoou as hortas e os lagos, os rios e os vales. Abençoou as crianças Breccan, sua saúde e seus espíritos. Por todos os dias, até a eternidade.

Quando Torin acabou, eles continuaram andando em silêncio até o ponto em que o bosque tinha queimado. Onde Jack tinha desaparecido.

Adaira não sabia o que esperar. Jack tinha desfeito a maldição naquela parte da fronteira com fogo, raios, música e sacrifício. Porém, quando Adaira parou e olhou para o caminho que tinha percorrido com Torin... viu o sangue desaparecer na neve. A fronteira dos clãs começou a sumir.

Era uma cura discreta, suave. Tão sutil que a maioria não perceberia se não estivesse aguardando, na *expectativa* de que acontecesse.

Adaira olhou para Torin e o viu sorrindo, de olhos marejados.

Não demorou para a notícia se espalhar. Adaira e Torin tinham desfeito a maldição do restante da fronteira dos clãs, era o fim. Não havia mais uma divisão mágica entre leste e oeste. O que isso representava para o futuro de Cadence ainda era um mistério — tudo o que eles conheciam até então era a ilha dividida. Torin apenas dissera para Adaira: *Um dia de cada vez, Adi.*

Ela suspirou, aquietando-se naquele plano. Pela primeira vez em muito tempo, não precisa de todas as respostas.

Certa tarde, pouco depois da cura da fronteira, Innes encontrou Adaira lendo na nova biblioteca. Ela ergueu o olhar do livro, esperando que Innes fosse perguntar mais sobre o desaparecimento dos limites.

— O que foi, mãe?

— Muito tempo atrás, eu queria que minhas filhas fossem como eu. Que fossem meu espelho — disse Innes, e parou um momento, como se perdida na memória. — Agora, é um alívio saber que você não se parece em nada comigo. Você é você, e eu não tive nenhum impacto no seu crescimento ou formação. Que ironia saber que meus inimigos a tornaram melhor do que eu jamais poderia.

Adaira pestanejou, contendo as lágrimas, sem saber o que dizer. As palavras de Innes a comoveram profundamente.

— Preciso nomear minha herdeira para o clã — continuou Innes. — Você é minha primeira e única escolha. Não me imagino abençoando ninguém além de você, Adaira. Mas se você recusar, entenderei, e encontrarei outra pessoa.

Adaira já vinha esperando por aquele momento. A admissão verbal das escolhas de Innes. A declaração formal de seus desejos. Ainda assim, Adaira não sabia o que ela *própria* queria. E se perguntou se sua visão estaria alinhada à de Innes. Se teria coragem de assumir outro cargo assim.

— Não precisa responder agora — disse Innes, interpretando a hesitação de Adaira. — Mas pode pensar no assunto?

Adaira olhou para as velas acesas na mesa. Ficou vendo o fogo dançar e pensou em Jack. Pensou na mudança na trajetória de sua vida, que desviara para um caminho imprevisível. Em alguns aspectos, as mudanças eram boas, mas em outros? Sentia-se arrasada, com a vida despedaçada.

— Seu pedido é uma honra, mãe — disse Adaira, finalmente. — Vou pensar no assunto.

Innes aquiesceu e foi embora sem dizer mais nada. Adaira ficou sentada, olhando um bom tempo para a mesma página, com a cabeça a mil.

Ao longo de uma semana depois daquela conversa, Adaira ficou sonhando que virava baronesa dos Breccan. Nem dormindo ela escapava da ideia. E então ela resolveu relaxar na cisterna, tirando a roupa. Entrou na água e nadou pela penumbra cálida.

Pensou em Jack. No medo dele na noite em que ela o levara ali — a última noite que passara com ele.

O que ele não sabia é que ela nutria o mesmo medo em relação às profundezas.

Adaira nadou até o fundo, com um aperto no estômago e a cabeça zonza de medo. Avançou mais ainda, até achar que não ia se aguentar de chorar, e finalmente viu a luz na rachadura. A tocha que ardia eternamente.

Exausta, entrou na caverna. Sentou-se na beirada onde Jack antes se sentara, e pensou por muito tempo na própria vida, em seu rumo. No que faria com seus dias agora que ele não mais fazia parte deles.

Ela olhou para a tocha e a viu queimar.

— Jack? — sussurrou, e imediatamente se repreendeu.

Ia ficar maluca se começasse a conversar com o fogo achando que era ele. De algum modo, sabia que ele estava distante. Sabia que ele não estava ali, e pensando nisso, saiu da caverna.

Quando Adaira chegou à escada e se vestiu, estava decidida. A resposta ardia dentro dela, e ela foi diretamente aos aposentos dos pais.

Innes e David jantavam juntos, e os dois a olharam, assustados por causa do cabelo molhado e da pele corada da filha.

— Adaira? — perguntou o pai. — Quer jantar conosco?

— Sei minha resposta — disse ela, sem fôlego.

Ela se virou para Innes, que se levantara, como se pronta para encarar um oponente.

— E qual é? — perguntou Innes.

— Podem me nomear herdeira — disse Adaira. — Quero governar o oeste.

Capítulo 45

Jack estava no salão do trono, um lugar feito de sonhos. Não havia paredes, nem teto. As pilastras que o ladeavam se mesclavam à noite, onde brilhavam milhares de estrelas, algumas tão baixas que daria para encostar nelas. Braseiros de ferro entre as pilastras reluziam com fogo, e atrás de cada braseiro ficava uma porta, esculpida em luz e nuvens. Sob os pés descalços dele, um piso de mármore translúcido, e do outro lado do piso, um pôr do sol colorido.

Ele usava vestes de céu noturno, com constelações espalhadas no tecido. A coroa de estrelas cintilava ao crepúsculo, e o fogo dançava na ponta de seus dedos. Às vezes, ele via seu reflexo ao andar pela fortaleza, um lugar de bronze polido e fumaça. Não gostava de se ver por muito tempo, porque seus olhos tinham mudado: eles brilhavam em brasa. Sob determinados ângulos, ele parecia translúcido, como se qualquer coisa fosse capaz de atravessá-lo. Seu rosto tinha ficado mais estreito, mais emaciado, como se entalhado em lenha.

Às vezes, contudo, via indícios de quem era antes. Frequentemente tocava a cicatriz na palma da mão, a mecha prateada no cabelo.

Enquanto esperava no salão do trono, via os espíritos se reunirem.

Todos sentiram a mudança quando a fronteira dos clãs se desfez por completo. As sombras tinham diminuído, as cores, ficado mais intensas. Constelações sem nome se acenderam, como se um novo mapa tivesse se desenrolado no céu.

Era uma sensação gentil, como acordar com o tamborilar de uma chuva leve. E Jack soubera, então, o que precisava fazer.

Não fazia muito tempo que ele era rei, e ainda assim convocou a todos — toda asa do vento, toda fruta da terra, toda criatura do fundo do mar, toda brasa do fogo. Eles se reuniram em grupos, se recusando a se misturar enquanto resmungavam e esperavam, de testas franzidas. Nesse aspecto, não eram tão diferentes da humanidade, e a memória de Jack ardeu.

Ele viu Adaira ajoelhada à sua frente, com sangue na mão. Ouviu quando ela sussurrou seu nome, sentiu o hálito dela na pele. Às vezes, ele tinha a impressão de vê-la andando entre os espíritos da corte, o cabelo refletindo as cores do poente.

As vestes dele eram um escudo; escondiam seu tremor, a agonia que sentia. Os espíritos não viam nem entendiam sua dor — a ferida de ter metade de si arrancada. Uma ferida que nunca deixaria de doer.

— Estamos reunidos — disse Ash. — Por que nos convocou, meu rei?

A memória de Jack se esvaiu, deixando-o frio e vazio.

— Tenho um pedido a fazer para vocês, espíritos da ilha.

— Pois peça — disse Ream do Mar, de olhos iridescentes como uma ostra.

O cabelo comprido e verde dela pingava água no chão. Ela estava impaciente para voltar à maré.

— Fiz um favor ao depor seu rei — disse Jack —, e agora peço de vocês uma retribuição. Peguem minha coroa e a deem a alguém do seu próprio povo, alguém de valor entre vocês. Peço que me permitam voltar à minha vida mortal.

Cochichos se espalharam pela assembleia. Jack assistia à cena do estrado, o coração em disparada.

A dama Whin das Flores foi a próxima a falar, lado a lado com a irmã, Orenna.

— Mas vossa majestade é imortal entre nós, meu rei. Se voltar ao reino humano, seus dias serão contados. Virará pó e apodrecerá em um túmulo.

— Não temo tal destino — disse Jack. — O que temo é viver eternamente com uma ferida sem cura.

Os feéricos pareciam incapazes de entender aquela ideia. Um espírito do vento do sul disse:

— Mas meu rei, seu reino será honrado entre os mortais. Eles cantarão de seus feitos por gerações. Seu poder crescerá, mas apenas se permanecer conosco.

— Não quero que cantem meus feitos — respondeu Jack. — Prefiro vivê-los.

Ash parecia incomodado. Franziu as sobrancelhas, tensionou a boca. Por fim, o Barão do Fogo disse:

— Sua música é sua coroa, majestade. Se entregá-la a algum de nós, perderá seu ofício quando voltar lá para baixo.

— Já o perdi aqui — respondeu Jack, tranquilo. — E prefiro ter meus dias limitados, entregue à labuta braçal, mesmo que eu não possa mais tocar harpa, junto àqueles que amo. Se me mantiverem aqui, eu só farei enfraquecer. Não posso ser o rei que esperam, pois vivo incompleto em seu reino.

Os espíritos discutiam entre si, frustrados com aquela confissão, e Jack ficou quieto, só assistindo ao debate. Logo os espíritos do mar tinham se misturado mais à multidão, assim como os da terra, até fogo e água estarem conversando lado a lado, e terra e vento, mas ninguém parecia chegar a uma conclusão satisfatória. Finalmente, um espírito das colinas, de nome Hap, falou mais alto do que a algazarra:

— Meu rei? Quem vossa majestade escolheria entre nós para usar sua coroa? Quem entre nós é digno?

Isso calou o burburinho. De repente, todos fixaram o olhar em Jack. Era fácil responder à pergunta de Hap. Ele sabia quem escolheria assim que a vira entrar no salão. Ela estava no fundo do grupo, perto de Whin, com as asas encolhidas.

— Kae — chamou.

Kae arregalou os olhos, mas quando os espíritos abriram caminho, avançou.

— Majestade? — respondeu, com a voz grave e suave.

Era a primeira vez que Jack a ouvia falar fora da memória, e ele sorriu pela recuperação da voz dela.

— Você é gentil, e também forte — disse ele. — Conhece os muitos lados da ilha, seus segredos e maravilhas, e é boa com mortais e espíritos. Você nos auxiliou em um momento de necessidade, e não tem dificuldade para escolher o caminho certo, mesmo quando este é difícil. Sem você, eu nunca teria descoberto como derrotar Bane. Se aceitar minha coroa, eu a darei de bom grado. Se aceitar minha oferta, então me leve de volta ao reino mortal, para eu recuperar minha alma.

Kae hesitou. Então, inspirou fundo e olhou para Whin. A Dama das Flores já a olhava com carinho. Elas pareceram conversar em pensamento por alguns instantes, até que Kae voltou o olhar para Jack.

Ela se ajoelhou.

Jack desceu os degraus do estrado. Assim que tocou a cabeça dela, as estrelas de sua coroa começaram a voar. Elas atravessaram o espaço e se acumularam no cabelo azul de Kae. Jack sabia que tinha tomado a decisão certa; um membro de seu povo deveria governá-los, em vez de mais um bardo.

Quando Kae se levantou, os espíritos se curvaram para ela.

De repente, Jack ficou fraco, com dificuldade para se manter em pé. Não sabia se era porque tinha aberto mão do poder, ou porque sabia que estava prestes a voltar ao reino mortal.

Kae pegou a mão dele. Um vento começou a soprar no salão do trono. Balançou os cabelos de algas de Ream e carregou flores dos dedos de Whin. Fez o fogo dançar nos braseiros, e Jack encontrou o olhar de Ash por uma última vez.

O Barão do Fogo assentiu, sua tristeza evidente.

Kae chamou o vento.

E levou Jack embora.

Era inverno.

Nevava quando Jack abriu os olhos.

Ele estava na fronteira dos clãs, exatamente no lugar onde o fogo o levara. O último lugar onde vira Adaira. Mas é claro que Kae o pousaria exatamente ali.

O bosque diante dele estava chamuscado e salpicado de neve. Jack — descalço, nu e congelando — começou a caminhar pela ruína que antes inspirara. Não havia espíritos ali, e o lugar parecia vazio; Jack lamentou por eles, passando a mão nos troncos queimados, o carvão sujando os dedos.

Ele estremeceu, mas também se deleitou com a ardência do ar, a vermelhidão do frio na pele — lembranças de que estava vivo.

Logo escutou vozes ecoando pelo bosque. Alguém ria, e outra pessoa falava alto. Jack sabia que as vozes deviam vir da casa do pai, e foi chegando devagar, parando ao ver o chalé através da destruição.

Não sabia o que esperava, mas certamente não era ver um monte de mesas no quintal e pessoas reunidas com cestos de produtos. Parecia uma feira. Jack ficou escondido atrás das árvores enquanto os Tamerlaine e Breccan se despediam, pois a neve interrompera o encontro.

Reconheceu Adaira, que levava um engradado para dentro de casa. Quase correu até ela, mas lembrou que estava nu, e alguns Breccan estavam por ali. Jack ficou esperando mais um pouco, mesmo com os pés dormentes na neve.

Adaira finalmente voltou ao quintal, vestindo uma capa. Tinha trançado o cabelo, e ele viu um lampejo de prata em sua cabeça.

— Devemos buscar seu cavalo, herdeira? — perguntou um dos Breccan.

Adaira pareceu hesitar. Jack cogitou se ela pressentiria sua presença. Ele torcia para que sim, sem saber o que faria caso ela fosse embora com aqueles homens, que pareciam ser seus guardas.

— Não — respondeu ela. — Quero fazer mais algumas coisas aqui. Podem ir na frente, e avisem à minha mãe que voltarei antes de anoitecer.

Os Breccan foram embora, um a um, deixando pegadas de botas na neve.

Jack ficou vendo Adaira jogar neve na fogueira, onde as chamas chiaram. Ela finalmente estava sozinha. Ele começou a andar entre as árvores, com o coração martelando.

Ela provavelmente o ouvira, pois ergueu a cabeça e forçou a vista, observando o bosque.

Jack parou no limite das árvores, esperando ela notá-lo. Estava chapinhando até os tornozelos na neve, e respirou, fundo e devagar. Sentiu-se atravessado pelo olhar dela quando Adaira o notou entre as sombras azuis do inverno.

Adaira abriu a boca. Sua respiração formou nuvens quando ela exclamou:

— *Jack?*

— Adaira — disse ele, com a voz vacilante. Parecia que fazia anos que ele não falava.

Ela correu pelo leito do rio, desamarrando a capa do pescoço. Aí o cobriu, e ele gemeu com o calor do tecido e do corpo dela quando ela o abraçou.

— Jack, estou sonhando? — sussurrou ela, encostada em seus cabelos.

Mesmo sem sentir as mãos, ele a tocou. Era como um despertar. O sangue dele zunia por estar perto dela, por vê-la, por estar em seus braços. Ele riu, apertando o abraço.

— Não — disse ele. — Eu voltei para você.

Adaira se afastou um pouco para fitar seu rosto, e olhou para baixo, descendo pelas costelas, até os pés vermelhos.

— Pelado — disse, com um toque de incredulidade. — Pelo amor dos espíritos, entre antes que você congele!

Ele permitiu que ela o guiasse pelo leito do rio, pelo quintal, para dentro de casa. Ficou surpreso ao ver como o ambiente estava diferente. Enquanto Adaira corria para encontrar uma roupa que algum produtor levara para trocar, ele ficou admirando o arranjo das mesas, algumas cobertas de mercadorias.

— Está diferente — disse ele.

— Está, um pouco. Seu pai não mora mais aqui, caso esteja se perguntando — disse Adaira, trazendo uma túnica e um par de botas.

Jack soltou a capa e começou a se vestir, as pernas rígidas.

— E onde ele está?

Adaira sacudiu a capa para limpar a neve.

— Ele mora com sua mãe e Frae. Sua avó também.

Jack olhou para a lareira. O fogo queimava baixo, mas dourado. Ele se perdeu nos pensamentos por um instante, se lembrando do período com os espíritos, até Adaira tocar seu braço.

— Você está bem, Jack? — perguntou.

— Estou — disse ele. — Pode me dizer quanto tempo passei afastado?

— Posso, mas primeiro, sente-se aqui — ordenou ela, acomodando-o a uma das mesas. — Vou preparar um chá.

Ele sentou-se no banco, vendo Adaira pegar uma lata de folhas secas na prateleira.

— Você passou cento e onze dias longe.

Ele praguejou, passando os dedos no cabelo. Quando Adaira o fitou, ele disse, arrastando a voz:

— Que bom que alguém contou.

Ela sorriu e se virou para botar a chaleira no fogo.

— Imagino que o tempo passado com os espíritos não tenha sido tão horrível?

— Não — respondeu ele —, mas eu não fui feliz com eles.

Ela ficou quieta, e ele ficou olhando enquanto ela servia o chá e sentava-se à sua frente.

— Me conte o que aconteceu nesse meio-tempo — disse ele. — Como esta casa virou um posto de troca, e como essa tiara de prata foi parar na sua cabeça, *herdeira*.

Adaira cobriu a boca por um momento, como se não soubesse por onde começar, mas enfim contou tudo. Atento, Jack amou a luz nos olhos dela enquanto relatava que o rio tinha virado uma estrada, e a casa de Niall, um ponto de encontro para os clãs. Que tudo tinha dado certo, e que as amizades mais improváveis se formavam. Que Adaira tinha decidido assumir o cargo da mãe como baronesa do oeste.

Jack sorriu. Quando ela terminou, o chá já tinha esfriado, mas ele nunca tinha sentido tamanho calor. Nem quando era Rei do Fogo.

— Então você transformou seu medo em outra coisa — disse ele. — Chegou ao lugar que achava que nunca encontraria, e o tomou para si. Parabéns, meu amor.

Adaira ficou quieta, lembrando-se da conversa na caverna. Por fim, ela sorriu, corada, e Jack de repente não suportou mais a distância entre eles, mesmo que fosse apenas o comprimento de uma mesa.

— Chega mais perto? — sussurrou ele.

Adaira se levantou e contornou a mesa. Ele se virou no banco e ela sentou-se junto a ele, os olhares alinhados e os corações sincronizados.

— Senti saudade sua — disse ele. — Parecia que metade de mim tinha sido arrancada. Logo percebi que tinha sido um erro deixar você para trás naquela manhã. Achei que, se você estivesse ao meu lado enquanto eu tocava, eu ficaria dividido, e que escolheria você, em vez dos espíritos. Mas agora vejo que eu deveria ter você do meu lado, porque quando o fogo me levou, levou apenas meio mortal. Levou minha mortalidade e meu corpo, mas meu coração ficou com você, neste reino.

Adaira suspirou, fechando os olhos quando Jack ajeitou uma mecha de cabelo atrás da orelha dela.

— Fiquei tão preocupada — murmurou ela, voltando a encará-lo. — Tive tanto medo de você me esquecer em seu novo reino, de esquecer o tempo que compartilhamos aqui. Tive medo de você não se lembrar de mim caso me visse novamente.

— Nem se eu vivesse no fogo por mil anos — disse Jack —, eu seria capaz de esquecer você. Eu não me permitiria.

Um sorriso repuxou a boca de Adaira.

— Seria este o começo de uma nova balada, minha velha ameaça?

Jack retribuiu o sorriso, mas sentiu a verdade arranhar o espaço oco dentro dele que antes costumava ser preenchido pela música. Pensar naquela perda doeu por um momento, mas quando Adaira acariciou a mão dele, Jack foi inundado por luz e esperança.

— Sua harpa sobreviveu, por sinal — disse ela. — Quando o fogo o levou, a harpa ficou para trás. Em condição perfeita, inclusive. Está no meu quarto, à sua espera.

— Que bom que você cuidou dela — disse Jack —, mas não preciso mais.

Adaira franziu a testa.

— Como assim?

— Minha música virou minha coroa. E eu abri mão da minha coroa para voltar à vida mortal.

Ela ficou quieta, mas empalideceu. Agora estava em luto pela perda dele, talvez até mais do que o próprio Jack, e ele viu a necessidade de atenuar o sofrimento dela.

— Não poderei mais tocar harpa, nem cantar para o clã, mas descobri que minha canção é *esta*. Minha música é *esta* — disse ele, aconchegando o rosto dela entre as mãos. — Meses atrás, eu disse que era um verso, inspirado pelo seu refrão. Achei que eu mesmo entendesse o significado dessas palavras, mas agora, sim, compreendo plenamente a profundidade e a complexidade delas. Quero escrever uma balada com você, não em notas, mas nas nossas escolhas, na simplicidade e na rotina da nossa vida juntos. Acordando ao seu lado em todo nascer do sol, e adormecendo aninhado em você em todo poente. Ajoelhado ao seu lado na horta, governando um clã, organizando o escambo e jantando com nossos pais. Cometendo erros, porque *sei* que vou errar, e restituindo-os, porque, do seu lado, sou melhor do que jamais esperei.

Adaira virou o rosto para beijar a mão dele, a cicatriz do juramento de sangue. Quando voltou a olhá-lo, estava lacrimejando.

— O que você acha, herdeira? — sussurrou Jack, porque de repente estava desesperado para saber o que ela pensava. O que ela sentia.

Adaira se aproximou, roçando a boca na dele.

—Acho que quero compor esta música com você até o meu último dia, quando a ilha levar meus ossos. Acho que você é a canção pela qual eu ansiava, aguardava. E eu sempre serei grata por você ter voltado para mim.

Jack a beijou suavemente. O gosto e o toque dela eram familiares, desejados, e ele se deixou entregar ao conforto. Afundando os dedos nos cabelos dela, arrancando-lhe gemidos, sentindo seu abraço. Ele nunca havia sentido-se tão vivo, nem quando tocara a harpa e cantara para os espíritos. Nunca sentira tamanho assombro, que agora reverberava por sua alma como a nota derradeira de uma balada.

Adaira acabou recuando, se afastando para sorrir. Jack nem tinha notado o tempo passar, ou o fogo que queimava baixo. A luz gelada do outro lado da janela estava azul, e ele percebeu que o anoitecer chegava.

— Vamos para a casa de Mirin, para ver se ela bota uns pratos a mais na mesa para a gente jantar? — perguntou Adaira.

O coração de Jack acelerou, transbordando.

— Eu adoraria.

— Venha, minha velha ameaça.

Ele deixou Adaira levantá-lo. Eles apagaram o fogo na lareira e as velas, uma a uma.

A neve caía pesada e devagar quando saíram do posto de troca. Adaira entrelaçou os dedos aos dele e o conduziu pela estrada do rio, passando pela antiga fronteira. Nenhum dos dois reparou que tinha adentrado o leste até as árvores começarem a caminho, uma a uma, e a luz brilhar de repente sobre a neve.

E lá estava a casa de Mirin. A luz do fogo ardia no escuro, e Jack admirou Adaira por um instante. Ele se perguntava o que o amanhã traria. Como seriam os dias subsequentes naquele novo mundo. A ilha unida. A mão dele na de Adaira, as cicatrizes alinhadas.

Mas essa história fica para outra noite de vento, à luz da lareira.

Agradecimentos

Família e comunidade têm papéis centrais em *A melodia da água* e *O fogo eterno*. E a verdade é que... eu não teria escrito, revisado e mandado este livro para publicação sem o apoio e a experiência de um grupo maravilhoso de pessoas. É minha família e minha comunidade, pessoas que investiram energia, amor, magia e tempo em mim como pessoa e autora, e nas histórias que conto. E é uma honra homenageá-las agora, quando chega ao fim a história de Jack, Adaira, Torin, Sidra e Frae.

Primeiro, sustento e força do meu Pai do Céu. Incentivo, jantares espontâneos e caminhadas ao anoitecer com Ben, minha melhor metade. Carinho no sofá e lembretes para sair de Sierra. Almoço com minha mãe, porque os prazos deste livro foram intensos e eu às vezes não tinha energia para cozinhar. Telefonemas do meu pai, que sempre iluminam meu dia. Qualquer momento com meus irmãos, das campanhas de D&D aos passeios na frente de casa. Meus avós — Grandmommy & Pappy e Oma & Opa —, que continuam a ser exemplos de amor e legado.

Para a minha equipe incrível na New Leaf Literary, que fez de tudo para me ajudar a deixar este livro pronto para ser publicado: Suzie Townsend (minha agente incomparável), Sophia Ramos (fã número 1 do Torin) e Kate Sullivan (editora fantástica). Este livro não seria o que é hoje sem o conhecimento, a magia de vocês e todo o tempo dedicado a lerem atentamente cada rascunho. Para Kendra Coet, por me ajudar com todos os bastidores da publicação. Para Veronica Grijalva e Victoria Hendersen, por continuarem a lutar por este livro junto a editores internacionais.

Fico profundamente agradecida às equipes maravilhosas da William Morrow e da Harper Voyager. Às minhas editoras: Vedika Khanna, a primeira a enxergar o potencial desta duologia, e que me orientou no início desta jornada, e Julia Elliott, que entrou na jogada no meio de 2022 e acompanhou o livro até a publicação. Agradeço imensamente às duas, por todo o tempo, conhecimento e amor concedido a esta série. A Emily Fisher, incrível nas relações públicas. A Deanna Bailey e todo o trabalho sensacional de marketing feito com esta série. A Liate Stehlik, Jennifer Hart, Jennifer Brehl, David Pomerico, DJ DeSmyter, Pamela Barricklow, Elizabeth Blaise, Stephanie Vallejo, Paula Szafranski, Angie Boutin, Cynthia Buck e Chris Andrus. A Yeon Kim, por criar duas capas lindas para as edições norte-americanas. E a Nick Springer, por dar vida ao mapa de Cadence.

À espetacular equipe da Harper Voyager UK: Natasha Bardon, Vicky Leech, Elizabeth Vaziri, Jack Renninson, Emma Pickard, Jaime Witcomb e Robyn Watts. A Ali Al Amine por ilustrar as criativas capas das supracitadas edições.

Às minhas camaradas escritoras que tiraram um tempinho para ler, recomendar e comemorar comigo: Isabel Ibañez (que leu muitas, muitas versões caóticas dos dois livros e me ajudou a encontrar o final perfeito para a série), Hannah Whitten, Shea Ernshaw, Genevieve Gornichec, Ava Reid, Sue Lynn Tan, A.G. Slatter, Danielle L. Jensen e Vania Stoyanova. A Kristin Dwyer por ler as cenas românticas à uma da manhã no sofá de Isabel e partilhar seus comentários inestimáveis (e me tranquilizar!).

Ver o sucesso desta série tem sido emocionante e empolgante, e agradeço profundamente aos empreendimentos livreiros que me apoiaram incrivelmente: Book of the Month, Illumicrate, Fox & Wit, Emboss & Spine, BlueForest BlackMoon, Barnes

& Noble, Little Shop of Stories, Parnassus Books, Joseph-Beth Booksellers, The Inside Story e Avid Bookshop.

E a vocês, meus queridos leitores. Sem vocês, eu não estaria aqui hoje. Queria me sentar com vocês, tomar um chá e conversar sobre nossos livros e personagens prediletos, mas, por enquanto, vou finalizar somente com um *obrigada* pelo seu amor e pelo apoio. Obrigada por toparem vir comigo nesta jornada emocionante e fascinante.

Este livro, composto na fonte Fairfield,
foi impresso em papel Lux Cream 60g/m² na gráfica Geográfica.
São Paulo, Brasil, março de 2025.